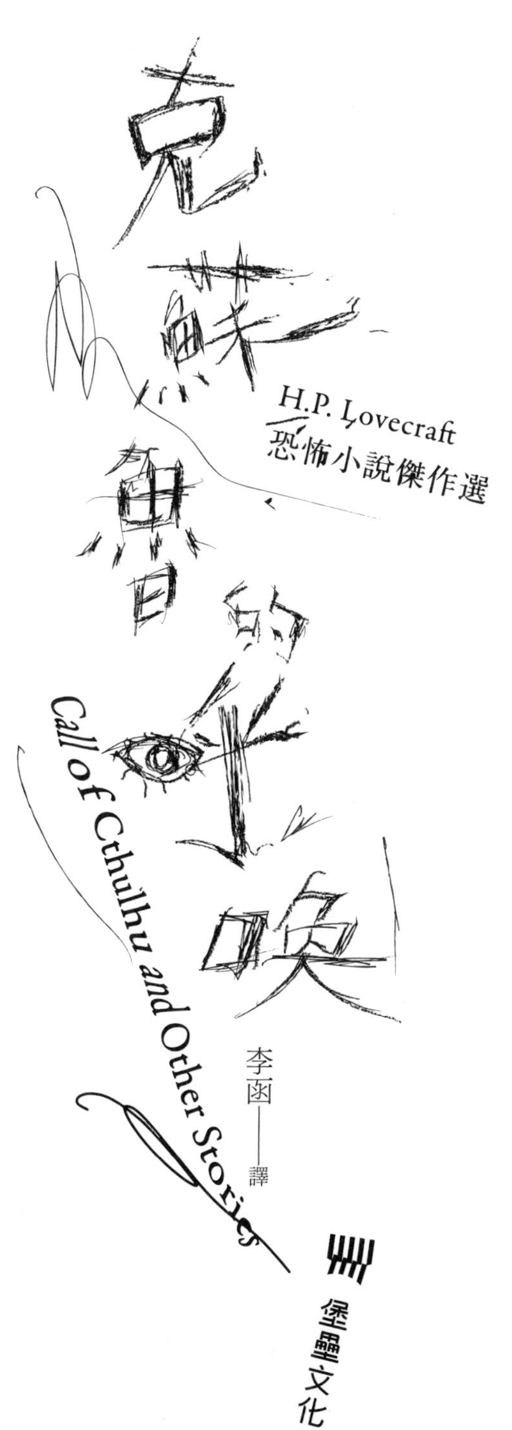
克蘇魯的呼喚
H.P. Lovecraft
恐怖小說傑作選
Call of Cthulhu and Other Stories
李函——譯
堡壘文化

目錄

一連串發生在一九二〇年代的奇異事件，似乎宣告著某種古代超自然力量的威脅。敘事者描述他在曾為語言學教授的曾舅舅筆記中，發現了曾舅舅調查美國南方某個神祕教派的過程。一只奇特的章魚頭人身型雕像不斷出現在不同事件中，不只受到邪教徒的膜拜，同時也有許多藝術家不約而同地在睡夢中畫出雕像生物與深海岩石巨城的形象。某艘澳洲漁船則在海上意外登上一座怪異島嶼，島上充斥不符現實的怪異現象，船員們也同時驚醒了沉眠中的古神克蘇魯……

二、星之彩　55

波士頓的阿卡漢鎮外有處荒地，當地曾發生離奇的怪事。在十九世紀，有顆隕石墜落在此。墜落後沒有產生高溫的隕石，卻散發出某種異樣的顏色，逐漸散播到當地各處。不但植物開始長出怪異的果實與花朵，動物也逐漸變得行為詭異。隕石墜落地點附近的農家則首當其衝地受到影響，農夫的家人接連發瘋，甚至化為失去人形的怪物……二〇一九年的同名改編電影由尼可拉斯．凱吉主演。

三、敦威治怪談　89

在敦威治小鎮中，威爾伯．惠特利一直被認為是名怪人。他的生父不詳，村莊裡也不斷謠傳他身為邪教徒的外公將殘缺的女兒獻給了古神，威爾伯就此誕生。隨著時間過去，長相怪異的他也展現出不少詭異行徑，似乎在準備某種事物的到來。在威爾伯前往米斯卡托尼克大學竊取《死靈之書》失敗，並被狗咬死後，恐怖事件便開始在敦威治發生……

米斯卡托尼克大學的文學系講師威瑪斯，接到佛蒙特鄉間的一名獨居老人阿克利的來信。在一場大洪水後，附近的山上沖刷下了不知名的生物屍首，當地人也目擊到不明的飛行生物。阿克利在信中講述了發生在他住家外的詭異聲響與事件。起先存疑的威瑪斯，逐漸在阿克利的連續來信中察覺到不詳的跡象。在不明生物開始進行攻擊後，威瑪斯便極力懇求阿克利搬離山區。然而，阿克利在信中的語氣卻漸趨和緩，甚至邀請威瑪斯前來山區……

米斯卡托尼克大學教授領軍的探險隊前往南極進行科學調查，卻在南極洲的神祕高山後發現了古老遺跡。探險隊發現前一支探勘小隊在挖掘出怪異的古代生物遺骸後，便全數消失，只留下空蕩的營區……本故事劇情元素影響了諸多科幻電影，包括《異形》與《突變第三型》。

六、印斯茅斯暗影

353

主角來到位於麻薩諸塞州的漁村小鎮印斯茅斯。他早已聽聞該鎮的古怪名聲，而當地人的怪異大眼與濕黏皮膚使他感到相當恐懼。在詢問當地的酒鬼後，主角得知多年前的一位印斯茅斯船長發現了來自深海的半魚人生物「深潛者」，並在鎮上成立宗教教團，膜拜深潛者與其神明達貢與克蘇魯，同時以血祭方式換來漁獲豐收……劇情曾被大略改編為電影《達貢》。

七、門外怪客

431

劇情由因殺害好友而鋃鐺入獄的主角丹尼爾·阿普頓的觀點展開。阿普頓的好友愛德華·德比儘管天資聰穎，卻生性害羞內向，也熱愛神祕學識與奇詭事物。當阿普頓在學校碰上雅西娜·懷特時，便為對方的強勢個性與對神祕學的深奧理解，而與她陷入熱戀。個性軟弱的愛德華逐漸成為雅西娜的奴隸，而散發怪異氣質的雅西娜則使周遭眾人感到不安。不顧眾人意見的愛德華，與雅西娜結婚。然而婚後越趨怪異的經驗，卻使愛德華變得更加神經兮兮，並頻頻向阿普頓求助……

八、暗黑祟魔

本篇故事為洛夫克拉夫特向好友《驚魂記》作者羅伯特．布洛克的致敬之作。也是他的克蘇魯神話最後作品。主角羅伯特．布雷克對普羅維登斯的某座小山「聯邦丘」山頂的一座怪異黑色教堂深感興趣。某日他登上山頂，企圖闖入被封鎖的古老教堂，並在教堂高塔中發現了怪異的昔日儀式遺跡，與一枚不知名的石塊。不小心讓石塊陷入黑暗的布雷克，無意間釋放出了某種畏懼光芒、只在黑暗中活動的魔物……

譯者序

讓「恐怖」成為一種體系的傳奇作家，洛夫克拉夫特

——本書譯者　李函

位於美國東北方的新英格蘭是塊寧靜又質樸的地區。當地冷冽的天氣與茂密的樹林，加上充滿殖民時代風格的傳統建築，讓新英格蘭瀰漫著一股古典的冷冽氛圍。在近代的美國讀者心中，新英格蘭的緬因州、佛蒙特州，與麻薩諸塞州等地是史蒂芬・金（Stephen King）作品的經典舞台。從《撒冷地》（*Salem's Lot*）、《迷霧驚魂》（*The Mist*）、到近年來新版電影大受好評的《牠》（*It*），金筆下的新英格蘭宛如成為了異空間與現實世界的交會點：表面平凡，底下卻蘊含著陰森魔物。但在史蒂芬・金踏入恐怖小說的領域前，也曾受到同樣來自新英格蘭地區的另一名作家深深影響，並承襲了對方作品中的哥德式氛圍與宇宙恐怖（cosmic terror）元素。

提到無可名狀的恐懼、來自幽暗太空的詭異生物、陰森港口中的濕黏觸手，以及窮追不捨的非人型幻影時，西方作家們必然會異口同聲地說出一個名字：「洛夫克拉夫特」。霍華．菲利浦．洛夫克拉夫特（Howard Philips Lovecraft）一八九〇年出生於美國羅德島州的普羅維登斯。儘管出生於富裕家庭，在洛夫克拉夫特的父親與他深愛的祖父過世後，家族便陷入愁雲慘霧，經濟也不再優渥。童年的慘淡經歷，與宛如詛咒般纏身的家族陰影，使洛夫克拉夫特的精神狀態蒙上了一層幽暗的陰影。親人所經歷的精神疾病對他造成了強烈影響。他的作品中不時能見到家族流傳下來的詛咒或怪異傾向，角色們則深受這類揮之不去的心理陰霾所苦。洛夫克拉夫特本身脆弱的健康狀況，也讓他在不少作品中影射了自己的身心痛苦。他筆下的故事經常透露出強烈的自傳性質，彷彿他透過扭曲的想像力，與對在混亂中尋找平靜的急切渴求，將自己的親身經歷改寫成一篇又一篇的奇詭怪談。他的作品中總少不了儘管面對無法解釋的超自然現象，卻在絕望中極力尋求理性解釋的人物。

儘管大眾經常放大洛夫克拉夫特個人的悲慘經歷，卻經常忽略對他產生重大且正面影響的人事物。儘管職業生涯起初並不順利，但洛夫克拉夫特連載於《詭麗幻譚》雜誌（*Weird Tales*）的作品卻得到了不少當代作家的青睞，包括《泰山》（*Tarzan*）與《蠻王柯南》（*Conan the Barbarian*）的作者勞勃．歐文．霍華德，與日後同為克蘇魯神話作者的克拉克．阿什頓．史密斯和奧古斯特．德雷斯。也是在此時，洛夫克拉夫特逐漸擴張他初期恐怖作品中的特定共通元素

（包括阿拉伯狂人阿布杜·阿爾哈茲瑞德與他所著的《死靈之書》、外神使者奈亞拉索特普、和潛伏於深海的巨大邪神），逐漸構成某種隱晦又獨特的神話體系。而對洛夫克拉夫特創造的特殊恐怖元素感到著迷的作家們，也逐漸形成了「洛夫克拉夫特作家圈」（Lovecraft Circle）；成員除了上述作家外，還有以經典恐怖小說《驚魂記》（*Psycho*）（後來被希區考克翻拍成同名電影）成名的羅伯特·布洛克。這批作家各自創作了自己的奇幻與恐怖作品，而讓洛夫克拉夫特感到有趣的是，他們都在作品中置入或自創屬於洛夫克拉夫特「神話」系統的人事物。對作家圈中的成員而言，此舉當下看起來可能只是同業好友們之間的文字遊戲；就連洛夫克拉夫特本人也大力鼓勵朋友們在故事中摻入他的恐怖故事元素（當時的「神話」體系尚未完全成形，就連名稱也還沒出現），甚至自己也在故事中加入來自其他作家的角色或物品（像是邪神札特瓜和能夠穿越時空的廷達洛斯獵犬）。至於霍華德筆下的劍與魔法作品《蠻王柯南》，儘管身為奇幻小說，卻經常出現富有洛夫克拉夫特風格的古代邪神或怪物。眾人不曉得的是，這項二十世紀初作家之間的文字遊戲，卻在接下來的歲月中逐漸茁壯，並成為最早期的共享世界觀之一。原本被洛夫克拉夫特笑稱為「猶格·索陀斯傳奇」（Yog-Sothoth Cycle）的特殊設定，則在他過世後由德雷斯定名為「克蘇魯神話」（Cthulhu Mythos）。

時至今日，克蘇魯神話已經成為恐怖小說界與歐美大眾文化最常引用的流行設定之一。史蒂芬·金、尼爾·蓋曼（Neil Gaiman，曾在《美國諸神》中將克蘇魯列為神明之一）、與克萊夫・巴克（Clive Barker，《養鬼吃人》原著小說與改編電影的作者）在敘事方式與氣氛營造上都受到洛夫克拉夫特的強烈影響。洛夫克拉夫特的宇宙恐怖元素，除了受到大量後世作家引用和拓展外，也將觸手伸向恐怖小說以外的領域。美國DC漫畫中，囚禁蝙蝠俠諸多反派的阿卡漢療養院（Arkham Asylum），便得名於克蘇魯神話中惡名昭彰的新英格蘭小鎮。導演約翰・卡本特（John Carpenter）在八〇年代拍攝的「啟示錄三部曲」（Apocalypse Trilogy）便深受洛夫克拉夫特的直接影響，其中最有名的則是為科幻恐怖電影開創了新里程碑的《突變第三型》（*The Thing*）。儘管《突變第三型》改編自小約翰・W・坎貝爾（John W. Campbell Jr.）的短篇小說，卡本特卻在電影中加入大量洛夫克拉夫特式的宇宙恐怖元素，描繪當人類碰上超越自身理解範疇的異種生物時所感受到的絕望，而該片的南極設定與冰封怪物劇情，也在卡本特的安排下變得更像是《瘋狂山脈》的真人改編版電影。此外，科幻恐怖片中最為經典的《異形》（*Alien*）在生物與建築設計上也深受洛夫克拉夫特風格影響。

曾以《水底情深》（*The Shape of Water*）奪得奧斯卡最佳導演獎的墨西哥導演吉勒摩・戴托羅（Guillermo del Toro）也是知名的洛夫克拉夫特迷，甚至在自家中都擺有洛夫克拉夫特的真人大小蠟像。他在不同電影中都經常置入洛夫克拉夫特風格的視覺元素；從《地獄怪客》（*Hellboy*）中的異次元邪神，到《水底情深》中的魚人，都是戴托羅對克蘇魯神話的致敬。原本打算拍攝《瘋狂山脈》電影版的戴托羅，卻因為雷利・史考特（Ridley Scott）的《異形》前傳

《普羅米修斯》（*Prometheus*）在劇情上幾乎等同於太空版的《瘋狂山脈》，加上高昂的經費問題（除了特效外，該片原本也會由湯姆．克魯斯主演），導致該片計畫暫時被冰封。

在日本，受到洛夫克拉夫特影響的創作者們也大有人在。奇幻作家菊地秀行與恐怖漫畫大師伊藤潤二都受到克蘇魯神話的影響，從他們充滿異空間妖異風格的作品中，也能略窺一二。相當老牌的特攝影集《超人力霸王》中，也不乏取材自克蘇魯神話的怪獸；九〇年代的《超人力霸王迪卡》在設定上幾乎完全承襲克蘇魯神話，而二〇一九年的《超人力霸王大河》也有直接取材自舊日支配者形象的「惡夢魔獸夜牙」登場。暴雪遊戲公司（Blizzard）的《魔獸世界》（World of Warcraft）與萬代的《數碼寶貝》系列同樣充滿不少對克蘇魯神話的影射，更別提滿山滿谷的克蘇魯主題桌遊了；有些遊戲甚至跳脫了恐怖領域，改以較為幽默的戲謔方式運用克蘇魯神話中的各種經典元素。

你或許沒有閱讀過洛夫克拉夫特筆下的恐怖故事，但一定在不同媒體中看過源自克蘇魯神話的視覺或敘事元素。如同故事中的邪神與異空間生物，克蘇魯神話中的幢幢鬼影已經滲透進大眾文化的諸多層面；你可能見過對未知恐懼的不同詮釋，也曾因螢幕上的恐怖怪物而嚇得惡夢連連，卻不曉得一切的源頭，都來自二十世紀初那位飽受身心病況所苦、而得在文字中求取慰藉的普羅維登斯作家。近年來，洛夫克拉夫特的種族歧視心態也逐漸受到重視，諸如《逃出絕命鎮：洛夫克拉夫特之鄉》（*Lovecraft Country*）與HBO同名改編影集也透過克蘇魯神話元素，對洛夫克拉夫特在作品中隱含的不少歧視色彩進行省思與改善，以神祕的妖術主題，凸顯出寫實的種族問題。以共享世界觀而言，克蘇魯神話已經成為自由度極高的獨特存在；任何創作者都能自由使用克蘇魯神話中的各種人事物名稱，或是自創存在於同背景中的邪神或魔法書，並打造充滿個人風格的洛夫克拉夫特式故事。如同型態變化多端又難以消滅的變形蟲怪物「修格斯」，克蘇魯神話已根深蒂固地纏繞在大眾文化的基因中；令人難以察覺，卻又處處散發出幽暗的詭譎氛圍。

對譯者而言，最讓人興奮的就是能重新製作洛夫克拉夫特的作品精選集，以及首度為洛夫克拉夫特最有影響力的作品之一《瘋狂山脈》翻譯全新的繁體中文版本。無論你是克蘇魯神話的長年老書迷、透過桌遊認識黃衣之王的玩家、或是分不清奈亞拉索特普與阿卡漢的新讀者，都希望你能從這本書中找到那道無可名狀的漆黑深淵。Cthulhu fhtagn！

一、克蘇魯的呼喚

「可以想見，在如此強大的力量或生物之中，可能還有倖存者……牠們度過了漫長的洪荒世紀……或許在人類文明崛起前，牠們的意識就已退居歷史幕後……只有詩文與傳說曾對牠們投以驚鴻一瞥，並稱呼牠們為神明、怪獸、或各種神話生物……」

——英國知名鬼故事作家，阿傑爾農．布萊克伍德（Algernon Blackwood）

第一章：黏土中的恐懼

我想，世上最慈悲的事物，便是無法將所有事物聯想在一起的人心。我們居住在無垠黑海中一座平靜又無知的小島上，也不該遠離家園。科學中往不同方向發展的領域，到目前為止只對我們造成微小的傷害；但有朝一日，當這些毫不相關的知識被拼湊在一起時，便會展開現實中的駭人光景，以及我們在其中的恐怖處境；我們要不是因此發瘋，就是逃離光明，躲入祥和又安全的新黑暗世紀中。

神智學者[1]已猜測出宇宙的偉大循環，而我們的世界與人類只不過是宇宙中稍縱即逝的存在。他們暗示了倖存的古代事物，而如果不以平淡的樂觀態度偽裝這說法的話，就會使人們感到毛骨悚然。但使我窺見這段禁忌的上古歷史的，並非神智學者；而當我想起那段過往，都讓我感到膽戰心驚，夢見它時也讓我害怕得幾乎要發瘋。和其他現實事物相似的是，這股真相由不同的事物意外地拼湊而成。在這案例中，則是一份舊報紙，和一位已故教授的筆記。我希望沒人能再拼湊出這股真相；只要我還活著，便永遠不會揭露這條線索的醜惡祕密。我猜，那位教授也打算隱匿自己得知的部分；要不是突然過世，他早就摧毀自己的筆記了。

我對這件事的了解，開始於一九二六年至二七年的冬季，當時我的舅公喬治・蓋莫爾・安哲爾（George Gammell Angell）剛過世，他在位於羅德島州普羅維登斯（Providence）的布朗大學擔任研究閃族語系的榮譽退休教授。安哲爾教授是知名的古代文字權威，知名博物館的館長們也經常向他討教；因此應該有許多人記得，他在九十二歲辭世。由於死因不詳，他的死亡在當地引發了相當強烈的關切。從紐波特（Newport）搭船回來時，他已經生了病；根據目擊證人所說，當他從碼頭邊抄捷徑回自己位於威廉斯街（Williams Street）的住家時，在小徑旁陡峭丘陵間的漆黑角落中，出現了一名外型貌似水手的黑人。對方撞了他一下後，他便突然摔倒在地。醫生們找不出任何明顯症狀，但在激烈討論後，認為這位老人往上爬行坡度過陡的斜坡時，對心臟造成了某種不明損傷，因此害他送命。當時我對此推論毫無異議，但之後我開始起疑，且自己的疑心病越來越重。

由於我舅公是位沒有子嗣的單身漢，作為他的繼承人與遺囑執行人，我仔細閱讀了他的文件；也將他所有檔案與文件箱搬到我位於波士頓的住處。我提到的許多資料之後都將被美國考古學會（American Archaeological Society）出版，但我對一只箱子感到相當困惑，也不太願意將之公諸於世。箱子上了鎖，我也找不到鑰匙，直到我想到要檢查教授放在口袋中的私人鑰匙圈。我隨即打開箱子，但出現在我眼前的，則是戒備更森嚴的另一項龐大阻礙。我找到的怪異黏土浮雕和雜亂的草稿、紙條、和剪報究竟有什麼意義？難道我舅公居然在晚年相信這些膚淺的騙局？我打算找出使這名老人心神不寧的怪異雕刻師。

浮雕約莫呈長方形，厚度不滿一英吋，寬五英吋，長六英吋；很明顯是現代的作品。不過，它的設計氛圍則完全沒有現代風格；因為，儘管立體主義與未來主義含有大量狂野奇想，但它們並不常創造出浮雕上的史前文字中所蘊含的神祕規律性。物體上的大部分設計肯定是文字；儘管我舅公的文件與收藏十分齊全，我依然無法辨認出這特殊的符號，或猜測出任何與它有關的

1 譯注：theosophy，十九世紀晚期在美國出現的宗教，認為古代的密教信仰將在未來取代所有宗教。

事物。

象形文字上頭有個充滿圖像感的形體，不過它粗糙的外型卻使人無法臆測該物體的本質。它似乎是某種怪物，或象徵怪物的符號，也可能是病態心理才能想像出的形象。如果要照我誇張的想像力解釋，我會形容它是章魚、龍、與扭曲的人類輪廓混雜在一起的物體，這說法相當符合它的外型。濕黏柔軟又長滿觸手的頭部，豎在型態醜惡並滿佈鱗片的身體頂端，背上還長了發育不全的翅膀；但最讓我感到恐懼的，是該物體的**整體輪廓**。在它後頭則描繪了某種龐大的建築物背景。

和此物體有關的稿件被放在一疊剪報旁，上頭是安哲爾教授近日的字跡；內容也毫無文學作品的風格。主要文件上的標題是「克蘇魯教團」（Cthulhu Cult），文字列印地十分清楚，以避免讀者搞錯這陌生字眼。手稿被分成兩個部分，第一份的標題是「一九二五年：H．A．威爾考斯的夢境與夢中作品，羅德島州普羅維登斯湯瑪斯街七號」，第二份則是「約翰．R．里葛拉斯（John R. Legrasse）警探於一九〇八年在美國考古學會上的說詞，路易斯安那州紐奧良賓維爾街一二一號：注記與韋柏教授的說詞。」其他文稿是簡短的筆記，有些稿件提及了不同人物的怪異夢境，有些紀錄來自神智學書籍與雜誌（特別是威廉．史考特．艾略特[2]的《亞特蘭提斯與失落的雷姆利亞大陸》〔*Atlantis and the Lost Lemuria*〕），剩餘文獻則提及許多從古代流傳至今的祕密結社與教團，並摘錄了不少神話學與人類學典籍中的段落，諸如詹姆斯．弗雷澤[3]的《金枝》

（*The Golden Bough*）和墨瑞小姐[4]的《西歐女巫教派》（*Witch-Cult in Western Europe*）。剪報大多提及了一九二五年春季發生的怪異心理疾病與集體發狂事件。

主要手稿的前半部講述了一樁非常離奇的故事。一九二五年三月一日，一名外表纖瘦黝黑、態度神經兮兮的年輕人前來拜訪安哲爾教授，並帶來了這只黏土浮雕，當時剛被製成的浮雕還相當濕潤。他的名片上印著亨利．安東尼．威爾考斯（Henry Anthony Wilcox）的字樣，我舅公認出對方是自己略熟的某顯赫家族中的么子，對方最近在羅德島設計學校（Rhode Island School of Design）學習雕刻，並獨自居住在靠近學校的鳶尾花大樓中。威爾考斯是個早熟的年輕人，充滿天賦，性格卻也相當古怪；從孩提時代起，就容易興奮地將自己的古怪夢境與耳聞過的奇異故事串連在一起。他稱自己「精神性高度敏感」，但這座古老商業城市的古板民眾則對他不屑一顧，認為他只是「作風怪異」。他從不與同輩相處，也逐漸淡出社交圈，現在只與一小群來自其他城鎮的審美家交流。即使是極力維護自身保守思想的普羅維登斯藝術俱樂部，也拿他沒轍。

教授的稿件記載，當這名雕刻家來訪時，突然請教授利用考古知識，辨認浮雕上的象形文

---

2 譯注：William Scott Elliot，十九世紀末神智學者。

3 譯注：James George Frazer，二十世紀初蘇格蘭人類學家與神話學家。

4 譯注：Margaret Murray，二十世紀英屬印度人類學家與歷史學家。

字。他的語氣恍惚又不自然，讓他顯得裝腔作勢、性格也與人疏遠；我舅公回答時的語氣有些尖銳，因為嶄新的浮雕肯定與考古學毫無關聯。但年輕威爾考斯的回應，卻讓我舅公留下十分強烈的印象，並將之逐字逐句記錄下來；他談話中的內容充滿了令人驚奇的詩意，我也隨即發現那是這名年輕人的典型性格。他說：「這確實是新的，因為我昨晚在夢見奇異城市時把它做了出來；這些夢境比肅穆的泰爾[5]、沉思的人面獅身像、或被花園圍繞的巴比倫更古老。」

此時他開始敘述那段來自沉睡記憶中的漫長故事，並激起了我舅公的興趣。前晚發生過一場輕微地震，新英格蘭已經有好幾年沒碰過這種規模的震盪了；威爾考斯的想像力也受到強烈影響。入睡後，他做了個前所未見的夢，夢見以巨型岩石與高聳入雲的石碑組成的龐大城市，上頭沾滿了綠色黏液，也散發出令人恐懼的邪惡氣息。牆面與石柱上佈滿了象形文字，而從無法估算實際深度的地底，也傳來一陣不似人聲的嗓音；只有透過想像力，才能將那股混亂的感受形容為聲音，但他努力用最難以發音的字母詮釋了那聲響：「Cthulhu fhtagn。」

在使安哲爾教授感到不安的記憶中，這段怪異語句正是關鍵。他以科學家的研究態度謹慎詢問雕刻師；並狂熱地仔細研究這名年輕人製作的浮雕。當年輕人驚醒時，發現自己穿著睡衣，正全身冷冽地製作塑像。威爾考斯事後說，我舅公責怪自己年邁，沒有及時辨認出浮雕上的象形文字與圖樣設計。他提出的許多問題，對這名訪客而言彷彿天馬行空，特別是關於威爾考斯是否與邪教或祕密結社有牽連的問題；威爾考斯也無法理解，為何教授一再保證，只要讓他加入某種廣泛流傳的密教或異教團體，他一定守密。當安哲爾教授終於相信雕刻師對任何教團或神祕學一竅不通時，他便要求訪客一定要將未來的夢境告訴他。這件事催生了規律的後果，因為在首次會面後，手稿中便記錄下年輕人每天的來訪；在這期間，他提到零散的夜晚夢境片段，裡頭總會出現某種恐怖的雄偉景象、充滿漆黑又潮濕的石塊、和由地下傳出的嗓音、或意義不明的單調叫喊；儘管那些謎樣的詞彙帶來了感官衝擊，聽起來卻只像是胡言亂語。最常出現的兩個字，則被詮釋為「克蘇魯」與「拉萊耶」（R'lyeh）。

手稿繼續寫道，三月二十三日威爾考斯沒有出現；聯絡他的住所後，才得知對方得了某種怪異的熱病，已經被送回位於瓦特曼街（Waterman Street）的家族寓所了。他在夜晚叫出聲來，驚醒了大樓內其他藝術家，之後便交替出現昏迷與譫妄的症狀。我舅公立刻打給對方的家族，從此便相當關切這事件；他經常前往負責治療威爾考斯的托比醫生（Tobey）位於賽耶街（Thayer Street）的辦公室。這名年輕人發熱的腦袋中，明顯充滿了怪異事物；連醫生提起這些事時，都不禁感到毛骨悚然。內容不只包括威爾考斯之前夢過的光景，也狂野地提及某個「高達數英哩」的龐然巨物，正笨拙地四處走動或滑行。

他從未完整敘述這物體的外型，但根據托比醫生轉述他有時吐露的狂亂隻字片語，讓教授相

---

5 譯注：Tyre，古代腓尼基的首都，現屬黎巴嫩。

信，這肯定就是威爾考斯企圖在做夢時雕刻出的無名怪物。醫生補充說，一提到這物體，年輕人便會陷入昏睡。奇怪的是，他的體溫並不會比正常體溫高出太多；但比起精神問題，他的整體狀況更類似發燒。

四月二日下午三點多，威爾考斯的症狀忽然全面停止。他在床上坐起身，訝異地發現自己待在家中，也對三月二十二日當晚後在現實或夢境中發生的事一無所知。當醫生宣布他康復時，他便在三天後回到住處；但他無法再為安哲爾教授提供幫助。所有的怪異夢境都隨著他的痊癒消失，在一整週毫無重點的尋常夢境後，我舅公就不再紀錄威爾考斯的夢了。

手稿的第一部分在此結束，但文中提及的諸多特定零碎文件，卻讓我陷入沉思；要不是當下我內心仍有疑慮，為數眾多的線索早已讓我相信這名藝術家了。那些文件描述了當小威爾考斯出現奇異夢境時，不同對象在同一時期所做的夢。我舅公似乎迅速進行了大範圍的調查，找了所有他能在不顯無禮的狀況下發問的朋友，並詢問他們的夜晚夢境，以及最近任何奇異夢境發生的日期。眾人對他的問題反應不一；但在沒有祕書的幫忙下，他收到的回應肯定比任何人都還多。原始信件並沒有被保留下來，但他的筆記描繪出細節相當徹底的事件摘要。一般的社會人士與從事商業工作的人大多是新英格蘭的傳統老實人，他們幾乎完全沒有受到影響，不過受訪者卻三三兩兩地提及令人不適卻又毫無印象的夢境，時間都發生在三月二十三日至四月二日之間，當時小威爾考斯陷入了迷亂狀態。科學家們被影響的效果僅稍微強烈，不過有四個案例模糊地敘述出夢中怪異的地形，還有一人感到某種異常的恐懼感。

最相關的答覆來自藝術家與詩人，我也明白如果他們能比較彼此的紀錄的話，肯定會發生大恐慌。由於缺乏他們的原始信件，我有些懷疑教授問了引導性的問題，或是編輯了信中的內容，以便使其符合他熱切的期望。這也是為何我覺得，威爾考斯不知怎麼發現到我舅公擁有的舊資料，並占了這名老科學家的便宜。這些來自藝術家的答覆講述了一則令人不安的故事。從二月二十八日到四月二日，有大批藝術家夢到了非常怪異的事物，而在雕刻師陷入譫妄狀態時，夢境的強度變得無法比擬地高。超過四分之一的人說自己夢到與威爾考斯描述事物相似的場景和怪聲；有些人也坦承在夢境最後看到了龐大的無名之物，並感到強烈恐懼。筆記中特別描述了一樁悲傷案例。受訪人是位知名建築師，也相當熟悉神智學與神祕主義；他在小威爾考斯昏迷當天陷入強烈的瘋狂狀態，不斷尖叫著說想逃離某種地獄生物的他，在幾個月後死亡。如果我舅公用姓名來記錄這些案件，而不是編號的話，我就會企圖和這些人聯絡，進行私人調查；但既然現況如此，我只成功聯絡到幾個人。不過，這些人全都證實了筆記內容。我經常思考，教授問過的所有對象，是否都像這幾個人一樣感到困惑。他們最好永遠都別知道答案。

如同我先前所說，剪報中提到了該時期中發生的瘋狂現象、狂熱行徑、與怪異行為。安哲爾教授肯定雇用了剪報社，因為他收藏的剪報數量十分龐大，來源也遍及全球。有份報導講述一件發生在倫敦的夜間自殺案，一名獨居的沉睡者在發出淒厲的尖叫聲後，縱身跳出窗外。南美洲一間報社的編輯則收到了冗長的信件，狂熱的寄信人從自己的夢境中推論出了恐怖未來。一份加州信件描述某個神智學團體成員為了某件從未發生的「光榮成就」而集體穿上白袍，印度的文件則保守地提及當地三月底發生的嚴重暴動。海地的巫毒教大量舉辦狂歡活動，非洲的邊陲地帶則傳出氛圍不詳的傳聞。菲律賓的美國官員發現特定部落在此時作出怪異舉止，紐約警員們則在三月二十二日至二十三日夜晚遭到歇斯底里的黎凡特暴民（Levantines）搶劫。愛爾蘭以西也充滿謠言與傳說，還有一位名叫阿杜瓦—波納特（Ardois-Bonnot）的狂熱畫家在一九二六年的巴黎春季沙龍裡，擺上了一幅離經叛道的《夢中境界》（*Dream Landscape*）畫作。精神病院中也發生了諸多騷動，只有奇蹟才能使醫護人員不注意到怪異的事件相似性，並做出困惑的結論。整體而言，這些簡報內容都相當怪異；直到今天，我還是難以想像自己當年對此置之不理的冷漠理性心態。但在當時，我相信小威爾考斯早就知道教授提到的舊資料了。

第二章：里葛拉斯警探的故事

我舅公漫長手稿中的第二部分，則由使他對雕刻師的夢境與浮雕產生濃厚興趣的過往事蹟組成。安哲爾教授似乎曾見過那無名怪物的醜惡輪廓，也對未知的象形文字感到困惑，並聽過那只能被勉強讀為「克蘇魯」的不祥字眼；有了這麼駭人的關聯，難怪他會追問小威爾考斯，要求他提供資料。

這股早期經驗發生在十七年前的一九〇八年，當時美國考古學會在聖路易斯舉辦年會。由於安哲爾教授的權威與專業，他在所有討論中都扮演了顯眼的角色；也是其中一名率先被數名外賓找上的專家，這些外賓趁著學術集會，前來尋求對自身問題的解答，與專家的意見。

外賓們的領袖是位長相平凡的中年男子，他一路從紐奧良過來，想詢問在當地無法取得的資訊；整場會議中，他只花了很短的時間就吸引了眾人注意。他的名字是約翰・雷蒙・里葛拉斯，是位警方探長。他帶來了一只令人作噁的醜惡古老石雕，但他猜不出該雕像的來歷。別認為里葛拉斯探長對考古學有任何興趣。相反的，他是因為專業需求而前來詢問意見。這座不確定是雕塑品、偶像、或神像的不知名物體，在幾個月前一場於紐奧良南部樹林沼澤中舉辦的巫毒聚會上被發現，當時警方正對該聚會進行攻堅。警方偶然碰上了全然陌生的黑暗教派，該團體比最黑心的非洲巫毒信仰圈還可怕。除了從被逮捕的教派成員口中逼問出難以置信又怪異的說法外，警方對塑像的來頭一無所知；因此警方急於得知任何能幫助他們瞭解這可怕塑像的古老知識，以便追蹤該教團的源頭。

里葛拉斯探長完全沒準備好面對他帶來的東西所引發的議論。一看到那塑像，就讓與會的科學家們陷入極度興奮，他們也立刻圍繞在他身邊，注視著矮小的塑像；它的特異造型，與上古式風格，強烈暗指著一片未受開拓的古老地帶。這尊恐怖的雕像不符合任何已知的雕塑風格，但它以無法鑑定年代的材質製作的黯淡綠色表面，卻似乎紀錄了數世紀到數千年的歲月。

最後，人們彼此緩慢地傳遞雕像，仔細並謹慎地研究它；雕像高約七到八英吋，做工相當精緻。它描繪出某種擁有模糊人形輪廓的怪物，擁有章魚般的頭，臉上長有大量觸鬚，橡膠般的身體佈滿鱗片，後腳和前腳都長了龐大的長爪。背後則有修長又狹窄的雙翼。這個彷彿散發出不自然恐怖惡意的物體，身體相當腫脹肥胖，姿態邪惡地蹲在長方形石塊或基座上，石塊上則寫滿了無人能解的文字。翅膀的尖端碰觸到石塊後頭的邊緣，生物端坐在中央，而因蹲姿而翹起的後腿上的彎曲長爪，則扣住了石塊前端，爪子往底下延伸了四分之一的基座高度。頭足類生物般的頭部向前傾，使臉部觸鬚的尖端碰觸到巨大前掌的後頭，而這蜷縮物體的前掌則抓著揚起的雙膝。整體形象異樣地活靈活現，進而使它散發出更微妙的恐怖感，因為大家對它的來源毫無頭緒。眾人相當肯定它的年齡悠久又無可計量；但它與任何已知的早期文明藝術之間，絲毫沒有關聯，也沒有與任何時代有相關性。它徹底遺世獨立，製造材料也是個謎團；黏滑的綠黑色岩石上頭有金色或虹彩光澤斑點與條紋，這與地質學或礦物學中任何已知材料都不同。台座上的文字也同樣使人摸不著頭緒；儘管此領域一半的專家都在場，也沒人能在最冷僻的語言中找到和該文字的關聯。和雕像的形象與材質一樣，這些文字屬於某種和人類存有莫大差異的事物，恐怖地暗示了古老又汙穢的生命循環，而我們的世界與認知在其中毫無立足之地。

但是，當學會成員們紛紛搖頭，並坦承無法解決探長的問題時，群眾中有個人在雕像駭人的形象與文字中，察覺了某種古怪的熟悉感；他隨即有些羞赧地把自己所知的古怪小事告訴我們。這個人就是已故的威廉・查寧・韋柏（William Channing Webb），他是普林斯頓大學的人類學教授，也是位知名探險家。四十八年前，韋柏教授曾前往格陵蘭與冰島，找尋某種他無法找到的盧恩文字[6]；當他登上西格陵蘭海岸的高處時，碰上了一支由墮落的愛斯基摩人組成的部落或教派，他們擁有某種特異的惡魔崇拜，該信仰的嗜血性質與令人作噁的習性使他感到毛骨悚然。其餘愛斯基摩人對此所知甚少，提到此事時也打了冷顫；他們說該信仰來自世界創生前的亙古時光。除了無名的儀式與活人獻祭外，還有為一位又稱「托納薩克」（tornasuk）的至高惡魔舉辦的怪異傳統儀式；關於這點，韋柏教授小心翼翼地為一名年邁的「安格寇」（angekok）（也就是巫醫），製作了一份錄音，並盡可能地以羅馬字母念出儀式內容。但當下最受矚目的，則是這教派崇拜的神像；當極光照耀在覆滿寒冰的懸崖上時，他們便圍繞著神像跳舞。教授聲稱，那是個非常粗糙的石製浮雕，由一個醜陋的形體與某些神祕文字組成。照他所看，那神像和當下在會議中出現的醜惡雕刻，擁有許多相同要素。

這段使學會成員們感到懸疑又震驚的資料，讓里葛拉斯探長相當興奮；他也隨即向教授提出了許多問題。在抄下了手下逮捕的沼澤邪教徒所說的儀式咒語後，他懇求教授，盡可能回想那些

6 譯注：Rune，古代北歐使用的文字。

崇拜惡魔的愛斯基摩人使用的音節。接著大家進行了嚴格的細節對比，而當警探與教授雙雙同意，距離遙遠的兩地舉辦的恐怖儀式，使用了同種詞彙時，眾人便陷入訝異的沉默。愛斯基摩巫師與路易斯安那的沼澤祭司們，都對他們相似的神像吟唱了某種如下的內容。學者們試圖以傳統的詞彙間隔，來劃分這段被大聲吟唱的語言：

「Ph'nglui mglw'nafh Cthulhu R'lyeh wgah'nagl fhtagn。」

在這裡，里葛拉斯判斷的速度比韋柏教授更快，因為有幾名混血囚犯，曾對他重複提起其他年長教徒所說的語句意涵。這段話大略如下：

「在拉萊耶的宅邸內，死去的克蘇魯正於夢中等待。」

現在，由於眾人極力要求，里葛拉斯探長便盡可能地講述他碰上沼澤邪教徒的經驗；我能看出我舅公對此故事充滿強烈興趣。這感覺出自神話構思者與神智學者最狂野的夢境，也揭露了這些雜種和下等族群擁有的複雜宇宙性想像，也從未有人覺得他們會有這種能力。

一九〇七年十一月一日，紐奧良警方收到南方沼澤與湖區居民的緊急召集。當地的非法居民大多是拉菲特[7]手下的後代，生活簡陋但心地善良；他們在夜間受到某種未知的恐怖事物騷擾。對方明顯是巫毒教徒，但這種巫毒教派卻帶來了前所未見的恐懼；在無人居住的漆黑森林中響起了從不停歇的鼓聲後，他們之中就有部分女子與孩童失蹤。樹林中飄出瘋狂的叫喊與刺耳的尖叫聲、令人毛骨悚然的吟誦聲和舞動的妖異火光；前來求助的人害怕地補充道，人民已經受不了這種狀況了。

於是，二十名警察搭上兩台馬車和一台汽車，在午後出發，那名顫抖的非法居民則擔任他們的嚮導。他們在無法通行的道路盡頭下車，並沉默地步行了數英哩，穿過日光從未照入的恐怖柏樹林。醜惡的樹根與下垂的松蘿鳳蘭枝條干擾了他們的行進，來自腐朽牆面的濕冷石堆或碎石零散地出現，暗示內部可怕的居住條件，而畸形的樹木與蕈類群則營造出陰鬱氛圍。非法居民的聚落最後終於出現在警方眼前，那是一堆破爛小屋的聚集地；歇斯底里的居民則跑了出來，圍繞在搖曳的提燈旁。前方遠處正微微傳來模糊的鼓聲；當風向改變時，三不五時也傳來令人血液凝結的淒厲尖叫。寬闊的夜晚樹林遠方的低矮灌木叢中則滲出一道紅光。所有害怕的非法居民都不願被留下獨處，當場拒絕踏入不潔崇拜儀式的現場，於是在沒有嚮導的情況下，里葛拉斯帶著他十九名同事走上從未涉足過的漆黑恐怖路徑。

7　譯注：Jean Lafitte，十九世紀初肆虐於墨西哥灣的海盜與私掠者。

警方目前進入的區域，自古以來就享有惡名，也從未有白人聽聞或踏入此地。當地傳說有座無人見過的隱密湖泊，裡頭居住了一隻龐大的白色水螅狀生物，還長有發光的眼睛；當地居民們也悄聲傳聞，說長有蝙蝠般雙翼的魔鬼，會在午夜時從地底洞穴飛出，祭拜湖中生物。他們說這生物比伊貝維爾[8]、拉薩勒[9]、印地安人、甚至是森林的正常動物與鳥禽，待在當地的時間都更早。牠就是夢魘本身，見到牠的人必死無疑。但牠會使人們作夢，因此人們清楚知道得遠離這怪物。當下的巫毒慶典就位於這塊恐怖區域的邊陲，但那地點的名聲已經夠糟了；因此，也許比起恐怖的聲響與騷動，舉行儀式的地點還更使當地人感到害怕。

當里葛拉斯的人馬穿越漆黑的沼澤地帶，往紅光與模糊的鼓聲前進時，只有詩文或瘋狂能詮釋他們耳中的聲響。人類會發出特定的嗓音，動物也有自己的獨特聲響；而當聽到對方發出另一方的聲音時，就特別令人感到恐怖。獸性怒火與狂歡愉悅在此達到前所未有的邪惡高峰，而由此延伸出的狂喜嚎叫則在夜間樹林中迴盪，彷彿是地獄深淵傳來的瘟疫風暴。有時較為雜亂的喊叫聲會暫時停歇，而一股相當熟練的嘶啞和聲便高聲揚起，吟唱出那醜惡的儀式禱詞：

「Ph'nglui mglw'nafh Cthulhu R'lyeh wgah'nagl fhtagn。」

警方接著抵達植被較為稀疏的地帶，並目睹了駭人光景。有四人驚恐地搖晃了一下，一個人昏了過去，還有兩人嚇到發出狂亂地尖叫，幸好慶典上的狂熱巨響蓋過了這聲響。里葛拉斯把沼澤的水潑到昏厥的男人臉上，所有人則呆站著顫抖，幾乎因恐懼而動彈不得。

在沼澤區的一處天然空地上，有座佔地約一公畝、長滿綠草的小島，上頭沒有樹木，也相當乾燥。小島上頭現在有一群難以形容的畸形人群正在跳躍扭動，這種景象只有在賽姆[10]與安格羅拉[11]的繪畫中才會出現。這些衣不蔽體的雜種們發出嚎叫與嘶吼，並在一座龐大的環形篝火旁扭動；在不時流動的火焰中，能窺見火堆中央一座高約八英呎的巨型花崗岩石柱。在石柱頂端看來相當不對稱的，則是那尊醜惡的矮小雕像。有十座斷頭台以被火焰環繞的石柱為中心，就規律的間隔圍成一圈，上面掛著頭部下垂的怪異破損屍體，這些人都是失蹤的當地居民。在這圓圈中，信徒們又跳又吼，人群不斷像喝醉酒般的在屍體圈與火圈之間，左右來回晃動。

可能是因為想像，也可能是由於噪音，使其中一名容易受到刺激的西班牙裔警員，認為自己從古老的恐怖森林深處、某個遙遠又黯淡無光的地點，聽到了對唱般的聲響，正呼應著儀式而傳出。我後來見到了這位名叫喬瑟夫．D．蓋維茲（Joseph D. Galvez）的男子，並詢問他關於當時

8　譯注：Pierre Le Moyne d'Iberville，十七世紀法國探險家與殖民者，建立了法屬路易斯安那。

9　譯注：Robert de La Salle，十七世紀法國探險家，曾探索過整座密西西比河盆地。

10　譯注：Sidney Sime，二十世紀英格蘭畫家，擅於繪畫奇幻與諷刺作品。

11　譯注：Anthony Angarola，二十世紀初美國畫家，作品專注於描繪試圖適應異文化的人。

的事件；而他充滿了令人訝異的想像力。他還暗示，自己當時聽見過巨型翅膀的微弱拍擊聲，也瞥見遠處樹林中的閃爍眼睛與小山般的白色巨型身軀，但我想他只是聽過太多當地迷信傳聞了。

其實，員警們感到驚嚇的時間相當短暫。責任優先；儘管現場肯定有上百名混血信徒，警方仍然仰賴攜帶的火力，堅定地衝進令人作嘔的人群中。難以敘述那五分鐘內發生的騷動和混亂情況。眾人拳打腳踢，槍聲四起，還有人成功逃跑；但最後里葛拉斯成功逮捕了四十七名陰鬱的犯人，他也強迫這些人立刻穿上衣服，並由兩旁的員警們護送離開。五名教徒被殺，還有兩人受到重傷，得由其他犯人以臨時搭建的擔架搬運。巨石柱上的圖像，自然被里葛拉斯小心地移除，並帶回警局。

在一連串漫長又疲勞的旅程後，囚犯們在總部接受檢測。警方發現，所有人都來自下層社會階級，不只血統混雜，心智也相當異常。大多數信徒都是水手，種族則是黑人或黑白混種，大部分是西印度群島居民，或來自維德角群島（Cape Verne Islands）的布拉瓦葡萄牙裔居民（Brava Portuguese），讓這成員複雜的教派增添了一抹巫毒教的色彩。但警方還沒問幾個問題，就注意到案情中有某種比黑人宗教更為深沉古老的事物。儘管犯人們墮落又無知，他們對自身的醜惡信仰裡的核心思想卻抱持了一致信念。

根據他們的說法，他們祭拜的是人類出現前就已存在的舊日支配者（Great Old Ones），它們從天外來到年輕的地球。這些舊日支配者現在已經滅絕，屍首埋藏於大地和海洋深處；但它們死亡的軀體透過夢境，將自己的祕密告訴了最初的人類，這些人則創立了從未滅絕的教派。被逮捕的就是這支教派，囚犯們說它源自亙古，未來也將永存於世，藏匿在世上的偏遠荒野與黑暗角落，直到偉大的祭司克蘇魯從水底的雄偉都市拉萊耶中的黑暗宅邸內崛起，並再度掌控世界。當星辰們做好準備，它便會展開呼喚，而祕密教派也等待著解放它的那一天。

情報到此為止。有某個祕密連拷問都無法逼供出來。人類並非世上唯一有智慧的生物，因為黑暗之中曾有物體前來拜訪少數忠實信徒。但這些生物並非舊日支配者。沒人見過舊日支配者。雕像描繪了偉大的克蘇魯，但沒人知道其他古神是否與它相似。現在沒人能看懂古代文字，但傳說透過口耳相傳不斷流傳。詠唱儀式並不是祕密；內容從未被大聲說出，只存在於悄聲低語之間。祝禱詞只有以下的意義：「在拉萊耶的宅邸內，死去的克蘇魯正於夢中等待。」

只有兩名囚犯保有足夠的理智，能被處以絞刑，其他人則被送入不同的精神病院。所有人都否認參與了儀式性謀殺，也堅稱人是從鬧鬼森林中的太古聚集地裡飛出的黑翼魔（Black Winged Ones）殺的。但警方無法得知任何關於那些神祕幫兇的相關事項。警方取得的資訊，主要來自一位名叫卡斯卓（Castro）的麥士蒂索人[12]，他宣稱曾航行到奇特的港口，並與中國山區中的教派裡的永生領袖交談過。

12　譯注：mestizo，歐洲人與美洲原住民所生下的混血後代。

老卡斯卓記得一部分醜惡傳說，內容使神智學者的臆測遜色不少，也讓人類與文明世界形同轉瞬即逝的近代事物。在遙遠的太古時期，有其他生物統治地球，它們曾建造雄偉的城市。不死的中國人曾告訴他，太平洋群島上的巨型石柱群，便是這些都市的遺跡。在人類誕生前的亙古時代，它們就已全數死亡，但當永恆循環中的群星運行到正確方位時，就能用某些方式使它們復活。它們確實來自星際之間，也將自己的塑像帶來地球。

卡斯卓繼續說，這些舊日支配者並非血肉之軀。它們擁有形體，這尊在星際間打造的雕像不就是證據嗎？但那種形體並非以物質所構成。當群星運行到正確位置，它們就能飛越天空，抵達不同的世界；當星辰的位置錯誤，它們便無法存活。不過即使它們已無法存活，卻也不會真正死去。它們躺在偉大城市拉萊耶的石屋中，軀殼被偉大的克蘇魯施下的咒語保存，等待星辰與大地再度準備好面對它們的那一刻，便會光榮地復甦。但在那時，必須有某種外力解放它們的身軀。使其身體持久不壞的咒語，也同時避免它們主動出擊；而當數百萬年過去，它們也只能清醒地躺在黑暗中。它們清楚宇宙中發生的一切，因為它們彼此透過思想溝通。即使是當下，它們也正在墓穴中對話。經過無盡的混亂紀元後，當第一批人類出現時，舊日支配者便透過塑造他們的夢境，與體質較為敏感的人溝通；這是唯一能將它們的語言傳達給哺乳動物那肉體心智的方式。

卡斯卓悄聲說道，那些最初的人類隨即成立了教團，並以舊日支配者使他們目睹的高聳神像作為信仰核心；這些神像源自太古時代的黑暗星辰。教團永遠不會滅亡，等群星再度回到正確位置，密教祭司們便會讓偉大的克蘇魯從墓穴中復甦，使其喚醒它的下屬們，並重新掌管地球。很容易看出這事件將在何時發生，因為到時人類將變得和舊日支配者無異；心態自由又狂野，超脫善惡標準，而法律與道德都受到棄置，所有人也會喜悅地恣意殺戮與狂歡。重獲自由之身的舊日支配者，將教導他們用嶄新方式吶喊、屠殺、與享樂，全世界則會陷入充滿狂喜與自由的大屠殺。目前，教派必須透過適當的儀式，守護對古代作法的回憶，並在暗地中散播古老事蹟即將回歸的預言。

在古代，被選中的人們會透過夢境，與墓中的舊日支配者交談；但接著某件事發生了。充滿巨石柱與陵墓的岩石巨城拉萊耶，沉入了海底；深邃的水域中有某種原始祕密，連思緒也無法衝破這股屏障，使海水截斷了心靈間的感應。但記憶永遠不滅，高等祭司則說，當群星運行到正確位置時，城市就會再度浮起。隨後大地會出現腐朽又幽暗的黑色地靈，散播來自被人遺忘的海底洞窟中的神祕傳言。但老卡斯卓不敢多提這些事。他立刻閉口不談，也無法透過威脅利誘使他吐露更多相關情報。奇怪的是，他也不願提到舊日支配者的身體大小。他說，自己認為該教派核心位於阿拉伯的偏遠沙漠中，無人到過的柱之城埃冷（Irem）就在該處沉眠。該教派與歐洲的女巫教派不同，信徒之外無人知曉它的存在。也沒有書本提及過它，不過那名長生不死的中國人曾說過，阿拉伯狂人阿布杜．阿爾哈茲瑞德（Abdul Alhazred）所寫的《死靈之書》（*Necronomicon*）中提及了一些雙關語，信徒能選擇自己判斷的語意，特別是以下經常被討論的對句：

不朽亡者永世沉眠，
歷經亙古，死亡亦滅。

對此有顯著興趣、卻也非常困惑的里葛拉斯，在打探該教派的歷史關聯時卻無功而返。當卡斯卓聲稱它是祕密時，明顯說了實話。杜蘭大學[13]的專家們無法辨識教派與塑像的來頭，而當警探找上國內的最高權威後，卻也只打探到韋柏教授的格陵蘭故事。

有了小雕像的佐證，聽到里葛拉斯故事的與會人士都產生了濃厚的興趣，並經常在日後的通信中提及此事；不過學會的正式刊物卻鮮少提到它。習慣經常面對詐騙與騙局的人們，將謹慎作為優先考量。里葛拉斯把雕像借給韋柏教授一段期間，但在教授死後，雕像就歸還給他，並一直留在他的收藏中，不久前我才在那看過。那確實是個可怕的物體，也無疑地與小威爾考斯在夢中製作的雕刻是同類物品。

對舅公因雕刻師的故事感到興奮一事，我並不感到意外。畢竟在聽過里葛拉斯對該邪教的了解，以及某位敏感年輕人不只**夢到**了沼澤雕像與格陵蘭邪惡石板上相同的形象與象形文字，還在**夢中**至少得知三個曾由愛斯基摩邪教徒和路易斯安那的混血教徒們說過的禱詞字眼後，自己又能作何感想？想當然爾，安哲爾教授立刻對此展開仔細調查；不過，我私自認為小威爾考斯以某種間接方式聽聞了該教團，也為了佔我舅公便宜，而捏造了一連串夢境，讓謎團持續延伸。教授收集的夢境紀錄與剪報，自然是對這理論的強力佐證；但我內心的理性想法與這件事的誇張性質，使我得出自認最合理的結論。於是，當我再度仔細研究手稿，並將神智學和人類學筆記與里葛拉斯的邪教事件串聯在一起後，我前往普羅維登斯去見這名雕刻師，並打算為他大膽地欺騙一名老學者而臭罵他一頓。

威爾考斯依然獨居在湯瑪斯街上的鳶尾花大樓中，那是棟仿效十七世紀布列塔尼建築的醜陋維多利亞式房屋，在這座古老山丘上的美麗殖民時代建築之間，賣弄著自己塗滿灰泥的前廊；在美國最精緻的喬治亞式尖塔陰影下，我發現在房裡工作的他，也立刻由房內四散的作品看出他確實擁有獨特天資。我相信，他遲早會成為偉大的頹廢派藝術家；因為他用黏土打造出自己的惡夢與幻想，有一天這些形象也會成為大理石雕像，不亞於亞瑟·馬欽[14]筆下的文句，與克拉克·阿什頓·史密斯[15]的詩文與繪畫。

他皮膚黝黑，身材瘦弱，外表也有些不修邊幅；他在我敲門時懶洋洋地轉身，坐在原地問我前來的緣由。當我告訴他自己的身分後，他便顯露出一絲興趣；因為我舅公曾使他對自己的奇異

---

13 譯注：Tulane University，位於路易斯安那州紐奧良的私立大學。

14 譯注：Arthur Machen，二十世紀英國小說家，作品以奇幻與恐怖小說為主。

15 譯注：Clark Ashton Smith，二十世紀美國作家，與洛夫克拉夫特是好友，曾撰寫過多部克蘇魯神話作品，其中不少邪神皆出自他的筆下。

夢境感到好奇，但卻從未對他解釋過研究的原因。我沒有向他多做解釋，反而巧妙地誘使他開口。在很短的時間內，我就對他的真誠感到信服，因為無人能比擬他提及夢境的方式。那些夢境和他潛意識中的殘餘回憶深刻地影響了他的藝術作品，他也讓我看了一尊病態的雕像，雕像輪廓所催生的黑暗想法幾乎讓我顫抖起來。除了夢中的半浮雕外，他不記得看過這作品的原型，但他卻無意識地在手中打造出這座雕像的外型。那肯定就是他在囈語時提到的巨型生物。他很快就說明，除了我舅公在持續追問時所透漏的風聲外，自己確實不認識任何祕密教派；我再度開始思考，他究竟從何得到這些古怪的想法。

他以帶有奇特詩意的方式，談起了自己的夢；這讓我在心中目睹了那座以濕黏的綠色石塊打造出的潮濕巨城，景象活靈活現地令人感到顫慄。他用古怪的口吻說道，這城市的**幾何結構**完全錯誤；隨著心中充滿恐懼的期待，我彷彿聽見了地底毫不停歇地傳來的聲響，就像是直接透過心靈傳輸過來：「**Cthulhu fhtagn**、**Cthulhu fhtagn**。」

這些字眼構成了那段可怕儀式，其中描述死亡的克蘇魯在拉萊耶的石墓中沉睡作夢；儘管我的心態保持理性，感受卻依然強烈。當時我確定，威爾考斯以某種正常方式聽說了教派的事，但那回憶迅速消失在他同樣怪異的大量閱讀內容與幻想中。之後，由於它帶來的印象太過強大，便透過潛意識在夢中、半浮雕、與我眼前的恐怖雕像上現形；他並沒有欺騙我舅公。儘管這名年輕人有些做作、也不太有禮貌（這兩點使我無法欣賞他），但我能接受他的天資與誠實。我溫和地向他道別，並祝他運用天資得到應有的成功。

教派的問題依然讓我著迷，有時我也幻想自己因研究出該教派的起源與關聯而聲名大噪。我拜訪了紐奧良，和里葛拉斯與其餘參與過那場攻堅行動的警員談過，也看到了那只可怕的塑像，甚至還詢問了仍在人世的混血囚犯。不幸的是，老卡斯卓在幾年前過世了。雖然我聽說了大量鮮明的第一手訊息，儘管這不過算是仔細驗證了舅公所寫下的內容，我卻依然興奮；因為我很確定自己發現了千真萬確的祕密，也尋獲了某個非常古老的宗教。光是發現這個教派，就能使我成為知名人類學家。我當下的心態依然反映出唯物主義，我也希望現在依舊如此。當時的我以近乎乖僻的態度，否定了安哲爾教授收集的筆記與奇特剪報中紀錄的巧合。

我開始懷疑一件事，現在也對此心知肚明：我舅公並非自然死亡。被某個黑人水手蠻不在乎地推倒後，他摔倒在一條陡峭的山路上，該道路通往擠滿外國混血人士的古老碼頭。我沒忘記路易斯安那的邪教徒們都是混血船員，也不對他們的祕法、儀式、和信仰感到奇怪。里葛拉斯與他的下屬確實被放了一馬；但在挪威，某位見到怪異事物的水手確實死了。在我舅公得到雕刻師的情報，並進行深入研究後，這些消息難道傳進了惡人耳裡？我想安哲爾教授死亡的原因，是因為他知道的太多了，或由於他可能會得知太多資訊。只有時間能揭露我會不會碰上和他相同的下場，因為我現在也知道不少事了。

第三章：來自海洋的瘋狂

如果上天願意眷顧我，便會完全抹去讓我看到架上某份報紙的機會。平常我根本不會注意到這份報紙，因為這是份澳洲舊報紙，是一九二五年四月十八日出刊的《雪梨公報》（*Sydney Bulletin*）。就連剪報社都沒注意到這份報紙，而當這份刊物發行時，剪報社正忙著收集我舅公研究所需的資料。

當時我已大致放棄調查安哲爾教授所稱的「克蘇魯教團」，並前往紐澤西的帕特森市（Paterson）；對方是一位當地博物館館長與知名礦物學者。有天在檢視博物館後方房間內置物架上的樣本時，我的目光被鋪在岩石底下舊報紙上的一張照片吸引。那是我提過的《雪梨公報》，因為我朋友在海外各地都有廣泛的人脈聯繫；那張半色調印刷照片上，印有一只和里葛拉斯在沼澤找到的雕像一模一樣的醜陋石像。

我急忙把報紙上的寶貴樣本移開，並仔細檢視上頭的細節，卻失望地發現這只是中篇文章。不過，內文卻對我走下坡的任務有著重大意義。我小心地把報頁撕下來，以便迅速行動。內文如下：

海上發現神祕廢棄船隻

警戒號（Vigilant）將無助的武裝紐西蘭快艇拖進港內。船上發現一名生還者與一名死者。海上曾發生激烈戰鬥，有船員喪生。獲救船員拒絕說明怪異經驗的細節。在他的所有物中發現奇特雕像。警方將展開調查。

莫里森公司（The Morrison Co.）原訂前往瓦爾帕萊索[16]的貨船警戒號，今天早上抵達達令港（Darling Harbor），並拖曳著嚴重癱瘓但武裝森嚴的蒸氣快艇「警報號」（Alarm），該船來自紐西蘭的但尼丁市（Dunedin），於四月十二日在南緯三十四度二十一分，西經一百五十二度十七分的位置被發現，船上只有一名生還者與一名死者。

警戒號於三月二十五日離開瓦爾帕萊索，在四月二日則因強烈暴風雨與巨浪而往航線南方偏移。棄船於四月十二日被發現；儘管完全被棄置，登船檢查後卻發現，船上還有一名精神錯亂的生還者，以及一名已死亡起碼一週的男子。

16　譯注：Valparaiso，智利首都。

倖存的男人緊抓著一尊來路不明的可怕石雕神像，高約一英呎；雪梨大學、皇家學會（Royal Society）、與學院路上博物館[17]的自然專家都無法判斷神像來源，生還者則說他是在快艇船艙中某個設計普通的小型雕刻神龕中，找到這尊神像。

恢復神智後，男子敘述了充滿海盜與殺戮的怪異故事。他名叫古斯塔夫．喬韓森（Gustav Johansen），是個有點聰明的挪威人，曾擔任奧克蘭的雙桅縱帆船「艾瑪號」（Emma）上的二副，艾瑪號在二月二十日航向卡亞俄[18]，船上搭載了十一人。

他說，因為三月一日的暴風雨，艾瑪號的航行時間受到耽誤，航向也嚴重偏往南方，而三月二十二日時，在南緯四十九度五十一分，西經一百二十八度三十四分的位置，船隻碰上了警報號，該船由一群舉止怪異且長相陰森的卡納卡人[19]與混血人種操縱。當被對方蠻橫地要求掉頭時，柯林斯船長（Collins）拒絕了；那批怪異的船員因此在毫無預警的情況下，用快艇上一台格外沉重的黃銅火炮向縱帆船猛烈開火。

生還者說，艾瑪號的船員進行了反擊，而儘管縱帆船因為被砲火擊中而開始下沉，船員們依然成功把船開到敵船旁，並進行登船，在快艇的甲板上與野蠻的海盜搏鬥，也被迫將對方全數殺死；船員的人數比海盜稍多，但對方雖然戰鬥方式笨拙，態度卻相當躁進。

艾瑪號上有三人被殺，包括柯林斯船長和大副格林（Green）；剩下的八個人由二副喬韓森率領，並駕著奪下的快艇，沿著原本的航向前進，想知道為何海盜們要求他們掉頭。

隔天，他們似乎登上了一座小島，不過沒人知道在那片海域居然有島嶼；有六人因不明理由死在岸上，喬韓森不願多談這部份，只提到他們摔入岩石懸崖下。之後，他和一名同伴回到快艇上，試圖駕駛船隻，但卻受到四月二日的風暴襲擊。

男子完全不記得從那天到他在十二日被營救之間所發生的事，甚至不記得他的同伴威廉·布里登（William Briden）何時死去。布里登缺乏明顯死因，可能是死於刺激或受寒。但尼丁市傳來的電報中聲稱警報號在當地是知名的島嶼商船，在碼頭也聲名狼藉。它的所有人是群怪異的混血人士，經常在夜晚結眾聚會，也引來不少人的好奇；在三月一日的風暴與地震後，警報號便急忙出海。

我們的奧克蘭駐地記者說艾瑪號與其船員的名聲良好，喬韓森也被形容為嚴肅且認真的人。

海軍部明天會成立調查小組來處理此案，他們會盡全力促使喬韓森說出更多資訊。

17 譯注：意指位於新南威爾斯的澳洲博物館。

18 譯注：Callao，祕魯最大港。

19 譯注：Kanaka，十九世紀到二十世紀初在英國各殖民地工作的太平洋群島工人。

內文到此為止，還配上了那張恐怖的照片；但我腦中的想法因此激盪了起來！這些是有關克蘇魯教團的全新資料，也能證明該教團不只在陸地上有計畫，在海上也圖謀不軌。為何這些混血水手帶著醜陋的神像航行時，會要求艾瑪號掉頭？艾瑪號六名船員死在上頭的那座未知島嶼有什麼來頭，二副喬韓森又為何三緘其口？域外海事法庭[20]調查出了什麼，而但尼丁市的邪惡教派又有什麼隱情？最重要的是，這一切和我舅公細心收集的資料之間，除了相關日期外，還有哪些陰森又令人無法忽視的意義？

三月一日（根據國際換日線，則是二月二十八日）發生了地震和風暴。警報號與它醜陋的船員急忙從但尼丁出航，彷彿受到緊急召喚，而在地球另一端的詩人與藝術家們開始夢見一座詭異又潮濕的巨型城市，同時一位年輕雕刻師則在睡夢中雕出了可怕的克蘇魯形象。三月二十三日，艾瑪號的船員登陸未知島嶼，其中六人死亡；當天許多敏感人士的夢境都變得極度鮮明，並充滿對某種巨大怪物的凶狠追趕所感到的畏懼，有名建築師發瘋，還有名雕刻師突然陷入神智不清的狀態！四月二日發生了暴風雨：所有關於潮濕城市的夢境都在這天停止，威爾考斯的古怪熱病也不藥而癒。以及老卡斯卓暗示過的那群深藏海中、並來自星際之間的舊日支配者，和它們即將來臨的統治期，加上它們忠心的教徒們和對夢境的控制；這一切究竟有什麼含意？我觸及了超越人類理解力的宇宙恐怖事物嗎？這樣的話，這些因子肯定只造成心理上的恐懼，由於某種不知名的原因，開始攻擊人類靈魂的可怖威脅都在四月二日停止了。

那天晚上，在匆忙地發送電報並安排行程後，我向招待我的朋友道別，並搭火車前往舊金山；一個月內，我就抵達了但尼丁市。不過，我發現當地人對待在老舊港口酒館中的混血水手們所知甚少。碼頭邊的小混混多到沒人會特別注意；但有些許風聲提到這些混血船員有次曾深入內陸，當時有人發現遙遠的山丘間傳來微弱鼓聲與紅色火光。在奧克蘭時，我聽說喬韓森在雪梨接受草率又毫無結論的訊問後，滿頭金髮頓時轉白，之後也賣了自己在西街上的房舍，並和妻子航行回到位於奧斯陸的老家。關於他的奇異經驗，他對朋友們提得並不比對海事法庭官員說得多，他的友人也只能把他的奧斯陸地址給我。

之後我前往雪梨，和水手們與域外海事法庭的成員交談，但卻徒勞無功。我見到了警報號，該船已經被賣掉，並轉為商船，目前停在雪梨灣內的環型碼頭（Circular Quay）中，但它平淡無奇的船身無法讓我得到多少資訊。擁有烏賊型頭部、龍形身軀、滿佈鱗片的雙翼、和基座刻滿象形文字的蹲姿雕像，則保存在海德公園（Hyde Park）的博物館中；我仔細端睨了它很久，發現這雕像的手工精緻又帶有邪惡風格，也和我在里葛拉斯尺寸較小的塑像上，發現了同樣的神祕感、恐怖的歲月感、與看似不屬於地球的怪異材料。館長告訴我，地質學家們認為這是個難解之謎；他們發誓，世上沒有這種類型的石材。當我想到老卡斯卓告訴里葛拉斯的舊日支配者傳聞

20 譯注：vice admiralty，英國殖民地的無陪審團法庭。

時，不禁感到一股戰慄：「它們確實來自星際之間，也將自己的塑像帶來地球。」

在感到前所未有的心理恐懼後，我決定去奧斯陸拜訪喬韓森二副。我坐船前往倫敦，並換船前往挪威首都；在某個秋夜，我在埃格柏格堡[21]的陰影下，抵達了整潔的碼頭。我發現，喬韓森的地址位於哈拉爾三世[22]舊城區中，當主城區被稱為「克里斯蒂安尼亞」（Christiana）時，本區依然保有「奧斯陸」的名稱。我搭上計程車走了一小段路，並帶著悸動的心敲了敲一座簡潔古老建築的大門，這棟房屋的前廊以灰泥砌成。一名身穿黑衣的悲傷女子應了門，而當她以不通順的英文告訴我，古斯塔夫・喬韓森已不在人世時，我感到莫大的失望。

他妻子說，他返家後並沒有活太久，因為一九二五年的海上事件使他徹底崩潰。他告訴妻子的事沒比告訴大眾得多，但他留下了一份長篇手稿，並說內容是關於「技術事務」，且以英文寫成，明顯是為了防止妻子不小心閱讀了內文。在穿越靠近哥特堡[23]碼頭的一條狹窄小徑時，有疊紙從某扇閣樓窗戶掉了出來，把他撞倒。兩名東印度籍水手立刻把他扶起身，但在救護車抵達前，他就死了。醫生找不出明確死因，只好將死因歸咎於心臟病與體質虛弱。

我現在覺得，心中感到的恐懼，得等到死後才會停止；無論我「意外」死亡與否。一告訴寡婦我與她丈夫的「技術事項」有關，她就把手稿交給我。我將手稿帶走，並在回倫敦的船上開始閱讀。

稿件內文單純又鬆散；只是一名水手在事件發生後寫下的日誌。他努力回想那可怕航程中的每一天。我無法逐字逐句描述文中的混亂與冗言，但我會講述它的主軸，以便讓讀者理解為何船身拍擊的水聲，使我感到相當難以承受，只好用棉花球塞住耳朵。

幸好，儘管喬韓森見到了那座城市與**那個生物**，卻並不清楚整件事的來龍去脈。但當我想到躲藏在時空中的生命後那些無盡恐怖事物，以及來自群星之間、並在海底作夢的不淨魔物，而某個惡夢般的邪教卻崇拜它們，並急切地準備在另一場地震將那座恐怖石城再度推入陽光與空氣中，讓它們席捲全世界時，我就再也無法安穩入睡。

喬韓森的旅程開頭，和他告訴域外海事法庭的說法相同。裝滿壓艙物的艾瑪號於二月二十日離開奧克蘭，並感受到衍生自地震的風暴威力，那股暴風雨肯定從海底捲起了侵襲人類夢境的恐怖事物。當船隻再度受到控制後，它便順利航行了一陣子，直到三月二十二日碰上警報號，我也能感受到二副在寫下艾瑪號遭受轟炸並下沉時感到的悔恨。他語帶恐懼地描述警報號上的黝黑邪教徒。對方似乎有某種怪異的畸形感，使消滅他們反而成了自己的責任，當調查法庭的成員質問喬韓森與船員們為何要如此無情時，他也感到相當不解。接著在喬韓森的指揮下，他們好奇地駕

21 譯注：Egeberg Castle，興建於二十世紀初的挪威城堡。
22 譯注：Harold Haardrada，名稱意為「無情者哈拉爾」，為十一世紀挪威國王。
23 譯注：Gothenburg，挪威第二大城。

著奪來的快艇往前航行時，船員們在海上看見一根直挺挺的巨石柱；而在南緯四十七度九分，西經一百二十三度四十三分的座標方位，他們抵達了一道由沾滿濕泥與海草的巨石建築構成的海岸線，那正是地球上終極恐怖的具體化型態：惡夢般的死者之城拉萊耶；來自黑暗星際間的龐大醜惡生物，在史前時代將它打造出來。偉大的克蘇魯與他的部屬們長眠於此，躲藏在濕黏深綠的墓穴中，並在難以估算的無垠紀元後，將它們的思緒往外傳送，散播到敏感人士的夢境中，並命令忠實信徒踏上解放與重置主神的朝聖之旅。喬韓森沒想到這些事，但他馬上就會親眼見證一切了。

我猜，只有一座山峰冒出水面，那裡同時也是埋藏克蘇魯的醜陋堡壘，頂端矗立著巨石柱群。當我想到深藏海底的一切時，就幾乎想立刻自殺。喬韓森與船員們對這座由太古惡魔建造的潮濕邪惡巨城，所散發出的太虛氛圍感到敬畏，也肯定憑直覺猜出這並非來自地球、或任何正常星球的物體。二副充滿害怕的描述中，充滿了由於青綠色的巨形石塊、高聳的雕刻巨石柱、該處的巨型雕像、半浮雕，和警報號神龕中奇怪塑像之間的古怪相似性，而感受到的強烈畏懼。

即使喬韓森不懂未來主義，在他提及城市時，卻達到了近似未來主義的效果；他並未描述明確的結構或建築，只專注在龐大稜角與岩石表面的整體觀感。這種平面寬廣到不屬於地球上的正確結構，上頭佈滿不淨的恐怖圖像與象形文字。我提到他對稜角的敘述，因為這反映出威爾考斯告訴我的可怕夢境中的某種事物。他說，自己在夢中見到的幾何線條非常怪異，也不符合歐幾里得[24]幾何學，使人做噁地聯想到與地球不同的星球與次元。當這名學識不高的水手端睨著恐怖的現實時，便產生了同樣的感受。

喬韓森與船員們在這恐怖衛城上的一處傾斜泥岸登陸，並在滑溜難行的情況下攀爬上黏膩的巨岩，那完全不可能是為凡人打造的階梯。透過從這塊被海水打濕的敗壞之地中升起的迷幻瘴氣，使天空中的太陽似乎變得扭曲，而這些雕刻石塊難以捉摸的瘋狂角度中，潛藏著扭曲的威脅與祕密；前一秒岩石還流露出突起感，下一秒立刻又變得凹陷。

在探索者們看到除了岩石、爛泥、和海草以外的事物前，某種近似恐懼的情緒便襲上了探索者們的心頭。要不是害怕受到別人輕視，大家早就拔腿逃跑了，而他們漫不經心地搜索，結果也徒勞無功；他們只想找到某種能帶走的紀念品。

葡萄牙人羅德里茲（Rodriguez）沿著巨石碑底部往上爬，並大喊說他發現了某種東西。其他人跟了上去，並好奇地看著龐大的雕刻石門，上頭則有熟悉的烏賊龍形浮雕。喬韓森說，那就像扇倉庫大門；上頭的裝飾門楣、門檻、門框，使所有人都覺得那是一扇門，不過他們無法判斷那究竟是鋪在地上的活板門，或是斜擺的地窖門。照威爾考斯的說法，該地的幾何線條完全錯誤。船員們甚至無法確定海洋與地面維持水平，因此一切的相對位置似乎都如同魅影般不斷變化。

24　譯注：Euclid，古希臘數學家。

布里登推擠了石門不同位置，但什麼也沒發生。接著多諾凡（Donovan）仔細摸索著邊緣，分別按壓不同部位。他沿著醜惡的石雕不斷往上攀爬；如果門板不是呈水平擺放的話，也許就能說他在攀爬。船員們思忖著，宇宙中怎麼會有這麼巨大的門。突然間，一英畝大的門楣開始從頂端往內緩緩移動；他們則發現門板的重量相當平衡。

多諾凡沿著門框滑了下來，或不知怎麼地讓自己往下跳，回到同伴身邊，每個人都直盯著這怪誕的龐大石雕門口。在這股由變體棱柱形構成的幻境中，石門以異常的斜角方式移動，似乎觸犯了所有已知的物理法則。

洞口中的黑暗彷彿是自成一體的物質。那股黑暗確實是**優點**；因為它遮蔽了原本應該顯露出的內部牆面，並像煙霧般從億萬年來的監禁中噴湧而出，像在凹凸不平的天空中拍打薄膜翅膀般，逐漸使陽光變得黯淡。從剛打開的洞穴深處飄出的惡臭令人難以忍受，而聽力敏銳的霍金斯（Hawkins），認為自己聽到洞口底部傳來的噁心潑濺聲。所有人仔細傾聽，而當大家豎起耳朵時，**它**濕黏地邁著沉重步伐，將自己拖進船員們的視野，並摸索著將**它**黏膩的綠色龐大軀體擠過黑色的門口，踏入外頭那座瘋狂城市的汙穢空氣中。

當可憐的喬韓森寫下這情景時，他的筆跡變得虛弱到幾乎消失。在沒有回到船上的六個人中，他認為有兩人在那可怕的瞬間便因驚嚇而死。沒有文字能形容**那東西**。沒有語言能描述這種充斥尖叫與太古瘋狂的黑暗深淵，與所有物質、力量、和宇宙法則完全相斥的恐怖事物。那彷彿是座行走或笨拙滑行中的高山。老天呀！難怪地球另一端的建築師會發狂，可憐的威爾考斯也在接收到心電感應的瞬間陷入癲狂！神像所描繪的**怪物**、群星孕育出的黏稠綠色子嗣，已從長眠中覺醒，準備奪回一切。星辰再度運行到正確方位，而古老教派無法特意達成的目標，卻被一群單純水手意外觸發。渡過難以估算的億萬紀元後，偉大的克蘇魯再度受到解放，並喜悅地找尋獵物。

還沒人來得及轉身，就有三人被鬆垮的巨爪抓起。如果宇宙中還有安息這種事的話，希望上天讓他們的靈魂安眠。三人分別是多諾凡、古瑞拉（Guerrera）、與安史壯（Angstrom）。當其他人狂亂地衝過長滿綠藻的無盡岩石塊群，並往船跑去時，帕克（Parker）滑倒了，而喬韓森發誓帕克沿著某個原本不該出現在該地的石雕稜角往下摔落；那是塊尖銳的稜角，卻又形同鈍角。所以只有布里登與喬韓森抵達船邊，並焦慮地企圖啟動警報號，而那龐大的怪獸則緩緩由黏滑的石塊間爬下，並在水邊猶豫不前。

儘管所有人都上了岸，船上的蒸氣鍋爐卻還沒有完全熄火；兩人緊張地在艦橋與輪機室間上下來回跑了幾趟，將警報號重新啟動。在那難以詮釋的扭曲恐怖景象中，警報號開始慢慢地攪動起那致命的水域；同時在陰森的異域石岸邊，來自星際的龐大邪神，像追趕著奧德修斯[25]搭乘之

25　譯注：Odysseus，希臘史詩《奧德賽》的主角，此處引述史詩中奧德修斯一行人逃離小島上的獨眼巨人波利菲墨斯的故事。

小船的獨眼巨人，流著口水發出咆哮。接著，偉大的克蘇魯滑入水中，比傳說中的獨眼巨人更為膽大包天，並開始全力追逐，用驚人的力量掀起巨浪。布里登往回一看，就立刻發瘋，發出淒厲的狂笑；他不斷間歇地發出笑聲，直到某晚喬韓森神智不清地在船上漫步時，才看到布里登死在船艙中。

但喬韓森還沒有放棄。他很清楚，除非警報號的蒸氣鍋爐全力運作，不然怪物一定會追上來，因此他決定放手一搏；他讓引擎以全速前進，再閃電般地衝上甲板，扭轉船舵。惡臭的海水受到強力翻攪，並冒出浪花，而當蒸氣鍋爐的效能逐漸升高時，勇敢的挪威人駕著船隻一頭衝向追趕而來的濕軟怪物，對方從不淨海水中高高升起，就像惡魔外型的大帆船船首。長滿觸鬚的恐怖烏賊形頭顱幾乎要碰觸到堅固快艇的船首斜桅，但喬韓森依然毫不放棄地往前行駛。隨即傳來一陣彷彿氣囊爆炸的爆破感，加上彷彿翻車魚被切開時的噁心黏膩感，和上千座墓穴被挖開時噴出的惡臭，以及一股紀錄者無法用文字表現的聲響。那一瞬間，整艘船被一股辛辣到令人無法睜眼的綠色雲霧包圍，接著只剩下在船尾蠢動的一團毒雲；但是，老天在上！那隻無名的星辰子嗣散發出的破碎膠質，正如同霧氣般**重新組合**為恐怖的形體，而當警告號的蒸氣鍋爐使船身得到推進力時，與怪物的距離也越來越遠。

一切都結束了。在那之後，喬韓森只陰沉地看著神龕中的塑像，或為自己和身旁狂笑的瘋子準備一點食物。在第一場大膽逃亡後，他就不再試圖駕馭船隻，因為逃亡過程已抽走了他靈魂中的某部分。接著出現了四月二日的風暴，他的意識也蒙上了一層灰雲。他彷彿感到靈體飄過無限時空中的液態深淵，乘著彗星的尾巴，暈眩地飛越翻騰的宇宙，再從坑洞中歇斯底里地落入月球，又從月球掉回大坑中。這一切都隨著扭曲又狂歡的古神們、與地獄中長有蝙蝠雙翼的惡魔們發出的轟然大笑，而變得鮮明起來。

救援出現在夢境之後；隨後則是警戒號、域外海事法庭、但尼丁街道、和回到埃格柏格旁的老屋時經歷的漫長返鄉航程。他無法說出真相；別人會認為他瘋了。他將在死前寫下自己所知的一切，但他的妻子絕不能發現這些事。如果死亡能抹去這段記憶，那死亡對他而言還算是上天恩賜。

那就是我讀到的文件內容，現在我則將它和半浮雕與安哲爾教授的文件放在錫盒中。裡頭也放了我的個人紀錄；這是對我自身理智的的證明，我希望曾被拼湊起來的事物，永遠不要再被串連在一起。我目睹了宇宙的一切恐怖，即使是春季天空和夏日花朵，之後對我而言也只是劇毒。但我不認為自己會活得很久。就像我舅公和可憐的喬韓森一樣，遲早會離世。我知道得太多了，而教派依然倖存。

我想，克蘇魯也還活著，並再度回到從太陽年齡尚輕時，就保護著他的岩石深淵中。他可憎的城市再度下沉，因為警戒號在四月風暴後曾再度航行到該海域去，卻查無該島行蹤。但他在世上的祭司們，仍舊在位於荒郊野外、頂端放有神像的巨石柱旁吼叫蹦跳，並進行生人獻祭。他肯定還被困在下沉的黑暗深淵中，否則世界現在早已充斥著恐懼與狂熱的尖叫。誰知道結局會如何？升起之物會下沉，沉沒之物也可能再度上升。醜惡魔物在海底深處等待並作夢，腐敗則在人類搖搖欲墜的城市中逐漸散播。遲早有一天……但我不能這樣想！如果我在這份手稿被發現前過世，我祈禱自己的遺產處理人能謹慎行事，切莫膽大妄為，並永遠不讓這份文件見到天日。

二、星之彩

阿卡漢（Arkham）西邊的山群綿延起伏，裡頭的山谷中則蘊含了從未遭到砍伐的密林。有些漆黑狹窄峽谷上的樹木，以奇異的方式傾斜生長，林間也有從未受過太陽照射的小溪。坡度較為緩和的山坡上有幾座滿佈岩石的古老農場，長滿青苔的低矮小屋則在高聳山脊之下，永恆地看守新英格蘭的祕密。但這些屋舍現在都空無一人，寬闊的煙囪塌了下來，鋪設礫石的牆面則在低矮的復斜式屋頂下以危險角度凸起。

昔日的居民都已搬走，外國人也不喜歡住在那裡。法屬加拿大人曾經嘗試過，義大利人也試過，波蘭人也曾來來去去。原因並不是可被見到、聽到、或摸到的實體因素，而是由於某種想像。這個地區對想像力有不良影響，居民也無法在夜間安眠。這肯定就是讓外國人遠離此處的緣由，因為老阿米．皮爾斯（Ammi Pierce）從未把自己記憶中的怪異時期告訴他們。腦筋已經有數年不太正常的阿米，是唯一還在世的當地人，也是唯一會提到那些怪異時期的人。而他敢這樣做的原因，是由於他的房子相當靠近阿卡漢周圍的開闊原野和人跡頻繁的道路。

曾經有條路穿越了山區與峽谷，並筆直地橫跨當今的枯萎荒野（blasted heath）；但人們已不再走那條路，轉而使用彎向南方的另一條新路。訪客還能在荒野中的雜草叢裡發現舊路的遺跡，即使半數窪地都已經因新建的水庫而積滿了水，有些道路遺跡肯定還留在原處。之後漆黑的森林會被砍倒，枯萎荒野將沉入蔚藍的湖水底下，水面則會在陽光下倒映出天空與漣漪。那些怪異時光中的祕密則會成為深藏地底的奧祕之一，加入古老海洋下的神祕故事，與原始地球的謎團。

當我進入山區與河谷，為新水庫進行勘查時，有人告訴我說，那個地區十分邪惡。阿卡漢的當地人告知我這件事，而因為那是充滿女巫傳說的古老城鎮，讓我以為那種邪惡事物，一定只是數世紀以來由老奶奶低聲告訴孩童所傳承下去的故事。我覺得「枯萎荒野」這名字古怪又充滿戲劇性，也對為何清教徒居民的民俗故事中會出現這種名稱，而感到好奇。接著我親眼見到了西邊那處黑暗河谷與山坡，便不再對傳說抱持懷疑，反而想了解該地區的古代謎團。當我目睹該地時還是早上，但陰影總是潛伏著。樹木生長得太過濃密，樹幹也異常粗大，不像任何健康的新英格蘭林木。森林間的幽谷太安靜了，柔軟的地面也長滿潮濕的青苔，與多年累積的腐朽物質。

在沿著舊路延伸的開闊地帶上，只有幾座建在丘陵邊的農場；有些農場的房舍完好無缺，有些剩下一兩間屋舍，有些則剩下一根煙囪或堵塞住的地窖。野草與荊棘四處蔓延，躡手躡腳的野生動物也在灌木叢中沙沙作響。所有事物都受到某種不安又壓抑的氛圍所籠罩；那是種虛假又怪異的感覺，彷彿有某種視覺或明暗對比上的重要元素出了差錯。對於外國人不願留在此地這件事，我並不感到訝異，因為這裡不適合安睡過夜。這裡太像薩爾瓦多・羅薩[1]畫中的風景，也太像恐怖故事中的禁忌版畫了。

但這一切也不比枯萎荒野糟。當我在某個寬敞的谷底碰上它時，就立刻認出該地；沒有別的名字適合當地，也沒有比這裡更適合那名稱的地方了。彷彿有詩人見到此地後，就發明了那字眼。當我看著荒野時，便猜想這必定是火災後遺留的痕跡。但為何在這占地五英畝的灰色荒原中，沒長出任何新植物呢？這塊赤裸面對天空的空地，彷彿森林與原野間被強酸腐蝕出的大洞。大部分的荒野位於古老道路北邊，但有一小部分延伸到另一側。我莫名地不想靠近那裡，最後也只因自己的工作才勉強穿越該地。那塊寬敞的土地上缺乏植被，只有一層似乎不隨風飄動的灰色細塵或灰燼。荒野附近的樹木看起來病懨懨又發育不良，邊緣則有許多枯死的樹幹，有些矗立在原地，有些則倒在地上腐爛。當我迅速走過時，就看見右邊一根老煙囪崩落的磚塊與石塊，和一座地窖，以及一座被遺棄的水井，腐臭的蒸氣從漆黑的井口中飄出，在陽光下顯露出怪異的色澤。即使是那段陰暗的林間上坡路，相較之下還比較不可怕，我也不再對阿卡漢鎮民的驚恐傳言感到訝異。附近沒有房屋或遺跡，即使在昔日，這裡肯定也荒涼又寂寥。太陽西下時，由於我害

1 譯注：Salvator Rosa，十七世紀義大利巴洛克畫家。

怕穿過那個陰森地點，便沿著南方的奇特道路，迂迴地回到鎮上。我隱約希望天上會有雲朵聚集起來，因為空曠的天空中有某種怪異的膽怯感，已悄悄鑽入我的靈魂。

晚上，我向阿卡漢的耆老們詢問枯萎荒野的事，以及許多人態度閃躲的低語中所提到「怪異時期」背後的意思。不過，我打聽不到什麼好答案，只得知謎團發生在比我想像中更近代的時期。那並非古老傳說，而是某種發生在當地居民過往生涯中的事。事情發生在一八八〇年代，有一戶家族消失或受到謀害。居民不願細談，也因為他們要我別搭理老阿米．皮爾斯的瘋言瘋語，我便在隔天早上去找他；我聽說他獨自住在一座搖搖欲墜的老舊農舍中，房屋則位於樹林最早變得濃密的位置。那是個相當古老的地方，也開始散發出經歷多年歲月舊屋常有的微弱瘴氣。我得不斷敲門，才能喚醒那名老人；當他緩緩走到門邊時，我也看得出他並不樂意見到我。他並不如我想得虛弱，但他的雙眼以奇異的方式下垂，雜亂的衣物和白色鬍鬚也使他看起來狼狽不堪。

由於不清楚該如何讓他講述故事，我便假裝是為了工作而來。我把自己的勘查工作告訴他，並問了關於當地的幾個模糊問題。他比我聽說得更聰明，教育程度也更高，不久他便迅速理解了我的問題，腦筋和我在阿卡漢遇到的其他人一樣清楚。他不像我在其他興建水庫地帶遇到的鄉下人。他不會抱怨數英哩長的老森林與農地將被淹沒，但要不是因為他家離未來的湖泊很遠，他可能依然會埋怨。他只流露出安心，因為他待了大半輩子的漆黑古老峽谷終於要消失了。它們最好都留在水底；自從怪異時期後，它們最好永不見天日。講完這些開場白後，他嘶啞的嗓音便逐漸轉低，身體前傾，並開始顫抖地比劃右手的食指。

這時我才聽聞了這件故事，而當那喋喋不休的嗓音如同摩擦聲般地低語時，儘管當時是夏天，我卻一再打起冷顫。我得經常要對方別再嘮叨地提起他從教授言論中模擬兩可地聽來的科學論點，或當他的邏輯與故事連續性中斷時，要求他說明漏講的部分。當他說完時，我便明白為何他的腦袋出了些問題，或是阿卡漢的居民為何不願多提枯萎荒野的事。我在夕陽西下前趕回旅館，不願意讓星空籠罩在我頭頂。隔天我便回到波士頓，並遞出辭呈。我無法再踏入那座原始森林與山坡間的迷濛混亂氛圍中，或再度面對那片灰色的枯萎荒野，以及荒原中那座矗立在崩塌磚塊與石塊旁的漆黑水井。水庫很快就會完工，而那些古老祕密都將安全地沉入深不見底的水中。但即使如此，我也不認為自己想在夜間造訪當地，至少在不祥的星辰出現時不會。也沒什麼能誘騙我喝下阿卡漢的新城市用水。

老阿米說，一切由那顆隕石展開。在那之前，當地在獵巫審判的時代後，就毫無鄉野傳說，西邊的樹林也不比米斯卡托尼克河中間的小島要來得令人畏懼；魔鬼曾在小島上一座比印地安人還古老的祭壇旁召開會議。這些林子當時一點都不陰森，優美的夕陽也毫不可怕，一直到怪異時期開始。接著在中午出現了那股白色雲朵，空中也傳來一連串爆炸聲，森林遠處的峽谷則飄出了一縷煙霧。到了晚上，阿卡漢的所有居民便聽說了大型石塊從天而降的事，它落在納胡姆．蓋登納（Nahum Gardner）家中水井旁的地面。那棟房屋坐落於枯萎荒野未來出現的位置。納胡姆．

蓋登納簡潔的白色房屋周圍有土壤肥沃的花園與果園。

納胡姆來鎮上把隕石的事告訴大家，並順道經過阿米．皮爾斯家。阿米當時四十歲，所有怪事都深深烙印在他的腦海中。隔天早上，他與妻子和三名來自米斯卡托尼克大學的教授一同趕往事發現場，打算觀察這位來自未知太空的怪異訪客，也對納胡姆昨天說隕石相當龐大而感到不解。當納胡姆指向前院古井旁，被炸開的土壤和燒焦草葉上的棕色大土堆時，他說隕石縮小了。但學者們說石頭不會縮小。它持續散發高溫，納胡姆則聲稱晚上它會發出微光。教授們用地質學用錘敲了敲隕石，發現它意外地軟。事實上，它柔軟的程度幾乎就像塑膠。與其說他們在敲擊，倒不如說他們挖出了一只樣本，準備帶回大學測試。他們從納胡姆的廚房中借來一只舊水桶裝隕石，因為連它的小碎片都沒有降溫。回程時，他們在阿米家休息，而當皮爾斯太太說那塊碎片逐漸縮小，還在水桶底部燃燒時，教授們便顯得若有所思。它確實不大，但或許他們挖出的樣本體積比想像中小。

這一切發生在一八八二年六月。隔天，教授們再度興奮地出發。當他們經過阿米家時，便把樣本發生的奇怪事情告訴阿米，也提到當他們將隕石放入玻璃燒杯時，它就完全消失。燒杯也不見了，學者們則談起了古怪隕石與矽之間的吸引力。它在那座設備齊全的實驗室中產生了令人不敢置信的反應。當它受到炭火加熱時，不只沒有反應，也沒有排出內部氣體，在硼砂珠試驗中也呈陰性，在任何可達到的溫度下都完全沒有揮發反應，連在氫氧吹管下也無動於衷。它在鐵砧上發揮了強大的延展性，在黑暗中也能發出相當明顯的光芒。由於它完全沒有冷卻的跡象，很快便使學院上下興奮起來。將樣本在光譜儀前加熱時，隕石則顯露出不存在於正常光譜的閃爍光帶。學者們上氣不接下氣地談起了新元素、古怪的光學性質、和其他當科學家因未知事物而感到困惑時會說的東西。

儘管隕石很熱，學者們依然將它放入坩鍋中，並放入各種試劑。水對它毫無反應。鹽酸也一樣。潑灑在它炙熱又堅固的表面上的硝酸與王水，也只使它發出嘶嘶聲。阿米不太記得這些細節，但當我提到這些常用溶劑時，他就認了出來。學者們使用氨水、氫氧化鈉、酒精與乙醚、令人作嘔的二琉化碳，和其他數種溶劑。儘管隨著時間過去，樣本的重量穩定地減輕，碎片似乎也逐漸冷卻，但溶劑中卻沒有任何顯示它們對樣本造成改變的跡象。不過，這肯定是種金屬。首先，它擁有磁性；當學者將它泡入酸性溶液後，便能在上頭觀察到微弱的魏德曼花紋[2]，這種紋路經常在鐵隕石上出現。當樣本大幅度冷卻後，學者便將它放入玻璃容器中測試。他們在工作時，將從原本的隕石碎片上敲下的碎片放在玻璃燒杯裡。隔天早上，碎片和燒杯都消失得無影無蹤，只在之前木架上的原位留下一抹焦痕。

教授們在阿米的門口告訴他這些事，他則再度和他們去看那顆星際訪客，不過這次妻子並沒

2 譯注：Widmanstatten figures，在部分隕石中會出現的長鎳鐵結晶。

有陪同。現在它明顯縮小了，就連嚴肅的教授們都無法質疑眼前的真相。水井邊縮小的棕色土堆周圍除了土壤被撞凹的位置外，只留下一片空地。而前一天還有七英呎大的隕石，現在則不滿五英呎。它依然很熱，學者們則好奇地研究著石塊表面，並用鎚子和鑿子敲下另一塊更大的碎片。他們這次挖得很深，而當他們挖開細小的石塊後，發現隕石的核心與外圍似乎不是同種物質。

他們發現了某種鑲嵌在岩石中的大型彩色球體。很難形容它的顏色，但很類似隕石發出的奇異光譜中的某些光帶；學者們稱呼那東西為「顏色」的原因，也只是為了方便分類。球體的質地帶有光澤，敲擊表面後，便能發現它硬脆又中空。其中一名教授用鎚子用力敲了它一下，球體則啵的一聲爆開來。裡頭沒散出任何東西，球體也隨著爆裂而應聲消失。它留下了大約三英吋長的球狀空間，當包在裡頭的物質消散時，所有人都認為也許還能發現其它球體。

光是猜測毫無幫助，因此在無法透過鑽孔找到額外的球體後，學者們便再度帶著新樣本離開，不過和之前的樣本一樣，它在實驗室裡依然讓人大惑不解。它除了擁有可塑性、溫度、磁性，也會發出微光，在強酸中只會稍微降溫、擁有未知的光譜、會在空氣中消散、會破壞矽化合物，並以共同毀滅做結等特性以外，沒有任何可供辨認的特點。測試最後，學院裡的科學家被迫承認自己無法判斷隕石的底細。它不是地球上的物質，而是外太空的一只碎片，因此它擁有外來的性質，也只遵循異域法則。

當晚下了一場大雷雨，而當教授們隔天前往納胡姆家時，卻大失所望。儘管那塊隕石有磁力，卻肯定也有某種奇特的導電性；因為依納胡姆所說，它持續「吸引閃電」。一小時內，這位農夫就看到閃電六次擊中前院的土溝，而當風暴結束時，古老的水井旁就只剩下凹凸不平的大坑，坑內有一半被塌下的土堆滿。挖掘後也徒勞無功，科學家們因此確定隕石完全消失。這是場徹底的失敗，因此他們只好回到實驗室中，再度測試那塊保存在鉛製容器中、並不斷消散的碎片。碎片維持了一週，最後學者卻無法從上頭取得任何發現。當它消失時，也沒有留下殘渣，之後教授們甚至難以相信自己確實眼睜睜地目睹了無垠太空的神祕現象；那是來自其他宇宙與擁有不同物質、力量與事物的領域所捎來的怪異訊息。

想當然耳，受到大學贊助的阿卡漢報社們大力報導了這件事，並派記者採訪納胡姆．蓋登納與他的家人。至少有一家波士頓報社派了記者前來，納胡姆也迅速成為當地名人。他是個纖瘦溫和的五十歲男子，和妻子與三個兒子一同住在山谷中的宜人農莊裡。他和阿米經常來往，他們的妻子也一樣；經過了這些年，阿米對他依然讚不絕口。納胡姆似乎對自家引來的注意力感到驕傲，在接下來幾週也經常談起那顆隕石。那年的七月和八月相當炎熱；納胡姆仍在位於查普曼溪（Chapman’s Brook）對面的十英畝寬農地上整理乾草。他嘎嘎作響的馬車在山谷間的陰暗小徑留下深邃的凹溝。這項粗重工作讓他感到比往年更加疲勞，他也覺得年紀似乎開始對自己造成壓力了。

接著收成的季節到了。梨子與蘋果緩緩成熟，納胡姆發誓他的果園比以前還要繁榮。果實長得比平常還碩大，並散發出非比尋常的光澤；為了處理這麼大的產量，納胡姆訂了額外的木桶來處理之後的收成。但當果實完全成熟時，卻讓人大失所望，因為那些看來多汁的華麗果實，沒有一顆能吃。梨子和蘋果都滲入了某種噁心的苦味，即使咬一小口，都會在口中留下久久不散的噁心。香瓜與番茄也遇上了同樣的狀況，納胡姆悲傷地明白，自己的農作物全泡湯了。他迅速做出聯想，並宣稱隕石毒害了土壤，並感謝上天，因為其餘農作物都種在公路旁的高地。

那年冬天來得很早，且非常寒冷。阿米比平常更少見到納胡姆，並發現對方看起來憂心忡忡。他的家人似乎變得沉默寡言，也越來越少上教堂，或參加鄉間各種社交活動。他們感到的孤僻或陰鬱似乎毫無來由，不過一家人都承認，自己三不五時會覺得健康狀況變差，心裡也隱約覺得不平靜。納胡姆自己給出了最明確的定論，他說自己對雪中的某些腳印感到不安。那是紅松鼠、白兔、與狐狸留下的尋常冬季足跡，但陰沉的農夫說腳印的形狀與排列不太對勁。他從未詳細說明此事，但他認為那些腳印與松鼠、兔子、和狐狸經常留下的痕跡與習慣不同。阿米毫無興趣地聽著這類言論，直到有一晚，他駕著雪橇從克拉克角（Clark's Corner）回家，途中經過了納胡姆的房子。當時天上高掛著明月，有隻兔子躍過路面，跳躍的距離遠得使阿米與他的馬匹大為驚駭。要不是阿米緊緊勒住韁繩，馬匹早就逃走了。之後，阿米便重視起納胡姆的故事，也想知道為何每天早上蓋登納家的狗群都畏畏縮縮並不斷顫抖。牠們似乎失去了吠叫的精神。

二月時，來自草丘（Meadow Hill）的麥奎格（McGregor）家男孩們出外獵土撥鼠，並在蓋登納家附近逮住了一隻非常怪異的生物。牠身體的比例似乎被某種難以形容的怪異方式稍微改變，臉則流露出沒人在土撥鼠身上看過的表情。男孩們非常害怕，並立刻丟棄那生物，所以鄉里間只聽過他們的恐怖故事。但現在大家都知道馬匹不喜歡靠近納胡姆的房子，一連串的八卦傳聞也迅速成形。

人們發誓說，納胡姆家附近的雪融化得比別處還快，而在三月初，位於克拉克角的波特（Potter）雜貨店則發生了一場令人訝異的討論。史蒂芬・萊斯（Stephen Rice）早上曾駕車經過蓋登納家，也注意到道路對面森林旁的泥地長出西部臭菘。從來沒人看過體積這麼大的臭菘，它們也擁有言語難以形容的顏色。它們的形狀相當怪異，馬匹還對某種史蒂芬從未聞過的臭味發出哼聲。那天下午，許多人駕車去看那批古怪的植物，大夥也同意那種植物不該出現在正常世界。大家還提起去年秋天的果實，並口耳相傳，說納胡姆的土地中有毒素。原因自然就是隕石。而想起大學來的教授們發現那塊岩石有多奇怪後，數名農夫也把這件事告訴眾人。

有一天，教授們前往拜訪納胡姆，但由於他們對傳說和民間故事沒有興趣，便對自己的推論維持保守態度。那些植物確實很奇怪，但臭菘在外型與色澤上本來就各有不同。也許隕石中的某種礦物質滲入了土壤，但很快就會被沖刷掉了。至於腳印與害怕的馬匹，那當然是隕石這類現象會引發的鄉村八卦。學者們無法阻止謠言，因為迷信的鄉下人滿口胡言，也會相信任何事情。因此在怪異時期中，教授們總是輕蔑地遠離當地。一年半後，其中一名教授在協助警方工作時，分析了兩瓶塵埃，並想起臭菘的奇怪顏色非常類似學院光譜儀中隕石碎片散發出的怪異光帶，也很像嵌在隕石內部那顆硬脆球體的色澤。這項分析案件中的樣本剛開始也顯露出同樣的怪異光帶，不過這現象很快就消失了。

納胡姆家附近的樹木提早開花，花苞則在夜風中不祥地搖曳。納胡姆的次子賽德斯（Thaddeus）是個十五歲的孩子，他發誓說那些花朵在無風時也會搖動；但連謠言都沒有佐證這件事。不過，空氣中確實飄散著不安的氛圍。蓋登納一家養成了悄悄傾聽的習慣，不過聽得卻並非任何他們能解釋的聲響。那種傾聽行為，反而是半失去意識時的反應。不幸的是，這種狀況隨著幾週過去逐漸加重，直到人們口耳相傳：「納胡姆一家不太對勁。」首批虎耳草長出來時，上頭有種奇怪的顏色。那不太像是臭菘的色彩，但沒有人認得這種顏色。納胡姆拿了一些花朵去阿卡漢，並把花拿給《公報》（*Gazette*）的編輯看，但對方只為此寫了篇幽默文章，裡頭禮貌地嘲諷了鄉巴佬的恐懼。納胡姆的錯誤之處，在於不該把體型過大的蛺蝶與這些虎尾草的互動過程，告訴態度冰冷的都市人。

四月為所有鄉間居民帶來了一股瘋狂氛圍，他們也開始閃避經過納胡姆家的那條路，最後導致該路段完全受到棄置。原因就是植物。果園中的所有樹木都綻開了擁有怪異顏色的花朵，院子裡滿佈石頭的土壤和相連的牧場上，也長出了怪異的植物；只有植物學家才能將它們與當地的原生植物做出連結。除了綠草與葉片外，到處都沒有正常的顏色；外型瘋狂的棱柱體構造四處蔓延，而這些植物擁有的某種潛在病態色調，也完全不屬於地球上已知的色系。「兜狀荷包牡丹」（Dutchman's breeches）成了充滿陰森威脅感的植物，血根草則狂妄地展現出自身的病態色彩。阿米與蓋登納一家認為大多顏色有某種詭異的熟悉感，並聯想到隕石中那顆脆弱的小球。納胡姆在十英畝大的牧場和高地上犁田和播種，但完全沒有在房屋周遭的土地耕作。他知道在附近耕種肯定毫無幫助，也希望夏天長出的古怪植物會將土壤中的毒素全吸收掉。他已準備好面對任何事物，也習慣感覺到自己會聽到某種靠近自己的東西發出的聲響。鄰居避開他的房子一事自然讓他感到不悅，但對他的妻子影響更大。孩子們的狀況比較好，因為他們每天都在學校；但他們依然對傳聞感到害怕。賽德斯是個特別敏感的孩子，也因此承受了最大的壓力。

昆蟲在五月出現，納胡姆家則成了充滿嗡嗡聲與蟲子四處爬行的可怕居所。大多昆蟲的外型與行為都不太尋常，而牠們的夜間習性也與之前完全相反。蓋登納一家開始守夜，他們隨機望向各種方向，卻不知道自己究竟想看到什麼。這時他們才發現，賽德斯對樹木的說法沒有錯。蓋登納太太是第二個發現這種跡象的人：當時她正從窗口望向月光下一棵楓樹腫脹的枝枒。樹枝肯定移動了，當時並沒有風。一定是由於樹汁的關係。所有會生長的東西現在都出現了古怪之處。但並非納胡姆一家發現了下一股跡象。他們已經因習慣而變得麻木，而他們看不到的事物，則被一名來自波頓（Bolton）的膽小磨坊銷售員瞥見；不清楚鄉野傳說的他，在某天晚上駕車經過當地。他向阿卡漢鎮民述說的事，在《公報》中得到了短篇報導。而包括納胡姆在內的所有農夫，都是在《公報》上得知此事。當時的夜晚漆黑無比，馬車的車燈光線也十分黯淡，但在山谷中的一座農場邊，黑暗卻顯得沒那麼濃密；大家都知道，這就是納胡姆家。所有植物、青草、葉片、與花朵都散發出某種微弱卻明顯的光芒。有時候靠近穀倉的院子裡，會有另一股分離出來的磷光微微閃動。

牧草似乎還沒受到影響，牛隻們也在房屋附近的牧場自由地吃草，但到了五月底，牛奶品質開始變糟。在納胡姆將牛隻搬遷到高地上後，問題就停止了。不久之後，連肉眼都能看到青草與葉片的變化。所有的蔬菜都變成灰色，也產生了一種特殊的脆度。阿米現在是唯一會拜訪當地的人，而他過去的次數也越來越少。當學校放假時，蓋登納家便完全與世界斷絕聯繫，有時也讓阿米幫他們進鎮上辦事。他們的生理與心理狀況不斷惡化，使得蓋登納太太的瘋狂症狀傳開時，也沒人感到訝異。

事情發生在六月，當時是隕石墜落一周年，而那可憐的女子則尖叫著說，空氣中有她無法描述的東西。她的瘋言瘋語中沒有任何特定名詞，只有動詞和代名詞。有東西在移動、改變、並拍動，耳朵則隨著並非聲音的動靜而豎起。有些東西被帶走了——有東西從她身上被抽離——某種不應該存在的東西吸附在她身上——得有人把它拿走——晚上沒有任何東西維持平靜——牆壁和窗戶都會移動。納胡姆沒有把她送去郡立療養院，只要她沒傷害自己和其他人，就讓她在屋裡閒晃。即使當她的神情改變時，納胡姆也無動於衷。不過孩子們開始對她感到害怕，賽德斯也差點在母親對他做出恐怖表情時嚇昏，因此納胡姆決定把她鎖在閣樓裡。到了七月，她就停止說話，並只用四肢爬行，而在七月結束前，納胡姆就產生了一種瘋狂念頭，覺得她在黑暗中發出微光，並發現附近的植物也出現同樣狀況。

這件事情發生前不久，馬匹就開始狂亂地跺起腳來。夜裡有某種東西嚇到牠們，牠們在馬廄裡發出的嘶吼與踢腳聲也相當可怕。似乎無法讓牠們冷靜下來，而當納胡姆打開馬廄大門時，馬匹們就像驚嚇的林間野鹿般衝了出去。他花了四週才找到其中四隻，但發現牠們時，馬匹卻變得毫無用處，也不受控制。牠們腦中的某種東西損壞了，納胡姆只好將牠們射死。納胡姆向阿米借了匹馬來運送乾草，卻發現牠不願意靠近穀倉。牠怯懦地裹足不前，又發出哀鳴，最後納胡姆只好將馬匹留在院子裡，並憑靠蠻力把沉重的馬車推到乾草棚旁，以便搬運草料。同時所有植物則變得又灰又脆。連色澤奇怪的花朵現在也變灰了，樹上長出的果實泛出灰色，體積變小，也毫無味道。紫菀和一枝黃花開出扭曲的灰色花朵，前院的玫瑰、百日菊、和蜀葵則變成看起來陰森不潔的物體，使得納胡姆的長子賽納斯（Zenas）把它們全部砍掉。體型以詭異方式膨脹的昆蟲們也在那時死去，就連蜜蜂都離開了蜂窩，飛往樹林。

到了九月，所有植物全數崩碎成灰色粉末，納胡姆也擔心土壤排掉毒素前樹木就會死光。他的妻子現在會發出恐怖的慘叫聲，他和兒子們總是擔憂又緊繃。他們避開外人，開學時孩子們也沒去學校。但卻是阿米偶爾拜訪時，率先發現井水的品質變差了。它有種怪味，但嘗起來不臭也不鹹，阿米建議他朋友在高一點的地帶挖一口新井，直到土壤復原為止。不過納胡姆忽視了這項警告，因為當時他已經對怪事感到麻木。他和孩子們繼續使用被汙染的水源，萎靡不振又機械化地喝水，食用貧乏且品質不佳的餐點，並在毫無目的的日子裡做著單調的雜事。他們身上散發出冷淡的放棄感，彷彿已半行走在另一個世界的無名守衛之間，準備邁向熟悉的末日。

九月時賽德斯走到水井邊後就發瘋了。他帶了個水桶過去，卻空手而回，邊尖叫邊揮舞雙手，有時則發出空洞的囈語，悄聲提到「在底下移動的顏色」。家裡有兩人的情況很糟，但納胡姆的態度依然非常勇敢。他讓兒子自由行動了一週，直到賽德斯開始跌倒並弄傷自己，接著納胡姆便將兒子關在閣樓的房間內，就位於關他母親的房間對面。他們在上鎖的房門後對彼此尖叫的方式非常恐怖，特別是對小莫文（Mervin）而言；他認為他們用某種不屬於地球的駭人語言交談。莫文的想像力變得令人害怕地鮮明，且當身為他最佳玩伴的哥哥被關起來後，他的不安就變得更加強烈。

幾乎同一時間，牲畜開始死亡。雞群轉為灰色，並迅速死亡，切開屍體後，發現肉質變得乾燥又令人作嘔。豬隻變得異常肥大，接著突然產生無法解釋的異變。牠們的肉自然也不能食用，納胡姆無計可施。沒有鄉村獸醫願意靠近他家，阿卡漢來的城市獸醫也相當困惑。豬隻開始變得又灰又脆，並在死前就裂成碎片，眼睛與口部也出現怪異的突變。這種情況毫無緣由，因為牠們從未吃過受汙染的植物。接著牛隻身上也發生怪事。特定部位或全身有時會異常地萎縮或變扁，也時常發生暴斃或身體分解的狀況。最後的階段總是以死亡作結，牛隻也會和豬群一樣轉灰並變脆。肯定是毒素造成了這種影響，因為所有案例都發生在上了鎖又不受打擾的穀倉中。不可能是小型動物嚙咬帶來病毒，畢竟世上有哪種生物能穿越固體障礙物？原因只可能是自然疾病，但沒人猜得出是哪種疾病造成了這種成果。收成季節到來時，農場裡沒有任何動物存活，因為家畜與家禽都已死亡，狗也全逃跑了。那三條狗在某天晚上消失，再也沒人看過牠們的蹤跡。五隻貓之前也離開了，但牠們的失蹤並沒有引起太多注意，因為現在幾乎沒有老鼠了，也只有蓋登納太太會照顧那些優雅的貓。

十月十九日晚上，納胡姆踉蹌地走入阿米家，並帶來可怕的消息。可憐的賽德斯死在閣樓房間中，死狀悽慘得無法形容。納胡姆在農場後頭被圍欄圍住的家族土地上挖了塊墓，將他找到的部分遺體埋了進去。賽德斯的死不可能是受到外力影響，因為房內裝有欄杆的狹小窗戶與上鎖的門都相當完整；但一切狀況和穀倉裡相同。阿米與他的妻子盡力安慰了悲傷的農夫，但同時他們也打了冷顫。恐怖事件似乎如影隨形地跟隨著蓋登納一家，以及他們觸及的所有事物，而居然有一名蓋登納家成員待在自己家中，彷彿就讓自己靠近了無名的邪惡領域。阿米相當猶豫地陪納胡姆回家，也盡量安撫了正歇斯底里啜泣的小莫文。賽納斯則不需要撫慰。最近他什麼都不做，只盯著眼前的空間，並遵守父親叫自己做的事；阿米認為這兒子的命運還算是幸運了。有時莫文的尖叫會得到閣樓傳來的微弱回應，當阿米露出疑惑的眼神時，納胡姆就說他妻子變得相當虛弱。

當夜色降臨時，阿米終於能夠離開。連友誼都無法讓他待在那裡，植物會開始發光，樹木也可能在無風狀況下搖動。阿米非常慶幸自己並不是想像力豐富的人。即使事情如此，他的心智卻只受到一丁點動搖。但如果他能夠對周遭一切做出聯想的話，肯定會發瘋。他在暮色中急著趕回家，耳邊還迴響著瘋狂女子與緊張孩童的尖叫聲。

三天後，納胡姆在大清早衝進阿米家的廚房，但並沒有碰上阿米；他結結巴巴地吐露了絕望的故事，而皮爾斯太太則神經緊繃又害怕地聽對方解釋。這次是小莫文。他失蹤了。他半夜帶著提燈和桶子出外取水後，就再也沒有回來。他已經精神崩潰好幾天了，也不清楚自己的去路。他會對任何事發出尖叫。當時院子裡傳來一陣狂叫，而當他父親趕到門邊時，男孩已經消失了。納胡姆看不到他攜帶的提燈燈光，也找不到孩子。當下納胡姆以為提燈和水桶也不見了。但當黎明到來，他從林間與原野間的整夜搜索中返家時，在井邊發現某些奇怪的東西。地上有塊被壓扁且有些融化的鐵塊，明顯就是提燈；它旁邊則有一只彎曲的把手和扭曲的鐵環，看起來似乎是桶子的遺骸。就這樣而已。納胡姆已完全不敢想像，皮爾斯太太腦袋一片空白，而當阿米回家聽到這故事時，也不敢多做猜測。莫文已經死了，把這件事告訴其他人也沒用，現在大家都躲開蓋登納一家人。也不可能把事情告訴阿卡漢的都市居民，他們只會報以訕笑。賽德斯死了，現在莫文也丟了性命。有某種潛伏的事物正等著被發現。納胡姆很快就會步上後塵，如果他妻子與賽納斯比他晚死的話，他要阿米照顧他們。這一定是某種天罰，但納胡姆不清楚原因，因為他總是循著上帝的正道行事。

在兩週內，阿米完全沒見到納胡姆；擔心發生問題的阿米，則壓下恐懼，前去蓋登納家訪視。大煙囪中沒有飄出煙霧，在那一瞬間，阿米害怕最糟糕的情況已經發生了。整座農場的狀態相當嚇人：地上有灰色的枯萎雜草和葉片，脆裂的藤蔓殘餘物從古老的牆面與山牆上垂下，樹枝那微妙的彎曲角度，使阿米不禁覺得，光禿的大樹彷彿向灰色的十一月天空，伸出帶有強烈惡意的爪狀枝枒。納胡姆其實還活著。他很虛弱，躺在有著低矮天花板的廚房沙發上，神智依然清醒，也能向賽納斯發出基本指令。房裡相當寒冷；當阿米明顯開始顫抖時，屋主便沙啞地向賽納斯大喊，要他拿更多柴薪來。這裡確實很需要木柴，因為洞穴般的壁爐裡毫無火光，也空無一物，而從煙囪吹下來的冷風中，則夾帶著一股煙灰。納胡姆立刻問他，多加柴薪後是否讓他舒服點，阿米這才發現了真相。最堅韌的繩索最後也會斷裂，這名悲哀的農夫已無法再承受更多傷痛了。

阿米小心翼翼地詢問對方，但完全無法得知失蹤的賽納斯究竟在哪。「在井裡……他住在井裡。」神智不清的父親只說了這些。接著訪客的心中忽然想到對方發瘋的太太，便轉換了問題方向。「娜比（Nabby）？她在這呀！」可憐的納胡姆訝異地回答，阿米則明白得靠自己找尋真相了。他留下沙發上的無害農夫，並取下掛在門邊釘子上的鑰匙，踏上嘎吱作響的階梯前往閣樓。樓上悶不通風又瀰漫著惡臭，也沒有聲音從任何方向傳來。他面前的四道門中，只有一道上鎖，於是他依序用鑰匙圈上的不同鑰匙嘗試打開這扇門。正確的是第三把鑰匙，摸索了一陣後，阿米便推開低矮的白門。

裡頭無比漆黑，因為窗口很小，也被粗糙的木製柵欄遮住了一半，阿米看不見鋪設了寬闊木板地面上的任何東西。惡臭令人難以忍受，向前搜索前，他得先撤退到另一間房裡，並帶著滿肺的新鮮空氣回來。當他回來時，在角落看到某種黑色物體，清楚看見那東西後，他就放聲尖叫。他眼前浮尖叫時，有股霧氣遮蔽了窗口，一瞬後，他覺得自己與某種令人不適的蒸氣擦身而過。他眼前浮動著古怪的顏色；要不是當前的恐怖事物嚇得他動彈不得，會讓他想起隕石中被地質研究用錘敲碎的小球，以及春天時長出的病態植物。當時他的思緒完全被面前的不祥怪物所佔據，那東西明顯碰上了和小賽德斯與家畜們相同的下場。但那怪物最恐怖的一點，是當它持續崩解時，卻依然明確地緩緩移動。

阿米不願意詳述那景象，但角落那身影沒有再以移動物體的樣貌在他的故事中出現。有些東西不該被提起，而有些人類的尋常行為，則會受到法律的殘忍批判。我猜那座閣樓房間中沒剩下任何會動的物體，而讓任何能夠移動的東西留在房內，都是種殘忍行為，足以使任何神智清晰的人受到永恆的內心煎熬。除了這名慢半拍的農夫外，所有人都會暈倒或發瘋，但阿米的神智清楚到讓他能走出低矮的房門外，並將那可怕的祕密鎖了起來。現在得處理納胡姆了；他得吃東西並接受照顧，再搬到能讓他接受照顧的地方。

走下樓時，阿米聽到樓下傳來一聲巨響。他甚至聽到一股突然中斷的尖叫聲，並緊張地想起在樓上的房間時，飄過自己身旁的濕黏蒸氣。他的叫聲和進門動作喚醒了什麼東西？某種模糊的恐懼使他停下腳步，但他依然能聽到樓下傳來聲音。底下肯定有某種沉重的拖拉聲，也傳來某種噁心的黏膩聲響，彷彿有某種駭人又不潔的生物正發出吸吮聲。一連串的聯想開始攀上狂野的高峰，他也不自禁想起在樓上看到的東西。天啊！他到底闖入了哪種恐怖的噩夢世界？他不敢後退或前進，只站在原地，對著狹窄樓梯的黑色曲線顫抖。眼前場景中的各種小細節都烙進了他的腦海中。聲音、恐怖的預感、黑暗、狹窄階梯的陡峭感……慈悲的老天爺呀！眼前的木製結構都發出微弱但明顯的光芒，包括台階、牆面、裸露的板條、和樑柱都有。

接著外頭阿米的馬突然發出狂亂的嘶吼聲，隨後則傳來一陣鏗鏘聲；馬匹顯然逃跑了。沒過多久，馬和馬車就都跑出聽覺可及的範圍外，讓階梯上害怕的男子獨自猜測是什麼嚇跑了馬。但狀況不止如此。外頭還有另外一種聲音。那是某種液體潑濺聲；是水。聲音一定來自井口。他把名叫英雄的馬留在水井附近，馬車的輪子肯定撞到井口，並讓一顆石頭掉了下去。醜惡的木製結構中依然泛著那股蒼白的磷光。老天呀！這棟房子有多老了？大部份結構建於一六七〇年之前，復斜式屋頂則不晚於一七三〇年。

樓下的地板現在傳來微弱的摳抓聲，阿米則緊抓著他從閣樓裡撿來的一根沈重木棍。他慢慢鼓起勇氣，走下樓去，並大膽地往廚房前進。但他沒有走完全程，因為他想找的東西已經不在原處了。那東西自行過來見他，以某些標準來說也還算活著。阿米猜不出它是爬過來、或被某種外力扯來；但它已經在鬼門關徘徊了。一切都發生在半小時內，不過崩解、灰化、和解體的過程卻更為超前。上頭有種恐怖的脆裂感，乾燥的碎片也紛紛剝落。阿米不敢碰那東西，但依然害怕地望向那曾經是臉孔的扭曲物體。「那是什麼，納胡姆……那究竟是什麼？」他低聲說道，而對方裂開又腫脹的雙唇則吐露了最終的答覆。

「什麼……什麼都不……顏色……它會燃燒……又冷又濕……但它會燃燒……它住在井裡……我看過它……像某種煙……就像去年的花……水井晚上會發光……塞德斯和莫文和塞納斯……所有活著的東西……吸出所有東西的生命力……在那塊隕石裡……它一定是從那塊隕石裡來的……污染了整個地區……不知道它想要什麼……大學教授從隕石裡面挖出的圓東西……他們砸爛它……它也有相同的顏色……和花草植物都一樣……一定還有更多……種子……種子……它們生長……這週我第一次看到……一定強烈影響了塞納斯……他是個活蹦亂跳的大男孩……它破壞你的心靈，然後逮住你……讓你燃燒……在井水裡……你說對了……邪惡的水……塞納斯沒從井邊回來……逃不走……吸引你……你知道有事情要發生，卻無能為力……自從塞納斯被抓走後，我經常看到它……娜比在哪，阿米？我的腦筋不好……不知道我多久沒餵她了……如果我們不小心的話，它就會抓到她……只是個顏色……她的臉有時在晚上會發出那種色彩……它燃燒又吸收……它來自某種和這裡完全不同的地方……有位教授這樣說……他說得對……小心，阿米，它會做出更嚴重的事……吸出生命……」

但一切都結束了。那個說話的東西已無法再開口，因為它已完全塌陷。阿米把一條有格子紋的紅色桌布蓋在殘餘物上，並從後門衝入原野中。他沿著斜坡爬上十英畝大的牧場，並順著北方道路與森林跌撞地返回家中。他不敢經過嚇跑馬匹的那口井。他曾從窗口望向水井，也發現井口邊緣沒有石塊被撞掉。被拉走的馬車沒有撞倒任何東西，那股撲通聲是別的東西發出來的；某個東西在解決了可憐的納胡姆後，就回到了井底……

阿米抵達家裡時，發現馬匹和馬車都比他早到家，使他太太陷入擔憂。他在毫無解釋的狀況下安慰她，接著立刻前往阿卡漢，把蓋登納一家已死的消息告知有關當局。他沒有提及細節，只說出納胡姆和娜比的死，因為外界已經得知塞德斯的死訊，並提到原因似乎和害死家畜的古怪疾病有關。他也提到莫文和塞納斯都失蹤了。他在警察局受到嚴謹的訊問，最後阿米則被迫帶著三名警官去蓋登納農場，同行的還有驗屍官、法醫、和治療過生病動物的獸醫。他十分不願意前往該處，因為下午已經快要過去了，他也害怕那個被夜色籠罩的恐怖地區，但有許多人和他一起去，讓他放心了點。

六個人搭著一台輕便馬車出發，阿米的小馬車則在前頭帶路，並在下午四點左右抵達惡運連連的農舍。儘管警官們看多了駭人場面，卻沒人能對閣樓裡和樓下紅色格子紋桌布底下的東西無動於衷。荒涼的灰色農場已經夠可怕了，但那兩具崩解的物體則超越了所有人的忍受極限。沒人敢盯著它們太久，就連法醫也承認，裡頭沒什麼能檢驗的物質。樣本自然還是能接受檢測，因此他忙著蒐集樣本；事後那兩瓶塵埃被送到大學實驗室，並讓學者大為困惑。在光譜儀下，兩瓶樣本都產生了不明光譜，其中有許多怪異光帶，和去年那塊奇特隕石出現的光帶一模一樣。這類光譜在一個月後就消失，殘餘的塵埃則主要由鹼性磷酸酶和碳酸鹽組成。

如果阿米早知道警方會在當下進行調查的話，就不會把水井的事告訴他們了。已經快要黃昏了，他也急著離開。但他不自禁緊張地瞥向寬闊後院旁的礫石路，而當一名警探質問他時，他坦承說納胡姆曾害怕底下的某種東西。害怕的程度強烈到他從未想過要往井裡找尋莫文或塞納斯。他說完後，警方便立刻掏空井水，並對井底進行探勘，所以當一桶桶的臭水被拉起來，並潑灑在外頭溼潤的地面上時，阿米只能在一旁顫抖地等待。嗅著井水氣味的人們感到噁心，最後還得捏住鼻子來抵擋這股惡臭。這項任務並沒有他們預料中的長，因為井水非常低淺。不需要多提他們找到的東西。莫文和塞納斯的部份遺骸都在井底，不過剩下來的大多為骨架。井裡還有一頭小鹿和一隻大狗，遺骸狀況大抵相同，也有一堆小動物的骨頭。井底的黏液與污泥因不明原因滿佈冒泡的氣孔；有個人抓著一根長桿降入井中，並發現他能將木桿插入泥濘中的任何深度，完全沒有碰到任何固體障礙物。

夜色已經降臨，人們從屋內拿了提燈來。當似乎已無法再從井底找出其他東西後，大家就進屋，在古老的客廳中討論，外頭的灰色荒野上則映照著魅影般半月撒下的微弱月光。人們對整場事件感到相當不安，也無法找到證據將古怪植物的生長狀況、牲畜與人類罹患的未知疾病、和莫文與賽納斯在被汙染水井中的怪異死亡狀況連結起來。他們確實聽說過鄉野傳言，但無法相信曾發生過牴觸自然法則的事件。隕石肯定汙染了土壤，但居民與沒吃那塊土地上生長之物的動物所感染的疾病，又是另一回事。是井水的問題嗎？很有可能。分析井水也許是個好主意。但又是哪種疾病讓兩個男孩都跳入井中？他們的行為相當雷同，遺骸碎片也顯示兩者都因灰化變脆而死。為何一切都會變灰又變脆？

坐在能看見整個院子窗口旁的驗屍官，率先注意到井口散發出的光芒。夜色已完全降臨，而這恐怖的地區似乎發出了比微弱月光還要強烈的亮光。但這股新的亮光是某種特殊的存在，宛如柔和的探照燈光線，從漆黑的井口中透出，倒映在一旁的小水窪。它有種古怪的色彩，而當所有人擠到窗邊時，阿米嚇了一跳。因為這股詭異瘴氣所發出的奇特光線，對他來說並不陌生。他之前就看過那種顏色了，也不敢想像它的意義。兩年前他就在隕石中的可怕小球體上看過那顏色，也在春天長出的瘋狂植物上看過，他也認為當天早上在那座恐怖閣樓房間中的小窗口旁，自己曾看見那種色彩；而那房裡曾發生過駭人的事件。它在房裡閃爍了一下，接著一股濕黏又噁心的蒸氣便擦過他身旁，納胡姆隨即被那種顏色殺死。他臨終前曾這樣說過，聲稱那股顏色就像小球體和植物上的色彩。之後馬匹便逃離院子，井裡也發出潑水聲。現在那口井則向夜晚吐出蒼白的不祥光芒，光線泛著相同的恐怖色澤。

即使在當下的緊張時刻，阿米卻還為某個科學性疑問感到困惑，反映出他的內心確實還很有警覺性。他不自禁地想到，自己曾在白天看過那股蒸氣，當時它從一處敞開的窗戶飄向早晨的天空，也曾在夜間漆黑的荒涼地帶中，看到那股閃著磷光的霧氣。這現象不對勁，也完全違反了自然定律。他還想到死去的朋友吐出的恐怖遺言：「來自某個和這裡完全不同的地方……有位教授這樣說……」

三匹馬都被繫在路邊兩棵萎縮的小樹邊，此時牠們開始狂亂地嘶吼並踩踏地面。馬車司機衝向門邊想處理，但阿米把顫抖的手放在他肩膀上。「別出去。」他悄聲說。「對於這件事，我們不懂的地方太多了。納胡姆說有會吸收生命的東西住在井裡。他說那一定是去年六月掉下的隕石裡那顆圓球長出來的東西。他說那東西會吸收生命和燃燒，就像外面那片彩色雲霧一樣，你幾乎看不見那東西，也不清楚它的底細。納胡姆認為它會吞食所有生物，並不斷變強。他說這週自己看過那東西。那一定是來自天外的東西，去年那些大學教授們也這樣形容過那顆隕石。那顆隕石完全不像上帝製作出來的東西。它來自遙遠的地方。」

於是人們猶疑不定地停下腳步，而井口中的光線則變得越來越強，被拴住的馬匹也更顯慌亂地跺地和嘶吼。那是個駭人的時刻；那棟古老的恐怖房屋已令人感到十分畏懼，還有放在後頭木屋中的四組可怕遺骸：兩具來自屋內，另外兩具則來自井底。還加上屋子前方黏膩井底飄出的不明邪惡光芒。阿米在衝動下阻止了司機，卻忘了自己與閣樓中的彩色蒸氣擦身而過時毫髮無傷，但也許他確實該擋住對方。永遠不會有人知道那晚出了什麼事，而儘管那來自遙遠異域的不祥物體到目前都沒有傷害任何心智健全的人類，卻沒人知道它在會最後一刻做出什麼事。它的力量逐漸增強，也即將在被雲朵半遮的月光下做出某種事。

窗邊其中一名警探倒抽了一口冷氣。其他人望向他，接著迅速沿著他的視線往上看，直到大家突然注意到某種事物。言語已毫無必要。已經毋須再對鄉野傳言進行爭論，因為當場所有人都在日後悄悄同意，永遠不會在阿卡漢談起怪異時期。必須要提的是，當晚那時沒有刮風。不久之後確實吹起了一陣風，但當時完全沒有風。即使是殘存的棕黃色籬笆上、變得又灰又枯萎的乾燥尖頂，和輕便馬車的屋頂邊緣，都絲毫沒有移動。但在那股邪惡的沉默中，院子裡所有樹木的高聳樹枝卻都在移動。它們病態地顫動，宛如癲癇般抽搐地伸向被月光照亮的雲朵。枝枒無力地在有毒的空氣中亂抓，彷彿與在黑色樹根底下蠕動掙扎的地底恐怖事物之間，產生了無形連結。

有好幾秒的時間，所有人都屏息靜氣。接著一股烏雲遮蔽了月亮，舞動的樹枝則暫時陷入黑暗。此時眾人尖叫了一聲，叫聲因訝異感而被壓低，但每個人發出的聲音幾乎都同樣沙啞。因為恐懼感並未和樹枝的輪廓一同散去，而在那無比黑暗的恐怖瞬間，人們看到有上千個微弱光點在樹頂扭動，像是聖艾爾摩之火[3]、或五旬節時落在使徒頭頂的火焰。那景象宛如由異常光線構成

3 譯注：St. Elmo，船隻遭遇到暴風雨時，在船頂桅杆上出現的藍白色閃光。

的怪異星辰，又像一大群吞食屍體的螢火蟲，正在可怖的沼澤上空跳著駭人的薩拉邦舞曲[4]；光線的顏色正是阿米認得並害怕的同種無名色彩。同時，井中的磷光則變得越來越亮，讓縮在一起的人們感到一股不正常的終結感，超越了他們心智所能負荷的範圍。光芒不再閃爍；它正泉湧而出。當無名色彩離開水井時，似乎直接往天空飄去。

顫抖的獸醫走到前門，用沉重的木製門閂將它閂上。阿米也不斷發抖，而當他想讓眾人注意到樹木上不斷增強的光芒時，也只能拉扯別人，並指向外頭，因為他已經無法控制自己的聲音了。馬匹的嘶吼與跺地聲現在變得極為駭人，但老屋裡沒人願意出去。樹上的亮光逐漸增強，焦急的樹枝似乎也越變越直。井口邊的林子正在發光，有名警察也笨拙地指向靠近西邊石牆的幾間小木屋和養蜂室。它們也開始發光了，不過訪客們被繫住的馬車目前似乎還沒受到影響。接著路上傳來一陣狂亂的騷動與馬蹄聲，等到阿米熄滅提燈，以便清楚地往外看時，他們才發現躁動的灰馬已經扯斷了綁住自己的小樹，拖著輕便馬車逃跑了。

這件事嚇得讓幾個人擠出話來，大家尷尬地低聲交談。「它散播到這附近所有有機物上了。」法醫低語道。沒有人回應，但下過井的人暗示他的桿子一定激起了某種無形的東西。「當時很可怕。」他補充道。「裡頭根本沒有底部。只有汙泥和氣泡，我也覺得底下躲著某種東西。」阿米的馬還在外頭跺地，並發出震耳欲聾的尖叫聲，嘶吼聲也幾乎要蓋過主人口中模擬兩可的回憶。「它是從那顆隕石來的……在底下生長……它逮住所有生物……吞食他們的心靈和肉體……賽德斯和莫文，賽納斯和娜比……最後是納胡姆……他們都喝了井水……它對他們有很強的控制……它來自遙遠的地方，那裡的自然法則完全不同……現在它要回家了……」

此時，未知色彩的光柱忽然變強，並開始化為不同的形狀，每個旁觀者都描述出狀況各異的答案，而被綁住的可憐英雄，則發出從沒人聽過馬發出過的淒厲聲響。所有坐在低矮客廳中的人都豎起耳朵，阿米則將目光從窗口邊移開，心裡充滿了恐懼和噁心。言語無法傳達這種感覺；當阿米再度望向窗外時，那隻可憐的動物已經一動也不動地倒在被月光照亮的地面上，處在馬車四分五裂的碎片之間。那是英雄最後的下場，直到他們隔天將牠下葬。但當下絕非哀悼的恰當時刻，因為幾乎在同一瞬間，一名警探壓低聲音警告大家，有某種可怕的東西和他們待在房間裡。由於房內缺乏油燈的燈光，明顯看出有股微弱的磷光正開始滲透整間房屋。鋪設寬大板條的地板與破爛地毯的碎片發出光線，小窗口的窗框邊也泛出微光。光線順著暴露出來的角柱蔓延，並在架子和壁爐上閃爍，隨後感染了房門與家具。隨著每分鐘過去，它逐漸增強，最後情況也很明顯：健康的生物得立刻離開這間屋子。

阿米帶他們從後門離開，並走小徑穿過原野，抵達十英畝寬的牧場。他們彷彿在夢境般跌跌撞撞地前進，直到抵達遠處的高地前，沒人敢往回看。他們對這條通路感到開心，因為他們無法

---

4 譯注：saraband，巴洛克時期的三拍子舞曲。

使用位於井邊的前門。經過那些發亮的穀倉和屋舍、以及擁有恐怖輪廓的閃爍果樹，已經夠可怕了；幸好枝枒都往高處扭曲。當他們路過查普曼溪上的破橋時，月亮正好被部分烏雲遮蔽，他們也只好從橋上摸黑走到開闊的草原。

他們往回看山谷與位於遙遠谷底的蓋登納家時，看到了令人喪膽的景象。整座農場閃耀著醜陋的不明色彩；包括樹木、房屋、甚至是尚未灰化與脆化的牧草。樹枝全扭向天際，頂端燃燒著醜惡的火舌，同樣的火焰則延燒到了房屋的棟梁、以及穀倉和屋舍上。這光景彷彿來自菲斯利[5]的畫作，而那股型態不定的光亮物體則籠罩了一切；那來自井底的外星彩色劇毒沸騰、感受、拍擊、延伸、閃爍、擠壓、並冒出不祥的氣泡，一切都與那來自宇宙的不明色彩交織在一起。

醜惡的色彩聚合體毫無預警地像火箭或隕石般垂直飛向天空，後頭沒有留下軌跡，並在人們來得及發出驚叫前，就消失在雲層裡的一顆奇特圓孔中。在場的人都無法忘記那景象，阿米則無神地盯著天鵝座中的天津四，那顆星星比其他星辰還亮；而那團神祕的顏色就往那裡消失在銀河系中。但下一秒他就因山谷中的碎裂聲，而將目光轉回地面。僅僅是因為那聲音而已。當時只傳出木頭劈哩啪啦的斷裂聲，而不是像其他人所說的發出爆炸。但結果相同，因為在那混亂又色彩奪目的一刻，那座受詛咒的農場大量噴發出光彩奪目的異常火花與物質。亮光使目擊者的視線變得模糊，並往天頂射出一大團形狀怪誕的彩色雲霧，我們的宇宙絕對不該有這種東西存在。儘管蒸氣迅速聚合，但也像剛消失的怪異色彩一樣立刻消失。留下的只有一股深邃的黑暗，人們也不敢回到該地，周圍則颳起一陣大風，感覺似乎是從星際吹下的酷寒冰風。大風發出尖銳的呼嘯聲，瘋狂地吹動原野和扭曲的樹林，而顫抖的人們不久後就明白，已經沒有必要等月亮出來照亮蓋登納家的廢墟了。

發抖的七個人驚恐到無法提出任何推論，並沿著北方道路緩緩走向阿卡漢。阿米的情況比同伴們還糟，他懇求其他人送他回自家廚房，而不是直接回到鎮上。他不想在回家時，獨自穿越主要幹道旁那些被風吹拂的枯樹。因為他遭受到其他人沒碰上的強烈打擊，心中也終生充斥著陰沉的恐懼，在未來數年內他完全不敢提起這件事。當其他一同站在那座狂風大作的丘陵上的人們，故作鎮定地往道路前進時，阿米曾往回看了一眼他不幸朋友曾居住過的陰暗荒谷。從那遙遠的荒地上，他目睹了某種物體虛弱地緩緩升起，卻又落回龐大的無形之物衝上天空前鑽出的井口。那只是個顏色，但並非我們的地球或宇宙中的色彩。由於阿米認出了那種顏色，也清楚最後一絲顏色必定還殘留在井底，因此他的神智再也沒有恢復正常。

阿米永遠不再願意接近那個地方。自從恐怖事件發生後，已經過了四十四年，但他從未涉足該處，等到新水壩把該地完全淹沒後，他也會感到欣慰。我也會感到高興，因為我不喜歡陽光在自己經過的那口井旁變色的方式。我希望當地的水變得很深，但即使如此，我也不會喝。我不認

5　譯注：Johann Heinrich Füssli，十九世紀瑞士畫家。

為自己之後還會造訪阿卡漢。三個曾和阿米同行的人，隔天早上回去觀看遺跡，但當地卻沒剩下多少東西了。那裡只剩下煙囪上的磚塊、地窖旁的石塊、散落在各處的礦物與金屬碎屑、和那口邪惡的水井。他們將阿米的死馬拖到一旁埋葬，之後也將馬車歸還給他，但當地所有生物都銷聲匿跡了。占地五英畝的恐怖灰色荒原留在原地，之後上面也沒有再長出任何東西。直到今日，它依然裸露在天空下，彷彿是森林與原野中被強酸腐蝕出的大洞，而少部分不顧鄉野傳說、前往窺探當地的人，則將它命名為「枯萎荒野」。

鄉野故事相當離奇。如果都市人和大學裡的化學家有興趣分析那座廢井中的水、或是不會被風吹散的灰色塵埃，故事可能就會變得更古怪了。植物學家也應該研究當地邊界發育不良的植物，因為它們也許能解釋為何鄉里間會有傳言說瘟疫正在散播；疫情緩緩地擴散，也許一年只擴張了一英吋。人們相傳鄰近的植被在春季時看起來不太對勁，野生動物也會在微薄的冬雪上留下怪異的腳印。比起其他地帶，枯萎荒野上似乎從來都不會下太多雪。少數存活在汽車時代的馬匹，在那座寂靜的山谷中也會感到不安。獵人也無法在那處灰色塵原上仰賴自己的狗。

據說這對當地人也造成了負面的心理影響。納胡姆死後數年，有許多人的心智都變得不正常，並總是缺乏離開的動力。之後意志力堅強的人全搬離了此地，只有外國人會試圖在崩塌的老農舍中居住。不過，他們無法久留；有時人們會想，那些異鄉人到底碰上了哪種奇異怪事。他們抱怨說，住在那恐怖地帶時，夜晚的夢境都相當可怕；而那塊漆黑地區的景象，確實能激起病態的幻想。經過那些深谷的旅客，都難以擺脫某種怪異感，而當藝術家畫下當地濃密的森林時，也會打起冷顫，因為它們不只在視覺上充滿謎團，也充滿精神上的神祕感。我則對自己某次獨自行走時所產生的怪異想法感到好奇，當時阿米還沒把他的故事告訴我。當暮色降臨時，我隱約希望天上會有雲朵聚集，因為上頭的深邃天空，讓我的心頭浮現某種異常的畏懼。

別要我提供意見。我什麼都不知道。當地人之中只有阿米會回答問題，因為阿卡漢的居民不願意談論怪異時期，而那三名見過隕石和彩色小球的教授也早已不在人世。其他小球確實存在，這點無庸置疑。其中一顆在大快朵頤後就逃走了，但可能還有別顆來不及吸收養分的球體。它肯定還留在井底；當我看到井口飄出的瘴氣時，就知道陽光出了問題。鄉下人說荒地每年都會增長一英吋，所以也許現在還有某種怪東西在成長。但無論底下有什麼東西，它肯定受到某種事物的限制，不然早就迅速傳播開來了。它是否附在在空中如爪子般揮動的樹木根部？阿卡漢其中一項當地傳說，講述了會在夜晚發光並移動的粗大橡木，但樹木根本不可能這樣做。

天知道那究竟是什麼東西。從物質層面看來，我猜阿米描述的事物能被稱為氣體，但這種氣體並不遵循本地宇宙的法則。它絕非我們天文台中望遠鏡與底片所觀察到的恆星與行星上的產物。它也不是天文學家認為規模龐大到無法測量的氣流。它只是一股來自外太空的顏色，也是來自自然界以外那無名空間中的恐怖信差。光是想到它的源頭，就會使我們的大腦感到麻木，癲狂的眼前也會浮現漆黑的星際深淵。

我不認為阿米特意對我撒謊，也不覺得他口中的故事像鎮民所說，只是瘋狂的幻想。某種可怕的東西曾隨著那顆隕石，來到本地山區與峽谷，而那種恐怖物體依然留存在當地，但我不知道那東西的數量。當水淹沒當地時，我會很高興。在此同時，我希望阿米沒事。他看過太多那東西的底細了，對他也造成不祥的影響。為何他從來沒有搬家？他清楚記得納胡姆的遺言：「逃不走……吸引你……你知道有事情要發生，卻無能為力……」阿米是個好人。當水壩工人開始工作時，我得寫信給首席工程師，要對方好好注意阿米的狀況。我不願意將他想像成全身灰化扭曲又變脆的怪物，而這影像已越來越常出現在我的夢中。

三、敦威治怪談

「蛇髮女妖、九頭蛇、和喀美拉[1]……刻萊諾[2]與鳥身女妖的可怕故事，可能會在迷信者的腦海中重複出現。但這些傳說屬於過去。它們只是記錄和象徵，原型則永遠在我們心中留存。不然，為何我們明知這些是虛假的事物，卻依然感到害怕呢？我們天生就對這種事物感到恐懼的理由，是因為它們會傷害我們的身體嗎？這是最不重要的原因！這些恐怖事物的根源更為古老。它們的生存年代超越肉體侷限。即使缺乏肉體，它們也不會改變……這裡提到的恐懼完全出自靈性。儘管影響力強大，它在世上卻毫無形體，對我們新生後的嬰兒時期特別有主宰性。這些問題的解決方案，也許能點出我們在世界創生前的狀態，並使我們一窺

1 譯注：chimaera，希臘神話中混合不同生物特徵的噴火怪獸。

2 譯注：Celaeno，希臘神話中的鳥身女妖。

人類出現前的晦暗世界。」

——查爾斯．蘭姆[3]：《女巫與其他夜半妖物》（*Witches and Other Night-Fears*）

第一章

當位於麻薩諸塞州中北部的旅人，在狄恩角（Dean's Corner）遠處艾爾斯伯里峰（Aylesbury）旁的交叉路口走錯路時，就會抵達一座偏僻的奇怪小鎮。地面變得高聳，覆滿野薔薇的石牆也相當逼近覆滿塵埃的彎曲道路兩側。隨處可見的森林樹木似乎都長得太過龐大，野草與荊棘也比有人居住的區域茂密許多。種植農作物的田園卻顯得相對稀少與荒涼；零散坐落在附近的房屋，則普遍顯得滄桑、骯髒、與破舊，這點令人訝異。不知為何，旅人不太願意向三不五時坐在破爛門檻上、或在滿佈岩石的草皮斜坡上出現的滄桑居民問路。那些人沉默且行徑可疑，使人感到彷彿碰上了禁忌之物，最好不要與這種人物來往。當升高的路面讓旅人能在濃密的森林頂端瞥見山脈時，怪異的不適感便與之倍增。山頂太過渾圓、也太過對稱，反而使人感到不適與反常；有時天空會特別凸顯出山頂的奇怪巨石圈。

一路上可見深不見底的峽谷與裂隙，粗糙的木橋看起來也總令人覺得不夠安全。每當路面變低，就立刻會出現使人感到不安的沼澤地，夜晚時，更令人害怕的，則是不知從何處冒出的北美夜鷹啼叫聲，以及伴隨著刺耳的牛蛙鳴叫聲那股嘶啞又不規則的旋律，翩翩起舞的異常大量螢火蟲。米斯卡托尼克河（Miskatonic）的上游異常地像彎曲的蛇身，因為它在圓弧形山丘底部蜿蜒流動，並流入山間。

旅人靠近丘陵時，會注意到長滿樹木的山側，而非滿佈石柱的頂端。那部分的高聳山側看起來黑暗又陡峭，使旅人想與山區保持距離，但眼前沒有能繞過山區的道路。越過一座廊橋後，就能看見夾在溪流與圓山（Round Mountain）那筆直山坡之間的小村落；旅人也會對村裡腐朽的復斜式屋頂感到訝異，這代表該地的建築比附近地區的房子古老許多。靠近一看，大部分房屋都遭到棄置，並開始崩壞，這景象令人不安；擁有破碎尖塔的教堂，現在則容納了小村莊中一家外表破爛的小店。旅人不會想走過橋上漆黑的隧道，但也沒有別條路能選。一跨過橋，就很難不聞到村落街頭上的微弱臭味，彷彿來自累積幾世紀的大量黴菌與腐爛物體。順著狹窄道路沿著山腳走，並穿過山丘後的平原，直到道路重新連上艾爾斯伯里峰時，離開該地的旅人總是會鬆一口氣。之後，旅人才知道自己路過了敦威治（Dunwich）。

外來者盡量避免造訪敦威治，而在某次恐怖事件後，所有導向該地的路牌就全數撤除。就一般審美觀而言，當地風光其實相當美麗；但卻沒有藝術家或夏日遊客湧入當地。兩世紀前，當人

3 譯注：Charles Lamb，十九世紀英國作家。

們不敢嘲笑女巫血統、撒旦崇拜、與森林中的奇怪物體後，就有了避開當地的合理藉口。自從一九二八年的敦威治恐怖事件被關心小鎮與世界福祉的人掩蓋後，邏輯時代中的人們就遠離此地，卻不知原因為何。儘管對此地一無所知的陌生人並不清楚此事，但也許其中一個理由，是當地人相當墮落頹廢，如同許多新英格蘭落後地區的居民，退化得太過嚴重。他們構成了獨立的種族，具有因退化與近親通婚所引發的典型心理與生理缺陷。他們的平均智商非常低落，歷史紀錄中也充滿過當的惡行，和遮遮掩掩的謀殺、亂倫、與無法言喻的暴力與變態行為。兩三個於一六九二年從賽勒姆[4]搬來的顯赫仕族家族代表的老一輩仕紳階級，退化程度不如一般人嚴重；不過許多家族支脈都已混有污穢的平民血脈，濃厚到只能透過姓氏，追朔因他們而蒙羞的血統起源。有些衛特利（Whateley）與畢夏普（Bishop）家族成員依然會送他們的兒子們去哈佛或米斯卡托尼克大學就讀，不過這些子孫們鮮少回到自己與祖先們出生的破爛老家。

沒人知道敦威治究竟出了什麼問題，就連清楚最近發生的恐怖事件的人也不懂；不過古老的傳說提到了印地安人的不淨儀式與聚會。他們在儀式上從高大的圓山內召喚出禁忌的闇影，並喊出狂野不羈的禱詞，地底則傳出爆裂巨響與轟隆聲作為回應。一七四七年，剛來到敦威治村公理會（Congregational Church）的艾比加．霍德利神父（Reverend Abijah Hoadley），在靠近撒旦與其妖魔部屬的地點進行了一場令人印象深刻的佈道；他說：

「我們得承認，這些由地獄魔鬼犯下的褻瀆惡行，在本地人盡皆知；有二十幾個可信的證人聽到，阿撒茲勒[5]、巴茲列爾（Buzrael）、別西卜[6]、和貝利亞[7]的可憎話語從地下傳來。兩週前，我在自家後頭的山丘就清楚聽見邪物談話；包括沒有凡間生物會發出的嘎嘎聲、滾動聲、呻吟、尖叫、和嘶嘶聲，這些聲響肯定來自只有用黑魔法才能找到的洞穴，也唯有惡魔能開啟這些洞窟。」

佈道後不久，霍德利先生隨即失蹤，但在春田鎮（Springfield）印製的原文文稿現今仍存於世。山丘中的怪聲年復一年持續出現，也依然讓地質學家與地文學家感到困惑不解。其他傳說則提到從山頂巨石陣飄來的臭味，以及特定時段站在龐大山溝底部時，能聽到那呼嘯而過的風聲；其他故事則試圖解釋魔鬼彈跳場（Devil's Hop Yard）的來由。那是塊荒蕪的山側平地，上頭長不出任何樹木、灌木或青草。當地人也對眾多在溫暖夜晚時變得噪雜的夜鷹感到害怕。據說這些鳥是接引亡魂的使者，等待著瀕死之人的靈魂；當受苦之人嚥下最後一口氣時，牠

4　譯注：Salem，位於麻薩諸塞州的城市，以一六九二年的審巫案與不少獵巫事件聞名。
5　譯注：Azazel，猶太教中的墮落天使。
6　譯注：Beelzebub，名稱的意思為「蒼蠅王」，基督教信仰中的墮落天使與惡魔。
7　譯注：Belial，所羅門七十二柱中的第六十八位魔神，是基督教中的墮天使與惡魔。

們便會一同發出怪異的鳴叫。如果牠們能在靈魂脫離軀殼時抓住對方的魂魄，就會發出惡魔般的笑聲並飛走；假若失敗，牠們便會逐漸失望地安靜下來。

這些故事自然相當荒唐；因為它們源自非常古老的時代。敦威治確實無比古老；比三十英哩內任何聚落都要老。在村落南邊，旅人還能瞥見畢夏普家族老屋的地窖牆壁和煙囪，該房屋是在一七〇〇年以前建成；瀑布旁的磨坊遺跡則建於一八〇六年，它是該地年代最接近現代的建築。本地的工業並不繁榮，十九世紀的工業運動在此也只是曇花一現。當地最古老的建物，是山頂上的粗糙巨石柱圈，但普遍認為這些遺跡出自印地安人之手，而非殖民者。這些巨石圈中，和哨兵丘（Sentinel Hill）上模樣類似桌面的大型岩石旁，都能找到許多骷髏頭與骸骨，這使大眾認為這些地點曾是波肯塔克族[8]的墓地；不過有許多民族學家仍舊相信該地是高加索人的建物，完全不在意這想法毫無可能性。

第二章

敦威治村裡，距離村莊其他房舍四英哩半、並坐落於山腳下一處龐大且人煙稀少的農舍中，威爾伯・衛特利（Wilbur Whateley）於一九一三年二月二日星期日早上五點出生。人們記得這天的原因，是因為當天是聖燭節[9]，但敦威治居民則用另一種特殊名稱慶祝該節日；加上前一晚山丘間發出怪聲，使得鄉間所有的狗不斷吠叫。大多數人沒注意到，威爾伯的母親是式微的魏特利家族成員，也是個畸形又醜陋的三十五歲白化症患者，和衰老且半瘋的父親同住；她父親年輕時，曾傳出不少極為恐怖的巫術謠言。沒人知道拉薇妮雅．衛特利（Lavinia Whateley）的丈夫是誰，但根據當地風俗，沒人排斥這孩子；鄉親們相當關切孩子父親的身分，並做出了大量臆測。她則對皮膚黝黑、長得像山羊的嬰孩感到異樣的自豪；孩子和她充滿血絲的雙眼、與病懨懨的白子體態之間有極大的差異，也有人聽過她咕噥著說出諸多奇特預言，內容包括孩子不尋常的力量與偉大前途。

拉薇妮雅確實是習慣低聲自言自語的人，因為她是個寂寞的女子，常在受暴風雨襲擊的山區中漫遊，並試圖閱讀她父親從兩世紀來的衛特利家人手中繼承的腥臭大書；其中不少書本都因歲月而幾乎破碎解體，上頭也佈滿蟲洞。她從來沒上過學，但腦中塞滿了老衛特利傳授她的零碎古老知識。由於老衛特利在黑魔法上的惡名，使這座偏遠的農舍受到外人畏懼，而拉薇妮雅十二歲時，衛特利太太死於原因不明的暴力事件，受畏懼的情況自然也沒有改善。在獨自受到怪異影響後，拉薇妮雅非常喜歡做狂野又誇張的白日夢，以及特立獨行的消遣行為；在秩序與清潔習慣早

8　譯注：Pocumtuck，曾居住在麻薩諸塞州西部的美洲原住民。

9　譯注：Candlemas，基督教節日。

已消失殆盡的家裡，家務事也鮮少占用她的閒暇時光。

威爾伯出生當晚，屋內響起了一陣比山中怪聲與狗吠還高亢的醜惡尖叫聲，但沒有醫生或助產士前來幫他接生。鄰居們一週後才得知他的存在，當時老衛特利駕著雪橇穿越敦威治村，並對奧斯朋（Osborne）雜貨店中的閒人們語無倫次地談話。老人身上似乎產生了某種改變；他思緒混亂的腦袋裡新添了一股鬼鬼祟祟的氛圍，使他從令人害怕的人物，微妙地轉為害怕某物的人。不過他不會因任何尋常家庭事務而感到心煩。在談話之中，他流露出一絲驕傲的情緒，之後也有人注意到他女兒散發出同樣的驕傲；多年之後，他當時的聽眾們依然記得他對孩子父親的說法。

「我不在乎一般人怎麼想！如果拉薇妮的兒子長得像他爸，你們就不可能猜出他的模樣。別以為這附近的人代表全世界。拉薇妮看過幾本書，也見識過你們大多人只聽說過的東西。我認為她丈夫比艾爾斯伯里這側的任何傢伙都要優秀；如果你們和我一樣了解這帶山區的話，就不會覺得有別的地點更適合舉辦婚禮了。讓我告訴你們一件事：**有一天，你們會聽到拉薇妮的孩子在哨兵丘山頂呼喊父親的名字！**」

威爾伯出生一個月後唯一見過他的人，是來自尚未式微的魏特利家族支脈的老撒迦利亞・衛特利（Zechariah Whateley），與厄洛・索伊爾（Earl Sawyer）的同居女友瑪咪・畢夏普（Mamie Bishop）。瑪咪的來訪完全出自好奇，她日後述說的故事也正確反映出她的觀察；但撒迦利亞帶了一對艾爾斯伯里牛過去，因為老衛特利跟他兒子克提斯（Curtis）買了這對牛。這是威爾伯的小家庭定期購買牛隻的開端，到了一九二八年的敦威治恐怖事件發生前後才結束；但搖搖欲墜的衛特利穀倉從未擠滿牲畜。有段時間，好奇的人們會偷溜過去，點算在老農舍後頭險峻山側上吃草的牛群，不過也只會看到十到十二頭無精打采又毫無血色的牛隻。某種瘟疫或熱病明顯使衛特利家的牲畜大量死亡，而病原體可能來自不潔的牧草，或骯髒穀倉中的帶原蕈類和木頭。他們眼中的牛隻身上都有明顯的傷口或潰瘍，彷彿曾受到切割；幾個月前，訪客們也認為曾有一兩次，能在那名不修邊幅的灰髮老人、和他邋遢又長有捲髮的白化女兒脖子上看到類似的傷痕。

威爾伯出生後的春季，拉薇妮雅回到丘陵間漫步，懷裡抱著身體比例不對勁的黝黑嬰孩。大多數鄉親看過這名嬰兒後，對衛特利家的興趣便逐漸下降，也沒人注意到這名新生兒每天顯露出的快速成長。威爾伯的成長速度確實驚人。出生三個月內，他就得到一般孩童得花一整年才能擁有的體型與肌肉力量。他的動作與發音顯示出相當特殊的自我控制與自主性，這對嬰兒來說十分不尋常；七個月大時，他在無人幫助的情況下開始走路，也沒人對此感到訝異，且過了一個月後，他的步伐便不再蹣跚。

約莫在這段期間後，也就是萬聖節當天午夜，有人看到位於哨兵丘頂端、被諸多古老骨骸圍繞的桌面型巨石旁，升起了大火。來自尚未衰敗的畢夏普家族支脈的賽拉斯．畢夏普（Silas Bishop），說自己在大火出現前一小時，曾看見那名男孩步伐穩健地在母親前頭跑上山丘時，謠言便傳了開來。當時賽拉斯正趕著一頭走失的小母牛，但當他在提燈的微弱光線下瞥見兩個人影時，便差點忘了自己的任務。他們近乎無聲地穿過樹叢，而訝異的旁觀者認為他們倆似乎一絲不掛。之後他無法確定男孩是否全身赤裸，因為男孩可能配戴了鑲有裝飾的腰帶，和黑色的四角褲或長褲。此後，再也沒人見過威爾伯沒穿戴整齊的模樣；衣冠不整或可能弄亂衣著的情況，都會使他感到光火與警戒。在這點上他與外表邋遢的母親和外公完全相反，直到一九二八年的恐怖事件後，才揭露了此舉的緣由。

隔年一月，坊間開始傳聞說「拉薇妮雅的小黑鬼」開始說話了，年紀才只有十一個月大。他說話的方式相當特別，腔調與當地鄉音截然不同；這代表他並沒有嬰兒的口齒不清問題，而這連許多三四歲的孩子也難以辦到。男孩的話不多，但當他一開口，便顯現出某種敦威治當地居民全然缺乏的微妙氣息。異樣感並非出自他的話語內容，或是使用的簡單詞彙；但似乎微微地與他的發音、或是體內的發音器官有關。他的五官也特異地成熟；他遺傳自母親與外公的短下巴，高挺又早熟的鼻子，和龐大又帶有拉丁民族氣息的黑色雙眼，使他有種老成感，也透露出超常的智慧。不過，儘管他散發出聰慧氣息，外表卻極度醜陋；厚唇、毛細孔粗大的蠟黃皮膚、粗糙又捲曲的頭髮、和不尋常的長耳朵，都使他流露出某種山羊般的野獸氛圍。他很快就比母親與外公更不受歡迎，而所有關於他的傳言，都提到老衛特利過往的魔法，以及當他在石圈中央抱著翻開的大書，並尖聲喊出「猶格．索陀斯」（Yog-Sothoth）的恐怖名號時，山丘為之震動的事。狗群害怕這男孩，他也總是被迫對狂吠犬隻發出的威脅做出各種防禦動作。

第三章

在此同時，老衛特利繼續購買牛隻，但牛群的數目卻從未增加。他也砍了柴，並開始修補家中沒使用的部分。那棟龐大而頂端高聳的屋子，後頭完全深埋在佈滿岩石的山壁內，而一樓三間損壞情況最低的房間，則一直由他和女兒使用。

這名老人肯定體力出眾，才能完成這麼多粗重勞務；儘管有時依然瘋癲地胡言亂語，他的木工技術仍舊顯露出良好的估算成果。一等威爾伯出生，工程就立刻展開，當時其中一座工具間突然變得整齊，被釘上隔板，還加了一道全新的鎖頭。在重整廢棄的上層房屋時，他可是不輸任何人的良好工匠。只有從房屋重建部份所有被木板封起來的窗戶，才能看出他的瘋狂。不過有許多人宣稱，重建那棟房屋本身就是件瘋事。

另外一件比較不令人費解的事，則是他為孫子打理了另外一棟樓下的房間。有許多訪客看過那棟房間，不過沒人看過被木板封死的二樓空間。他在這房間的牆面裝設了高聳堅固的架子，並小心翼翼地以正確順序，擺放家中所有腐朽的古書和書本的殘餘部分；在他年輕時，這些書被雜亂地堆在不同房間的各個角落。

「我讀過幾本。」他這樣說道，一面試圖用從生鏽的廚房爐子裡煮出的膠水，黏起一張佈滿黑色文字的破爛書頁。「但這孩子能更善加利用它們。他看得越多越好，因為這些書都能幫助他學習。」

一九一四年九月，當時威爾伯一歲又七個月大，體型與成就已相當驚人。他已經和四歲小孩同高，也能說出流利並富含極高智慧的話語。他在田野與山丘間自由地奔跑，並陪伴母親在野外閒晃。在家中，他則勤奮地鑽研外公藏書中的怪異圖片與圖表，老衛特利則在漫長又安靜的午後教導他。等到房子整修完成時，旁觀的村民們對被改裝成堅固木板門的一扇樓頂窗戶感到好奇。那是靠近東面山牆後端的窗口，相當靠近山丘；也沒人能想像為何有條被拴上的木製滑道從地面連到窗口。大約在完工時期，人們注意到自從威爾伯出生後就被上鎖和釘死的老舊工具間，已再度遭到棄置。工具間的門毫無生氣地敞開，而某次厄洛・索伊爾在老衛特利為了買牛而前來時，曾踏進過這座工具間，被撲鼻而來的特殊臭味嚇了一跳。他聲稱，除了山區中的印地安石圈外，他從沒在別的地方聞過這種氣味，這臭氣也不可能出自凡間。不過，敦威治居民的住家與屋舍總是臭氣薰天。

接下來的幾個月沒有特別事件，不過每個人都信誓旦旦地宣稱，神祕的山中怪聲緩慢但穩定地增加了。一九一五年五朔節前夕[10]，發生了不少連艾爾斯伯里的居民都能察覺的地震，同年萬聖節還發生了與哨兵丘山頂的火光同時出現的地震。居民說：「都是那群衛特利巫師搞的鬼。」威爾伯的成長速度相當怪異，所以當他滿四歲時，外表看上去就像個十歲男孩。現在他會自行大量閱讀；但說的話比以前少。他變得沉默寡言，而人們首度開始談論他山羊般的臉龐流露出的邪惡氣息。有時他會低聲念出一種無人理解的特殊用語，並用古怪的節奏吟唱，使聽到他嗓音的人都感到一股無法言喻的恐懼。狗群對他的厭惡現在則升上高峰，他也被迫隨身攜帶一把手槍，以便安全通過鄉間。有時會開槍的他，在看門狗主人們的眼中並不討喜。

衛特利家中少數的訪客經常注意到拉薇妮雅獨自坐在一樓，被封起來的二樓則冒出怪異的叫聲與腳步聲。她從不把她父親和兒子在樓上的舉動告訴他人，不過某次當一名愛開玩笑的魚販試圖打開進入樓上的門鎖時，她的臉色立刻變得蒼白，還流露出不尋常的害怕情緒。那名魚販告訴在敦威治村中商店閒晃的人們，說自己聽到樓上傳來馬匹的踱步聲。村民們想了想，回想起房屋上的門板和滑道，以及迅速消失的牛隻。當他們想到老衛特利年輕時的故事，以及在適當時機將一頭公牛獻祭給異教神明後，能從大地中喚出的怪異魔物時，都打了一股冷顫。過了一陣子，才有人注意到狗群開始厭惡和害怕整座衛特利住家，程度不亞於牠們對小威爾伯的憎惡。

戰爭在一九一七年開始[11]，作為當地徵兵委員會的主席，索伊爾．衛特利先生（Sawyer Whateley）很難找到條件適合新兵營的敦威治年輕人。注意到這種大規模地區性頹廢狀況的政府，派了好幾名官員與醫學專家前往調查；新英格蘭地區的報紙讀者也許還記得他們進行的民調。

10　譯注：May Eve，又稱沃普爾吉斯之夜（Walpurgis Night），為紀念聖人聖沃爾普加的日子。

11　譯注：第一次世界大戰。

這場調查的聲勢讓記者們發現了衛特利家的事件，也讓《波士頓環球報》（*Boston Globe*）與《阿卡漢宣傳報》（*Arkham Advertiser*）刊出關於早熟的小威爾伯、老衛特利的黑魔法、滿架的古怪書本、二樓被封鎖的古老農舍、和當地異事與山區怪聲的渲染性週日報導。當時威爾伯才四歲半，但看起來已經像個十五歲的年輕人。他的雙唇與臉頰邊長了粗糙的黑色毛髮，嗓音也開始變低。

厄洛．索伊爾帶著記者與攝影師去衛特利家，並讓媒體注意到從被封起的樓頂飄下來的怪異惡臭。他說，這臭味就像是房屋整修完成時，在廢棄的工具間中聞到的怪味；也像是有時會在山間石圈附近嗅到的氣味。報導出刊時，敦威治村民讀了那些文章，並對明顯的錯誤咧嘴一笑。他們也很納悶，為何記者們要強調老衛特利用極度古老的金幣購買牛隻。接待訪客時，衛特利一家帶著難以掩飾的不悅，不過他們不敢激烈抗議或拒絕交談，害怕因此引來更多關注。

第四章

十年來，衛特利家族的事蹟在這病態村落的平凡生活中無聲無息地消失，村民們習慣了他們的怪異行徑，以及五朔節前夕與萬聖節時的狂歡。他們每年都在哨兵丘頂端燃起火堆，當時山裡的轟鳴聲便會響得更為激烈；而孤寂的農舍全年都會發生古怪且不詳的事件。隨著時間過去，訪客們聲稱，當所有衛特利家人都在樓下時，封閉的二樓卻會傳來聲音，客人們也對牛隻通常多快被獻祭感到好奇。有人說過要向防止虐待動物協會提出檢舉，但沒人實際行動，因為敦威治村民從不喜歡招惹外界的注意力。

約莫在一九二三年，威爾伯滿十歲，心智、嗓音、體態、和蓄鬍的臉都顯露出成熟氣質時，老屋經歷了第二場重建。工程在封閉的二樓內部進行，人們則從棄置的木柴判斷，這名年輕人和他外公敲掉了所有隔牆，甚至拆除了閣樓地板，只留下一樓到屋頂尖端之間的寬闊空間。他們也拆掉了大型中央煙囪，並在沾滿鏽跡的空洞中裝上一根脆弱的錫皮通風管。

隨後的春天，老衛特利注意到從冷泉谷（Cold Spring Glen）飛來的夜鷹越來越多，並在夜晚停留在他的窗口外啼叫。他似乎認為這很重要，也告訴奧斯朋雜貨店裡的人說，自己的大限將至。

「牠們的叫聲和我的呼吸節奏相同。」他說，「我猜牠們準備好要捕捉我的魂魄了。牠們知道我快走了，也不打算放過我。小子們，等我嚥氣後，你們就會知道牠們有沒有抓到我。如果牠們抓到我，就會不斷唱歌到早上；如果沒抓到，牠們的心情會變得很差。我想，牠們有時會和獵捕的靈魂好好打上幾架。」

一九二四年的拉瑪斯夜[12]，艾爾斯伯里的休頓醫生（Houghton）被威爾伯．衛特利緊急找了

12　譯注：Lammas Night，北半球部分英語系國家在八月一日慶祝的節日，用於慶祝秋收。

過去；威爾伯驅策著家裡最後一匹馬衝過黑夜，並在村裡的奧斯朋商店打電話給醫生。醫生發現老衛特利陷入病危狀態，微弱的心跳與沉重的鼾聲呼吸都代表他即將離世。他醜陋的白化女兒與怪異的蓄鬍孫子都站在床邊，而頂樓的黑暗空間卻傳來令人不安的節奏性波浪聲，也可能是拍打聲，彷彿是某處平坦海灘上的海浪。不過，最令醫生感到不適的，是外頭嘰嘰喳喳的夜鳥；一群數量多到似乎無法計算的夜鷹，隨著瀕死老人的喘息聲，一同邪惡地發出重複的叫聲。一切極度異常且不自然。休頓醫生覺得，這情況就和他因緊急事件而猶豫地踏入的這整座地區一樣不尋常。

接近凌晨一點時，老衛特利恢復了意識，並中斷了沉重的喘息，對孫子吐出了幾句話。

「更多空間，威利，很快就需要更多空間了。你會長大，而那東西長得更快。它很快就能幫你了，小子。用**完整版**第七百五十一頁上的長咒語，就能打開導向猶格．索陀斯的大門，然後把監獄燒了。地球的火焰傷不到它。」

他明顯瘋了。過了一陣子，外頭的夜鷹調整了鳴叫的節奏，遠方的山丘也傳來怪聲，而他又多說了一兩句話。

「定期餵它，威利，注意數量；但別讓它長太快，如果它在你打開猶格．索陀斯的大門前就擠破房間或逃出去，它就沒用了。只有來自外域的它們能使它增殖並生效……只有那些企圖歸來的舊日支配者……」

但他的言語再度變為喘息，拉薇妮雅則因夜鷹隨著這變化發出的叫聲而尖叫起來。過了一小時後，才傳來臨死前的最後一口吐息。休頓醫生把萎縮的眼瞼覆過老人圓睜的灰眼珠，鳥群的騷動則轉為一片靜默。拉薇妮雅啜泣著，但威爾伯只發出輕笑，遠方的山丘則微微傳來轟隆聲。

「牠們沒抓到他。」他用低沉地嗓音咕噥道。

此時的威爾伯已在自己的專門領域中變得學識淵博，也與許多來自遙遠地區的圖書館員保持通信，那些圖書館中保有古代的珍稀禁忌書本。他在敦威治越來越遭到厭惡與畏懼，因為有人懷疑他與一些年輕人的失蹤事件有關；但他總能透過恐懼或古代金幣讓村民保持緘默，他和祖父一樣使用這種金幣來購買牛隻，次數也變得更加頻繁。現在他的外表相當成熟，抵達正常成年人極限的身高，而且似乎還在往上生長。一九二五年，某位和他通過信的米斯卡托尼克大學（Miskatonic University）學者前來拜訪他，並臉色蒼白又困惑地離開；此時威爾伯已長到六又四分之三英呎高了。

這些年來，威爾伯照顧他半畸形的白化母親時，輕蔑感越來越深，最後甚至禁止她在五朔節前夕與萬聖節和他一起進入山區；一九二六年，那可憐的女子向瑪咪・畢夏普抱怨說自己害怕威爾伯。

「我無法把跟他有關的許多事告訴妳，瑪咪。」她說，「現在還有很多我不清楚的祕密。我向上帝發誓，我不知道他想要什麼，或想做出什麼事。」

那年萬聖節，山區裡的怪聲變得更大，哨兵丘上依然燃起了火光；但人們更注意到一大群夜鷹不尋常地遲於遷徙，並在漆黑的衛特利農舍旁集結，發出節奏性的鳴叫。午夜之後，牠們尖銳的叫聲升為混亂的狂喜尖笑，鳥鳴在鄉間瀰漫，一直到黎明才停歇。接著鳥群就此消失，迅速飛向南方，因為牠們離該遷徙的季節已晚了整整一個月。一直到之後，人們才知道這件事的意義。似乎沒有任何村民死去；但從此再也沒人見過那名可憐的畸形白子，拉薇妮雅・衛特利。

一九二七年夏季，威爾伯修補了農場中的兩座屋舍，並開始將他的書本與物品搬進屋內。不久後，厄洛・索伊爾告訴奧斯朋雜貨店裡的客人，衛特利農舍又進行了改建。威爾伯封死一樓的所有門窗，還似乎做出他與外公四年前在樓上做過的相同行為，並拆除所有隔板。他住在其中一棟屋舍中，索伊爾也覺得他看起來異樣地擔憂，還一面顫抖。人們總是懷疑他知道母親失蹤的真相，現在也很少人靠近他家附近了。他的身高已超過七英呎，也完全沒有停止生長的跡象。

第五章

接下來的冬天發生了一件怪事：威爾伯第一次出遠門，踏出敦威治地區。與哈佛大學的懷德納博物館（Widener Library）、巴黎的法國國家圖書館（Bibliothèque Nationale）、大英博物館、布宜諾斯艾利斯大學、和阿卡漢的米斯卡托尼克大學圖書館通信後，對方都拒絕出借一本他急需的書；最後，不修邊幅、蓄著長鬍、還操著粗俗口音的他親自出門，前往米斯卡托尼克大學找那本書，因為該校離他最近。這名近乎八英呎高的黝黑山羊臉醜男某天出現在阿卡漢，手拿從奧斯朋雜貨店買來的便宜新皮箱，找尋被鎖在大學博物館中的可怕書籍：阿拉伯狂人阿布杜·阿爾哈茲瑞德的恐怖作品《死靈之書》，那是十七世紀在西班牙印刷的歐勞斯·沃米厄斯（Olaus **Wormius**）拉丁文譯本。威爾伯之前從未見過城市，但他一心只想抵達大學；一抵達校區，他便毫不在意地經過露出白牙的看門狗，那條狗帶著不尋常的怒氣與敵意吠叫，並瘋狂地拉扯堅固的鍊子。

威爾伯帶了祖父給他的那本由迪伊博士[13]譯為英文的《死靈之書》。儘管該譯本不完美，卻依然是無價之寶；取得拉丁文版本後，他立刻對照兩段文字，企圖找到他那瑕疵譯本七百五十一頁原本該有的段落。他無法自在地向圖書館員說明這些事。圖書館員便是曾拜訪過農場的博學學者亨利·阿米塔吉（Henry Armitage）（他是米斯卡托尼克大學文學碩士、普林斯頓大學博士，與約翰·霍普金斯大學文學博士），他禮貌地問了威爾伯不少問題。威爾伯承認，自己正在尋找某種包含「猶格·索陀斯」這恐怖名號的配方或咒文，但他卻困惑地發現了許多文字有出入、重

13　譯注：此處指十六世紀英國學者約翰·迪伊（John Dee），他身兼數學家、神祕學家、與煉金術師，也曾擔任伊麗莎白女王一世的顧問。

複、且相互矛盾，使得判斷原意變得相當困難。當他抄下最後選擇的咒文時，阿米塔吉博士不自覺地往後看了一眼翻開的書頁；左邊是拉丁文版本，裡頭寫滿了能對世上的和平與理性造成極大威脅的恐怖內容。

（以下為阿米塔吉內心翻譯的內容）

「別認為人類是地球最古老的主人，也絕非最後一代主人，世上也並非只有尋常生物。舊日支配者曾存於世間，舊日支配者仍存於凡世，舊日支配者將持續存在於未來。它們不存於我們已知的空間，而游移於**各種次元之間**；它們沉靜地邁出原始步伐，不只超脫時空，我們的肉眼也無法看見它們。**猶格・索陀斯**知曉大門。**猶格・索陀斯**即為大門。**猶格・索陀斯**是大門的鑰匙與守護者。過往、現世、與未來，都存於**猶格・索陀斯**之中。祂知道舊日支配者在古代由何處闖入，也知曉它們將於何處再度入侵。祂知道它們曾踏上世上哪塊土地，以及它們尚存之地，和無人能在它們移動時察覺它們的原因。人類有時能透過氣味，得知它們近在咫尺，但無人知曉它們的長相，**但能從它們與人類生下的子嗣中一窺真相**；這些子嗣的形體各異，從類似人類靈魂的樣貌，到與舊日支配者們相同的無形精魂皆有。當咒語與儀式於正確時間在荒涼地帶被唸出與舉行時，它們無形卻惡臭的形體便會前來。風中響起它們的聲響，大地則低吟出它們的意志。它們壓垮森林並摧毀城市，但森林與城市都無法看到輾壓它們的魔手。冰冷荒原中的卡達斯[14]曾知曉它們的存在，但又有哪個凡人知曉卡達斯？南邊的冰寒沙漠和海上的沉默島嶼還存有刻上它們印記的岩石，但有誰見過冰封深處的城市，或是被海藻與藤壺圍繞的密封高塔？偉大的克蘇魯是它們的表親，但他也只能微微察覺對方。**Iä！莎布·尼古拉絲！**[15]你將從臭味認出它們。它們的手掐住你的喉嚨，但你卻目不視物；它們的居所位於你備受防衛的家園內。**猶格·索陀斯**即為大門之鑰，各界匯集於此。現今的人類統治它們曾控制的國度；它們即將再度統御人類當今佔據的世界。夏去冬來，冬離夏臨。它們耐心地等待，因為它們將再度統治世界。」

阿米塔吉博士將自己閱讀的內容，與他對敦威治和該地的陰森謠言聯想在一起，加上威爾伯·衛特利充滿疑點的出生過程、到可疑的弒母事件中瀰漫的微弱醜惡氛圍，使博士感到一股恐懼，有如墓穴中吹來的冰冷黏風。在他面前彎腰的山羊臉巨人，看起來像是外星生物或異次元魔

14　譯注：Kadath，克蘇魯神話中的古老城市，為《夢尋密境卡達斯》（*The Dream Quest of Unknown Kadath*）中主角藍道夫·卡特（Randolph Carter）的目的地。

15　譯注：Shub-Niggurath，洛夫克拉夫特並未對此邪神做出過多描述，奧古斯特·德雷斯（August Derleth）則將它描述為孕育千萬子嗣的生殖之神。

物的後代。對方彷彿只有部分人類特徵，全身則與某種龐大黑暗物體有所關連；那物體像個巨大幻影，大小超越了任何以力量、物質、與時空組成的次元。此時威爾伯抬起頭，用古怪又宏亮的嗓音說話，彷彿發音器官不同於尋常人類。

「阿米塔吉先生，」他說，「我得把這本書帶回家。我必須嘗試裡頭的一些東西，但需要特定條件，所以無法在此地進行；如果我因為繁文縟節而失敗，就太可惜了。讓我帶走這本書吧，先生，我發誓沒人會發現。更不用說，我會好好照顧這本書。不是我害這本狄博士譯本損壞成這樣……」

當他看見圖書館員臉上堅定的拒絕神情後，他就停了下來，山羊般的臉孔也露出狡猾神情。準備好告訴對方可以抄下需要內容的阿米塔吉，忽然想到了可能的後果，便阻止自己。把開啟不淨外域的鑰匙交給這種人，要背負的責任實在太大了。衛特利看出了情勢，試圖輕鬆地回答。

「嗯，好吧，如果你覺得不妥就算了。也許哈佛大學不會像你一樣小氣。」他一句話也沒多說，就走到屋外，並彎腰通過每扇門框。

阿米塔吉聽到了看門大狗野蠻的嘶吼，並從窗口望著衛特利大猩猩般地屈身穿越校園。他想起曾聽說過的怪異故事，並想起在《阿卡漢宣傳報》上讀過的老舊週日報導；除此以外，還加上他在一次拜訪敦威治時，從該地鄉間與村民身上打聽到的事。某種不屬於地球的無形之物（或至少不來自三度空間的地球），以散發惡臭的恐怖形態衝過新英格蘭的河谷，並姿態汙穢地在山頂上盤踞。他已經有這種感覺很久了。現在他似乎察覺到某種外來的恐怖事物逐漸逼近，也瞥見由沉眠已久的古老惡夢統領的黑暗領域，這股黑暗邁出了恐怖的一步。他把《死靈之書》鎖了起來，一邊作噁地打了個冷顫，但房內依舊飄著一股來源難辨的邪惡臭味。他引述道：「你將從臭味認出它們。」沒錯，這股氣味和三年前左右讓他在衛特利農舍感到作噁的味道一樣。他再次想起長相如同山羊的陰森威爾伯，並就村裡那些他出身的傳言輕蔑地笑出聲來。

「近親雜交？」阿米塔吉有些大聲地自言自語。「老天爺，真是一群蠢蛋！讓他們看亞瑟・馬欽的《大潘神》[16]，他們還會以為那是常見的敦威治醜聞！但威爾伯的父親究竟是什麼東西？這座位於三度空間的地球，到底受到哪種無形恐怖事物的來回影響？他在聖燭節出生，也就是一九一二年五朔節前夕的九個月後；就連在阿卡漢，都能聽到奇怪地鳴的傳聞。在那個五月夜晚，有什麼東西在山頂行走？是哪種恐怖怪物在十字架節[17]以半人半魔的型態，降臨到凡世？」

接下來幾週，阿米塔吉博士開始收集各種與威爾伯・衛特利和敦威治附近無形妖物的相關資料。他聯絡上艾爾斯伯里的休頓博士，對方曾照顧過病逝前的老衛特利，從醫生口中聽說老人的

16　譯注：*The Great Pan*，馬欽在一八九四年撰寫的恐怖短篇小說，對洛夫克拉夫特造成深遠的影響，使他在《敦威治怪談》中致敬了該書中的人魔混種劇情。

17　譯注：Roodmas，部分基督教國家在五月三日為了十字架慶典（Feast of the Cross）舉辦的慶祝活動。

遺言後，博士也陷入深思。再訪敦威治村並沒有讓他得到任何新線索；但仔細研究威爾伯在《死靈之書》極力搜索的部分後，博士似乎得到了恐怖的新線索，能解釋這威脅地球的怪異邪魔的天性、手段、與欲求。和波士頓幾名熟知古代知識的學者談過，並與許多來自其他地區的學者通過信後，使他的心態漸漸從訝異轉為警戒，最後變成強烈的精神恐懼。隨著夏天逼近，他隱約覺得，該對潛伏在米斯卡托尼克河谷上游的恐怖妖物，與在人類世界被稱為威爾伯．衛特利的怪物，進行相應措施。

第六章

敦威治恐怖事件本身發生在一九二八年的拉瑪斯夜與春分之間，阿米塔吉博士則是見證事件序幕的人之一。同時，他聽說衛特利前往劍橋的可怕旅程，以及他極力企圖借走懷德納博物館中的《死靈之書》。那些計畫通通徒勞無功，因為阿米塔吉早已嚴厲警告過所有管理那本可怕書籍的圖書館員。在劍橋時威爾伯相當緊張；他焦急地想得到該書，卻也急著回家，彷彿害怕離家太久的後果。

部分預期中的結果在八月初發生，凌晨三點時，阿米塔吉博士突然被大學校園看門狗的狂野叫聲驚醒。近乎瘋狂的低沉狗吠聲持續響起；音量變得越來越響，卻經常有明顯的停滯點。接著傳來一股來自不同喉間的尖叫；這股尖叫聲吵醒了阿卡漢半數沉睡中的居民，並糾纏著他們日後的夢境。那叫聲不可能來自誕生於地球的生物，或全然來自凡間的物體。

阿米塔吉趕緊穿上衣服，並衝過街道與草坪，趕往大學建築，這才發現其他人已經搶先了一步；他也聽到圖書館內迴盪著防盜警鈴的尖銳響聲。有扇在月光下敞開的窗口，露出了漆黑的內部。入侵者肯定已經跑進室內；因為吠叫與尖叫聲現在已轉為低吼與呻吟，不斷從屋內傳出。阿米塔吉的直覺告訴自己，沒有心理準備的人不該看見當下發生的事，於是他以權威口吻命令圍觀人群後退，並解開前廳的門鎖。他在人群中看見了沃倫．萊斯教授（Warren Rice）與法蘭西斯．摩根博士（Francis Morgan）；他向兩人招手示意，要他們一同進屋。除了看門狗發出的警戒低鳴外，屋內安靜無聲；但阿米塔吉突然察覺，灌木叢中有許多北美夜鷹發出宏亮的鳴叫，並接以節奏性的尖銳叫聲，彷彿與將死之人的臨終吐息保持一致。

房屋裡飄滿一股阿米塔吉非常熟悉的可怕惡臭，三人則衝過前廳，跑進傳出看門狗低鳴的小型族譜閱覽室。沒人敢在那一瞬間開燈，接著阿米塔吉鼓起勇氣，打開開關。不知道是三人中的誰，對倒在被推翻的雜亂桌椅間的東西發出淒厲尖叫。萊斯教授聲稱自己當下短暫喪失了意識，不過他並沒有摔倒。

身體半屈地躺在腐臭的黃綠色膿液和黑色焦油般黏液中的物體，幾乎有九英呎高，狗則咬破了它身上所有衣物，還咬下了一點皮膚。它還沒死透，正沉默地痙攣，胸口上下起伏的節奏，則和外頭滿懷期待的夜鷹發出的瘋狂尖鳴一模一樣。鞋子皮革和衣物的碎片散落在房間裡，窗口邊則有只帆布袋，顯然是之前就被丟進屋裡的。有把左輪手槍掉在房間中央的書桌上，上頭的彈匣有凹痕，卻沒有被拆卸下來，這解釋了為何手槍沒有開火的跡象。不過，此時地上的物體佔據了所有人的注意力。說人類文筆無法形容它，就太過陳腐了，也不夠精準，但可以說它無法出現在一般人的視覺想像中，因為大眾對形體與輪廓的認知，都與地球上和三度空間中的一般生命形式緊緊相扣。這東西肯定有部分是人類，它有極似人類的雙手與頭部，山羊般下巴短小的臉孔也有衛特利的特徵。但軀幹與下半身卻充滿畸形構造，只有寬鬆的衣物能使這物體在世上不引人注意，也不使自身遭到撲滅。

它腰部以上的部位看起來與人類相仿；不過，被看門狗充滿警戒的利爪扣住的胸膛，則擁有像是長吻鱷或短吻鱷的網狀皮革式厚皮。背部則黃黑交雜，也有些類似特定蛇種的鱗片。但腰部以下才是最恐怖的部分；所有人類特徵已然消失，惡夢就此展開。皮膚上長有粗糙的黑色獸毛，腹部有許多條綠灰色的長觸手，尖端則有疲軟的紅色吸盤式口器。

觸手的排列方式十分奇怪，似乎遵循著某種異於地球或太陽系的宇宙幾何系統。在每片臀部上一圈長了絨毛的粉紅色肉圈內，各有一顆型態原始的眼睛；原本該是尾巴的位置，卻長了某種軀幹或觸角，上頭還有紫色的環形記號，也有許多跡象顯示，這應該是某種未發育完成的嘴巴或喉嚨。撇開上頭的黑毛不談，腿部有點像史前巨蜥的後腿，末端則是長有脊狀皺紋的肉墊，而非蹄或爪子。怪物呼吸時，它的尾巴和觸手便節奏性地變換顏色，彷彿因為體液循環，而使這些部位從正常顏色流露出非人的綠色光澤，而原本黃色的尾部，在紫環之間的皮膚則不時轉為灰白色。地上沒有正常人的血液；只有沿著彩繪地板逐漸擴散的腥臭綠黃色膿液，還留下了怪異的褪色痕跡。

當三人似乎喚醒了垂死怪物的意識時，它便開始發出低語，但沒有轉頭或抬頭。阿米塔吉博士沒有留下它話語的紀錄，但他堅稱對方說的不是英語。一開始，那些音節完全違背了地球上所有發音方式，但最後出現了明顯出自《死靈之書》的零碎字眼；怪物就是為了找尋那本恐怖的褻瀆邪典而死。根據阿米塔吉的回憶，這些字眼如下：「N'gai，n'gha'ghaa，bugg-shoggog，y'hah；猶格·索陀斯，猶格·索陀斯……」聲音逐漸變得緘默，夜鷹們的節奏性尖叫聲則逐漸變得高亢，聲音中飽含邪惡的期待。

接著喘息停止，狗兒也抬起頭，發出長長的悲鳴。倒在地上怪物那山羊般的黃色臉孔上出現了一股變化，黑色大眼也令人畏懼地闔上。窗外的夜鷹忽然停止鳴叫，外頭除了圍觀群眾的低語聲，還揚起了驚慌的翅膀拍擊聲。身披羽毛的監視者們如同龐大雲團般往月亮飛去，遠離人們的視野，對牠們視為獵物的東西感到慌亂。

狗立刻站起身，害怕地吠了一聲，並緊張地跳出剛剛進來的窗口。人群中發出一聲尖叫，阿米塔吉博士對外頭的人們大喊，說直到警方或醫護人員到場前，不准任何人進來。由於窗戶太高，外人無法往內窺視，對此他也感到萬幸，接著小心翼翼地拉下每扇窗戶前的黑色窗簾。此時兩名警員抵達現場；摩根博士在前廳和他們碰面，並要求他們為自身著想，等到醫護人員到場，再進入臭氣熏天的閱覽室，也應該將倒在地上的屍首蓋起來。

在此同時，地板上卻出現了恐怖的變化。無須解釋阿米塔吉博士與萊斯教授眼前東西萎縮崩解的速度；但可以直說的是，除了臉部外表與雙手外，威爾伯·衛特利身上的人類成分肯定相當稀少。醫護人員抵達時，彩繪地板上只剩下一灘黏稠的白色物質，噁心的臭味也幾乎完全消散。衛特利明顯沒有頭骨或骷髏；至少沒有真實的骨骼。這點像極了他身分不明的生父。

第七章

但這一切只不過是敦威治恐怖事件的序幕。驚慌不已的警員們跑完了所有規定流程，媒體和大眾也無法得知不尋常的細節，也有人被派去敦威治與艾爾斯伯里調查財產權，並通知可能身為威爾伯·衛特利繼承人的對象。他們發現當地陷入一片混亂，一方面是因為圓弧形山丘底下傳來的轟隆聲越來越大，也因為從衛特利家那棟被封死的空蕩大農舍中飄出的異常惡臭、與屋裡越來越頻繁的液體拍打聲。負責在威爾伯不在時照顧馬匹和牛隻的厄洛·索伊爾，已變得極度神經質。警員們找了藉口，要人們別進入那棟被封死的怪屋；他們也很高興自己只需訪視死者的住所和新修整的屋舍一次就好。他們向艾爾斯伯里法院遞交了冗長的報告，而無論他們是否家道中落，據說住在米斯卡托尼克河谷上游的無數衛特利家族成員們，都還在進行相關遺產訴訟。

有人在被屋主當作書桌使用的老衣櫃上，發現了一份內容幾乎毫無止盡的手稿；內容寫在一本龐大的帳簿上，並以奇怪的文字寫成。由於上頭的語句間距、和墨水與筆跡的變化，大家認為這是某種日記；這也讓發現者們感到一頭霧水。在對內容爭論了一週後，手稿被送到米斯卡托尼克大學，還加上死者收藏的怪異書本，以便研究和盡可能地翻譯；但即使是最厲害的語言學家，也很快就發現這本書無法輕易破譯；還沒有人發現威爾伯與老衛特利用來還債的古老金幣。

恐怖事件在九月九日的深夜發生。當晚的山區怪聲非常響亮，狗群們也吠叫了整晚。在十號早起的人注意到空氣中瀰漫著一股奇特臭味。大約上午七點時，喬治．柯瑞（George Corey）家雇用的年輕工人路瑟．布朗（Luther Brown），前往十畝牧場（Ten-Acre Meadow）放牧牛隻，現在則著急地跑回來；布朗家位於冷泉谷和敦威治村之間。當他跌跌撞撞地衝入廚房時，全身幾乎都因恐懼而不停顫抖；在外頭，害怕的牛群則刨著地面，並發出可憐兮兮的低鳴；由於是跟著男孩逃回來，想必牠們也受到了同樣的驚嚇。路瑟一面喘氣，一面結結巴巴地向柯瑞太太吐露他的故事。

「河谷外的那條路上有東西，柯瑞小姐！聞起來像打雷，所有灌木和小樹都從路邊被往後推倒，像是有房子被推到路上。那還不是最糟的現象。路上有腳印，柯瑞太太，還有木桶般又圓又大的腳印，深得像是被大象踩過，不過看起來**那東西的腿不止四條！**我逃跑前仔細看了一兩個腳印，每個腳印都有向外散發的線條，像是大棕櫚樹葉片，比那大了兩三倍；足跡一直沿著道路漫延下去。味道還很可怕，和衛特利巫師的老房子附近一樣……」

說到這他就停了下來，並似乎重新感受到嚇得他拔腿跑回家的那股恐懼。無法問出更多資訊的柯瑞太太，開始打電話給鄰居；恐怖事件真正的混亂序幕才正式開始。當她連絡上賽斯．畢夏普（**Seth Bishop**）家（那是離衛特利家最近的地點）的管家莎莉．索伊爾（Sally Sawyer）時，就換她聽對方說話，而不是傳達消息了；因為莎莉睡不好的兒子查恩西（Chauncey），曾登上靠近衛特利家的山丘，並在看了一眼該地和牧場後（畢夏普先生的牛隻在該地待了整夜），就害怕地跑回來。

「對，柯瑞小姐，」莎莉顫抖的嗓音從公共電話線中傳來，「查恩西剛回來，也怕得說不出話！他說老衛特利的家炸了開來，木片散落一地，像是屋裡有炸藥爆炸；只有一樓底部的地板沒有損壞，但沾滿了某種焦油狀的東西，聞起來很可怕，還沿著地板邊緣滴到木板被炸飛後露出的地面上。院子裡有恐怖的痕跡：比威士忌木桶還大的圓腳印，上面沾滿炸毀房子裡那種黏答答的東西。查恩西說腳印延伸到牧場，有一大塊比穀倉還寬的草皮也被壓扁，而且在足跡經過的地方，路邊的石牆都垮下來了。」

「柯瑞小姐，他說儘管自己很害怕，還是去找賽斯的牛，並在靠近魔鬼彈跳場的山區牧草地找到死狀悽慘的牛群。有一半的牛隻身體一點都不剩，另一半牛群殘骸中的血則被吸得一滴不剩，身上還有和衛特利家的牛一樣的傷痕；自從拉薇妮的小黑鬼出生後，就有人看過那種傷口了。賽斯出去看牛隻的狀況，不過我敢說他絕對不會走到衛特利巫師家附近！查恩西沒有仔細看巨型足跡離開牧草區後又去了哪，但他認為腳印沿著河谷道路往村莊去了。

我告訴妳，柯瑞小姐，有某種不該出現的東西跑出來了，我覺得是那個該死的黑鬼威爾伯·衛特利養出這東西的，有那種下場算他活該。我總是跟大家說，他根本不是人類；我猜他和老衛特利肯定在那棟封死的房子裡，飼養某種跟他一樣的非人怪物。敦威治附近有些隱形的怪東西，還是活的！不只不是人類，對人類也沒好處。

昨晚又發生地鳴了，且快天亮時，冷泉谷的夜鷹叫聲大到害查恩西睡不著。接著他聽見衛特利巫師家的方向傳來另一股微弱聲響，像是撕裂木板的聲音，也像某種盒子或木箱被拆開的聲響。這些聲音更是害他直到天亮都睡不著，因此早上他就起床了，但他得去衛特利家看看狀況。我說啊，他看得可多了，柯瑞太太！這肯定沒好事，我覺得男人們該組成調查隊去看看。我知道有可怕的東西出沒，也覺得自己快完蛋了。天知道那是什麼鬼東西！

妳家路瑟有注意到那些大腳印延伸到哪去嗎？沒有呀？好吧，柯瑞小姐，如果腳印出現在峽谷這一側的道路，也還沒抵達妳家的話，我猜它們一定延伸到河谷裡去了。肯定是這樣。我老說冷泉谷不是好地方。那裡的夜鷹和螢火蟲表現得從來都不像正常生物，也有人說如果站在正確的地點，像落石區和熊穴（Bear's Den），就能聽到空氣中有奇怪的移動聲和談話聲。」

到了當天中午，敦威治四分之三的男人與男孩們，都集結到衛特利家新遺跡和冷泉谷之間的路上與牧草地，害怕地檢視怪物般的龐大腳印、受傷致死的畢夏普牛隻、農舍中的怪異痕跡、和原野間與道路旁遭輾壓的植被。入侵這世界的東西，肯定跑進陰森的大河谷中了；因為河岸上所有的樹木都被折彎並踩斷，緊鄰懸崖旁長出的灌木叢也被挖出一條大道。彷彿有棟因山崩摔落的房屋，一路由幾近垂直的斜坡上那片雜亂的植被滑下去。底下沒有傳來聲音，卻有股遙遠又難以判斷的臭味；也不難想見，人們寧可在山崖邊緣爭論，而不是下山面對巢穴中的恐怖未知巨魔。有人打電話給搜索隊帶的三條狗一開始憤怒地吠叫，但靠近峽谷時，卻變得畏縮又裹足不前。有人打電話給《艾爾斯伯里紀錄報》（*Aylesbury Transcript*），告知這條消息；但習慣了敦威治誇張故事的編輯，只對此編出了一段幽默趣聞；這段幽默文章後來也被美聯社轉載。

當晚所有人都回到家裡，並將所有房屋與穀倉盡可能穩固地封好。不用說，所有牛隻都不准留在牧草地上。大約凌晨兩點時，一股可怕的惡臭與狗隻狂野的吠叫聲，吵醒了位於冷泉谷東方邊界的艾爾默．弗萊伊（Elmer Frye）一家，所有人也都聽見從外頭傳來某種模糊的液體搖晃拍擊聲。弗萊伊太太提議打電話給鄰居，艾爾默正準備同意時，木材破碎聲打斷了他們的討論。噪音明顯來自穀倉；隨即傳來牛群發出的醜惡尖叫聲與跺地聲。狗兒們流著口水，一面蹲在嚇得一動也不動的家人腳邊。弗萊伊靠著熟能生巧點燃了一盞提燈，但知道踏進外頭漆黑的農場，就必死無疑。妻小們嗚咽地啜泣，某種剩餘的模糊直覺告訴他們，自己的性命取決於保持緘默。牛群們的噪音終於降為微弱的呻吟，而撕裂、輾壓、與爆裂的巨響依然持續傳來。在起居室裡緊抱彼此的弗萊伊一家，直到最後一絲怪聲消失在冷泉谷遠處前，都不敢動彈。接著，在馬廄傳來的絕望呻吟、與遲遲未遷徙的谷中夜鷹惡魔般的尖鳴中，賽琳娜．弗萊伊（Selina Frye）蹣跚地走到電話邊，盡可能把第二階段的恐怖事件傳達出去。

隔天，鄉間所有人陷入恐慌；心懷畏懼又不願交談的村民們前來觀看慘劇的發生點。兩道龐大的毀滅性軌跡從峽谷延伸到弗萊伊農場，怪物般的腳印佈滿了寸草不生的地面，老舊紅穀倉的一側也被完全壓垮。只有四分之一的牛群被尋獲和辨認出來。有些牛隻只剩下型態特異的碎片，倖存者也得被射殺。厄洛．索伊爾提議從艾爾斯伯里或阿卡漢討救兵，但其他人認為那毫無幫助。來自介於良好與敗壞之間的衛特利家族支脈的老薩布隆．衛特利（Zabulon Whateley），陰沉地暗示說，得在山頂進行儀式。他來自重視傳統的家族分支，而他對巨石圈中吟唱儀式的印象，和威爾伯與他外公的儀式並不相同。

黑夜在充滿恐懼的鄉間降臨，村民們則太過被動，無法組織任何防禦行動。在少數狀況下，關係較為緊密的家族們會待在一起，在同一個屋簷下的黑暗中監視著情況；但大多數人只像前晚一樣堵起門窗，並徒勞無功地為火槍裝填彈藥，再把乾草叉放在觸手可及的位置。不過，除了一點山區怪聲外，什麼也沒發生；天亮時，許多人希望這隻恐怖新怪物消失的速度和出現時一樣迅速。甚至有大膽的人提議要全副武裝下到谷底調查，不過他們並沒有為依然猶豫的大眾做出實際榜樣。

當夜晚再度到來時，村民們再度加強居家防禦，不過比較少家人們緊張地抱在一起了。隔天早上，弗萊伊與賽斯・畢夏普家都聽到狗群的激動吠叫，與遠處傳來的模糊怪聲與臭味，而早起的探勘者們則害怕地在哨兵丘附近的道路上發現巨獸的新鮮足跡。和之前相同的是，道路兩旁也有輾壓過的痕跡，顯示出怪物驚人的龐大尺寸；而足跡的構成模式似乎指出兩種方向，彷彿一座移動山丘走出冷泉谷，並沿著同樣的道路回去。在山腳下被咬扁的灌木叢上，有條長約三十英呎的足跡通道，順著斜坡往上延伸；發現者們也注意到，就連垂直的山坡地帶，都無法影響足跡前進。無論怪獸的真實身分為何，它都能爬上幾近垂直的陡峭懸崖；當調查人員走更安全的路線抵達山頂時，發現已經到了足跡的盡頭；或是腳印在該處調轉了方向。

五朔節前夕和萬聖節時，衛特利一家曾於此地燃起熊熊烈火，並在桌形巨石旁吟唱地獄般的儀式咒文。山丘般的怪物曾在山頂的寬大空地上大鬧，這塊岩石位於空地中央，岩石表面上微凹的部位，則沾上了某種黏稠的腐臭物質，這和衛特利農舍毀壞地板上的物質相同，怪物也是由該處逃出。人們面面相覷並低語。接著他們從山丘往下望。怪物下山的路徑，明顯和上山的路線相同。但猜測也無濟於事。理性、邏輯、和正常動機通通不管用。只有沒和調查隊上山的老薩布隆，能正確判斷這情況，或提出可信的解釋。

星期四天黑時的狀況與其他夜晚相同，但結局卻不太快樂。峽谷中的夜鷹異常地持續鳴叫，使許多人無法入睡，而在大約凌晨三點時，全村的電話都令人戰慄地響了起來。拿起聽筒的人們，都聽到充滿恐懼的尖叫聲：「救命啊，噢，老天呀……」有些人聽到了緊接在對方驚叫聲後的撞擊聲。接著音訊全無。沒人敢做任何事，天亮前，也沒人知道電話是從哪打來的。聽到訊息的人打給所有村民確認，發現只有弗萊伊家沒有回應。一群武裝齊全的村民緊急集合，一路前往位於河谷上游的弗萊伊家，真相則在一小時後浮現。場面相當恐怖，但沒有人感到意外。地上有許多被輾平的痕跡與腳印，房屋已不見蹤影。屋子像蛋殼般崩塌，遺跡中也找不到生還者或死者。只留下一股臭味和焦油般的黏膩物質。艾爾默．弗萊伊一家已完全從敦威治消失。

第八章

在此同時，恐怖事件中較為平靜、但在精神上卻更具威脅性的階段，正在阿卡漢一處擺滿書架的小房間中發生。威爾伯．衛特利的特異手稿紀錄（或日記）被送到米斯卡托尼克大學進行翻譯，對古代與現代語言專家造成不少困擾；它的字母雖然大致類似美索不達米亞使用的阿拉伯字母，卻沒有任何專家能辨認出來源。語言學家們最後的結論，是該文字代表某種為了加密而設計的人工字母；不過即使使用了作者可能選用的各種語言基礎，一般的解碼方式卻似乎無法找出任何線索。儘管從衛特利家拿來的古書們相當有趣，在許多方面也能提供哲學家與科學家可怕的新研究方向，但在解碼上卻毫無幫助。其中有本裝有鐵製夾扣的厚重書本，則用另一種不明字母寫成。這本書的字體非常不同，也相當類似梵文。舊帳簿最後被交給阿米塔吉博士管理，一方面是因為他對衛特利事件的獨特興趣，也由於他對古典時期與中世紀神祕咒語廣泛的語言學知識和技術。

阿米塔吉認為，這種字母可能是某個特定的禁忌教團從古代流傳下來的祕密符號，也承襲了許多來自撒拉森文明[18]巫師的做法與傳統。不過，他並不認為這問題很重要；照他的猜想，如果這些符號被用於加密現代語言，就不需要找出符號起源。他相信，考量到這案例中的大量文字，除非是特定配方和咒文，否則作者不會想使用非自己母語的語言。於是在解碼這份文稿上，他初步判定整體內容都是英文。

由於同僚們不斷失敗，阿米塔吉博士明白這謎團相當深邃複雜；也知道不可能使用簡單的解決方法。整個八月，他都在鑽研密碼學；從他自己的圖書館館藏中找尋資料，並日以繼夜地研讀神祕典籍，包括特里特米烏斯[19]的《密碼學》（*Poligraphia*）、吉安巴蒂斯塔．波爾塔[20]的《書信中的密碼》（*De Furtivis Literarum Notis*）、德．維吉尼亞[21]的《數字論》（*Traite des Chiffres*）、法康納（Falconer）的《祕密資訊解碼術》（*Cryptomenysis Patefacta*）、戴維斯（Davys）與西克尼斯（Thicknesse）的十八世紀論文，與現代權威布萊爾（Blair）、凡．馬丁（van Marten）和克魯柏（Kluber）的著作；他逐漸了解到，自己處理的是一種世上最微妙且複雜的密碼，裡頭許多相應的字母，都被類似乘法表的結構分成不同部分，只有清楚解碼方式的人能從任意排列的關鍵詞彙中看出內文的意涵。較為古老的典籍似乎比新的著作更有幫助，阿米塔吉也斷定手稿中的密碼來自相當古老的年代，肯定是由好幾個世代前的神祕術士所流傳下來。他有好幾次都差點破譯，卻總是被某種預料之外的障礙阻擋。接著，靠近九月時，疑雲逐漸明朗。手稿中特定部分使用的字母，意義變得相當明確；內文中的文字確實是英文。

九月二日當晚，阿米塔吉博士完全解開了最後一部分的主要障礙，並首次閱讀到威爾伯．衛特利記錄中一段文意連續的段落。和大家猜測的一樣，這確實是本日記；文筆也明確顯露出下筆的怪異生物所擁有的深奧神祕學知識，與對一般教育的缺乏。在阿米塔吉破譯的第一篇長段落中，內容令人感到相當畏懼與不安；記錄日期則是一九一六年十一月二十六日。他記得，這是一名當時才三歲半、卻長得像十二或十三歲的小孩寫的。

---

18 譯注：Saracen，中世紀歐洲人用於稱呼阿拉伯穆斯林的名稱。

19 譯注：Trithemius，十五世紀密碼學家與煉金術士。

20 譯注：Giambattista Porta，十六世紀歐洲學者。

21 譯注：Blaise De Vigenère，十六世紀法國外交官，維吉尼亞密碼的發明人。

「今天為了女巫安息日而學阿克洛語[22]，得在山丘上使用它，才會得到回應，不能只對空氣說，所以我不太喜歡。樓上的東西比我預料中超前我更多，它大概沒長多少地球來的腦子。當伊萊姆．哈欽斯（Elam Hutchins）的牧羊犬傑克咬我時，我就開槍打牠；伊萊姆說，如果狗死掉，他就會把我宰了。我猜他不會那樣做。爺爺昨晚一直要我念多爾咒語（Dho），我覺得自己看到了位於南北極的地底城市。如果我使用多爾．赫納咒文（Dho-Hna）時還不能進步，等到地球被清理完畢時，我就得去南北極。女巫安息日時，它們從空中告訴我，我還需要很多年才能清空地球，我猜爺爺那時早就死了，所以我得學到所有空間的角度，還有意爾（Yr）和恩葛（Nhhngr）間的所有咒語。來自外域的它們會幫忙，但少了人類的血，它們就不能製造身體。樓上的東西看起來也有同樣的限制。當我畫出維爾標誌[23]、或把伊本．迦茲之粉（Powder of Ibn Ghazi）撒向它後，就稍微能看到它，它長得幾乎快跟五朔節前夕哨兵丘上的那些東西一樣了。另一張臉遲早會消失。我很好奇，當地球被清理完畢，上頭再也沒有生物時，我會變成哪種模樣。在阿克洛安息日時到來的他，說我可能會變形，因為外域還有很多工作要完成。」

天亮時，阿米塔吉博士嚇出了一身冷汗，緊張情緒也使他變得十分專注。他整晚都沒有離開手稿，一直坐在桌邊，在電燈下用顫抖的雙手盡快破解密文。他緊張地打給太太，說自己不會回家，而當她從家裡送早餐給阿米塔吉時，他連一口都吃不下。他讀了一整天的手稿，也經常因需要重新使用複雜的破譯關鍵，而發狂般地停下。家人送了午餐和晚餐來給他，但他只吃了一丁點。接近隔天午夜時，他在椅子上打盹，但立刻從惡夢中驚醒，夢境幾乎和他發現的真相與威脅人類存亡的危機相同。

九月四日早上，萊斯教授和摩根博士堅持前來拜訪他一會，並全身顫抖且臉色蒼白地離開。當晚他終於上了床，但睡得並不好。隔天星期三，他繼續研究手稿，並開始替他目前解碼中的段落與破譯的橋段製作筆記。當晚午夜，他只在辦公室的安樂椅上睡了一下，接著又在黎明前埋首於手稿之中。中午前，他的主治醫生哈特威爾（Hartwell）來見他，並堅持要他停止工作。他拒絕了，聲稱讀完這份日記最為重要，並保證在未來解釋原因。當天夜色剛落下時，他就讀完了那份可怕的手稿，並疲勞地倒回椅子上。他帶晚餐來的妻子發現他呈現半昏迷狀態；但當他看見妻子的目光飄向自己寫下的筆記時，依然高喊了一聲阻止她。他虛弱地起身，收起寫滿筆記的紙張，並把它們封入大信封，接著立刻將信封塞進大衣口袋裡。他還有足夠力氣可以回家，但非常

---

22 譯注：Aklo，亞瑟．馬欽在短篇故事《白人》（*The White People*）中描述的虛構語言。洛夫克拉夫特在不少作品中提及阿克洛語。

23 譯注：Voorish Sign，「維爾」同樣出自亞瑟．馬欽的《白人》，在書中為某異次元國度的名稱；洛夫克拉夫特並未對維爾標誌多做描述，但日後的克蘇魯神話作家則大幅拓展了維爾標誌的魔法效力。

需要醫療照顧，因此哈特威爾醫生立刻被找來了。當醫生讓他上床時，他不斷地重複低語：「看在上天的份上，我們能做什麼？」

阿米塔吉博士睡著了，不過隔天有些神智不清。他沒有對哈特威爾多做解釋，不過當他冷靜下來時，便聲稱得和萊斯與摩根就當務之急進行會談。而他神智較為瘋狂的時刻令人瞠目結舌，包括激烈要求立刻摧毀某個在密封農舍中的東西，並狂亂地提到某種來自不同空間的古老恐怖生物，計畫將全人類和動植物從世上一併消滅。他喊著說世界陷入危險，因為遠古魔物企圖把地球拉到太陽系與物質宇宙之外，並將之拋入另一種空間；在難以估算的太古時期，地球便是從此空間掉出來的。其他時候，他則會要求看可怕的《死靈之書》和雷米吉烏斯[24]的《惡魔崇拜》（*Daemonolatreia*），他似乎認為能在這些典籍中找到特定咒文，以對抗自己發現的危機。

「阻止他們，阻止他們！」他如此叫道。「那些衛特利家的人打算讓它們進來，而最糟糕的東西被留下來了！告訴萊斯和摩根，我們得做些什麼！一切深陷五里霧中，但我知道如何製作粉末……自從八月二日，就沒人餵它了，當時威爾伯死在這裡，而以那東西的成長速度……」

儘管阿米塔吉已經高齡七十三歲，身體還是很硬朗，當晚睡過一覺後，便渡過了不適期，也沒有發燒。星期五時他起得很晚，但腦袋清晰，心中充滿恐懼與莫大的責任感。週六下午，他覺得自己已恢復到能前往圖書館，並找了萊斯與摩根開會；那一整天從早到晚，三人絞盡腦汁猜測與激辯。他們從書架和安全的儲藏室中拿了大量奇異又可怕的書本；並焦急地抄下大量圖表與咒文。完全沒人心存質疑。三人都看過威爾伯．衛特利倒在那棟建築房間地板上的屍體，在那之後，他們就沒人敢把這日記當成狂人囈語。大家爭論究竟要不要通知麻薩諸塞州警方，最後決定不報警。從未目睹過相關現象的人，不會相信事件中牽扯的要素；在日後的調查中，這點相當明顯。當晚深夜，三人在沒有得出明確計畫的情況下解散，但一整個星期天，阿米塔吉都忙於比較從大學實驗室拿來的配方與混和化學藥劑。他越思考恐怖日記中的內容，就越不認為有任何物質能消滅威爾伯．衛特利死後留下的妖物。他不知道的是，那隻威脅世界的妖獸，在幾小時內就將變成令人難忘的敦威治怪物。

阿米塔吉博士週一的行程和週日相同，因為當前的任務需要大量研究與實驗。更深入研究這本恐怖日記後，計畫就出現了不少變化，他也清楚，最後肯定還有許多不確定要素。星期二前，他就策畫出了一連串行動，也認為自己在一週內就會試圖前往敦威治。接著，驚人大事在星期三發生。《阿卡漢宣傳報》的角落，刊登了一則轉自美聯社的小趣聞，講述敦威治居民如何靠私釀威士忌養出一頭破紀錄的大怪獸。大為驚恐的阿米塔吉只能打電話給萊斯與摩根。他們討論到深夜，隔天則進行了一連串的準備。阿米塔吉知道自己得與恐怖力量周旋，但想不出有別的方法能解除前人種下的惡因。

24　譯注：Remigius，十六世紀法國法官，曾自稱處死過八百名以上的女巫嫌犯。

第九章

星期五早上，阿米塔吉、萊斯與摩根搭汽車前往敦威治，並在下午一點抵達村莊。天氣相當宜人，但即使在最明亮的陽光下，奇怪的圓弧頂山丘和受災地區中的深邃峽谷，都透露出一股寧靜的恐怖感與凶兆。三不五時能瞥見山頂荒涼的巨石圈。從奧斯朋雜貨店中戰慄人群的緘默氛圍，他們察覺某種恐怖事件已然發生，也很快得知艾爾默．弗萊伊全家連人帶房被毀的事件。那天下午，他們騎馬繞行敦威治四周，詢問當地人事情的來龍去脈，並親眼觀察淒涼的弗萊伊家廢墟、上頭焦油狀的黏稠物質、弗萊伊家後院中的邪惡足跡、受傷的畢夏普家牛隻、與不同地點被壓扁的植被上留下的龐大痕跡。對阿米塔吉來說，延伸到哨兵丘頂端、接著又轉往山下的足跡最有末日般的危險氛圍，他也盯著山頂上彷彿祭壇的邪惡石圈看了很久。

最後，訪客們聽說為了因應通報弗萊伊家慘劇的第一通電話，有批來自艾爾斯伯里的州警在當天早上抵達，於是教授們決定去找員警，並盡可能地和對方比對紀錄。不過，他們發現這件事實際執行起來十分困難；因為他們到處都找不到這群州警。原本有五個人坐車來，但現在車子孤零零地停在弗雷伊家後院，靠近遺跡的位置。和員警談過話的當地人，一開始也和阿米塔吉等人同感困惑。接著老哈欽斯想到某件事，臉色立刻變得蒼白，並推了推弗萊德．法爾（Fred Farr），並指向附近潮濕陰暗的深谷。

「老天呀，」他倒抽了一口氣，「我要他們別下谷底，我以為在碰到那種腳印和味道後，就沒人敢這樣做；那天中午，山谷底下還傳來夜鷹的尖叫聲……」

當地人和訪客們都打了一陣冷顫，眾人也都直覺地豎起耳朵，專注聆聽。在終於實際碰上怪物與它恐怖的行為後，阿米塔吉發起抖來，覺得對付它是自己的責任。很快就要天黑了，那座小山般的巨怪馬上就要笨拙地邁出不祥的腳步。「**行走在黑暗中的恐怖事物**（**Negotium perambulans in tenebris**）……」老圖書館員背誦起記憶中的咒文，並緊緊抓住一張紙，裡頭寫有他還沒背起來的另一種咒語。他注意到自己的手電筒能正常運作。在他身旁的萊斯，從皮箱中取出一只用來對付昆蟲的金屬噴霧器；摩根則從箱中拿出一把大獵槍；儘管他同事警告過，沒有物理武器能派上用場，他依然把槍帶來。

讀過恐怖日記的阿米塔吉，非常清楚會見到哪種恐怖怪物；但他沒有告知敦威治居民，以免造成更大的恐慌。他希望能先打敗它，而無須讓世人知曉自己躲過了哪種恐怖災難。當夜色降臨時，當地人開始回到家中，緊張地將自己鎖在屋內，儘管所有人造的門閂與鎖頭，明顯無法抵抗能壓垮樹木與踩扁房屋的怪物。他們對訪客們守在深谷附近弗萊伊家廢墟旁的計畫搖了搖頭；當他們離開時，也不太認為會再見到這批訪客。

當晚山區底下傳來轟隆聲，夜鷹們也發出充滿威脅性的鳴叫。冷泉谷裡三不五時會吹出一股風，將不可言喻的惡臭送進夜晚的空氣中；當三人站在那頭花了十五年半歲月偽裝成人的垂死怪物前時，就聞過這種臭味。但怪物並沒有現身。深谷底下的東西正在等待時機，阿米塔吉則告訴同事們，在黑夜中進行攻擊等同於自殺。

晨曦緩緩到來，夜晚傳來的聲響也隨即停止。天空一片灰暗，也不時落下毛毛雨；更為厚重的雲層似乎聚集在西北部山區後頭。來自阿卡漢的三人不知道該怎麼辦。他們在其中一處尚未遭到摧毀的弗萊伊家外屋內，躲避越來越大的雨勢，並爭論是否該繼續等待，或走下谷底，主動攻擊他們的無名敵手。雨下得越來越大，遠方也傳來雷聲。閃電發出亮光，接著一束叉狀閃電落在附近，彷彿直接打入恐怖的谷底。天空變得非常黑暗，三人也希望短暫的暴雨後，天氣就會變得晴朗。

不到一小時後，天空還相當陰暗時，路上就傳來了雜亂的人聲。過了一陣子，二十幾個害怕的人就叫喊著跑來，甚至還歇斯底里地啜泣。帶頭的人哭哭啼啼地開口，等到來自阿卡漢的學者們聽懂對方的話語時，便顫抖了起來。

「老天啊，老天啊。」對方哽咽地說。「又開始了，這次在白天發生！它跑出來了！它現在就在外頭走動，天知道它何時會來追我們！」

說話的人邊喘氣邊安靜下來，但另一人則繼續說。

「接近一小時前，薩布隆．衛特利聽到電話聲響起，是喬治的老婆柯瑞太太打來的，他們住在路口附近。她說傭工男孩路瑟在大閃電落下後出去趕牛，讓牠們遠離風暴，這時他看到深谷口靠這頭另一側的所有樹木都被折彎，還聞到一股可怕的臭味，和他上週一早上發現腳印時聞到的味道相同。她聲稱路瑟說有股搖晃的拍打聲，完全不像彎曲的樹林與灌木會發出的聲音，突然間路旁的樹木開始被推擠到一邊，泥巴上還傳來一陣可怕的跺腳聲與潑濺聲。但是，路瑟什麼都沒看見，只看到被折彎的樹林和灌木叢。

他在前頭畢夏普溪（Bishop's Brook）流到道路底下的位置，聽見橋上發出的恐怖嘎吱聲和輾壓聲，還說他聽得出橋上的木板開始碎裂了。但他依然什麼都沒看見，只看到彎曲的樹林和灌木。搖晃聲這時變得越來越遠，飄自導向衛特利巫師家和哨兵丘方向的道路。路瑟大膽地走到傳來聲響的位置，看看地面的狀況。上頭都是泥巴和雨水，天色依然昏暗，大雨也快速沖刷掉一切痕跡；但在樹木被折彎的深谷口，還有一些圓木桶般大小的可怕腳印，就像他星期一看到的景象。」

這時，率先開口的人緊張地打岔。

「但**那現在**不是問題，只是開頭。薩布隆打電話把大家叫醒，當每個人聽他說話時，突然有通電話從賽斯．畢夏普家打來。話筒傳來他的管家莎莉的聲音。她剛看見路旁的樹木被折彎，還說有種黏糊的聲響，就像有頭大象正在喘氣踱步，並往房屋前進。接著她提到忽然傳來一股可怕的味道，並說她兒子查恩西正嚷著說，這就是他星期一在衛特利家廢墟聞到的臭味。狗兒們也在吠叫，還發出悲鳴。

然後她發出一聲恐怖的尖叫，說道路前方的小屋剛被壓垮，就像被風暴摧毀，只不過風力不夠強到能做出這種破壞。每個人都在聽她說話，我們也能聽到許多人的驚嘆聲。莎莉又忽然叫了一聲，說前院的柵欄支柱倒了下去，不過完全看不出是什麼東西造成的。接著，電話線上的每個人都能聽到查恩西和老賽斯．畢夏普的叫喊，莎莉也叫著說某種沉重的東西砸中了房屋；不是閃電，前廊有某種沉重的物體，不斷撞擊前門，不過從窗口什麼都看不到。然後……然後……」

在場所有人的臉孔都流露出恐懼的皺紋；儘管阿米塔吉正在發抖，仍勉強鎮靜地請村民繼續說。

「然後……莎莉在尖叫：『救命呀，房子要塌了……』然後，我們只能聽到一陣可怕的崩塌聲和尖叫聲……就像艾爾默．弗萊伊家被毀時一樣，但情況更糟……」

男人停了下來，群眾中的另一人接著開口。

「就這樣，之後電話裡再也沒有傳來其他聲響。一點聲音都沒有。聽到這些話的我們，立刻搭上福特汽車和馬車，盡可能找來健壯的男丁，並在柯瑞家集合，過來這裡問你們覺得怎麼辦比較好。我想這是上帝在懲罰我們的罪過，沒人能躲得過。」

阿米塔吉察覺正面出擊的時機已經到了，並果斷地向害怕又怯懦的村民們開口。

「孩子們，我們得跟上它。」他讓語氣盡可能地帶有安撫感。「我相信有機會能打敗它。你們知道那些衛特利家的人是巫師。這是用巫術製造出來的東西，也得用同樣的方法才能制服它。我看過威爾伯・衛特利的日記，也讀過他唸過的一些怪異古書；我想，我知道能讓那東西消失的正確咒語。當然了，我不太確定，但我們總得賭上一把。那是個隱形的怪物，我清楚這點。但這罐長距離噴霧器中，裝有能讓它短暫現形的粉末。之後我們會嘗試。它確實是個可怕的怪物，如果威爾伯把它養得更大的話，後果會比現在更難以設想。你們永遠不會知道世界躲過了什麼災禍。當下我們只有一隻怪物要對付，它也不會繁衍。不過，它確實能造成顯著破壞；所以我們得毫不猶豫地把它從當地消滅。

我們得跟上它，就從被摧毀的地點開始。得有人帶路。我對當地的路不熟，但我想應該有捷徑可走。如何？」

村民們猶豫了一下，接著厄洛・索伊爾輕聲開口，用骯髒的手指指向逐漸變小的雨勢。「我猜去賽斯・畢夏普家最快的路徑，就是穿過這裡的低窪牧草地，在低處渡過溪流，爬過凱瑞爾（Carrier）家的牧場和後頭的伐木區。這樣就能抵達靠近賽斯家的上坡路段，那裡有點靠近另一側。」

阿米塔吉、萊斯與摩根開始往指示的方向走；大部分當地人則緩慢地跟上。天空變得明亮了點，風雨也有緩和的跡象。當阿米塔吉不經意地走往錯誤方向時，喬・奧斯朋（Joe Osborn）阻止了他，並走到前頭去指示正確方向。眾人的勇氣與信心正在增長，儘管捷徑盡頭近乎垂直又長滿樹木的山丘，與諸多他們得架梯子才能爬上的古老樹木，嚴厲地考驗了這種心態。

最後他們踏上泥濘的路面，發現太陽已經冒出來了。他們位於賽斯．畢夏普家後方處，但彎曲的樹木與難以錯過的醜陋腳印，則顯示出有什麼東西曾經過該處。他們只花了一點時間觀察彎道旁的廢墟。弗萊伊家的慘劇再度重演，也無法在曾為畢夏普家和穀倉的崩塌廢墟中，找到任何倖存者或死者。沒人想留在該處的臭味與焦油狀黏液中，但所有人一致直覺地望向駭人的足跡，足跡往已毀的衛特利農舍和頂端有祭壇的哨兵丘延伸而去。

當人們經過威爾伯．衛特利家時，便發出顫抖，興致中似乎也混雜了一絲猶豫。追蹤某種體型和房屋一樣大的隱形怪物已經夠糟了，對方居然還如同惡魔般狠毒。足跡在哨兵丘山腳對面離開道路，路旁則有新鮮的龐大輾壓痕跡，沿著怪物之前從山頂來回的路線延伸。

阿米塔吉拿出一只效能優良的小型望遠鏡，並掃視山丘長滿樹林的陡峭坡面。接著他把望遠鏡交給視力較為銳利的摩根。遠望了一陣子後，摩根尖叫了一聲，並把望遠鏡遞給厄洛．索伊爾，用手指指向斜坡上某處。不習慣使用望遠鏡的索伊爾十分笨拙，還摸索了一下；最後在阿米塔吉的幫助下，成功使鏡片聚焦。他一往遠處看，就發出比摩根還淒厲的尖叫。

「老天啊，草和灌木叢都在移動！它在往上走，走得非常緩慢。現在正爬向山頂，天知道是為了什麼！」

驚慌情緒似乎在人群中散了開來。追蹤無名妖物是一回事，發現它又是另一回事。咒語可能會生效；但如果沒效呢？人們開始質問阿米塔吉關於他對怪物的了解，但沒有答案能安撫群眾。

每個人都覺得自己相當靠近真正的自然界、與完全異於常人經驗的禁忌事物。

第十章

最後，三名來自阿卡漢的訪客：白髮蒼蒼的年邁阿米塔吉博士、結實又蓄著灰髮的萊斯教授、與瘦弱而年輕的摩根博士，自行登上山丘。在耐心教導村民如何使用望遠鏡後，他們把望遠鏡留給待在路上的恐慌群眾；他們爬上山坡時，輪流傳遞望遠鏡的村民們則看著他們。山路十分難走，阿米塔吉也不只一次需要攙扶。在辛苦的三人上頭高處，龐大的輾壓痕跡正發出顫抖，因為恐怖的足跡製造者正像蝸牛般緩緩往上爬。追蹤者們明顯跟上對方的進度了。

當阿卡漢學者們大幅偏離足跡的方向時，來自尚未墮落的衛特利家分支的克提斯．衛特利（Curtis Whateley）正拿著望遠鏡。他告訴眾人，三人打算登上另一座較矮的山峰，該處能俯視軌跡，也位於灌木叢彎曲方向前端很長一段距離。這方法確實有用；群眾看見三人剛好在隱形怪物經過後，才爬上那座小山峰。

接過望遠鏡的衛斯理．柯瑞（Wesley Corey），喊著說阿米塔吉正在調整萊斯拿的噴霧器，肯定有事要發生了。群眾不安地蠢動，想起摩根的噴霧器能使隱形怪物暫時露出原貌。有兩三個人遮住了自己的雙眼，但克提斯．衛特利搶回了望遠鏡，並緊盯著山上。他看到位於制高點和怪物身後的萊斯，正好有絕佳機會能噴灑擁有驚人效果的強力粉末。

沒有望遠鏡的人只看到瞬間噴出的灰色晨霧，形成了一朵和大樓同高的雲霧。位置接近山頂。拿著望遠鏡的克提斯，放聲大叫後就讓望遠鏡落入路上深及腳踝的爛泥中。他晃了一會，要不是有兩三個人穩住他的身子，他早就摔到地上了。他只發出音量微小的呻吟。

「噢，噢，天啊……**那……那個……**」

大夥瞬間亂成一團，不斷丟出問題，只有亨利．惠勒（Henry Wheeler）想到將掉下去的望遠鏡撿起來，並把上頭的泥巴擦掉。克提斯語無倫次，就連零散的回答也說不好。

「比穀倉還大……全身都是扭動的繩索……整個身體像是比任何東西都還要大的雞蛋，身上長滿數十隻橡木桶般粗的腿，每次前進時都會微微抬起……它的身軀不是固體。像果凍一樣，看起來像是許多蠕動的繩索糾纏在一起……全身都是圓凸的眼睛……十到二十張嘴或觸手從全身各處伸出來，尺寸和火爐煙囪一樣大，不斷開開合合……全身都是灰色，還佈滿藍色或紫色的環狀結構……**老天啊——上頭有半張臉……**」

無論最後這段記憶為何，都使可憐的克提斯太過難以接受；他還沒來得及繼續說，就昏倒在地。弗瑞德．法爾和威爾．哈欽斯把他搬到路邊，放在潮溼的草地上。發著抖的亨利．惠勒，把拾起的望遠鏡轉回山上，想盡量觀察。透過鏡片能勉強辨識出三個人影，正儘快沿著陡峭山坡跑向山頂。只看得到這些而已。接著所有人都注意到身後的深谷中、與哨兵丘底下的灌木叢裡，傳來某種並非當季該出現的聲音。那是無數夜鷹的尖鳴聲，而在牠們淒厲的叫聲中，還含有某種緊張又邪惡的期待感。

厄洛·索伊爾接過望遠鏡，並說三人站在最高處的山脊上，和祭壇石圈同高，但離該區有不少距離。他說，有個人似乎把雙手節奏性地舉到頭頂；當索伊爾提到這件事實，群眾似乎聽到遠處傳來類似歌聲的微弱聲響，彷彿某種被大聲吟唱的咒語隨著手勢出現。偏遠山峰上的怪異輪廓肯定充滿令人難忘的噁心感，但沒人想仔細觀察。「我猜他在施咒。」惠勒把望遠鏡拿回來時說。夜鷹們正狂野地啼叫，並發出異於往常的不規律節奏。

突然間，陽光突然黯淡下來，而且也沒有遭到雲朵遮蔽。這是非常特異的現象，所有人都注意到了。山底下傳來一陣轟隆聲，和天空中飄下的轟鳴聲怪異地混和在一起。天空亮起閃電的光芒，好奇的人群卻找不到風暴將臨的徵兆。阿卡漢學者們的吟唱聲現在變得十分明顯，惠勒也透過望遠鏡，看到他們在節奏性念咒時都舉起了手。遠處某間農舍則傳來狂野的狗吠聲。

陽光變得越來越黯淡，群眾也好奇地盯著地平線瞧。顏色變深的藍色天空中，浮現了一股帶了紫色色澤的黑暗，逐漸逼近發出轟隆聲的山丘。接著閃電又落了下來，這次比之前更加明亮，人們也覺得閃電使遙遠山峰上的祭壇石圈多了種迷霧感。不過，當下沒有人在使用望遠鏡。夜鷹繼續不規律地鳴叫，敦威治村民緊張地等待某種空氣中浮現的神祕威脅。

在毫無警告的情況下，某種低沉、破碎、又喧鬧的話語聲憑空出現；聽到這些聲音的驚慌人群永遠無法忘懷。那聲音並非出自人類的喉嚨，人類的器官無法發出這種病態的噪音。要不是聲音明顯來自山頂上的祭壇，人們可能會以為是地底傳來的。那甚至算不上**聲音**，因為它陰森低沉的音色，比傳入耳朵的聲音更能激起潛意識中的恐懼；但還是得稱它為聲音，這聲響略為接近口齒不清的話語。聲音音量很高，和轟隆聲與頭頂的雷聲一樣高亢，也與其迴盪在一起。但沒人看得見發聲者。由於山腳下的人們想像出某種發出聲響的無形生物，便緊張地彼此湊在一起，並畏縮著身子，彷彿害怕隨時受到攻擊。

「Ygnaiih …… ygnaiih …… thflthkh'ngha ……**猶格．索陀斯**……」憑空出現的醜惡怪聲說道。「Y'bthnk …… h'ehye—n'grkdl'lh ……」

說話的聲音似乎停滯下來，彷彿有某種可怕的心靈爭鬥正在進行。亨利．惠勒專心從望遠鏡看出去，但只看見三個怪異的人型輪廓站在山頂，一同用雙臂激烈地揮舞奇特的手勢，口中唸出的咒語也趨近高潮。這些雷聲般的低沉話語，究竟是從哪種黑暗的地獄深淵，或哪種來自宇宙之外的超然意識，又或是潛藏已久的遺傳特性中出現的？這股聲響開始凝聚力道與一致性，並逐漸變得剛硬又狂熱。

「Eh-y-ya-ya-yahaa —— e'yayayaaaa …… ngh'aaaaa …… h'yuh …… h'yuh ……**救命！救命！父——父——父——父親！父親！猶格．索陀斯！**」

但一切就此結束。路上臉色蒼白的人群，還因為從祭壇石圈旁的混亂空中傳來那雷聲般英語字彙而感到腳軟，卻從此沒再聽過這些字眼了。他們還因幾乎要劈毀山區的雷聲巨響嚇了一跳；但聽到雷聲的人都無法確定，究竟那股震耳欲聾的巨響是來自地底或天空。一道閃電從紫色天頂打到祭壇石圈中，接著一股無形的震波和無可名狀的臭味，從山頂橫掃過鄉間。樹林、草皮、和灌木叢都被甩得劈啪作響；山腳下已嚇破膽的人們，被致命的惡臭燻得幾乎要窒息，並虛弱地跌坐在地。狗群在遠方嚎叫，青草與植被立刻枯萎，流露出病態的怪異黃灰色，大夜鷹的死屍也散落在原野與森林中。

惡臭迅速消散，但植被再也沒有恢復健康。一直到今天，那座恐怖山丘附近的植物還是有某種怪異的邪惡感。當克提斯．衛特利剛醒過來時，阿卡漢學者們才慢慢地走下山來，沐浴在再度變得耀眼奪目的陽光中。他們嚴肅且沉默，似乎也受到恐怖的記憶震懾，那比嚇得發抖的當地村民們經歷過的情境還要駭人。回答眾人的問題時，他們只搖了搖頭，並確認了一個重要答案。

「那東西已經永遠消失了。」阿米塔吉說。「它分裂回構成身體的元素，也無法繼續存在。它是正常世界中不可能出現的異物。只有極少部分是我們已知的物質。它和它父親一模一樣：大部分身體已回到父親身邊了，那裡位於我們物質宇宙外的某種怪異領域或空間；只有最惡毒的不淨人類儀式，能在山丘上將他從深淵中短暫地召喚出來。」

眾人沉默了一陣子，克提斯．衛特利也在這段期間逐漸恢復意識；於是他雙手抱頭，並發出一陣呻吟。當時的記憶似乎泉湧而出，而那光景帶來的恐懼又再度讓他動彈不得。

「噢，噢，天啊，那半張臉——那東西頂端的半張臉……那張臉上有紅色雙眼和捲曲的白化毛髮，下巴也很短，就像衛特利一家人……那是個像章魚、蜈蚣、和蜘蛛混合起來的怪物，但身體頂端還有半張人臉，看起來就像衛特利巫師的臉孔，只不過尺寸大上太多了……」

他疲勞地停下，在場的村民則目瞪口呆地站在原地，訝異感尚未轉化為恐懼。只有老薩布隆．衛特利大聲開口；他依稀記得以往舊事，但之前都保持緘默。

「十五年前，」他娓娓道來，「我聽過老衛特利說，有一天我們會聽到拉薇妮的孩子在哨兵丘頂端，呼喊父親的名號……」

但喬．奧斯朋打斷他的話，繼續質問阿卡漢的來客。

「不過，那怪物究竟是什麼東西，年輕的衛特利巫師又是怎麼憑空把它召喚出來的？」

阿米塔吉的回應用字非常謹慎。

「它……這個嘛，它的身體大多由不屬於我們時空的物質組成。它賴以維生的法則不同於我們的大自然。我們不應該召喚這種來自外域的魔物，也只有極度邪惡的人與教派會企圖這樣做。威爾伯．衛特利體內也有某種它的成分，足以使他成為早熟的邪惡怪物，也讓他的死相變得非常恐怖。我要燒了他的不祥日記，如果你們夠聰明的話，就該炸掉山頂的祭壇石圈，並推倒其他山丘上的石柱。那類東西能召喚出衛特利一家非常喜愛的魔物。他們企圖讓那種魔物以有形方式踏入人間，並消滅人類，再為了某種神祕目的，將地球拖入無名空間。至於被我們送回去的怪物，衛特利一家把它養大，以便參與未來的計劃。它快速成長的理由，和威爾伯相同；但它長得比威爾伯快的原因，是由於它擁有更多的**外來力量**。至於威爾伯如何憑空將它召喚出來這點，就不用多問了。怪物不是他叫來的。**那是他的雙胞胎兄弟，但長得比威爾伯還像他父親。**」

四、暗夜低語者

第一章

你得記好：即使到了最後，我也沒目睹到任何實際的恐怖景象。如果認為我的推論帶來了心理衝擊，便算是忽略了我最後經驗中最明顯的事實；那就是壓垮我的最後一根稻草，害我嚇得逃出遺世獨立的阿克利農舍，並在半夜駕著偷來的車穿越佛蒙特州荒野中的圓頂山丘群。雖然我看過也聽過神祕事物，也確實感到這些東西相當逼真，卻無法證實自己可怕的推論是否正確。畢竟，阿克利的失蹤證明不了什麼。儘管人們在他的房屋內外發現了彈孔，其他東西卻毫無異狀。彷彿他只是輕鬆地出門去山裡散步，卻再也沒有回家。屋裡甚至沒有訪客的跡象，也無法證明那些可怕的圓柱狀容器和機器曾存放在書房。即使他曾非常畏懼長滿樹林的蒼綠山丘與無盡的溪流，自己也在此地出生長大，卻也說明不了什麼；因為有上千人都擁有類似的恐懼跡象。再說，他最後的怪異行為與憂慮情緒，都能以怪癖來解釋。

對我來說，整件事始於一九二七年十一月三日那場史無前例的大洪水。當時的我和現在一樣，在麻薩諸塞州阿卡漢的米斯卡托尼克大學擔任文學導師，同時也是熱心研究新英格蘭民俗學的業餘學者。洪水過後，在媒體報導的諸多災情慘況與救濟行動中，出現了一些奇怪的新聞，其中提到有某種東西在部分水勢高漲的河流中漂浮；於是我許多朋友對此展開討論，並請我提供意見。我樂於見到自己的民俗學研究受到如此重視，便盡可能貶低誇張又模糊的故事；這些故事明顯源自某種鄉野迷信。讓我覺得有趣的是，有好幾個受過教育的人，居然堅持謠言底下可能藏有某種晦澀的真相。

引起我注意的故事大多來自剪報；不過某篇軼事有個口述來源，連我朋友寫給他住在維蒙特州哈德威克（Hardwick）的母親的信中，都提到了這件事。所有傳言中描述的物體基本上大同小異，不過似乎有三個不同的事件：一樁案例發生在靠近蒙特佩利爾（Montpelier）的威努斯基河（Winooski River），另一樁發生在紐芬（Newfane）外溫德姆郡（Windham County）的西河（West River），第三樁案例則集中在林登維爾（Lyndonville）北邊喀里多尼亞郡（Caledonia County）的帕桑普希克村（Passumpsic）。其他零散傳聞中自然提到了別的案例，但經過分析後，似乎都能回溯到上述三個地點。每件事例中都有村民提到，從人煙罕至的山區沖下的洪水中，出現了一個以上的怪異物體；大眾也傾向將這些目擊事件連結到幾乎被人遺忘的原始傳說，老一輩人也因此再度講起了那類故事。

人們自認目睹的東西，是前所未見的有機生物形體。當然，在那段悲劇性的天災時期，有許多人類遺體被沖到溪畔；但敘述這些物體的人們說，儘管那些怪異物體的大小與輪廓有些類似人類，卻無法確定那是人。目擊證人們說，它們也絕非任何棲息在佛蒙特的動物。它們是五英呎長的粉紅色物體；甲殼類動物般的身軀上長有一對巨大的背鰭或膜翼，以及好幾雙節肢。原本該是頭部的位置，卻長了某種扭曲的橢圓形構造，上頭佈滿大量的短觸角。不同來源出現的報告擁有令人驚奇的一致性；但由於古老傳說曾一度在這些山區地帶流傳，可能因此激發了目擊證人的想像力，使他們描繪出恐怖又鮮明的形象，這反而使我降低了不少興趣。我的結論是，在每樁案例中，這些目擊證人都是天真又單純的偏遠地區居民，他們在滾滾洪流中看到的是破爛又腫脹的人類遺體或農場家畜。他們記憶中模擬兩可的民俗傳說，則在這些可憐的遺骸上投射了奇異的幻想。

儘管古老的民間傳說模糊又隱晦，當今的世代也大多遺忘了故事內容，但傳說本身卻具有強烈獨特性，也明顯受到早期印地安人故事的影響。儘管我沒去過佛蒙特州，但透過伊萊．戴文波特（Eli Davenport）那本極為罕見的著作，我得到了對該地深刻的理解；那本書收錄了一八三九年前對州內年紀最大的耆老所進行的口述訪談。再來，這些資料和我從新罕布夏州山區中的年老居民那聽到的故事相符。簡單來說，傳說中暗示有某種恐怖生物潛伏在偏遠山區。它們居住在最高峰上的密林，和漆黑的深谷中，山谷中的河流則流自不明的源頭。鮮少有人目擊這類生物，但只有比一般人更深入特定山區或陡峭深谷的人，才會提出這些生物存在的證據。

溪畔的泥岸和光禿的土壤上出現了奇怪的腳印或爪印，當地也出現奇怪的石圈，周遭的青草都已枯萎，石圈本身也不像自然形成的構造。丘陵山壁邊也有深度不明的洞穴，洞口則被巨石堵了起來，但巨石絕非碰巧被擺在該處；外頭還有許多怪異腳印，假若正確估算這些腳印的方向，就可得知腳印曾在洞穴內外進進出出。最糟的是，膽大的訪客在罕見的情況下，會在暮色中的偏遠山谷，和位於正常登山地帶垂直上坡的茂密樹林中，看到那些生物。

如果關於這些生物的零散描述彼此並不吻合，傳聞便不會這麼令人不安。幾乎所有謠言都有許多共通點：這些生物像某種淡紅色的大型螃蟹，身上長了好幾雙腿，背部中央還有兩雙蝙蝠般的巨翼。它們有時用腿步行，有時則只使用後腿，並用其他腿搬運大型不明物體。有一次某人看到它們大量出沒，而一小批生物則在一處林間淺灘，以三隻同行的方式涉水前進，明顯擺出了富有紀律的架式。曾有人看過一隻飛行生物；它在夜間從一座頂端光禿的山丘頂端起飛，在被月亮照亮了全身輪廓後的那一瞬間，就拍打龐大的翅膀，消失在天空中。

整體而言，這些生物似乎寧可遠離人類；不過它們有時使得一些較有探險精神的人們就此失蹤，特別是把房子蓋在太靠近特定山谷或高山上的人。人們認為許多地帶不適合居住，即使在原因早已被人遺忘後，這種感受也沒有消失。當人們望向某些鄰近山脈時，就算沒有想起在那些陰森的蒼綠山丘中，曾有多少居民消失，或是被燒成灰燼的房屋數目，卻總會打起冷顫。

但根據最早的傳說看來，那些生物只會傷害打擾它們的人；之後的事件提到了它們對人類感到的好奇，並企圖在人類世界建立祕密基地。有些故事中提及早上出現在農舍窗戶外的奇怪爪印，還有位於生物出沒地帶外的區域中時常發生的失蹤案件。其它故事則講述了模仿人類講話方式的嗡鳴聲，這種聲音對道路上和深邃林間車道上的孤身旅人發出奇怪的邀請，孩子們也曾因在靠近自家前院的原始森林中見到或聽到某些東西，而嚇得不知所措。時期最晚的故事，正好在迷信時期衰退之前發生，此時人們也開始遠離那些恐怖地帶。故事中的隱士和偏遠地區的農夫，在生命中的某個時段似乎都展現出某種令人作噁的心理變化，外人除了躲避他們，也在背地裡謠傳他們將自己出賣給那些怪異生物。一八〇〇年左右的某座東北方城鎮中，當地人習慣指控性格古怪又不受歡迎的隱士，是恐怖生物的黨羽或代表。

至於那些生物究竟是什麼來頭，說法則眾說紛紜。普遍來說，會用「異族」或「古老生物」稱呼它們，其他名稱則是當地俗稱或暫時使用的綽號。或許大多清教徒居民粗略地認為它們是魔鬼的眷屬，也以它們為基礎，進行了充滿敬畏的神學推論。家族中還擁有凱爾特人[1]傳統的居民

1 譯注：Celtic，現存於不列顛群島與法國布列塔尼地區的民族。

大多是新罕布夏的蘇格蘭與愛爾蘭混血份子，和他們因溫特沃斯總督[2]的殖民許可而在佛蒙特定居的親屬們；他們將這些生物模稜兩可地與邪惡的妖精以及居住在沼澤與環形堡壘中的「小矮人」連結起來，並用代代相傳的片段咒語保護自己。但印地安人的理論最為離奇。儘管部落傳說各有不同，在特定細節中總有共同之處：所有故事都認為那些生物並不是地球的居民。

佩恩納庫克人[3]神話最具統合性，敘述也最鮮明；內容提到有翼者（Winged Ones）來自天空中的大熊星座，它們在地球的山丘上建立礦坑，挖取某種無法在其他星球找到的礦石。根據神話的說法，它們並不住在此地，只在這裡留有前哨基地；它們也會帶著大量礦石飛回北方的星辰故鄉。它們只會傷害太靠近或暗中窺視自己的地球人。動物會因本能，而不是遭到獵捕而躲避它們。它們無法食用地球上的動植物，反而是從星際間帶來自己的食物。接近它們相當危險，有時候踏入它們棲息山區的年輕獵人往往再也沒有回來。偷聽它們夜間在樹林中的低聲交談也絕非明智之舉；它們的聲音就像試圖模仿人類嗓音的蜜蜂嗡鳴。它們理解各種人類民族的語言，包括佩恩納庫克人、休倫族（Huron）、與五大部落的人民[4]；但似乎缺乏或不需要自己的語言。它們用頭部交談，頭上的顏色會產生不同變化，以代表不同事物。

無論是白人或印地安人的傳說，都自然地在十九世紀逐漸式微，只有部分故事有時會再度被人提起。佛蒙特人的生活習慣逐漸固定下來；一等他們根據計畫訂下慣常通道與居住地後，便逐漸遺忘了一開始那計畫是因哪種恐懼與閃避心態而設下，甚至不記得先人曾有過任何恐懼心理和躲避行為。大多人知道特定山區不是適合居住的地帶，因為該地會危害人體健康，也毫無利益可言，更會帶來厄運。隨著時間過去，風俗常規與經濟利益已在安全地區變得根深蒂固，人們也想不出有離開這些區域的理由，並大意地忽視陰森的山丘，而非蓄意躲避該處。除了當地偶爾發生的怪事，只有容易大驚小怪的老太太與總是叨唸過去的九十歲老人們，會悄聲提起在山區中居住的生物；即使是這些人，也認為既然那些生物已經習慣房屋與聚落的存在，人類也遠離它們選擇的地盤，就沒什麼好怕了。

我很早以前就透過閱讀得知這些事，也聽過新罕布夏某些民俗傳說；因此當洪水時期的謠言出現時，我就輕易猜出這類傳聞源自哪種充滿想像力的背景。我花了大把工夫向朋友們解釋這點，而當好幾個義憤填膺的對象繼續堅持報導中可能存在的真相時，也不禁覺得莞爾。這類人試圖指出，早期的傳說存在已久，也有強烈的一致性，且由於佛蒙特山區長期無人涉足，不該對當地的生物存在與否妄下定論。儘管我保證，所有神話都擁有大多人類熟悉的模式，也受到早期想像經驗的影響，該經驗也總是會引發同類型的幻覺，但他們依然不願接受這點。

2　譯注：John Wentworth，美國獨立革命時的新罕布夏英屬總督。

3　譯注：Pennacook，居住於美國與加拿大的美洲原住民，為阿本拿基族（Abenaki）的分支。

4　譯注：Five Nations，又稱 Five Tribes，是美洲原住民中與歐洲文化較有關連的五個部落。

不可能向這種反對者解釋說，佛蒙特的傳說在本質上和全世界的自然擬人化傳奇沒有任何差異；這類故事讓古代世界充滿了牧神、樹精、和人羊，並造就了現代希臘的卡里肯薩萊[5]，也使威爾斯與愛爾蘭產生了關於矮小又恐怖的神祕穴居人傳說。也不可能指出尼泊爾山區部落擁有類似更令人訝異的傳說，他們相信可怕的米．格（Mi-Go），又稱「可憎的雪人」，會躲藏在喜馬拉雅高峰中的冰雪與石柱之間。當我提出這項證據時，我的對手們便宣稱那故事肯定影射了古代傳說中某種真實歷史元素。他們認為，這必定代表某種怪異的古老地球種族確實存在，只不過在人類出現並統治世界後，便被迫躲藏起來；數量極少的生物可能也存活到近代，或甚至到了今日。

我越嘲諷這種理論，固執的朋友們就越堅持己見；還補充說，即使沒有過往的傳說，最近的報導也十分明確，並擁有充分細節，敘述方式也非常理智且平實，不該完全忽視。有兩三個狂熱的極端分子甚至暗示，古老的印地安故事可能暗示那些生物並非來自地球；他們引用查爾斯．福特[6]內容誇張的著作，宣稱來自其他星球與外太空的訪客經常造訪地球。不過，大多數的反對者都只是浪漫份子，堅持因亞瑟．馬欽的恐怖小說而變得聲名大噪的「小人族」確實存在於現實中。

第二章

很自然地，這股激烈爭辯最後被《阿卡漢宣傳報》以書信的方式刊載；有些文章則被位於遭受洪災的佛蒙特地方刊物轉載。《拉特蘭先鋒報》（*Rutland Herald*）用半頁刊出雙方書信的節錄內容，而《布拉特爾伯勒改革報》（*Brattleboro Reformer*）則重印了我其中一份長篇歷史與神話學論述的綱要，還附上《筆旅者》（*The Pendrifter's*）縝密專欄中的一部分言論，其中的論調支持我充滿質疑的結論。到了一九二八年春季，儘管我從未涉足佛蒙特州，卻幾乎成了當地家喻戶曉的人物。接著亨利・阿克利充滿挑戰意味的信件開始出現，並使我留下了深刻印象，也導致我首次與最後一次踏上那塊擁有翠綠峭壁與潺潺林間溪流的地區。

當我在他遺世獨立的農舍經歷那些事件後，便和亨利・溫特沃斯・阿克利（Henry Wentworth Akeley）的鄰居以及他住在加州的獨子通信，也從過程中更加理解他。我發現，他是當地顯赫家族的最後一名成員，家族中曾出現律師、行政官員、和富裕的農學家。不過到了他這代，家族逐漸遠離世俗行業，轉為學術導向。儘管他曾是佛蒙特大學知名的數學、天文學、生物學、人類

5　譯注：kallikanzarai，在希臘與東南歐地區出沒的傳說小人。

6　譯注：Charles Fort，二十世紀初美國作家，也是奇異現象研究者。

學、和民俗學學者，我卻從未聽過他的名號；和我的通信中，他也並未提到太多關於自己的事。但從一開始，我就發現他是位充滿學識與智慧的紳士，不過也是個不諳世道的隱者。

儘管他曾提過有驚人事物，我卻不禁將阿克利的觀點歸類為和其他挑戰者相同的論調。首先，他相當接近自己口中的實際現象，狀況不只可見，還有實際形體。再來，他像個真正的科學家，願意將自己的結論保持在推論狀態。意見上他沒有個人偏好，也總是按照他所認為的證據思考。一開始我自然認為他搞錯了，但依然覺得他的智慧型錯誤值得嘉獎；我也從未像他的朋友一樣，將他的想法與對寂寥綠丘的恐懼歸咎於瘋狂。我看得出他內心有許多故事，也清楚他提及的事件肯定是需要調查的怪事，不過不太可能和他聲稱的奇異理由有關。之後我收到他寄來的某些物證，為這個事件打下了非常怪異的基礎。

我只能儘可能完整抄下阿克利寄來的長信，他在信中做了自我介紹，這封信也在我的思考歷程中立下了重要的里程碑。這封信已經不在我手上了，但我依然記得訊息中的每個字；我得再次保證，寫下這封信的人確實相當理智。以下是全文；我收到的這封皺摺信紙，上頭寫滿古典又潦草的筆跡，作者在他平靜的學術生涯中，顯然跟俗世沒有過多接觸。

鄉村免費郵寄服務（R.F.D.）#2
佛蒙特州溫德姆郡湯森德村
一九二八年五月五日

艾伯特・N・威瑪斯先生（Albert N. Wilmarth）
賽爾頓街一一八號
麻薩諸塞州阿卡漢鎮

親愛的先生：

我相當專注地拜讀了你被《布拉特爾伯勒改革者》轉載的信（一九二八年四月二十三日），內容是關於本地去年發生洪水時，有奇怪屍體在溪流上漂浮的事件；信中也提到與這些事件吻合的奇特民間故事。像你這樣的外地人不難做出這類批判，我也明白為何《筆旅者》會同意你的說法。佛蒙特內外受過教育的人士大多採信這種推論，當我年輕時（我現在五十七歲）也曾這樣相信過；然而在進行廣泛研究，並鑽研戴文波特的書本後，我便探索了附近不太常去的山丘。

會做這類研究，是由於自己曾從駑鈍的老農夫口中聽聞奇怪的老故事，但我現在希望自己忘掉這件事。我得謙虛地說，我對人類學與民俗學並不陌生。我在大學上了很多相關課程，也十分熟悉大部分相關權威，像是泰勒、盧伯克、法拉茲、夸特費吉斯、莫瑞、奧斯朋、基斯、布勒、G．艾略特．史密斯等人。我對世上有和人類同樣古老的隱匿種族一事，並不感到驚奇。我在報紙上讀過你的信件，以及《拉特蘭先鋒報》中同意你說法的文章；我想自己明白你們為何會產生這種爭議。

我想說的是，即使你似乎說得頭頭是道，但恐怕你的敵人們比你更正確。連他們都沒料到自己的說法有多接近真相，自然只能仰賴理論，並不清楚我知道的事物。如果我和他們一樣所知不多的話，就能體會他們為何相信這種事。但我肯定會站在你這邊。

你能看出我難以吐露重點，可能是因為我很害怕將它說出口；但重點是，**我有確切證據，顯示確實有生物住在那些無人涉足的高聳山林之中**。我沒看過報導中那些在河上漂浮的屍體，但曾在我不敢提的情況下**看過類似的生物**。我看過怪異的足跡，最近也在自家附近看到過（我住在位於湯森德村〔Townshend Village〕南邊的舊阿克利祖宅，位於黑山〔Dark Mountain〕那側）。我也在森林中某特定地點聽過不明說話聲，但不想在紙上描述那聲音。

我曾在某處聽到大量來自它們的聲音，還用附帶錄音裝置與蠟面唱片的留聲機錄下那些聲響；我得想辦法讓你聽這些錄音。我用機器把錄音播給附近的老人聽過，其中有一股嗓音嚇得他們不敢動彈，因為那相當類似某種他們的長輩曾提過並模仿過的說話聲（就是戴文波特提過的林中嗡鳴）。我明白當人們聽說有人「聽到怪聲」時的反應；但在你下結論前，先聽這段錄音，再問一些住在偏遠地區的老人做何感想。如果你能證明這是正常聲響，這樣很好；但背後肯定有某種真相。畢竟無風不起浪。

我寫信給你的目的，並不是為了掀起爭端，而是提供你資訊；我想，像你這樣的人，應該會對此深感興趣。**這算是私下往來。公開而言，我支持你**，因為某些現象讓我認為人們不該對此知道太多。我目前完全沒有公開自己的研究，我也不想因為多嘴而吸引外人注意，並導致他們前往我探索過的區域。事實上，確實有**非人類的生物無時無刻在監視我們**；我們之中也有間諜會蒐集情報給它們。我對此事的大多線索，來自一個可憐的傢伙；如果他還保有理智的話（至少我是這麼想），他便曾是其中一名間諜。他後來自殺了，但我有理由認為還有其他臥底人員。

那些來自另一座星球的生物，能夠在外太空生活，並以笨拙又強壯的翅膀**飛行**；它們能夠用這種翅膀在太空中移動，但在地球上就變得難以操控。如果你沒有立刻認為我是瘋子的話，之後我再就這點進一步討論。它們到深藏於山丘底部的礦坑挖取金屬，**我想我也知道它們是從哪來的**。如果我們不打擾它們，它們就不會傷害我們；但如果有人對它們太感興趣，就難以斷定後果了。一批優秀的人類軍隊當然能夠殲滅它們的採礦區。它們也畏懼這點。但如果這種狀況發生，**外頭**就會有難以計量的生物過來。它們能輕易征服地球，但因為沒有必要，目前還沒嘗試過。為了避免麻煩，它們寧可維持現狀。

我想它們打算把我滅口，因為我發現了許多事。我在本地東方圓丘（Round Hill）上的樹林中找到了一枚黑石，上頭刻有半磨損的不明象形文字。當我把它帶回家後，情況就變了。如果它們認為我對太多事提出懷疑，要不就殺了我，或是把**我帶離地球，送往它們的家鄉**。它們喜歡把知識分子帶走一陣子，以便保持對人類世界狀況的理解。

這也是我寫信給你的第二個目的：基本上，我想請你平息目前的爭議，不要再增加這些事的曝光率。**人們得遠離那些山丘**，為了達成這點，他們不該對此繼續保持興趣。天知道現在已經夠危險了，畢竟推銷員和房仲正帶著一堆夏日遊客跑到野外，並在山丘上蓋滿廉價小屋。

我很希望繼續跟你聯絡；如果你有興趣的話，我也會嘗試把錄音和黑石（上頭有太多磨損，使照片無法顯示出原狀）用快遞寄給你。我會說「嘗試」，是由於我認為這些生物能夠影響這一帶的狀況。村莊附近的農場有個陰鬱怯懦的人，名叫布朗，我猜他是生物們的間諜。它們正試圖循序漸進地將我隔離於人類世界之外，我知道太多關於它們世界的事了。

它們擁有非常高明的手段，能得知我做出的行為。你甚至可能收不到這封信。我想如果情況變糟的話，我就得離開這一帶，搬去加州聖地牙哥和我兒子一起住；但要離開自己從小長大的地方並不容易，更別提我的家族已經在此地居住了六個世代。而且，既然這座房子已經被那些生物盯上了，我就更不敢把它賣給其他人。它們似乎想取回黑石，並摧毀錄音，但我會盡力不讓它們得逞。我的大警犬們總是讓它們不敢輕舉妄動，因為這裡的生物數量還很少，移動方式也相當笨拙。正如我所說，它們的翅膀不利於在地球上短程飛行。透過某種可怕的方式，使我快要解開石塊上文字的祕密了。有了你的民俗學知識，或許能幫我找出缺乏的環節。我想你聽說過那些在人類出現前就已存在的恐怖神話，包括猶格．索陀斯與克蘇魯的傳說；《死靈之書》中暗示過這些事。我曾經讀過那本書，也聽說你們的大學圖書館中有一本受到嚴加管制的複本。

最後，威瑪斯先生，我認為我們倆的專業對彼此都非常有用。我不希望讓你陷入危機，也認為應該先警告你，保管那塊石頭和錄音檔並非安全之舉；但我猜，你會願意為了獲取知識，而冒上這些風險。我會開車到紐芬或是布拉特爾伯勒去寄你需要的東西，因為那邊的快遞員比較值得信任。我也該補充說明，目前我一人獨居，因為我再也無法雇用僕人了。由於生物們企圖在夜晚接近房屋，還使狗群不斷吠叫，因此他們不願留下來。還好當我妻子還在世時，我沒捅出這種簍子，不然她肯定會抓狂。

希望我沒打擾到你，也希望你決定和我聯繫，而不是將這封信當作瘋言瘋語而丟進垃圾桶。

亨利．W．阿克利敬上

附註：我額外沖洗了幾張自己拍的照片，我想這些照片能證明自己提過的一些事。老人們認為這些照片擁有恐怖的寫實感。如果你有興趣的話，我很快就會寄幾張給你。

H．W．A

很難描述我首度讀完這封奇怪信件後的感覺。照常理來看，比起之前內容平淡卻使我發笑的理論，我該更大力嘲笑這些誇張事件；但信中的某種語氣讓我產生了矛盾的嚴肅感。我完全不相信對方提到的神祕外星種族；但在初期幾度質疑後，我開始相信起他的理智和真摯，也確定他碰上某種古怪又不正常的情況，使他不得不用這種充滿想像力的方式解釋。我覺得，真相肯定和他的說法不同，但從另一方面看來，卻可能依然值得調查。那男人似乎對某件事感到非常激動與警覺，但對方的行為不可能全無來由。他在特定方面的態度相當明確，又充滿邏輯，甚至包括談論最誇張的印地安傳說時；畢竟，他的故事確實與某些古老神話相吻合。

儘管他做出了瘋狂推論，卻可能真的在山中聽見了不祥的聲音，也找到了他口中那塊黑石。那些推論也許來自自稱是外星生物間諜、隨後自殺的男子。很容易猜出那人早就瘋了，但他可能流露出某種外顯的邏輯，使天真的阿克利相信了他的故事；畢竟阿克利早就因為自己的民俗學研究，而熟悉這類事物。至於事件最新的發展，從阿克利留不下僕人的狀況看來，他較為單純的村民鄰居們也和他一樣，相信他的房屋在夜晚受到不尋常的生物騷擾。狗群確實也有大聲吠叫。

至於留聲機紀錄的部分，我只能相信他以自己宣稱的手法取得了錄音。那裡頭肯定有什麼東西；無論是非常類似人類發聲方式的動物聲響，或某種退化到跟動物差不多的人類發出的聲音，他們躲躲藏藏，只在夜裡出沒。接著我的思緒飄回刻有象形文字的石頭上，以及這石塊背後的涵義。至於阿克利說他要寄來的照片？是什麼讓老人們覺得那些照片如此恐怖？

當我重讀那些潦草字跡時，便覺得我那些好騙的反對者們所相信的事，也許比我斷言得還來得有說服力。畢竟，即使那些人煙罕至的山丘中不像民間故事宣稱般有外星怪物，卻可能住有世代畸形的社會邊緣人。如果有的話，那麼高漲的溪水中浮現怪異軀體便不是怪事。認為古老傳說與近日事件有這種現實因素，會不會太武斷了？但就算我心懷疑惑，光靠亨利・阿克利的誇張信件就使我產生這些問題，也讓我感到羞愧。

最後我回覆了阿克利的信，語氣則透露出友善的興趣，並請他提供更多細節。他幾乎立刻寄了回信；如同之前的承諾，信中夾帶了好幾張柯達相片，內容展現出他講述的景象。當我將照片從信封中取出，並望向它們時，我感到一股如同窺探禁忌之物時所感到的恐懼與靠近。因為儘管大多數照片都很模糊，卻擁有一種可怕的暗示力；這效果還因為它們都是真實的照片，而被放大不少。照片成了內容景象與我之間的視覺連結，也呈現了毫無偏見、錯誤、謊言的客觀觀察過程。

我越仔細看這些相片，就越認為之前對阿克利與其故事抱持的想法並沒有錯。這些照片肯定提供了決定性的證據，能證明佛蒙特山丘中確實有某種超乎人類常識與認知的東西。最糟的景象是腳印：照片中的陽光照在某處荒廢高地的泥地上。我一眼就能看出，這並非廉價的偽造品；因為背景中輪廓鮮明的鵝卵石與草葉顯示出清楚的比例，也不可能有重複曝光的狀況。我稱那東西為「腳印」，但稱它為「爪印」或許更為貼切。直到現在，我也無法妥善描述那形狀，只能說它非常類似醜陋的螃蟹足跡，移動方向似乎也有些矛盾。那並不是很深或嶄新的腳印，但大小約莫和成年男子的腳相同。兩根有鋸齒型構造的螯，從中央的圓掌上往相反方向伸出；如果這確實是行動用的器官，那它的功能便令人相當困惑。

另一張照片明顯是在陰影中透過長期曝光拍下的。照片中出現了一座林間洞穴，有顆形狀規律的圓形巨石堵住了洞口。在洞穴前的地面，可以辨識出一堆錯綜複雜的足跡，當我用放大鏡觀察照片時，感到不安地發現，這些足跡和另一張照片中的印記相仿。第三張照片顯示出位於某座野外山丘頂端，像是德魯伊所建造的巨石圈。神祕石圈周圍的青草都因輾壓而枯萎，不過我在枯草中看不到任何足跡。該地的荒涼程度，說明這張圖片確實來自無人居住的廣闊山區，山脈綿延到了背景之中，往模糊的地平線延伸而去。

如果照片中最令人不安的景象是腳印，那麼最具神祕暗示性的，就是在圓丘森林中發現的那枚大型黑色岩石。阿克利顯然是在他的書房桌面上拍下這張照片，因為我能看到背景中的好幾排書本，與米爾頓[7]的半胸像。那枚石塊以水平角度面對相機，輪廓有些不規則的彎曲表面，寬度一英呎，長度則有兩英呎。但光憑語言，卻無法明確形容石塊表面或整體造型。我完全無法猜測，這顆石頭究竟是照哪種奇特的幾何法則所雕成；它確實是人工雕刻出的作品。我也從沒見過如此怪異又不屬於這世界的物品。我很難分辨出石塊表面的象形文字，但看得懂的一兩個字卻讓我大吃一驚。它們當然有可能是偽造物，因為肯定有除了我以外的人讀過阿拉伯狂人阿布杜·阿爾哈茲瑞德筆下那本恐怖又駭人的《死靈之書》；不過當我認出特定的形意符號時，不禁打了個冷顫；因為我曾在研究中得知，這種符號和最令人戰慄又不淨的神祕事物有關。在地球與太陽系其他行星形成前，那些瘋狂的東西就已經存在了。

剩下的五張照片，有三張拍下了沼澤與山丘的畫面，裡頭似乎有陰森又隱匿的居住跡象。另一張則是阿克利家附近地面上的奇怪痕跡，他說前晚狗群們比平常吠叫得更激烈，自己則在隔天早上拍下這張相片。畫面非常模糊，無法從中得出任何結論，但那痕跡確實很像在荒廢高地上拍到的爪印。最後一張照片是阿克利的家；那是棟兩層樓高、還建有閣樓的整潔白色房屋，它經歷了一又四分之一世紀的歲月，前方有狀態良好的草皮，以及鋪有石板的走道，走道則一路延伸至設計優雅的喬治亞式門口。草皮上有好幾隻大型警犬，牠們蹲在一個長相和善、又蓄了短灰鬍的男人身旁；我想這就是阿克利本人。從他右手那連著軟管的球狀按鈕，能看出他是自行拍攝這張

7　譯注：John Milton，十七世紀英國詩人，著有《失樂園》。

照片。

我將注意力從照片轉向字跡緊密的長信上；接下來的三小時內，我陷入了難以形容的恐懼。之前阿克利只提過事件大綱，現在則深入講述了各種細節。他記下了在夜晚樹林中聽到的談話內容，關於暮色之下山丘樹林中，那怪異粉紅色形體的長篇描述，以及從各種深奧學術研究、和與自稱間諜的瘋狂自殺男子所進行的漫長討論，所拼湊出的恐怖宇宙故事。我發現自己碰上在別處只曾聽聞的名號與詞彙，這些字眼充滿了醜陋的涵義：幽果斯（Yuggoth）、偉大的克蘇魯、札特瓜[8]、猶格·索陀斯、拉萊耶、奈亞拉索特普[9]、阿撒托斯[10]、哈斯塔[11]、奕安[12]、冷之高原（Leng）、哈黎之湖[13]、貝斯穆拉[14]、黃色祕符[15]、勒莫卡蘇洛斯[16]、布蘭[17]、與無名偉者[18]。我的注意力穿越無名的過往歲月與無人能想像的空間，進入古老異域生物居住的世界，《死靈之書》的瘋狂作者也只對此進行過模糊的臆測。我從信中得知醞釀原始生命的巨坑，以及從中流出的潺潺溪流；從其中一條溪流中竄出的細小支脈，則與地球的命運交織在一起。

我的大腦感到天旋地轉；之前我曾試圖找出理性的理由來解釋這一切，現在卻開始相信最異常的驚人事蹟。重要證據的數量龐大又明確；而阿克利冷靜又富有科學精神的態度；他的心態遠離了瘋狂、狂熱、歇斯底里、甚至是誇張的推論。這對我的思想與判斷力起了相當大的作用。等到我放下那封可怕的信時，我便明白了他經歷的恐懼，也準備好盡力讓人們遠離那些野蠻的恐怖山丘。即使是現在，當時間已沖淡了我之前的印象，並使我隱約質疑起自己的經驗與可怕的疑問時，阿克利的信中仍有我不願說出或寫下的內容。我幾乎對那封信和照片都已不在自己手邊而感到高興；由於一些我即將說明的理由，我希望那顆在海王星外的行星永遠不要被發現。

---

8 譯注：Tsathoggua，此邪神在本篇故事中首度被提及，但第一次以真身登場則是在克拉克・阿什頓・史密斯所著的《撒坦普拉・賽洛斯的故事》（*The Tale of Satampra Zeiros*）。

9 譯注：Nyarlathotep，擁有不同化身型態的外神（Outer Gods），經常擔任人類與其餘外神之間的信差或媒介，是克蘇魯神話中最知名的神祇之一。

10 譯注：Azathoth，外神之首。

11 譯注：Hastur，由美國作家安布羅斯・比爾斯（Ambrose Bierce）創作的神祇，後來被羅伯特・錢伯斯（Robert Chambers）寫入《黃衣之王》（*The King in Yellow*），身為錢伯斯書迷的洛夫克拉夫特則將祂導入克蘇魯神話中。

12 譯注：Yian，可能是在洛夫克拉夫特所著的《穿越銀鑰之門》（*Through the Gates of the Silver Key*）中出現的城市奕安荷（Yian-Ho），該城位於冷之高原；也可能是出自錢伯斯作品《造月者》（*Makers of Moon*）中的奕安城。

13 譯注：Lake of Hali，靠近異次元城市卡科薩（Carcosa）的大湖，出現在比爾斯的作品《卡科薩居民》（*An Inhabitant of Carcosa*）與《黃衣之王》中。

14 譯注：Bethmoora，鄧薩尼勛爵（Lord Dunsany）作品中出現的城市。

15 譯注：Yellow Sign，《黃衣之王》中的祕法符號。

16 譯注：L'mur-Kathulos，可能代表雷姆利亞大陸，與羅伯特・霍華德筆下的巫師卡蘇洛斯。

17 譯注：Bran，羅伯特・霍華德筆下的史前英雄。

18 譯注：Magrum Innominandum，洛夫克拉夫特曾多次在作品中提及此神祇，日後其餘作家將祂和「無名之霧」合為同一個角色。

看完那封信後，我就停止對佛蒙特州的恐怖事件進行公開爭辯。我沒有回應敵手們的論辯，或保證日後再做回覆，最後爭議便逐漸消散。在五月下旬和六月，我和阿克利保持密切通信；不過三不五時會有信件遺失，因此我們得回憶之前的討論方向，並費勁地重新寫下一切。整體而言，我們想做的是比對彼此對晦澀神話研究的筆記，並將佛蒙德的怪物和原始的世界傳說做出完善的連結。

比方說，我們認為這些怪物和喜馬拉雅山上的恐怖米．格是同種生物。我們也做出特殊的動物學推論，我原本想將那些理論交給我學院中的德克斯特教授，但阿克利極力要求我不要洩漏當前的狀況。如果我現在違抗了他的指示，那也是因為我認為，此時警告人們不要前往佛蒙特山區，和越來越多探險家趨之若鶩的喜馬拉雅山的話，會比沉默更有幫助。我們逐漸談到解開那塊黑石上的象形文字。解析過程可能會讓我們得知人類前所未見的深奧祕密。

第三章

接近六月下旬時，留聲機紀錄從布拉特爾伯勒寄來，因為阿克利不信任該地北邊的電報站。由於我們弄丟了幾封信件，使他覺得受到監視，也常提到自認為是那批神祕生物走狗的特定人士。受他懷疑最深的人是農夫華特．布朗（Walter Brown），這位農夫獨居在靠近密林旁的下坡處，也經常在布拉特爾伯勒、貝洛斯瀑布（Bellows Falls）、紐芬、和南倫敦德里（South Londonderry）遊蕩，並漫無目的地做出令人費解的行為。他相信布朗的嗓音就是他某次偷聽到的恐怖交談中其中一員的聲音；也曾在布朗家附近發現不知道是足印或爪印的痕跡，這帶有相當不祥的意義。這痕跡很接近布朗自己的腳印：腳印還面對著爪印。

於是阿克利得沿著孤寂的佛蒙特鄉間道路，駕駛他的福特汽車，並從布拉特爾伯勒寄出錄音。他一再重覆說道，除非住在離那些寂靜又詭異的山丘很遠的位置，不然知道太多完全沒有好處。他很快就會搬去加州跟兒子同住，不過很難離開充滿回憶與家族感的老家。

在用從學院行政大樓借來的機器播放錄音前，我仔細讀過阿克利不同信件中的各種解釋。他說，這項紀錄製作於一九一五年五月一日凌晨一點，在某座隱密的洞穴旁錄下；那座山洞位於黑山從李氏沼澤（Lee’s stamp）隆起、長滿樹林的西坡上。該地總是充滿不尋常的怪聲，因此他才帶了留聲機、錄音裝置和空白唱片，打算錄下一些東西。之前的經驗讓他知道，五旬節前夕可能會比其他日期更有成果，他也沒有失望；那是歐洲地下傳說中的醜陋安息日。不過值得注意的是，之後他再也沒有在那個地點聽到怪聲了。

不像大多被偷聽到的森林聲響，錄音的內容相當有儀式感，裡頭也有個明顯的人類嗓音，阿克利則無法辨識出聲音的主人。那不是布朗的嗓音，但似乎是受過教育的人。不過，第二個嗓音才是整段錄音的重點：因為這便是那絲毫不像人類嗓音的嗡鳴聲，不過它說出的人類語言，卻充滿了良好的英文文法，還帶有學者般的口音。

留聲機與錄音設備的成效並不好，儀式的距離和壓低的聲響也成了一大劣勢，所以實際錄下的內容相當零碎。阿克利給了我一份他根據自認聽到的內容寫下的抄本，我在裝設機器時，一邊把抄本重讀了一遍。內文並不會太過恐怖，反而相當神祕，不過我對話語內容的了解，與該會談的過程，其中任何字眼都可能導出駭人聯想。我會盡可能將內容寫下來，我也很確定自己熟記了那些話語，因為我不只讀了抄本，也重覆播放過那段錄音。這不是能輕易忘記的東西！

（不明聲響）

（有教養的男性人類嗓音）

……是林木之王，甚至……冷之高原人民的禮物……從黑夜之井到太空深淵，從太空深淵到黑夜之井，讚美偉大的克蘇魯、札特瓜、以及不可直呼名諱者[19]。永恆地讚美祂們，並願森之黑山羊永享富足！Iä！莎布·尼古拉絲！孕育上千子嗣的黑山羊！

（模仿人類嗓音的嗡鳴）

Iä！莎布·尼古拉絲！孕育上千子嗣的森之黑山羊！

（人類嗓音）

於是林木之王……七與九，走下縞瑪瑙階梯……獻祭給深淵大君阿撒托斯，汝曾傳授奇蹟於吾等……以夜之翼穿越太空，飛越……幽果斯是最年輕的孩子，獨自在邊緣的漆黑宇宙中轉動……

（嗡鳴聲）

……踏入人類之間，找尋出路，讓深淵大君習得所識之物。必須將一切告知偉大的信差奈亞拉索特普。祂將穿戴凡人的外皮，以蠟皮面具和長袍遮掩真身，從七陽之界降臨，嘲諷……

（人類嗓音）

奈亞拉索特普，偉大的信差，祂跨越虛空，將奇妙的喜樂送至幽果斯；百萬寵幸者之父（Million Favored Ones），追蹤者……

（話語因錄音結束而中止）

19 譯注：Him Who is not to be Named，哈斯塔的別名之一。

這就是我打開留聲機時聽到的話語。當我壓下開關，並聽見藍寶石針頭剛開始在唱片上發出的摩擦聲，就感到了一絲恐懼與猶豫。我也很高興地發現，率先飄入我耳中的，是人類嗓音說出的零碎詞彙；那是一股輕柔又有教養的嗓音，似乎帶著些許波士頓口音，佛蒙特山區的當地居民肯定不會使用這種腔調。當我傾聽那引人注意的微弱聲響時，便發現話語內容與阿克利細心準備的抄本一模一樣。那股柔和的波士頓腔嗓音吟唱道：「Iä！莎布．尼古拉絲！孕育上千子嗣的黑山羊！」

接著我聽到了另一股嗓音。儘管當時我已收到阿克利的警告，但時至今日，每當我想起那股聲音時，依然免不了感到顫慄。聽我描述過錄音內容的人，都覺得那只是簡單的騙局或瘋狂伎倆。但我清楚假若他們聽過這可怕的錄音，或讀過阿克利的信件（特別是那封百科般的第二件恐怖信函），就會改觀。畢竟可惜的是，我居然沒有違背阿克利的指示，將錄音播給別人聽；更可惜的是，他所有的信件都遺失了。對我而言，由於我對怪聲的第一手印象，加上我對話語背景和情境的了解，使我覺得那聲音相當恐怖。它儀式性的回應緊接在人聲後出現，但在我的想像中，它則成了一股陰森的回音，從難以想像的外域地府，緩緩飄進無盡的深淵。自從我聽了那張不淨的蠟製唱片後，已經過了兩年；但在當下與其它時刻，我還是能聽見那股微弱的可怕嗡鳴，和首次聽到它時一樣清晰。

「**Iä！莎布．尼古拉絲！孕育上千子嗣的森之黑山羊！**」

儘管耳邊總是傳來這股聲響，我卻從未仔細分析它，也無法妥善敘述這聲音。它像是某種噁心的巨型昆蟲發出的嗡鳴，被費勁地轉變為異類的發音方式，我也很確定發出這種聲音的器官徹底異於人類的發聲器官，也與任何哺乳類都不同。音色、音域與泛音都有特異之處，使這股現象完全屏除於人類與地球生命之外。它首次突然出現時，幾乎讓我嚇得昏了過去，隨後則頭暈目眩地聽完了整段錄音。當更長段的嗡鳴聲響起時，之前的短禱文中那股無盡的褻瀆感又瞬間變強。最後當異常清晰的波士頓腔人類嗓音說話時，錄音突然停止；但在機器自動停止後，我依然呆滯地盯著前方好一陣子。

我自然又重播了好幾次錄音，也努力在和阿克利比對紀錄時，進行分析與推論。重述我們的結論沒有幫助，也會讓人感到不安；但我能稍微透露，我們相信自己已發現人類的神祕古老宗教中，某些最令人作噁的原始風俗的起源。另外，我們也覺得在那些神祕的外來種族與部分人類之間，有古老且精細的同盟關係。我們還無法猜出這類同盟關係有多廣泛，而它們現今的型態又與早期狀態有哪些差異；但我們確實能做出毫無限量的駭人推論。在好幾個明確的時期中，人類與無名的無垠空間似乎有種恐怖的不朽連結。這暗示著那些在地球出沒的不祥生物，原本來自位於太陽系邊緣的黑暗星球幽果斯；但這星球只是那恐怖星際種族手中的一座前哨站而已，它們最終的源頭肯定位於愛因斯坦理論的時空連續體之外，或人類已知宇宙外的領域。

在此同時，我們繼續討論黑石的問題，以及將它送到阿卡漢的最佳途徑：因為阿克利不建議我造訪他進行可怕研究的地點。由於某些原因，阿克利害怕用任何已知的運送路線來寄送黑石。他最後決定，要跨越鄉間將石塊送到貝洛斯瀑布，再從該處將它送上波士頓與緬因州之間的鐵路系統，一路途經基恩（Keene）、溫雀頓（Winchedon）與菲奇堡（Fitchburg）；這代表比起使用布拉特爾伯勒的主要幹道，他的返家路途會更加遙遠，也得穿過更多山區中的林間道路。他說當自己在布拉特爾伯勒的快遞辦公室寄出錄音時，注意到某個行為舉止令人不安的人。這個人似乎不願與店員交談，也搭上了運送錄音的火車。阿克利坦承，一直到我通知他已安全收到錄音前，他一直都感到憂心忡忡。

大約在這個時間點，也就是七月第二週，從我與阿克利的緊張通信中，才得知又有一封我寫的信失蹤。在那之後，他要我不要再把信寄到湯森德村，而是將所有信件謹慎地送到位於布拉特爾伯勒郵局的一般配送處；他經常會開車或搭公車去該處；最近公車已取代了速度緩慢的支線鐵路。我看得出他越來越憂慮，因為他詳述了狗群在沒有月亮的夜晚叫得越來越響的事，以及早晨有時會在道路上或他家農舍後頭發現的嶄新爪印。有次他提過一大批宛如軍隊留下的腳印，在同樣濃密且不屈不撓的狗群腳印陣列對面出現，他隨後拍下了一張可怕的照片作為證明。腳印出現的前一晚，狗群們發出前所未聞的吠叫與嚎叫聲。

七月十八日星期三早晨，我收到了一封從貝洛斯瀑布發來的電報。阿克利在內文中說他透過波士頓到緬因州的鐵路線，用五五〇八號列車送出了黑石，列車於中午十二點十五分離開貝洛斯瀑布，預計在下午四點十二分抵達波士頓北站。照我估算，列車最快也要明天中午才會抵達阿卡漢；於是整個星期四早上我都待在家中等信。但中午過了，我也沒收到包裹，當我打電話給快遞辦公室時，對方告知我，並沒有要寄送給我的物品。感到警覺的我隨即進行下一步，打了通電話給位於波士頓北站的快遞人員；當我得知包裹並沒有寄來時，也並未感到訝異。前天五五〇八號列車晚了三十五分鐘到站，但車上沒有署名給我的包裹。不過，快遞人員承諾會發出搜索要求；當天我則在夜間寄了封信給阿克利，向他說明狀況。

隔天下午，波士頓分部就以令人佩服的速度送出了報告；一等承辦人員得知消息，他就立刻打了電話來。五五〇八號列車上的鐵路快遞作業員想起了一件可能與我遺失的包裹有關的事：當火車在下午一點後不久停靠在新罕布夏州的基恩站時，他和一名嗓音特殊的男子起了爭執。對方有土黃色的頭髮，身材削瘦，打扮像是個鄉下人。作業員說，這名男子對一只沉重的箱子感到非常激動，堅稱那是他的物品，但箱子不在火車上，也不在公司的紀錄中。他自稱是史丹利·亞當斯（Stanley Adams），擁有嗡鳴般的古怪濃厚嗓音；快遞員聽對方說話時，感到異常地暈眩又想睡。作業員記不得兩人的對話如何結束，但想起當火車開始移動時，他的神智就恢復清醒了。波士頓分部人員補充說，這名作業員是位誠實可靠的年輕人，不只家世清白，也在公司服務了很久。

那天晚上，從分部取得作業員的姓名和地址後，我就前往波士頓去見那名作業員。他是個坦誠的人，但我看得出他無法為原先的說法再添加任何東西。奇怪的是，他不確定如果再看到那名奇怪男子的話，還能不能認出對方。明白他無法再多做補充後，我便回到阿卡漢，熬夜寫信給阿克利、快遞公司和基恩的警察局與車站人員。我覺得那名用怪異方式影響了作業員、又擁有怪異嗓音的男子，在這件不祥事件中一定扮演了舉足輕重的角色，也希望基恩站的員工和電報局的紀錄能帶來一些關於他的線索，並得知他究竟在何時何地進行詢問。

不過，我得承認自己的調查毫無結果。七月十八日下午，確實有人在基恩站附近注意到那名嗓音奇特的男子，也有路人隱約記得他帶著一只沉重的箱子；但完全沒人知道他的身分，在過去和日後也都沒人看見他過。照我打聽的結果，他沒前往電報局，也沒有收到任何訊息，車站也沒有收到通知說要將五五〇八號列車上的黑石交給任何人。阿克利自然和我一同調查這件事，甚至還親自前往基恩去詢問車站附近的人，但他對此抱持的態度比我還來得有宿命論調。他似乎認為箱子消失是遲早會發生的事，也充滿預兆感和威脅氛圍，同時也不認為能找回箱子。他提到山區生物與爪牙們之間的心電感應和催眠力量，也在一封信中暗示，自己不相信那塊石頭還在地球上。我則感到相當憤怒，因為我覺得至少有機會能從那些受損的古老象形文字上，學到某些深奧又令人驚奇的知識。要不是阿克利隨後寄來的信中，提到了山區怪事的全新發展，使我立刻轉移注意力的話，這件事肯定還會讓我耿耿於懷。

第四章

阿克利的筆跡逐漸變得顫抖歪扭，令人感到同情。信中聲稱未知生物帶著全新的決心，開始向他逼近。在月光微弱或沒有月亮的夜晚，狗群的吠叫現在已變得相當兇惡。就連他在白天經過無人的道路時，都受到了騷擾。八月二日，當他開車前往村莊時，就發現道路穿越一處深邃的森林時，有根樹幹倒在他的路徑上；而他帶著的兩隻大狗發出的狂野吼叫，則讓他明白附近一定有東西躲藏起來。他不敢猜如果狗不在場的話，會發生什麼事；但現在如果沒帶至少兩隻最忠心兇猛的狗，他便不願出門。八月五日和六日也發生了其他道路事件；有一次有發子彈擦過了他的汽車，另一次事件中的狗吠聲，則反映出林間藏有不祥生物。

八月十五日，我收到一封讓自己非常不安的狂亂信件，也使我希望阿克利能捨棄寡言的習慣，並找來執法人員幫忙。十二日到十三日晚上都發生了嚇人的事，子彈在農舍外呼嘯而過，隔天早上他則發現，十二隻大狗中有三隻遭到擊斃。路上有許多爪印，華特・布朗的人類足跡也混在其中。阿克利開始打電話到布拉特爾伯勒去買更多狗，但在他來得及開口前，電話線就被切斷了。之後他開車去布拉特爾伯勒，並得知纜線工人發現延伸到紐芬北邊的無人山丘間的主電纜被整齊地切斷。這時他正準備帶四隻新的狗回家，還加上給他那枝連發獵槍使用的數盒彈藥。他在布拉特爾伯勒的郵局寫下這封信，並刻不容緩地將信寄給我。

到了此時，我對這件事的態度已迅速由科學研究轉為帶有警覺的私人擔憂。我為待在偏遠農舍中的阿克利感到擔心，也對自己有些憂慮，因為我已與山丘中的怪事扯上了明確關係。不明勢力已伸出魔爪。它會吞噬我嗎？回信時，我要他尋求幫助，也暗示如果他不作出行動，我就會出手。儘管他不願如此，我還是提到想親自前往佛蒙特，也願意幫他向有關當局解釋狀況。不過，我只收到一份來自貝洛斯瀑布的電報，內容如下：

感謝你的著想，但目前什麼都不能做。不要行動，這樣只會對我們有害。等我解釋。

亨利・阿克黎

但事態越演越烈。回應電報後，我就收到阿克利筆跡顫抖的回覆，上頭傳來驚人的消息：他不只沒發電報來，也沒收到我的信。當他在貝洛斯瀑布著急地打聽後，才得知那份信息是某個留著土黃色頭髮、還有古怪渾厚嗡鳴嗓音的男子發出的，不過他沒打聽到其餘細節。收發員讓他看發訊人用鉛筆草草寫下的原版訊息，但他對這筆跡完全不熟。簽名明顯拼錯字了：AKELY，少了第二個E（Akeley）。他自然做出了一些推論，但危機當前，他便沒有深究這些想法。

他提到更多犬隻被殺，並且又買了好幾隻狗；隔空交火幾乎成了每個無月之夜的例行公事。布朗的足跡，和至少一個以上穿了鞋子的人類腳印，現在經常在道路上的爪印之間，和農舍後方出現。阿克利坦承，情況確實很糟；無論他能不能賣掉房子，可能依然得去加州和兒子同住。但離開自己唯一的家園是件困難的事。他得嘗試再堅持一陣子；特別是如果他公開停止調查它們的祕密的話，也許有機會嚇跑入侵者。

我立刻寫信給阿克利，並重新向他伸出援手，並再度提到去拜訪他並幫他說服當局來處理危機的事。比起過去，他在回答中似乎比較不反對那計畫，不過他說自己想再撐一陣子；這段時間夠讓他整理行李，並適應離開這座被他珍惜到幾近病態的出生地。人們對他的研究與推論抱持懷疑，最好的情況便是他低調地離開；他不想在鄉間引發風波，並使大眾質疑他的理智。他承認自己已經受夠了，但他希望盡可能有尊嚴地離去。

我在八月二十八日收到這封信，並盡量帶著鼓勵回信。我的鼓勵明顯奏效，因為阿克利回信時，就較少提起恐怖事件。但是，他不太樂觀，也認為生物是因為滿月才撤退。他希望之後沒有太多烏雲密布的夜晚，也稍微提到等月亮開始露出缺口時，他就要在布拉特爾伯勒暫住。我再度語帶鼓勵地寫信給他，但我在九月五日收到一封新信，這封信肯定錯過了我前一封信；但我無法對這封信寫出充滿希望的回覆。有鑑於此信內容的重要性，我最好附上全文，並盡量回憶那歪斜的字跡。內文大約如下：

星期一

親愛的威瑪斯，

就上封信而言，這封信是條相當令人喪氣的注記。昨晚烏雲密佈，不過沒有下雨，也沒有半絲月光穿過雲層。事情進展得相當惡劣，儘管我們力求回天，我卻覺得盡頭已近。午夜之後，有東西落在屋頂上，所有的狗便衝上去看那東西。我能聽到牠們發出嘶吼和撕扯聲，接著還有條狗從低矮的側房跳上屋頂。上頭傳來可怕的打鬥聲，我也聽到自己永遠不會忘記的駭人**嗡鳴**。接著飄來一股怪味。在此同時，有子彈打穿了玻璃，還差點擦過我身旁。我想當狗群因為屋頂上的事而分散時，山區生物就將主要陣線推近房屋。我還不曉得屋頂上有什麼東西，但那些生物恐怕已經習慣使用太空飛行用的翅膀了。我將燈光熄滅，並把窗戶當成槍眼，用步槍掃射房屋附近所有地帶，高度恰好不會打中狗。那招似乎奏效，但早上我在庭院中發現大量血跡，還有好幾灘綠色黏液，液體飄散出我聞過最糟糕的惡臭。我爬上屋頂，並發現上頭有更多黏液。有五隻狗被殺，而我可能因為瞄得太低，打中了其中一隻狗，牠背部中彈。現在我正在修補被子彈打穿的鑲板，也準備去布拉特爾伯勒買更多狗。我猜犬舍的人可能以為我瘋了。我之後會再寄一封信。我猜我一兩週內就會準備好搬家了，不過這讓我心如刀割。

阿克利敬上

但這並非阿克利唯一和我的信交錯的信件。隔天，九月六號早上，我又收到了一封信。這次信中的歇斯底里字跡讓我相當不安，也害我不知道該如何回覆，更不曉得下一步該怎麼做。我只能再度照記憶寫下內文。

星期二

雲層並未分裂，因此又看不見月亮了，反正它也即將露出缺口。如果我曉得它們會趁電纜一修好就又把它切斷的話，早就在房屋內外加裝電路，並裝設聚光燈了。

我想我要瘋了。我寫給你的一切可能只是夢境或瘋狂幻想。之前的狀況已經夠糟了，但現在變得更離譜。**昨晚它們跟我說話**，那種恐怖的嗡鳴聲對我說出我不敢向你重述的事。我清楚地在狗吠聲中聽見它們的話語聲，而一等它們的聲音被狗吠蓋過，就有人類嗓音出來幫助它們。不要插手，威瑪斯；情況比你我想得還糟。**它們已經不打算讓我去加州了。它們要把我活生生地抓走，或是在理論上和心理上存活**。不只去幽果斯，還要去更遙遠的領域，到銀河系以外的地點，**或太空的扭曲邊緣之外**。我告訴它們，自己不會去它們要我去的地方，或是經歷它們打算對我施加的運送方式，但恐怕這樣也沒用。我家太偏遠了，不久之後它們可能日夜都會前來騷擾。又有六隻狗被殺，而今天當我開車前往布拉特爾伯勒時，也感覺到有東西躲在道路兩旁的森林中。我不該試圖把錄音和黑石寄給你。最好在一切太遲前，先砸毀錄音。如果我還在這裡的話，明天我會再寄一封信給你。真希望我能把自己的書和行李送去布拉特爾伯勒，並寄宿在那裡。我很想空手逃跑，但心裡有某種感覺阻止了我。我能偷溜到布拉特爾伯勒，我在當地應該很安全，但待在那裡和待在家裡一樣，讓我覺得自己像個犯人。而我似乎明白，就算我放下一切並試圖逃跑，也不可能逃太遠。太可怕了，別攪和進來。

阿克利敬上

收到那封恐怖郵件後，我整晚沒睡，也對阿克利還殘存多少理智感到困惑。信中的內容太過瘋狂，但有鑑於之前發生的一切，對方的表達方式依然擁有強烈的恐怖說服力。我不打算回信，認為等阿克利有時間回覆我上一封信比較好。隔天他確實寄來了回信，不過信中的新資訊卻比之前信件中提到的東西更有壓迫感。以下是我印象中的內文，信上的字跡十分潦草，彷彿作者經歷了慌亂又急促的寫信過程。

星期三

威，

已收到你的信，但沒必要再討論了。我已完全放棄。我居然還有意志力來趕走它們，本身就是一件奇蹟。即使我願意放棄一切，也逃不掉了。它們會逮到我。

昨天我收到了它們的信。當我待在布拉特爾伯勒時，鄉村免費郵寄服務的郵差把信送來給我。上頭的郵戳來自貝洛斯瀑布。信中描寫了它們要對我做的事……我無法重述。你自己也得小心！打爛那張錄音唱片。最近的夜晚烏雲密佈，月亮也不斷變彎。真希望我敢找救兵，也許那能加強我的意志力；但除非有某種證據，否則敢來的人都會說我瘋了。沒辦法平白無故地叫人過來，我已經有很多年沒跟其他人聯絡了。

但我還沒告訴你最糟糕的事，威瑪斯。準備好讀底下的內容，因為你會大吃一驚。不過，我說的句句屬實。事情是這樣的：**我目睹並觸摸了其中一隻生物，或是生物的一部份軀體**。老天啊，感覺太糟了！它當然死了。有隻狗把它咬死了，今天早上我在犬舍附近發現遺骸。我試著把它放在小木屋中，想藉此說服人們相信這件事，但它在幾小時內就完全蒸發。一丁點都沒剩下。你知道，河裡的那些東西只有在洪水過後的第一天早晨被人看見。最糟的是這件事。我試著把它拍下來給你，但當我洗出底片時，**上頭除了木屋外，什麼都沒有**。那生物是什麼東西構成的？我看到它，也摸到它，它們也都留下了腳印。它肯定由物質構成，但又是哪種物質？我無法妥善描述它的外型。它像隻巨大的螃蟹，而在理應是頭部的位置，則長有許多金字塔型的肉環或疙瘩，由粗厚又類似繩索的構造組成，上頭則長滿了觸角。那種綠色黏液則是它的血液或體液。而且隨時都會有更多這樣的生物來到地球。

華特・布朗失蹤了。沒人看到他在平常閒晃的村里角落出沒。我開槍時一定打中他了，不過那些生物似乎總是會試圖帶走自己的死者和傷者。

今天下午我進城時沒遇到什麼麻煩，但我擔心它們撤退的原因，是由於已經掌握了我的行蹤。我在布拉特爾伯勒郵局寫下這封信。這可能是我的道別；如果是的話，請寫信給我的兒子喬治・固登納夫・阿克利（George Goodenough Akeley），他住在加州聖地牙哥市舒適街一百七十六號；但別過來這裡。如果你在一週內沒聽到我的音訊，就寫信給我兒子，然後注意報紙上的新聞。

如果我還有殘存的意志力的話，就要打出最後的兩張王牌。首先我要對那些生物施放毒氣（我弄到了正確的化學藥劑，也為自己和狗群準備了防毒面具），如果沒效的話，就把事情告訴警長。如果人們想的話，就把我鎖進瘋人院吧；總比那些生物要做的事情好。或許我能讓警方注意到房屋附近的腳印；足跡十分模糊，但我每天早上都會發現。不過，也許警方會說那是我偽造的，因為他們都認為我是怪人。

一定得嘗試找名州警來這裡待一個晚上，親眼見證那些東西。不過生物們八成會得知這件事，並在當晚躲起來。每次當我半夜想打電話時，它們都會切斷線路。纜線工人覺得非常奇怪，如果他們不覺得是我自己切斷電話線的話，可能也能幫我作證。我已經超過一週沒修理纜線了。

我可以找一些比較駑鈍的人來幫忙證明這些恐怖事件，但大家都會嘲笑這些人說的話；再說，那些人已經遠離我的房屋很久了，所以也不知道事情的最新進展。也無法讓那些粗野的農夫靠近我家。郵差聽過他們的說詞，還為此嘲笑我……天啊！我真該告訴他，這種狀況有多真實！我想我得試圖讓他注意到腳印，但他通常下午才來，那時足跡都已消失了。如果我為了保存腳印，而把箱子或平底鍋蓋在地上的話，他一定會覺得這是偽造物或玩笑。

真希望我不是隱士，人們就會像以前一樣來串門子。我只敢把黑石或柯達相片給那些鄉野蠢夫看，或是播放那段錄音給他們聽。其他人會說我假造了整件事，並嘲笑我。但我可能還是會試著讓他們看照片。即使無法拍下生物，它們卻會製造清晰的腳印。沒人在那東西今天早上消失前看到它，真是太可惜了！

但我不知道自己是否真的在乎別人的想法。在我經歷過這些事後，瘋人院和其他地方也差不了多少。醫生們能幫我下定決心遠離這棟房子，那也是我得救的唯一途徑。

如果你沒收到我的音訊，就寫信給我的兒子喬治。再會了，打爛那張錄音唱片，也不要再插手了。

阿克利敬上

這封信使我墮入最黑暗的恐懼中。我不知道該回覆什麼，只潦草地寫下一些前後不連貫的建議和鼓勵之語，並用掛號信寄出。我記得自己懇求阿克利立刻搬到布拉特爾伯勒，並尋求有關當局的庇護；我也補充說，自己會親自帶錄音唱片到鎮上，幫忙向執法人員證明他的理智。我寫道，自己認為也該是警告人們，自己身邊有不明生物的時候了。在充滿壓力的當下，我已完全相信阿克利的說詞，不過我確實認為他沒拍下死亡生物的原因，並不是由於怪異的自然現象，而是肇因於他自己過度興奮所引發的疏失。

第五章

接著在九月八日星期六下午，我收到一封內容相當不同、語氣又冷靜的奇特信件，內文用嶄新的打字機打成；這封信明顯錯過了我上一封語氣零碎的信。那封充滿安慰詞語與邀請之意的奇怪信件，肯定代表那些寂寥山丘中的恐怖事件發生了莫大的轉變。我得再次從記憶中回朔內文；

有鑑於特殊理由，我盡力保存了原文的風格。上頭蓋了貝洛斯瀑布的郵戳，而簽名和信件內文都是用打字機打出來的；使用打字機的新手都會這樣做。不過對初學者而言，內文卻令人訝異地準確。我認為阿克利以前一定使用過打字機，可能是在大學。這封信確實讓我鬆了一口氣，但放鬆的心情底下卻蘊含著一股不安。如果陷入恐懼中的阿克利還能維持理智，那當他得到解脫後，還能抱持正常心理嗎？而信中提到的「關係改善」……究竟是什麼意思？整件事與阿克利之前的態度相比，簡直是一百八十度的大逆轉！以下就是我小心翼翼地由記憶中回溯的全文。

佛蒙特州湯森德村
一九二八年九月六日星期四

我親愛的威瑪斯，

看到你已忘卻我之前寫給你的蠢東西，著實讓我感到開心。雖然我說「蠢東西」，不過我指的是自己的恐懼心態，而不是自己對某些現象的描述。那些現象千真萬確，也十分重要；我的錯誤在於對它們抱持反常態度。

我猜自己提過，我的奇特訪客們開始與我溝通，並企圖與我交談。昨晚我們成功進行了談話。為了回應特定的訊號，我讓外頭的生物派出的一名信差進入屋內；我得補充說明，這位信差是人類。他告訴我許多你我都還無法想像的事，也證明了我們徹底誤會並曲解了外來者（Outer Ones）在這座星球上維持祕密殖民地的目的。

有些邪惡傳說講述了它們曾賜予人類禮物，以及它們想從地球上得到的東西，但那些故事只不過是對寓言的無知曲解。這種扭曲的故事自然是肇因於那個種族與我們全然不同的文化背景與思想習慣。我承認，自己的推論就和無知農夫與印地安蠻族的猜測一樣錯得離譜。我一度認為病態、羞愧、又可恥的事，其實令人敬畏又大開眼界，甚至充滿光榮；我之前的推論，只是人類總會對徹底異於自己的事物所激發出的憎恨、畏懼與退縮。

現在我對在夜間混戰時，在這些神奇的外星生物身上造成的傷害感到後悔。如果我一開始願意和它們和平又理性的溝通，那就好了！但它們對我毫無積怨，因為它們的情緒和人類相當不同。不幸的是，它們在佛蒙特的人類手下素質非常低劣，像是已故的華特．布朗。他大力向它們排斥我。事實上，它們從未故意傷害人類，卻經常遭到我們冷酷地誤會或窺視。有一群邪惡之人所組成的祕密教團（當我將他們連結到哈斯塔和黃色祕符時，像你這種擁有神祕學知識的人，肯定能夠理解我的意思），為來自其他次元的恐怖勢力服務，並致力於追捕並傷害那些生物。外來者的激烈警戒措施，是針對這些敵人而做，並非用來對抗正常人類。順道一提，我也得知許多我們遺失的信件並不是遭到外來者竊取，而是被這支邪惡教團的成員偷走。

外來者只想與人類和平共處，不要互相傷害，並持續在智慧上進行合作。後者現在有莫大的重要性，因為我們的發明與機器正在拓展我們的知識與行為，使外來者越來越無法掩飾這星球上的重要哨站。這些外星生物想更了解人類，並讓人類哲學界與科學界的一些領袖認識它們。透過交換知識，就能度過一切災禍，也能建立讓大家滿意的權宜妥協方式。認為它們想奴役或欺壓人類的想法都相當荒唐。

在這項和平共存關係的起點，外來者自然選擇了我作為它們在地球上的主要翻譯員，畢竟我已對它們有大量的了解。昨晚我得知了許多宏大並讓人眼界大開的事，之後我還會透過口述與寫作方式得知更多資訊。我還不會被要求前往外域，不過之後我可能會想進行這種行程；使用超乎人類至今經驗的特殊方式。我的房子不會再遭到攻擊。一切都已恢復正常，這裡也不需要狗了。我忘卻了恐懼，並得到了鮮少凡人能接觸到的豐富知識和智慧。

外來者可能是所有時空中最驚人的有機生物。它們的種族遍佈全宇宙，相比之下，其他同族生物只不過是低等的變體。如果能用人類詞彙來形容組成它們的物質的話，那麼它們比起動物，還更類似植物，也擁有真菌般的構造；不過它們體內有某種類似葉綠素的成分，以及非常獨特的營養系統，使它們與真正的莖葉真菌有著極大差距。構成此物種的物質，完全不存在於我們居住的世界，其中的電子也擁有全然不同的振動頻率。因此即使我們的肉眼能看見這些生物，卻無法用我們宇宙中的正常相機底片或感光平版拍下它們。不過，只要有恰當的知識，任何化學家都能製作出能記錄它們影像的感光乳液。

這類獨特物種能以肉身飛越冰冷又沒有空氣的星際虛空，有些亞種則得仰賴機械或特殊手術移植物才能進行星際旅行。只有幾個物種擁有佛蒙特族群那種能夠在宇宙空間飛行的翅膀。居住於舊世界中特定偏遠山峰上的生物，則以其他方式前來。它們類似動物的外表，與我們認為由一般物質組成的構造，則是平行演化方式的成果，並不代表它們與地球生物有關。它們的腦容量超越了現存的其他生物，不過居住於本地山區的有翼種族是發展程度最高的支脈。它們通常使用心電感應交談，不過一旦接受手術（因為手術對它們而言，是相當專業且常見的行為），基礎發音器官便能粗略地發出其他物種使用的一般語言。

它們主要居住在太陽系邊緣一顆尚未被發現的黑暗星球；位於海王星之外，也是太陽外的的第九顆行星。和我們的推論一樣，它就是某些古老禁忌文獻中提到的神祕物體「幽果斯」；為了達成和諧關係，我們的世界很快就會對它投以奇特的關注。當天文學家因為外來者的希望，而對這些思潮變得格外敏感，因而發現憂果斯的話，我也不會感到訝異。但幽斯自然只是塊墊腳石。這些生物的主要群體居住在超越人類想像的奇異深淵中。我們認為包含了宇宙一切事物的時空連續體，對它們認知中的無限而言，只不過是一顆原子。而這無垠領域中能讓人類大腦所承受的一切，遲早會為我而敞開；自從人類誕生後，只有五十個人有過這種經驗。

一開始你可能認為這是瘋言瘋語，威瑪斯，但你遲早會了解這股落在我身上的龐大機會。我希望盡可能與你分享，因此必須告訴你上千則不能上報的事。過去我一直警告你不要來見我。既然現在安全了，我很高興能解除警示狀態，並邀請你過來。

你能不能在大學開學前來這裡一趟呢？如果你能來，就太棒了。請你帶上錄音唱片和所有我寫的信，作為諮詢資料；為了拼湊完整的長篇故事，我們會需要這些資料。你也能帶柯達相片過來，因為我似乎在最近的興奮狀態中，遺失了底片和我自己的相片。這能讓我為這些充滿揣測的暫定資料添增大量事實佐證；我還得為這些額外資料設計一份龐大的計劃結構！

別猶豫！我現在完全不受監視，你也不會碰上任何不尋常或令人不安的怪事。過來吧，我會派車去布拉特爾伯勒車站接你。準備好盡可能待上好一段時間，我們將會花好幾個夜晚討論超越人類想法的事物。當然，別告訴任何人；因為混亂的大眾不該知道這些事。

前往布拉特爾伯勒的列車服務並不差，你能在波士頓找到火車時刻表。搭波士頓與緬因州鐵路前往格林菲爾德（Greenfield），並轉車繼續剩下的短程旅途。我建議你搭下午四點十分由波士頓發車的標準列車。這台車會在七點三十五分抵達格林菲爾德，另一台列車則會在九點十九分離開當地，並在十點〇一分抵達布拉特爾伯勒。那是平日的列車時間。讓我知道你何時過來，我再把車停到車站旁。

抱歉用打字機寫這封信，但你也知道，我的筆跡最近越來越歪曲了，我也不太想長時間寫字。昨天我在布拉特爾伯勒買了這台新的可勒納牌打字機，效果似乎很不錯。

我靜待你的回音，也希望在不久後能見到你帶錄音唱片和我寫的所有信件過來，還有柯達相片。

亨利・W・阿克利誠摯敬上

致艾伯特・N・威瑪斯先生
米斯卡托尼克大學
麻薩諸塞州阿卡漢鎮

一再重讀這份怪異又出乎意料的信件後，我已百感交織得難以形容。我之前提過，自己立刻感到放鬆又不安，但這種說法只勉強詮釋了我潛意識中放鬆與不安之間的矛盾。首先，這封信與之前發生的恐怖怪事立場完全相反；對方由驚恐轉變為溫和的冷靜態度，甚至流露出喜悅的情緒，這種閃電般迅速的轉變不只出乎意料，甚至還改變得十分徹底！無論當天究竟揭露了哪種令人寬心的祕密，這個曾在星期三寫下那封慌張信件的人，居然在一天內經歷了這麼強烈的心理變化，實在令我難以相信。突然間，有種矛盾的虛幻激發我思考：這整件來自遠方的驚人事蹟，是否只是我內心的幻想？接著我想起錄音唱片，便感到更為吃驚。

這封信全然超乎我的意料！當我分析自己的思緒時，便發現其中有兩種不同的層面。首先，假設阿克利之前神智清楚，現在的心態也依然正常，那當下的改變就發生得太快，也太令人難以接受了。第二，阿克利的思考方式、態度和口吻中的變化，都大幅度超越了正常或可預料的心理狀態。他的整體心理似乎發生了不祥的變化；假設這兩種狀況都反映出健全的心智，那我就無法在內心調和這兩種層面，因為改變太過深刻了。無論是使用的字句或拼字方法，都有微妙的差異。由於我在學術專業上對文句相當敏感，能在對方最尋常的反應和回應節奏上，發現深奧的歧異。能造成這種極端改變的情緒劇變或真相，影響力肯定相當龐大！但從另外一個角度來看，這封信又似乎符合阿克利的個性。對無垠事務的熱情，以及同等的學術好奇心。我沒有一刻認為這封信有造假或惡意偽造的嫌疑。對方的邀請，與同意讓我親自驗證信件真相的意願，不就證明了信件的真實性嗎？

星期六晚上我並沒有睡覺，反而整夜都在思考那封信中的晦暗意涵與驚奇事物。由於我的心智在過去四個月中，被迫經歷了連續出現的恐怖事件，因此在面對這項新資料時，再度像面對之前的奇事時所經歷的步驟一樣，一再重複質疑與接受的循環。深夜時，一股強烈的興趣與好奇心，開始取代了心中原本的驚慌失措感。無論他瘋了或依舊理智、經歷了精神昇華或只是單純放鬆，阿克利確實可能在進行危機重重的研究後，經歷了某種觀點上的重大變化；這種改變抹去了他身陷的危機（無論是真實或想像中的危險），並向他展示了令人暈眩的嶄新宇宙景象，與超越人類理解的知識。我自己對未知事物感到的熱情，已與對方的狂熱達到同等程度，我也覺得自己感染了那股打破疆界的病態意圖。捨棄時空與自然法則帶來的那些惱人又令人疲憊的限制，與廣大的外域空間連結，並靠近潛藏在無垠終極深淵中的黑暗祕密。這種冒險當然值得讓人甘冒生命、靈魂與理智上的風險！阿克利也說目前沒有危險，並邀請我前去拜訪他，不再像之前一樣要我遠離。我對他想告訴我的事感到一陣興奮；要和一位曾和來自外太空的使者交談過的男子，坐在那棟受過攻擊的寂寥農舍中，身邊還擺放了阿克利用於討論早期理論的恐怖錄音和成堆的信件。一想到這點，就讓我感到興奮。

所以星期天下午，我發了電報給阿克利，說如果當週的星期三（九月十二日）方便的話，我會在當天抵達布拉特爾伯勒。我只有一件事沒有遵循他的建議，也就是對火車的選擇。我當然不想在大半夜抵達鬼影幢幢的佛蒙特地區。所以我沒有接受他選擇的列車，並打給車站，安排了另一段車程。如果早起搭八點〇七分的標準列車進入波士頓，我就能搭九點二十五分的車到格林菲爾德，並在中午十二點二十二分抵達當地。這班列車正好銜接上一台會在下午一點〇八分抵達布拉特爾伯勒的火車；在這個時間點與阿克利碰面，並和他一同坐車前往山巒疊嶂的神祕丘陵區，比在晚間十點〇一分抵達要舒服多了。

我在電報中提到這項選擇，也很高興在晚間的回信中發現，我的東道主也贊成這決定。他的電報寫道：

安排相當妥善，星期三下午一點〇八分的火車見。別忘了帶錄音、信件、和照片。別洩漏你的目的地。準備好面對偉大真相。

阿克利

這封訊息的收據直接呼應了我寄給阿克利的信；電報得由送信員直接由湯森德村電報站送到他家，或透過重新安裝的電話纜線傳輸。這則抹去了我在潛意識中對那封怪信作者身分所抱持的質疑。我相當放心，事實上，我放鬆的程度遠遠超過當時想像；因為我心中的疑問都已一一蒸發。當晚我睡得香甜又漫長，在接下來的兩天裡，也忙著為旅行做準備。

第六章

我按照計畫在星期三出發，並帶了一只裝滿簡易必需品和科學資料的手提箱，裡頭的東西包括那張恐怖的錄音唱片、柯達相片和阿克利寄來的所有信件。照他的要求，我沒有把自己的去處告訴任何人；因為我看得出即使這件事會帶來莫大的益處，也需要被當成最高機密。一想到要實際與外星物種進行心靈交流，就讓我受過訓練與準備的心靈感到慌張；那麼，這種資訊對毫無認知的大眾會產生什麼效果？當我在波士頓換車，並開始往西邊自己較不熟識的地帶前進，並遠離熟悉的城市時，我不清楚是害怕或期待在自己的心底佔了上風。沃爾瑟姆（Waltham）、康科特（Concord）、艾爾（Ayer）、菲奇堡、加德納（Gardner）、阿瑟爾（Athol）……

我的火車晚了七分鐘才抵達格林菲爾德，但往北行的列車還停在車站。我急忙轉車，並在列車轟隆作響地穿越午後陽光、往我經常讀到卻從未拜訪過的區域前進時，感到一陣特別的屏息感。我知道自己正逐漸進入比自己花了大半生居住其中、相當機械化與都市化的新英格蘭南區，更為古老又原始的北區。在這座人煙罕至的古老新英格蘭區域中，沒有現代城市常見的外國人與工廠黑煙，或告示牌和水泥道路。那裡住有長期生根於此的當地居民，他們彷彿成了環境的自然衍生物之一；當地人保有傳承自祖先的古老記憶，並滋養著人們鮮少提起的神祕信仰。

我三不五時會看到藍色的康乃狄克河（Connecticut River）在陽光下閃爍，而在離開諾斯菲爾德（Northfield）後，列車便跨越了河流。神祕的山丘在前方隆起，而當列車長走過來時，我才知道自己已經進入佛蒙特州了。他要我把手錶時間調慢一小時，因為北部山區不使用新設置的日光節約時間。當我調整手錶時，彷彿就像將時間拉回一世紀前。

火車相當靠近河流，進入新罕布夏後，我發現自己能看到陡峭的旺塔斯蒂凱山（Wantastiquet）山坡逐漸接近，這座山巔附近也流傳著特殊的古老傳說。街道隨即在我的左方出現，右邊的溪流則出現了一座綠色小島。人們起身走向車門，我也跟上他們。列車停了下來，我走入布拉特爾伯勒車站漫長的車棚下。

當我望向等待乘客的成列汽車時，猶豫了一下，查看哪台車是阿克利的福特汽車。但在我進一步觀察時，就有人認出我了。不過，走向我並伸出手的人並不是阿克利，對方用溫和的語氣詢問我是否是來自阿卡漢的艾伯特・N・威瑪斯先生。這個人完全不像快照中滿臉鬍鬚的阿克利；他是個更有都市風格的年輕人，打扮時髦，臉上也只有一抹短短的黑鬍鬚。他充滿教養的嗓音隱約散發出某種怪異又令人不安的熟悉感，不過我想不出在哪聽過對方的聲音。

當我望向他時，他便解釋自己是我東道主的朋友，代替他從湯森德村過來。他聲稱阿克利突然患了某種氣喘病，覺得自己沒辦法出門。不過症狀並不嚴重，也沒有取消我拜訪的計畫。我不懂這位自稱諾伊斯先生（Noyce）的人對阿克利的研究與發現瞭解多少，不過我覺得他平靜的態度似乎代表他只是個局外人。我回想起阿克利的隱居生活，便對這名朋友的出現感到有些訝異；但這股困惑並沒有阻止我坐上他向我示意的車。這並非我從阿克利的描述中所想像的老舊小車，而是台造型亮麗的大型新車。它明顯是諾伊斯的車，上頭也裝有麻薩諸塞州的車牌，車牌上還裝有當年逗趣的「神聖鱈魚」圖案[20]。我認為，這名嚮導應該只是來到湯森德村一帶的夏季短期

20　譯注：sacred codfish，麻薩諸塞州眾議院中懸掛的木製雕飾，用於代表鱈魚業對當地的重要性。

訪客。

諾伊斯爬進車內，坐在我身旁，並立刻啟動引擎。我很高興他不多話，因為某種陰森的緊張氣氛使我不太想開口。當我們開上上坡路段，並往右轉進大街時，沐浴在午後陽光下的小鎮看起來相當祥和。它像我年少記憶中古老新英格蘭城市般陷入沉眠，城中的屋頂、尖塔、煙囪和磚牆搭配而成的輪廓，也激起了懷舊情感。我看得出自己身處萬千歲月累積而成的魔幻地帶；這裡的古老奇異事物有機會成長並停留在人世之間，因為它們從未遭受打擾。

當我們駛離布拉特爾伯勒時，我感到越來越陰沉壓抑，因為山巒綿延的鄉間隱約有種不祥氣息，加上帶有威脅氛圍的花崗岩山丘；丘陵上長滿綠樹，也散發出壓迫感，暗示著晦暗不明的祕密與上古時代倖存的事物，更無人知曉它們是否對人類懷有敵意。我們沿著一條寬闊水淺的河流行駛了一段期間，這條河從北方的不明丘陵流下，而當我的同伴說這就是西河時，我便打了股冷顫。我記得報紙曾提到，洪水過後，有詭異的螃蟹型生物在這條河上漂流。

我們周圍的鄉間逐漸變得更加偏僻荒涼。宛如曾在歷史中出現的古老廊橋，依然懸吊在部分山區之間，而幾近受到棄置的鐵路則與河流平行，並明顯散發出一股迷濛的荒廢氣息。高大的懸崖旁有雄偉的河谷，山峰上的植被則露出看似險峻的灰色部位，那是新英格蘭未經開發的灰色花岡岩。峽谷中的野溪水流翻騰，從充滿謎團的神祕高峰中湧入大河。狹窄又隱密的道路不時會從主要幹道中分支而出，穿過茂密的森林，原始的樹林中彷彿也藏有大批自然精靈。當我看到這些光景時，就想到阿克利曾在駛經這條路時，遭到不明生物襲擊，現在也對那些事毫不存疑。

我們在一小時內抵達古典又美麗的紐芬村；對人類以正常方式征服並占據的世界而言，那裡就是我們與它的最後連結。之後，我們拋下了和一切有形並與時間相連的事物，進入了神祕虛幻景象構成的奇異世界。緞帶般的狹窄道路上升、下降、又蜿蜒前進，彷彿帶有自我意識又任性地穿越無人居住的碧綠山峰和荒涼的山谷。除了汽車的噪音，和我們偶爾經過的幾座寂寥農場傳來的微弱聲響外，唯一飄入我耳中的聲音，便是幽林中無數隱密泉水所發出的不祥水流聲。

低矮的圓頂山丘現在近得使人屏息靜氣。群山的陡峭和高聳比我聽說的更加強烈，它們也與我們熟知的平凡俗世毫無關聯。濃密又毫無人煙的森林豎立在高不可及的山坡上，裡頭似乎潛藏了不可思議的外星生物。我也覺得山丘的輪廓含有某種被遺忘了數紀元的古怪含義，彷彿山群是某種傳說中巨型種族遺留下來的龐大象形文字，而這類生物的榮光時刻只遺留在深邃的夢境中。我的記憶中浮現出所有的過往傳說，以及亨利·阿克利的信件與證據所闡述的驚人推論，強化了當下的緊張氛圍與威脅感。我來訪的目的，與引發此行的恐怖怪事，立刻讓我感到毛骨悚然，也差點澆熄了我對探訪怪異事物感到的熱情。

我的嚮導肯定注意到了我的不安；因為當道路變得越來越荒涼雜亂，我們的行動也變得緩慢又經常搖晃時，他偶爾發出的友善話語就轉為滔滔不絕的闡述。他提到鄉間的美麗與怪異之處，也坦承自己對我東道主的民俗學研究有些了解。從他友善的問題中，明顯可看出他知道我是為了科學目的而來，也清楚我帶了某種重要資料；但他看起來並不曉得阿克利發掘出的事情真相有多深、又有多糟。

他的態度相當愉快又正常，因此他說的話應該能讓我感到安心。但奇怪的是，當我們搖搖晃晃地駛進山丘與森林間的未知荒野時，我卻感到更加不安。有時他似乎在試探我，想問出我知道多少該地的恐怖祕密，每次問話時，他嗓音中那股模糊又令人感到困惑的熟悉感，便不斷增強。儘管那股聲音相當溫和並充滿教養，但並不讓人感到正常或健康。我不知怎地將它聯結到早已遺忘的惡夢，並覺得如果自己認出源頭的話，就會發瘋。假若當下有好理由，我猜自己立刻就會打退堂鼓。但事已至此，我也無法退縮。我覺得，如果在我抵達後，能和阿克利進行冷靜的科學討論，肯定能讓我恢復冷靜。

再說，外頭令人醉心的風景有種奇特的太虛之美，讓人感到冷靜，我們則努力地穿梭其中。時間已消失在後頭的林間迷宮中，我們周圍則長出了一大片來自過往歲月的美麗花叢。古老的樹林，長滿亮麗秋季花朵的大草原，有時還能看到棕色小農舍，它們零星出現在滿佈荊棘與綠草，那垂直懸崖底下的樹林旁。就連陽光都染上了一抹超常色彩，彷彿某種特殊氛圍或氣息籠罩了整個地區。除了在古代義大利藝術品描繪的背景中有時會出現的魔幻光景，我從未實際看過這樣的景象。索多瑪[21]和李奧納多・達文西都描繪過這種風采，但他們畫出的都是遠距離的風景，也只出現在文藝復興拱廊中的拱型圓頂。我們正穿過這幅圖畫的中央，而在這宛如由死靈法術造就的美景中，我似乎也察覺了某種自己遍尋不著，卻原先就深藏內心、或由先祖繼承而來的事物。

突然間，車子在一處陡峭上坡頂端繞了個大彎後停了下來。我左邊有片保存狀況良好的草坪，它延伸到道路旁，周圍還有白色鵝卵石作為邊界。草坪旁則有棟兩層樓半高的白色房屋，在這地區看來尺寸大得出奇，也散發出特殊的優雅。我右邊和後頭則有大量與拱廊連結的穀倉、屋舍和磨坊。我立刻認出這就是快照中的建築，看到道路邊鍍鋅的鐵皮信箱上寫著亨利．阿克利的姓名時，也不感到訝異。在房屋後頭的一段距離外，有座延伸到遠方的沼澤地與森林，遠方則隆起了一座陡峭且長滿林木的山坡，盡頭則是蒼翠又銳利的山峰。我清楚那就是黑山的山頂，我們一定已經爬上這座山的半山腰了。

諾伊斯走下車，幫我取出手提箱，並請我先在外頭等，他會先進門通知阿克利說我到了。他補充道，自己在別處還有重要事務，沒辦法繼續待在這裡。當他輕快地沿著小徑走向房屋時，我走出車外，希望在長時間討論前先伸展一下雙腿。由於我抵達了阿克利繪聲繪影的信件中提到的攻擊事件發生地，使我的緊張感再度升到高峰。我也對即將發生的討論感到非常恐懼，因為那將使我接觸到禁忌的異界。

21　譯注：Il Sodoma，義大利文藝復興時期畫家。

和全然特異的事物近距離接觸，經常令人感到恐怖，而非激起人們的靈感。在毫無月光、又充滿恐懼與死亡的夜晚中，那些駭人的足跡與臭氣薰天的綠色黏液就是出現在這條滿是塵埃的道路上；一想到這點，就讓我無法放鬆。我無心地注意到阿克利的狗群似乎都不見了。當外來者和他和談後，他就立刻把狗全賣掉了嗎？儘管我極力嘗試，卻無法對阿克利最後那封怪信中形容的和平狀況所帶來的誠摯，抱持任何信心。畢竟，他是位個性單純又罕有社交經驗的人。或許，在這項嶄新的同盟關係底下，潛藏著某種深邃又陰險的危機？

我的目光順著自身思緒，往下轉向滿佈沙塵的路面，此處曾見證過醜惡的事件。最近幾天沒有下雨，儘管這地區鮮有人跡，坑坑巴巴的路面上卻留有各種雜亂痕跡。由於隱約起了好奇心，我開始追蹤一些較為錯綜複雜的痕跡，同時則試圖壓抑這塊地區與相關回憶所激起的恐怖幻想。墳場般的寂寥感、遠處溪流傳來的微弱流水聲、密集到擋住狹窄地平線的翠綠山峰，和長滿黑暗密林的懸崖，都散發出某種充滿威脅與不安的氛圍。

接著，我的腦海中出現一個影像，使這些模糊的威脅與幻想變得相對微不足道。我之前說過，自己正好奇地掃視地面上的各種痕跡。但突然間，這股好奇心被另一股幾乎使人動彈不得的恐懼瞬間撲滅。儘管複雜的沙塵痕跡彼此交錯，也不太可能吸引常人的目光，我焦急的目光卻在導向房子的小徑連上道路的位置，注意到了特定的細節，同時也認出了它們的恐怖意涵。我花了這麼長時間，研究阿克利寄來那些柯達相片中的外來者爪痕，結果並非徒勞無功。我太熟悉那些噁心螯鉗留下的痕跡了，而爪痕模擬兩可的方向，也顯示了這種怪物並非地球生物。我不可能犯下太過寬心的錯誤。在我眼前的，必定是至少只在幾小時前被壓出的三個腳印，它們在阿克利農舍前那些雜亂無章的腳印中，顯得恐怖又明顯。**這些是來自幽果斯的真菌所留下的駭人足跡**。

我及時控制住自己，才沒有發出尖叫。畢竟，如果我真的相信阿克利的信件內容，那我在期待什麼呢？他提到自己已與那些生物和平相處。這樣的話，那些生物拜訪他的房屋，又有什麼奇怪的呢？但恐懼感比放鬆感還強烈。首次見到來自太空深處的生物留下的爪印時，有誰能保持神色自若呢？此時我看到諾伊斯踏出門外，並輕快地走過來。我覺得得保持自制，因為這名性格溫順的友人，可能全然不知阿克利對禁忌事物進行的深度探索。

諾伊斯急著告訴我，阿克利非常高興，也準備見我；不過這一兩天內，他的氣喘毛病會害他無法當個稱職的東道主。這些症狀非常嚴重，總是讓他發起嚴重高燒，身體也相當虛弱。他發病時情況很差，得輕聲細語說話，也只能笨手笨腳地移動。他的雙腳與腳踝都腫了起來，得把自己包紮得像個患了痛風的老倫敦塔守衛。今天他的狀況很糟，所以我得自己處理大多事務；但他依然想談話。我能在前廳左邊的書房找到他，那座房間裡的窗簾都拉上了。當他生病時，就得避開日光，因為他的眼睛非常敏感。

諾伊斯向我道別，並搭車往北走後，我就緩緩走向房屋。諾伊斯將門口微微打開，方便我進門；進屋前，我掃視了一下整座房子，試著判斷究竟是什麼東西讓我產生奇怪的感覺。穀倉與小屋看起來都相當普通，我也注意到阿克利歷經風霜的福特汽車停在寬敞又毫無戒備的車棚中。接著我發現了奇怪感覺的來源：周圍太安靜了。一般來說，農場至少會有不同家禽發出的低鳴，但這裡沒有任何生物居住的跡象。母雞和狗呢？阿克利之前提過自己飼養的牛隻可能在牧場上，狗群可能被賣掉了；但少了雞隻的咕咕啼叫或咕噥聲，使感覺變得十分奇怪。

我沒有在小徑上停留太久，並下定決心踏進開啟的房門，接著隨手關上門。我得稍微強迫自己，才能促使自己進門；進入屋內後，卻在瞬間就想拔腿逃跑。房屋看起來一點都不陰森；恰好相反，我認為優雅的後殖民風格走廊相當有品味，令人感到舒適。我也欣賞起設計這些裝潢的人自身的文化背景。讓我想逃跑的，是某種微弱又難以定義的東西。也許是某種我自以為嗅到的氣味，不過我明白即使是保存狀態最佳的古老農舍，也經常飄散著霉味。

第七章

我拒絕受控於模擬兩可的疑惑，並在想起諾伊斯的指示後，推開了左邊有六塊鑲板和黃銅門閂的白色房門。進門後，我發現怪味變得更濃。空氣中似乎有某種微弱的節奏或振動。有那麼一瞬間，被拉上的窗簾使我看不見太多東西，但接著一股帶著歉意的咳嗽或低語聲，將我的注意力拉到房間遠處陰暗角落的一張大安樂椅。陰影中，我看見一名男子的臉龐與雙手的白色輪廓，並立刻走向試圖說話的人影，向他打招呼。儘管光線微弱，我卻明白這就是我的東道主。我研究過了柯達相片好幾次，這肯定就是照片中那張歷經風霜的堅毅臉龐，下巴還留了剪短的粗糙鬍鬚。

但當我仔細觀看時，就感到一股混雜著悲傷與擔憂的情緒。從他的臉看起來，他確實病得不輕。我覺得在那僵硬緊繃的神情、與玻璃珠般的呆滯眼神後，一定不只有氣喘一種問題而已。我也清楚之前的駭人經驗，必然使他承受了嚴重的壓力。這種壓力能壓垮任何人，即使是年紀較輕的人也一樣，更別提這位深入禁忌領域的強悍男子了。令人放鬆卻突如其來的怪異和談，恐怕來得太遲了，無法阻止他陷入生理崩潰。他大腿上纖瘦又無力的雙手，讓人感到十分同情。他穿著鬆垮的睡衣，頭部和脖子上則纏了一條鮮明的黃色圍巾或兜帽。

接著我發現，他正試著用向我打招呼時發出的低語聲說話；那聲音類似咳嗽。一開始很難聽到這種低語，因為他的灰色鬍鬚遮住了嘴唇的動作，而對方嗓音中的某種感覺也使我覺得不安。但一旦專心聽，很快就能聽懂他說的話。他的腔調並不像鄉下人，使用的字彙也比信件讓我想像的更加洗煉。

「是威瑪斯先生吧？請原諒我無法起身，我相信諾伊斯先生跟你提過了，我病得很重。但我還是無法抗拒邀請你過來。你清楚我在上封信中提到的事，等我明天感覺好點時，有很多事要告訴你。在我們互相通信過這麼多次後，我無法形容自己看到你有多高興。你有帶檔案過來吧？還有柯達相片和錄音？諾伊斯把你的手提箱放在客廳，我猜你也看到了。今晚恐怕很多事你都得自己來了。你的房間在樓上，正好在這座房間頂端。浴室的門就在樓梯頂端。餐廳裡已經準備了你的餐點，出了這道門之後右轉就到了。你隨時想吃都可以。明天我就能當比較好的主人了，不過現在我身體虛弱得無可救藥。

把這裡當自己家！在你拿袋子上樓前，可以把信件、照片和唱片放在這裡的桌上。我們會在這裡討論，你可以在那座角落茶几上看到我的留聲機。

不，謝謝。你沒辦法幫我做什麼。我熟悉這些老毛病。天黑前請再過來聊聊，然後你隨時都能上床。我會在這裡休息，也許會整晚睡在這；我常這樣做。早上我就會好多了，就能一起處理我們得共同進行的事。你當然了解我們面前的事有多重大的意義。我們和世上少數幾個人，將開拓時空中的深淵，並得到超越任何人類科學和哲學的知識。

你知道愛因斯坦錯了嗎？有些物體和力量**確實能**以比光速更快的速度移動。透過特殊輔助，我就能在時間中來去自如，也能**看見並感覺到**地球遙遠的過去，與未來的時代。你無法想像那些生物的科學能力究竟進展到哪種程度。它們能對生物的心靈和身體做出各種事。我準備去拜訪其他星球，甚至是其他恆星與銀河系。第一趟旅程的目的地是幽果斯，那是離我們最近、又有生物居住的星球。那是顆位於我們太陽系邊緣的怪異黑暗星球，目前還沒有天文學家知曉它的存在。但我肯定在信中提過這件事。你知道，等時間到了，那裡的生物便會將思緒傳達給我們，並導致我們發現那顆星球；或是讓他們其中一名人類盟友給科學家一點暗示。

幽果斯上有許多宏偉的城市，都是以黑石製成的台地式高塔，原料就像我寄給你的那塊石塊樣本。那塊石頭便來自幽果斯。當地的陽光亮度比星星高不了多少，但那些生物不需要光線。它們有更精巧的感官能力，在雄偉的房屋與神殿中也沒有設置窗戶。光線會傷害並阻礙它們，也使它們感到混亂，因為位於一般時空之外的黑暗宇宙並沒有光線，那也是它們的故鄉。拜訪幽果斯會使任何脆弱的人陷入瘋狂，但我要前往該處。在那些神祕巨橋底下流淌著漆黑的瀝青河流。在那些生物從終極虛空中抵達幽果斯前，某種被遺忘的上古絕種種族打造了這批建物。如果有人能在保有理智的狀態下形容自己在當地見過的事物，那他就能成為像但丁[22]或愛倫．坡[23]一樣的作家。

但記好，那座充滿真菌花園與無窗城市的黑暗世界，並不是可怕的地方。只是對我們而言似乎如此。當那些生物在原始時代首度踏上我們的星球時，可能也感到相仿的恐懼。你知道，在克蘇魯的輝煌時代結束前許多年，它們就已經來到地球了，也記得拉萊耶尚未沉沒前的光景。它們曾深入地下。世上有些人類從未知曉的地底入口，其中某些洞口就位於佛蒙特山區，底下也有充

22　譯注：Dante Alighieri，文藝復興詩人，知名作品為《神曲》（*Divine Comedy*）。

23　譯注：Edgar Allen Poe，十九世紀美國作家，其筆下的驚悚作品啟發了洛夫克拉夫特等恐怖作家。

滿未知生命的世界：泛著藍光的金陽[24]、充滿紅光的憂斯[25]和漆黑無光的恩凱[26]。恐怖的札特瓜便來自恩凱。那就是《納克特抄本》、《死靈之書》、和亞特蘭提斯大祭司克拉凱許・敦（Klarkash-Ton）保存的康莫瑞安[27]神話中，所提及的那隻型態不定、又宛如蟾蜍的神聖生物。

但我們之後再提這些事。現在應該已經五點了。最好把東西從你的袋子裡拿出來，吃點東西，晚點再回來好好聊聊。」

我緩緩轉身，照著東道主的意見走。我拿起手提箱，從裡面拿出他要的物品，並走上樓去給我睡的房間。當我心中還掛念著路邊的爪印時，阿克利的低語內容使我感到相當詭異；而當他暗示自己對禁忌的幽果斯，也就是那座充滿真菌生物的未知世界，感到十分熟稔時，也讓我起了一陣雞皮疙瘩。我對阿克利的病況感到相當遺憾，但我也得承認：儘管他嘶啞的嗓音令人同情，卻也讓人感到憎惡。真希望他沒有誇耀幽果斯和它的黑暗奧祕！

我的房間非常舒適，裝潢也很不錯，完全沒有霉味和怪異的震動。我把手提箱留在房內後，就再度下樓和阿克利碰面，並享用他為我準備的午餐。餐廳就在書房外頭，我也在同方向的遠處看到廚房。餐桌上擺了各式給我的三明治、蛋糕和起司，杯盤邊還有一只膳魔師（Thermos）水瓶，代表對方並沒有忘記準備熱咖啡。飽餐一頓後，我為自己倒了杯咖啡，卻發現這項廚藝成品有個缺點。我的第一匙咖啡有種微弱又令人不適的辛辣味，於是我就沒有繼續喝了。吃午餐時，我一直想到坐在隔壁漆黑房間大椅子上的阿克利。有次我曾進房請他一同用餐，但他低聲說自己還吃不下東西。睡前，他會喝一點麥芽牛奶；他一整天就只吃那點東西。

用完午餐後，我堅持要清理碗盤，並在廚房水槽中清洗它們，也順手倒光了那瓶我不喜歡的咖啡。回到漆黑的書房後，我把一張椅子拉到東道主端坐的角落旁，並準備好開始他想進行的討論。信件、相片和唱片都還在房間中央的大桌上，但目前我們不需要它們。不久後，我甚至遺忘了怪味和奇怪的震動。

我之前提過，在阿克利部分信件中，特別是最長的第二封信裡，有某些我不敢講述或寫下的東西。當晚我在位於寂寥山丘之間的那座漆黑房間中聽到的低語，則讓我對敘述那些事感到更加不情願。我甚至不敢暗示那股沙啞嗓音所揭開的宇宙恐怖事物。他之前就知曉了恐怖的事件，但當他與那些外星生物達成協議後，神智正常的人就難以接受他得知的知識。即使到了現在，我依然拒絕相信他對無垠宇宙的解釋，與並置的不同次元，和我們已知的時空連續體在一連串宇宙原子連結中的恐怖位置。這種排列組成了超級宇宙的曲線與角度，還有物質與半物質的電子架構。

---

24 譯注：K'n-yan，在洛夫克拉夫特的短篇故事《丘》（*The Mound*）中出現的地底城市。

25 譯注：Yoth，位於金陽底下的巨型遺跡。

26 譯注：N'kai，坐落於憂斯下方的地底洞穴。

27 譯注：Commoriom，《許珀耳玻瑞亞傳奇》中許珀耳玻瑞亞大陸上的第一座城市。

從來沒有任何心理正常的人這麼危險地靠近過萬物的根本奧祕。也沒有任何有機大腦曾如此接近超越型態、力量、與幾何學的渾沌，並瀕臨毀滅邊緣。我得知克蘇魯**首度**出現的地點，以及為何歷史上有一半星星短暫出現的原因。從連我的東道主都膽怯地暫停解說的一些事物中，我猜到麥哲倫星雲（Magellanic Clouds）和球狀星雲背後的祕密，以及被「道」（Tao）的不朽寓言所遮掩的黑暗真相。他向我嶄露了杜爾獸[28]的天性，也告訴我廷達洛斯獵犬[29]的本質（但沒有解釋源頭）。蛇之父伊格（Yig）的傳說再也不是單純的寓言，而當我得知位於正常象限空間外的恐怖核心渾沌時，才明白《死靈之書》以阿撒托斯之名掩飾了哪種真相。當對方以清晰的說法，解釋了祕密神話中最恐怖的噩夢時，便令人感到十分震驚；真相中強大又病態的憎惡感，超越了上古時代與中世紀神祕主義者最大膽的暗示。我無可避免地相信，第一批低聲述說這些可憎故事的生物，肯定和阿克利口中的外來者溝通過，可能也造訪過遙遠的宇宙領域，就像阿克利當下的提議一樣。

他告訴我黑石的意義，我則對沒拿到黑石感到開心。我對石頭上象形文字做出的猜測完全正確！但現在阿克利似乎接受了他無意間發現的這種恐怖體系。不只接受，他還迫切地想更深入怪物般的深淵。我想知道自從他上次寫信給我後，究竟和哪些對象交涉過，以及那些對象是否都像他提過的首位使者一樣，都是人類？我腦袋中的緊張情緒飆高得令我難以忍受，我也對漆黑房間內揮之不去的怪味和陰森的震動聲，產生了各種奇怪的猜想。

夜色逐漸降臨，而當我想起阿克利在信中提過的早期夜晚後，一想到當晚沒有月亮，我就打起了冷顫。我也不喜歡這座農舍的位置，它坐落在黑山無人登上過的山峰底下，長滿茂密樹林龐大山丘底部的下風處。取得阿克利同意後，我點燃了一盞小油燈，並將它放在遠處的書架上，一旁則是魅影般的米爾頓半胸像。但我隨後就後悔這樣做，因為光線使東道主緊繃又一動也不動的臉龐、與萎靡不振的雙手看起來極度異常，又像具屍體。他似乎不太方便移動，不過有時我會看到他微微點頭。

在他說完這些事後，我很難想像他明天還能講出哪些深奧的祕密。但最後我發現，他前往幽果斯與更遙遠領域的旅程，將是明天的主要話題；或許我還能和他一同前去。當我因他建議我一同踏上太空旅程，而嚇得驚慌失措時，他似乎感到相當有趣；因為當我顯露恐懼神色時，他的頭就劇烈擺動。之後他溫和地提到人類要如何成功飛越星際空間，也提到已經有幾個人達成了這項看似不可能的任務。似乎不需要完整的人類軀體，就能進行星際旅行，而外來者優越的手術、生物學、化學與機械技術已找到方式，能在缺少附屬肢體的情況下，運輸人類的大腦。

28 譯注：doel，居住在漆黑異空間中的小型食肉生物，有三種型態：霧狀、蒼白的肢幹型、與腦部寄生蟲型。

29 譯注：Hounds of Tindalos，由美國作家法蘭克．貝爾納普．隆（Frank Belknap Long）創造的異次元生物，會追殺進行時間旅行的人。

有種無痛方式能移除大腦，也有方法能在軀體缺乏大腦的狀況下，依然使身體組織保持活性。隨後赤裸又完整的腦部組織會被泡進氣密式金屬圓筒中的營養液裡。製作圓筒的金屬來自幽果斯。部分電極則伸入圓筒中，並將大腦與能夠複製三種重要功能（視覺、聽覺和語言能力）的機器連結在一起。有翼生物能輕易攜帶裝載大腦的圓筒，安全地穿越太空。接著，它們能在每個受到它們文明控制的星球上，找到許多能供調整的儀器，並將大腦連上這些機器。所以當它們穿越時空連續體時，只要在每一站稍微調整，這些旅行的腦部都能獲得完整的感官與語言能力；只不過大腦沒有軀體，也得過著機械化的生活。這就和隨身帶著錄音唱片，並在有留聲機的地方播放一樣簡單。這技術一定會成功。阿克利絲毫不感到害怕。這項精彩技術不是被一再使用嗎？

他首度舉起一隻無力的手，僵硬地指向房間遠處。那裡擺了排一打以上的金屬圓筒，我從沒看過這種金屬。這些圓筒有一英呎高，直徑則較短，每只圓筒前端突起表面的等腰三角形部位上，有三個奇特的插座。其中一只圓筒上的兩個插座被纜線連到後頭一對外型古怪的機器上。我不需要聽解釋，就知道這些東西的用途，也隨即像得了瘧疾般打了個冷顫。接著我看到對方的手指向較為接近的一個牆角，角落放了一堆複雜的儀器，上頭連有纜線和插頭；有好幾台機器被擺在一起，看起來就像圓筒後方架上的那兩台設備。

「這裡有四種儀器，威瑪斯。」他悄聲說道。「有四種類型，每台機器都有三種功能，總共有十二個部分。上頭這些圓筒，裝有四種不同的生物。三名人類、六個無法以肉體探索太空的真菌生物、兩個來自海王星的生物（老天呀！真希望你能看到這種生物在母星上的軀體！），其餘生物則來自銀河系外某顆特別有趣的黑暗行星上的中央洞穴。在圓丘內部的主要前哨站裡，你會看到更多圓筒和機器；圓筒中裝載了外星生物的大腦，它們擁有超乎我們理解的感官能力。它們都是來自遙遠外域的盟友與探索者。前哨站中還有特殊機器，能賜予它們各種適合自己與不同種類聽眾的溝通方式。和這些生物在不同宇宙中的主要前哨站一樣，圓丘就像個大都會。當然了，他們只借了比較常見的物種給我做實驗。

來，把我指的三台機器放到桌上。先拿前面有兩枚玻璃透鏡、高度較高的機器，然後是有真空管和音效板的機器，再來是頂端有金屬圓盤的機器。現在拿上頭貼有「B-67」標籤的圓筒。站在那張溫莎椅上，就能碰到架子了。很重嗎？沒關係！要確定號碼：B-67。別管連結兩具實驗設備的閃亮新圓筒，上面貼了我的名字。把B-67放在桌上，靠近你擺設機器的位置。檢查三台機器上的轉盤開關，是否都被調到最左邊。

現在把透鏡機器的纜線連到圓筒的上層插座上——好！把軟管機器連到底下左邊的插座，圓盤裝置則連到外部插座上。把機器上所有轉盤開關都調到最右邊：先調整透鏡機器，然後調圓盤設備，最後是軟管機器。沒錯。我可以告訴你，裡頭裝的是人類，是和我們一樣的人。明天我再讓你見見其他生物。」

直到現在，我都不明白自己為何如此順從地遵循對方的低語指示，或自己當時有沒有質疑阿克利的精神狀態。發生那些事後，我應該要準備好面對任何事了。但這齣機械鬧劇似乎就像瘋狂發明家和科學家會做出的怪事，以至於我心底起了一絲在先前對談中未曾感到過的疑惑。這名低語者說出的事遠遠超乎人類想像，但遙遠的太空難道沒有其他生物嗎？就因為它們缺少實際證據，就認為這些事荒腔走板嗎？

當我的心智在這團混亂中翻滾時，我注意到那三台剛與圓筒連接的機器，發出了混雜了摩擦聲與旋轉聲的聲響，而這股混合噪音很快就轉為靜默。有什麼事要發生了？我會聽到說話的嗓音嗎？如果是的話，我要如何證明這不只是台配置複雜的無線電裝置，而發言者又只是躲在近處說話呢？即使到了現在，我也不願意發誓真的聽見了那些聲響，或承認眼前發生的怪事。但確實發生了某種事。

簡而言之，裝有軟管與音效板的機器開始發出說話聲，語氣中的智慧也明顯反映出說話者正在此地觀察我們。那股毫無生氣的嗓音宏亮又帶有金屬感，明顯是機器製造出的聲響。它無法扭曲音調或展現情感，只能以刺耳的嗓音滔滔不絕地講述精確事物。

「威瑪斯先生，」它說，「我希望自己沒嚇到你。我和你一樣都是人類，不過我的身體現在存放在距離這裡東方一英哩半的圓丘中，並安全地受到維生照料。我自己則和你們待在一起。我的大腦在那只圓筒中，我則透過這些電子振動器觀看、傾聽和發言。在一週內，我就會穿越太空，之前我也經歷過許多次這種行程，這次阿克利先生也會與我同行。我希望你也能一起來；因為我看過你，也聽過你的名聲，同時也觀察過你和我們共同朋友的通信。我當然就是其中一個和那些外星生物結盟的人。我在喜馬拉雅山上首度碰上它們，並透過不同方式幫助過它們。作為回報，它們讓我得到鮮少人類經歷過的體驗。

我曾造訪過三十七個不同星體：行星、黑暗恆星和較難以定義的物體，包括我們銀河系外的八顆星體，以及位於擁有曲度的時空連續體外的兩顆星體。你明白這件事的意義嗎？這些旅程完全沒有傷到我。將我的大腦從身體中移除的技術太過精湛，根本不該稱這種方式為手術。來訪地球的生物擁有讓這種程序變得簡單又正常的方法，而當大腦離開身體後，身體卻永遠不會老化。我得補充，只要有機械設備，和偶爾更換保存液後所提供的有限營養，大腦基本上永遠不會死亡。

總之，我非常希望你能和阿克利先生一起與我同行。訪客們很想認識像你這樣學識淵博的人，並讓這種人見識到大多數人只會在無知幻想中夢到的偉大深淵。剛開始碰到它們可能會很怪，但我明白你不會介意的。我想諾伊斯先生也會去，他就是那名開車載你來的男人。好幾年來，他都是我們的同伴之一。我猜你能從阿克利先生寄給你的錄音中認出他的嗓音。」

我嚇了好一大跳，發言者則等了我一下才做出結論。「威瑪斯先生，我該讓你自己考慮；我只想補充說，像你這樣熱愛古怪事物與民俗文化的人，不應該錯過這樣的機會。沒什麼好怕的。所有轉換過程都毫無痛苦，而全然機械化的感官也相當值得一試。電流取下時，我們只會陷入鮮明且特異的夢境。

現在呢，如果你不介意的話，我們該等明天再繼續談。晚安，把所有開關調到左邊就行。不用在意順序，不過你可以最後再關閉透鏡機器。晚安了，阿克利先生，好好招待我們的客人！準備好調整開關了嗎？」

一切就此結束。我機械化地遵從對方的指示，並關掉三個開關，不過腦海中充斥著對剛剛發生之事所感到的疑惑。當我聽見阿克利低聲說我可以把設備都留在桌上就好時，我依然感到頭暈目眩。他沒有對剛剛的事發表意見，而任何意見確實也都無法對我飽受困惑的內心帶來幫助。我聽見他說我可以拿油燈到房裡用，並推斷他想自己在黑暗中休息。他確實該休息了，因為他在當天下午與晚上講述的事，就連對體力強健的人來說也相當費工夫。依然昏沉的我，向屋主道晚安，並帶著油燈走上樓，不過我其實帶了一只功能優秀的口袋型手電筒。

我很高興能離開樓下那充滿怪味與模糊振動感的書房，但當我想起自己之前身處的地方與面對的對象時，卻無法擺脫醜惡的恐懼、危機感，與來自太虛的異常感。這座荒涼又寂寥的區域，與長滿神祕森林，緊靠房屋後頭的漆黑山坡；道路上的腳印、黑暗中病態又僵硬的低語、恐怖的圓筒與機器、以及怪異手術和更古怪的旅程對我發出的邀請。這些突然接連出現的嶄新事物，帶著累積而來的壓力撲向我，不只榨乾了我的意志力，也幾乎耗光了我的體力。

在得知我的嚮導諾伊斯就是錄音中那段恐怖儀式的人類司儀後，儘管之前從他的嗓音中感受到一股模糊又令人不安的熟悉感，我依舊感到震驚。而當我回過頭去分析自己對東道主的態度時，也嚇了一大跳。儘管我在與阿克利通信時直覺地對他產生好感，現在他卻讓我隱約感到作嘔。他的病況應該會激起我的同情，但反而讓我打起冷顫。他僵硬又動彈不得，活像具死屍；而那股從不停歇的低語聲不只令人生厭，還一點都不像人類！

我想到，這股低語聲和我之前聽過的完全不同。儘管說話者被鬍鬚擋住的嘴唇看似毫無動作，那聲音卻有種潛在的力量；對氣喘患者的喘息聲而言，這感覺相當驚人。當我跨越房間時，也能聽懂對方說的話，而我有一兩次還覺得，那股虛弱卻充滿穿透力的聲音，透露出的不是孱弱，而是刻意的壓抑；但我猜不出原因。從一開始，我就覺得那聲音有種令人不安的氛圍。現在當我思索整件事時，便覺得自己能將這股印象追蹤到某種潛意識中的熟悉感，就像讓諾伊斯的聲音變得陰森的那股預感。但我無法確定，自己究竟是在何時何地聽過這種聲音。

有件事相當肯定：我不會在這待上一晚。我的科學熱忱已在恐懼與嫌惡中消失無蹤，我也只想逃出這張由病態怪事組成的大網。我知道的已經夠多了。古怪的宇宙連結確實存在，但正常人類不該與這種事有所牽連。

不潔的氛圍似乎圍繞著我，並壓迫著我的感官。我下定決心不睡；於是我熄掉提燈，並在沒有更衣的狀況下躺在床上。這當然很蠢，但我已經準備好面對未知的緊急情況。我的右手握住隨身攜帶的左輪手槍，左手則握著口袋型手電筒。樓下並未傳來任何聲響，我也能想像如同屍體般僵硬地坐在黑暗中的屋主。

我聽到某處傳來時鐘的滴答聲，並微微地對這種正常的聲音感到放心。不過，它讓我想起這地區讓我不安的另一件事：這裡完全沒有動物生活的跡象。附近肯定沒有農場牲畜，而我現在發現，居然連野生動物在夜晚發出的聲響也沒有。除了遠處傳來的不祥流水聲外，周遭只有一股異常的死寂，彷彿自己身處星際之間。我也想知道，究竟這裡遭遇了哪種來自星辰之間的無形怪事。我想起古老傳說中，狗和其他野獸總是憎恨那批外星來客，也思索著路上足跡背後的涵義。

第八章

不要問我不小心睡著了多久，或接下來發生的事是否只是夢境。如果我告訴你，自己在特定的時間點醒來，並聽見和看見了某種東西，你可能會說我其實並未甦醒，也會說一直到我衝出屋前碰到的事都是夢；我隨後踉蹌地跑到之前停靠老舊福斯汽車的車棚，並乘上那台老車，毫無目的地瘋狂駛越陰森的山丘。花了好幾小時蜿蜒地穿過由濃密森林組成的迷宮後，我終於抵達湯森德村。

你自然也會否定我報告中的一切細節，並宣稱所有照片、錄音、圓筒和機器發出的聲響、以及類似證據，都只是失蹤的亨利·阿克利對我設下的騙局。你甚至會暗示他和其他怪人聯手進行了愚蠢的惡作劇：他在基恩拿走了快遞貨物，並和諾伊斯製作了那張恐怖的蠟製唱片。但奇怪的是，沒人認出諾伊斯的身分；阿克利家附近的村莊完全沒人認識他，不過他肯定常在該區出沒。我真希望自己記得他的車牌號碼，但或許不記得也好。因為儘管你說了這些話，我有時也試圖用同樣的話語說服自己，但我心知肚明，那些人煙罕至的山區中必然藏有可怕的外來生物。而且，那些生物在人類世界中還有間諜和使者。我只希望未來能遠離這類生物和它們的走狗。

當我慌亂的故事促使一批警員前往農舍時，阿克利早就消失無蹤了。他鬆垮的睡衣、黃圍巾、和腳上的繃帶都散落在書房內靠角落那張安樂椅旁的地板上，也無法判斷其他衣物是否和他一起消失了。狗群和家畜確實失蹤了，房屋外部和室內部分牆面上也有奇特的彈孔。但除此之外，沒有其他不尋常的跡象。沒有圓筒或機器，沒有我用手提箱帶過去的證據，沒有怪味或振動感，沒有路上的腳印，也沒有其他我瞥見的怪東西。

逃走後，我在布拉特爾伯勒待了一週，向認識阿克利的各路人士打聽消息；結果讓我相信，之前的事並非夢境或幻覺。阿克利購買犬隻、彈藥、和化學藥劑的奇怪行為，和他遭到剪斷的電話線，都曾紀錄在案。所有認識他的人，包括他住在加州的兒子，都證實他確實持續在研究奇異事物。個性樸實的居民們相信他瘋了，也毫不猶豫地認為報告中的所有證據，都只是瘋狂又狡猾的阿克利設下的騙局，可能還有怪異的共犯幫助他，但社會地位較低的鄉間居民則相信他說過的每個細節。他給一些鄉下人看過相片和黑石，也播錄音給他們聽過；他們全都說，腳印與嗡鳴聲和古老傳說中所描述得一模一樣。

他們也提到，當阿克利找到黑石後，他家附近的可疑目擊事件和怪聲就不斷增加，現在除了郵差和一些性情剛硬的人以外，每個人都對那間房子避之唯恐不及。黑山與圓丘都是惡名昭彰的陰森地點，我也沒碰過曾仔細探索過當地的人。在該地區的歷史中，記載了不少當地的失蹤案件，現在失蹤人口還得還加上小地痞華特・布朗，阿克利的信件中也提過此事。我甚至遇過一名認為在洪水發生時，自己曾在暴漲的西河上看過怪異屍體的農夫，但他的故事太過令人困惑，因此沒有任何價值。

當我離開布拉特爾伯勒時，便下定決心永遠不要回到佛蒙特，我也確信自己能辦到這點。那些荒野山丘肯定是恐怖外星種族的據點。當我讀到有人觀察到海王星以外的第九顆新行星時，我便更加相信這件事；那些生物曾說過人類會發現這顆星球。天文學家將它命名為「冥王星」，卻絲毫沒有察覺這恐怖名稱確實實至名歸。我相當肯定，那就是漆黑的幽果斯。而當我試圖弄清楚為何那星球的恐怖居民，選擇了讓母星在這個特定時間被發現時，也打起了冷顫。我努力想安慰自己說，那些邪惡生物沒打算逐漸催生某種對地球和其正常居民有害的計畫時，卻徒勞無功。

但我還是得講述那場農舍恐怖夜如何結束。如我所說，我心情沉重地打起瞌睡；但夢裡卻充滿恐怖的景色。我說不出是被什麼東西喚醒，但確定自己當下十分清醒。我第一個困惑的念頭，是聽到房門外頭的走廊傳來踩踏地板時發出的輕微嘎吱聲，以及門閂旁笨拙的摸索聲。不過，聲響幾乎立刻停止，因此我真正清晰的印象，起始於樓下書房傳來的談話聲。樓下似乎有好幾個人在交談，我猜他們正在爭論。

聽了幾秒後，我就完全清醒過來，因為聽過那種聲音後，繼續睡覺根本是荒唐之舉。對方的語調非常不同，而聽過那段恐怖錄音的人，也不會質疑樓下至少兩名成員的身分。儘管這念頭非常可怕，我卻清楚自己正與來自太空深淵的無名生物待在同一個屋簷下；因為那兩股聲音無疑就是外來生物和人類溝通時，所使用的不祥嗡鳴。兩股聲音有個體上的差異：頻率、重音、和節奏都不同。但它們是同一種恐怖生物。

第三股嗓音必然傳自和圓筒中其中一個大腦連結的發音機器。不可能有人會搞混那種嗡鳴聲。因為我前一晚聽見的那股瀰漫金屬感的無生命高音，加上它毫無情感、又宛如摩擦甩動般的聒噪音色，和異於人類的精準度，使我難以忘記這種聲響。在那當下，我並沒有停下來考量發出那聒噪聲響的智慧物體，是不是之前和我講話的同一人；但過了一會後，我便想到一旦有任何大腦連上那台發音機器，便都會發出相同的嗓音。唯一的差異只存在於語言、節奏、速度、和發音方式。在這段恐怖討論中，還有兩股人類嗓音：其中一個是某個帶著粗俗語調的不知名鄉村人士，另一個優雅的波士頓嗓音，則來自我先前的嚮導諾伊斯。

當我試圖分辨被厚重地板擋住的話語時，我也聽到樓下的房間傳來許多騷動與摳抓聲。我只能聯想到，書房內擠滿了生物，數量比我聽到的交談對象還多。很難形容這種騷動聲的本質，因為沒有什麼聲音與它類似。似乎有某種有意識的物體三不五時跨越房間，它們的腳步聲就像是碰撞堅硬表面的撞擊聲；宛如有角或堅硬的橡膠在胡亂碰撞地面。用更明確但較不精準的比喻，那聲音便如同人們穿著鬆垮又凹凸不平的木鞋，在光滑的地板上跌跌撞撞地走來走去。我根本不敢想像發出噪音的生物本質與外型。

沒過多久我就發現，不可能聽出任何明確的對話。內容偶爾會出現零碎的字眼，包括阿克利和我的名字，特別是當發音機器說話時；但這些字眼的意義完全沒有關聯性。到今天，我依然拒絕對此做出任何推論，甚至連話語對我造成的驚嚇，都只來自臆測，而非真相。我很確定樓下正在進行一場恐怖又異常的會議，但我無法判斷會議的目的為何。儘管阿克利一再保證外來者十分友善，我卻不斷感受到強烈的邪惡與不潔，這點相當奇怪。

在耐心傾聽後，即使我依然無法了解每個對象說的內容，卻開始發現不同嗓音中的差異。比方說，其中一股嗡鳴顯露出明確的權威感，而儘管機械化的嗓音擁有人工產生的強度與規律性，地位卻似乎較為低落，也懇求著對方。諾伊斯的語氣則散發出撫慰氛圍。我沒有分析其他對象的嗓音。我沒聽見熟悉的阿克利嗓音，但也清楚那種微弱聲響不可能穿透我房間厚重的地板。

我試著寫下自己聽到的一些不連貫的字眼和聲音，並盡可能標出說話者的身分。我先從發音機上聽到的幾個可分辨詞彙開始。

（發音機）

「……我自作自受……寄回信件和錄音……結束……帶走……看見與聽到……該死，你……畢竟，非人類的力量……閃爍的全新圓筒……老天爺……」

（第一股嗡鳴）

「……我們停止時……和人類一樣弱小……阿克利……大腦……說」

（第二股嗡鳴）

「奈亞拉索特普……威瑪斯……錄音與信件……膚淺的騙局……」

（諾伊斯）

「……（該字眼或名字難以發音，可能是恩蓋克孫〔N'gah-Kthun〕）無害……和平……幾週……戲劇化……之前就告訴過你……」

（第一股嗡鳴）

「……沒有理由……原本的計畫……效果……諾伊斯可以監視圓丘……新圓筒……諾

伊斯的車……」

（**諾伊斯**）

「……好吧……全是你的……在底下……休息……地點……」

（**數道聲音一同混亂地出現**）

（許多腳步聲，包括那怪異的騷動或撞擊聲）

（**奇怪的拍打聲**）

（一台汽車的啟動與後退聲）

（**寂靜**）

當這一切飄入我耳中時，我僵硬地躺在位於不祥山區間的陰森農舍二樓那張床鋪上。我穿好衣服，並躺上床，右手緊握左輪手槍，左手則抓著口袋型手電筒。我之前提過，自己當時非常清醒；然而直到最後一絲怪聲消失後許久，某種怪異的癱瘓感依然使我動彈不得。我聽見樓下某處傳來古老康乃狄克鐘的滴答聲，最後則分辨出睡眠者發出的不規律鼾聲。阿克利肯定在古怪會議後睡著了，我也相信他需要休息。

我不知道該怎麼想，或如何策劃下一步。畢竟，我聽到的內容，和之前得知的資訊哪有什麼差異？我難道不知道，那些無名的外星生物現在已能自由進出這間農舍了嗎？阿克利肯定對不請自來的它們感到訝異。但那段零碎對話中的某種氛圍，使我打起強烈的冷顫，並使我產生醜惡駭人的念頭，也讓我急切希望自己能醒過來，發現一切只是場夢。我猜，自己的潛意識一定察覺了某種主觀意識沒發現的東西。但阿克利呢？他不是我的朋友嗎？如果我受到傷害，他不會對此發出抗議嗎？樓下的平靜鼾聲似乎嘲諷著我忽然高漲的恐懼。

阿克利有沒有可能遭到欺騙，並被當成誘使我帶信件、照片、和錄音唱片來山區的誘餌？由於我們知道太多事，那些生物打算把我們倆都消滅嗎？我再度想到阿克利最後幾封信中突兀又不尋常的變化。直覺告訴我，有事不對勁。一切都與表象不同。我拒喝的那杯辛辣咖啡，裡頭會不會藏有某種不明藥物？我得立刻和阿克利談談，並讓他看清事實。那些生物用宇宙奧祕沖昏了他的腦袋，現在他得恢復理性了。我們得在一切太遲前先逃走。如果他缺少逃命的意志力的話，我就幫助他。如果我無法說服他離開，至少我自己得走。他自然會讓我開他的福特汽車，之後會把車停在布拉特爾伯勒某個車庫中。我曾注意到車棚中那台車，由於認為危機已經解除，車門便沒有上鎖地敞開。我也相信應該能立即使用那台車。我在當晚前後的談話中對阿克利的短暫不悅已經消失了。他和我身處相同的困境，因此我們得合作。我清楚他在行動上的難處，也不想在這時喚醒他，但我知道自己必須這樣做。事已至此，我就不能繼續在這裡待到早上。

當我終於感到能夠行動時，就努力伸展四肢，企圖重新控制身體的肌肉。我帶著謹慎起身，感覺更像是本能反應，而非特意行動；我找到帽子並把它戴上，拿起手提箱，再利用手電筒照亮下樓的路。緊張的我右手緊握左輪手槍，左手拿著手提箱與手電筒。我不知道自己為何如此小心翼翼，畢竟當時我只是準備去叫醒屋裡另一個人。

當我躡手躡腳地走下嘎吱作響的樓梯時，沉睡者的鼾聲變得更加明顯，我也注意到他一定是睡在我左側的房內，也就是我之前沒有進入的客廳。我右邊則是早先有交談聲傳出的漆黑書房。我推開沒上鎖的客廳房門，邊走邊用手電筒照向鼾聲的來源，最後則將光線打上沉睡者的臉孔。但下一秒我就立刻移開手電筒，並像貓一樣偷偷摸摸地退回走廊。因為在沙發上睡覺的並不是阿克利，而是我先前的嚮導諾伊斯。

我猜不出當下的真實情況，但照常理判斷，最安全的方式是在驚醒任何人前，先盡可能找出真相。我回到走廊，靜靜地關閉並門上客廳的門，藉此減低吵醒諾伊斯的機會。我謹慎地步入漆黑的書房，認為能在房內角落那張大椅子上找到阿克利，無論他是睡是醒；那似乎是他最喜歡的地方。當我走向前時，手電筒的光線照在房間中央的桌子上，顯現出其中一只恐怖的圓筒，上頭和視力與聽力機器連接，發音機則擺在一旁，隨時都能夠接上線。我猜，這一定是在先前那場恐怖會議中發言的大腦。有一瞬間，我有種病態的衝動，想把圓筒接上發音機，聽聽對方會說什麼話。

我想，它現在一定察覺了我的存在；因為視力與聽覺機器一定會發現我手電筒的燈光，和我腳下地板傳出的嘎吱聲。但最後我不敢碰那東西。我無意間發現那是上面貼有阿克利名字的閃亮新圓筒，之前在晚上我曾在架上注意到它，而屋主則告訴我不用在意那圓筒。現在回想起來，我相當後悔自己的懦弱，也希望自己曾大膽地讓圓筒說話。天知道它能解釋清楚多少恐怖祕密和身分問題！不過，我沒碰它可能也是件充滿慈悲的事。

我將手電筒燈光從桌上轉到角落，以為阿克利待在那裡，卻困惑地發現大安樂椅上沒有任何睡著或清醒的人。那件熟悉的睡衣從座椅落到地上，黃色圍巾則掉在地板上的睡衣附近，還有我覺得造型怪異的龐大足部繃帶。當我猶豫不決，又努力猜想阿克利究竟身在何處，他又為何脫掉病人外衣時，我發現房裡已經沒有那種臭味與振動感。那些東西是怎麼產生的？奇怪的是，我想起自己只在阿克利附近注意到那兩種東西。味道和振動感在他的座位邊最濃厚，也只出現在他身處的房間或房門之外。我停下腳步，用手電筒照射漆黑的書房周圍，絞盡腦汁思索現在到底發生了什麼事。

真希望當光線再度照回那張空無一物的椅子前，我就安靜地離開書房了。然而，我並沒有靜靜地離開，反而發出了一聲壓抑的尖叫；叫聲肯定驚動了走廊對面睡著的守衛，不過他沒有因此醒來。那股尖叫聲，與諾伊斯毫不停歇的鼾聲，是我在位於長滿黑暗森林的陰森山峰底下那座恐怖農舍中，最後聽到的聲響；在魅影幢幢鄉間的寂寥綠丘，與水聲潺潺的溪流之間，聚集了超越宇宙空間的恐怖事物。

神奇的是，我居然沒有在驚慌逃脫時，弄丟手電筒和左輪手槍。我成功離開那間房間與房屋，完全沒製造出一點聲響，並成功讓自己和行李登上車棚中的老福特汽車，再讓那台骨董車在沒有月光的黑夜中，駛向某個未知的安全地點。接下來的車程宛如愛倫．坡或蘭波[30]的作品、或是多雷[31]的畫作，但最後我平安抵達了湯森德村。過程就是如此。如果我的心智尚未崩潰的話，那還算幸運。有時候我會害怕過幾年後的狀況，特別是因為那座人們新發現的星球冥王星。

如我所說，在環繞書房後，我將手電筒轉回安樂椅上。接著我首次注意到座椅上的某些東西，之前被一旁摺成一團的睡衣遮蔽住。日後調查人員前去農舍時，並未發現那三個東西。像我一開始說的，那些東西並沒有任何視覺上的恐怖感。問題在於它們使人聯想到的事物。即使是現在，我都還對自己的印象抱持懷疑，使我有時會接受其他人的質疑言論，他們認為我的經驗只是夢境與緊張下產生的幻覺。

那三個東西的構造非常精細，也裝有獨特的金屬夾子，讓它們連接到我不敢猜測來源的有機物質上。我誠摯地希望，它們只是某個大藝術家製作的蠟製品，而不是我內心那股恐懼訴說的東西。老天爺！那個在黑暗中散發臭味和振動的低語者！巫師、使者、變形者、外來者……那股被壓抑的醜惡嗡鳴……還有架上那只閃爍的嶄新圓筒……可憐的傢伙……「優越的手術、生物學、化學、與機械技術……」

因為椅子上的東西，不只巧奪天工，還充滿了各種極其微小的精緻細節：那是亨利·溫特沃斯·阿克利的臉孔和雙手。

30 譯注：Jean Nicolas Arthur Rimbaud，十九世紀法國超現實主義詩人。
31 譯注：Paul Gustave Louis Christophe Doré，十九世紀法國藝術家。

五、瘋狂山脈

第一章

我被迫開口的原因，是由於科學家們拒絕在不清楚原因的情況下聽從我的建議。我並非自願說出對這場籌備已久的南極探勘計畫的反對理由；該計畫包括大規模化石開採行動，與鑽探和融化古老的冰層。由於可能沒人願意理會我的警告，才使我更不願吐露任何事。

儘管我必須說出真相，但肯定有人對此抱持質疑；可是如果我不談看似誇張又不可思議的事物，就沒什麼可講了。目前未公開的一般照片與空拍照片，都能佐證我的說詞，因為上面的影像非常清晰。不過，這些照片依然會遭到質疑；只要下一番工夫，確實能製造出唯妙唯肖的偽造照片。而素描圖自然會被認為是明顯的贗品，但藝術專家們應該會在上頭察覺某種令他們感到不解的怪異感。

最後我還是得仰賴少數科學界領袖的判斷與理解；一方面看來，他們有足夠的獨立思考能力，能評估我資料中充滿恐怖信服力的證據，或在特定的原始又令人困惑的神話中找到蛛絲馬跡；另一方面，他們也擁有足夠的影響力，能阻止探險界在那些瘋狂山脈中進行過度急躁的計畫。不幸的是，像我和我同僚們這類人，不只相對不知名，也只與一間小型大學有關聯，不太可能在極度古怪或有高度爭議的議題上造成影響。

對我們更不利的是，嚴格來說我們並非相關領域的專家。身為地質學家，我率領米斯卡托尼克大學探險隊時的目標，是從南極大陸的不同地點收集地底岩石與土壤樣本，並使用由本校工程系的法蘭克．H．帕波迪教授（Frank H. Pabodie）所研發的傑出鑽頭。我不想在其他領域中成為先行者，但我確實希望在之前探勘過的不同區域，使用這種全新的機械設備，並取得用往常的收集方式無法獲得的新樣本。

如同大眾在我們的報告中所見的部分，帕波迪的鑽探設備相當獨特、輕便又好攜帶，也能將一般的自流井鑽探原理，搭配小型圓岩鑽探原理，以便迅速適應硬度不同的地層。鋼製鑽頭、連結桿、汽油馬達、摺疊式木製起重機、爆破用具、繩索、移除廢料用的螺旋鑽、用於鑽入五英吋寬的洞，總長一千英呎的組合式管線、加上必要零件，只需要三台由七條狗拖運的雪橇就能運送。這是因為大多金屬工具都由輕盈的鋁合金製成。四台大型多尼爾（Dornier）飛機，是特別為了在南極高原上的高海拔區域飛行而設計，也額外裝設了帕波迪改裝的燃料加溫和快速啟動裝置，能將整批探險隊從大冰原的邊緣，載到恰當的不同內陸地點，而那些地點有數量充足的雪橇狗供我們使用。

我們計畫在南極的一季中盡可能地探索，主要在山區與羅斯海（Ross Sea）南邊的高原活動；必要的話，時間也能延長。這些地帶都被沙克爾頓[1]、阿孟森[2]、史考特[3]、和拜爾德[4]探索過。飛機使我們能夠經常更換營地，研究地點之間的地理距離也相當遙遠，我們則預期能挖出不少前所未見的樣本；特別是前寒武紀地層，之前在裡頭發現的極地樣本相當少。我們也希望能儘可能取得含有化石的大量上層岩塊，因為這處荒涼的死亡冰原中蘊含的原始生命歷史，能為研究地球過往歷史的過程提供相當重要的幫助。南極大陸曾一度是塊氣候溫和、甚至近似熱帶的地區，擁有豐富的動植物生態，而地衣、水生動物、蛛型綱動物、和北邊的企鵝則是目前唯一存活的生物，這也是大家都知道的事；我們希望能拓展這方面的資訊類別、精準度、與細節。透過簡單的鑽探過程發現化石的蹤跡時，我們便能透過炸藥來擴大裂隙，以便取得尺寸與保存狀況都相當恰當的樣本。

1 譯注：Ernest Henry Shackleton，二十世紀初南極探險家。
2 譯注：Roald Engelbregt Gravning Amundsen，二十世紀初南極探險家，他帶領的探險隊為第一批抵達南極點的人。
3 譯注：Robert Falcon Scott，二十世紀初英國極地探險家。
4 譯注：Richard Byrd，二十世紀初美國極地探險家。

我們必須根據上層土壤或岩層的硬度，鑿出深度不一的孔洞，因此只能在暴露在外或約莫暴露的陸地表面進行鑽孔。而這些地帶難免都是斜坡與山脊，因為一兩英哩厚的堅硬冰層覆蓋住了下層地帶。我們無法浪費時間鑽探冰河，不過帕波迪想出了一個計畫：將銅製電極放入密集的大量孔洞中，並透過汽油驅動的發電機導電，使特定區域的冰層融化。除了實驗性的方式外，我們這種探險隊無法採取這種技術；儘管從南極回來後，我就向他們發出警告，但即將出發的史塔克威瑟—摩爾探險隊（Starkweather-Moore Expedition）就準備採用這種計畫。

大眾透過我們時常發給《阿卡漢宣傳報》和美聯社的無線電報導，和我與帕波迪日後撰寫的文章，而得知米斯卡托尼克探險隊的事。我們的團隊由四個來自米斯卡托尼克大學的人組成：帕波迪、生物系的雷克（Lake）、和物理系的厄特伍德（Atwood），他也身兼氣象學家；以及我自己，我代表地質系，也是名義上的總指揮。再加上十六名助理；七名米斯卡托尼克大學的研究生，和九名傑出的技師。這十六人中，有十二人是有執照的飛機駕駛員，也有十四人是技術優秀的無線電操作員。其中有八人會使用羅盤與六分儀進行導航，帕波迪、厄特伍德、和我也都會。我們的兩艘船自然也擁有充足的人手；它們是木製的前捕鯨船，並為冰天雪地的環境進行改裝，也加裝了輔助蒸汽引擎。

奈桑尼爾．德比．皮克曼基金會（Nathaniel Derby Pickman Foundation）贊助了探險隊的主要資金，還加上幾筆特殊捐款；儘管公共曝光率極低，我們依然做出了極度徹底的準備。狗群、雪橇、機器、紮營器材、和五架飛機中尚未組合的零件都被送到波士頓，我們的船隻也在該處進行裝載。我們為此探險做了萬全準備，在補給品、維生方式、運輸、和營地搭建上，都參考了許多近代傑出前輩立下的優秀範例。儘管我們的準備相當充足，但眾多前輩們的名氣，使我們的探險不受世界矚目。

如同報紙所說，我們於一九三〇年九月二日從波士頓港出發，沿著海岸愜意地航行，並通過巴拿馬運河，沿途停靠薩摩亞和塔斯馬尼亞的荷巴特（Hobart），並在荷巴特裝載了最後一批補給品。探險隊中沒有人去過極圈地區，因此我們極度仰賴船長：指揮雙桅帆船「阿卡漢號」、並身兼海上指揮官的J．B．道格拉斯（J.B. Douglas），與掌管三桅帆船「米斯卡托尼克號」的喬治．索芬森（George Thorfinnssen）；兩人都是極地水域中的老練捕鯨人。

當我們離開人類世界時，太陽逐漸往北下沉，每天懸掛在地平線上的時間也越來越長。在南緯六十二度時，我們見到了第一批冰山，它們的外型近似有垂直邊緣的桌子。抵達南極圈前，則因為冰原冰而吃了不少苦頭，等到十月二十日跨過極圈時，便舉辦了老式的慶祝典禮。而在熱帶地區經歷漫長航行後，漸漸降低的氣溫使我感到相當擔心，但我試圖振作精神，準備面對更艱困的挑戰。在大部分情況下，這種神祕的大氣現象往往使我覺得相當入迷；包括一場極度鮮明的海市蜃樓。這是我第一次看到這種現象：遙遠的冰山轉變為難以想像的堡壘城牆。

我們在浮冰中前進，幸好冰層不太廣闊，間隔也沒有太窄，我們則在南緯六十七度，東經一百七十五度的位置重返開闊水域。十月二十六日早上，明顯看到南方出現陸地，當我們在中午前看見一列龐大高聳又覆滿白雪的山脈時，感到一陣激動；綿延不絕的山脈在我們面前展開。我們終於抵達這座未知大陸的邊陲，也見到了這座神祕的冰封亡界。這些山峰肯定就是羅斯[5]發現的阿德默勒爾蒂山脈（Admiralty Range），現在我們得繞過阿代爾角（Cape Adare），並沿著維多利亞地（Victoria Land）東岸航行至位於麥克默多灣（McMurdo Sound）岸邊的紮營地點，該地位於南緯七十七度九分的埃里伯斯火山（Erebus）山腳。

最後一段航程的景象鮮明又令人充滿遐想。神祕又荒涼的高峰在西邊矗立，無論太陽是在正午時低垂地懸掛在北方，或是飄浮在午夜時分的南方地平線上，都在白雪、碧藍色的浮冰與水道、和暴露在外的黑色花崗岩斜坡上，灑下淡淡的紅光。空蕩的山頂則三不五時颳著可怕的南極冰風；有時風聲似乎有些類似狂野且彷彿擁有自我意識的笛聲，音符涵蓋了相當廣泛的音域，由於它勾出了某種深藏於潛意識中的回憶，使我感到有些不安，甚至有些害怕。這景象讓我想起尼可拉斯．洛里奇[6]的怪誕亞洲繪畫，以及阿拉伯狂人阿布杜．阿爾哈茲瑞德筆下可怕的《死靈之書》中，所描述的邪惡地帶冷之高原。後來，我對於沒在大學圖書館中讀過那本恐怖書籍感到相當惋惜。

十一月七日，我們暫時無法看到西邊的山脈，並經過了富蘭克林島（Franklin Island）；隔天則望向前方羅斯島（Ross Island）上的埃里伯斯山和特羅爾山（Mount Terror），以及遠方綿延不絕的帕里山脈（Parry Mountains）。龐大的低矮白色冰障往東方延伸，並像魁北克的的崎嶇懸崖般垂直往上攀升了兩百英呎，那裡正是我們南向航程的終點。我們在下午航入麥克默多灣，並在冒著煙的埃里伯斯山下風處岸邊落腳。矗立在東方天空中的粉紅色山峰，有一萬兩千七百英呎高，看起來就像日本繪畫中的神聖富士山；鬼魅般的特羅爾山則坐落在它後頭，高度有一萬〇九百英呎，目前是座死火山。

埃里伯斯山間斷地冒出煙霧，一名研究生助理，名叫丹佛斯（Danforth）的聰明小夥子，則指向積雪山坡上看似岩漿的物體，並說這座於一八四〇年被發現的山，肯定為愛倫．坡帶來了靈感，使他在七年後寫下以下詩句：

——無盡蔓延的岩漿
在極地的嚴酷氣候中
硫磺熱流從亞尼克山上流下——
在北方人的國度
岩漿在流下亞尼克山時發出哀鳴。

---

5 譯注：James Ross，十九世紀末英國探險家。

6 譯注：Nicholas Roerich，二十世紀畫家與神智學者。

丹佛斯熱愛閱讀古怪的書籍，也經常談起坡的作品。我有興趣的原因，來自坡唯一長篇故事中的南極場景，那本書正是令人不安又充滿謎團的《來自南塔克特的亞瑟．高登．皮姆》[7]。在荒涼的海岸，以及後頭的高聳冰障上，大量外型醜惡的企鵝發出尖銳叫聲，並拍打著雙鰭。水上有許多肥胖的海豹，有些在游泳，有些則趴在緩慢漂浮的冰層上。

十一月九日午夜過後不久，我們用小船艱困地登陸羅斯島，每艘船都帶了一綑電纜，並準備利用圍裙式浮標將補給品運下船。即使史考特與沙克爾頓的探險隊早已抵達此處，我們首度登陸南極本土的感覺依然鮮明又複雜。我們在火山斜坡底部的冰凍海岸上只搭建了臨時營地，總部依舊設在阿卡漢號上。我們將所有鑽探設備、狗隻、雪橇、帳篷、補給品、汽油桶、實驗性融冰裝置、普通與空拍用攝影機、飛機零件、和其他設備都放在營地，包括三台小型可攜式無線電裝置。除了飛機裡的裝置外，這三台設備都能從南極大陸上我們可能拜訪的任何地點，聯繫阿卡漢號的大型通訊設備。船隻上用於與外界聯絡的裝置，會將新聞稿發送給《阿卡漢宣傳報》位於麻薩諸塞州金斯波特角（Kingsport Head）的強力無線電收發站。我們希望能在極圈的一輪夏季中就完成任務；但如果無法成功，我們會在阿卡漢號上過冬，並在冰層結凍前先派米斯卡托尼克號往北航行，去補充給另一輪夏季用的補給品。

既然報紙中已敘述過我們的早期任務，我就不再重述了。內容包括我們登上埃里伯斯山，並成功地在羅斯島上的數個地點成功進行鑽探，而儘管當地擁有堅硬岩層，帕波迪的裝置依然順利鑽入地層。我們成功進行了對小型融冰設備的測試，也冒著危險帶著雪橇和補給品登上大型冰障。最後我們則在冰帳上頭的營區組裝了五台大型飛機。我們的登陸團隊包括二十人和五十五隻阿拉斯加雪橇狗，所有人與狗的健康狀況都十分良好，目前還沒碰上任何危險的低溫或風暴。大多情況下，溫度都落在華氏零度到二十度之間，或二十五度左右；我們對新英格蘭冬季的經驗，也讓我們習慣了這種嚴寒氣候。冰障上是半永久營地，會成為存放汽油、補給品、炸藥、和其他用品的儲藏室。

四台飛機得負責運輸探險所需的必備物資，第五台飛機則和一名飛行員與兩名船上的員工留在儲貨處，以便萬一所有探索用飛機都損壞時，還能從阿卡漢號飛來接我們。之後，等不需要使用其他飛機運送設備時，我們就能用一兩台飛機作為倉庫和高原南部六百到七百英哩外永久基地之間的貨運機，該基地位於比爾德摩爾冰川（Beardmore Glacier）後頭。儘管不同紀錄都顯示，高原上會吹來強烈暴風，但基於經濟考量與效率因素，我們決定不搭建中繼站。

無線電報告提到，我們的機隊於十一月二十一日花了四小時吃力地飛越高聳的冰棚，龐大的山峰矗立在西邊，我們的引擎聲迴盪在無邊無際的死寂中。強風只稍微影響到我們，無線電羅盤則幫助我們通過了一團朦朧的大霧。在南緯八十三度到八十四度的位置，當前方隆起龐大物體

7　譯注：*The Narrative of Arthur Gordon Pym of Nantucket*，講述主角見識諸多瘋狂事物的海上冒險。

時，我們就知道自己已經抵達了比爾德摩爾冰川，也就是世界上最大的山谷冰川，滿佈山脈的海岸線則取代了冰凍的海面。我們終於真正踏入地球最南端的白色死亡世界。在此同時，我們在東方遠處看見了高達一萬五千英呎的南森山（Mount Nansen）。

我們成功地在南緯八十六度七分、東經一百七十四度二十三分的位置，於冰河上方搭建了基地，之後則透過雪橇與短程飛行，在不同位置迅速又有效率地進行了鑽探與爆破，這都是眾所皆知的事；帕波迪、蓋德尼（Gedney）和卡洛（Carroll）這三位研究生在十二月十三日至十五日，辛苦而成功地攻頂南森山。我們位於海拔八千五百英呎的位置，而當實驗性鑽探在特定地點的雪和冰層十二英呎下發現陸地時，我們便使用小型熱熔裝置，在許多位置鑽洞並炸開冰層，之前的探險家都沒想過能在這種地方採集礦物樣本。透過這種方式採集到的前寒武紀花崗岩與畢肯砂岩（beacon sandstone），證實了我們對這座高原的理論：延伸到西邊的大半部大陸都擁有均質性，卻與南美洲東部以下的陸塊成分有些不同。我們認為它形成了尺寸較小的分離大陸，只透過羅斯海與威德爾海（Weddell Sea）和大型陸塊連接，不過拜爾德後來推翻了這個假說。

透過鑽探發現特定砂岩後，我們就藉由爆破和敲鑿將之取出，並在裡頭發現了一些相當有趣的化石痕跡與碎片；主要是蕨類、海草、三葉蟲、海百合、和諸如舌海牛與腹足綱等軟體動物。這些化石似乎都與本地的原始歷史有相當重要的關聯。還有一種奇怪的三角形橫條紋路，直徑最大約莫一英呎；雷克從深處爆破取出的三塊板岩碎片中，將它拼湊出來。這些碎片來自西邊某處靠近亞歷山德拉皇后山脈（Queen Alexandra Range）處。身為生物學家的雷克似乎認為這些痕跡不尋常又令人困惑，不過對我這名地質學家而言，它看起來和一般沉積岩中常見的漣漪狀花紋沒什麼差別。由於板岩只是沉積地層受擠壓後形成的變質結構，壓力本身也會造就奇怪的扭曲效果，因此我不覺得有必要為這種橫條凹痕感到大驚小怪。

一九三一年一月六日，帕波迪、丹佛斯、其餘六名學生、和我搭乘兩台飛機直接飛越南極時，被一股突如其來的強風逼得迫降，幸好這股風沒有演變成典型風暴。如同報紙所描述，這是數場觀察性航程之一，我們企圖透過這種方式，在過去探險者無法抵達的地點進行新的地形觀察。我們早先的航程在這點上並不成功，不過這些飛行確實讓我們見到極圈地區華麗又容易誤導人的海市蜃樓，而我們在海上就已經短暫觀察到這種現象過。遙遠的山區像魔法都市般漂浮在天空，而在低垂的午夜陽光照耀下，整座白色世界也經常化身為充滿金色、銀色、與鮮紅色色澤的鄧薩尼式夢境世界[8]，充滿了冒險情懷。在雲層密佈的日子裡，由於積雪的地面和天空融為一體，變為乳白色的虛空，因此無法透過地平線來區分兩者，使我們在飛行上遇到了不少麻煩。

最後我們決定照原定計畫，搭乘四台探險機往東飛五百英哩，並在某處建立了小型基地，但我們誤認當地為大陸上分離出的小陸塊。從該處取得的地質樣本能作為比較用的品項。我們的健

8 譯注：Lord Dunsany，二十世紀英國奇幻小說作家，作品對洛夫克拉夫特有強烈影響。

康情況到目前為止都很不錯；萊姆汁平衡了我們每天食用的鹽漬罐頭食品，我們也不需要在華氏零度以上的氣溫下穿上最厚重的皮毛大衣。現在時值仲夏，如果我們快速又謹慎，也許能在三月前完工，避免渡過漫長又無聊的南極冬夜。西邊颳起了好幾陣強烈的暴風，但多虧了厄特伍德設計的基礎機棚和用沉重冰磚搭建的防風設施，加上我們利用雪來強化主要的營區建築，因此我們沒有受到任何損傷。我們的好運與效率確實相當不尋常。

外界自然清楚我們的計畫，也聽說過在我們大舉搬遷到新基地前，雷克怪異地堅持前往西邊或西北邊探勘。他似乎對板岩中的三角形橫條紋路感到異樣地偏執；他在上頭看出和自然與地質時期的某些矛盾，這激起了他的好奇心，也使他急於在挖出板岩碎片的西側陸塊進行更多鑽探與爆破。奇怪的是，他相信這種痕跡是某種未知的巨型生物，不只無法妥善分類，也擁有相當進步的進化跡象，不過包含這碎片的岩石卻非常古老。要不是來自寒武紀，就是前寒武紀時期；所有高等生物都不可能在這個時期生存，當時只可能有單細胞生物存在，頂多是三葉蟲。這些擁有怪異痕跡的石塊碎片，肯定有五億到十億年的歷史了。

第二章

我猜，大眾應該對我們的無線電報導相當有興趣：雷克往西北方出發，前往人類從未涉足、也從未想像過的區域，不過我們沒提到他希望在生物學和地質學上做出革命性變化的想法。他和帕波迪與另外五人的初期雪橇旅程與鑽探過程，發生在一月十一日到十八日。當他們通過冰層上的一處壓力脊[9]時，在混亂中失去了兩條狗。而他們在這場行動中則挖到了更多太古板岩；就連我都對那塊上古地層中發現的豐富化石痕跡感到相當大的興趣。不過，這些痕跡屬於非常原始又不複雜的生命體，不造成任何研究上的矛盾，但岩石內包含的確實是前寒武紀的生物化石；因此我依然不明白，為何雷克要求在我們時間緊迫的計畫中插入一項行動。這項行動需要使用四台飛機、大量人手、和探險隊的所有機械設備。最後我沒有否決他的計畫，但儘管雷克懇求我提供地質學上的建議，我依然決定不要和小隊一同前往西北方。等他們離開，我就和帕波迪與五個助手待在基地，構思往東移動的最終計畫。準備搬遷時，其中一台飛機開始從麥克默多灣運來大量汽油；但我們能先擱置這件事。我留下一台雪橇和九條狗，待在毫無人煙的死寂世界時，沒有交通工具就太不明智了。

大家都記得，雷克的未知領域探險小隊用飛機上的短波傳訊器發出了報告；我們南方基地中的設備同時接收到這些訊息，停泊在麥克默多灣中的阿卡漢號也收到了，阿卡漢號則將訊息以五十公尺長的波長傳到外界。他們在一月二十二日凌晨四點出發，而我們兩小時後就收到首段無線

9 譯注：pressure ridge，冰層在受壓時隆起的部位。

電訊息，雷克提到他們在離我們三百英哩外的位置降落，並開始進行小規模融冰與鑽探作業。六小時後，第二波語氣激動的訊息則提到他們像河狸般努力工作，並鑽出了一處空曠的洞口，在裡頭發現了不少含有怪異痕跡的板岩碎片，就和一開始使我們困惑的痕跡樣式相同。

三小時後的一支短暫通報，說明他們在強烈的刺骨冰封中再度起飛；當我發出訊息，抗議對方不該在這種危險氣候進行任務時，雷克回覆說他新發現的樣本值得冒險。我看得出他已經興奮到決定違命行事，我也無法阻止這項也許會危害整場探險的草率行動。想到他逐漸深入從瑪莉皇后地（Queen Mary Land）和諾克斯地（Knox Land）海岸線外延伸一千五百英哩遠的白色暴風深處與不明的未知領域，就讓我感到十分害怕。

接著在一個半小時後，雷克移動中的飛機則傳來了更為興奮的訊息，這幾乎改變了我的想法，也讓我希望自己早知道該跟小隊一同出發：

「晚間十點〇五分。飛行中。暴風雪後，在前方觀察到目前為止見過最高的山峰。由於高原的高度，這座山的高度可能和喜馬拉雅山相同。方位約莫是南緯七十六度十五分，東經一百一十三度十分。山脈延伸到視野左右兩側。疑似有兩座冒煙的火山口。山峰都呈黑色，上頭沒有白雪。山頂的強風使我們無法靠近。」

之後，帕波迪、助手們和我都在聽筒旁屏息以待。一想到這座坐落於七百英哩外的龐然高峰，就激起了我們心底最深處的冒險欲；儘管我們並非親自到場，但同行的探險隊成員成了這座山的發現者，也讓我們感到十分高興。半小時內，雷克就再次呼叫我們。

「莫爾頓（Moulton）的飛機在高原上的山麓小丘迫降，但沒人受傷，也許還能修好飛機。如有必要，得將必要物品轉移到其他三台飛機上，以便運送回去或移動到他處，但目前不需要長途飛行。山脈高得超乎想像。等移除重物後，我要搭卡洛的飛機去勘查狀況。

你們無法想像這裡的情況。最高峰一定超過三萬五千英呎。擊敗了聖母峰。厄特伍德用經緯儀測量山峰高度，卡洛和我則往上飛。之前可能錯估山上有火山口，因為地形結構似乎是有成層狀態[10]。可能是前寒武紀的板岩和其他地層混合。山峰的輪廓相當怪異；最高峰上有許多立方體。整座山峰在低矮太陽的紅金色光芒下十分耀眼。就像是夢中的祕境，或導向充滿未知奇蹟的禁忌世界大門。真希望你們在這裡一起研究。」

10　譯注：stratified，沉積岩上出現的分層外觀，並非火山周圍的地形。

儘管已經到了就寢時間，無線電旁卻沒有任何人想睡覺。麥克默多灣的人員肯定也一樣，因為儲貨處和阿卡漢號也都收到了訊息；道格拉斯船長為此重要發現，向所有人道賀，倉庫管理員薛曼（Sherman）則附和了船長的感性言論。我們自然對受損的飛機感到惋惜，也希望能輕鬆修復它。隨後在十一點時，雷克發來了另一封訊息：

「我和卡洛飛越最高的山麓丘陵。我們不敢在目前的天氣下飛向高峰，但之後可能會再嘗試。往上攀升非常可怕，在這種高度飛行也很困難，但一切都值得。山脈相當廣闊，無法看到後頭的景象。主峰群比喜馬拉雅山還高，型態也非常怪異。山脈看似由前寒武紀的板岩構成，加上許多隆起的地層。之前誤判了此地為火山地帶。山區的範圍延伸到我們兩側視野外。高於兩萬一千英呎的山峰上沒有積雪。

最高峰的山坡上有奇怪的構造。擁有垂直側邊的大型低矮岩塊，和成排長方形的垂直矮岩壁，像是洛里奇繪畫中陡峭山峰上的古老亞洲城堡。從遠處看起來非常壯麗。我們飛近這些物體，卡洛認為它們由分離的小型構造所構成，但這可能是風化的結果。大多數岩壁邊緣都已崩塌碎裂，彷彿有上百萬年都暴露在風暴與氣候變化下。

有些部分似乎由某種淡色岩石構成，顏色比斜坡地層還淺，特別是上層；有可能是晶體。靠近飛行後，我們發現許多洞穴。有些洞口的輪廓不尋常地平整，呈現正方形或半圓形。你們得來調查。我似乎看見其中一座山峰上豎著岩牆。高度大約是三萬到三萬五千英呎。我目前位於兩萬一千五百英呎的高空，氣溫冰冷刺骨。強風呼嘯地吹過山脈和洞口，但目前不對飛行造成危險。」

接下來的半小時內，雷克不斷發出訊息，並表明自己打算徒步攀上一些山峰。我回答說一等他派飛機來，我就會加入他，帕波迪和我也會想出最佳的燃料方案；從目前探險隊已改變的目標看來，得計畫該將補給品集中存放在何處。雷克的鑽探行動加上飛行活動，自然使他計畫在山腳處設置的新基地需要大量資源。這一季也有可能無法往東飛了。有鑑於此，我聯絡了道格拉斯船長，請他盡量卸下船上的物資，並用我們留在船邊的雪橇狗將補給品運到冰障上。我們必須在雷克和麥克默多灣之間的未知領域中建立一條通道。

稍晚雷克聯絡我，說他決定在莫爾頓的飛機迫降處紮營，修理程序也已經開始了。冰層非常薄，到處都能看見黑色的土壤，而在他進行任何雪橇旅行或登山前，也會在該處鑽探與爆破。他提到當地無法言喻的壯麗景象，以及身處龐大又寂靜的山巔下風處時的奇特感受；山峰群如同直達天際的高牆，聳立在世界的邊陲。厄特伍德的經緯儀觀測出的結果，顯示五座最高峰的高度從三萬英呎到三萬四千英呎都有。受到山風吹拂的地形明顯令雷克感到憂心，因為這代表當地時常颳起強風，擁有我們前所未見的強勁風力。他的營地離稍微隆起的丘陵地帶只有五英哩左右。當他要求我們盡快過去，完成對這塊奇異新地帶的調查時，儘管我們之間相隔了長達七百英哩的冰河，但我能從他的語氣中察覺一絲潛意識中的不安。在一整天高速又專注的工作後，他準備要去睡了。

早上我和身處不同基地的雷克與道格拉斯船長進行了三方無線電通話；大家同意讓雷克手下其中一台飛機來我的基地接帕波迪、五個助手和我，並盡可能運送燃料。由於我們尚未決定是否要飛向東方探勘，因此燃料的問題還能擱置幾天；雷克還有足夠燃料來為營區保溫並進行鑽探。遲早得補充舊南部基地的資源；但如果我們延後東向飛行的話，就要等到下個夏季才會用上它，同時雷克也得派一台飛機去探索新發現的山區與麥克默多灣之間的直線路徑。

帕波迪和我準備視情況關閉基地一陣子。如果我們在南極過冬的話，可能就得在不回到這個地點的情況下，直接從雷克的基地飛回阿卡漢號。我們用堅固的雪補強了部份圓錐形帳篷，現在則決定把基地完全改造成愛斯基摩式的永久村落。由於帳篷內的物資充足，即使我們抵達後，雷克的基地資源也不會匱乏。我用無線電發出通知，說等帕波迪和我工作一天並休息一晚後，就準備好前往西北邊了。

不過，下午四點後，我們的進度卻不太穩定；而約莫此時，雷克則開始發出最令人感到興奮的特殊訊息。他當天的工作開始地並不順利；因為用飛機對幾乎暴露在外的岩石表面進行觀測後，卻完全找不到他企圖挖掘的太古地層，離營地相當遙遠的高峰則大部分都由那類岩層構成。

他看到的大多岩石明顯都是侏羅紀和白堊紀早期科曼齊系（Comanchian）的砂岩，和二疊紀與三疊紀的片岩，四處冒出的光亮黑色物體，則是堅硬又形同板岩的煤炭。這使雷克感到十分灰心，因為他計畫要挖出五億年前的樣本。很明顯，如果要找到含有怪異痕跡的太古板岩，他就得從丘陵區搭乘雪橇很長一段時間，才能抵達高山陡峭的斜坡。

然而為了探險隊的主要任務，他決定在當地鑽探；因此他設置了鑽頭，並派五個人去處理，其他人則忙著紮營和修理損壞的飛機。附近質地最柔軟的岩石，是塊離營區四分之一英哩的砂岩，它被選為首要採樣目標；鑽探過程則進行得非常順利，也不需要額外爆破。大約三小時後，在進行了首次大型爆破後，鑽探人員叫喊了起來；身為代理領班的小蓋德尼則帶著驚人消息跑入營區。

他們發現了一處洞穴。鑽探初期，砂岩便露出了一道科曼齊系的石灰石岩脈，裡頭含有各種頭足類、珊瑚、海膽、石燕貝的微型化石，有時還有矽質海綿和海生脊椎動物參雜其中；後者可能包括硬骨魚、鯊魚、和硬鱗魚。這件事本身非常重要，因為這是探險隊發現的首批脊椎動物化石；但當鑽頭在不久之後穿過地層，並挖進明顯的空洞時，挖掘人員心中就浮現了一股全新的刺激感。大規模爆破炸開了地底下的祕密；現在，透過一處約莫五英呎寬、三英呎深的不平整裂隙，狂熱的探險家們面對到一處石灰石隧道，由五億年前，過往熱帶世界中的地下水腐蝕而成。

這塊空洞的岩層只有七、八英呎深，但往四面八方延伸出去，內部還有微微飄動的新鮮氣流，顯示它處於某種廣闊的地下系統中。岩壁頂端和地面都有許多龐大的鐘乳石和石筍，有些則形成了石柱；但最重要的，則是洞穴中大量的貝殼與骨骼化石，有些地方還多到幾乎堵住了通道。這些化石從未知的叢林被沖刷到此處，其中包括中生代[11]的羊齒蕨和和蕈類，第三紀的蘇鐵、扇葉棕櫚、與原始的被子植物，骨骼化石中則有來自白堊紀與始新世[12]的物種和其他動物；就連最高明的古生物學家，都無法在一年內清點分類完這些樣本。軟體動物、甲殼類動物的軀殼、魚、兩棲類、爬蟲類、鳥類、和早期哺乳類，各種大小的已知和未知物種都有。難怪蓋德尼大喊大叫地跑回營區，每個人也都放下手邊的工作，一頭衝進刺骨的低溫中，跑向高大的井架；那裡已經成了導向地底與太古時代祕密的門口。

雷克滿足了自己初步的好奇心後，就在記事本寫下了一條訊息，並要小莫爾頓跑回基地，用無線電將它發出。這是我首次聽聞這樁大發現，訊息內容也提到了樣本中的早期貝殼、硬鱗魚和盾皮魚的骨頭、迷齒類與槽齒類動物的殘骸、大型滄龍的頭骨碎片、恐龍的脊椎與骨板、翼龍的牙齒與翼骨、始祖鳥的骨骸、出自中新世的鯊魚牙齒、原始鳥類的頭骨；還有其他古代哺乳類的骨頭，像是貘馬、劍齒獸、始祖馬、岳齒獸和雷獸。洞穴裡沒有諸如長毛象、大象、駱駝、鹿、或牛類動物等近代生物；因此雷克判定最後的沉積作用發生在始新世，而至少有三千萬年的時間，這塊空洞的岩層都維持著目前乾燥又死寂的封閉狀態。

另一方面，洞穴中的早期生物量則多得出奇。石灰岩結構含有花瓶狀海綿（ventriculites）的典型化石，明顯證實了此處來自科曼齊系，不可能更早。但空洞處的其他化石碎片，卻來自之前被認為更古老的生物：原始魚類、軟體動物和源自志留紀或奧陶紀的珊瑚。由這點能推論出，三億年前與三千萬年前的生物，在此地出現了獨特的重疊。當洞穴在始新世被封閉後，這種重疊性又延續到何時，就無人能知了。在任何情況下，五十萬年前更新世（Pleistocene）可怕冰河的出現，肯定扼殺了任何倖存過原本年代的當地原始生物；然而五十萬年與這座洞窟的年紀一比，只不過像是昨天。

雷克並不滿於只發出第一條訊息，在莫爾頓回到洞穴前，雷克就寫了另一則報告，並使它穿越雪地飛入營地。之後莫爾頓就待在其中一台飛機裡的無線電發報機前，負責把雷克經常透過一群信差交給他的紀錄傳給我，同時也將一切傳送到外界的阿卡漢號。當時看過報紙報導的人，會記得當天下午的報告如何使科學界感到振奮。數年後，這些報告催生出我急於阻止的史塔克威瑟—摩爾探險隊。我得在此寫出雷克發出的訊息原文，內文由我們基地的操作員麥可提格（McTighe）從鉛筆速記轉抄而成。

11　譯注：Mesozoic，分為三疊紀、侏儸紀、和白堊紀。

12　譯注：Eocene，距今約五千六百萬年前至三千四百萬年前。

富勒（Fowler）在爆破炸出的砂岩與石灰岩碎片中有了最重大的發現。有好幾個特殊的三角形橫紋痕跡，和太古板岩中發現的樣本一模一樣，這證明了該物種從六億年前存活到科曼齊系，在平均體型上卻沒有經歷太大的變化。科曼齊系的痕跡和更古老的痕跡相比，要來得更原始和退化。得對媒體強調此發現的重要性。這對生物學的意義，跟愛因斯坦對數學和物理學的意義同樣重大。這符合我之前的研究，也加強了結論。

和我猜測的一樣，這似乎代表在目前由太古代細胞開始的生物系出現前，地球已經歷過數種有機生命的循環了。當時的地球還很年輕，而任何生命體或正常的原生質構造都無法在那種環境下存活；然而這類生物在十億年前就已經歷高度進化了。問題是，這些生物究竟出現在何時何地，又如何演進呢？

＊＊＊

之後，我們檢查了特定大型陸生與海生爬蟲類和原始哺乳類的骨骼碎片，並在骨頭上發現特異的傷口，也並非由任何時代已知的掠食者或肉食動物所造成。傷口有兩種：垂直的穿刺孔，或是劈砍動作留下的割傷。有一兩處骨骼被完整切開。沒有很多樣本受到這種傷害。我派人回營地拿手電筒。得砍下鐘乳石，才能擴大地下搜索範圍。

＊＊＊

一段時間後，我們找到了一塊六英吋長、一英吋半厚的特殊滑石碎片，看起來完全不像當地的地質結構。它呈現綠色，但缺乏能顯示它年代的證據。它有奇特的光滑質感，外型也有規律。形狀像是頂點斷裂的五芒星，上頭還有往內裂開的痕跡，裂痕也出現在滑石中央。完好的表面中心有處微小又光滑的凹陷。它的來源與腐蝕痕跡讓我們感到相當好奇。可能出自某種獨特的水蝕作用。帶了放大鏡的卡洛認為自己能看到有地質學上重要性的額外痕跡。有許多小點以規律方式排列。當我們工作時，狗群不安地吼叫，似乎非常厭惡這塊滑石。得看看上頭是否有特殊氣味。等密爾斯（Mills）帶手電筒回來，我們就會繼續探索地下區域。

＊＊＊

晚間十點十五分，有了重大發現。帶著手電筒在地下工作的歐倫道夫（Orrendorf）和華特金斯（Watkins），在九點四十五分找到了某種怪物般的桶狀化石，生物品種則完全不明；

可能是植物，或是某種過大的未知海生輻射對稱動物[13]。礦物鹽保存了該生物的身體組織和皮革一樣堅韌，但在部分位置依然保有驚人的彈性。生物軀體兩端和周圍都有斷裂的部分。總體長六英呎，中央直徑有三英呎半，身體兩端則逐漸變窄為一英呎寬。看起來就像由五道突出脊狀物構成的木桶。側邊和細長的樹莖一樣有裂痕，痕跡則位於脊狀物的中央。脊狀物之間的溝槽中長出了奇怪的構造：那是能像扇子般向內折和往外張開的肉冠或翅膀。大多構造都受到嚴重損傷，只有一隻翅膀沒有受損，翼幅則有七英呎長。該生物的身體構造讓我想到原始神話中的某種特定怪物，也就是《死靈之書》中的遠古種族（Elder Thing）。

牠們的翅膀似乎長有薄膜，沿著腺狀管組織生長伸展。位於翼尖的管狀架構上有明顯的小開口。身體兩端已變得乾癟，看不出體內狀況，或兩端是否有器官斷裂。得等我們回到營地，才能進行解剖。無法判斷該生物是植物或動物。牠有許多極為原始的特徵。已經派遣所有人前往砍下鐘乳石，並找尋更多生物樣本。找到了更多骸骨，但得等之後才能處理。狗群出了麻煩。牠們無法忍受新的生物樣本，要不是我們讓樣本和狗群保持距離的話，牠們可能會把樣本撕成碎片。

＊＊＊

晚間十一點三十分。戴爾（Dyer）、帕波迪、道格拉斯，請注意。有重要事件：重要性堪稱無與倫比。阿卡漢號必須立刻傳訊給金斯波特收訊站。奇怪的桶狀物體就是在岩石裡留下痕跡的生物。密爾斯、波爾度（Boudreau）和富勒在離裂口處四十英呎遠的位置，又發現了十三個生物。周圍佈滿那些構造奇特的圓形滑石碎片，比之前找到的那片還小；它們都呈星型，但除了某些部分外，整體沒有破損。

有八具生物樣本完好無缺，身上的附肢也都健在。我們將所有生物搬到地面，狗群則被帶到遠處。牠們無法忍受這批樣本。必須仔細描述樣本外型，並進行精準回報。報社得好好處理這份報導。

這些生物全長八英呎。擁有五道脊狀物的桶狀軀幹有六英呎長，軀幹中央直徑則有三英呎半，身體末端直徑為一英呎。體色為暗灰色，身體富有彈性，質地非常堅韌。七英呎長的膜翼顏色與軀幹相同，被發現時呈摺疊狀，能從脊狀物之間的溝槽中展開。翅膀骨架呈管狀或腺狀，顏色為淡灰色，翼尖有開口。展開的翅膀有鋸齒狀邊緣。在軀幹中央圓周的周圍，位於五道斜板般的垂直脊狀物中心，長了五條彈性極強的淡灰色手臂或觸手；發現時都緊緊纏繞在軀幹上，但展開時最長能超過三英呎。看起來像是原始海百合的觸手。單隻觸手莖幹

13　譯注：radiata，外型呈標準輻射式對稱的動物。

的直徑為三英吋，延伸六英吋後則分支為五條副莖，每條副莖又在八英吋後再度分支為逐漸變細的小觸手或捲鬚，因此每條莖幹上都有二十五條觸手。

軀幹頂端有粗短的淡灰色球根狀頸部，上頭長有類似腮的結構。頂部則是黃色的五芒海星型頭部，表面佈滿三英吋長的捲曲彩色纖毛。

頭部厚重且龐大，總長大約兩英呎，星狀結構的每道突出物頂點都長有彈性十足的三英吋長黃色軟管。頭部正中央的裂縫可能是呼吸孔。每根軟管末端都有球狀結構，翻開內部的黃色薄膜後，會發現裡頭有玻璃光澤和紅色虹膜的球體，這明顯是眼睛。

五根微長的紅色軟管由海星狀頭部的內部長出，末端則有顏色相同的囊狀脹大處。一被擠壓，就會張開吊鐘狀的開口，孔道直徑有兩英吋長，裡頭長滿成排的白色利齒狀突起物：這可能是嘴巴。這些軟管、纖毛、和海星狀頭部的尖角，被發現時都呈摺疊狀；軟管與尖角都緊貼在球根狀頸部和軀幹上。儘管質地相當堅韌，彈性卻極佳。

軀幹底部有和頭部相似，但功能完全不同的結構。淡灰色的球莖狀偽脖沒有腮狀物，同時也長有綠色的五臂海星狀器官。

肌肉結實的底部副肢有四英呎長，根部直徑有七英吋，接著逐漸往末端變細，縮減到兩英吋半。頂點都長有綠色的薄膜，薄膜底部為八英吋長、六英吋寬。上頭有五條血管。這就是在十億年到五或六千萬年前的岩石中留下痕跡的蹼腳、鰭或偽足。

海星狀結構內部伸出兩英吋長的紅色軟管，底部直徑三英吋，逐漸變細的頂點則是一英吋。頂端有開口。這些器官都非常強韌，有皮革般的質感，但非常有彈性。四英吋長又長有蹼腳的副肢肯定是移動用的器官，可能是為了游泳使用。移動動作顯示肌肉結構非常強壯。被發現時，這些器官都貼附在偽脖和軀幹末端，和頭頂的構造狀況相同。

目前無法將牠們分類為動物或植物，但可能偏向動物。牠們也許代表了高度進化、卻沒有失去特定原始構造的輻射對稱動物。儘管有部分矛盾的跡象，但牠們非常類似棘皮動物。

由於該生物可能棲息在海洋環境，因此翅膀結構讓人感到十分困惑，但牠們可能用該器官在海洋中游動。身體的對稱結構接近植物，擁有植物的基礎上下結構，而不是動物的前傾體態。演化的時間點相當早，甚至比目前已知最原始的太古原生動物還古老，因此完全無法猜測牠的起源點。

完整的生物樣本與古老神話中的特定生物有著不尋常的相似性，顯示出該生物可能曾在南極外的地區生存。戴爾和帕波迪讀過《死靈之書》，也看過克拉克．阿什頓．史密斯奠基於該書的畫作；當我提到遠古種族可能是在開玩笑或在錯誤中製造出地球生命時，他們也能理解我的意思。研究人員們總是認為這種概念出自於對古老熱帶輻射對稱生物的陰森幻想。

也像是威瑪斯[14]提到的史前民間傳說，像克蘇魯教團的支派等等。這開啟了莫大的研究方向。從相關樣本看來，這批生物可能來自白堊紀晚期或始新世早期。生物頂端長有大量鐘乳石。很難將鐘乳石砍下，但樣本的堅韌質地防止了本體受損。明顯由於石灰岩環境，而將牠們保存地相當良好。目前沒有找到更多樣本，但之後會繼續搜索。目前的任務，是在缺乏狗群的狀況下，將十四具大型樣本運回營區；狗群們正激動地吠叫，無法靠近牠們。

有三人留下來看顧狗群，儘管風況惡劣，我們其餘九人應該還是能妥善駕馭雪橇。得和麥克默多灣進行飛航運輸，並開始運送樣本。但在我們休息前，我得解剖其中一個生物。真希望這裡有妥善的實驗室。戴爾最好感到羞愧，因為之前他還想阻止我往西走。先找到了世上最高峰，然後是這種生物。如果這不算探險中的最高潮的話，我也無話可說了。我們為科學界做出了壯舉。恭喜了，帕波迪，是你的鑽頭鑽開了那座洞穴。**阿卡漢號可以轉發這些敘述了嗎？**

收到這份報告時，帕波迪和我感到欣喜若狂，我們的同伴也不遑多讓。一等雷克的收發員停止發送訊息，在嗡嗡作響的收發機前急忙抄下幾項重點的麥可提格，就立刻從速寫紀錄中重新謄寫完整文件。所有人都對這項劃時代的發現感到驚嘆，而一等阿卡漢號的收發員向外界發出他要求的內容後，我便恭賀了雷克；隨後位於麥可默多灣儲貨處的薛曼，與阿卡漢號的道格拉斯船長也相繼向他道賀。稍晚，身為探險隊指揮官，我也透過阿卡漢號，向外界補充了一些說明。在這股興奮氛圍下，休息自然相當愚蠢；我只希望能盡快趕到雷克的營地。當他發訊說因為剛颳起了山頂強風，而無法提早飛行時，我便感到相當失望。

但一個半小時內，我們的興致就再度高昂得蓋過了失落。發來更多訊息的雷克，提到已成功將十四具巨型樣本運到營區。運送過程非常艱難，因為這些生物令人訝異地沉重，但九個人足以處理。有些人急著在離營區一段安全距離的位置搭建畜欄，才能在該處安全餵食狗群。除了一具正被雷克粗略解剖的樣本外，其餘生物都被堆在營地附近的堅硬雪地上。

解剖過程似乎出乎意料地困難。儘管新搭建的實驗室帳篷中裝有汽油暖爐，這隻強壯且毫髮無傷的生物本身富有彈性的身體組織，卻沒有失去皮革般的堅韌度。雷克感到相當困惑，不知道要如何在不造成激烈破壞的狀況下，保留他找尋的體內細節。他確實還有七具狀態更完美的生物樣本；但除非之後在洞穴中找到無止盡的樣本，否則不能魯莽地破壞這些生物。於是，他把這隻生物放回原處，將另一具樣本拖進室內；雖然牠身體兩端還有海星狀的器官，卻受到了嚴重的壓傷，身上其中一道大型溝槽也有些破裂。

14　譯注：Wilmarth，《暗夜低語者》的主角。

無線電迅速傳來了令人費解的怪異解剖結果。由於工具無法切開異常的身體組織，無法進行細膩或精準的切割動作，但得到的少許成果卻讓我們感到大為訝異。現行的生物學得完全改寫，因為這生物並非由科學界已知的任何細胞構成。裡頭很少有礦物替換[15]的狀況，儘管樣本已經有四千萬年的歷史，體內器官保存得相當良好。該生物整體構造中的恆常特性，便是有如皮革般難以損壞的特質，使牠幾乎不會受傷；牠經歷過某種我們難以想像的無脊椎古生物進化過程。剛開始雷克只發現乾燥構造，但隨著加溫過的帳篷逐漸發揮融冰效果，生物沒受傷的身側便開始流出帶著濃郁惡臭的有機濕液。那不是血，而是某種濃稠的暗綠色液體，功能明顯與血液相同。當雷克進行到這個階段時，三十七條狗都已被帶到營地附近尚未完工的畜欄中；而即使隔了這段距離，牠們依然對飄散出來的嗆鼻氣味發出狂暴的吠叫與不安。

這項臨時解剖並沒有幫助解開奇怪生物的祕密，反而加深了謎團。所有對牠體外器官的猜測都沒有錯，而光靠這點，就能毫不猶豫地稱牠們為動物；但體內檢測結果卻發現了許多植物特徵，使雷克一頭霧水。牠擁有消化與循環系統，也透過海星狀底部器官中的紅管排泄廢棄物。奇怪的是，牠的呼吸器官會吸收氧氣，而非二氧化碳，也有奇怪的跡象顯示牠體內有儲氣室，也能將呼吸功能從體外器官轉移到至少兩個發展健全的呼吸系統上：腮與毛細孔。牠明顯是種兩棲類，可能也能適應長期無空氣的冬眠期。發聲器官似乎與主要呼吸系統有連結，但目前無法解釋它們透露出的異常問題。牠們應該無法發出音節式的清晰聲音，但極有可能發出音域廣泛的音樂式笛聲。肌肉系統也幾乎是過早發育。

神經系統的複雜度與高度發展，也使雷克感到吃驚。儘管某些方面極度原始又古老，該生物有神經節中心與結締組織，代表已有極度特殊的發展。牠擁有五道腦葉的大腦令人訝異地進步，身上也有感知器官，有部分就是頭頂捲曲的纖毛，能感受到其他地球生物無法察覺的外來因子。牠可能有五感以外的感官功能，所以無法以任何現存的分類方式來預測牠的習性。雷克認為，牠肯定是擁有敏銳感官的生物，在原始世界中有極度細分的工作；就像現代的螞蟻和蜜蜂。牠用孢子植物的方式繁殖，特別類似蕨類植物；翅膀尖端有孢子囊，能長出葉狀體[16]或原葉體[17]。

但要在當下階段替牠命名又相當困難。牠看起來像輻射對稱動物，卻又明顯是更進化的物種。牠有部分植物特質，又擁有四分之三的動物性結構。牠確實源自於海洋，對稱的輪廓和其他特質都能證明這點；但無法確定牠日後的演化方向。畢竟，翅膀也明顯代表了飛行能力。牠要如何在新生的地球上經歷如此複雜的進化過程，並在太古岩石上留下足跡？這使雷克異想天開地想起關於舊日支配者的原始神話；它們從星辰間降臨，並在玩笑間或錯誤之下製造出地球生命體。

15　譯注：mineral replacement，生物組織受礦物質替代而形成化石的過程。
16　譯注：thallus，藻類或真菌的營養組織。
17　譯注：prothallus，蕨類植物的孢子形成的結構。

他也想到米斯卡托尼克大學英文系一位民俗學專家同僚，對方曾提過一些誇張故事，關於來自外域、並居住在山區中的太空生物。[18]

他自然認為，前寒武紀的足跡可能是由該生物進化程度較低的祖先所造成，但考慮到古老化石中高度演化的身體構造後，便迅速拋棄了這過度簡單的理論。真要提到差異的話，晚期化石的輪廓反而顯示出退化跡象，而非更高等的進化階段。偽足的尺寸變小，整體型態也變得粗略又簡化。再者，剛剛檢查過的樣本內神經與器官，包含了複雜器官的退化跡象。萎縮和退化的部分出乎意料地多。整體而言，沒有解開多少謎題；雷克則在神話中找尋暫時使用的名稱——並幽默地稱他的發現物為「遠古者」（The Elder Ones）。

大約凌晨兩點三十分，他決定延後手邊的工作，並休息一下。他將解剖過的樣本用防水布蓋住，走出實驗室帳篷，並饒富興味地仔細觀察其他狀態良好的生物。毫不停歇的南極陽光開始軟化了牠們的身體組織，頭部的尖角和兩三根軟管都露出舒展開的跡象；雷克不認為讓牠們暴露在華氏零度以下的空氣中，會使樣本立刻腐化。不過，他將所有未解剖的樣本全都緊緊擺在一起，並用多出來的帳篷蓋住牠們，以便阻擋日光的直接曝曬。這也能避免狗群聞到牠們的氣味。即使牠們已經被隔開了很長一段距離、還待在越堆越高的雪牆後，狗群充滿敵意的不安態度依然造成了麻煩，也使更多人前來幫忙把畜欄旁的雪牆堆高。他得用沉重的雪塊壓住帳篷帆布一角，以防止帆布被強風吹走，因為高山上似乎正準備颳下聲勢猛烈的冰風。先前眾人對突發性極地風暴的擔憂再度浮現，而在厄特伍德的監督下，帳篷、新的犬用畜欄，與粗糙機棚面對山脈的一側，都被小心翼翼地以積雪做了補強。由於這些後期搭建的建物，剛開始都是以厚重的雪塊作為地基，因此無法再加高；最後雷克只好把其他人力全都調來幫忙。

直到四點，雷克準備關閉通訊，並建議我們用這段時間休息；等冰牆被蓋得高一點後，他的團隊也要休息一陣子。他用無線電和帕波迪友善地聊了一下，並不斷稱讚幫助他做出大發現的優異鑽頭。厄特伍德也向我們問好，並稱讚我們。我和善地恭賀雷克，說他堅持去西方是正確的，我們也都同意要在早上十點以無線電彼此通聯。如果屆時強風停了，雷克就會派一台飛機來我的基地接人。就寢之前，我向阿卡漢號發出了最後一條訊息，並指示對方先別對外界提到當天的消息，因為這件事的完整細節似乎太過誇張，除非找到更多證據，不然可能會引來質疑。

第三章

我猜，當天凌晨沒人睡得很沉。雷克的發現引發的興奮感，和外頭強勁的狂風，都讓人無法安祥入眠。即使在我們的所在地，風力也十分猛烈，這讓我們不禁想到雷克的營地會遭遇到多糟

18　譯注：參見《暗夜低語者》。

的狀況，因為他的基地正好位於醞釀強風的未知山峰下。麥可提格在十點醒來，試圖照前晚所說的用無線電連絡雷克，但西方混亂的空氣中似乎有某種電磁干擾，使雙方無法進行通訊。不過，我們連絡上了阿卡漢號，道格拉斯則告訴我，他也無法連絡雷克。他不知道暴風的情況，儘管我們的所在地正肆虐強風，麥克默多灣卻風平浪靜。

我們一整天都緊張地傾聽無線電的狀況，並三不五時試圖連絡雷克，但都徒勞無功。中午從西邊吹來一陣強風，使我們對營地的安全感到擔心；但強風很快就停下，只在下午兩點又稍微颳起。一切在三點後化為寂靜，我們則重新試圖聯絡雷克。一想到他有四台飛機，每台飛機又配備有狀態良好的短波收發機，我們就無法想像有哪種意外能同時摧毀他所有無線電設備。儘管如此，死寂依然沒有被打破，而當我們想到他的營地遭遇的狂風時，便不禁做出種種負面臆測。

到了六點，我們的恐懼感變得越來越強，與道格拉斯和索芬森進行無線電討論後，我決定前往調查。第五台飛機之前被我們留在麥克默多灣的補給品倉庫，由薛曼和兩名水手看守；它的狀態相當良好，也隨時能供使用，現在正是該使用它的危急時刻。我用無線電連絡上薛曼，命令他盡快帶上兩名水手，開飛機到南端基地來找我，因為天候狀況已明顯變佳。接著我們提到後續調查團的人員，並決定該全員出動，並用上我手邊的所有雪橇和狗群。即使有這麼大的載運量，我們為運送重型機械所特製的大型飛機依然承受得了。我依然不斷試圖用無線電聯絡雷克，但無人回應。

薛曼帶著水手岡納森（Gunnarsson）和拉森（Larsen）在七點半起飛，並在飛行過程中數次通報航程順利。他們在午夜抵達我們的基地，所有人立刻討論起下一步。在沒有其他補給基地的情況下，只搭一台飛機飛越南極是件危險的事，但沒人對當務之急感到畏縮。我們在飛機上初步裝載貨物後，便在凌晨兩點短暫休息片刻，四小時內就再度起床，繼續裝填貨物和打包。

一月二十五日早上七點十五分，我們在麥可提格的領航下往西北方飛去，機上載了十個人、七條狗、一台雪橇、燃料與食物補給品，和機用無線電裝置等物品。空中晴朗又寧靜，氣溫溫和，我們也認為能順利抵達雷克營區所在的經緯度位置。我們擔心的是可能在旅途終點發現、或無法找到的事物，因為對方營區依然沒有回應我們的呼叫。

那段四小時半航程中發生的一切，都深刻地烙印在我心中，因為這段飛行在我人生中有非常重大的意義。它代表我在五十四歲時失去了正常心智透過與外界和自然法則接觸後，所得到的平靜與平衡。從此我們十人都得面對充滿潛伏恐懼的醜陋世界，也無法從心頭抹去這股回憶，特別是學生丹佛斯和我；我們也盡可能不與大眾分享這件事。報紙刊出了我們在飛行中的飛機上發出的簡報，提到我們馬不停蹄的行程，與高空強風的兩次周旋，並在破裂的地面上瞥見雷克三天前在途中挖開的洞穴，還看到在無垠的凍結高原上隨風飄逸的奇特雪龍捲；阿孟森與拜爾德也提過這種現象。不過到後來，我們已無法用言語將自身的感覺傳達給媒體，之後也得極力管制對媒體發表的言論。

水手拉森率先看到前方女巫帽般的尖銳山峰和石柱，他的叫聲也使所有人轉向大型飛機的機窗邊。儘管我們以高速飛行，山群依然緩緩地在視野中變廣；我們因此得知它們肯定還很遙遠，是因為不尋常的高度，我們才能看見山峰。不過，它們逐漸在西方的天空中隆起。這使我們能分辨出不同的光禿黑色山頂，並觀察到紅色極圈日光下的峰群，與背景中閃著螢光的冰塵雲霧的夢幻景色。在這壯麗景色中，有股強烈的神祕感與潛伏其中的真相。這些惡夢般的嚴峻山峰彷彿是批矗立在恐怖大門旁的門柱，門口導向禁忌的夢境世界，與複雜的遙遠時空以及特異次元。我不禁覺得這幾座山十分邪惡；這座瘋狂山脈的斜坡鳥瞰著某種受詛咒的無盡深淵。後頭翻騰又微閃著光芒的濃厚雲層，看起來彷彿不是地球產物，而像某種無可名狀的模糊太虛空間，讓我們想起這座杳無人煙且無比深邃的南極世界有多麼荒涼又遺世獨立，並從上古時代就維持著一片死寂。

小丹佛斯將我們的注意力轉移到高山輪廓上的奇特規則物體。那些規則物體看起來像是完美立方體的殘骸，雷克也在訊息中提過這類構造，這也證明了他的說詞：他將當地的景象，與洛里奇古怪又微妙的畫作中，雲霧繚繞的亞洲高山上的原始神廟遺跡做過比較。這整座特異大陸上的神祕高山，確實相當類似洛里奇的作品。當我們在十月首次看見維多利亞地時，我就曾有這種感覺，現在也不遑多讓。我也在潛意識中感到一絲不安，因為當地太類似太古神話的場景了；這座致命大陸與古代文獻中惡名昭彰的冷之高原，有著令人害怕的相似之處。神話學家認為冷之高原位於中亞；但人類的種族記憶、或流傳自先祖的回憶淵遠流長，特定的故事也可能出自年代早於亞洲，或任何人類已知地區的山中或神廟。幾名大膽的神祕主義者曾暗示《納克特抄本》[19]的斷簡殘篇寫自更新世之前，也認為札特瓜的信徒們對人類而言，和札特瓜本身一樣屬於異類。無論在任何時空中，我都不願踏上或接近冷之高原，也不喜歡孕育出雷克口中那種詭異太古怪物的世界。當下我後悔讀過《死靈之書》，也不願想起自己曾多次和大學裡那名熟知不祥知識的民俗學專家威瑪斯交談。

當我們飛近山區，並看見堆疊起伏的山麓丘陵時，乳白色的天頂便浮現了一股怪異的海市蜃樓；我的心情無疑也刺激了自己看到幻象時的反應。過去幾週，我看過許多極圈中的海市蜃樓，其中有不少幻象和我眼前的影響同樣鮮明又怪異。但這景象散發出某種全新的曖昧威脅感，矗立在頭頂滾滾冰雲中的壯麗城牆，高塔和尖塔構成的迷宮，也使我打起冷顫。

這座龐大都市中的建築物超越了人類想像，大量如同夜色般漆黑的石造建物在城中聚集，並且完全不遵守幾何學法則。裡頭有被截斷的圓錐，有時上頭還有平台和凹槽，頂端則是高聳的圓柱型長桿，上頭各處都有脹大的部位，尖端則有細薄圓盤，邊緣呈圓齒狀；還有貌似桌面的奇突起建物，看起來像是眾多長方形石板、圓型石盤，或五芒星形結構，這些物體彼此疊在一起。

19　譯注：*Pnakotic Manuscripts*，洛夫克拉夫特筆下第一本虛構書籍，曾出現在他諸多作品中；在克蘇魯神話作品中被提及的次數，僅次於《死靈之書》。

城中還有合併成一體的圓錐與金字塔；有些獨立存在，有些則位於圓柱、立方體或較為扁平的截斷圓椎和金字塔上，偶爾還有由奇怪的五根尖刺組成的結尖塔。位於不同高峰上的瘋狂建物，似乎被管狀橋墩連結起來，整座城市的規模無比龐大。這股海市蜃樓的類型並不像捕鯨人史柯斯比[20]於一八二〇年描繪的狂野風光，但此時此地，那批未知高峰在前方豎立，而異常的太古世界大發現則在我們的腦中盤旋，加上探險隊大多人手可能遭遇了災難，使我們覺得眼前的光景散發出某種潛在的惡意與無窮的邪惡。

海市蜃樓開始散去時，我感到很高興，但在幻象消失的過程中，諸多惡夢般的高塔與圓椎變得更加扭曲變形，瞬間消逝的影像傳達出更強烈的醜陋感。當海市蜃樓完全消散為乳白色的翻滾雲霧時，我們便將目光轉回地面，發現已經離航程的終點不遠了。前方的未知山脈像巨人搭建的可怖城牆般高聳，不需要望遠鏡，也能清楚看到那些奇特的規律狀物體。我們現在飛越了最低矮的山麓丘陵，也能在高原上冰雪之間的光禿地點看到幾處黑點，那應該就是雷克的營地和鑽探處。較高的丘陵位於五六英哩外，並構成另一道山脈，和那些比喜馬拉雅山還高的恐怖山峰分隔開來。最後，和麥可提格交換駕駛的學生羅普斯（Ropes），開始往下降落，飛向左手邊的黑點，該黑點的大小代表該地就是營區。當他讓飛機下降時，麥可提格則向外界發送我們最後一封內容未刪減的無線電訊息。

大家自然都讀過我們對這趟南極旅程簡短又無趣的剩餘簡報了。降落幾小時後，我們發送了一條關於這場悲劇的謹慎報告，並猶豫地宣布雷克小隊全員被昨天或前天晚上的暴風殲滅。有十一人死亡，小蓋德尼則失蹤了。人們原諒了我們模糊的解釋，認為這件悲慘事件重創了我們；而當我們解釋說暴風的吹襲損壞了十一具遺體，使遺體無法被運到外界時，大眾也相信我們。即使在大夥絕望且驚魂未定的當下，我們依舊沒有洩漏有關真相的任何細節。我們不敢提到事件背後的意涵；要不是為了警告別人別靠近無名的恐怖事物，我現在也不想提起這件事。

強風確實造成了莫大破壞。即使沒發生另一件事，所有人也不見得能活下來。夾帶冰晶的強烈暴風，肯定比探險隊經歷的任何狀況都還危險。有台飛機的機棚狀態相當脆弱，整體幾乎全毀；遠方鑽探處旁的鐵架塔也被砸得稀爛。飛機和鑽探設備暴露出的金屬部分被風磨出了光澤。儘管經過雪堆強化，有兩座小帳棚依然被徹底壓扁。暴露在風暴中的木造部分全都滿佈坑洞，外漆也掉了。雪中的足跡也被完全抹平。我們沒有找到任何完整的太古生物樣本。我們確實從一堆龐大的廢棄物中發現了部分礦物，包括好幾枚綠色的滑石碎片，上頭奇怪的五芒型輪廓與小點構成的花紋讓人十分困惑；我們還尋獲了一些化石，裡頭也有特異的受傷樣本。

沒有任何狗倖存，靠近營地、並在匆忙之下搭建的畜欄幾乎被完全摧毀。強風可能是主因，不過靠近營區的那側卻遭遇了更大的破壞，而那側並不面風，顯示狗群們從內向外跳或突破了畜

20　譯注：William Scoresby，十九世紀英格蘭極地探險家。

欄。三台雪橇都不見蹤影，我們也猜測強風把它們吹入不明地區了。鑽孔處的鑽頭和融冰機械受到的損傷都太嚴重，無法修復。因此我們用它們堵住了雷克炸開的不祥洞穴。我們也把狀態最糟的兩台飛機留在營地；因為我們只剩下四名飛行員：薛曼、丹佛斯、麥可提格和羅普斯。在他們之中，丹佛斯的精神狀態最差，無法導航。我們盡可能找回所有書本、科學儀器和其他物品，不過很多東西都被吹走了。備用帳篷和皮草要不是失蹤，就是嚴重受損。

當時約莫下午四點，在駕駛飛機繞行了一大圈後，我們被迫將蓋德尼列入失蹤人口，並將內容保守的訊息發給阿卡漢號，讓他們傳給外界；我認為我們成功地讓訊息內容鎮定又含糊。提到最多的，是關於狗群的事；可憐的雷克在敘述時，肯定有提到牠們靠近生物樣本時所感到的狂亂不安情緒。我想，我們並沒有提到當狗兒們聞到來自那座混亂區域的奇怪綠色滑石和其他特定物品時，也展現出同樣的不安；那些物品包括位於營區和鑽探處的科學儀器、飛機和機器。它們的零件都被鬆開、移動或把玩過；如果是風幹的，這股風八成擁有獨特的好奇心與調查力。

我們完全不知道十四個生物樣本跑哪去了。尋獲的樣本都已損壞，但那已足以證明雷克的敘述非常準確。我們難以在這件事上保持冷靜，也沒提到尋獲的樣本數目，或敘述發現樣本的經過。當時我們都同意，不要發出會讓外界認為雷克小隊發瘋的訊息。我們發現的景象，看起來確實是瘋狂之舉：六具受損的怪物遺骸都被小心翼翼地垂直埋葬在九英呎深的雪中墓穴中，上頭堆起了五芒星形的雪丘，頂端還被壓出了好幾個小點，樣式就像從中生代或第三紀挖出的怪異綠滑石上的孔痕。雷克提到的八具完美樣本則似乎憑空消失。

我們也不想打亂大眾的平靜心態；因此丹佛斯和我隔天沒多提那場飛越山區的恐怖航程。只有重量相對較輕的飛機，才能飛到那種高度，因此也幸好只有我們倆前往偵查。凌晨一點回到營區時，丹佛斯已幾近歇斯底里，還好他隻字未提自己的經歷。不需要任何說服，就能讓他答應不要將我們藏在口袋中的素描和其他物品拿給別人看，且除了我們同意說出的內容外，也不要將其他事洩漏給別人知道，並收起相機底片，日後再私下處理；所以目前我故事中的一部分，對帕波迪、麥可提格、羅普斯、薛曼和其他人而言，就和世上其他人一樣，是首度聽到。丹佛斯確實比我更守口如瓶：因為他看見（或自認看見）某個連他都不願意告訴我的東西。

眾所皆知，我們的報告提到了飛機艱困的爬升過程。這也確認了雷克的觀察，他認為太古板岩和其他原始皺褶地層構成了這些高峰，至少從中期科曼齊系時期就沒有改變了。報告內容也包括對山上立方體與土牆結構的平淡描述、猜測經驗老到的登山者應該能爬上特定山坡與通道，進而攀登整座山脈；並聲稱神祕的另一側山坡有座高聳龐大的超級高原，和山脈本身同樣古老且一成不變。該高原高度為兩萬英呎，怪異的岩石結構從細薄的冰河表面突出，而高原與高峰上的陡峭崖壁之間，則有逐漸變得低矮的丘陵。

這項資料各方面都千真萬確，也讓營地的留守人員們感到滿意。我們將十六小時的空白時間歸咎於一連串惡劣的風力影響，也坦白說出在遠方丘陵降落的事實；這段時間比我們聲稱的飛行、降落、偵查與蒐集岩石樣本的時間還來得長。幸好我們的說詞聽起來寫實又平淡，因此沒人企圖仿效我們的飛行。如果有人想這樣做，我就會想盡一切辦法打消對方的念頭；但我不知道丹佛斯會怎麼做。當我們離開時，帕波迪、薛曼、羅普斯、麥可提格和威廉森則埋頭苦幹地修理雷克狀態最好的兩台飛機，飛機上的操作系統出現不明損壞。

我們決定在隔天早上將所有貨物裝上飛機，並盡快返回舊基地。即使路線迂迴，卻是回到麥可默多灣最安全的路徑；因為以直線飛越這塊死寂大陸最偏遠地區的話，會引來太多潛在危機。由於大量團員死亡，鑽探機械也遭摧毀，因此沒有必要繼續深入探索。圍繞在身邊的謎團與恐怖事物，讓我們希望能盡速逃離這座荒蕪又陰沉的南極世界；我們也沒說出遭遇到的恐怖真相。

大眾也知道，我們平安地回到了人類世界。在毫不停歇的航程後，所有飛機在隔天晚上全數抵達舊基地，那天是一月二十七日。二十八日，我們花了兩趟航程才抵達麥克默多灣，中途只短暫休息了一下；我們離開高原後，還不時在大冰棚上遭遇狂風，打亂了飛行方向。五天後，阿卡漢號與米斯卡托尼克號就載著所有人員與設備，逐漸駛離變厚的冰層，並航入羅斯海。維多利亞地上的山峰彷彿在嘲笑我們般地矗立在西邊，後頭是雲層厚重的南極天空，風聲則被扭曲成音域廣闊的高頻笛聲，使我從骨子裡打了股冷顫。在兩週內，我們就離開了極圈，並感謝上蒼讓我們遠離那處受詛咒的國度；在無盡的過往時空中，當物質首度在地球尚未冷卻的地殼上扭動時，生命與死亡、時間與空間，彼此都在南極立下了邪惡又不淨的誓約。

不過我們回來後，便積極阻止他人進行南極探險，也有志一同地從不洩漏特定的謎團與臆測。即使年輕的丹佛斯受到極大的精神創傷，但就連他也沒有對醫生吐露真相。如我之前所說，他認為只有自己看過某種東西，甚至不告訴我實情，不過我想如果他願意開口，對他的心理狀態會有幫助。也許那東西只是在經歷稍早前的震驚事件後留下的幻覺餘波，說出口的話，多少能釐清真相，並讓他感到寬心。當他在某些精神不繼的狀況下，向我低聲說出脫節又不連貫的話語時，讓我產生了上述的想法。不過一等他掌握住情緒，又會激烈地否認自己剛說的話。

很難阻止其他人前往龐大的南極冰原，我們的努力可能反而引來了關注。我們早該知道，人類的好奇心永無止盡，而我們公布的結果，也足以促使別人踏上追尋未知事物的相同旅程。雷克關於那些怪物的報告，已激起了自然學家與古生物學家的高度興趣，不過我們並沒有公開從被埋藏的樣本身上取下的構造，或是尋獲樣本時所拍下的照片。我們也不展示更令人困惑的受傷骨骼樣本與綠滑石；丹佛斯和我小心翼翼地守住我們在超級高原上拍下的照片或畫下的圖片，以及那些被我們撫平的皺褶物體，當時我們心懷恐懼地檢視它們，並將它們放入口袋中帶回來。

但是，如今史塔克威瑟—摩爾探險隊已經在籌畫，準備也比我們周全許多。如果我沒阻止成功，他們就會抵達南極最深處的核心，並透過融冰與鑽探，挖出我們知道的事物，而那東西也將毀滅世界。所以我不能再保持沉默，甚至得提起位於瘋狂山脈後頭的無名之物。

第四章

一想到雷克的營地，以及我們在當地發現的事物，和藏在瘋狂山脈後頭的那個東西，就讓我感到強烈的猶豫與作噁。我心底不斷想減少對細節的描述，並用低調的暗示，取代事實和無可避免的推測。我希望自己已經說得夠多，足以迅速帶過以下經歷；也就是在營區發生的恐怖事件。我提過強風肆虐的地帶、受損的營地、被胡亂擺放的機器、狗群的不安、消失的雪橇和其他物品、人員與狗群的死亡、蓋德尼的失蹤，和六具以瘋狂方式掩埋的生物遺骸。這些死於四千萬年前的生物，儘管身上有結構性外傷，整體卻完好無損。我不記得自己是否提過，在檢查犬隻屍體時，我們發現有條狗失蹤了。我們當下並沒有對此多想；的確，也只有丹佛斯和我想到這件事。

我一直沒提到的主要議題，和屍體與特定的細節有關；這可能會為明顯的混亂局面提供某種恐怖又驚人的理性解釋。當時，我試圖避免讓人想到這些事；因為將一切歸咎於雷克小隊中某些人突發的瘋狂舉止，要來得簡單又正常多了。從表面上看來，那股邪惡的山風必定強烈到能將任何位於這座神祕荒原上的人逼瘋。

最不尋常的，自然是人們與狗群的屍體狀態。他們經歷了某種可怕的衝突，身體被以恐怖又無法解釋的方式撕碎。根據我們的判斷，死因都是遭到勒斃或撕裂致死。問題明顯由狗群引發，因為牠們破爛的畜欄從內部被猛烈撞破。由於狗群對那批恐怖的太古生物感到憤恨，隊員才將畜欄設在離營區有一段距離的位置，但此舉似乎徒勞無功。身處強烈的暴風之中，又躲在高度不夠的脆弱冰牆後，牠們肯定大鬧了一番；但原因究竟是狂風，或是某股從那些可怕生物身上飄出的微妙氣味，則無人能知。

不過，無論當時發生了什麼事，一定都既恐怖又令人作噁。也許我該放下自己的不適，並講述最糟糕的事。不過有鑑於丹佛斯和我的第一手觀察與嚴謹考究，我必須提出客觀意見，認為恐怖事件的兇手並非失蹤的蓋德尼。我先前提過，屍體都遭到嚴重破壞。我得補充，有些屍體遭到切割，奇特的手法則冷血又毫無人性。狗和人都遭遇到同樣的狀況。無論人或狗，所有健康又較為肥胖的遺體上都有大量身體組織遭到割除，彷彿下手的是個細心的屠夫；屍體周遭也有一圈怪異的鹽，是從飛機上破損的補給品箱中取出的；這使我們產生相當恐怖的聯想。這場景發生在其中一處粗糙的機棚中，裡頭的飛機被拖了出去，後續颳來的風則抹平了所有足跡，讓我們無法得出任何可信的理論。從被切割的人類遺體上撕下的衣物碎片，也無法提供任何線索。在毀損圍牆裡其中一處受到遮蔽的角落，有一些模糊的腳印，但提到這點並沒有幫助；因為那足跡完全不像人類的腳印，不過雷克數週以來不斷提及的化石痕跡，必然影響了我們的想法。當人們被高聳的瘋狂山脈陰影所籠罩時，就得對自己的想像力抱持戒心。

我先前提過，蓋德尼和那條狗最後被判定失蹤。走進那間可怕的帳棚時，有兩條狗和兩個人不見蹤影；但我們檢查過怪異的雪墓後，便踏進幾乎沒受損的解剖用帳篷，並在裡頭找到了某些線索。帳篷裡的狀況和雷克離開時的情況不同，因為太古怪物被防水布覆蓋的軀體，已經從臨時搭建的桌面上被移走了。我們確實知道，被怪誕方式埋葬的六具破損遺體中，其中一具帶有特殊臭味的屍體肯定就是雷克試圖解剖過的生物。實驗室桌面上和周圍散落了其他物體；不久後我們就猜到，那些東西是一個人和一條狗的遺骸碎片，兩具遺體都被仔細地解剖，但手法卻相當怪異又不熟練。為了顧及對方家人的感受，我就不提受害者的身分了。雷克的解剖器材不見了，但有跡象顯示那些工具被小心清潔過。汽油爐也失蹤了，不過我們在爐子原本的位置邊，發現了一小堆火柴。我們把人類遺骸和其他十個人埋在一起；犬隻的器官則和其他三十五條狗一同埋葬。至於實驗室桌上的詭異汙垢，以及被胡亂擺在一旁、裡頭含有插圖的書本，我們對此則毫無頭緒。

這就是營區中最駭人的光景，但其他事物也同樣使人感到困惑。諸多物品的失蹤讓人百思不解，其中包括蓋德尼與一條狗、八具完好無缺的生物樣本、三台雪橇、一些工具、附有插圖的技術性與科學書籍、書寫資料、手電筒和電池、食物與燃料、加溫設備、備用帳篷、毛皮大衣等物品。同樣令人感到困惑的，還有幾張紙上的潑濺墨漬，以及飛機周圍和營區與鑽探處遭到不明物體摸索擺弄的機械裝置。狗群似乎很害怕這堆被擺得亂七八糟的機器。還有被弄亂的食物儲藏室，消失的部分主要食材，和以最怪異的方式在不正常位置被扳開的錫罐堆，怪異的型態令人覺得好笑。散落一地的火柴也成了另一項小謎團；有些火柴形狀完整，有些則被折斷或燒盡。我們還發現四散在地上的兩三條帳篷帆布與毛皮大衣，上頭有奇怪又不尋常的撕痕，可能有某種難以想像的東西笨拙地試圖穿上這些衣服。遭到隨意棄置的人類與犬隻屍首，和以怪異方式埋葬的受損太古生物，都是這件令人崩潰的瘋狂事件中的謎題。考量到這一切可能遲早會曝光，我們仔細地拍下營區中混亂狀況的所有證據，也將用這些照片來加強我們的論點，阻止史塔克威瑟—摩爾探險隊出發。

在帳棚內找到屍體後，我們首先拍下照片，並挖開五芒星狀的瘋狂雪墓。我們不禁注意到，這些恐怖墓丘上的小點排列組合，相當類似雷克描述的古怪綠滑石；而當我們在大礦物堆中找到那些滑石時，則注意到兩者確實非常相近。我必須解釋清楚：這種架構和太古生物的五角星形頭部，有非常可怕的相似度。我們也同意，雷克飽受壓力的團隊，肯定因這種跡象受到不小的心理影響。

眾人不約而同地將一切歸咎於瘋狂行為。而作為唯一可能的生還者，蓋德尼自然成了頭號嫌犯。不過我不會天真地否認大家心中沒抱持狂野的推測，但理智禁止我們往那個方向猜想。下午薛曼、帕波迪和麥可提格搭乘飛機，在附近大範圍地繞了一圈，用望遠鏡掃視地平線，企圖找尋蓋德尼與其他失蹤物品；但他們空手而回。他們報告說龐大的山脈往左右無盡延伸，完全沒有降低的跡象。不過，有些山峰上的規律型立方體和岩牆看起來更加明顯，外型更類似洛里奇畫作中的亞洲山區廢墟。在他們見到的山脈範圍內，沒有積雪的黑色山峰間似乎隨處可見的神祕洞口。

儘管有諸多恐怖事物，我們依然抱持足夠的科學熱情和冒險心，對這些神祕山脈後頭的未知領域也依然保有好奇。依我們保守的訊息所說，經過一整天的恐懼與驚慌，我們於午夜後休息。但我們先立定一個試探性計畫，打算從明天早上開始，用重量較輕、並裝有機用攝影機和地質學裝置的飛機，飛越山脈一兩趟。大家決定由丹佛斯和我率先試飛，我們則在早上七點起床，企圖提早起飛；不過，我們對外界發出的簡短報告中提到的強風，害我們拖到九點才出發。

我已經提過對營地人員講述過的含糊故事，而在我們回去的十六小時後，也將該說詞傳到外界。現在我的可怕責任，是講述我們在深藏群山彼端的世界中看到的真相，填補原先故事中的溫和空白處；這股真相最後導致丹佛斯精神崩潰。我希望他能坦白說出自認看見的事物，即使那可能只是神經緊張下產生的幻覺，卻也是壓垮他的最後一根稻草。但他堅持不願提及此事。我能做的，只有重述他後來吐露的零碎低語；當我們經歷那股真實衝擊，並駕著飛機飛越強風肆虐的高山時，他看見了某種使他放聲尖叫的東西。我最後會提到這點。如果我故事中仍倖存於世的古老恐怖生物，不足以阻止別人涉足南極內陸，或至少不要深入探勘那塊充滿禁忌祕密的古老荒原，喚醒無可名狀的莫大邪惡事物的罪名，就不會落在我頭上了。

丹佛斯和我研究了帕波迪下午飛行時製作的紀錄，用六分儀檢測內容，並算出能夠飛越的最低峰位於我們右方，在營地的視線範圍內，海拔大約兩萬三千到兩萬四千英呎高。我們搭了重量減輕的飛機從這點出發，展開探索之旅。位於矗立在大陸高原丘陵地帶的營地，本身的高度就有一萬兩千英呎；因此我們實際升起的高度並沒有那麼高。不過當我們爬升時，依然感受到了稀薄的空氣與刺骨低溫；為了加強可見度，我們得打開機窗，但我們自然穿了最厚重的毛皮大衣。

當我們飛近禁忌山峰時，便注意到山坡上出現越來越多的規則性結構；漆黑又不祥的山脈聳立在滿佈裂痕和白雪的冰河上。這光景讓我們再度聯想到尼可拉斯．洛里奇的怪誕亞洲繪畫。那座古老又受到強風吹襲的岩石地層，證明了雷克報告中所提及的一切，也證實這些山峰在地球的太古時期便已矗立於此；歷史可能已超過了五千萬年。難以猜測它們過往的高度；但這座奇異地區的一切，都反映出不容易造成改變的氣候因素，也可能減緩了一般氣候下的岩石風化速度。

但最讓我們感到訝異與不安的，則是山腰上的規則型立方體、岩牆，和洞口。丹佛斯駕駛飛機時，我用望遠鏡觀測外頭景象，並用機用相機拍照；有時我會和他交換駕駛，以便讓他使用望遠鏡，不過我只有業餘飛航能力。我們能輕易觀察到那些物體大多由淡色太古石灰岩構成，和大部分山區不同；而雷克卻幾乎沒有提到它們外型上誇張又不尋常的規律性。

如他所說，它們的邊緣因遠古時代以來的風化作用而崩裂，並被磨圓；但這些構造超乎常理的堅固程度使它們免於消弭。這類構造有許多看起來和周圍的岩石表面十分相似，特別是靠近山坡的物體。整座景象看起來像是安地斯山脈中的馬丘比丘[21]，或牛津—費爾德博物館探險隊

21　譯注：Macchu Picchu，位於祕魯的印加帝國古城。

（Oxford Field Museum Expedition）在一九二九年挖出的基什[22]舊城牆；丹佛斯和我都認為自己看到分離的巨大石塊；雷克也曾提到，他飛行時的同伴卡洛看過這種景象。這種東西怎麼會在當地出現，讓我完全摸不著頭緒；身為地質學家，這也使我感到相當羞愧。火成岩經常有相當怪異的結構，像愛爾蘭知名的巨人堤道（Giants' Causeway）；但儘管雷克一開始覺得這座雄偉山脈有冒煙的火山口，事實上山群的結構卻完全沒有火山的跡象。

神祕洞口的數量在古怪地形結構附近最多，但由於洞穴輪廓的規律性，使它們也成了個小謎團。雷克的簡報中提到，洞口一般呈正方形或半圓形；彷彿有某種神奇魔手將這些天然洞穴塑造為對稱型態。它們數量眾多，分布範圍也很廣，顯示整座區域像蜂窩般佈滿了密密麻麻的隧道，在石灰岩地形中溶解而生。我們沒有瞥見洞穴深處，但裡面明顯沒有鐘乳石與石筍。在外頭，山坡上和洞口連結的部分，看起來則相當光滑，形狀也規律；丹佛斯認為，風蝕造成的裂痕和坑洞有相當不尋常的形狀。他對營區中的怪異景象感到恐懼，並暗示這些坑洞有點類似那些古老綠滑石上頭的小孔排列，以及埋藏六具怪物屍首雪墓上的瘋狂孔紋。

我們緩緩爬升，飛越較高的丘陵，並沿著之前選擇的路線飛行；這條路徑的高度相對較低。當我們前進時，有時會往下看覆滿冰雪的大地，並思索如果我們用早期的簡單設備進行這場旅程，會有什麼後果。讓我們訝異的是，地形並沒有太過複雜；儘管上頭有裂隙和其他難以穿越的位置，卻不太可能阻礙史考特、沙克爾頓或阿孟森的雪橇。有些冰河似乎逐漸導向暴露在強風下的路徑，冰河本身也不尋常地持續往前延伸；抵達我們選擇的隘口時，我們也發現該地有相同的狀況。

即使我們並沒有理由認為，山脈以外的地區會和自己早先目睹並經過的地區有何不同，但當我們準備繞過山峰，並窺向人跡未至的世界時，我們的感受依然強烈到難以用筆墨形容。這些屏障般的高山散發出邪惡的神祕氣息，以及從乳白色天空中探頭的山頂，催生了一股微妙又纖細的氛圍，文字也無法描繪這種感觸。那是種微弱的心理象徵與美感聯想：其中混雜了充滿異域意境的詩詞與繪畫，以及潛藏在禁忌書籍中的古老神話。即使在強風中，都含有一種特別又顯著的惡意；那一瞬間，周遭的聲響似乎包含了怪異的音樂性哨音或笛聲，音域也十分廣泛，同時強風則在無所不在的洞口中吹進吹出，使其發出回聲。這股聲響中有種迷濛的噁心感，和其餘的陰森感一樣複雜又難以定義來源。

根據無液氣壓計的讀數，在緩慢爬升後，我們現在位於兩萬三千五百七十英呎的高度；雪地已經被我們遠遠拋在底下。上頭只有漆黑又光禿的岩石斜坡，以及棱紋狀冰河的源頭，加上引人注目的立方體、岩牆，和充滿回音的洞穴，使這裡產生了一股不自然的夢境感。我望著綿延的高峰，覺得自己能看見雷克提到的那座山峰，上頭確實有座岩壁。峰頂似乎有一半消失在奇怪的南

22　譯注：Kish，古代蘇美城邦，位於現今的伊拉克中部。

極迷霧中；這種霧早先可能導致雷克誤認當地有火山活動。隘口在我們前方矗立，夾在兩旁的陰森鋸齒狀石柱之間，平坦的地形滿是風化痕跡。隘口後頭是飄散蒸氣的天空，空中則被角度低垂的極圈陽光照亮；我們認為從來沒人注視過這片神祕領域的天空。

再飛幾英呎，我們就會看到那個地區了。丹佛斯和我交換了意義深遠的眼神，隘口中呼嘯的強風，和引擎的巨響彼此大喊，使得兩人無法說話。接著，飛越最後幾英呎，我們便望向龐大山谷的彼端，目睹古老異域未曾有人接觸過的祕密。

第五章

我想，當我們終於飛過隘口，看見前方的景象時，兩人便同時放聲尖叫，叫聲中帶著敬畏、驚奇、恐懼，和難以置信。我們的大腦自然用某種自然理論，來穩定自己的精神狀況。我們可能想到科羅拉多州的眾神花園[23]中受到嚴重風化的石塊，或是亞利桑那州沙漠裡被風刻出對稱花紋的岩石。也許我們甚至認為眼前的光景，和早上飛近瘋狂山脈時所看到的海市蜃樓是相同的幻象。我們掃視著一望無際又受到強風肆虐的高原時，一邊望向幾乎無邊無際的巨型規律狀迷宮，和幾何線條流暢的石堆；它們崩裂塌陷的頂峰矗立在冰河上，冰層最厚實的部分厚達四十至五十英呎，也有些部分較為薄弱。當我們目睹這種景象時，腦內就浮現了某些正常的解釋。

眼前的恐怖光景帶來難以描述的效果，因為已知的自然法則似乎在一開始就遭到某種破壞。這座兩萬英呎高的古老桌型高原，氣候從五十萬年前的史前時期就不適合生物居住。在我們的視野盡頭，有堆狀態整齊的石堆，也只有企圖進行自我保護的焦慮人士，才可能否認這一切並非人工建物。以嚴肅態度討論這件事時，我們不認為山上的立方體與岩牆出自非自然因素。當死寂的冰河開始包覆這座區域時，人類根本與人猿無異，怎麼可能創造出這種物體？

但現在理性似乎無可避免地受到動搖，因為這座包含立方體、曲線和稜角石塊的雄偉迷宮，擁有能不讓人感到安心的特質。這裡明顯就是海市蜃樓中的不淨城市，現在則成了客觀又令人無法逃避的現實。海市蜃樓中的邪惡影像確實有實際根源：高空中肯定有水平的冰塵帶，而這座令人訝異的古代石城，則透過倒影將它的影像投射到山脈的另一頭。幻象當然受到大幅扭曲與誇大，其中也有實體城市缺少的物體；不過，當我們目睹影像來源時，便覺得它比幻象更為醜陋，並深具威脅感。

這些高聳石塔與岩牆的驚人龐大體積，使城裡的恐怖建物經歷成千上百、甚或是上百萬年的歲月後，依然矗立在颳著強風的高原上。當我們暈眩地往下望向這片令人難以置信的奇景時，便

---

23 譯注：Gardens of the Gods，位於科羅拉多州的公園，擁有諸多天然石柱。

脫口說出「Corona Mundi——世界之冠」[24]等誇張字眼。我再度想到從自己首度望向這座死寂的南極大陸時，便不斷繚繞在我心頭的古老神話；關於邪惡的冷之高原、米・格、喜馬拉雅山上的雪人、《納克特抄本》中的史前暗示、克蘇魯教團、《死靈之書》、許珀耳玻瑞亞[25]傳說中的無形札特瓜，和與那位神明有關、並比型態不定的星之眷族[26]更加恐怖的內容。

這座城市無邊無際地往四面八方蔓延，完全沒有變小的跡象；當我們沿著將城市和山脈分離開來的低矮丘陵底部左右張望時，除了剛剛通過的左方隘口外，我們認為自己完全無法看到城市規模變小的跡象。我們僅僅碰上了規模龐大到超越想像事物的冰山一角。丘陵零星分布在醜惡的石造結構之間，將恐怖的城市連結到令人熟悉的立方體和岩牆上，形成了山脈的外圍前端。這些丘陵和古怪的洞口遍佈在山脈內外兩側。

無名的岩石迷宮大部分是由冰層上十英呎到一百五十英呎高的城牆組成，牆面厚度從五英呎到十英呎都有。主要由體積碩大的巨石塊構成，成分包括黑色原始板岩、片岩和砂岩。許多石塊的尺寸為四乘六乘八英呎。不過，很多部分似乎都是用某種堅硬又不平整的前寒武紀板岩構成的基岩雕刻而成。建築物的大小不盡相同，有許多蜂窩狀的龐大結構，也有分離的小型建築。這些建物的形狀大多是圓錐狀、金字塔型或梯田型；不過也有許多形狀完美的圓柱體、立方體、立方體堆，和其他長方形結構；還有一種特殊的稜角建築，五芒星型的地基有點類似現代堡壘。建築師大量且精巧地運用拱型結構，而在這城市的繁榮時期，也許處處可見圓頂建築。

整座城市受到嚴重的風化，高塔下的冰河表面也滿布落石和古老的礫石。我們能在冰層的透明部位看到巨形建物的下半部，也注意到被冰層保存的石橋，橋墩在高空中以不同距離與高塔群連結。暴露在外的牆面上，我們發現留有痕跡的部位，顯示之前曾連有位於更高處的橋墩。靠近觀察後，就能看到上頭有數不清的大型窗口；有些窗戶上裝設了以某種石化原料製作的百葉窗，材料原本應該是木頭，不過大多窗口都以陰森且散發威脅性的方式敞開。遺跡內的許多建築都沒有屋頂，頂端的邊緣則被強風磨得相當不平整；其餘則是圓柱形或金字塔型的建築，或受到周圍更高的建物所保護，雖然四處都有風化與塌陷狀況，但外觀依然完整。透過望遠鏡，我們能在縱向鑲嵌處稍微看見某種裝飾性雕刻；樣式包括古老滑石上的特異小點群。現在看來，該圖像似乎有更重大的意義。

許多建築物都完全毀損，冰層也因不同地質因素而出現深邃裂痕。有些石雕則被磨損到露出了底下的冰層。有塊從高原內部延伸而出的寬大痕跡，蔓延到離我們剛經過那個隘口左側一英哩丘陵之間的裂隙，並完全沒有和建築物接軌。我們認為，這道痕跡可能代表了第三紀時期的某條

---

24 譯注：該詞彙為拉丁文。

25 譯注：Hyperborea，希臘神話中的極北國度。克拉克・阿什頓・史密斯筆下的克蘇魯神話分支作品《許珀耳玻瑞亞傳奇》（Hyperborean Cycle）便以該地區做為主要舞台。

26 譯注：star spawn，外表近似克蘇魯，但體性較小的生物。

大河，而那是數百萬年前的事。河流穿過城市，並灌入高聳山脈底下的某種地底深淵。這裡果然是充滿超越人類想像的洞穴、懸崖與地底祕密的地帶。

回想起我們當下的觀感，和觀看這座我們認為來自史前時代的古老巨城時所感到的暈眩感，當時兩人居然還能保持冷靜，讓我覺得相當神奇。當然，我們知道有某種東西錯得離譜；可能是年代學、科學理論或我們的意識。但我們依然鎮定地駕駛飛機，仔細觀察諸多細節，並小心地拍了一系列照片；這些照片可能對我們和這個世界還有益處。對我而言，深植腦中的科學習慣可能幫助了我；儘管我感到訝異，也察覺到威脅，但內心深處依然有強烈的好奇心，想更了解這古老的祕密；探索究竟是哪種生物建造出這座無可計量的龐大城市，並住在其中，再加上外界當時與其他時代的狀況，以及城市中大量生物與外界的關聯。

這裡並非尋常城市。它肯定造就了地球歷史中某種令人難以置信的遠古歷史核心；而早在人類脫離猿猴生活前，這段歷史衍生的後果便完全消失在地層動盪所造成的混亂中，只有在最隱晦又扭曲的神話中才能一窺這段遠古祕密。比起這座太古巨城出現的時期，知名的亞特蘭提斯和雷姆利亞大陸[27]、康莫瑞安[28]和烏祖達羅姆[29]、洛瑪[30]的歐拉索[31]，都只不過像是今天才發生的事。這座巨城的地位，和人類出現前就存在的不淨之城瓦盧西亞[32]、拉萊耶、姆納之地的伊博[33]，以及阿拉伯沙漠中的無名之城[34]相同。當我們飛越這些荒涼高塔上空時，我的想像力有時會掙脫所有束縛，並毫無目的地飄盪在幻想中；甚至將這個失落的世界，和我對營地恐怖事件的部分狂野幻想連結在一起。

為了減輕重量，飛機的油槽並沒有加滿；因此我們得小心探索。不過即使如此，在降低到風速不會影響飛行的高度後，我們還是橫跨了不少地區，或該說是空域。山脈似乎永無止盡，與山區內側丘陵連結的恐怖石城也毫無盡頭。往左右飛行了五十英哩後，底下的岩石迷宮依然沒有出現重大變化，看起就像從永凍冰層中爬出的殭屍。不過，裡頭依然有某種引人注目的特點；像是峽谷上的刻痕，大河曾一度鑿穿丘陵，並流向山脈中的深淵。溪口的岬角被大膽地雕入龐大的門柱上；而那種有脊型構造的桶型設計，也激起了丹佛斯和我心中模糊又恐怖的回憶。

27　譯注：Lemuria，傳說曾一度存在於印度洋上的古代大陸。
28　譯注：Commoriom，《許珀耳玻瑞亞傳奇》中的史前生物首都。
29　譯注：Uzuldaroum，《許珀耳玻瑞亞傳奇》中的城市，史前居民在康莫瑞安毀滅後移居至此。
30　譯注：Lomar，克蘇魯神話中的異空間「幻夢境」（Dreamlands）中的國家。
31　譯注：Olathoë，洛瑪國內以大理石建成的都市。
32　譯注：Valusia，在羅伯特・霍華德（Robert E. Howard）筆下的征服者庫爾（Kull the Conqueror）相關作品中出現的遠古城市，受蛇人控制。
33　譯注：Ib in the land of Mnar，幻夢境中的城市，在《夢尋祕境卡達斯》中出現，居民是外型類似深潛者的兩棲魚人種族。
34　譯注：Nameless City，在洛夫克拉夫特所著同名短篇故事中出現的城市，居民為外型混合鱷魚與海豹特徵的生物。

我們也碰上了好幾個星型的開闊空間，明顯都是公共廣場，並注意到地面上有許多起伏處。坡度陡峭的丘陵幾乎都被挖空，改建成某種雜亂無序的石製建物；但至少有兩處例外。在這兩處中，其中一座丘陵遭遇的風化狀況太過嚴重，無法看出突出的頂端原本有什麼構造；另外一座則還有以堅硬石塊雕出的奇特圓錐型紀念碑，看起來有些類似佩特拉[35]古老山谷中的蛇墓（Snake Tomb）。

我們從山區飛入內陸，並發現即使這座城市似乎沿著丘陵無盡延伸，卻並非無止無盡。三十英哩後，醜惡的石製建築群便開始變得稀疏，再飛了十英哩後，我們就抵達毫無智能生命生存跡象的無垠荒原。城市外的一條寬敞凹痕標示出河流的走向，地面則變得更為起伏不定，似乎微微往上隆起，末端則消失在迷霧繚繞的溪邊。

目前我們還沒有降落過，但我們無法想像沒踏入幾座怪誕結構，就離開高原的情況。於是，我們決定在靠近航線的丘陵上找個平滑地點，將飛機停在該處，並準備進行徒步探索。雖然緩緩隆起的山坡上遍地散布著廢墟，我們在低空飛行時，很快就發現好幾個能供降落的地點。由於我們之後得飛越山脈再回到營區，便選擇了靠近隘口的降落點，並在中午十二點三十分成功降落於一處光滑堅硬的雪地，上頭完全沒有障礙物，也適合讓我們之後迅速起飛。

由於時間很短，這高度也沒有強風干擾，我們認為不需要為飛機搭建遮蔽用的雪棚；因此我們只裝好降落用的雪橇，並防止機器裡的重要裝置暴露在嚴寒中。為了徒步探險，我們捨棄了厚重的飛行用毛皮大衣，只攜帶一小組裝備，包括口袋羅盤、手持相機、輕量補給品、大量筆記本和紙、地質學專用錘和鑿子、樣本採樣袋、一圈登山繩、還有功率強大的手電筒、加上備用電池；飛機上載了這些裝備的原因，是由於我們可能會降落，並拍攝地面照片、製作圖片與地形素描，並從赤裸的山坡、突起的岩石，或山洞中蒐集岩石樣本。幸好我們有足夠的備用紙張能夠撕碎，並將碎紙放入備用樣本袋中，再用古老的獵犬追兔[36]方式，在我們可能踏入的迷宮內部留下碎紙片。我們攜帶碎紙片的原因，是萬一找到某種內部空氣緩和的洞穴系統，就能使用這種快捷又簡易的方式，來取代一般在隧道上鑿出痕跡作為路標的方法。

我們小心地往下坡走，踏過厚實的雪地，走向矗立在乳白色西方天空前的雄偉岩石迷宮，並和四小時前靠近神祕隘口時一樣，感到一股強烈的驚奇。視覺上，我們確實已對山區中藏匿的驚人祕密感到熟悉；但實際踏入上百萬年前由智慧生物在人類出現前打造的太古城市時，這種異常氛圍依然使我們感到敬畏又恐懼。儘管在這驚人高度的稀薄空氣，使我們的行動比平常更費力，丹佛斯和我卻發覺自己相當適應，也能處理任何可能發生的問題。我們只踏了幾步，就來到一處和雪地同高度的廢墟，而五十到七十五英呎外則有座沒有屋頂的高大城牆，依然有五芒星形的輪

35　譯注：Petra，位於約旦的古城。

36　譯注：hare and hounds，一人扮演兔子，跑在前頭並留下一連串碎紙片，其他人扮演獵犬追逐的遊戲。

廓，高度則有十到十一英呎。我們往它走去；而當我們終於碰觸到這座受盡風霜的龐大岩塊時，便感覺到自己和被人類遺忘的太古歲月建立了前所未聞的不淨聯繫。

這座有著星狀外形的城牆，寬度大約有三百英呎，由異常巨大的侏儸紀砂岩構成，表面面積則有六乘八英呎。上頭有一排拱型圓孔或窗口，有四英呎寬、五英呎高，樣式對稱地圍繞星狀結構與內角，底部則離冰層有四英呎的距離。從這些洞口往外看時，我們發現石牆有五英呎厚，裡頭並沒有隔間，內部牆面上有環狀雕刻，或某種浮雕；當我們低空飛過這座城牆和其他類似的建物時，曾猜測到這點。底下原本應該有更多結構，但目前所有部位都已被厚重的冰雪所掩蓋。

我們爬進其中一扇窗口，並企圖看清楚已磨損的壁畫圖案，卻徒勞無功，但我們並沒有打算碰到底下的冰層。我們在飛行時已注意到，城裡許多建築物沒有太多冰雪包覆；如果我們進入屋頂良好的建物，也可能發現乾淨室內中的真正地面。我們在離開城牆前仔細地拍了照片，並困惑地研究不靠灰泥黏著的巨大石塊。我們希望帕波迪也在場，因為他的工程學知識或許能幫助我們了解，太古時期的居民與建這座城市與外圍結構時，是如何處理這些巨石。

往市區延伸的半英哩路途，加上頭頂從高聳山峰間呼嘯而過的強風，這一切細節都會永遠烙印在我心中。除了丹佛斯和我之外的人，只有在驚人的惡夢中，才能想像出這種畫面。在我們與西方繚繞的蒸氣之間，矗立著那批恐怖的黑色尖塔群；它們怪誕且驚人的造型展現出的任何角度，都不斷刷新我們的觀點。它彷彿是由堅硬石塊構成的海市蜃樓，如果沒有拍下照片，我可能依然會質疑它的存在。石城的大部分結構與我們檢視過的城牆完全相同；但言語無法詳細描述這座石城中建物的誇張造型。

照片只能捕捉到城中的無盡變化、超乎常理的龐大面積，與徹頭徹尾異類氛圍中的一兩種範例。歐幾里得[37]都無法解釋當地的幾何型態；線條不規律並被截斷的圓錐體、比例扭曲的梯田結構、擁有球莖般脹大部位的石桿、奇特的斷裂石柱群，與五星形或五脊形的醜惡結構。當我們靠近時，能看見透明冰層底下的特定部位，也注意到某些管狀橋墩將遍布四處、高度也不同的建築物連結在一起。城市裡似乎沒有規律的街道，唯一的寬大溝渠位於左邊一英哩的位置，古老的河流肯定從該處穿過城市，流入山中。

我們從望遠鏡中看到建物外部的水平帶狀結構，上頭描繪了幾乎已風化消失的雕刻和小孔，而這種帶狀結構在城市中似乎非常普遍；儘管大多建築物的屋頂與塔尖都已毀損，我們也能夠大致想像出巨城的昔日光景。整體而言，城裡充滿錯綜複雜的街道與巷弄，道路宛如深邃的峽谷，而由於懸掛上空的石雕或石橋，使部分道路看起來像是隧道。在我們底下展開的市區，看起來像夢中的幻境，後頭是西方的迷霧；南極紅日則低矮地懸掛在城市北端，在中午過後發出微弱的亮光。有那麼一瞬間，太陽被濃密的雲霧遮蔽，使一切暫時被陰影籠罩，這光景流露出我無法描繪

37　譯注：Euclid，古希臘數學家，被稱為幾何學之父。

的微妙威脅感。即使是我們身後高山中發出微弱呼嘯聲的狂風，也散發出了一股強烈敵意。導向城市下坡路的最後一段異常地陡峭，有塊岩石則凸出在山壁邊緣坡度改變的位置，讓我們覺得那裡以前曾有人工平台。我們相信，冰河底下一定有一連串階梯或類似結構。

我們終於踏入市區，爬過碎落地上的石雕物，並對無所不在的塌陷城牆所散發出的逼近感和驚人高度感到畏懼；此時我們的感覺再度變得相當激動，我也對兩人依然保有的自我控制感到驚奇。丹佛斯非常緊張，並開始對營地的恐怖事件提出一些令人不快又無關緊要的臆測；我對此感到相當不悅，因為這座存活至今的惡夢古城中的許多特點，已不禁讓我做出特定的結論。這些猜測也影響了丹佛斯的想像力。在某處轉角旁堆滿瓦礫的巷道中，他堅稱在地面上看到些許痕跡，而他並不喜歡這種跡象；他也在別處停下腳步，仔細傾聽幻想中從某處傳來的微妙聲響；他說，那是種被悶住的笛聲，類似山洞中的風聲，同時又有令人不安的差異。周圍建築物的五芒星結構，和幾處尚未磨損的特異壁雕，都散發出我們無從閃避的陰森意涵，並讓我們打從潛意識覺得，那些設計、建造，並居住在這座邪惡城市中的古老居民，一定與此有關。

不過，我們的科學冒險精神並未消弭，並機械式地採集建物石材中的不同岩石樣本。我們希望能蒐集到完整的樣本組合，以便精確判斷此地的年齡。外層高牆似乎沒有晚於侏儸紀與科曼齊系時代的部分，整座建物上的石材也不晚於上新世[38]。我們相當確定，自己所處的死亡之地，已經存在了至少五百萬年，可能還更為古老。

當我們跨越這座籠罩在巨石陰影下的黯淡迷宮時，便在每處裂口停下腳步，研究內部構造，並調查是否可以進入其中。有些縫隙離我們太遠，其他裂隙內部則只有被冰層覆蓋的遺跡，和山丘上的城牆一樣缺了屋頂，狀態也相當荒蕪。有處似乎能讓我們進入的寬敞裂口，卻導向底下的無盡深淵，我們也看不出該如何往下爬。我們三不五時有機會研究構成倖存百葉窗的石化木頭；透過尚能辨識的木質紋理，我們對它驚人的古老年齡感到訝異。這些木頭來自中生代的裸子植物和針葉樹，特別是白堊紀蘇鐵；以及明顯來自第三紀的扇葉棕櫚與早期被子植物。我們找不到比上新世晚出現的物質。至於這些百葉窗，它們的邊緣顯示出之前曾裝有現已消失的絞鍊，本身也有不同的用途：有些被裝在屋外，有些則裝設在深邃的窗口內側。它們似乎被卡在原處，因此儘管以前的金屬固定器和絞鍊遭到鏽蝕，百葉窗依然沒有脫落。

過了一段時間後，我們碰上了某座頂端完好的巨大五邊形圓錐體，並在脹大的牆邊發現一列窗戶；窗口內的龐大房間狀態良好，地板則由石板鋪成。但房內的窗口位置太高，少了繩索便無法降入屋內。我們攜帶了一條繩索，但除非必要，否則我們不願意降入二十英呎深的地底；特別是在當地高原的稀薄空氣下，心臟會承受更大的壓力。這座龐大的房間可能是某種聚會廳，我們的手電筒在牆面上的寬大縱向環帶上，映照出令人訝異的雕刻；這些環帶則被同樣寬闊的傳統藤

38　譯注：Pliocene Age，距今五百三十萬年至兩百六十萬年前的時代。

蔓式紋路分隔開來。我們仔細記下這地點，計畫在發現更容易進入的入口時回到這裡。

最後，我們終於找到了重要的門口；那是一道六英呎寬、十英呎高的拱門，也是一座空橋的盡頭。橋墩本身離冰河表面有五英呎的距離。這些拱門自然和上層樓面平行，而那棟建物中，其中一樓的地板尚未毀損。因此，我們能透過左邊面西的一連串長方形階梯式結構進入室內。穿過兩旁有其他拱門的走道後，有座毀損的圓柱體建築，上頭沒有窗戶，門口頂端十英呎高的位置還有一個奇特的膨脹處。屋內一片漆黑，門口則似乎導向某座包含了無盡虛空的黑井。

成堆的礫石使我們能輕易進入左側的龐大建築，但在抓住這期待已久的機會前，我們依然猶豫了一下。因為，儘管我們已踏入這座神祕古城，卻依然需要嶄新的毅力，才敢踏入上古世界的完整建物，而這些建築的邪惡本質正逐漸變得明朗。不過，我們依然踏出了第一步，爬過碎石堆，並鑽進敞開的門口。遠處的地面由大型石板構成，似乎也形成了一道漫長走廊的出口，兩旁則是上有雕刻的牆面。

當我們觀察走道內部諸多導向別處的拱門，並發現內部的隔間規模相當複雜時，就判斷該使用獵犬追兔的路線標記方式了。到目前為止，羅盤和經常出現在我們後方高塔之間的山脈，都足以防止我們迷路；但從現在開始，我們必須使用人工標記了。因此我們將額外的紙張撕成恰當大小，將紙片放入袋中，並由丹佛斯攜帶，準備在安全的前提下，盡可能節省地使用它們。這項作法也許能避免我們迷路，因為這座遠古迷宮中似乎沒有強烈氣流。如果氣流變強，或用光紙片的話，我們自然也能採取更安全、但麻煩又落後的方式，也就是在岩石上刻下標記。

還沒測試前，我們無法想像自己踏入的區域範圍有多廣。除了受到崩塌狀況或地質變動堵塞的空間外，不同建築物間的緊密連結，使我們能透過冰層下的橋墩踏入其他建築，因為冰層似乎並未蔓延到龐大的建物內部。透過所有的透明冰層，能發現底下的窗口都被緊緊關上，彷彿城市被居民拋下時，便維持著這種狀態，直到後世的冰河包覆住建物底層。我們確實有種特殊的感覺，認為這座城在遙遠的太古紀元時就被特意拋棄，而非遭遇某種突發災難，或因歲月而逐漸荒廢。難道居民們預先得知冰河時期的到來，並離開此地，強去尋找更適宜的住所嗎？當下我們無法從冰層結構判斷出明確的地形狀況，只能留待之後處理。這裡明顯沒有冰河移動的痕跡。也許是多年累積的厚重雪層，或是來自河中的洪水，也可能是高山上某座古老的冰壩碎裂，才催生了我們眼前的特殊環境狀態。我們幾乎能幻想出任何可能和本地有關的事物。

第六章

如果詳述我們在那座雄偉蜂窩式遠古建物中的探索過程，就太無趣了。在難以估算的歲月後，那座充滿古老祕密的恐怖巢穴裡，首度響起了人類的腳步聲。光是研究周圍的壁畫，我們便揭露了諸多恐怖故事與真相。我們利用閃光燈拍下的牆壁雕刻相片，能證明我們口中的一切，可惜我們當時帶的底片不夠多。因此，當我們用光底片後，便為特定圖像畫下了粗糙的素描。

我們進入的建築物擁有龐大體積和獨特風格，也讓我們對這棟建築的無名地質往昔感到訝異。內部的隔間比外層城牆小，但低樓層保存得相當良好。迷宮般的複雜度，加上樓層之間的不規則差異，便構成了整座建物的特性；要不是在身後留下碎紙片，我們肯定一開始就會迷路。我們決定要先探索毀損程度更嚴重的上層部分，因此往迷宮高處爬了大約一百英呎，抵達最頂端的廳房，裡頭充滿積雪與毀損跡象，屋頂則對準極圈天空敞開。我們透過散落四處的陡峭橫向石階或傾斜平台往上爬。我們碰上的房間充滿各種形狀與比例，從五星形、三角形，到完美的立方體都有。它們的平均面積為三十乘三十英呎，高度則有二十英呎，不過室內還有更大的隔間。在徹底檢查過上層區域與冰河層後，我們逐樓下降，踏入被冰層包覆的樓層，很快便發現自己身處與其他廳室和走道連結的漫長迷宮中，整體結構可能綿延不絕地延伸到這座建築外的區域了。此處一切事物都極為龐大的特性，讓我們感到強烈的壓迫；而古老石雕的輪廓、尺寸、比例、裝飾，和微妙的設計工法差異，都散發出某種微弱卻毫無人性的氛圍。透過這些雕刻，我們很快就明白，這座恐怖的城市已然經歷數百萬年的歲月了。

我們還無法解釋用於平衡與調整龐大石材的工程學原理，不過拱型結構明顯有重要作用。我們造訪的房間裡完全沒有可帶走的物品，這也佐證了我們對城市遭到特意遺棄的猜測。主要的裝飾元素，在於幾乎無所不在的壁雕；它們經常處於三英呎寬的橫帶上，從地板衍伸到天花板，並與有同樣寬度的對稱型藤紋橫帶交替出現。有些位置會有例外，但這種壁雕的普遍程度令人為之驚嘆。不過，一連串光滑的橢圓形輪廓經常會在其中一條藤紋橫帶上出現，裡頭包含了奇異的小點刻紋。

我們很快就發現，這種雕刻工法相當純熟精湛，且在美感上已演化至最高的文明標準，卻與人類藝術傳統中的任何風格都完全不同。我從未看過有雕刻品能達到這樣的細緻度。儘管雕刻本身擁有浩大規模，精細的動植物生態卻都被細膩地描繪出來；傳統設計則充滿複雜且精巧的手藝。藤紋顯示出對數學法則的深奧應用，並且以五為基礎，衍生出各種隱晦的曲線與稜角。具有圖像性的環帶擁有非常標準化的風格，處理技巧上也帶有特殊觀點，且依然散發出某種觸動我們心境的藝術風格，也不受阻擋在我們之間的久遠地質時期差距所影響。它們的設計方式，是將兩種二次元輪廓合併，展現出超越任何古代人類種族的分析式心理狀態。不可能拿這種藝術品和我們博物館中的展品比較。看過我們的照片的人，可能會認為這些物體較為接近最大膽的未來主義藝術家的特定恐怖概念。

藤紋花樣完全以凹陷的紋路構成，在未受磨損的牆上有一到兩英吋的深度。橢圓形輪廓中的小點明顯是以某種原始語言字母所寫的銘文。當橢圓形圖像在藤紋中出現時，光滑牆面上的凹陷處約有一英吋半深，小點大概又多出半英吋的深度。圖像環帶由錐孔淺浮雕組成，背景則從原本的牆面凹下兩英吋。某些雕刻上還能看出往日的上色痕跡，不過漫長的歲月已瓦解了大部分浮雕上的色彩。越深入研究這種驚人工藝，便越佩服這些物品。在它們嚴格的系統化風格下，我們能察覺製作者的精細觀察力與準確的圖像描繪技巧；這種規範本身，也象徵並強調了浮雕中每種物體的本質，或物體間的重要差異。我們也感覺到，除了這些精湛的表現外，還有其他我們無法辨認的意涵。如果我們擁有另一種心理與情緒背景，和更完善或特異的感覺器官，也許就能理解各處出現的微妙暗示，和潛在符號與刺激因子所帶來的重大意義。

雕刻中的主題本身明顯來自已消失的過往紀元，也涵蓋了大量歷史。這支原始種族對歷史的不尋常執著巧合地幫助了我們，也使壁雕為我們帶來了莫大的資訊，我們更將雕刻列為攝影與文字紀錄的優先對象。在特定房間內，主要的圖案包括地圖、星象圖，和其他規模龐大的科學設計；這些事物為我們從環帶裝飾與護牆板上得知的資訊，提供了恐怖的驗證。在暗示浮雕上的整體訊息前，我只希望自己的說詞不會在相信我的人身上，引發更強大的好奇心。如果原意為阻止他人的警告，反而誘使人們前往那座滿佈死亡與恐懼的國度，那就太悲慘了。

在佈滿壁雕的牆面上，還有高聳的窗口與龐大的十二英呎高門口；兩者上頭不少部位都還裝有石化的木板，作為百葉窗與門板使用；木板本身受到特意雕刻，也被打磨得相當光滑。所有金屬固定裝置都早已消失，但有些門板依然留在原位；而當我們走進不同房間時，也得用力將門推開。到處都有裝設了奇特透明鑲板的窗框，大多鑲板都呈橢圓形，不過這類窗框的數量並不多。還有許多尺寸龐大的壁龕，裡頭大多空無一物，但三不五時會發現壁龕中有某些由綠色滑石刻成的奇怪物體；它們要不破了，不然就是太不重要，讓居民不想帶走。其餘孔隙在過去肯定也裝設了用於加熱或照明等用途的機械裝置，許多壁雕中都描繪了這種器械。天花板普遍十分光禿，但有時會鑲上綠色滑石或其他磚瓦，不過大多鑲片都已經掉了下來。地板上也鋪了這種磚瓦，可是大部分地板依然以普通石材為主。

如我之前所說，室內沒有家具和其他可移動的設施；但壁雕圖案已讓我們理解這些如墓穴般充滿回音的房間中，曾一度存在過古怪裝置。冰層上的樓層通常塞滿了碎屑、垃圾，和瓦礫，但越往下走，這種狀況就越少見。某些下部樓層和走廊上，只有一丁點塵埃或古老的汙垢，有些地帶則有種怪異的嶄新感。當然了，在有裂痕或崩塌現象的位置，下部樓層就和上部樓層一樣充滿瓦礫。一座中央大廳讓室內區域免於陷入黑暗；我們從空中看到的其他建築物也有這種構造。所以除了研究壁雕細節以外，我們鮮少在上層房間內使用手電筒。不過，冰蓋以下的區域就變得暗沉許多；而在雜亂的地面樓層上，則幾乎是一片漆黑。

當我們走過這座死寂又並非由人類打造的迷宮時，要讓他人對我們當下思緒與感覺產生基本概念的話，對方就必須聯想到由毫無希望又偷偷摸摸的情緒、回憶，與印象混雜在一起的混亂情況。此地駭人的古老歲月與荒涼程度，足以讓神智正常的人崩潰；但讓這些元素變得更糟的，則是最近在營區發生的無解恐怖事件，與我們身邊那可怕壁雕所揭露的真相。當我們碰上一處完整壁雕時，只簡短檢視了一下，便得知了恐怖的事實，上頭也沒有任何詮釋上的矛盾。宣稱丹佛斯和我事前從未猜想到這種幕後真相，就太天真了；不過就算在我們倆之間，也小心地不對彼此暗示自己的想法。我們已不再質疑數百萬年前建造這座恐怖死城的生物本質；當時人類的祖先還只是原始的哺乳類，龐大的恐龍則漫步在歐洲與亞洲的熱帶草原上。

之前我們都絕望地堅信某種不同答案，並堅持認為五星形風格只是某種文化或宗教表徵，代表某種在太古時期體現出五星形本質的自然物體；就像克里特島（Crete）的米諾斯文明[39]崇拜聖公牛，埃及則景仰聖甲蟲，羅馬崇拜狼與鷹，其他野蠻部落則會挑選圖騰動物。但我們身上這種內心慰藉已被奪走，我們也被迫面對讓理性崩潰的真相，而讀者應該早就猜到這種結果了。現在我幾乎不敢用白紙黑字寫下這件事，但或許也沒有必要下筆。

在恐龍時代興建並居住在這座恐怖石城中的並非恐龍，而是更糟糕的生物。恐龍只不過是缺乏腦力的嶄新生物。這座城市的建造者則睿智又古老，並在十億年前的岩石中就留下足跡；那些岩石在地球上的生命還是細胞原生質時就已存在，更存在於地球生命出現之前。這些生物是原始生命體的創造者與奴役者，也必定就是《納克特抄本》和《死靈之書》等書中畏懼地暗示過的恐怖太古神話起源。它們是當地球還年輕時，便從星際間降臨的偉大「古族」[40]。它們的身體構造經歷過異於人類的演化過程，這座星球也從未創造出這種強大的物種。而前一天，丹佛斯和我親眼目睹了它們具有數百萬年歷史的化石碎片：可憐的雷克和他的隊員則看過它們的完整型態。我自然不可能將那段發生在人類出現前的恐怖歷史篇章，以恰當的順序做出編排。經歷了特定真相帶來的第一波衝擊後，我們得稍事休息；而當我們再度起身進行系統式研究時，已經是下午三點後的事了。位於我們踏進的建築中的雕刻，製作日期相對較晚，也許是兩百萬年前刻成的；我們透過地質學、生物學，與天文學要素判斷出雕刻的年代。這些雕刻也包含了某種藝術風格，和我們從跨越冰河底下的橋墩後，在較為古老的建築中發現的樣本比較起來，較為退步。有塊從堅硬岩石中刻出的建築，似乎就有四千到五千萬年的歷史，大約是始新世早期或白堊紀晚期。建物內的浮雕，其藝術風格強過我們見識過的一切壁雕，只有一件作品除外。我們倆都同意，此例外狀況便是我們所踏入最古老的建築物。

要不是因為那些即將公諸於世的照片，我本來就不願意提起自己發現並推測過的事物，以免被當成瘋子。當然了，我們拼湊出來的故事中的早期部分，能詮釋為這些生物自身想像出來的神話，包括這些長有星狀頭部的生物在地球出現前的生活，它們住在其他星球、其他星系，與其他宇宙中。但這些壁雕上有時出現的設計與圖表，則與目前數學與天體物理學的最新發現有著異常的相同之處，使我不知該作何感想。等到我刊出照片後，再讓別人去評斷吧。

很自然的是，我們發現的雕刻只敘述了一小部分故事，我們也還沒發現以正確順序排列的

39　譯注：Minoan，古希臘時期出現在克里特島的文明，牛頭人的傳說也出自此處。

40　譯注：Old Ones，為「遠古種族」的別名，該種族也被稱為「遠古者」。

不同故事篇章。有些龐大的房間擁有獨立的設計圖樣，其他房間則有延伸到一連串房間與走廊的持續性年代記錄。狀態最佳的地圖與圖表位於一道恐怖深淵旁的牆面上，深淵本身則坐落在比古老地面還低的位置。那是座約莫占地兩百平方英呎、六十英呎高的洞窟，昔日肯定是某種教育中心。不同的房間與建築物中，都有許多性質重複的圖樣；描繪特定經驗的篇章，與有關種族歷史的摘要或階段，經常成為不同雕刻師或居民最喜愛的刻紋。不過，有時描繪相同主體的不同版本，則能有效為故事中的模糊部分提供解釋，並填補情節上的空白之處。

我依然對我們在這麼短的時間內推敲出了這麼多事件而感到驚訝。當然了，我們現在只發現最粗略的大綱；透過日後研究我們拍下的照片與製作的素描，才發掘出其他細節。後續研究可能才是造成丹佛斯精神崩潰的主因。復甦的回憶與模糊的印象，加上最後瞥見了他不願對我多談的事物，都影響了他敏感的心智。但事情必須如此；因為少了最完整的資訊，我們就無法發出有說服力的警告，而那正是當務之急。那充滿脫序時間與異常自然法則的神祕南極世界中，還存在著某種事物，逼得我們得阻止進一步的探索行動。

第七章

我們拼湊出的完整故事，將會刊載在米斯卡托尼克大學的官方報告中。我在此只粗略描述重點部分。無論內容是否屬於神話，壁雕確實描繪出了擁有星形頭顱的生物如何從宇宙中來到毫無生機的新生地球。內容包括它們的降臨，與許多其他外星生物在特定時期進行的太空探索。它們似乎能利用自己龐大的膜翼在星際間飛行；這點出奇地證實了某位專精於古物研究的同僚告訴過我的山區民俗傳說。它們大多住在海底，建造華麗的城市，並利用能控制不明能量的複雜裝置，與無名的敵人交戰。它們的科學與機械知識大幅超越了現代人的水準，不過只有在必要情況下，它們才會使用這些更為精細的設備。有些浮雕顯示它們曾在其他星球上度過仰賴機械的生活，卻發現這無法帶來情感上的滿足。它們特異的堅韌體質與簡單的生理需求，使它們不須特殊的機械維生裝置或衣物，也能在險峻的高處生活，只偶爾需要能防禦氣候狀況的保護措施。

它們在海底首度製造出地球生命，一開始是為了食用，後來則是為了其他目的。它們使用自己熟知的製造方式，材料則是當地可用的物質。在消滅諸多星際外敵後，它們才開始進行更複雜的實驗。它們在其他星球上也做過同樣的事，不只製造出必要的食物，還製作出特定的多細胞原生質肉塊；在催眠影響下，這些肉塊能將細胞轉變為各種必要器官，因此成為能為遠古種族從事沉重工作的理想奴隸。這些黏膩的肉塊肯定就是阿布杜．阿爾哈茲瑞德在駭人的《死靈之書》中所提到的「修格斯」（Shoggoth），不過就連那名阿拉伯狂人都並未暗示修格斯存在於地球上；只有咀嚼過含有特定生物鹼的藥草的人，才會在夢中看到這種生物。當長有星狀頭部的遠古種族在這座星球上合成出自己簡單的食物，並培育了一大批修格斯後，它們便為了各種理由，讓其他細胞群發展為動植物生命體，並殲滅任何造成麻煩的生物。

修格斯能夠延展身體，並支撐莫大的重量；有了修格斯的輔助，海底的窄小城市擴張為龐大複雜的石造迷宮，就像後期興建的陸上城市一樣。擁有高度適應力的遠古種族在宇宙中的其他區域，也曾長期居住在陸地上，可能也保留了許多在陸地建築屋舍的傳統。當我們研究著這些擁有壁雕的太古城市建築，包括當下經過的死寂走道時，我們注意到了某種巧合；就連我們都並未試圖解釋這點。我們周圍的市區在數個世紀前就已風化為殘破不堪的廢墟，建築物頂端明顯佈滿了浮雕，也建有大量的針狀尖塔，圓錐體和金字塔頂端有著纖細的尖頂，長型圓柱體的頂部則擁有纖細的水平扇貝形圓盤。這就是我們在那龐大又誇張的海市蜃樓中看到的景象，投射出幻象的死城，其天際線輪廓早已消失了上百萬年；而當我們首度靠近雷克遭遇厄運的營地時，這股影像飛越了無盡的瘋狂山脈，在我們無知的眼中出現。

關於遠古種族在海底的生活，與部分成員遷徙至陸地上後的經歷，都可以寫上好幾本書了。住在淺水地帶的族群持續使用頭上五根觸手末端的眼睛，並以尋常方式進行雕刻與寫作；它們用筆在防水的蠟層上書寫。至於住在海洋深處的群體，儘管它們憑藉著某種特殊的燐光生物以獲得光源，卻仰賴頭頂上彩色纖毛傳來的特殊感受，來補強視野中看見的事物；在緊急情況下，這種特殊感知能力使所有遠古種族可稍微不需要光線。它們的雕刻與寫作方式隨著居住深度增加而改變，反映出化學性包膜的過程：可能是為了維持燐光，但我們無法透過浮雕看出這方面的細節。

這些生物透過游泳在大海中行動，使用身體側邊海百合般的手臂划水，也會扭動下半身長有偽足的觸手。有時則透過兩對以上的扇狀翅膀，輔助身體進行長距離划行。它們普遍使用偽足在陸地上移動，有時會用雙翼飛到高處，或飛越漫長的距離。海百合狀的手臂上長出的眾多纖細觸手充滿彈性又強壯，肌肉與神經也非常協調；這確保它們能在從事藝術與其他手工勞務時，完整發揮自身技巧與敏捷。

這些生物的身體堅韌度相當驚人。即使是海底最深處的高壓，似乎也無法傷害它們。除非遭遇暴力攻擊，不然它們鮮少死亡，埋葬地點也很少。當壁雕顯示它們會將同伴的遺體以橫向埋入五星形的墓穴、並在墓上刻下銘文後，丹佛斯和我心裡都浮現了某種想法，並得立刻停下來休息片刻。遠古種族透過孢子繁衍；這點近似蕨類植物，也符合雷克的推測。但由於它們的強韌度與長壽，且一直缺乏擴張種族的需求，除非它們要在新地區殖民，否則不鼓勵大規模生長原葉體。幼體的成熟過程相當迅速，也會接受超乎我們想像的教育。它們普遍擁有高度演化的智力與美感生活，並創造了一套傳承已久的風俗習慣；我將在日後的專題報告中詳述這點。這些風俗在海棲與陸棲族群間稍有不同，但擁有同樣的基礎與必要環節。

儘管它們能像植物一樣透過無機物汲取營養，大抵上卻偏好有機食材，特別是動物性食物。它們在海底食用未煮熟的海生動物，但在陸地上則會烹煮食物。它們會狩獵，也飼養了肉畜，並用尖銳的武器屠宰牠們；我們的探險隊在某些化石遺骸上發現的奇怪傷痕便肇因於此。它們能輕鬆適應任何溫度，在正常情況下，也能居住於溫度降到冰點的水中。不過，當更新世距今一百萬年前的冰冷時期出現時，陸棲族群就被迫使用特殊工具，包括人工加溫裝置；但酷寒終究將它們逼回了海中。根據傳說，史前太空旅行時，它們吸收了特定的化學物質，幾乎不需進食、呼吸，或特定的維生溫度；但嚴冬來臨時，它們已經失去了這項技術。無論如何，它們都無法在不受傷害的狀況下，無限期延長仰賴人工方式的維生狀態。

由於缺乏配偶，加上身體呈半植物狀態，遠古種族沒有創造哺乳類式家庭結構的生物性需求，反而為了進行舒適的空間利用，與個體間的友善心理連結，而組織出大型社會；我們由圖像中居民的職業與消遣活動中推測出這點。在居家裝飾上，它們將所有設施擺在大型房間的中心，並將牆面空間用於裝飾。陸棲族群使用某種可能運用了化學電流的照明裝置。它們在陸地和水底都會使用圓柱狀的奇特桌椅和躺椅，因為它們休息與睡覺時，都躺在摺疊起來的觸手上；有些架子上擺了上頭有小孔的平面板狀物，這就是它們的書本。

政府組織顯然相當複雜又充滿社會性，不過我們無法從壁雕中斷定這點。它們有廣泛的商業活動，在當地和不同城市間都有貿易行為；小而扁平、又帶有銘文的五星形物體，被作為金錢使用。我們的探險隊找到的小型綠色滑石，可能就是這類貨幣。儘管這文化以都市型態為主，但依然有部分農業與畜牧業存在。同時也有採礦業與一小部分的製造業。它們經常旅行，但除了以擴張種族為目的的大規模殖民行動外，鮮少長途遷徙。不過，貨物則由駝獸背負：它們在海底使喚修格斯，日後在陸地上居住時，則驅使其他原始脊椎動物。

這些脊椎動物，和其餘諸多生物：動植物、水生動物、陸生動物，和飛行動物，都是由遠古種族創造的生命細胞演化而成。在逃過創造者的注意後，這些細胞進行了不受控制的進化過程。因為牠們沒有與支配地球的種族發生衝突，其發展歷程完全不受宰制。造成問題的生物，自然立即遭到撲滅。我們饒富興味地發現，在某些技術最為退步的晚期壁雕中，有種步伐緩慢的原始哺乳類動物，有時被陸棲族群當作食物，有時則被當成娛樂用的笑柄；該生物擁有些許靈長類與人類特徵。建造陸上城市時，通常則由巨型翼龍搬運構成高塔的巨大石塊，古生物學家目前還沒有見過這品種的翼龍。

遠古種族經歷過不同的地質變化，和劇烈的地殼變動，卻依然奇蹟般地生存下來。雖然它們最初建造的城市經歷太古時代後幾乎全無倖存，文明卻並未中斷，也沒有使它們停止記錄自身的歷史。它們在地球上最初的降落點是南極洋，也有可能是在組成月球的物質，從鄰近的南太平洋地層上剝落後不久到來的[41]。根據其中一份壁雕地圖顯示，全球當時都被海水覆蓋，隨著歲月流逝，有些城市逐漸擴散到南極以外的地區。另一份地圖則展示了南極周圍的大規模陸地，有些生物明顯在該地建立了實驗性聚落，不過它們主要的居住中心則移轉到附近的海底。後來的地圖中

41　譯注：十九世紀科學家喬治・達爾文提出的月球形成理論，現已受到駁斥。

顯示了漂浮到他處的分裂陸塊，有些陸塊則往北漂，驗證了最近由泰勒[42]、韋格納[43]，和喬利[44]所提出的大陸飄移理論。

隨著南太平洋上出現了全新陸地，重大事件也於焉展開。有些海底城市遭到徹底摧毀，但那並非最糟糕的狀況。另一支外型類似章魚的種族，隨後從無垠星際間降臨，並掀起了激烈的戰爭，暫時將遠古種族完全逼回海中；牠們可能就是克蘇魯的史前後裔[45]。由於陸上聚落逐漸增加，這場戰爭肯定造成了莫大打擊。之後雙方和解，新的陸地交給克蘇魯的後代，遠古種族則控制海洋與古代陸地。

遠古種族建立了新的陸上城市；最龐大的城市位於南極，因為它們的著陸點被視為聖地。從這點開始，南極成了遠古種族的文明中心，克蘇魯眷族在該地區打造的城市便遭撲滅。突然間，太平洋上的陸地再度下沉，將拉萊耶的恐怖石城與所有章魚形外星生物全拉入水中，使遠古種族再度成為地球的王者；但它們絕口不提某個潛伏在暗處的恐怖事物。在相對晚期的時代，它們的城市散佈到全球的陸地與海洋。因此我將在之後出版的專題報告中，建議考古學家在分裂開的特定地區，使用帕波迪的鑽孔設備進行系統性鑽探。

數世紀以來，遠古種族逐漸從海洋搬遷到陸地上。新陸塊的上升促進了它們的遷徙，不過它們從未完全捨棄大海。搬到陸地的另外一項原因，是在繁衍並控制修格斯上遭遇到的全新困難；要維持成功的海洋生活，就必須仰賴修格斯。壁雕描繪出悲傷的歷史：隨著時間過去，由無機物質中創造出新生命的技術已經失傳了，於是遠古種族只能改造現存的生物。陸地上的大型爬蟲類相當容易處理；但海中的修格斯則成了令人頭痛的問題，因為牠們透過分裂繁衍，並意外得到了非常危險的高等智慧。

牠們總是受到遠古種族的催眠控制，並將堅韌的可塑形體轉變為各種有用的肢幹與器官；但現在牠們的自我變形能力有時會獨立運作，便依照過去收到的催眠暗示，變出不同的模仿性型態。牠們似乎發展出半穩定的大腦，腦內獨立且頑強的意志反映出遠古種族自身的意願，且並非總是遵從主人。這些關於修格斯的壁雕使丹佛斯和我感到恐懼又作嘔。牠們是由黏稠膠質組成的無固定型態生物，看起來像是眾多黏在一起的氣泡；當身體呈球狀時，身體直徑平均有十五英呎。不過，牠們會不斷變換體型與大小，也會長出供暫時使用的構造，或生成明顯的視覺、聽覺，與發聲器官，以便模仿牠們的主人，有時出自自發性，有時則是收到催眠暗示的結果。

牠們似乎在二疊紀中期變得特別不受控，大約是距今一億五千萬年前；當時的海棲遠古種族對牠們發動了征服戰爭。這場戰事的圖樣，描繪了被黏液包覆的無頭屍體，這是修格斯殺死的受

42 譯注：Frank Bursley Taylor，二十世紀美國地質家。

43 譯注：Alfred Lothar Wegener，二十世紀德國地質學家。

44 譯注：John Joly，二十世紀愛爾蘭物理學家。

45 譯注：也就是本故事中提過的「星之眷族」。

害者典型狀況；儘管這一切已經是太古時代的歷史，卻依然散發出駭人氣息。遠古種族使用會破壞分子與原子的特殊武器來對抗叛變生物，最後也贏得勝利。之後的壁雕描繪的某段時期，則顯示修格斯受到全副武裝的遠古種族馴服和打壓，就像美國西部的牛仔馴服野馬一樣。雖然在叛亂發生時，修格斯們展現出可離水生活的能力，但遠古種族不允許這項轉換能力；因為修格斯在陸地上的用途，同樣會對掌控牠們造成困難。

在侏儸紀時期，遠古種族碰上了來自外太空新敵人的入侵，這次是半真菌、半甲殼類的生物；這些生物一定就是北方山區傳說中的怪物，喜瑪拉雅人稱它們為米·格，或是恐怖的雪人。為了對抗這批生物，遠古種族在降臨地球後首次企圖再次回到太空；但儘管它們進行了所有傳統準備，卻發現自己無法離開地球的大氣層。無論星際旅行的古老祕密為何，遠古種族都已經遺忘了。最後米·格將遠古種族全都趕出北方大陸，不過它們無法影響海棲族群。於是，遠古種族便逐漸撤回原先的南極居住地。

我們能從壁雕上描繪的戰役中注意到，構成克蘇魯後裔與米·格身體的東西，似乎與遠古種族的身體組織完全不同。前者都能變形並重組身體，它們的敵手則完全辦不到這點；兩者似乎也來自太空更深處的漆黑深淵。儘管遠古種族擁有怪異的強韌身軀與特殊臟器，身體卻完全由物質所構成，物種起源肯定也出自我們已知的時空連續體中；至於其他生物的來源，我們就只能心懷恐懼地猜測了。要認同這一切，就必須假設入侵外敵的異星特質和特異能力，都不只是單純的神話。可想而知，遠古種族必定發展出了某種宇宙系統，用於解釋它們經常發生的潰敗，因為對歷史的興趣和自傲，組成了它們主要的心理架構。重要的是，它們的年表並未提到許多先進種族，這些種族的偉大文化和高聳的城市經常在特定的神祕傳說中出現。

許多壁雕上的地圖與場景，都鮮明地描繪出世界在漫長地質時代中經歷的改變。在部分圖像中，現存的科學得加以更改，在其他案例中，現代科學的大膽推論則得到了證實。如我所說，泰勒、韋格納與喬利曾提出假說，認為所有大陸都分裂自南極陸塊，它們因離心力而裂開，並在黏性較強的下半部地層上飄移。假說的緣由來自非洲和南美洲相互吻合的輪廓，以及山脈受到板塊推擠的方向；這座異常地帶曾提供了驚人的證據。

地圖中一億多年前的石炭紀[46]世界，顯示出明確的裂痕與斷崖，非洲之後則注定將從一度寬闊的歐洲（當時還是原始傳說中的瓦盧西亞）、亞洲、美洲，與南極大陸上剝離。其他地圖則展示出已成為如今面貌的大陸，其中最重要的地圖，則與我們所在的這座龐大死城，在五千萬年前的建立有關。我們發現的最晚期地圖約莫來自上新世，圖中已大略出現了今日的世界，不過阿拉斯加還與西伯利亞相連，北美洲也透過格陵蘭與歐洲連結，葛拉漢地（Graham Land）則連起了南美洲和南極大陸。在石炭紀地圖上，全球的海床與裂開的陸塊上都佈滿了遠古種族龐大石城

46 譯注：Carboniferous，距今三億五千萬年至兩億九千萬年前的時代。

的記號；但後期的地圖則明確描繪出城市逐漸往南極縮減的狀況。除了南極大陸與南美洲的頂點外，最後一份上新世地圖上並未刻出任何陸地城市，南緯五十度以北也沒有任何海底城市。除了使用扇形膜翼長途探索，並研究海岸線外，遠古種族對北半球的知識與興趣明顯已完全消弭。

由於山脈隆起、大陸遭離心力扯裂、陸地或海底的地殼動盪，與其它自然因素，使得紀錄中經常出現城市毀滅事件；我們也好奇地發現，隨著歲月流逝，遠古種族建立的聚落變得越來越少。我們周圍的龐大死城似乎是該種族最後的聚落中心，建於白堊紀早期，當時一場巨大地震摧毀了不遠處另一座更大的都市。這塊區域似乎是最神聖的地帶，據說第一批遠古種族曾居住在原始的海底。我們能從壁雕中看出許多這座新城市的特性，市區沿著山脈往兩端延伸了一百英哩，長度超越了我們空中探勘的範圍極限。據說有些神聖的岩石組成了首座海底城市的一部分，然而隨著漫長的時光消逝，地層也逐漸隆起，這些石塊也遭到陽光的曝曬。

第八章

在研究市區中的物體時，丹佛斯和我自然懷抱著強烈的興趣與特殊的敬畏。這裡擁有規模浩大的當地歷史紀錄；我們也幸運地在城市雜亂的地面樓層中，找到了一座建於晚期的建築物。儘管它的牆面受到鄰近的裂痕波及，內部卻包含了製作水準不佳的壁雕，上頭描繪出當地的故事，內容則超越了上新世地圖中涵蓋的時期；先前我們透過上新世的地圖，瞥見了人類史前世界的光景。這是我們仔細檢視的最後一個地方，因為我們發現的事物立刻給了我們全新目標。

我們肯定身處全地球最奇特、最怪異，也最恐怖的其中一角。在現存的所有陸塊中，這裡必然最為古老。我們逐漸相信，這座醜陋的高原必定就是連《死靈之書》那位瘋狂作者都避之不談的惡夢地帶：冷之高原。高聳的山脈相當漫長；山區起始於位於威德爾海東岸的路特波德海岸（Luitpold Land）旁的低矮山坡，並橫越整座大陸。山脈中的最高點從南緯八十二度、東經六十度，漫長地延伸到南緯七十度、東經一百一十五度的位置，凹陷處則彎向我們的營區，面海側的盡頭則是那座漂滿浮冰的海岸，岸邊的山丘曾在南極圈被威爾克斯[47]與莫森[48]觀察到。

但更誇張的自然現象似乎近在眼前。我提過這些山峰比喜馬拉雅山還高，但壁雕使我無法稱它們為地球上的最高峰。那可怕的名號屬於某種連壁雕都不願記錄的事物，其餘的雕刻則對那東西表現出明顯的閃避與恐懼。這片古老大地中似乎有塊地區，是遠古種族避之唯恐不及的無名邪惡之地；在地球將月球拋離地表，而遠古種族從星際間降臨後，這個地帶便成為首度由海中升起的陸塊。蓋在該地的建築物都會提早崩塌，裡頭也有突然遭遺棄的跡象。當該地區在科曼齊紀首

47 譯注：Charles Wilkes，十九世紀美國海軍軍官與探險家。
48 譯注：Douglas Mawson，二十世紀澳洲地質學家與南極探險家。

次發生大地震時，一連串駭人的山峰便突然在大混亂中崛起；地球就此得到最高聳恐怖的山脈。

如果壁雕上的比例正確的話，這些可怕的山峰肯定超過四萬英呎；比我們飛越的瘋狂山脈更為高大。它們似乎由南緯七十七度、東經七十度延伸到南緯七十度、東經一百度的位置，離死城不到三百英哩；要不是因為那股乳白色迷霧，我們早該在遙遠的西方瞥見那些恐怖的高峰。在瑪莉皇后地的南極圈海岸線，便能看到該山脈的北方盡頭。

有些生活在衰退時期的遠古種族，對那些山脈做出了怪異的禱告，但沒有生物敢靠近山區，或猜測山區彼端有哪種東西存在。沒有人類看過這些山脈，而當我研究著壁雕中散發出的情緒時，我也祈禱未來不會有人目睹那光景。山脈外的海岸線旁有許多帶有保護性的山丘，分佈於瑪莉皇后地與威廉一世地（Kaiser Wilhelm Lands）；我也感謝上蒼，還沒有人登陸並攀爬上那些丘陵過。我並不如以往般對古老傳說中的恐怖事物感到質疑，我也不會嘲笑史前雕刻工留下的說法：閃電三不五時會在陰森的高峰頂端停歇，而一股無法解釋的光線也會從其中一座駭人山峰中飄出，在極圈長夜中持續閃耀。《納克特抄本》中對位於冰冷荒原上的卡達斯做出的隱諱描寫，背後可能有相當真實又恐怖的含意。

但即使鄰近地帶缺乏無名的恐怖事物，怪誕氛圍卻依然不減。在城市建立後不久，一旁的高山就成為主要神廟的所在地，許多雕刻也描繪出當年升至天際的醜惡高塔，今日我們只能看見僅存的立方體與岩牆。隨著歲月流逝，洞穴逐漸出現，並被改造為神廟的附屬物。在晚期時代，本地的所有石灰岩礦脈都已被地下水侵蝕為中空的地道，因此山區、丘陵和底下的平原都成了透過洞穴與隧道相連的大型網路。許多鮮明的壁雕描繪了在地底深處進行的探索行動，最後則在地底深處發現一座幽暗大海。

這座龐大的陰暗深淵，無疑是被從無名的恐怖西方山脈中流下的大河所侵蝕而成；河水之前在遠古種族的山區旁轉彎，並沿著山脈流入印度洋，出海口位於威爾克斯地海岸線旁的布德海岸（Budd Coast）與托騰地（Totten Land）之間。河流緩慢地在彎曲處挖空了石灰岩丘陵的地基，直到富有侵蝕性的水流抵達被地下水挖空的洞穴，並合併起來，挖出更深的無底洞。最後，整條河全流進空洞的山丘，流向海洋的舊河床則變得乾涸。我們發現的這座晚期城市中大部分市區，就建築在之前的河床上。了解當下狀況的遠古種族，運用了自身傑出的藝術感，在大河流入的黑暗深淵旁的丘陵岬角上，雕刻出華麗的門柱。

這座曾一度有數條高雅石橋橫跨的河流，便是我們利用飛機探勘時所看見的乾涸河道。它在不同壁雕中的位置，幫助我們了解該地區數世紀來漫長歷史中的不同階段，使我們能夠急促卻仔細地畫出標有特殊地點的地圖，包括廣場與重要建築等，以便進行深入探索。我們很快就能重建出城市在一百萬年、一千萬年，甚至是五千萬年前的雄偉光景，因為壁雕們讓我們得知，當年的建築、山區、廣場、市郊、周遭景色，和茂密的第三紀植被究竟長得怎樣。這座城市一定曾散發出驚人的神祕之美，當我想到這點時，就幾乎遺忘了城市超越人類的歷史歲月、龐大的規模、死寂感、荒涼氛圍，與冰河上的微弱光線；這些事物帶來的黏膩陰沉感，將我的心靈壓得快喘不過氣來。但根據特定壁雕，城市的居民曾碰上某種壓倒性的恐懼。雕飾中有某種重複出現的嚴肅場景，其中的遠古種族都害怕地逃離某種在大河中發現的東西，圖中指出那東西從恐怖的西方高山上長滿藤蔓的蘇鐵林中被沖下；這物體也從未在圖樣中出現。

直到我們來到一間刻有壁雕的晚期建築，才對導致城市遭到棄置的最後災難有了些許認知。儘管那個充滿壓力與不確定的時代，使居民們的體力與靈感變得較為縮減，別處卻必定還有同時期的雕刻；不久後，我們確實發現了其他壁雕存在的證據。但這是我們首度碰上的晚期壁雕，也是我們唯一直接看見的作品。我們打算之後再進一步調查；但如我所說，當下的情況讓我們得另尋目標。城裡必然只有固定數量的雕刻品，畢竟在遠古種族失去長住該城的希望後，必然會全面停止製作壁雕。最後的災難，自然是籠罩地球大半部分的冰河時期，嚴冬從未離開厄運纏身的極圈。在世界另一端，酷寒也摧毀了知名的洛瑪與許珀耳玻瑞亞。

很難判斷這股長冬在南極開始的詳細年份。目前我們認為冰河時期距今大約有五十萬年，但那股浩劫在極圈地區一定發生得更早。所有的量化估算數值都只是猜測，但水準退步的壁雕可能是在不到一百萬年前製成，而城市遭到遺棄的時間點發生在更新世的起點，以地表年齡來看，則是五十萬年前。

工藝落後的壁雕描繪出了各地轉為稀疏的植被，以及遠古種族逐漸縮減的鄉間生活。房屋裡裝設了加溫裝置，寒冬中的旅行者也在身上穿戴了防護性衣物。接著我們發現一連串橢圓形圖像，壁雕中的橫帶花紋經常因這類晚期雕刻而中斷。上頭描繪遠古種族持續遷徙到距離較近，並較為溫暖的避難所。有些遠古種族逃向遠方海岸外的海底城市，有些則鑽入空洞山丘底下的石灰岩洞穴網，前往附近由地下水蝕刻出的深淵。

最後，鄰近的深淵似乎成了規模最大的殖民地。這有部分是因為該區域傳統上被認為是聖地，但更決定性的原因，則是因為深淵讓居民能繼續使用擁有蜂窩構造山區上的大型神廟，同時也能將龐大的陸上城市作為暑期居所和與不同礦坑連結的溝通中心。透過在連結通道上興建數道緩坡與強化設施，新舊居所之間的聯繫變得更有效率，這也包括古老大城到漆黑深淵之間的諸多直線隧道。在謹慎推敲後，我們仔細地在製作中的地圖上，標出垂直往下延伸的隧道口。顯然，至少有兩條這種隧道，離我們所在位置的距離夠近。兩條隧道都位於城市靠山的位置，一條離古河道不到四分之一英哩，另一條則位於兩倍距離外，並往相反方向延伸。

深淵中某些地區似乎有傾斜的乾燥河岸，但遠古種族將新城市建在水底；必然是由於水底的溫度較高。地底海洋似乎非常深，所以地熱能確保居民無限期居住在該處。這些生物似乎能輕易適應暫時居住在水中的生活，最後也能永久住在水裡；因為它們的鰓從未退化。許多壁雕顯示，它們經常拜訪住在別處的水生同胞，也習慣在大河的河床底部清洗自己。對習慣南極長夜的種族而言，地底的黑暗可能也算不了什麼。

儘管它們的生活風格確實變得衰敗，當最晚期的壁雕描繪在地穴之海中建立新城市的經過時，依然散發出了史詩般的氣勢。遠古種族以科學方式築城：它們從有蜂窩狀結構的山脈中，挖出堅不可摧的岩石，並找來附近海底城市的專業工匠，以便利用最佳方式進行建築工程。為了進行新工程，這些工匠帶來了必要工具：修格斯身體組織，用於繁衍搬運巨石的生物，與日後供洞穴城市使用的駝獸；原生質則用來形成照明用的磷光生物。

最後，從那座地下海洋中升起了一座宏偉巨城，城中的建築物造型非常類似陸上城市；由於建造過程中的精準數學法則，使工藝手法的退化程度相對較小。新培育出的修格斯變得相當巨大，也擁有獨特智力，能以驚人的速度接受並執行命令。牠們似乎透過模仿遠古種族的聲音，來和主人溝通；如果雷克的解剖結果正確，那聲響便類似音域廣闊的笛聲。牠們也能直接接收口語命令，不像早期需要催眠暗示。不過，牠們受到周全的控制。儘管少了外界夜空中的極光，但磷光生物相當有效率地提供光源，彌補了照明上的損失。

居民們繼續追求藝術與裝飾，不過還是能觀察出退步的程度。遠古種族似乎也清楚自身正在退步，許多狀況下也採用與君士坦丁大帝（Constantine the Great）相同的政策，將擁有古老雕刻的良好石塊從陸上城市搬出；那名羅馬皇帝在相仿的衰退時代中，也剝奪了希臘和亞洲最精緻的藝術品，將之轉移到全新的拜占庭首都，激發出當地人民無法創造出的偉大奇景。雕刻石塊沒有大量被搬走的原因，肯定是由於陸上城市剛開始並沒有被完全棄置。等到城市被完全遺棄時，更新世已降臨極地很久了。遠古種族或許變得對自己退步的藝術感到滿意，或再也認不出古老雕刻中更優異的工法。總而言之，儘管最佳的雕像都和其他可移動的物品一樣被帶走，我們周遭沉寂了無數世紀的廢墟中的雕刻品，卻一定沒有被全面拆除過。

如我所說，描繪出這段故事的退步橢圓形圖案和護牆板，是我們在有限時間中找到的最後樣本。我們在上頭發現一張圖像，上頭描繪了遠古種族夏季時居住在陸上城市，冬天則搬到海底的洞穴城市，有時則與南極海岸遠方的海底城市進行貿易。到了這時候，它們一定已發現陸上城市在劫難逃，因為壁雕上顯示了許多酷寒引發的惡性現象。植被正在萎縮，即使到了仲夏，冬天降下的可怕大雪也不再完全融化。蜥蜴類家禽幾乎都已餓死，哺乳類也難以承受這種氣候。為了維持陸上世界的工作進度，有必要將一部分形體不定、並能承受酷寒的修格斯搬遷到陸地；之前古老種族不太願意做這種事。大河中現在毫無生命，上層海面除了海豹與鯨魚外，也喪失了大部分的居民。所有的鳥都飛走了，只剩下龐大又醜惡的企鵝。

我們只能猜測日後發生的事。這座海底洞窟中的新城倖存了多久？這座沉浸在永恆黑暗中的石造死城，是否依然坐落於地底呢？地下水域終於被冰封了嗎？位於外圍的海底城市又遭遇到了哪種命運？有任何遠古種族在冰蓋擴大前就往北搬遷了嗎？現存的地質學研究中找不到任何這類城市的證據。恐怖的米·格還在威脅北邊的陸上世界嗎？即使到了今天，有人能確定地球深海內黯淡無光、又無人探索的深淵中，究竟還有沒有任何怪物嗎？那些生物似乎能承受任何程度的壓力；漁民們有時也會撈到奇怪的物體。而殺人鯨理論真的能證明波許葛雷文克[49]於上一世代在南極海豹身上發現的神祕傷疤嗎？

可憐的雷克發現的生物樣本沒有被納入推論範疇，因為該地的地質年代證明，它們肯定在陸上城市創立早期就住在那裡。從被埋藏的地點看來，它們起碼有三千萬年的歷史；我們也想到在它們生存的年代中，海底洞穴城市與洞窟本身都還不存在。它們記得更古老的光景，包括遍布周圍的濃密第三紀植被，較為年輕、並受到華麗藝術環繞的陸上城市，與沿著高聳山脈底部往北流向熱帶海洋的大河。

但我們卻不禁想起了那些生物樣本，特別是從雷克嚴重毀損的營區中消失的八隻完整生物。這整件事有某個地方不對勁：包括我們試圖歸咎於某人瘋狂行為的怪事、那些奇怪的墳墓、失蹤物體的數量與本質、蓋德尼、古老怪物的怪異堅韌度，以及壁雕所顯露出的該種族怪異行為。丹佛斯和我在這幾小時內看到了許多事物，也準備好相信許多來自遠古的駭人祕密，更打算對此保持緘默。

第九章

我曾提過，我們對工藝技術退步的壁雕進行的研究，改變了當下的任務。這自然與通往黑暗洞穴的隧道有關；之前我們並不知道這些通道的存在，但我們現在非常想找出它們，並進行探索。從雕刻的比例看來，我們推測只要踏入鄰近任一隧道，並沿著陡峭的斜坡往下走一英哩，就能抵達深淵旁令人暈眩的黑暗懸崖；沿著經遠古種族修繕過的側邊步道往下走，便會抵達隱匿漆黑海洋旁的岩石海岸。我們一得知這座驚人深淵的存在，便無法抗拒在現實中親眼目睹它。但我們明白，如果我們打算在旅途中造訪該地的話，就必須立刻啟程。

當時是晚間八點，我們的電池存量也不足以供手電筒持續使用。我們在冰層下進行了許多研究與抄寫行動，也持續使用了電池起碼五小時；儘管我們有特製的乾電池配方，燈光卻肯定只能再使用四小時。不過，除非經過特別有趣或難以跨越的地點，不然不使用其中一支手電筒的話，我們也許能勉強延長電池的使用時間。在這些龐大的墓穴中，少了光源便相當危險，因此為了進行前往深淵的行程，我們必須放棄繼續研究壁雕。我們當然打算重返此地，進行為期數天或數週的密集研究和攝影。我們的好奇心早就凌駕於恐懼之上了。不過，我們現在得加快腳步。

我們用來標記通道的碎紙片並非無窮無盡，也不太想撕碎備用的筆記本或素描紙，但我們確實撕掉了一本大筆記本。如果發生了最糟糕的情況，我們也能再度採用在岩石上標記的作法。假若我們真的迷路，只要留下足夠時間嘗試和犯錯，也能透過探索一條條隧道，來找出重見天日的

49　譯注：Carsten Egeberg Borchgrevink，二十世紀初挪威極地探險家。

路。於是，我們期待地往最近的隧道出發。

根據我們用以製作地圖的壁雕，最佳洞口離我們的所在地應該不會超過四分之一英哩；堅固建築物之間的空間，儘管位於冰層下，卻依然能供人通過。開口本身應該位於某座龐大的五星形建築底層，該建物坐落在接近山麓丘陵的稜角上；它明顯是某種公眾建築，可能是用於儀式活動，我們在飛行探勘遺跡時，也曾試圖辨識那棟建物。

當我們回想飛行過程時，卻想不到曾看過這種建築，因此我們認為它的上半部已嚴重受損，或已完全塌陷進我們曾注意過的冰層裂縫。在後者的狀況下，隧道盡頭可能已遭堵塞，因此我們得嘗試最近的另一條通路，也就是離北方不到一英哩的隧道。擋在中間的河道使我們無法嘗試南邊的隧道；如果兩條鄰近隧道都被堵住的話，我們的電池便不見得能熬到下一座北邊的通道，那裡離我們的第二選擇有一英哩遠。

我們利用地圖與羅盤，緩緩走過迷宮。我們穿過毀損或完好程度不一的房間與走道，爬上斜坡，穿過上部樓層和橋墩，並再度往下爬；碰上堵塞的門口與成堆的瓦礫，並三不五時沿著保存狀態出奇良好的路徑走，有時則因走錯路而得往回走（在這種情況下，我們得移除之前留下的紙片記號），有時也會抵達某處開闊天井的底部，陽光則從洞口灑落。一路上，通道兩側的牆面雕飾不斷吸引我們的注意。許多壁雕必定擁有莫大的歷史重要性，我們也只能提醒自己日後會再探訪此地，才甘願略過它們。因此，我們偶爾也會慢下腳步，並打開第二支手電筒。如果我們有更多底片的話，就一定會短暫停下，拍下特定浮雕，不過完全不可能進行耗費時間的徒手素描。

我再度感到強烈猶豫，也想用暗示取代明說。不過，為了阻止他人進行進一步的探險行動，我必須說完剩下的經過。我們蜿蜒地來到靠近目標隧道口的位置；先跨越位於二樓的橋墩，抵達一處角度尖銳的牆面頂點，並往下步入一處荒廢的走廊，裡頭充滿以晚期工藝技術做出的複雜儀式性雕刻。而在晚間八點半前不久，丹佛斯敏銳的鼻孔嗅到了某種不尋常的氣味。如果我們帶了條狗，我猜我們先前就會得到警告。剛開始，我們無法判斷原先乾淨的空氣究竟出了什麼問題，但過了幾秒後，我們的回憶便馬上反應過來。讓我試著在不畏縮的狀況下說明這件事。周遭傳來一股氣味，而這股味道與我們挖開埋藏著雷克解剖過的怪物墓穴時聞到的臭味，有著微妙卻明顯的相似之處。

在當下，真相並不如事後般顯而易見。有許多合理的解釋，我們倆也躊躇不前地低聲討論了很久。最重要的是，我們不願意在沒有進行進一步調查的狀況下就此撤退；既然都來到了這裡，除非遇到危險，否則我們不想放棄。總之，我們的臆測太過誇張，令人難以信服。這種事情不會在正常世界發生。我們熄滅其中一支手電筒的原因，可能只是不理性的本能反應；我們不再受到充滿壓迫的牆面上腐敗又陰森的壁雕吸引，這也使我們改為躡手躡腳地前進，爬過越趨雜亂的地板與成堆的碎石。

丹佛斯的眼睛和鼻子都比我優秀，因為當我們經過許多導向一樓的廳室和走道的半堵塞拱門後，他率先注意到碎石堆的奇特狀態。它看起來不像被荒廢了數萬年，而當我們謹慎地加強光源時，就發現似乎有某種最近產生的輾壓痕跡蔓延過去。碎石堆不規則的擺放方式摒除了任何明確的痕跡，但在較為光滑的區域，出現了重物遭到拖行的跡象。我們一度認為地上有某種類似滑道的平行軌跡。這使我們再度停下腳步。

這次我們停下來時，注意到前方的另一股氣味。矛盾的是，這股味道讓人放心，卻同時使人感到更為害怕；它的本質不使人畏懼，但無端在此地出現時，卻相當駭人。除非蓋德尼就是始作俑者：因為那股氣味正是常見的汽油味。

我們在那之後的行為動機，就交由心理學家去判斷。我們現在明白，某種來自營區恐怖事件的東西，一定爬進了這座幽暗的古老墓穴，因此我們無法再質疑當下或前方無可名狀的情況。但最後，好奇心、憂慮、自我催眠，或對蓋德尼感到的些許責任感等念頭驅使了我們前進。丹佛斯再度悄聲提起自己在上頭遺跡巷弄內看到的痕跡；還有那股微弱的笛聲，儘管它相當類似颳著強風的高山洞口發出的尖銳風鳴，卻因雷克的解剖報告而有了潛在的莫大意義。他認為這種聲響不久後隱約從地底的未知位置傳來。我則低聲談起營區被遺棄時的狀況，和消失的物品，以及唯一的瘋狂倖存者居然做出難以想像的行為：他長途跋涉跨越恐怖山脈，並深入地底的神祕古城。但我們無法用肯定的事實說服彼此，甚至也無法讓自己信服。當我們站在原地時，便熄掉燈光，並微微注意到一縷從高處灑落的光線，使地底不至於完全陷入黑暗。我們自動向前走，有時則用手電筒的光源指路。礫石上的痕跡始終繚繞在我們心頭，汽油味也變得更加濃烈。我們看到越來越多瓦礫堆，前進之路也受到阻礙，直到我們發現前方的道路被堵住。我們對在空中探勘時發現的那股裂隙的悲觀猜測，居然完全正確。我們的隧道探險盡頭只有死巷，我們也無法抵達面向深淵的出口所導向的地下空間。

手電筒的燈光照在我們所在死巷內的醜惡壁雕上，照亮了好幾個堵塞狀況不同的門口。其中一道門飄出特別明顯的汽油味，蓋過了另一股怪味。仔細觀看時，發現那處門口的礫石堆明顯被稍微清理過。無論潛伏的恐怖物體為何，我們相信直接導向它的通道已經出現了。進行任何一步前，我們等待了相當長的一段時間；應該沒人會對這點感到奇怪。

然而，踏進那座漆黑拱門時，我們的第一印象卻毫無高潮氛圍。因為在那雜亂又充滿壁雕的古墓中，似乎沒有最近出現、大小又明顯的物體。那座墓穴是個長寬高都大約有二十英呎的立方體。於是我們本能地找尋更遠處的門口，卻徒勞無功。但過了不久，丹佛斯敏銳的雙眼就注意到地板上某處礫石被移動的痕跡，我們則將兩支手電筒的亮度調到最高。儘管我們在光線下看到的東西相當平凡，我卻相當不願提及那光景的含意。礫石堆被粗略地壓平，上頭則四散著幾個小東西；最近一定有大量汽油潑灑到某個角落，才能在擁有極端高度的超級高原上留下強烈氣味。換句話說，這必然是某種營地；像我們一樣進行探險的生物，也曾因為在找尋深淵的路上碰上死巷，而在此紮營。

讓我說清楚點。散落一地的物體都來自雷克的營地，其中包含以怪異方式打開的錫罐，我們在受損營地中也看過被這樣打開的罐子；許多燒盡的火柴；三本沾有些許奇異污漬，並附有插圖的書本；一只空墨瓶和附有使用教學圖片的包裝盒；一支斷掉的鋼筆；一些以怪異方式剪開的皮毛與帳篷帆布碎片；一只用盡的電池，上頭還有一環使用說明；帳篷暖爐附的收藏盒；以及一堆被壓皺的紙。這一切看起來很糟，但當我們撫平紙張，並觀看上頭的狀況時，覺得自己碰上了最惡劣的情況。我們在營區發現過沾有不明汙點的紙張，這原本應該讓我們預先做好了心理準備，但在恐怖城市中的史前墓穴看見這種景象，仍不免令人難以承受。

發瘋的蓋德尼可能仿效了綠滑石上的小點群，並在紙張上畫出同樣的圖形，怪異的五星形雪墓上的小點可能也是如此製成；或許他準備了精確度不一的粗略素描，上頭畫出了城市鄰近的部分，並從一個代表我們先前路徑外某處的圓圈畫了條線，一路連到目前我們所在的五星形建築和隧道口。我們認出圓圈代表的位置，是壁雕中描繪的圓柱狀高塔，我們在飛行觀測時也曾瞥見那龐大的圓形深淵。

我得重複一次，他可能有準備這類素描；因為我們面前紙張上的圖案，明顯取材自冰凍迷宮中某處晚期壁雕，不過並非來自我們看過並畫下的圖樣。但對藝術一竅不通、手藝又笨拙的人，不可能用這種怪異又熟練的技法畫出這些素描；儘管筆觸急促又魯莽，卻比技藝退步的雕刻品要來得優異許多：這正是遠古種族在這座死城的文明高峰時所擁有的典型手法。

有些人會說丹佛斯和我完全瘋了，居然沒有立刻逃走；這是因為，儘管我們的結論相當誇張，現在卻已完全被證實。我也不需對讀者闡述自己當下的想法。也許我們確實瘋了，我不是稱那些恐怖的高峰為瘋狂山脈嗎？有些人在非洲叢林追趕致命野獸，就為了拍下照片或研究牠們的生活習性。我猜自己能體會他們的感受，只不過程度沒那麼極端。儘管我們嚇得半死，心中卻燃起了一股敬畏又好奇的情緒，最後也靠著這股念頭繼續前進。

我們當然不想面對先前待在這裡的東西（也許還不只有單一個體），但我們覺得它們一定已經走了。此時，它們早就找到導向深淵的鄰近入口，並走進門內，踏入在漆黑深淵中等待它們的過往遺跡：那是它們從未見過的終極深淵。或者，如果那處入口也被堵死，它們就會前往北方，找尋別的入口。我們記得，它們較不仰賴光線。

回頭想想當時，我幾乎無法記起我們倆心中浮現了哪種新情緒；當前目標的改變，使我們的期待變得高漲。我們自然不打算面對心中畏懼的事物；但我不否認，我們的潛意識中有股潛在的渴望，想從某個隱密角落一窺特定的事物。或許我們沒有放棄親眼見識深淵，不過我們將在皺折素描上發現的巨大圓形空間視為新目標。我們立刻辨認出這是在非常早期的壁雕中出現過的圓柱型高塔，但從上空看來，就只是個巨型圓洞。即使在線條急促的草圖中，圖畫中的某種雄偉氛圍也讓我們認為，該建物位於冰河下的樓層肯定依然有特殊的重要性。也許它包含了我們從未見過的建築奇蹟。根據描繪它的雕刻圖樣看來，高塔一定相當古老，因為它是城市裡最早建成的建築之一。如果內部的雕飾保存狀態依然良好的話，便十分重要。再者，它可能提供了前往陸上世界的良好通路，比我們之前謹慎做下記號的路線更短，其他探險者可能也是由高塔下降到此處。

總而言之，我們研究了那些可怕的素描，繪畫內容也符合我們的推論，接著我們沿著畫出的路線，重新往圓形空間前進。搶先我們的無名探險生物們一定已來回走了這條路兩次。另一扇導向深淵的門口應該就坐落於另一頭。我不用多提這趟旅程的細節，因為狀況和我們走進死胡同時的狀況一模一樣，但我們依然沿路撒下少許紙片。不過這條路更靠近地面，甚至連接到地下室的走道。我們三不五時會在腳下的礫石堆發現奇怪的痕跡；而當我們離開瀰漫汽油味的範圍時，便再度斷斷續續地聞到那股醜惡又強烈的氣味。等到通道遠離我們之前的路線後，我們有時會緊張地用一支手電筒的光線掃過牆面；我們注意到，幾乎所有牆上都有著各式各樣的雕刻，壁雕確實是遠古種族用於展現美學觀點的管道。

大約晚間九點三十分，我們走在漫長的拱型走廊上，冰層越來越厚的地板似乎有些矮於地面，且屋頂隨著我們前進也變得越為低矮；此時我們開始看到前方出現強烈日光，因此關掉了手電筒。我們似乎抵達了龐大的圓形空間，與外頭天空的距離也不太遠。走廊盡頭的拱門在這些雄偉的遺跡中顯得特別矮，但即使我們尚未踏出拱門，就能看到門內諸多光景了。裡頭有片莫大的圓形空間，直徑有兩百英呎，地上滿是碎石，屋內也有堵塞的拱門，造型類似我們準備穿越的門口。可看見的牆面上刻有雕工大膽、比例也十分壯闊的螺旋狀橫紋；儘管高塔的開口帶來了毀滅性的風化效果，但雕飾依然呈現出前所未見的藝術性奇觀。滿佈礫石的地面被厚重的冰層覆蓋，我們也認為真正的地板位於相當深邃的地底。

建物中最顯眼的物體，是一座巨型岩石坡道；它往開放空間轉彎，避開了拱門，並以螺旋狀沿著高聳的圓柱形牆面往上攀升，就像古代巴比倫的高塔，或金字形神塔外的坡道。由於我們飛行時的高速，以及使高塔內牆變得模糊的仰角，害我們無法從空中注意到這項特色，也因此讓我們得找另一道前往冰層底部區域的通道。也許帕波迪能解釋斜坡是用哪種工程技術築成，但丹佛斯和我只能對它感到嘆為觀止。我們在各地看過許多石製枕樑與巨柱，但那些設施似乎都無法達到這樣的功效。保存狀況良好的坡道一路延伸到塔頂；在暴露於各種天候的情況下，還能維持這種狀態，相當不簡單。坡道也因此保護了牆上令人感到古怪又不安的星際圖案雕刻。

當我們踏入灑落在龐大圓柱體底部的微弱日光時，便發現坡道倚靠的位置延伸至六十英呎高的牆面上；坡道有五千萬年的歷史，也無疑是我們見過最古老的原始建物。我們記得在飛行探勘時看過這裡，這代表外頭的冰層已有四十英呎高。因為我們從飛機上看到的無底洞，位於高約二十英呎的崩塌石造建物頂端，四分之三的圓周則被一列更高聳遺跡的彎曲高牆所遮蔽。根據壁雕，原本的塔坐落於巨大的圓形廣場中央，高度可能有五百到六百英呎，靠近頂端的部位有幾道水平的碟狀物，上部邊緣還有一排針狀尖塔。大多石造部分都往外掉落，而非掉進塔內；這點相當幸運，不然坡道可能會被打碎，塔內也會被礫石填滿。事實上，坡道依然顯示出嚴重的毀損痕跡；而底部堵塞的拱門最近似乎被清理過。

我們沒花多久，就得出結論：這裡確實是其他探險生物下降的地點，且儘管我們在後頭留下可觀的紙片記號，卻依然該選這條坡道作為往上走的正確途徑。高塔的開口離山麓丘陵和我們的飛機不遠，和我們進入的梯田式建築距離相仿，這趟旅途中其餘前往冰川下的探險行動，也都位於這個區域。奇怪的是，即使在看過這一切，還進行了猜測後，我們居然還在思考日後可能的行程。接著，當我們謹慎地跨越寬闊地板上的礫石後，便碰上了一個讓我們的腦袋無暇想其他事的光景。

三台雪橇整齊地停靠在坡道往外突出的下半部旁，之前坡道都將它們擋在我們的視線外。從雷克營區消失的三台雪橇就在這裡。它們肯定被重度使用過，包括被強制拖行過幅員廣闊又毫無積雪的石造建物與碎石之間，也曾以手動搬運通過完全無法滑行的地帶。它們被仔細地打包和綑綁起來，上頭也存放了我們相當熟悉的事物：汽油爐、燃料罐、工具箱、糧食罐、包滿書的防水布，有些帆布則包裹了不太確定是什麼的物品；全都是雷克的設備。

我們已在另一座房間中發現過些許跡象，因此對於此時的場面已有了心理準備。我們是走過去，並打開其中一張輪廓令我們感到不安的防水布包時，才受到真正的打擊。除了雷克外，似乎還有其他生物喜歡收集樣本；因為這裡有兩具冷凍的僵硬遺體，保存狀態相當良好，脖子上的傷口還被某種黏膠貼了起來，包裹屍體的方式也相當謹慎。它們分別是小蓋德尼與失蹤犬隻的遺體。

第十章

許多人可能會認為我們冷血又瘋狂，因為當我們找到可怕發現後，便立刻想往北邊的隧道與深淵出發，我也沒打算說我們原本想立即這麼做，但我們察覺了一項特殊事件，並得出了一連串的推論。我們把防水布蓋回可憐的蓋德尼身上，而當那聲音飄到我們所在的位置時，便使我們陷入沉默的震驚狀態。自從降落到開闊地帶後，這是我們聽到的第一股聲響；在空曠地帶，只會隱約聽見怪異高峰山頂的風聲。雖然這聲音普遍又無趣，出現在這荒涼的死寂世界時，卻比任何醜惡或奇異的聲響要來得更令人吃驚和緊張；因為這種聲音打亂了我們心中的宇宙秩序。

如果那是某種帶有音樂性的怪異笛聲（雷克的解剖報告，讓我們覺得那些生物會發出這類聲響），反而會與周圍的死寂古城保持某種恐怖的一致性；而自從見識到營區的恐怖場面後，我們過度發展的想像力總是將每股尖銳風聲認為是那種笛聲。來自其他時代的聲音，也屬於源自其他時代的墓場。不過，這股聲響擊破了我們的心理建設；我們原本心照不宣地認為南極是片缺乏正常生物的荒蕪大陸。我們聽見的聲音，並非出自於深埋地底的不淨太古生物；它們異常強韌的身體，被已有數世紀沒曬到的極圈陽光激起了強烈反應。相反的，那是股相對正常的聲響，當我們在維多利亞地外航海，和在麥克默多灣紮營時，就非常熟悉了。因此聽到不該存在於此地的聲音時，我們反而感到毛骨悚然。簡單來說，那是企鵝的沙啞鳴叫。

那股悶響從我們進入的走廊正對面的冰下裂隙飄出，那一區正好位於導向深淵的另一座隧道。在這地表終年毫無生命氣息的地區，碰見活生生的水鳥，只讓我們得出一個結論：要先確認聲音來源。叫聲確實不斷出現，有時似乎還有不止一隻生物。我們找尋著鳴叫聲的源頭，並踏進了一處地上礫石都被清理掉的拱門；我們作噁地從雪橇上的其中一只防水布包中取出了額外的紙張，並在離開日光的照耀後，繼續在通道上做標記。

當結冰的地面被滿佈碎石的走道取代時，我們發現了一些奇特的拖行軌跡；丹佛斯還發現某種特殊腳印，形狀我就不在此贅述。傳來企鵝叫聲的方向，正好是我們手上地圖與羅盤指示的北邊隧道口，我們也很高興能在地面上發現不需橋墩的通道，地下樓層似乎也沒有遭到堵塞。根據地圖，隧道的起點應該位在一座大金字塔型建築的地下樓層；我們記得飛行時曾隱約看過這棟保存狀態良好的建物。沿路上，我們用一支手電筒照亮了周圍豐富的雕刻，但沒有停下腳步仔細觀察。

忽然間，一個龐大的白色物體在我們面前隆起，我們則立刻打開了第二支手電筒。奇怪的是，這項新任務淡化了之前我們對可能潛藏在附近的物體感到的恐懼。將補給品留在圓形廣場後，那些生物一定打算在完成靠近或進入深淵的任務後，就回到廣場。但當時我們放下了所有戒心，彷彿這些生物從未存在過。這個步履蹣跚的白色東西有六英呎高，不過我們立刻明白這並非那些生物的一員。它們的身材較為龐大，膚色也較暗沉，而且根據壁雕，儘管它們擁有海生動物的怪異觸手，在陸地表面的動作卻相當敏捷。但要說那白色物體沒有嚇到我們，就是撒謊了。有一瞬間，我們確實受到恐懼的宰制，這份畏懼比對那些生物的理性恐懼還要強烈。隨後事情急轉直下，白色物體往旁走入左側的拱門，加入另外兩隻以沙啞聲響呼喚它的同族生物。只是隻企鵝；但屬於某種未知的巨大品種，比最大型的國王企鵝還大，加上白化的毛色與不存在的雙眼，使牠看起來宛如怪物。

當我們跟著企鵝走入拱門，並將兩支手電筒照向無動於衷的三隻巨鳥時，我們發現牠們都是無眼又白化的未知巨大品種企鵝。牠們的體型讓我們想起遠古種族壁雕中描繪的某些古代企鵝。不久後，我們也得出結論，認為牠們源自同種族系。牠們肯定倖存在較為溫暖的地底區域，該處永恆的黑暗摧毀了牠們的毛色，也使牠們的眼睛變為無用的細縫。牠們目前的居住地就是我們尋找的深淵，這點毫無疑問；深淵中的高溫與可居性，使我們心中充滿了奇特又令人不安的念頭。

我們也想知道，為何這三隻鳥會跑出平常的棲息地。龐大死城破損又寂靜的狀態，讓它不可能成為鳥類的季節性棲息地。而這三隻鳥對我們無動於衷的態度，也代表那些路過的生物不可能嚇到牠們。難道那些生物進行了某種侵略性行為，或試圖獵捕企鵝來增加自己的肉食資源？我們不認為狗群們厭惡的那種氣味，會使這些企鵝產生同樣程度的反感，因為牠們的祖先自然與遠古種族和平相處過。只要還有遠古種族倖存，兩者在深淵下的關係肯定相當友好。我們心中古老的科學精神一時燃起，並後悔自己無法拍下這些異常生物。我們隨後離開嘎嘎作響的企鵝，繼續往深淵前進。我們現在已相當確定能暢行無阻地前往深淵，企鵝零碎的腳印也指出了該處的方向。

不久之後，我們在一處漫長低矮、沒有門口、也沒有壁雕的走廊上，碰上一道陡峭的下坡路段；這使我們相信，自己終於接近隧道口了。我們又經過了兩隻企鵝身旁，也聽到前方傳來更多企鵝的叫聲。接著走廊盡頭出現了一處莫大的開闊空間，讓我們不由自主地發出驚叫。那是個明顯位於地底深處的完美半球型空間；直徑有一百英呎，高度則有五十英呎，周邊有許多低矮的拱門，但有扇高約十五英呎的漆黑拱門打破了室內門口的對稱性。那就是深淵的入口。

在這座龐大的半圓形空間中，有幾隻白化企鵝正在蹣跚行走；凹陷的屋頂則佈滿了令人讚嘆、卻技藝退步的雕刻，使穹頂看起來像是太古時期的天頂。儘管有外來者進入，企鵝們卻毫無反應。漆黑的隧道外有道陡峭的下坡，門口則雕有醜惡的側柱與門楣。我們覺得從那處神祕洞口飄出了較為溫暖的空氣，可能還有些蒸氣；我們也想知道，除了企鵝以外，還有哪些生物居住在底下的無垠深淵中，以及這地帶與高峰的蜂窩型迷宮中還藏有什麼事物。我們更想知道，雷克一開始發現的山頂煙霧，以及我們在疊滿石牆的山峰上看過的奇怪迷霧，是否就是從地心的無盡深淵中飄出，並沿著蜿蜒的隧道往上升的蒸汽。

進入隧道後，我們發現它的長寬高大約都是十五英呎，至少在開頭的部分是如此；牆面、地板和拱型屋頂都以同類型的巨石建成。牆面上有零散的橢圓形壁飾，同樣屬於晚期的退步風格；所有建物與雕飾都呈現絕佳的保存狀態。除了一小部分因企鵝進出而留下的碎石外，地板相當乾淨。越往裡頭走，溫度就越高；沒過多久我們就脫下了厚重衣物。我們思索底下是否有任何火成岩結構，以及那不見天日的地下海洋是否相當炙熱。跨越一小段距離後，堅固的原石便取代了石雕建物，不過隧道內部依然保持同樣的比例，也擁有相同的雕工規律性。有時變化多端的坡道會變得太過傾斜，使得地面被刻出凹槽。我們有好幾次注意到地圖中沒有標示出的小型側廊門；這些門都不會影響我們的回程，一旦碰上從深淵往回走的危險生物，我們也能躲進這些門裡。這種生物無可名狀的氣味非常明顯。在這種情況下深入隧道，無疑是自殺般的愚蠢舉動，但對特定的人而言，未知領域的誘惑比恐懼更為強烈。確實是由於這股誘因，使我們來到這座遠離人世的極地荒原。沿路上我們看到了好幾隻企鵝，並猜起我們得走的距離。從壁雕上看來，我們得沿著陡峭的下坡路走上一英哩，才會抵達深淵，但透過我們之前的探險經驗判斷，雕刻上的比例並不一定可信。

走了四分之一英哩後，那股無名臭味開始變得濃烈；當我們經過不同的側面門口時，態度也非常小心。隧道口看不見蒸氣，但肯定是因為這裡缺乏相對低溫的空氣。氣溫正迅速上升，而當我們碰上一堆令人不安卻熟悉的東西時，也並不感到訝異。裡頭有從雷克營地拿來的毛皮大衣和帳棚帆布，我們也沒有停下來研究布料被撕出的奇怪形狀。離開這位置後不久，我們便注意到兩旁的走道變大，數量也變多了。因此我們認為，自己肯定抵達了較高的丘陵底下的蜂窩狀地帶。無可名狀的臭味現在和另一股同樣令人作嘔的味道混在一起。我們猜不出氣味的來源，不過可能是腐爛的生物組織，或是未知的地底真菌。接著隧道令人訝異地拓寬開來，壁雕上也沒有描繪這個位置：隧道擴張為高聳的橢圓形天然洞窟，擁有平坦的地面，高度大約七十五英呎，寬度則是五十英呎，兩旁有許多導向神祕黑暗的龐大通道。

儘管這看起來是座天然形成的洞穴，但當我們用兩支手電筒檢查後，發現它是透過人工方式摧毀相連的蜂窩狀地帶中的許多道牆後製造而成。牆面相當粗糙，高聳的拱形天花板則佈滿了鐘乳石；但堅硬的岩石地面被磨得相當平滑，上頭沒有任何瓦礫與碎石，甚至一塵不染到了詭異的程度。除了我們採用的通道外，其餘延伸到他處的大型通道也都維持著相同狀態；我們對這奇特的狀況感到大惑不解。和無名氣味一同飄出的怪異新臭味在這裡變得極度刺鼻；味道強烈到蓋過了其他氣味。這空間打亮得幾乎要發光的地面，讓我們感到非常困惑，也比我們之前看過的怪事要來得更為嚇人。

前方通道的規則形狀，與大量的企鵝糞便，讓我們依然能在諸多大小相同的洞口中選出正確路線。不過為了防止迷路，我們決定繼續留下紙片記號；我們自然不能再仰賴塵埃中的足跡了。當我們繼續向前走時，往隧道牆面投射一道手電筒的燈光後，就突然停下腳步，訝異於這條通道中壁雕上的巨變。我們理解遠古種族在挖掘這些隧道時，正經歷劇烈的退步期，也注意到我們身後通道中的藤蔓花紋上較為劣質的工藝手法。但在洞穴之外的更深處，卻出現了一股無法解釋的差異。這種差異出現在基本架構和雕刻品質上，並顯露出災難般的強烈技藝退化，而從我們到目前為止所觀察到的衰退程度看來，這麼嚴重的退步狀況徹底出人意料。

這種新的退步工法粗糙又大膽，也全然缺乏細節。橫帶誇張地深陷牆內，輪廓與之前壁雕上零散的橢圓形部分相仿，但浮雕的高度並未觸及牆頂。丹佛斯認為這可能是第二道雕飾：是原先的設計毀損後，再重新描繪上去的圖樣。圖像充滿傳統裝飾性，也包含粗糙的螺旋狀與尖刺狀圖案，並遵循遠古種族的五分位數學傳統，但看起來像是仿造品，而非該傳統的延續。這種工法背後的美感，擁有某種微妙卻深奧的外來元素，使我們久久無法忘懷；丹佛斯猜測，正是這種外來因子花了大把工夫雕上了新圖案。它類似我們認知中的遠古種族藝術，卻又帶有令人不安的相斥。我則不斷想起以羅馬風格打造的帕梅拉雕刻[50]。在風格最明顯的橢圓形圖案前的地上，有一只耗盡能源的手電筒電池，可見其他訪客也注意到了這條浮雕橫帶。

由於我們無法把時間繼續花在研究壁雕上，大略看了一眼後，便繼續往前走；不過我們經常把光束投射到牆面上，觀察壁飾是否有任何變化。我們沒發現任何改變，不過由於出現了諸多擁有光滑地板的隧道，導致牆上的雕刻變得相當零碎。我們看到的企鵝數目變少，也較聽不到牠們

50 譯注：Palmyra，位於敘利亞的古代貿易城市。

的叫聲，但我們認為大群企鵝正在地底某處大聲鳴叫。那股無法解釋的新臭味變得非常濃烈，我們也幾乎無法嗅到另一種無名氣味。前方可見的蒸汽反映出溫度的反差，也代表深淵中不見天日的海濱懸崖就在附近。接著，令人出乎意料的是，我們在前方的光滑地面上看到了障礙物，而這些障礙物絕非企鵝。當我們確定那些物體停滯不動後，便點亮了第二支手電筒。

第十一章

我又講到了難以繼續的橋段。到了這時候，我應該早就變得堅強；但有些經驗與暗示留下了深到難以治癒的傷疤，並使人們變得更加敏感，也讓記憶重新揭露了當時的恐懼。如我所說，前方打亮的地面出現了障礙物；我得補充說明，增強了數倍的怪異強烈惡臭，同時鑽進我們的鼻孔，還混合了遠古種族的無名腥臭。第二支手電筒照亮了障礙物本體，而我們敢靠近該物體的原因，是由於從一段距離外看來，它們就和從雷克營區外的可怕星形雪墓中挖出的六隻生物狀態相同，已失去了所有傷害力。

它們確實和我們挖出的其餘生物一樣殘缺不全，不過從它們周圍累積的濃厚暗綠色液體判斷，它們明顯是最近才受到重創。這裡似乎只有四隻生物，但根據雷克的簡報，應該有八隻生物組成先我們一步出發的團隊。我們在出乎意料的狀況下發現它們處於這種狀態，也想知道先前在黑暗中發生過多麼恐怖的爭鬥。

攻擊著其中一具遺體的企鵝們，用牠們的鳥喙蠻橫地敲啄，我們的耳中則聽到遠處鳥群棲息地傳來的聲響。難道這些生物打擾了企鵝巢穴，而引來對方的追殺嗎？生物遺體本身並沒有這種跡象，因為企鵝的喙不可能對雷克解剖過的堅韌身體組織造成我們眼前的重傷。再說，我們見過的巨型盲鳥似乎都相當平靜。

難道那些生物彼此內鬥，而不在場的四隻生物造成了這裡的慘劇？這樣的話，它們在哪？在附近嗎？會對我們造成威脅嗎？當我們猶豫地緩緩繼續探險時，不斷緊張地盯著地板光滑的側邊通道。無論打鬥的狀況如何，都明顯將企鵝嚇得逃入牠們不熟悉的通道中。狀況肯定發生在無盡深淵旁的鳥巢附近，因為這一帶沒有任何鳥類居住的跡象。我們心想，也許那是場可怕的打帶跑戰鬥，弱者打算逃回雪橇旁時，遭到追擊者誅殺。我可以想像無名怪物之間的恐怖鬥爭，同時黑暗深淵旁的大量企鵝則狂亂地尖叫逃跑。

我之前說過，我們緩慢又猶豫地走近那些殘缺不全的物體。我希望之前根本沒靠近它們過，而是全速逃出那座地板光滑的不淨隧道，與隧道兩旁取代原本圖像的退步壁畫。我們得在見到那東西，並讓自己的心智受到某種永遠不會讓我們輕鬆呼吸的東西折磨前，先行逃走！

我們倆的手電筒都照在毫無動靜的物體上，所以很快就明白這些殘缺軀體主要遭遇到何種傷害。儘管它們受到撕裂、擠壓、扭曲，以及擊破等攻擊，致命傷都是斬首。每顆長滿觸手的海星狀頭部都被砍下；我們靠近時，發現頭顱像是以某種恐怖的撕扯或抽吸方式取下，完全不像一般的切割法。它們令人作嘔的暗綠色體液形成了一灘不斷擴散的大水窪；但那股新怪味蓋過了體液的腥臭，這裡的氣味也比我們之前路線上任何一處都要刺鼻。只有當我們非常靠近生物遺體時，才注意到第二股無法解釋的臭味。一等我們發覺這點，丹佛斯就想起了某些描繪遠古種族在一億五千萬年前二疊紀時代歷史的鮮明壁雕，並發出一聲令人寒毛直豎的驚叫，歇斯底里的叫聲在滿佈邪惡壁雕的拱形古代通道中迴響。

我差點就發出和他相同的尖叫；因為我也看過那些原始雕刻，也感到戰慄地仰慕起無名工匠的作品：受損又癱倒在地的遠古種族身上沾滿了醜惡的黏液。那些在征服大戰中遭到恐怖的修格斯殺害的對象，都遭到強力吸吮而留下典型的無頭屍體。即使壁雕描繪的是數世紀前的古老事物，卻依然擁有邪惡的夢魘氣息；因為人類不該目睹修格斯和牠們犯下的惡行，也不該有任何生物詮釋出那種景象。《死靈之書》的瘋狂作者曾緊張地試圖發誓說，地球上沒有繁衍過任何修格斯，也只有服下藥物的做夢者才會夢到牠們。牠們是型態不定的原生質，能夠模擬並變化出各種外表、器官和動作，軀體由黏膩的發泡細胞聚合而成。牠們身高十五英呎，體態呈圓球狀，擁有無窮的可塑性與延展性。牠們是能接受催眠暗示的奴隸，也是城市的建造者。隨著時間演進，牠們也變得更易怒、更有智慧、充滿兩棲習性、模仿能力也變得更強！老天呀！這些不淨的遠古種族究竟是被哪種瘋病沖昏了腦袋，居然願意培育並使用這種生物？

而現在，當丹佛斯和我看見沾黏在無頭屍體上泛著微光的黏液，黏液還散發出那股嶄新的不明臭味時，心中便浮現出令人不適的幻想。黏液沾染在屍體上，並少量噴濺在經過重新雕刻的邪惡牆面上的光滑部位，形成一連串的小點。那一刻，我們徹底理解了來自星際的恐懼。並不是對失蹤的其他四隻生物感到害怕，而是認為它們無法再造成任何傷害了。可憐的怪物們！畢竟，它們並非同族中的邪惡成員，而是來自另一個時代的居民，也遵循別種社會秩序。大自然對它們開了殘酷的玩笑；一旦人類的瘋狂、冷酷，或殘忍行為，在那座沉睡的極地荒原中挖掘出某種東西，那麼大自然也會做出同樣的處置。而這正是它們悲劇性的返家之旅。它們絕非野蠻民族；它們究竟做了什麼？在未知時代的寒冬中痛苦地甦醒過來，或許還遭受狂吠的毛茸茸四足生物攻擊，生物們暈頭轉向地抵抗牠們，也得一同對付同樣態度驚狂、身上還包有怪異衣物和道具的白色猿猴。可憐的雷克和蓋德尼……以及遠古種族！它們到了生命盡頭，卻依然維持著科學精神；它們做了哪些我們不會做的事？老天呀，這麼高的智商和毅力！這是多麼驚人的衝突，與壁雕中的同族生物及其祖先們面對過的狀況不差多少！輻射動物、植物、怪物、星之眷族……無論它們曾是什麼，它們都算是人類呀！

它們跨越了積雪的高峰；它們曾一度在這些建有神廟的山坡上進行祭拜，也曾自由穿梭在羊齒蕨林中。它們發現自己的城市沉眠於詛咒之中，也像我們一樣讀過城中的晚期雕刻紀錄。它們試圖找到住在自己前所未見的漆黑深淵中的同胞，但它們找到了什麼？當丹佛斯和我的視線從沾滿黏液的無頭屍體，轉到被二次刻上的的噁心壁雕，再到雕飾旁牆面上的恐怖黏液小點後，這一切便閃過我們的腦海。我們一面觀看，一面理解了那座被企鵝圍繞的黑暗深淵的水底巨城中，究竟還有什麼事物倖存；一股捲曲的蒼白霧氣還從其中裊裊飄出，彷彿在回應丹佛斯歇斯底里的尖叫。

認出那種可怕的黏液和無頭屍體時的震驚感，讓我們嚇得如同雕像般一動也不動，也是在之後的交談中，我們才明白當下思緒背後的真相。我們似乎站在原處好幾百年，但現實中可能只過了十到十五秒。那股令人不安的蒼白霧氣往前翻滾，彷彿被某種隨後而來的巨型物體推向前。接著傳來了一股打亂我們思緒的聲響，不只喚醒了我們，也讓我們瘋狂地拔腿狂奔，衝過尖叫又困惑的企鵝群，沿著之前的路線衝回城市，順著冰層下的巨石走道跑入開闊的圓形廣場，再慌亂地衝上螺旋形斜坡，奔向充滿理智的外界空氣和日光。

我已經暗示過，那股新聲響攪亂了我們原本的計畫；因為雷克的解剖結果，讓我們將這種聲響連結到自己認為已死的生物。後來丹佛斯告訴我，那確實是他在冰層上巷弄角落外的地區聽見的微弱聲響；這聲音肯定也跟我們在高山洞窟周邊聽見的尖銳風鳴聲相同。儘管這聽起來幼稚，我還是得補充一點，因為丹佛斯的印象與我的相符。我們倆自然是從某本共同讀物得出這種結論的，不過丹佛斯暗示過，當愛倫·坡在一世紀前寫下《來自南塔克特的亞瑟·高登·皮姆》時，可能是從無人知曉的禁忌來源得到怪異靈感。在那段奇特的故事中，有個來源不明、卻具有莫大可怕含意的字眼；這個字跟南極有關，居住在那座恐怖地帶的核心、宛如幽魂的巨大雪鳥，也永恆地發出這種叫聲。「Tekeli-li！Tekeli-li！」我得承認，我們認為那便是飄散過來的白霧後方傳來的聲響：也就是那股音域廣闊的不祥笛音。

在對方發出那三個音符或音節前，我們就已全力逃跑，不過我們知道遠古種族擁有高速；任何聽到尖叫聲而追來的倖存生物，只要它想，都能立刻追上我們。不過，我們微微希望只要自己沒有展現出侵略行為，並表現出與它們相襯的理性，一旦對方抓到我們，即使只是為了滿足科學上的好奇心，可能也會手下留情。畢竟，如果這種生物不擔心自己的安危，便也不會傷害我們。由於目前這個狀況，已經不可能躲起來，我們便用手電筒迅速往後照了一下，並發現霧氣正在淡去。我們終於要一睹那些生物的真面目了嗎？那股不祥的高頻率笛音再度傳來：「Tekeli-li！Tekeli-li！」接著，我們注意到自己居然跑得比追兵還快，便認為對方可能受傷了。不過，我們不敢大意，因為它明顯是因為丹佛斯的尖叫而追來，而非躲避其他生物。時間點太過急迫，沒有質疑的空檔。我們也無法猜測另外一種更難以想像、我們更不願提起的怪物的行蹤。那種生物是臭氣熏天並不斷噴出黏液、又無人見過的龐大原生質肉山，曾征服了深淵，也派先行踏上陸地的同胞重新雕刻壁飾，和鑽過丘陵下的洞穴。當我們丟下那隻疑似受到傷害的遠古種族，讓這隻最後的生還者獨自面對被再度捕獲的危機，與晦暗不明的命運時，我們感到了一絲不捨。

幸好我們並未放慢腳步。扭曲的迷霧再度變厚，並加速往前飄移；我們後頭的企鵝群也發出沙啞又尖銳的叫聲，顯露出驚慌的跡象；這與我們經過企鵝身邊時，牠們流露出相對低調的困惑感完全不同。那股不祥的尖銳笛聲再度傳來：「Tekeli-li！Tekeli-li！」我們錯了。那生物沒有受傷，只是暫時停在同類的屍體與遺骸上方沾滿黏液的銘文旁。我們永遠無法得知那段恐怖訊息的內容，但雷克營區的墓丘已顯示出這些生物有多重視同族的死者。我們魯莽地用手電筒到處亂照，發現前頭就是各種通道聚合的大型洞窟，也對離開那些遭到二次雕刻的恐怖壁飾感到高興；儘管我們之前鮮少看到那類壁雕，卻依然能感覺到它們的存在。洞窟的出現也讓我們想到另外一件事：我們也許能透過匯集在此的大量通道來甩掉追蹤者。開闊的空間中有好幾隻盲眼的白化企鵝，牠們對靠近中的物體有著強烈到不可思議的恐懼。如果我們將手電筒調暗到最低限度，並將光線照射方向維持在我們面前，巨鳥在迷霧中的恐懼鳴叫也許會蓋過我們的腳步聲，掩飾我們真正的方向，並誤導追蹤者。在繚繞翻騰的霧氣中，主隧道滿佈碎石又黯淡無光的路面，與其他光滑得令人感到詭異的通道相比，並沒有太顯著的差異；照我們的推論看來，就算遠古種族擁有特殊的感官能力，使它們能在緊急情況下不仰賴光線行動，這能力也還沒到完美無缺的程度。事實上，我們有些害怕自己會在情急之下走錯路。我們自然打算直接往死城走，如果在這些未知丘陵底下的蜂窩型結構中迷路，會帶來難以想像的後果。

我們活下來並逃出生天，足以證明那生物確實走錯了路，而我們則幸運地踏上正途。光靠企鵝不可能讓我們得救，但配上迷霧的干擾後，企鵝們似乎就提供了有用的阻礙。完全是因為好運，飄渺的蒸氣才在正確的時刻變得濃烈，因為霧氣的型態不斷變化，隨時可能完全散去。就在我們從刻有令人不適的二次壁雕隧道踏入洞窟前，霧氣的確消散了一下。我們在熄滅手電筒，並為了躲避追兵而混入企鵝群之前，畏懼地往後看了最後一眼；因此首度瞥見了追來的生物。如果是好運使我們得到掩護，那麼讓我們窺見那生物的便是厄運；因為那股一閃而逝的印象，從此不斷在我們的腦海中繚繞。

我們回頭看的動機，可能只是出自獵物想測量追兵方位的本能反應；或是來自我們潛意識自動引發的一種感官能力。逃跑途中，由於我們全神貫注在逃跑上，沒有時間仔細觀察和分析細節；即使如此，我們的腦細胞肯定對鼻孔嗅到的氣味感到好奇。事後我們明白了那味道的本質。我們已逃離了那些沾滿惡臭黏液的無頭屍體，身後又有窮追不捨的生物，但兩種味道的濃度卻並未出現合理改變。站在那些毫無動靜的遺體旁時，那股難以解釋的新臭味壓過了一切氣味；不過到了此時，它應該已經被遠古種族的無名腥臭取代了。情況並非如此，那股令人更難以忍受的新臭味現在反而更加刺鼻，隨著時間流逝變得更加強烈。

於是我們似乎不約而同往回看，不過肯定是其中一人的動作激起了另一人的模仿行為。我們轉頭時，將兩支手電筒切到最高亮度，照向暫時變得稀薄的霧氣；這可能出自意圖將來物看清楚的擔憂，或只是想在關掉手電筒、並衝入位於前方迷宮中心的企鵝群進行閃躲前，先行用光線讓該物體感到眩目的下意識舉動。這是個糟糕的舉動！就連奧菲斯[51]和羅德之妻[52]回頭望視付出的慘烈代價都沒那麼糟糕。那股令人害怕的高頻笛音又再度響起：「Tekeli-li！Tekeli-li！」

就算直接說明實在令我感到痛苦，還是該敘述自己看到的事物。不過當下我們甚至覺得無法與彼此討論這件事。讀者看到的文字無法傳達那光景的駭人。它徹底擊碎了我們的心智，但我們居然還保有殘存的理智，照計畫降低了手電筒的亮度，並選擇正確的隧道逃回死城；我對此感到十分訝異。我們肯定只靠本能前進，或許這比仰賴理智更有幫助。不過，如果我們確實被本能所救，卻也付出了龐大代價。我們的理智已僅存無幾。

丹佛斯徹底崩潰，而剩餘旅途我記得的第一件事，就是聽見他恍惚地吟唱某段歇斯底里的字眼；除了我以外的其他人，只會覺得話語內容瘋狂又不連貫。它迴盪在企鵝沙啞的叫聲中，前方的拱型走廊裡，以及我們身後空蕩的走道中（感謝老天！）。他不可能從一開始就喃喃自語，不然我們就不可能倖存且在盲目奔跑下逃出來了。一想到他的緊張反應可能引發的不同後果，我就感到戰慄不已。

「南站下區——華盛頓下區——公園街下區——肯德爾——中央站——哈佛——」那可憐的傢伙正吟唱出位於數千英哩外的新英格蘭平靜土地上，從波士頓到劍橋之間的站名；但對我而言，這行為並非毫無邏輯，卻也不帶思鄉感。這些字眼只帶來恐懼，因為我清楚它們背後那恐怖又惡毒的比喻。當我們往後看時，曾認為如果霧氣夠薄的話，就會看見移動迅速的駭人物體；但我們對該物體有明確的概念。而當令人不安的霧氣散去時，映入我們眼簾的，卻是某種全然不同的物體，型態無比醜陋且讓人作噁。它是奇幻小說家筆下那種徹頭徹尾「不該存在的事物」，而最能形容它的方式，就是從車站月台上看到快速衝來的龐大地鐵列車。巨大的黑色前端從地底深淵中揚起，上頭亮起宛如星座般的怪異彩色光芒，並像填滿圓柱體的活塞一樣，塞滿了整座寬闊的洞穴。

但我們並非身處車站。我們站在那惡夢般的漆黑巨物往前逼近的路徑上；十五英呎高的黏膩肉團散發著臭味與黏液，以不祥的高速往前移動，並在前方激起螺旋狀的蒼白深淵蒸氣。那是個比任何地鐵列車都來得龐大的物體，外型恐怖又難以形容：一團原生質膜泡的聚合體，發出微微的亮光，擠滿隧道的身體前端上有眾多暫時浮現的眼睛，如同散發綠光的膿泡般不斷形成又消散。巨獸往我們衝來，輾過慌亂的企鵝，並滑過光滑閃爍的地板；就是牠與同族生物打散了地面的碎石。那股古老的嘲諷叫聲再度響起：「Tekeli-li！Tekeli-li！」而我們終於想到，惡魔般的修格斯不會發出自己的聲音，只會模仿昔日主人發出的叫聲；遠古種族賦予牠們生命、思緒，和充滿可塑性的器官構造，而除了小點群外，牠們沒有其他用於溝通的語言。

51　譯注：Orpheus，希臘神話中的音樂家，在帶領亡妻離開冥府的路上，因無法抗拒思念而回頭，導致亡妻墮入深淵。

52　譯注：Lot's wife，聖經中的人物，在與丈夫羅德逃離罪惡之城蛾摩拉前，因為回頭一望，而變成了鹽柱。

第十二章

丹佛斯和我記得自己衝入滿佈壁雕的巨大半圓形洞窟，並沿著之前的路線跨越死城中的龐大廳室與走廊；但那印象只不過是夢境般的片段，而非充滿意念、細節，或體力活動的回憶。我們彷彿漂浮在缺乏時間、因果關係，或方向性的模糊世界中。灑落在龐大圓形空間中的微弱灰色日光，讓我們稍微恢復了神智，但我們並沒有靠近那些雪橇，或再去探視可憐的蓋德尼與狗。他們擁有了怪異又雄偉的陵墓，我也希望在地球的末日到來之前，他們都不會受到打擾。

努力爬上巨大的螺旋狀斜坡時，我們首度感到嚴重疲勞，也喘不過氣；這是由於我們在稀薄的高原空氣中全力衝刺。但就算是對昏厥的恐懼，也無法使我們在抵達狀態正常的外界天空與陽光下前停下腳步。當我們離開深埋地底的時代遺跡時，隱約產生了某種恰如其分的感覺；因為當我們氣喘吁吁地蜿蜒爬上六十英呎高的古老石造圓柱體時，瞥見了刻在身邊的一連串英雄式壁雕，並以那已逝種族尚未衰退的早期工藝雕成；這是遠古種族寫於五千萬年前的道別。

終於爬到頂端時，我們發現自己身處一大堆崩塌石磚的頂端，更為高聳的石雕曲線牆面往西攀升，高山的陰鬱頂峰則在東方更為塌陷的建築物後頭出現。來自低垂南極午夜太陽的紅光，從位於南方地平線旁的遺跡裂隙中飄出；而這座惡夢古城的歲月與死寂，與令人較為熟悉的極地風景比較起來，變得更為淒涼了。頭頂的天空充滿翻攪又纖細的乳白色冰霧，酷寒也竄進我們體內。我們疲倦地放下裝備袋，之前絕望地逃跑時，我們曾靠著本能緊抓住它們；我們重新套上厚重的外衣，以便爬下石丘，並穿越古老的岩石迷宮，抵達我們停放飛機的山麓丘陵。對於讓我們從深藏於漆黑地底的祕密與古老深淵中逃出的事物，我們則隻字不提。

不到十五分鐘，我們就找到了導向丘陵的斜坡，該處可能是古代的階梯式建築。我們由此往下走，也能在前方隆起山坡上的廢墟之間，看見飛機機身的漆黑身影。往目的地走了一半的上坡路時，我們暫時停下腳步喘口氣，並再度轉身觀看底下那座驚人的雜亂石城；未知的神祕西方地帶再度落在城市後頭。當我們回頭看時，發現遠方的天空已經失去了早晨的迷濛；冰霧已飄上天頂，它們模糊的輪廓似乎融為某種怪異的圖樣，卻從未變為某種明確或穩定的形象。

在醜惡城市後方的白色地平線上，有一列紫色山峰，它們如針般銳利的峰頂，像是夢境般隆起，貼在淡紅色的西方天空之下。古老的桌型高原位於閃爍的山脈輪廓前方，而昔日河流挖出的凹陷河道穿過高原，宛如由形狀特異的陰影構成的緞帶。有一瞬間，我們對眼前的絕倫美景發出讚嘆，接著模糊的恐懼開始竄入我們心頭。因為這道紫色山脈，必然就是那禁忌之地中的恐怖群山；它們是世上最高的山峰，也是地球上邪惡的匯集地。當地蘊含了無名的可怕事物與太古祕密。不敢刻下山區涵義的遠古種族，則遠離群山，並向山巔祈禱。地球上沒有任何生物涉足過那些山脈，但不祥的閃電卻經常落在山峰上，並在極地的夜空中往冰原撒下奇異的光線。那裡肯定是恐怖卡達斯的未知原型，那座城市坐落在可憎的冷之高原遠方的冰冷荒地中，原始的傳說也只隱晦地暗示過它的存在。

如果史前城市中的雕刻地圖與圖樣描繪了事實，那麼這些神祕的紫色山脈離這裡便不到三百英哩。但它們模糊的輪廓在偏遠的雪山頂端出現，像是某座詭異星球的鋸齒狀邊緣，正準備飛入陌生的天空。它們的高度一定超越了一切。山峰攀升至脆弱的大氣層，上頭只住了氣態的鬼魂；急躁的飛行員都因不明原因墜落，使他們無法傳出關於此地的傳聞。望向山脈時，我緊張地想到某些壁雕中的內容；上頭敘述昔日的大河將某些東西從那些可怖的山坡上沖入城裡。我也想知道，那些在雕刻中對這類物體三緘其口的遠古種族，內心的恐懼中有多少理智，又有多少愚蠢？我記得那些山脈的北方盡頭十分接近瑪莉皇后地，而當道格拉斯．莫森爵士的探險隊抵達當地時，山脈離他們也不到一千英哩。我希望道格拉斯爵士與他的手下並未瞥見海濱山坡外的景象。這種想法是我當下主要的念頭，而丹佛斯的情況似乎更糟。

但早在我們經過龐大的星形遺跡，並抵達飛機前，我們的恐懼便已移轉到前方的高山上，因為我們得再度飛越這座山區。這些上頭仍有遺跡的醜陋黑色山坡從丘陵處隆起，擋住了東方的天空，並再度使我們想起尼可拉斯．洛里奇的古怪亞洲繪畫。而當我們想到那些恐怖又型態不定的生物，可能一面散發惡臭，一面將身體擠入中空的最高峰內，我們便因得再度飛越那些開口向著天空的洞穴，而感到一陣恐慌；風聲則會在洞穴口製造出音域廣泛的邪惡笛音。更糟的是，我們在好幾座山峰頂端看到當地飄出的迷霧；雷克肯定是看到了這種霧氣，才誤以為本地有火山活動。我們也顫抖地想到，那些霧氣肯定出自我們剛逃離的生物。除此之外，蒸氣也來自那座有恐怖怪物棲息的不淨深淵。

飛機的狀況良好，我們笨拙地穿上厚重的飛行用毛皮大衣。丹佛斯順利啟動引擎，我們也順利飛離了這座受詛咒的城市。我們底下的原始雄偉石城像我們首度見到它時一樣地往外擴張，我們則開始升高，並轉彎來測試通過隘口的風速。高處必然會有亂流，因為天頂旁的冰塵雲霧正化為各種奇特形象。但在兩萬四千英呎高的位置，也就是穿越隘口所需的高度時，我們發現導航相當容易。當我們飛近突出的山峰時，風颳出的奇怪笛音再度出現，我也注意到丹佛斯放在儀表板上的雙手正在顫抖。儘管我是個業餘飛行員，當下卻認為自己可能比對方還擅長導航，能更有效地飛越高峰之間的危險空隙。當我示意要換位子並接掌飛行時，他也沒有抗議。我試著保持所有技巧與自我控制，並盯著隘口兩旁山壁之間的紅色天空。我堅決不願注意山頂冒出的蒸氣，也希望自己能像航經海妖居住海岸的尤里西斯手下水手一樣，用蠟球塞住耳朵[53]，以避免那令人不安的尖銳風聲影響我的心智。

不過卸下飛行職務的丹佛斯，卻陷入危險的精神不安狀態，也無法保持安靜。當他往後看逐漸變小的恐怖城市，往前看佈滿洞穴與立方體的山峰，往旁看處處是岩壁的荒涼丘陵，和往上看

53 譯注：典故出自希臘史詩《奧德賽》。

充滿翻騰醜惡雲朵的天空時，我感覺他不斷在翻身扭動。此時，正當我試圖安全地穿越隘口時，他瘋狂的尖叫使我們差點墜機；因為在那一瞬間，他的叫聲使我慌了手腳，也害我無助地摸索儀表板。一秒後，我恢復了毅力，並安全飛過隘口；但丹佛斯恐怕再也無法恢復正常了。

我曾提過，丹佛斯拒絕告訴我，究竟是什麼恐怖事物使他發出如此狂亂的尖叫。我非常確定，那東西導致了他目前的崩潰情況。當我們飛抵山脈安全的另一側，並緩緩往營地降落時，我們曾在風聲與引擎嗡鳴聲中高聲交談，但對話內容大多是關於我們離開那座惡夢城市時，所立下的沉默誓言。我們都同意，人類不該知曉某些事，也不該輕易談論那些事物。要不是為了全力阻止史塔克威瑟—摩爾探險隊和其他人出發，我現在也不願說出真相。為了人類的和平與安全，大眾不該踏入地球上某些黑暗又死寂的角落，以及無人涉足過的深淵。不然，沉睡中的超自然生物便會隨之甦醒，不淨的惡夢則會從漆黑的巢穴中傾巢而出，對更廣闊的世界進行全新的征服行動。

丹佛斯只暗示過，他最後看到的恐怖事物只是海市蜃樓。他宣稱，那和我們經過的瘋狂山脈中冒出蒸氣和回音的蜂窩狀結構，與山上的立方體和洞穴完全無關。只是翻騰雲霧後方事物的驚鴻一瞥，也透露了位於西方的紫色山脈後頭的東西；遠古種族不願進入那些山脈，也對它們感到恐懼。這景象很有可能出自我們在先前的壓力下所產生的幻覺，也可能是一時沒認出，那只是前一天曾在雷克營區附近注意到的山區死城幻象；但那光景對丹佛斯來說非常逼真，導致他依然受到影響。

他偶爾會低聲說出不相干的詞彙，包括「黑坑」、「雕刻邊緣」、「原初修格斯群」（**protoShoggoth**）、「擁有五道邊界的無窗固體」、「無名圓柱體」、「遠古燈塔」、「猶格・索陀斯」、「原始白色膠凍」、「星之彩」、「翅膀」、「黑暗中的雙眼」、「月梯」、「原始者、永恆者、不死者」，和其他怪異的字眼。但當他神智清醒時，便否認說過這些話，並將之歸咎於他年輕時讀過的怪異書籍。丹佛斯確實是少數膽敢讀完那本鎖在大學博物館中，遭到嚴重蟲蛀的《死靈之書》之人。

當我們飛越山脈時，天空確實飄滿翻騰繚繞的蒸氣；而儘管我沒看到天頂，也能想像在空中飄浮的冰塵可能形成了怪異的形狀。遙遠的景象有時會被混亂的雲層反射、倒映和放大，想像力則能輕易扭曲其他元素。當然，即使在他有機會想起昔日讀過的書本內容後，丹佛斯依然沒有提及上述的恐怖事物。在驚鴻一瞥下，他不可能看到這麼多東西。

當時，只有一個字不斷重複在他的尖叫中出現，這個瘋狂字眼的來源也十分明確：「**Tekeli-li！Tekeli-li！**」

六、印斯茅斯暗影

第一章

一九二七至二八年冬天，聯邦政府對位於麻薩諸塞州的古老海港印斯茅斯（Innsmouth）的特定事件進行了怪異的祕密調查。大眾在二月首度聽說此事，當時發生了一連串攻堅與逮捕行動，隨後當局特意引發的焚燒與引爆行動，摧毀了大量廢棄碼頭旁受到蛀蟲破壞的老舊空屋；但自然備有恰當的防範措施。不疑有他的大眾認為，這只是禁酒令下的零星衝突。

不過，謹慎檢視新聞的民眾，就會對大量的逮捕人數、不尋常的大批警力，以及囚犯處置上的祕密氛圍感到好奇。媒體並未報導有任何犯人受到審判或定罪；日後在國內一般監獄中也看不到這些囚犯。隱約有些傳言提到了疾病和集中營，之後則提到犯人被關在陸軍與海軍監獄中，但沒有傳出任何確切消息。印斯茅斯本身變得幾乎無人居住，最近才開始緩緩出現人口復甦的跡象。

許多自由派組織對此提出的抗議，受到極度保密的討論，組織代表也被帶往特定的集中營與監獄進行觀察。結果出乎意料的是，這些團體變得被動又沉默。報社記者則比較難擺平，但最後大多也配合了政府。只有一家因為報導誇張，而不受讀者信賴的報社，提到有潛水艇往魔鬼礁（Devil Reef）外的海洋深淵發射魚雷。這件來自水手聚集處的傳言似乎相當離譜；因為那座低矮的黑色礁石坐落在離印斯茅斯港一英哩半的海外。

住在鄉間與附近城鎮的居民對此有很多地下傳言，但鮮少對外界講述這些事。他們花了將近一世紀的時間談論了無生機又半荒廢的印斯茅斯，也沒什麼比他們多年前就已低聲談過的謠言更加怪誕或醜惡。他們因許多經驗而三緘其口，也沒必要逼問他們。再說，他們確實所知甚少；因為寬闊的鹽水沼澤荒涼又杳無人煙，使印斯茅斯內陸的鄰居們難以踏入當地。

但我終於要打破談論此事的相關禁忌了。我很確定，結果會非常明確，就算大眾得知那些驚慌的人們在印斯茅斯發現的事物，也不會造成太大的恐慌，只會引來一絲作嘔感。再說，當地發現的事物也許不只有一種解釋。我不知道自己得知多少比例的故事，也有充分理由不去深究。因為我與這件事的關聯比任何人都來得緊密，也擁有尚未使我做出激烈行為的祕密回憶。

在一九二七年七月十六日清晨慌亂逃出印斯茅斯的人就是我。當我驚恐地通報政府後，便引發了上述事件。當這件不明事件剛發生時，我很願意保持緘默；但既然現在它已成了陳年舊事，大眾的興趣與好奇心也早已消散，我便產生了一種奇特的渴望，想提起在那座惡名昭彰的陰暗海港中令人害怕的那幾小時中，發生的死亡與不淨怪事。光是開口，就讓我對自己的神智重拾信心；我得自我安慰說，自己並非第一個受到惡夢般幻覺纏身的人。這也能幫助我下定決心，踏上恐怖的下一步。

直到我見到印斯茅斯的那一天，我才首次聽說過該地。而到目前為止，那也是我最後一次造訪印斯茅斯。當時我正為了慶祝成年，而遊訪新英格蘭，目的包括觀光、造訪古蹟，與研究族譜，也計畫直接從古老的紐伯里波特（Newburyport）前往我母系家族的故鄉阿卡漢。我沒有車，只靠火車、電車，和大型客車旅行，也總是找尋最便宜的交通路線。紐伯里波特當地人告訴我，只能搭蒸汽火車前往阿卡漢；當我在售票處抱怨高額車費時，才聽說印斯茅斯的事。身材結實、長相精明、口音也不像當地人的售票員，似乎對我在經費上的窘境感到同情，便提出了其他人從未建議過的提案。

「我猜你可以搭那台舊公車，」他語帶猶豫地說。「但附近的人不太願意上那台車。它會經過印斯茅斯，所以人們不喜歡；你可能聽過那裡。開車的是位印斯茅斯當地人：喬・薩真特（Joe Sargent）。但他在這裡總是載不到旅客，我猜在阿卡漢也一樣吧。不知道這班車怎麼還會繼續開。我想它的車費夠便宜，但我從沒看過裡頭的乘客超過兩三人；只有印斯茅斯人會搭。車子從廣場上的哈蒙德藥局（Hammond's Drug Store）前離開。發車時間是早上十點和晚上七點，除非最近班次有變。公車看起來又老又破，我從沒搭過。」

這是我首度聽聞暗影密布的印斯茅斯。我對任何沒出現在一般地圖或近代旅遊導覽書中的城鎮都很有興趣，售票員怪異的暗示也激起了我的好奇。我想，能讓鄰近居民感到如此不悅的城鎮，肯定相當特別，也值得一訪。如果它位在阿卡漢之前，我就會在那站下車，所以我請售票員告訴我一些當地資訊。他非常謹慎，說話時也有種微微的優越感。

「印斯茅斯嗎？這個嘛，它是位於曼紐瑟特河口（Manuxet）的古怪小鎮。以前幾乎算得上是城市。一八一二年戰爭[1]前算是個大港。但在過去一世紀以來，當地荒廢了不少。現在鐵路不連到那去。波士頓與緬因州鐵路從未蓋到鎮上，從羅利鎮（Rowley）延伸出的支線計畫也在多年前就被放棄了。

我猜鎮上的空屋現在比居民還多，除了捕魚和龍蝦以外，當地沒有其他商業活動。每個人大多在這裡、阿卡漢，或伊普斯威治（Ipswich）進行交易。那裡一度有幾座工廠，但現在只剩下一家黃金精煉廠勉強靠零星生意維持生計。

不過，那家精煉廠曾風光一時，所有人馬許（Marsh）老頭當年肯定比克羅伊斯還有錢[2]。那老傢伙是個足不出戶的怪人。他似乎在晚年得了某種皮膚病或畸形病症，從此不再見人。他是歐貝德．馬許（Obed Marsh）船長的孫子，船長則是精煉廠的創辦人。老馬許的母親似乎是某種外國人，據說是南海島民。所以當他在五十年前娶了一名伊普斯威治女孩時，就引起大伙的騷動。

他們總是對印斯茅斯人有這種反應，這附近的居民也總是想掩飾自己的印斯茅斯血統。但在我看來，馬許的孩子和孫子們都長得和一般人差不多。有人指他們給我看過。不過現在想想，大一點的孩子們最近都沒來這裡。我從來沒看過馬許老頭。

為何大家都討厭印斯茅斯？哎呀，年輕人，你千萬別太相信這邊的人說的話。很難激起他們的興趣，但一旦開口，他們就滔滔不絕。他們一直在講印斯茅斯的八卦，大多都是謠言；我想已經講了一百年吧，他們應該比誰都害怕。有些傳言會讓你大笑：關於老馬許船長和魔鬼做交易，並讓地獄妖魔住在印斯茅斯，或是關於一八四五年左右，有人在碼頭附近不小心碰上的某種惡魔崇拜和恐怖犧牲儀式。但我老家在佛蒙特的潘頓（Panton），所以我不信這種事。

不過，你應該聽聽有些老一輩口中關於海岸外那座黑色礁石的事；他們叫它魔鬼礁。那塊礁石大多時候都矗立在水平面上，不太常被淹沒，不過也稱不上是島嶼。據說偶爾能在那座礁石上看到一大批惡魔；它們四處奔跑，或在礁石頂端的洞穴中鑽進鑽出。那是塊凹凸不平的礁石，位在離岸邊一英哩的位置，而在當地最後一段有船出港的日子裡，水手們通常會為了避開它而繞遠路。

1　譯注：美國與英國之間的第二次獨立戰爭。

2　譯注：Croesus，西元前五百四十六年的呂底亞王國國王。由於相當富有，現在被用作富豪的代稱。

但只有不是來自印斯茅斯的水手會這樣做。在他們反對馬許船長的事件中，其中一件是他有時會在晚上趁潮汐恰當時登陸魔鬼礁。也許他確實這樣做過，因為那座礁石的結構非常特殊，他有可能在找海盜的戰利品，或許還真的找到了；但也有傳言說他在礁石上和惡魔做交易。事實上，我猜是船長害那座礁石背負惡名的。

那是一八四六年大瘟疫之前的事，當時有一半以上的印斯茅斯居民病死。他們從未找出病情的起源，但可能是某種透過船運帶來的中國傳染病。狀況已經夠糟了。發生了不少暴動和駭人事件，我想那一切都沒擴散到小鎮外頭。結果該鎮被搞得一塌糊塗。鎮上狀況再也沒有復甦，那裡現在可能只住了三、四百人而已。

但當地人對印斯茅斯的厭惡純粹來自種族偏見。我並不責怪抱持那種心態的人。我也討厭印斯茅斯人，也不想去他們的鎮上。我猜你知道，儘管我聽得出你的西岸口音。我們的許多新英格蘭船隻經常與非洲、亞洲、南海等地的奇怪港口打交道，有時還會載回一些古怪人物。你可能聽說過那個帶了個中國老婆回家的賽勒姆男子，或許也知道鱈魚角（Cape Cod）附近還有一群斐濟島民。

哎呀，印斯茅斯人肯定有類似那種事的黑幕。沼澤與溪流將當地與內陸其他地區隔開，我們也無法確認當地情況；但可以確定的是，在二〇和三〇年代，老馬許船長用他當時的三艘船載回了一些古怪的東西。今日的印斯茅斯人確實有種怪異感；我不知道該如何解釋，但那種感覺會讓人起雞皮疙瘩。如果你搭上薩真特的巴士，就會從他身上注意到一點這種氛圍。他們有些人長有古怪的窄扁頭部，鼻子又扁又大，明亮的大眼似乎從來不會闔上，皮膚看起來也有些不對勁。粗糙又結滿了痂，脖子上的皮全都縮了起來，或露出皺褶。當地人年輕時就會禿頭。老一輩看起來最糟；事實上，我應該沒看過有那種長相的老人。我猜他們一看鏡子，就嚇死了吧！動物討厭他們。引進汽車前，馬匹經常給他們造成莫大麻煩。

從本地、阿卡漢，到伊普斯威治，都沒人想跟他們打交道；當他們來到鎮上，或有人想在他們的地盤捕魚時，他們的態度也相當冷漠。很奇怪，附近地區沒魚時，印斯茅斯港附近的漁獲量總是特別多。但如果你敢去那邊釣魚，就看看他們會怎麼把你趕跑！那些人經常沿著鐵路走來鎮上。在建造支線的計畫被放棄後，他們會走到羅利鎮搭火車，但現在他們都搭那班巴士。

對，印斯茅斯有家旅館，名叫吉爾曼旅店[3]。但我不認為它會好到哪去。我不建議你去那家旅館。最好待在這裡，然後搭明天早上十點的巴士去；這樣你就能在那搭晚上八點前往阿卡漢的車。幾年前有位工廠檢查員在吉爾曼旅店住過，後來對那家店有諸多不愉快的回憶。那裡似乎有一群怪人，因為檢查員聽到別間房裡傳來談話聲，不過大多數房間都空無一人；這使他感到毛骨悚然。他以為那是異國語言，但他說恐怖的是對方開口時發出的聲響。聽起來很不自然；他說聽

3　譯注：Gilman House，此處有魚鰓人（gill man）的雙關語。

起來像液體噴濺聲。使他不敢更衣和就寢。他整夜沒睡，一早就逃之夭夭了。談話聲幾乎持續了整晚。

這個名叫凱西（Casey）的人說了很多事，主要是關於監視著他的印斯茅斯人，當地人似乎也相當有戒心。他覺得馬許精煉廠是個古怪的地方。那是個位於曼紐瑟特河下游的老工廠。他說的內容和我聽說過的事相符。帳本保存狀況極差，裡頭也沒有清楚的交易紀錄。你知道，馬許家族究竟從哪弄來能供精煉用的黃金這件事，一直是個謎。他們似乎從未做過相關貿易，但數年前他們卻出口了大量金錠。

以前常有人說，水手和精煉廠員工有時會偷偷拿某種古怪的異國珠寶來賣，也有人看過馬許家的女人們佩戴過這種首飾一兩次。人們認為，也許老歐貝德船長在某個異教徒港口買來這類珠寶，特別是因為他總是訂購好幾箱的玻璃珠和小飾品；水手們經常拿這類物品和海外地區的當地人交易。其他人則認為他在魔鬼礁上找到了古代海盜的藏寶處。但有趣的是，老馬許船長已經死了六十年，而且自從南北戰爭結束，就沒有大船離開過印斯茅斯；但馬許家族依然繼續購買這類和外國土著交易用的物品。聽說大多是玻璃和橡膠製的便宜貨。也許印斯茅斯人喜歡這種東西。天知道，他們可能已經變得和南海食人族與幾內亞野蠻人一樣落後了。

一八四六年的瘟疫肯定斷送了當地最佳的血脈。總之，他們現在是可疑族群，馬許家族和其他有錢家族也都是一群惡人。我跟你提過，鎮上的居民可能不超過四百人，儘管大家都說有。我猜他們是南方人口中的『白種人渣』；行徑無法無天，又充滿各種祕密。他們常捕到很多魚與龍蝦，也透過卡車出口貨物。真奇怪，魚群居然只會聚集到那裡，卻不游去其他地方。

沒人能有效紀錄這批人的行蹤，州立學校的官員和人口普查人員也為此費了很大的勁。記好，好管閒事的陌生人在印斯茅斯不受歡迎。我聽說有一個以上的商人或政府人員在當地失蹤，也有傳聞說某位現在住在丹佛的訪客瘋了。他們肯定用某種方式嚇壞了那傢伙。

所以如果我是你，就不會待在那過夜。我從來沒去過那，也沒打算去，但我猜一日遊不會對你有害，不過本地人會建議你別去。如果你只想觀光，也想看古物的話，印斯茅斯應該很適合你。」

於是當晚我在紐伯里波特公共圖書館查詢關於印斯茅斯的資料。但當我試圖詢問商店、餐廳、車庫，和消防局內的本地人時，我發現他們比售票員預期得還更不想開口，也無法花時間打破他們本能上的緘默。他們有種隱晦的疑心，彷彿認為任何對印斯茅斯太感興趣的人，都不太對勁。在我過夜的基督教青年會中，店員只建議我不要去那種陰鬱墮落的地方；圖書館裡的人態度也差不多。顯然，在受過教育的人們眼中，印斯茅斯只是個被誇大的落後地區。

圖書館書架上的埃賽克斯郡（Essex County）歷史紀錄也沒提到多少事件，只提及該鎮建立於一六四三年，在獨立戰爭前曾以造船業而聞名，在十九世紀初期是海事重鎮，之後則成為以曼紐瑟特河為動力來源的小型工業中心。內文鮮少提及一八四六年的傳染病和暴動，彷彿這些事為郡內帶來了汙名。

書中很少提到該地的衰退情況，不過很難忽視晚期紀錄的重要性。南北戰爭後，馬許精煉公司（Marsh Refining Company）控制了所有工業活動；除了歷久不衰的漁業外，金錠交易也成為鎮上唯一的大型產業。隨著物價下跌與大型公司帶來的競爭，漁業帶來的利潤一落千丈，但印斯茅斯港附近的漁獲量從未匱乏。外國人不太會住在當地，而有些隱晦的證據指出，曾有一批試著在當地定居的波蘭人和葡萄牙人，遭到當地人用格外極端的方式驅離。

最有趣的一點，則是某個稍稍有人提及和印斯茅斯有隱晦關聯的奇異珠寶。那種珠寶明顯給鄰近鄉里留下相當強烈的印象，因為內文提到了存放於阿卡漢的米斯卡托尼克大學博物館中的樣本，以及紐伯里波特歷史學會（Newburyport Historical Society）陳列室中的展品。與這些文物相關的片段描述相當平淡，卻使我感到潛藏在暗潮之下的強烈怪異感。它們散發出的某種感覺古怪又引人注意，讓我完全無法忘懷；如果能安排相關行程的話，儘管當時天色已晚，我卻決定要看看存放在當地的樣本。據說那是個比例錯誤的龐大飾品，明顯是種頭飾。

圖書館員給了我一份給住在附近的學會館長安娜．提爾頓（Anna Tilton）小姐的介紹信；當我簡短解釋來由後，因為時間還不算太晚，這名好心的年長女士帶我踏進了閉館的建築內。館藏確實相當特別，但我目前只想看在角落展示櫃電燈光芒下閃爍的怪異物體。

不需要有格外敏感的美感，擺在紫色天鵝絨軟墊上這只造型豪華的神祕異國製品，就能讓我因它怪異又彷彿不屬於凡間的華麗發出驚嘆。即使到了現在，我也難以描述自己當下看到的事物，儘管就如同展品描述所說，它確實是某種頭飾。它的前端很高，周圍輪廓龐大且形狀不規則，彷彿是為了某種怪異的橢圓形頭顱所設計。材料似乎大致上是黃金，不過怪異的淺色光澤暗示它是某種奇特合金，內部含有和黃金同樣美麗，卻難以辨識的金屬。它的狀態相當完美，訪客也能花好幾小時檢視這引人注目，卻又令人困惑的不尋常設計。有些部分呈現幾何輪廓，有些部分卻明顯流露出海洋元素。極度精湛的工藝技巧，鏤刻或雕出它表面的浮雕花紋。

我看得越久，頭飾就越讓我著迷；而在這股吸引力之中，又含有一股難以解釋，卻令人不安的怪異元素。一開始我認為，是因為該藝術品的異界氛圍使我感到不適。我看過的其他藝術品，都屬於某種已知的種族或國家文化，或是刻意背離既有風格的現代風格作品。這只頭飾兩者皆非。它明顯出自一種熟練的完美工藝技術，但這手藝與任何文化，包括西方，或是古代與現代文化，都完全不同；它來自我從未聽聞過或見過的源頭。這頭飾彷彿是來自外星球的工藝品。

不過，我很快就看出自己的不適感有第二個同樣強烈的來源，來自頭飾古怪設計中的圖像與數學意涵。上頭的花紋暗示了超越時空的遙遠祕密，與難以想像的無盡深淵，浮雕上單調的水族性質則流露出了邪惡感。這些浮雕描繪了外形極度醜陋、又帶有惡意的怪物；它們擁有半魚半蛙的外型。觀察者不由得察覺猶如從虛假記憶中散發出的繚繞與不適，彷彿這些花紋喚醒了某種來自細胞與身體組織深處的畫面，而這類細胞則擁有全然原始的遠祖回憶。有時候，我覺得這些不祥的半魚半蛙生物輪廓中，瀰漫著異於人類的不明邪惡氛圍。

和頭飾完全相反的，則是提爾頓小姐口中簡短又無趣的歷史介紹。這只頭飾於一八七三年以高價典當給州街（State Street）上的某家當鋪，典當人則是位來自印斯茅斯的男子，不久之後他就在鬥毆中遭殺害。學會從當鋪老闆手中買下首飾，並立刻以符合其品質的方式，將它陳列出來。名牌上說明它可能來自東印度地區或中南半島，不過這只是暫時性的分類。

比較過所有關於它的來源，與為何來到新英格蘭的假說後，提爾頓小姐傾向於認為它是老歐貝德·馬許船長發現的某種異國海盜寶藏之一。一等馬許家族得知頭飾的所在地後，他們立刻提出高價的購買要求，而儘管學會始終堅定地不願意讓步，直至今日，他們依然持續出價；這也使提爾頓的觀點變得更有力。

當這位好心的女士送我走出館外時，她表明當地知識份子們相當支持關於馬許家財富出自海盜寶藏的理論。儘管從未去過印斯茅斯，但她輕蔑地認為當地的文化淪喪敗壞；她也向我保證，惡魔崇拜的謠言有部分肇因於在當地獲得支持的某個怪誕密教，該教團已吞併了所有正統基督教教會。

她說，那教團被稱為「達貢密教」（The Esoteric Order of Dagon），也無疑是一世紀前從東方傳來的低俗異教，當時印斯茅斯的漁業似乎即將荒廢。由於漁業忽然復甦，豐碩的漁獲量也持續至今，因此不難想像當地的單純人民持續信奉該教團，它也迅速成為鎮上最大的勢力；不只取代了共濟會，還把位於新教會綠地（New Church Green）上的舊共濟會會所改裝為總部。

對虔誠的提爾頓小姐來說，這一切都提供了完美理由，讓她遠離那座腐朽又荒廢的城鎮；但對我而言，這是個新穎的動機。我對建築和歷史的期待，現在則添增了強烈的人類學關注；隨著夜色逐漸褪去，躺在基督教青年會小房間裡的我則難以安睡。

第二章

隔天早上不到十點，我就帶著小皮箱，站在位於舊市集廣場上的哈蒙德藥局前，等待前往印斯茅斯的公車。當公車抵達的時刻接近時，我注意到大多數的路人都轉往街上其他地點，或前往廣場對面的理想午餐館（Ideal Lunch）。在形容本地民眾對印斯茅斯與其居民的不悅時，售票員果然沒有誇大其詞。過了幾分鐘，一台極度老舊骯髒的灰色小公車便沿著州街開了過來，它轉了個彎，停在我身旁的路肩。我立刻覺得這正是自己要搭的車；擋風玻璃上有三個難以辨識的標示：**阿卡漢—印斯茅斯—紐伯里波特**。這迅速證實了我的猜測。

車上只有三名乘客：他們是皮膚黝黑、又不修邊幅的陰鬱人士，年齡又有些年輕。公車停下時，他們便笨拙地緩緩下車，並沉默又近乎鬼鬼祟祟地走向州街。司機也下了車，我看著他走進藥局買東西。我想，這人一定就是售票員提到的喬・薩真特；在我注意到任何細節前，就同時感到一股無法解釋的迴避心理。我忽然瞭解，難怪當地人不願意搭乘這人駕駛的車子，或是造訪這種人和他同胞的居住地。

司機走出藥局時，我更仔細地盯著他看，並試圖確認是哪種特點激發了我的不良觀感。他是個纖瘦又駝背的男人，身高不滿六英呎，穿著破舊的藍色衣物，以及磨損的高爾夫球帽。他年約三十五歲，但如果旁人沒注意看他平板僵硬的表情，脖子兩側的怪異深邃皺紋，便讓他的外表顯得更為蒼老。他的頭部相當狹窄，圓凸的水藍色大眼似乎從未眨過，鼻樑扁平，前額和下巴相對短窄，耳朵也未發育完全。在他又長又厚的唇瓣、與滿佈粗糙毛孔的灰色臉頰上，除了幾撮零星的黃毛外，幾乎沒有鬍鬚；有些部位的皮膚表面似乎相當不平整，彷彿因為某種皮膚病而脫皮。他的雙手龐大且佈滿血管，也泛出不尋常的灰青色光澤。跟全身其他部位比起來，手指出奇地短，似乎容易往碩大的手掌內捲曲。當他走向公車時，我觀察他奇特的緩慢步伐，並發現他的腳出奇地大。我越仔細檢視他的雙腳，就越好奇他怎麼能買到尺寸恰當的鞋子。

這人散發出一種油膩感，讓我更加討厭他。顯然他常在漁港碼頭工作或閒晃，身上也夾帶了不少魚腥味。我完全猜不出他體內有哪種異國血統。他的怪異特徵肯定不像亞洲人、玻里尼西亞人、黎凡特人或黑人，但我看得出為何眾人覺得他是某種異類。我覺得這出自生物性退化，而非血統問題。

當我發現車上沒有其他乘客時，便覺得擔心。不知怎麼的，我並不想和這名司機單獨待在車上。但當發車時間接近時，我便征服了自身疑慮，並跟著男子上車，遞給他一張一美元紙鈔，咕噥著說了一個字眼：「印斯茅斯。」他好奇地看了我一下，一語不發地找了我四十分美金。我在他身後遠處坐下，也選了同側的位子，因為我想在車程中看風景。

最後，破爛的公車隨著啟動而盪了一下，從排氣管中噴出一股臭煙後，就噪雜地駛過州街上的老舊磚造房屋。我瞄向人行道上的路人，察覺到他們不想看這台公車，或至少想避免看見它。接著我們往左轉進高街（High Street），車子的運作狀況就平穩多了；公車飛駛過共和國早期的莊嚴房屋，以及更為古老的殖民時期農舍，並經過低綠地（Lower Green）與帕克河（Parker River），最後終於開上一段景色單調的漫長濱海鄉野。

當天溫暖又晴朗，但滿佈沙礫、蓑衣草，和矮灌木的風景，隨著我們逐漸前進，而變得越來越荒涼。我能從窗外看到李子島（Plum Island）的藍色水域和沙灘，隨後我們變得非常靠近海灘，因為狹窄的道路離開了從羅利到伊普斯威治的主要幹道。四周看不見房屋，我也能從路況看出這一帶不太常有人經過。經歷風吹雨打的電話線桿上頭現在只有兩條電纜。我們三不五時會駛過橫跨小溪的粗糙木橋；由潮汐形成的溪水流入內陸深處，使當地看起來更為荒涼。

有時我會注意到豎立在流沙上頭的殘餘樹根和崩壞的地基牆面，並想起自己曾在其中一本當地史書中讀到的古老故事，當中提到本地原本是肥沃且林木茂密的鄉野。據說，這種改變與一八四六年的印斯茅斯傳染病同時出現，也被單純的鎮民認為和隱藏的邪惡力量有關。事實上，原因是由於當地人不明智地砍掉了岸邊的樹林，使土壤無法得到保護，沙粒也被風吹向該處。

最後李子島在我們的視野中消失，左側則出現了開闊的大西洋。狹窄的道路開始陡峭地往上延伸，而當我看見佈滿車轍的道路與天空交錯的位置時，前頭那座寂寥的山峰使我感到一股不安。公車彷彿持續往上行駛，離開了理智的世界，並與天空中的未知奧祕融合。海水的氣味散發出陰森氛圍，而沉默的駕駛僵硬扭曲的背部，和形狀狹窄的頭部，看起來則越來越令人生厭。當我望向他時，發現他的後腦勺幾乎和臉孔一樣光禿無比，只有幾根黃毛零星地生長在佈滿痂的皮膚上。

接著我們抵達了山峰，並看見從彼端延伸出去的山谷，曼紐瑟特河在懸崖北方流入海中，山崖則構成了金斯波特角，並向安岬（Cape Ann）延伸。在瀰漫雲霧的遙遠地平線上，我能看出金斯波特角的模糊輪廓，頂端則有許多傳奇都提過的怪異古屋；但我目前的注意力都受到底下的景象吸引。我發現，自己已經抵達了傳言中的印斯茅斯。

那是座幅員寬廣又有密集建物的城鎮，但鎮上卻強烈缺乏生機。大量煙囪中連一點煙霧都沒有，而三座沒有上漆的高聳尖塔則矗立在面對海洋的地平線上。其中一座尖塔的頂端已經崩落瓦解，而這座塔與另一座塔上都有原本該放置時鐘的黑色大洞。眾多崩壞的斜屋頂和尖銳的山形牆都流露出強烈的蟲蛀感與敗壞氛圍，當我們沿著下坡路段行駛時，我也看到不少塌陷的屋頂。鎮上也有幾座大型的喬治亞式宅邸，它們擁有斜坡屋棚、圓形屋頂，和裝有欄杆的「望夫台」[4]。

這些房屋大多遠離水濱，似乎只有一兩棟房子還維持著良好狀態。我看到一條長滿雜草又銹跡斑斑的廢棄鐵路從屋舍之間往內陸延伸，兩旁傾斜的電報桿上現在沒有電纜；沿路也能看見通往羅利鎮和伊普斯威治的老舊馬車幹道，現在大半都已模糊難辨。

腐朽狀況在靠近水域的位置最嚴重，不過我能看見該區中間一座保存狀態良好的磚造建築上的白色大鐘，那座建築看起來像座小工廠。積滿沙子的港口被一座古老的防波堤包圍；上頭能看見幾個漁民坐著的渺小身形，防波堤邊緣則有座看似昔日燈塔遺留下的基台。這塊防波堤已形成了一道沙嘴，我在上頭看到了幾座破舊小屋、擱淺的漁船，和零星的龍蝦龍。唯一的深水區似乎位於河水流經鐘屋，並往南流入海洋的防波堤盡頭。

碼頭的遺跡散落在岸邊，已完全無法判斷殘留部分的腐爛時間，而坐落在最南邊的遺跡似乎腐朽得最嚴重。儘管目前正值潮汐高潮，我依然瞥見海面遠處的一道黑色長線，微微矗立在水面上，卻又透露出一股暗潮洶湧的惡意。我明白，這肯定就是魔鬼礁。當我望著它時，某種微妙又特殊的吸引力，似乎疊加在礁石散發的陰鬱不適上；奇怪的是，我覺得這股弦外之音反而比整體景象更令人感到不安。

我們在路上沒碰見任何人，並經過崩壞程度不一的荒廢農場。接著我注意到幾座有人居住的

4　譯注：widow's walk，十九世紀北美海岸線房屋常見的屋頂平台，相傳是為等待水手丈夫回來的妻子們所設計。

房屋，破碎的窗口塞了破布，貝殼與死魚則灑落在滿佈垃圾的庭院中。有一兩次，我看到萎靡不振的人們在寸草不生的花園中工作，或在下坡飄散魚腥味的海灘上挖蛤蜊，還有好幾群外表骯髒又看似猿猴的孩童們，正在長滿雜草的門檻邊玩耍。這些人似乎比荒涼的建築還更讓人感到不適，因為幾乎每個人的臉孔和動作都有某種怪異感；儘管我無法理解原因，卻立刻討厭起他們。有一瞬間，這種典型體態讓我想起看過的某張圖片，也許是在特別恐怖或悲傷的情況下，在某本書中看到的；但這種虛假的回憶很快就消失了。

當公車抵達低窪地區時，我開始在不尋常的靜謐中聽到瀑布的水聲。沒有上漆的傾斜房屋變得更密集，綿延不絕地在道路兩旁出現，比起我們剛經過的屋舍，顯露出較多的城市感。前方的景色逐漸收窄成街景，而我也能在不少地點看到昔日鵝卵石步道和磚砌人行道遺留的部分。所有房屋明顯都已遭棄置，屋舍之間有時會出現缺口，搖搖欲墜的煙囪與閣樓牆壁代表了之前崩塌的建築物。所有東西周圍則瀰漫著令人作噁的魚腥味。

很快就出現了不少十字路口；左邊的路口導向海岸邊毫無建設的髒亂景象，右側的路口則流露出昔日光景的華麗。目前我在鎮上一個人都沒看見，但現在則出現了稀疏的人煙跡象。到處都有拉上窗簾的窗口，有時還會瞥見停在路旁的破舊汽車。車道與人行道越來越明顯，不過大多數房屋的屋齡都很老，是十九世紀初的木製與磚砌建築。但它們依然能供人居住。身為業餘骨董愛好者，這片豐富又未遭改變的過往光景，使我幾乎遺忘了對臭味的厭惡，以及內心感到的威脅和排斥。

但在我抵達目的地前，卻必須經歷一股非常強烈的不適。公車來到了一處廣場（或是某種輻射狀路口），道路兩側都有教堂，廣場中央有一座綠色圈型區域的骯髒遺跡，我望向前方右側路口一座裝有巨柱的廳堂。建築物外頭一度塗上了白色油漆，現在不只變灰，油漆處還斑駁脫落，山形牆上的黑色與金色標誌則已褪色，我只能勉強辨認出「達貢密教」的字眼。這肯定就是被那墮落教團佔據的前共濟會會所。當我努力想辨識出上頭的文字時，我的注意力被對街傳來的宏亮鐘聲所吸引，我也迅速轉身往自己這一側的車窗外看。

鐘聲來自一座低矮的石砌教堂，教堂的建築年代明顯比其他房屋晚，以拙劣的歌德式風格建成，還擁有比例怪異的挑高地下室，上頭還有拉起窗簾的窗戶。儘管我瞥見的鐘面上缺少指針，依然從刺耳的鐘聲聽出現在是十一點。突然間，我腦中所有關於時間的念頭，都被一個極度鮮明又無比恐怖的畫面打斷，而我卻還來不及思考那究竟是什麼。教堂地下室的門打了開來，露出一片長方形的黑暗。當我望向那裡時，某個物體似乎跨過了那片黑色長方形空間；它在我腦中烙下了稍縱即逝的惡夢印象，這使人感到更為恐慌，因為就算仔細分析，也無法從該物體上找到任何恐怖元素。

那是個活生生的物體：除了司機以外，它是我自從踏進鎮上較為繁榮的地區後，首度看到的生物。如果我的情緒再穩定些，就不會覺得對方恐怖了。過了幾分鐘後，我才明白那是牧師；他穿著某種特殊法袍，那肯定是達貢密教在改變當地教會後引進的穿著。使我在潛意識中率先注意到，並浮現怪異恐懼的物體，是他配戴的高大頭冠；那和提爾頓小姐前晚給我看過的頭飾一模一樣。被我的想像力刺激後，這點為那張模糊的臉孔，和長袍底下蹣跚步行的身形添加了無名的邪惡氣息。我很快就斷定，自己根本沒理由害怕來自虛假回憶中的恐懼。當地的神祕教團依當地人的某種特殊習慣，而採用獨特頭飾，不是很正常嗎？也許那是海盜寶藏之一？

零星外表醜惡的年輕人群在人行道上出現；有些獨自行走，其他人則三兩成群。塌陷的房屋底層開著幾間擁有骯髒招牌的商店，駛過這些店家時，我注意到路上停了一兩台卡車。瀑布聲變得越來越明顯，我也看見前方的深邃河谷，上頭設有一座裝有鐵欄的寬闊鐵路橋墩，另一頭則有一座大廣場。開過橋上時，我往兩側看去，並發現位於長滿青草的懸崖上或底下的工廠。底下的水源相當充沛，我能看見右側上游的兩座大瀑布，左邊下游也至少有一座瀑布。從這裡能聽到震耳欲聾的水聲。接著我們駛入河流對岸的半圓型廣場，並在右側一座擁有圓頂的高聳建築前停車，這棟建築上還有殘留的黃漆，以及磨損了大半的招牌，上頭宣稱這裡就是吉爾曼旅店。

我很高興能離開那台公車，也立刻將我的皮箱寄放在骯髒的旅店大廳。我的視野中只有一個人：那是名沒有我口中所謂「印斯茅斯長相」的老人。在想起這家旅館中的古怪事件後，我決定不要問他任何會讓我感到憂心的問題。我反而踏進廣場，原本停在路旁的公車已經離開了，我則仔細審視起周遭的景象。

鵝卵石廣場一側是筆直的河流；另外一側則是一八〇〇年代建造的半圓型斜頂磚砌屋群，好幾條街道從這區往東南方、南方，和西南方延伸。路燈令人焦慮地稀少又矮小，都是低功率的白熾燈。即使我知道今晚的月亮會很明亮，還是很高興自己計畫在天黑前離開。建築物保存狀況良好，也有上打商店都還在營業；有一家第一國立雜貨店[5]的分店，還有破爛的餐廳、藥局、漁獲批發商辦公室，以及一家位於廣場最東端、靠近河流的辦公室，那裡屬於鎮上唯一的工業：馬許精煉公司。附近大約有十個人，還有四五台停在附近的卡車。我不用問也知道，這就是印斯茅斯的市中心。往東方我能瞥見藍色的港灣，地平線上矗立著三座一度美麗的喬治亞風格尖塔，現在則只剩下廢墟。我往河流對岸望去，看到上頭裝有白色大鐘的建築；我猜那就是馬許精煉廠。

由於某些原因，我選擇連鎖雜貨店作為第一處拜訪地點，店裡的人員應該不是印斯茅斯當地人。我發現只有一名大約十七歲的男孩負責管店，也很高興發現對方相當開朗親人，並帶來了令人愉快的資訊。他似乎特別願意開口，我也很快明白對方不喜歡當地、魚腥味，或是鬼鬼祟祟的鎮民。跟任何外來者談話都能讓他感到放鬆。他來自阿卡漢，目前寄宿在一個來自伊普斯威治的家庭中，一有空他就會回家。他的家人不喜歡他在印斯茅斯工作，但公司將他轉調到當地，他也不想放棄這份工作。

5　譯注：First National Store，美國東北部的連鎖超市，現名為Finast。

他說，印斯茅斯沒有公共圖書館或商會，但我也許能在附近繞繞。我剛經過的街道是聯邦街（Federal）。西邊則有狀況良好的老住宅區街道：布洛德街（Broad）、華盛頓街、拉法葉街（Lafayette），和亞當斯街（Adams）。東邊則是海濱貧民窟。在貧民窟中沿著主街（Main Street）走，就能找到老舊的喬治亞式教堂，但那幾座教堂在很久以前就被遺棄了。最好不要讓自己在那種地帶變得太顯眼，特別是河流北岸，因為當地居民陰鬱又充滿敵意。有些陌生人甚至還失蹤了。

他曾有過慘痛的親身經驗，了解有些特定地帶幾乎是禁區。比方說，旅客不該在馬許精煉廠附近逗留太久，或是在任何使用中的教堂，以及位於新教會綠地的達貢密教會堂附近停留。那些教堂非常古怪——全都被別處的教會極力否認，也明顯使用了極度怪異的儀式與法袍。他們的異端教條相當神祕，暗示特定轉變能造就不朽的肉體，並在人間達成某種程度的長生不老。這名年輕人的教區牧師：阿卡漢的亞斯伯里循道會（Asbury M.E. Church）的華萊士博士（Wallace），曾嚴厲警告他不要加入印斯茅斯的任何教會。

年輕人不知道該如何形容印斯茅斯鎮民。他們和穴居動物一樣怕生又不常現身；除了零星的漁業活動外，外人無法想像他們究竟把時間花在什麼用途上。或許，從鎮民們喝下的私釀酒數量來看，白天大部分時間裡，他們都醉醺醺地大睡。他們似乎透過某種同伴情誼與知識，而陰鬱地團結在一起；一同蔑視世界，彷彿他們能前往其他更討自己歡心的世界。他們的外表（特別是那雙圓凸又從不眨的眼睛，沒人看過鎮民閉眼過）就夠嚇人了；他們的嗓音也很噁心。半夜聽見他們在教會的吟唱會覺得非常可怕，特別是在他們的節慶或復興日時；那種活動一年會舉辦兩次，分別在四月三十日與十月三十一日。

當地人非常喜歡水，也經常在河流或港灣中游泳。他們常常比賽游泳到魔鬼礁附近，似乎所有人都會參與這項艱鉅的運動。現在想想，只有年輕人會在公共場所出現，而這些鎮民中最年長的人，外表看起來也最醜惡。如果有例外，也大多是外表完全沒有異狀的人，像旅館中的老職員。大多數老人的下場令人感到好奇，我也對「印斯茅斯長相」究竟是不是某種隨著年齡增長而惡化的怪異疾病感到困惑。

當然，只有非常罕見的疾病，才會在人類成年後造成如此龐大且極端的身體變化。這種改變引發了包括頭骨形狀在內的骨質變化。但就算是這點，也不比整體疾病的可見症狀要來得更令人困惑。年輕人表示，很難在這問題上得出真正的結論；因為無論在印斯茅斯住多久，也無法和當地人變熟。

年輕人很確定，許多症況比可見的鎮民還糟糕的人，都被鎖在某處屋內。人們有時會聽到怪聲。據說，河流北岸的破爛水濱小屋之間有祕密地道，也因此成為名符其實的無名怪胎聚集地。完全無法看出當地人究竟有哪種（如果確實有的話）異國血統。當政府人員或其他外地人來到鎮上時，他們有時不會讓長相特別駭人的鎮民在公共場合出現。

我的線人說，問當地人任何關於當地的事都沒用。唯一願意開口的人，是個非常年老，但外表正常的男子，他住在鎮上北邊的貧民小屋中，整天在消防局附近遊蕩。這個頭髮灰白的男人名叫札多克．亞倫（Zadok Allen），他目前九十六歲，腦袋也不甚清楚，還是鎮上有名的酒鬼。他是個古怪又鬼鬼祟祟的人，經常回頭望向身後，彷彿害怕某種事物；就算酒醒時，他也不願意和陌生人交談。不過，他無法抗拒自己最愛的毒藥；一等他喝醉，就會吐露回憶中的某些驚人事件。

不過，很難從他身上得到有用的資訊；因為他的故事充滿不可能發生的驚人事件與恐怖事物的片段暗示，只可能出自他本身的無稽幻想。沒人相信他說的話，但當地人並不喜歡他在喝酒後和陌生人交談；被鎮民看到在質問他的話，也不太安全。有些最誇張的謠言和傳說可能就是源自於他口中。

好幾個非當地出身的居民都提到，曾不時看過恐怖事物，但既然碰上老札多克的故事和畸形的當地人，就難怪常有人產生這類幻覺。沒有任何外地人會在鎮上待到半夜，大家都認為那是不智之舉。再說，街道上也漆黑地令人不快。

至於商業活動，大量的漁獲自然相當不尋常，但當地人在這點越來越不佔優勢了。再說，價格正在下跌，競爭也很激烈。鎮上真正有益的產業自然是精煉廠，它的商業辦公室位於廣場上，離我們的所在地東方只有幾戶之隔。從來沒人看過馬許老頭，但他有時會搭一台窗簾被緊緊拉上的汽車去工作。

有許多關於馬許長相的傳言。他曾一度是個花花公子；據說他還穿著愛德華時代[6]的昂貴連身大衣，衣服的剪裁也調整成能容納特定的畸形部位。他的兒子之前在廣場中的辦公室處理業務，但最近他們都不太見人，也將大半事業交由年輕一輩處理。他們的子女們看起來非常怪異，特別是年長的孩子們；據說他們的健康狀況每況愈下。

馬許家其中一名女兒，是個長得像爬蟲類的醜陋女子，她配戴著大量古怪首飾，首飾的異國風格和博物館裡那只奇異頭飾一模一樣。年輕人注意過那首飾很多次，也聽說它來自海盜或惡魔的祕密寶庫。神職人員們（又叫祭司，或現在採用的其他名稱）也都用這種飾品當作頭冠；但很少人看過他們。年輕人沒看過其他人物，不過據說印斯茅斯附近還有更多怪人。

除了馬許家族外，鎮上還有其他三個性情溫和的家族：懷特家（Waite）、吉爾曼家和艾略特家（Eliot）。家族成員都過著深居簡出的生活。他們住在華盛頓街上的大宅，其中據說有好幾個家族藏匿了特定親人，不讓外界看到他們，也對外宣稱這些家屬已經過世，還留下了死亡紀錄。

年輕人警告我說，許多路牌已經損壞，於是他畫了一張粗略但細節充足的地圖給我，描繪出鎮上幾個顯著地點。研究了一會後，我覺得這張地圖能給我很大的幫助，於是在大力致謝後將它

6　譯注：一九〇一年至一九一〇年英國國王愛德華七世在位的時期。

放入口袋。由於我不喜歡唯一碰到的那家餐廳給我的骯髒感，便買了一堆起司餅乾和薑餅，當作之後的午餐。我的計畫是走在主要幹道上，和路上碰到的非當地人交談，並搭八點的客運去阿卡漢。我看得出這個鎮反映出集體衰敗的誇張典型範例；但由於我並非社會學家，就只將觀察方向放在建築上。

於是我開始系統性地探訪印斯茅斯狹窄又陰暗的街道，也感到有些困惑。我跨過橋墩，走向發出巨響的下游瀑布，經過馬許精煉廠；奇怪的是，工廠似乎沒有發出任何工業噪音。這棟建築矗立在陡峭的河岸懸崖邊，靠近一座橋墩和一塊開闊的街道匯集點，我猜那區域曾是本地最早的文化中心，獨立革命後才被目前的鎮廣場取代。

我重新由主街大橋跨越峽谷，並踏入一處使我感到顫抖的荒廢地帶。房屋上崩塌的斜屋頂形成了鋸齒狀的奇異天際線，屋頂上頭，則升起了一座古老教堂陰森的毀損尖塔。主街上有些房屋中有居民，但大多屋子都被木板封死。在沒鋪路的側街上，我看見廢棄小屋中的漆黑窗口；由於地基下陷，許多老屋都以驚人的危險角度傾斜。那些窗戶看起來鬼氣逼人，使我得鼓起勇氣，才能往東轉向水濱地帶。當房屋多到形成荒廢的死城時，廢棄房屋散發的恐怖感，自然會以幾何方式增長，而不是緩緩變強。看到無止無盡的空蕩與死寂，又想到漆黑陰森的房屋群，裡頭塞滿蜘蛛網、回憶，與蛀蟲，就在心中激起連最堅毅的想法都無法打散的殘餘恐懼與閃避。

魚街（Fish Street）和主街同樣荒涼，不過街上許多磚砌與石砌倉庫的保存狀況都還十分良好。水街（Water Street）的狀況幾乎完全相同，不過碼頭原本所在的位置現在只剩下濱海的大空隙。除了在遠方防波堤上的零星漁民外，我看不到其他生物，也只能聽見港口傳來的浪潮拍打聲，與曼紐瑟特河的瀑布巨響。這城鎮越來越讓我感到緊張，當我沿著水街橋往回走時，也不斷鬼鬼祟祟地回頭看。根據年輕人的圖畫，魚街上的橋已經毀了。

河流北岸還有零散的骯髒生活痕跡：水街上打包漁獲的店家、冒煙的煙囪和隨處可見修補過的屋頂、來自不明來源的聲響，以及三不五時蹣跚經過破爛街區和尚未鋪設完成小徑的怪異身影。但我似乎覺得這比南邊的廢墟還更有壓迫感。首先，這些人比靠近鎮中心的人還更醜陋和畸形；有好幾次，我想起了某種解釋不太出來的驚異事物。這區印斯茅斯人血脈中的異國血統肯定比內陸鎮民更重。除非「印斯茅斯長相」確實是種疾病，而非血緣特徵，這樣的話，這塊區域可能就潛伏了更嚴重的病例。

其中一項讓我感到心煩的細節，就是傳入耳中的微弱聲響。它們應該完全傳自有人居住的屋舍，卻經常是從被封得最密的房屋中傳來。聲音包括嘎吱聲、物體疾走聲，和嘶啞的可疑聲響；我內心不快地想到雜貨店店員提到的隱匿隧道。忽然間，我開始想像那些鎮民發出的聲響。目前我在這一區沒聽過人聲，也焦慮地覺得不想聽到那類聲音。

我只短暫停下腳步，望向位於主街與教堂街口間的兩座老舊教堂廢墟；之後我就趕緊離開可怕的水濱貧民窟了。我合理的下一站應該是新教會綠地，但不知怎地，自己不敢再度經過那座教堂，因為自己曾瞥見教堂地下室那名頭戴怪異冠冕的祭司無可名狀的駭人身形。再說，雜貨店裡的年輕人告訴我過，教堂與達貢密教會堂不是陌生人該去的地方。

因此我沿著主街往北朝馬丁街（Martin）走，接著轉向內陸，安全地跨越綠地以北的聯邦街，並踏進包含北布洛德街、華盛頓街、拉法葉街，和亞當斯街之間已荒廢的上流社區。儘管這些富麗堂皇的老街並未受到良好保養，它們被榆樹遮掩的尊榮氣息卻尚未消失。我的注意力轉到一棟又一棟的豪宅上，荒廢社區中大多數宅邸都十分破舊，也被木板封了起來，但每條街上都有一兩棟大宅顯露出尚有人居的痕跡。華盛頓街有四五排修剪整齊的草皮與花園。其中最豪華的房屋擁有平台上的寬闊花圃，花圃一路延伸到拉法葉街；我想這就是生病的精煉廠老闆馬許老頭的家。

這些街道上都看不到任何生物，我也對印斯茅斯連貓狗都沒有而感到好奇。另一件讓我感到相當不安且困惑的事，就是即使在部分保存狀態良好的豪宅中，許多三樓與閣樓的窗戶依然緊緊拉上了窗簾。在這座充滿異國血統與死亡的寂靜城市中，偷偷摸摸與神祕兮兮的態度似乎是居民一致的心態，我也免不了感到被躲藏在暗處的目光監視，那些圓睜的眼睛永遠不會闔上。

當我左方的大鐘響起三聲時，我顫抖了一下。我對傳來鐘聲的那座低矮教堂的印象相當強烈。我沿著華盛頓街往河流走，現在則面對了一塊新地帶，該區是以前的工業與商業中心；我注意到前方的工廠遺跡，和其他建築的遺骸，加上舊火車站殘留的廢墟，以及位於我右側河谷上頭遠處的廊橋式鐵路。

我面前這座可疑的橋墩上貼了張警告標示，但我冒險再度跨橋前往南岸，該區裡還有人煙。偷偷摸摸又步履蹣跚的身影，用詭異難解的眼神望向我，而其他較為正常的臉孔則冷漠又好奇地盯著我。印斯茅斯正迅速變得令人難以忍受，我也沿著培因街（Paine Street）走向廣場，希望能在那台還要很久才發車的陰森公車出發前，提前找到車載我去阿卡漢。

就在這時，我看到了那棟搖搖欲墜的消防局，也注意到那名臉色脹紅、鬍鬚茂密、眼睛水汪汪的老人，他穿著難以形容的破爛衣物，並坐在消防局前的長椅上，和一對不修邊幅、但長相並不畸形的消防員談話。這肯定就是札多克．艾倫，那名瘋癲又酗酒的九十歲老人；他口中曾吐露出諸多關於昔日印斯茅斯的醜惡駭人故事。

第三章

肯定有某種病態的小鬼推波助瀾，或是某種源自黑暗深淵中的諷刺性吸引力，讓我改變了計畫。很久之前，我就計畫只觀察建築物，當時甚至還快步趕往廣場，打算盡快找車離開這座瀰漫死亡與腐朽氛圍的城市；但一看到老札多克．艾倫，我心中就揚起了一陣波瀾，並略帶遲疑地慢下腳步。

年輕人向我保證過，這名老人只說得出誇張又零碎的鄉野傳奇；我也被警告過，和他交談時，被當地人看到並不安全。但一想到這名老人曾見證這座城鎮的敗壞歷程，還擁有源自早期船業與工業時期的回憶，我便無法抗拒這股誘惑。畢竟，傳說中最怪異與狂野的部分，經常都只是奠基於真相之上的符號或隱喻。老札多克肯定見識過印斯茅斯這九十年裡發生的一切。好奇心蓋過了內心的謹慎，且在年輕氣盛下，我覺得也許能夠透過不加水的威士忌，從對方令人困惑的誇張言論中，找出歷史真正的核心。

我知道自己不該在當下向他攀談，因為消防員肯定會反對。我反而覺得，該先準備一瓶私釀烈酒，之前雜貨店店員有告訴我哪裡能找到大量的私釀酒存貨。接著我會假裝一派輕鬆地在消防局附近閒晃，趁老札多克遊蕩時假裝碰上他。年輕人說他非常焦躁，很少在消防局附近坐上一兩小時。

一夸脫的威士忌很容易弄到手，不過價格並不便宜，得在廣場外艾略特街的破舊雜貨店後頭才買得到。招待我的骯髒店員有一絲「印斯茅斯長相」，但行徑相當溫和；也許他習慣了友善的外地人：卡車司機、黃金買家等等。這些人經常來到鎮上。

重新踏入廣場後，我發現自己受到好運眷顧；因為我剛離開培因街，走向吉爾曼旅社的街口時，就瞥見了老札多克．艾倫穿著破爛的高瘦身影。我遵循自己的計畫，用新買的酒吸引了他的注意：我很快就發現，當我轉進懷特街，並走向自己所知最荒涼的地帶時，他便渴望地跟在我身後。

我照著雜貨店店員準備的地圖走，並往之前曾造訪過的廢棄南部水濱地區走。那裡唯一的人就是防波堤上的漁民；往南走了幾個街區後，我就離開了那些人的視線範圍，在某個廢棄碼頭邊找了位子坐下，並打算在沒人旁觀的情況下質問老札多克一陣子。抵達主街前，我聽到身後傳來氣喘吁吁的微弱呼聲：「嘿，先生！」我讓老人跟上腳步，並讓他拿酒瓶猛灌了幾口。

當我們走在周圍的傾斜廢墟中時，我便開始試探對方，不過老人的口風沒我想像中的鬆。最後我看到崩塌的磚牆之間有塊面向海洋的開口，地上長滿了雜草，遠方的碼頭遺跡也滿佈蘆葦。靠近水域的幾塊覆滿青苔的石頭能充當座椅，該處也被北方一座倉庫遺跡所遮蔽，不會被外人看見。我想，這裡就是長時間祕密會談的理想地點；於是我帶著同伴沿著小路走，並坐在長滿青苔的石塊上。死亡與荒廢的氣味相當恐怖，魚腥味也令人無法忍受；但我決定不讓任何事阻擋我。

如果我要搭上八點開往阿卡漢的車，就剩下四小時能談話，於是我開始給老酒鬼更多酒喝，同時吃著自己簡樸的午餐。我很小心地不要給對方太多酒，因為我不想讓老札多克在酒後高談闊論後，變得昏昏欲睡。一小時候，他小心翼翼的沉默寡言態度逐漸消散，但令我失望的是，他依舊迂迴回應我關於印斯茅斯和城鎮疑雲重重的過往等問題。他會滔滔不絕地提起當代話題，昭顯自己閱讀了相當多的報紙，也經常以說教般的鄉村口吻分析報紙上的新聞。

第二個小時快結束時，我怕一夸脫的威士忌不夠催生有用的成果，也正思考是否該讓老札多克留在這裡，然後去買更多酒。不過，此時突然出現了非由我創造的機會；這名喘息老人雜亂的胡扯突然變了個樣，使我傾身仔細傾聽。我背對瀰漫魚腥味的海面，但他面對海洋，而某種事物則使他四處亂飄的目光聚焦在遙遠的魔鬼礁輪廓上，那塊礁石當下正矗立在海面上。這光景似乎使他感到不悅，因為他罵了一連串語氣虛弱的髒話，最後則轉為悄聲嘀咕，也露出若有所思的惡意眼神。他傾身彎向我，抓住我的大衣翻領，並以嘶嘶氣音吐露某種無法被誤解的暗示。

「一切就是從那裡開始的……那個該死的地方充滿了邪惡，一切都深藏在水底下。地獄大門……就在深到沒人碰得到的海底。老歐貝德船長辦到了……他在南海小島上找到對他沒好處的東西。

在那些日子裡，大家都不好過。貿易狀況變差，工廠沒生意……連新工廠也是……而我們最優秀的男丁在一八一二年戰爭時在私掠船上被殺，或是和雙桅帆船伊莉莎白號[7]和遊騎兵號（Ranger）一同下沉……兩艘船上頭都有吉爾曼家族的子嗣。歐貝德・馬許當時擁有三艘船：縱橫帆雙桅船哥倫比亞號（Columby）、雙桅帆船賀夫提號（Hefty），和三桅帆船蘇門答臘女王號（Sumatry Queen）。他是唯一繼續在東印度和太平洋做生意的人，不過伊斯德拉斯・馬丁（Esdras Martin）的三桅船馬來新娘號（Malay Bride）到一八二八年都還在航行。

從來沒出現過像歐貝德船長這樣的人。他是撒旦的左右手！嘿，嘿！我還記得他提到外國地區的事，他說所有去基督徒集會，以及溫順地背負重擔的人都是笨蛋。他說他們最好像有些印吉斯群島（Injies）居民一樣，拜比較好的神。會接受信徒犧牲而帶來大量漁獲，也會允諾信徒禱告的好神明。

麥特．艾略特（Matt Eliot）是他的大副，也說了一番大話，但他反對人們搞那些異教勾當。他聽說大溪地以東有座小島，上頭有很多岩石遺跡，比任何人已知的歷史都還要古老，有點像是波納佩島（Ponape）和加羅林群島（Carolines）上的遺跡，但擁有像復活節群島上大雕像的臉孔。那附近也有座小火山島，上頭的遺跡則有不同的雕刻：那些廢墟全都有嚴重磨損，彷彿都曾經沉入海底，上頭還刻滿恐怖的怪物圖像。

然後呀，先生，麥特說當地人想抓多少魚都行，也配戴某種黃金製成的奇怪手鐲、臂環和頭飾，首飾上的怪物圖案則和小島遺跡上的雕刻相同：有點像類似魚的蛙類，或是類似蛙類的魚，還被描繪出與人類相同的各種姿態。沒人能問出當地人是從哪弄來這些東西的，其餘當地人也對自己為何能捕到這麼多漁獲感到好奇，即使鄰近的小島一隻魚也抓不到。麥特很好奇，歐貝德船長也是。再來，歐貝德也注意到許多俊美的年輕人逐年消失，島上也沒有多少老年人。而且，他認為就算以卡納卡人而言，有些當地人也長得太奇怪了。

最後是歐貝德從這些土著身上得知了真相。我不曉得他是怎麼辦到的，但可能是從和土著們

7　譯注：原文為Elizy，一八〇五年至一八一四年為法國服役的私掠船。

交易對方配戴的類黃金飾品開始。他問這些首飾是哪來的，有沒有辦法弄來更多，最後終於從老酋長口中打探出了緣由；他們叫他瓦拉基亞（Walakea）。除了歐貝德外，沒人相信那個黃皮膚的老傢伙，但船長善於識人。嘿，嘿！當我講這件事時，從來沒人相信我，我猜你也不信，小夥子。不過現在看看你，你也有歐貝德那種直搗人心的銳利眼睛。」

老人的低語變得更微弱了，就算我清楚他的故事可能只是酒醉後的胡言亂語，還是對他語調中恐怖又真切的不祥意味感到害怕。

「哎呀，先生，歐貝德知道世上有人們從沒聽說過的東西……就算聽說了，也不會相信。這些卡納卡人似乎把年輕男女獻祭給某種住在海底的神明，並換來了各種賜禮。他們在擁有怪異遺跡的小島上和那些生物碰面，而那些半蛙半魚的怪物畫像，正好描繪出了這些生物。也許美人魚的故事就是從這種怪物身上出現的。

牠們在海底有各種城市，這座島則是上升到水面的其中一座。當島嶼浮出海面時，岩石建築中似乎還有活著的生物，卡納卡人就是因此得知海底下的事。一等他們彼此混熟後，就馬上進行交易。

那些生物喜歡生人獻祭。好幾世紀前牠們曾經得到這類祭品，但過一陣子後便與陸地世界失去連結。我不知道牠們對犧牲者做了什麼，我猜歐貝德也不想問。但土著們不在意這點，因為他們過得很苦，也急於嘗試任何解決方式。他們每年會送一批年輕人給海怪兩次，時間在五朔節前夕和萬聖節時……讓時間盡可能規律。他們也給那些生物一些小雕刻品。海怪則答應以大量漁獲作為回報；牠們會把海裡的魚群趕過來，三不五時也會給土著幾塊黃金飾品。

啊，我說呀，土著們在一座小火山島上和那批怪物碰面。他們會帶著祭品搭獨木舟去島上，再把所有類似黃金的飾品帶回來。起初那些怪物不去本島，但過了一陣子後，牠們就開始想去了。牠們似乎喜歡和人們打成一片，也會加入重要日子的慶典，像是五朔節和萬聖節。牠們能夠在空氣和水中生活；我猜，就是所謂的兩棲類吧。卡納卡人告訴怪物們，如果其他島嶼的居民聽說牠們來到島上，就會企圖消滅牠們，但怪物們說自己不太在乎這點，因為如果牠們想的話，隨時都能消滅人類。只要對方沒有使用失落的舊日支配者曾用過的符號。但牠們不想惹麻煩，於是有人造訪小島時，牠們便會躲起來。

卡納卡人對與這種蟾蜍般的魚怪交配感到抗拒，但最後他們終於學會用新角度來看事情。人類似乎和這種水怪有某種關聯；萬物都來自水底，也只需要一點改變就能回到水中。怪物們告訴卡納卡人，如果彼此的血脈混合，他們的孩子剛開始看起來像人類，但會逐漸變得像那些怪物，直到完全演變成水棲生物，並加入海底的大族群。重點來了，小夥子。變成魚怪並回到水底的人，永遠不會死。除非被暴力行為殺死，不然那些生物永遠不會死亡。

這個嘛，先生，當歐貝德認識這些島民時，他們似乎都擁有深水怪物的魚類血統。等到他們開始長大並顯露出跡象時，就會被關在遠離外界眼光的地方，直到他們準備好進入水底，並離開陸地為止。有些人比其他成員更不正常，有些人則從未經歷過足以讓他們遷入水中的改變；但大多數人都會照那些生物說的方式改變。出生就像怪物的嬰兒會改變得早，但幾乎完全是人類的人，有時候過了七十歲都還待在島上，不過通常在那之前他們就會下水試試。搬入水下的人常常回來拜訪，所以經常有人和五代以前的祖先交談，而對方幾百年前就離開陸地了。

所有人都沒有死亡的概念。除了和其他島民搭獨木舟作戰、被當作獻給水底海神的祭品，或在他們能下水前被蛇咬、染上瘟疫、或感染急性病症以外。而他們會期待即將到來的身體變化，過了一陣子就不覺得恐怖了。他們認為，自己得到的東西比放棄的事物更好。我猜歐貝德在思考老瓦拉基亞的故事時，也有同樣的念頭。不過，瓦拉基亞是少數完全沒有魚怪血統的人。因為他身為貴族，只與其他島上的貴族通婚。

瓦拉基亞讓歐貝德看了不少和海怪有關的儀式和咒語，也讓他看有些已經歷改變的村民。不過，他從不讓歐貝德看那些來自水底的生物。最後他給歐貝德一個用鉛之類的材質做的東西，說這能從任何可能有魚怪巢穴的水域中，將牠們召喚出來。只要把那東西丟進水裡，並搭配正確的禱告就行。瓦拉基亞希望這些東西被散播到全世界，這麼一來任何想找到生物巢穴的人，就能輕易達成目標。

麥特一點都不喜歡這件事，也要求歐貝德遠離那座島；但船長是個聰明人，也發現能用便宜價格弄到類似黃金的東西，讓他能趁機大發利市。事情就這樣進行了很多年，歐貝德也弄到了足夠的類黃金，讓他用懷特的老製衣廠來設立精煉廠。他不敢直接販賣那些物品，因為人們一定會不斷提出疑問。他的船員們三不五時也會拿到那東西，再將它轉賣出去，不過他們都發誓保密；他也讓家裡的女眷配戴一些比較像是人類會戴的首飾。

嗯，大概是一八三八年吧，當時我七歲。歐貝德在航行時發現島民全都被消滅了。似乎有其他島的土著聽到當地風聲，並痛下殺手。那些入侵者大概有海怪唯一害怕的古老魔法符號吧。當上頭留有比大洪水還古老的遺跡的島嶼再度浮上海面時，不知道那些卡納卡人會不會過去。那批人可虔誠了。除了大到無法拆除的遺跡外，他們把本島和小火山島上的所有東西都拆了。有些地方散落著像是護符的小石塊，還有些類似現代人所謂卍字符號的東西。這可能就是舊日支配者的符號。島民全遭殺害，沒有任何類似黃金的東西被留下，附近的卡納卡人也絕口不提此事，甚至不承認那座島上有住過人。

這消息自然重創了歐貝德，他的本業前景堪慮。這也影響了印斯茅斯，在航海時期，讓船主獲利的事也會使船員得到等比的利潤。大多數鎮民應對艱困時期的態度都像綿羊一樣認命，但他們的生活狀況很糟，漁獲量逐漸衰竭，工廠的狀況也不太好。

此時歐貝德開始責罵鎮民溫吞的性格，也說信奉基督教的天堂對他們根本沒有幫助。他告訴眾人，他知道有人祭拜會賜予自己真正需要東西的神，也說如果有很多人支持他，他也許能獲得不少力量，並為鎮上帶來大量漁獲和黃金。在蘇門答臘女王號上服務過、也看過那座島嶼的船員自然知道他的意思，也不想靠近傳聞中的海怪；但不清楚這些事的人聽信了歐貝德的言論，開始問他究竟該如何改信能帶來好成果的宗教。」

說到這裡，老人停了下來，低語了幾聲，就陷入令人擔憂的陰鬱沉默中；他緊張地往身後看，接著又轉過身，狂亂地盯著遙遠的黑色礁石。當我對他說話時，他沒有回應，於是我知道得讓他把酒喝完。我對剛剛聽到的瘋話感到非常有興趣，因為我認為對方的話語中含有某種不加修飾的暗喻，出自印斯茅斯的詭異感，並且被對方充滿創造性與各種異國傳說片段的想像力所強化。我完全不信這故事有真正的根據；不過，這件事流露出了一股恐怖感，因為它提及了和我在紐伯里波特看過的陰森頭飾類似的怪異珠寶。也許這些首飾確實來自某座詭異島嶼；也許那些誇張的故事也是歐貝德編出的謊言，而不是這名老酒鬼所捏造的。

我把酒瓶遞給札多克，他則喝得一滴都不剩。真奇怪，他居然能喝下這麼多威士忌，而且他高揚的氣音中竟沒有一絲醉醺醺的低沉音色。他舔了舔瓶口，把酒瓶塞進口袋，接著開始點頭，並輕柔地自言自語。我傾身向前，想仔細聽他口中的話語，也在那骯髒的鬍叢中瞥見了一抹諷刺的微笑。對，他確實在說話，我也能聽懂對方大部分的言論。

「可憐的麥特……麥特總是反對……試著拉攏鎮民，還和牧師們討論過……沒用的……他們把公理會的牧師趕離鎮上，循道會的牧師也跑了……再也沒看過浸信會（Baptist）的巴布多克牧師（Babcock）……上帝之怒啊……我當時只是個小鬼頭，但我見識到了一切……達貢和阿斯她祿[8]……貝利亞和別西卜……金牛犢[9]和迦南（Cannan）與腓力士丁人（Philistine）的偶像……巴比倫的可憎事物……**彌尼，彌尼，提客勒，烏法珥新**[10]……」

他又停了下來，從他濕潤藍色眼珠透露的眼神看來，恐怕他要失神了。但當我輕搖他的肩膀時，他十分警覺地轉向我，並喊出一些更令人困惑的字眼。

「不相信我是嗎？嘿，嘿，嘿……那告訴我，小夥子，為何歐貝德船長要在午夜帶二十幾個人乘船到魔鬼礁去？他還大聲吟唱某種咒文，聲音大到當風向正確時，整座城都能聽到。告訴我呀，啊？告訴我為何歐貝德總是把沉重的東西丟到礁石另一端的深水中？那側的礁石像懸崖一樣一直延伸到海底。告訴我，他怎麼處理瓦拉基亞給他的那只形狀奇怪的鉛製品？啊，小子？他們為什麼在五朔節前夕，和接下來的萬聖節整晚嚎叫？為何過去身為水手的新教區牧師穿了怪異長袍，全身上下還都戴了歐貝德帶來的東西？嘿？」

水藍色雙眼顯露的眼神現在野蠻又瘋狂，骯髒的白鬍鬚也彷彿觸電般地豎起。老札多克可能注意到我的畏縮，因為他開始發出邪惡的咯咯笑聲。

8　譯注：Ashtoreth，古代腓尼基人信奉的女神。

9　譯注：Golden calf，聖經中亞倫趁摩西上西乃山領受十誡時，為以色列人打造的塑像，為偶像崇拜的象徵。

10　譯注：mene, mene tekel, upharsin，出自聖經但以理書5:25，意指來日不長，大限將至。

「嘿，嘿，嘿，嘿！明白了嗎？也許你想像當年的我一樣，當時某晚我從自家的圓形屋頂上往海邊望去時，看到了一些東西。噢，我可以告訴你，小孩的耳朵有多靈敏，我也聽說了歐貝德船長和那些人去礁石上的謠言！嘿，嘿，嘿！有天晚上，我拿老爸的望遠鏡到屋頂上，看到礁石中擠滿了身影，但一等月亮升起，那些形體就一溜煙地跑了。歐貝德和那些人搭了小船，那些東西則從另一側跳進水底，再也沒有浮上來……你想當獨自在屋頂看那些**非人生物**的小孩嗎？啊？嘿，嘿，嘿……」

老人變得歇斯底里，我則莫名警覺地打了個冷顫。他把一隻粗糙的手放在我的肩膀上，而我發現它發抖的方式並非出自喜悅。

「假設有一天晚上，你看到歐貝德的小漁船上有沉重的東西掉進礁石旁的水域，隔天就聽說有個年輕人從家裡失蹤了。嘿！再也沒人看過希倫．吉爾曼（Hiram Gilman）的一根汗毛了。對吧？還有尼克．皮爾斯（Nick Pierce）、露利．懷特（Luelly Waite）、阿多尼倫．沙斯威克（Adoniram Saouthwick），和亨利．蓋瑞森（Henry Garrison）呢？嘿，嘿，嘿，嘿……那些東西彼此用手語溝通……他們有真的手……

哎，先生，這時歐貝德開始重振旗鼓了。人們看到他的三個女兒佩戴了沒人見過的首飾，用類似黃金的東西製成，精煉廠的煙囪開始飄出煙霧。其他人的生意也欣欣向榮。大量魚群開始湧入港內，天知道我們得用多大的貨櫃，才能將漁獲運向紐伯斯波特、阿卡漢，與波士頓。接著歐貝德促使舊鐵路延伸到鎮上。有些金斯波特的漁民聽到了風聲，駕著帆船過來。再也沒人看過他們。就在這時，我們的鎮民成立了達貢密教，並從髑髏地分會（Calvary Commandery）手上買下共濟會會堂……嘿，嘿，嘿！麥特・艾略特是共濟會成員，也反對販售會堂，但當時他已經失蹤了。

記好，我沒說歐貝德打算進行那座卡納卡島上發生的事。我不認為他一開始就計畫要混種，或是讓年輕孩子們下水變成永生不死的魚怪。他想要那些類似黃金的東西，也願意付出很高的代價，而我猜有陣子其他人也感到滿意……

到了一八四六年，鎮民開始有了些想法。有太多人失蹤，星期天也充滿了各式狂野的佈道儀式，再加上有太多關於那塊礁石的傳聞了。我猜我助長了謠言，因為我把在屋頂上看到的事告訴了賽勒特曼・莫里（Selectman Mowry）。某個晚上，有群人跟著歐貝德上了礁石，我也聽到漁船間傳來槍響。隔天歐貝德和其他三十二人都被關進牢裡，每個人都想知道究竟發生了什麼事，以及他們會以什麼罪名遭起訴。老天，如果有人能料想到後來的事……幾週後，已經很久沒有東西被丟到海裡了……」

札多克流露出害怕與疲勞的跡象，我也讓他保持沉默一陣子，有時則擔憂地望向我的錶。潮水已經漲了起來，正湧入港口，海浪的聲響似乎讓他回過神來。潮水讓我感到高興，因為魚腥味變淡了。我再次豎起耳朵，聽他的輕聲細語。

「那個可怕的晚上……我看見了牠們。我待在屋頂上……牠們數量龐大……成群結隊……全都爬上礁石，還從港口游進曼紐瑟特河……老天，當晚在印斯茅斯街頭發生的事……牠們撞了我們的門，但老爸不開門……接著他帶著滑膛槍從廚房的窗戶爬到外頭，去找賽勒克曼・莫瑞（Selecman Mowry），看看對方有什麼法子……有好幾堆死屍和奄奄一息的人……槍聲和尖叫……舊廣場、鎮廣場和新教會綠地傳來叫聲：監獄大門被打開了……宣告……叛國……如果有人發現我們半數人口不見，就說是因為瘟疫……除了加入歐貝德一夥的人，或是保持沉默的人以外，沒有人被放過……再也沒見過我爸了……」

老人激烈地喘氣與流汗。他抓住我肩膀的手握得更緊了。

「所有東西都在早上被清理掉了。但痕跡還在……歐貝德掌權，並說規矩要改變了……**其他東西**會和我們在集會時間一同祭拜，還得空出房屋來接待**訪客**……牠們想過著和卡納卡人打成一片的生活，而歐貝德一點都不想阻止牠們。歐貝德徹底瘋了……就像個著魔的瘋子。他說牠們會為我們帶來魚群和寶藏，因此也該讓牠們做想做的事……！

外人無法看出任何差別；如果我們還識時務的話，就得遠離陌生人。我們都得發下達貢誓言（Oath of Dagon），之後有些人還遵守了第二和第三誓言。願意給予特別幫助的人，會得到特殊獎勵，是黃金之類的東西。反抗沒用，因為海底還有上百萬隻生物。牠們寧可不要上岸消滅人類，但如果牠們被發現了，也被迫下手的話，確實能造成很大的死傷。我們不像南海那些土著，有古老護符，那些卡納卡人也從來不願意說出他們的祕密。

當牠們要求時，就奉上數量足夠的犧牲品和野蠻人的小玩意，並在鎮上收留牠們的話，牠們就不會惹麻煩。不能找陌生人，因為風聲可能會傳到外界。外地人最好不要來探頭探腦。所有人都得成為達貢密教的信徒……兒童將永生不死，只會回到母神海德拉（Mother Hydra）與父神達貢（Father Dagon）身邊，我們所有人都曾來自祂們身邊……*Iä! Iä!* Cthulhu fhtagn! Ph'nglui mglw'nafh Cthulhu R'lyeh wgah'nagl fhtagn——」

老札多克迅速陷入狂語，我也嚇得屏息以待。可憐的老傢伙。他的酒癮，加上他對身邊的腐朽、異族血脈，和疾病感到的憎恨，讓他充滿想像力的大腦產生了哪種令人憐憫的深邃幻想？此時他發出呻吟，淚水則順著他滿佈皺紋的臉頰流入鬍鬚深處。

「老天，我十五歲時看到的東西……**彌尼，彌尼，提客勒，烏法珥新！**人們不斷失蹤，還有人自殺……他們把事情告訴阿卡漢或伊普斯威治的人，但大家都說他們瘋了，就像你現在說我發瘋一樣——但上帝啊，我看過的東西——由於我知道的事，他們很早以前就應該殺了我，但我向歐貝德發下了第一則與第二則達貢誓言，才免於被害，除非他們的評鑑會證明我故意把事情告訴外人但我不願意接受第三誓言……我寧死也不要……

南北戰爭時期的狀況更糟，一**八四六年出生的孩子們開始長大**……只有一部分孩子。我很害怕。在那可怕的夜晚後，我再也不亂看了，也從來沒看過……**牠們**……在我人生中出現。我是說，從來沒看過血統純正的生物。我參加了戰爭，如果我夠大膽、夠聰明的話，就永遠不會回來，只會住在外地。但人們寫信告訴我說，情況沒那麼糟。我想，那是因為政府在一八六三年後開始徵兵。戰爭後的情況又變糟了。人們開始失蹤。工廠和店家倒閉。船運停止，港口也堵塞了。鐵路也不連過來……但**牠們**……牠們從沒停止由那座可惡的撒旦礁石往河流游進游出。有更多的閣樓窗戶被木板封死，理應沒人居住的屋子裡，也傳出越來越多怪聲……

外地人編出了有關我們的傳言……既然你來問問題，我想你聽過一些……關於他們三不五時看到的怪東西，還有那種有時會在某處出現的奇怪珠寶，都還沒被熔掉……但沒人有肯定答案。沒人相信這裡的事。外人說那些黃金般的東西是海盜寶藏，也認為印斯茅斯人有外國血統或某種疾病。再說，住在這裡的人會盡可能地趕跑外地人，也勸告其他人不要太多管閒事，特別是在夜晚。牲畜們會避開那些小孩……馬和騾子都會……但他們弄來汽車後就沒事了。

一八四六年，歐貝德船長娶了第二任妻子，**但鎮上的人從沒看過她**……有些人說歐貝德不想娶，但被牠們逼迫。她幫歐貝德生了三個孩子……有兩個小時候就失蹤了，但一名長得和一般人無異的女兒被送去歐洲讀書。最後歐貝德成功騙了一個阿卡漢人娶她，對方完全沒起疑心。但現在外地人和印斯茅斯人完全沒有來往。經營精煉廠的巴納巴斯・馬許（Barnabas Marsh），是歐貝德第一任妻子的孫子，也是他長子歐尼西佛魯斯（Onesiphorus）的兒子，但他母親是**牠們之一，也從來沒人在戶外見過她**。

現在巴納巴斯差不多要變身了。他再也無法眨眼，體型也全變了。據說他還會穿衣服，但他很快就要搬入水中了。也許他早就試過。他們有時會在永遠入住水底前，先下去試試。他已經有十年沒在公開場合露面了。不知道他可憐的太太怎麼想……她來自伊普斯威治，巴納巴斯五十幾年前追求她時，人們差點對他處以私刑。歐貝德在一八七八年過世，他的下一代也都不見了。**第一任**太太的小孩都死了，而其他後代……天知道……」

漲潮的聲音現在持續飄來，也似乎逐漸使老人的心情從淚眼汪汪的悲傷情緒，轉為坐立不安的恐懼。他三不五時會緊張地往後瞄或望向礁石，而儘管他的故事荒腔走板，我依然不由自主地受到他的不安情緒影響。札多克的嗓音變得更加尖銳，似乎想靠大嗓門來激起自身的勇氣。

「嘿，喂，你幹嘛不說點東西？你想住在這種鎮上嗎？一切都在腐敗和死亡，被關起來的怪物在漆黑的地窖和閣樓中爬行、啼叫和蹦跳。嘿？你想聽達貢密教會堂晚上傳出的嚎叫聲嗎？想知道嚎叫的原因嗎？你想聽聽每年五朔節前夕和萬聖節，有什麼東西會從那座可怕的礁石跑出來嗎？嘿？覺得這老頭瘋了，對吧？先生，我告訴你，**這還不是最可怕的事！**」

札多克正放聲大吼，而他語氣中的瘋狂讓我感到相當不安。

「該死，別用那對眼睛盯著我看……我說歐貝德．馬許下地獄去了，他也得待在那！嘿，嘿……下地獄去吧！抓不到我……我什麼都沒做，也沒把事情告訴任何人……

噢，你嗎，年輕人？這個嘛，即使我之前沒跟別人說過任何事，現在也要講了！你坐好聽我說，小子……我沒告訴過別人這件事……我說，那晚後我沒到處打探……**但我還是發現了東西！**

你想知道真正恐怖的是什麼嗎，啊？是這個……不是魚怪們**幹過的勾當，而是牠們即將要做的事！**牠們要把老巢裡的東西帶到鎮上……牠們已經做這種事好幾年了，最近才鬆懈下來。那些在河流北岸、介於水街和主街之間的房子裡擠滿了東西……那些惡魔和牠們帶來的東西……等牠們準備好……我說，等牠們準……聽過**修格斯**嗎？

嘿，你有聽到嗎？告訴你，**我知道那些東西是什麼……我在某天晚上看過牠們，當……啊啊啊！呃啊啊……**」

老人突如其來的尖叫中帶著醜惡氛圍與非人類的恐懼，害我差點暈倒。他的目光飄向我身後，雙眼圓睜地緊盯發出惡臭的海洋，他的臉孔則像是希臘悲劇中代表害怕的面具。他瘦骨嶙峋的手指緊緊扣住我的肩膀，當我轉頭看他可能看見的事物時，他也沒有反應。

我什麼都沒看見。只有湧入港內的潮水，以及一部分比遠方碎浪還靠近岸邊的漣漪。但札多克正搖晃著我，我則轉身看那張被恐懼凍結的臉孔；他眼瞼顫抖，牙齦也不斷打顫。他的聲音勉強復原，不過只剩下發著抖的細語。

「**逃離這裡！**快逃出去**！牠們看到我們了……**快逃命！別再猶豫……**牠們知道了……**快逃……快……**離開鎮上……**」

另一股沉重的大浪打在碼頭遺跡留下的鬆垮石塊上，並讓老瘋子的低語變為另一股毫無人性又令人血液凝結的尖叫。「**咿呀呀呀呀！咿呀呀呀呀！**」

在我回過神前，他就放開我的肩膀，並狂亂地衝向內陸的街頭，往北轉向毀損的倉庫牆壁。

我往回望著海面，但什麼東西都沒有。而當我抵達水街並往北看時，已經找不到札多克·艾倫的身影了。

第四章

我難以形容這可怕事件對自己造成的心情影響；這事件瘋狂又令人同情，同時又醜惡駭人。雜貨店店員讓我做了心理準備，但現實依然使我感到困惑和不安。儘管那故事相當幼稚荒唐，老札多克瘋狂的固執與恐懼向我傳達了一股逐漸高漲的憂慮，和我先前對這座城鎮與其無形暗影所感到的作噁感融合在一起。

之後我仔細思索了那則故事，並從歷史比喻中抽出了幾項核心概念；現在我則希望能完全忘卻這些事。時間變得相當危險地晚。我的錶顯示七點十五分，而前往阿卡漢的公車會在八點離開鎮廣場。於是我試圖讓思緒變得更溫和且實際，同時迅速走過滿佈塌陷屋頂與傾斜房屋的荒涼街道，往我寄放皮箱的旅館走去，我的公車也會停在那裡。

儘管午後的金色陽光讓古老的屋頂與破損的煙囪增添了一股神祕的美感與平靜，我卻不自禁地三不五時回頭看。我很樂於離開臭氣沖天又被恐懼籠罩的印斯茅斯，也希望找到由外表陰森的薩真特駕駛的公車以外的車輛。但我沒有走得太快，因為在每個寂寥的街角，都還能觀察到建築物的細節；照我估算，我能在半小時內輕易跨過這段距離。

我研究著雜貨店店員的地圖，並尋找我還沒走過的路線；我選擇不走州街，改走馬許街前往鎮廣場。在靠近秋街（Fall Street）的街角，我開始看到零散又偷偷摸摸的人群，對方正在低聲竊語；終於抵達廣場後，我發現幾乎所有閒人都聚集在吉爾曼旅店門口旁。從大廳取回皮箱時，似乎有好幾雙圓凸又從不眨眼的濕潤眼睛，正用古怪眼神盯著我；我則希望那些令人不快的人不會和我搭同一班車。

公車來得特別早，嘎嘎作響地載著三名乘客在八點前抵達，人行道上一名外型歹毒的人則對司機低聲說了幾句難以辨識的話。薩真特扔出一只郵件袋和一綑報紙，接著走進旅館；而乘客們（同樣是那天早上我在紐伯里波特看到的人）則蹣跚地走上人行道，並和一名路邊閒人用某種充滿喉音的語言說了幾句話，我也肯定那不是英語。我搭上空無一人的公車，坐在之前的位子；但我還沒坐好，薩真特就再度出現，並用令人不適的沙啞嗓音低聲說了些話。

看來我的運氣很差。儘管公車準時從紐伯里波特出發，但引擎出了些問題，無法前往阿卡漢。不，當晚不可能修好，也沒有其他交通工具會從印斯茅斯前往阿卡漢或其他地點。薩真特感到遺憾，但我得在吉爾曼旅店過夜。店員可能會幫我打折，但目前我別無他法。對這個突如其來的問題感到震驚的我，非常害怕在入夜後還待在這座腐朽又漆黑的鎮上。我離開巴士，再度走入旅館大廳；長相怪異的陰鬱夜班店員告訴我，我可以使用頂樓的四二八號房。房間很大，但沒有供水；價格只需一美元。

儘管我在紐伯里波特聽過關於這間旅館的傳聞，我依然在住宿名冊上簽名，付了房費，並讓櫃台人員拿起我的皮箱，再跟著那名臉色苦悶的又孤僻的服務生踏上三道嘎吱作響的階梯，經過滿佈灰塵的走廊，室內似乎毫無人跡。我黯淡的房間位於旅館後側，裡頭有兩扇窗戶和單調又廉價的家具，探出窗外能俯瞰骯髒的庭院，院子本身則被低矮的廢棄磚牆圍住，也能看見西邊延伸出去的破爛屋頂，和遠方的沼澤鄉野。走廊盡頭有間浴室，那是座令人反感的古老隔間，裡頭有老舊的大理石洗臉盆、錫製浴缸、光線黯淡的電燈，和管線周圍的發霉木板。

由於太陽還沒下山，我就下樓到廣場去，並在四周找尋晚餐；此時我注意到外貌醜惡的路人們投來怪異的眼光。雜貨店已經關門，我便被迫造訪之前避開的餐廳；一個頭部狹窄、雙眼圓突的駝背男子，和一名鼻子扁平、又有粗重笨拙雙手的女侍負責接待。得從櫃檯直接拿取食物，我也寬心地發現大多食物都來自罐頭或餐包。一碗加了餅乾的蔬菜湯就已讓我滿足，我也迅速回到吉爾曼旅店中的慘淡客房；我順道從面色陰險的櫃檯人員身旁幾乎快散掉的架子上，拿了一份晚報和滿佈汙點的雜誌。

夜暮低垂後，我打開廉價鐵框床鋪上光線微弱的燈泡，並盡可能繼續閱讀。我覺得該讓大腦專心做事，當我還待在這座古老又瀰漫災禍的城鎮時，想著當地的怪事並沒有幫助。我從那名老酒鬼口中聽來的瘋言瘋語帶來了令人不安的夢境，我也覺得自己得盡量將他那狂野的濕潤雙眼從想像中移除。

而且，我也不該一直想那名工廠檢查員告訴紐伯里波特售票員關於吉爾曼旅店和夜間房客的事。別想那點，也不要回憶教堂漆黑門口內頭冠下的臉孔；我依然無法解釋，為何那張臉會讓自己感到恐懼。如果房間的發霉問題沒這麼嚴重的話，也許就比較能忘卻這些擾人的問題。然而，致命的霉味和鎮上的魚腥味噁心地混合在一起，並不斷使人聯想到死亡與腐朽。

另一件讓我心煩的事，則是我缺少門閂的房門。門上之前曾經裝設過門閂，上頭還留有痕跡，但明顯在最近被移除了。門閂肯定也壞了，就和這棟破舊房屋中眾多其餘物品一樣。我在緊張的情緒下四處張望，並在衣櫥中發現了一只門閂；從尺寸看來，它的大小和門上之前的閂子相同。為了在緊張氛圍中得到一絲慰藉，我用自己掛在鑰匙圈上的三合一工具組中的螺絲起子，忙著把門閂裝在原本空缺的位置上。門閂的尺寸完全符合，當我清楚自己能在鎖上門後安心入睡，也感到鬆了口氣。其實我並沒有任何顧慮，但在這種環境中，任何代表安全的事物都能帶來撫慰。連通兩旁房間的側門上也都裝有門閂，於是我也將它們鎖了起來。

我沒有更衣，反而繼續看書看到覺得想睡，隨即躺了下來，只脫掉大衣、衣領和鞋子。我從皮箱中拿出一只迷你手電筒，將它放入長褲口袋，這樣如果我之後在黑暗中甦醒，就能看我的錶。不過，睡意卻沒有來襲；而當我好好分析自己的思緒時，卻不安地發現，自己正無意識地傾聽某種聲音，想聽到某種我害怕卻無法解釋的東西。那名工廠調查員的故事對我的想像造成的影響，肯定比預料中更強。我再次試圖閱讀，卻發現完全看不下去。

過了一陣子後，我似乎聽到樓梯和走廊間斷斷續續地傳來嘎吱聲，彷彿有人踏上地板，讓我懷疑是否開始有人進駐其他房間。不過，外頭沒有談話聲，因此讓我覺得嘎吱聲聽起來有些鬼鬼祟祟。我不喜歡這樣，也思忖是否要睡覺。這座鎮有些古怪人士，鎮上也確實發生過幾場失蹤案件。這家旅館是那種為了劫財而殺死旅客的黑店嗎？我看起來並不像有錢人。還是鎮民非常討厭好奇的外地人？我毫不遮掩的觀光行程，和三不五時檢視地圖的舉動，激起了歹徒的注意嗎？我忽然想到，我肯定陷入了高度緊張狀態，所以幾股嘎吱聲才會激起自己這麼多的猜測。但我還是後悔沒攜帶武器。

最後，在感到毫不帶睡意的疲倦後，我鎖上剛裝上門閂的房門，關掉電燈，在堅硬又不平整的床鋪上躺下。大衣和鞋子都沒脫。黑暗中的每個微弱聲響似乎都被放大，一大堆令人不安的想法也飄入我的腦海。我後悔關掉電燈，但又累到不想起身將它打開。接著，在一段漫長又沉悶的間隔後，樓梯和走廊又傳來一陣嘎吱聲，然後響起了那股錯不了的柔和聲響，使我的擔憂全數成真。毫無疑問的是，有人正小心翼翼又鬼鬼祟祟，還帶點試探意味地用鑰匙轉動門鎖。

察覺這項實際的危機後，由於我之前微弱的恐懼，使得現在的感受沒有像之前那麼雜亂。我一直本能地保持戒備，但沒有任何明確理由。等到碰上真實的新危機時，我反而因此得到優勢。不過，威脅從模糊的預兆轉為當下的現實時，依然讓我感到相當震驚，彷彿被狠狠揍了一拳。我從未想過可能只是有人找錯了門。我只想得到對方歹毒的念頭，於是我保持極度安靜，等待入侵者下一步舉動。

過了一陣子，奇怪的摸索聲停了下來，我聽到有人拿鑰匙走進北邊的房間。接著連接到我房間的門鎖則被輕輕地轉動。上鎖的門閂自然奏效，我也聽見地板在對方離開房間時傳來的嘎吱聲。之後又傳來了一陣微微的摸索聲，我知道那人必定踏進了南邊的客房。隨後被鎖上的房門又傳來一股偷偷摸摸的轉動聲響，然後是逐漸消退的嘎吱聲。這次嘎吱聲沿著走廊傳出，並延伸到樓梯，於是我知道入侵者發現我的房門被閂住，因此暫時放棄。

我立刻好整以暇地進行一連串行動，這證明我肯定無意識地畏懼某種威脅，並早已花了好幾個小時考量可能的逃生路徑。打從一開始，我就覺得那個不明入侵者代表了無法對抗的危險，只能盡快逃跑。唯一能做的事，就是盡快活著逃出旅館，而且得走前方樓梯和大廳以外的路。

我輕輕起身，並點亮手電筒，打算開啟床鋪上方的燈，以便把一些行李放入口袋，在沒有皮箱的狀況下迅速逃走。不過，電燈完全沒反應；我發現電力被切斷了。某種神祕的邪惡勢力顯然正大舉出動：但我不清楚對方的來頭。當我站著思考，並把手靠在此刻已經無用的開關上時，我聽見樓下傳來沉悶的嘎吱聲，還能微微聽出交談聲。過了一陣子，我變得不太確定那種低沉聲響是不是談話聲，因為那明顯的嘶啞吠聲和擁有部分音節的沙啞嗚叫，和人類語言幾乎毫無相似之處。接著我再度想起工廠檢查員夜裡在這棟發霉又令人作嘔的建築內聽到的聲音。

透過手電筒的照明，讓我在口袋裡裝滿東西後，我便戴上帽子，躡手躡腳地走到窗邊，考量如何下去。儘管有州立安全規範，旅館這一側卻沒有防火梯，我也發現窗口離鋪滿礫石的後院有三層樓的距離。不過，旅館左右都連結了幾棟古老的磚砌商業建築；從我位於四樓的房間看來，它們傾斜的屋頂跟我之間有一段的距離可以跳過去。要跳到這兩側的建築，我得從離自己兩座房間以外的客房出發；一間在北，一間在南。我的大腦也立刻思索前往別處的成功機率。

我想，自己無法冒險踏進走廊；一定會有人聽見我的腳步聲，這樣一來我就不可能進入目標房間了。如果我要打破僵局，就得穿過客房之間不怎麼牢固的連接房門；我得用力撞開門鎖與門閂，用我的肩膀作為破壞前方障礙的破城錘。我想，由於房屋與門鎖無比鬆垮搖晃，應該能辦到這點；但我也明白過程不可能安靜無聲。我得仰賴自身速度，並在任何敵人用鑰匙打開正確的房門、並衝向我前先抵達窗口。我用五斗櫃堵住靠走廊的房門，且緩慢地推著櫃子，盡可能不要發出太大的聲響。

我感到成功機會相當渺茫，也準備好面對災禍。就算我能逃到另一處屋頂上，也無法解決問題，因為我還得抵達地面，並逃離鎮上。我的優勢之一，是相連建築的廢棄與毀損度都很高，而且每排房屋頂端都有許多敞開的漆黑天窗。

從雜貨店店員的地圖上看來，往南是離開鎮上的最佳路徑，我則先望向南側連接其他房間的門。它會往我的方向打開，因此在打開門閂，並發現另一邊也上鎖時，我覺得這並非撞門的好選擇。我因此捨棄了這條路線，並小心地用床架堵住那扇門，以便阻擋任何之後可能從那個房間發出的攻擊。北邊的門往我相反的方向打開。儘管它的另一邊也有上鎖或閂住，我很清楚這就是自己該走的路線。如果我能抵達培因街上的建物屋頂，並成功降落到地面，也許就能衝過庭院，通過相鄰或對面的建築，抵達華盛頓街或貝茲街（Bates），或走上培因街，往南繞進華盛頓街。無論如何，我都打算到達華盛頓街，並盡速離開鎮廣場區。我比較想避開培因街，因為街上的消防局可能整晚都沒關。

當我思考這些事情時，我往外望向底下骯髒且腐朽的大片屋頂，現在屋頂被還沒滿月的月亮光芒所照亮。右邊的景色被河谷一分為二；廢棄的工廠與鐵路像藤壺般分佈在河谷兩側。河谷遠方，生鏽的鐵路與羅利鎮道路延伸通過一處平坦的沼澤地帶，裡頭零星散佈著較為高聳乾燥、還長滿灌木叢的小島。左側有眾多溪流的田野位置比較靠近我，導向伊普斯威治的狹窄道路則在月光下閃爍著白光。從我所在的旅館這一側，看不見通往南邊阿卡漢的道路；那是我原本打算要走的路。

當我正思索著是否該選北邊的門，並盡量在撞門時只發出最低音量時，我注意到樓下的微弱聲響已轉為樓梯上傳來的沉重嘎吱聲。一股搖曳的光線從我的氣窗中透出，走廊上的木板則因沉重且移動緩慢的物體，而發出緊繃的聲響。含糊的說話聲逐漸逼近，最後我的主房門上傳來了沉重的敲擊聲。

有那麼一瞬間，我只是屏息以待。似乎過了一輩子的時間，而我房間內令人作嘔的魚腥味突然大幅度增長。接著敲門聲再度響起；這次重複了很多次，響聲聽起來也變得不耐煩。我清楚該行動了，並立刻拔出北側房門的門閂，準備把它撞開。敲門聲變得更大，我也希望那股音量會蓋過我發出的撞擊聲。我終於開始行動，並一次次地用左肩撞擊薄弱的木板，不顧自身的驚恐或痛苦。門板比我想得還要堅固，但我沒有放棄。在此同時，主房門外的喧鬧聲則變得越來越強。

連接隔壁的房門終於被撞開，但我確定外頭的人肯定聽到聲響了。外頭的敲門聲馬上轉為激烈的敲打，我兩側的房間面對走廊的門板也開始響起不祥的鑰匙轉動聲。我衝過剛撞開的門口，並成功在北側房門的鎖被轉開時，先行閂上門閂；但我才剛閂住門，就聽到第三座房間主房門的鎖正被鑰匙轉動，那正是我想從其中的窗口跳到底下屋頂的房間。

在那一刻，我感到徹底的絕望，因為自己困在沒有窗口的房間中。一股近乎超自然的恐懼席捲了我全身，恐懼中還帶有一絲可怕卻又難以解釋的特異感；透過手電筒的光線，我則在灰塵中瞥見之前從這一側企圖打開我房門的入侵者腳印。接著，儘管內心感到毫無希望，我卻不自覺地衝向下一扇房門，並盲目地推擠它，企圖把門撞開，並打算在外頭的主房門被解鎖前，先門上隔壁房的前門，希望門鎖幸運地和第二間房一樣牢固。

我幸運地得到片刻喘息。因為我面前的房門不只沒鎖，還微微開啟。我立刻跨了過去，並用右膝和右肩擋住已明顯往內半開的房門。我施加的壓力讓開門者嚇了一跳，因為我一推門時，門就立刻被關上，我也來得及像處理其他門一樣，插上狀態良好的門閂。當我短暫放鬆時，就聽到另外兩扇門外的敲擊聲逐漸消失，而我用床架堵住的房門外則傳來令人困惑的撞擊巨響。大批入侵者肯定進入了南側房間，並從側面展開攻擊。但在此同時，北側的隔房也傳來鑰匙轉動聲，我也明白危機迫在眉睫。

北側的房門大敞著，但沒時間去考量主房門上轉動的鎖頭了。我只能關上並閂住側邊房門，以及對面的另一道門，並用床架堵住一道門，再用衣櫃抵住另一扇門，再把臉盆架靠在前門上。我發現，自己必須仰賴這些臨時搭建的防護措施，以便從窗口爬到培因街上的建物屋頂。但就算在這緊要關頭，我主要的恐懼依然與防禦措施的弱點無關。我發抖的原因，是由於儘管追擊者們發出了一些醜惡的喘息聲與咕噥聲，有時還冒出沉悶的吠叫聲，卻從未發出任何清晰或帶有人類智慧的話語聲。

當我移動家具，並衝向窗口時，我聽見從通往北側房間的走廊上傳來可怕的疾走聲，也察覺到南邊的敲打聲已經停止了。顯然，我大多數敵人都準備把注意力集中在脆弱的側門，他們知道這扇門肯定會直接通到我的位置。外頭的月亮照亮了底下房屋的橫樑，而我發現跳下去相當危險，因為我會落在傾斜的屋頂表面。

觀察狀況後，我選擇兩扇窗戶中較靠南側的那扇作為逃生出口；並計畫降落在屋頂內側的斜坡上，跑向位置最近的天井。一鑽進其中一棟破舊的磚造建築，我就得應付追兵；但我希望能下樓躲避，並從敞開的門口沿著被陰影籠罩的後院跑出去，最後抵達華盛頓街，再往南逃離鎮上。

北側房門外的框啷聲現在變得十分響亮，我也看到脆弱的木板開始碎裂。攻擊者肯定拿了某種鈍物當破門槌。不過床架依然穩穩地撐住門板；所以我至少有微薄機會能順利逃跑。當我打開窗戶時，注意到窗口兩旁有用銅環掛在桿子上的厚重絲絨窗簾，外頭的窗台還有用來裝設百葉窗的大型突出支架。我打算將這些設施當作避開危險跳窗行為的工具，並抓住窗簾，將它們連桿子一同扯下；接著迅速將兩只銅環套在百葉窗支架上，再把窗簾往外拋。沉重的布料碰觸到旅館旁的屋頂，我也發現銅環與支架應該能支撐我的體重。於是我爬出窗口，沿著臨時製作的繩梯往下移動，並永遠離開了陰森恐怖的吉爾曼旅店。

我安全抵達傾斜屋頂上的鬆脫瓦片，並在沒有滑倒的情況下成功抵達漆黑的天窗。我抬頭看剛剛離開的窗戶，發現裡頭依然漆黑，不過我能在崩塌煙囪北方遠處看到達貢密教會堂、浸信會教堂，和公理會教堂中傾瀉出不祥的光芒；這些建築都讓我感到不寒而慄。底下的院子似乎空無一人，我也希望能在引起大眾注意前先行逃走。我用迷你手電筒往天井下照，發現沒有延伸到樓下的階梯。不過，距離並不遠，於是我攀爬到窗口邊緣並跳了下去；落在了充滿塵埃的地板上，一旁散落著碎裂的箱子與木桶。

這地方看起來非常陰森，但我已經不在乎這種感覺了，並立刻往手電筒照到的樓梯跑去。在那之前，我瞥了一眼手錶，發現已經凌晨兩點了。樓梯發出嘎吱聲，但似乎還堪用；我跑下樓去，經過倉庫般的二樓，接著抵達一樓。地下空無一物，也只傳來我腳步聲的回音。最後我抵達一樓大廳，並在盡頭看到微微閃著亮光的長方形洞口，那正是毀損的培因街大門。我往另外一頭走，發現後門也開著；我衝了出去，往下跑了五道石階，抵達長滿雜草的礫石庭院。

月光照不到這裡，但我不需要手電筒也能看到出路。吉爾曼旅店上有些窗戶正發出微光，我也聽到屋裡傳來混亂的聲響。我悄悄走到靠華盛頓街那一側，發現好幾扇敞開的門，並選擇最近的門口離開。走廊一片漆黑。當我抵達對面時，看到面對街道的門被完全封死。我打算嘗試另一棟建築，便摸索著回到庭院，卻在靠近門口時停下腳步。

吉爾曼旅店一扇開啟的門口，緩緩走出了一大批群眾。人群提燈在黑暗中搖晃，彼此用恐怖的嘶啞嗓音交談，但那語言肯定不是英語。人影遲疑地移動，我也鬆了口氣地發現，他們不知道我在哪；但儘管如此，他們依然使我感到顫慄。難以辨識他們的五官，但他們駝著身體又緩慢移動的姿態，令人感到相當作噁。最糟的是，我發現其中一人穿著奇怪的長袍，頭上也戴了十分眼熟的高聳頭冠。當人群在院子中散開時，我感到恐懼逐漸增強。萬一我在這棟建築靠街道的一側找不到出口呢？魚腥味令人反胃，我也不知道自己能撐多久不被薰昏。我再次摸索著往街道前進，並打開大廳中的一扇門，發現裡頭空無一物的房間，還裝有被百葉窗遮蔽的無框窗戶。我在手電筒的光線下摸索，發現百葉窗能夠打開；過了幾分鐘後，我就爬出窗外，並將窗戶小心關好。

我現在位於華盛頓街，目前看不到任何人跡或月光以外的光線。不過，我能聽見從遠處許多方向傳來的嘶啞話語聲、腳步聲，和某種特異的拍打聲，聽起來不太像一般的腳步聲響。很明顯，我快沒時間了。我很清楚該往哪走，也很高興街上的燈光都被熄掉了；月光明亮時，繁榮的鄉間地帶常這麼做。有些聲響傳自南方，但我打算繼續往那方向逃跑。我知道，如果我碰上任何看似追兵的人，自己還能往外頭諸多荒廢的屋門裡躲。

我迅速又輕聲地走著，也走得靠近廢棄房屋。在我艱鉅的攀爬過程後，不只沒了帽子，全身也落魄不堪，因此看起來並不太容易引人注意；如果不得不碰上路人的話，也有很大機會避開注意。途經貝茲街，兩名步履蹣跚的人影走到我前方時，我躲進一處敞開的門廊；但我很快就再度出發，走近艾略特街南邊路口斜穿過華盛頓街的位置。儘管我從未目睹過這片空間，但從雜貨店店員的地圖上看來，這裡相當危險，因為月光能照亮此處的一切。但不可能繞過這裡，其他路線都繞了遠路，可能很容易被人看見，並拖延逃跑進度。我只能大膽又毫不遮掩地穿過路口。我盡可能地模仿印斯茅斯人典型的緩慢步伐，希望沒有人（或至少沒有追兵）在該處出現。

我完全想不透對方究竟是如何安排追蹤行動，以及追擊的目的。鎮上似乎有不尋常的動靜，但我判斷，我從吉爾曼旅店逃走的風聲還沒傳開來。我當然得趕快從華盛頓街轉到別的南方街道；旅館那批人肯定在追我。那棟老建築的塵埃中一定留下了我的足跡，透露出我是如何逃到街上。

如我所料，開闊的空間被月光照得非常明亮；我也看到路口中心有座類似公園的綠地，周圍被鐵欄圍住。幸運的是，沒人在附近。不過鎮廣場的方向似乎傳來了一陣逐漸變強的騷動聲。南街非常寬闊，直接以小斜坡延伸至水濱地區，在上頭也能看到外海遠處的位置；我則希望當自己跨越月光時，沒人會從遠方抬頭看這個方向。

我的逃跑過程毫無阻礙，也沒聽到任何顯示出自己被外人發現的聲響。我往身旁四處張望，不由自主地突然慢下腳步，以便觀察海面，海水則在街道盡頭的明亮月光下閃爍。在防波堤遠處，則是魔鬼礁的模糊黑色輪廓，當我望向它時，不禁想到過去二十四小時內聽到關於它的所有醜惡傳聞。傳說將這座粗糙岩石描繪為一道大門，導向充滿無邊恐懼與不祥事物的空間。

接著在毫無預警下，我從遙遠的礁石上看到了斷斷續續的閃光。那些光線相當明顯，也在我心中激起了一股無法以理性控制的盲目恐懼。我的肌肉驚慌地緊繃起來，被某種無意識的顧慮和半催眠性的訝異所控制。更糟的是，吉爾曼旅店高聳的圓頂上現在也發出了閃光，從我身後東北方的高處灑落，而這一連串頻率相似、位置卻不同的光線，只可能代表回應的信號。

我控制住自己的肌肉，並立刻意識到自己的位置有多麼顯而易見，於是我再度使用較為輕快又假裝蹣跚的步伐；不過，當我將目光停留在那座和南街街口同樣漫長的不祥礁岩時，便能完整地注視海面。我無法想像那種光線訊號代表的意義；除非它與魔鬼礁上的某種怪異儀式有關，或有人搭船登陸那塊陰森的礁石。我在綠地廢墟旁向左轉；我依然望著彷彿籠罩在魅影般夏日月光下的海面，並看著那兩道令人費解的無名信號燈發出的神祕閃光。

這時，我見到了極度恐怖的景象。那光景摧毀了我最後一絲自我控制，並使我驚慌得往南逃竄，跑過廢棄的噩夢街道上敞開的漆黑房屋門口，和有如圓凸魚眼般的窗戶。靠近看時，我發現在月光下，礁石與海岸之間的水域並非空無一物。水上擠滿了往鎮上游來的大批物體身影；即使在離水域這麼遠的距離，與短暫的一瞥，我也能看出那些上下搖晃的頭顱與四處揮舞地手臂充滿強烈的異類與畸形感，難以透過尋常言語解釋。

還沒跑過一整條街區，我就停下慌亂的步伐，因為我聽到左側傳來類似追兵發出的叫喊聲。加上腳步聲與沙啞的嗓音，還有一台轟隆作響的汽車沿著聯邦街往南開去。那一瞬間，我所有計畫徹底改變。如果我不能走南方的道路，就肯定得找別的出路離開印斯茅斯。我停下腳步，並躲進一處開啟的門口，想著幸好自己在追兵從對街跑來前，就離開被月光照亮的開闊空間。

第二股想法不太令人安心。由於追兵位在另一條街，人群肯定沒有直接跟在我後頭。他們沒看見我，只是企圖截斷我的逃生路線。不過，這意味著其它能離開印斯茅斯的道路也都有人巡邏；因為鎮民不可能知道我想走哪條路。假若情況如此，我就得遠離所有道路，從田野間離開；但我要如何跨越周圍佈滿沼澤與小溪的荒野地帶？一時間我手足無措。除了強烈的無助感，還因為周圍的魚腥味正迅速變濃。

接著我想到導向羅利鎮的廢棄鐵路，那條以礫石鋪成、並長滿雜草的堅固軌道從河谷邊緣的廢棄車站往西北方延伸。鎮民可能不會想到這條路；因為廢墟上長滿荊棘，使路人幾乎無法通過，也是逃亡者最不可能使用的路線。我從旅館窗口清楚地看過鐵路，也知道它的位置。令人不安的是，從前往羅利鎮的道路上與鎮上的高處，都能看見大半部軌道；但我也許能不受注意地在草叢中爬行。無論如何，這都是我逃出生天的唯一方式，也只能姑且一試。

我退入荒廢的門口大廳，透過手電筒的光線再度檢視雜貨店店員的地圖。當下的問題是要如何抵達舊鐵路；我現在發現，往前最安全的路徑是巴布森街（Babson Street）；接著往西走向拉法葉街。繞過該處邊緣，但不要跨過類似我剛跨越的開闊地帶。之後則往北邊和西邊交叉處跨越拉法葉街、貝茲街、亞當街，和班克街，後者沿著河谷延伸；直到我抵達之前從窗口看見的破舊車站。我想前往巴布森街的理由，是因為我不想重新跨越之前的空曠空間，也不想往西沿著和南街一樣寬闊的交岔路段行走。

我再度出發，並走到右側街道，以便盡可能不引人注意地繞進巴布森街。聯邦街上繼續傳來噪音，而當我往身後望去時，便在我剛逃離的建築物中瞥見一絲光芒。我急於離開華盛頓街，於是安靜地加快腳步，希望不要被任何人看見。在巴布森街路口旁，我警覺地發現其中一家房屋還有住人，因為窗邊還裝有窗簾；但裡頭沒有燈火，我也安全地經過房屋。

巴布森街與聯邦街交叉，可能會讓我被搜索者們發現；當我踏上這條街時，盡可能貼近傾斜又歪曲的房子；有兩次還因身後傳來聲響，而暫時停下腳步。前方的空地在月光下顯得荒涼又寬敞，但我的路線不會迫使我穿越那塊地。第二次停下時，我查覺到一些模糊的聲音；從掩蔽物後方窺視後，我發現一台汽車正駛過空地，沿著艾略特街往外圍開，那條路則與巴布森街和拉法葉街交會。

短暫消失的魚腥味再度變得濃烈，使我感到十分嗆鼻。偷看時，我看到幾個駝背的怪異身影往同一個方向大步緩緩走動；我明白這些人肯定在看守通往伊普斯威治的道路，艾略特街便是延伸到那方向。我眼中的兩個人影穿著寬大的長袍，其中一人頭上戴著在月光下閃爍著白光的尖頂頭冠。這個人的姿態古怪到令我感到一股顫慄，且移動方式近乎蹦跳。

當人影全數離開我的視線後，我便繼續移動；我從街角繞進拉法葉街，並迅速跨過艾略特街，以免被還在那條路上徘徊的追蹤者發現。我確實聽到從鎮廣場上傳來某些沙啞的喉音與敲擊聲，但我安全無虞地通過了這段路線。我最大的恐懼來自得重新穿越月光下的寬闊南街，以及它面對海洋的角度。我得逼自己壯起膽來。可能有人在監視外頭，艾略特街上的追兵也能從道路兩頭看到我。最後，我決定放慢腳步，用印斯茅斯當地人的緩慢姿態跨過道路。

當水域再度出現在我視野中時（這次在我右邊），我心裡覺得不該看它。不過，我依然無法抗拒；當我小心地模仿當地人的緩步動作，往前方能提供遮蔽的陰影走時，用眼角瞥了一下。我沒料到海上並沒有船隻。反之，我率先注意到的物體，是艘航進廢棄碼頭的小划艇，上頭載了某種用防水布蓋住的大型物體。儘管遙遠的划槳人看起來模糊不清，他們的外型卻有某種令人作嘔的特質。還可以看到有好幾個游泳的人影；而在遙遠的黑色礁石上，我看到一股微弱卻穩定的亮光，不像之前閃爍的信號燈，我也無法辨認這股光芒的奇特顏色。在前方歪斜屋頂的上方和右側，能看見高聳的吉爾曼旅店圓弧屋頂，但上頭一片漆黑。被一股慈悲微風短暫吹走的魚腥味，現在再度濃烈地逼近。

我還沒完全跨越街道時，就聽到人群的低語聲，他們正沿著華盛頓街北部走過來。當他們抵達我之前首度瞥見那月光下水域的空曠地帶時，我能從一個街區外的距離清楚看見他們；他們野獸般的畸形臉孔，和類似犬類的非人蜷曲身姿，都讓我感到大為驚恐。其中一人的移動方式近似猿猴，修長的手臂經常碰到地面，而另一個穿著長袍並配戴頭冠的人，則似乎以蹦跳的方式前進。我認為這批人就是我在吉爾曼庭院中看到的人。因此，他們跟得最緊。當有些人轉頭往我的方向看時，我害怕得一動也不動，但仍舊維持了緩步向前的姿態。直到現在，我都不知道他們有沒有看到我。如果他們有看見我，那我的策略肯定騙過了他們，因為他們在並未改變方向的情況下繼續跨越月光下的空地，同時嘶啞又含糊地說著某種我無法辨識的醜惡方言。

我再次躲進陰影，並繼續用狗一般的駝背步伐跑過傾斜的破舊房屋，它們的窗口寂靜地盯著夜空。跨越西側人行道後，我從最近的街口繞進貝茲街，接著緊靠著南側建築群走。我經過兩棟有居住跡象的房屋，其中一棟樓上的房間飄出微弱的光線，但我沒有遭遇任何阻礙。當我轉進亞當斯街時，就感到安全多了；這時有名男子從我前方的漆黑門口搖晃著走出來，讓我嚇了一跳。不過，他喝得太醉了，不構成任何威脅；於是我安全抵達了班克街倉庫的荒涼廢墟。

那條位於河谷旁的死寂街道上空無一人，瀑布的巨響也蓋過了我的腳步聲。我用小跑步的方式，花了很久才抵達廢棄車站，而我周遭的大型磚砌倉庫牆壁，看起來則似乎比住宅區的前廊更嚇人。最後我看到古老的拱廊式車站（或它的遺跡），並直接往車站最遠處開始延伸的軌道走去。

鐵軌上滿是鏽跡，但狀態相當良好，一半的枕木則早已腐爛。在這種平面上走路或奔跑都相當困難；但我盡力前進，也花了不少時間。鐵路在河谷邊緣延伸了很長一段距離，但最後我抵達了橫跨深谷的漫長廊橋，橋墩的高度令人感到暈眩。我的下一步取決於這座橋的狀況。如果可行的話，我就會跨過它；假若不行，我就得再度冒險踏上街頭，並選最近的陸橋。

穀倉般龐大的老舊橋墩在月光下閃爍著妖異的光澤，我也發現幾英呎內的枕木都還堪用。踏上橋後，我就打開手電筒，還差點被飛過頭頂的蝙蝠群撞倒。走到半途時，枕木間出現了一段危險的空隙，害我差點以為自己得停下腳步；最後我焦急地一跳，並幸運地抵達對面。

當我走出那處駭人的隧道時，對於能再度看到月光感到無比歡欣。舊鐵軌水平地穿越河街，且立刻彎入鄉野地帶，印斯茅斯恐怖的魚腥味也變得越來越淡。濃密的雜草與荊棘阻擋了我的去路，也殘忍地撕扯我的衣物，但我依然感謝這些植物遮蔽了我的身影，不讓危機發生。我很清楚站在羅利鎮的道路上一定看得到這條路線。

滿佈沼澤的區域突然出現，軌道則搭建在低矮又長滿野草的堤岸上，上頭的雜草較為稀疏。隨之而來的則是某塊地勢較高的島嶼，上頭的軌道穿越一條長滿灌木和荊棘的露天地道。我十分樂於見到這塊有些許遮蔽功能的地帶，因為令人不安之處在於，根據我從旅館窗口那個角度所觀察到的，目前羅利鎮道路相當接近我的位置。在這條地道的盡頭，道路會跨越軌道，並繞到更安全的距離之外；但同時我得更加小心。這時候，我很確定沒有人來巡邏鐵路。

踏進地道前，我往身後看了看，但沒有看到追兵。腐朽不堪的印斯茅斯中的古老尖塔與屋頂，在魔法般的黃色月光下閃爍著美麗且迷幻的光澤，我也想到它們在暗影降臨前的往昔模樣。接著，當我的目光從鎮上轉到內陸時，某種較不祥和的事物吸住了我的注意力，並在一瞬間使我嚇得動彈不得。

我看到的東西（或自認看到的），是在南邊波動起伏的某種物體；我認為，肯定有一大群人沿著平坦的伊普斯威治道路，從城市中傾巢而出。距離非常遠，我也無法看出任何細節；但我一點都不喜歡那批移動群眾的樣貌。那團物體晃動地太過激烈，西方月光下反映出的光澤也太強烈了。那頭也傳來了一點聲響，不過風是從相反方向吹來；那種野獸般的摩擦聲與吼聲，比我之前聽到的人群低語聲還可怕。

我的腦海中浮現各種令人不安的揣測。我想到那些外型極端的印斯茅斯人，據說他們躲藏在水濱地區附近崩塌毀損的古老房舍中；我也想到剛剛看到的無名泳者。以印斯茅斯這種人口稀少的城鎮而言，算上目前看到的人數，加上可能在巡邏其他道路的人後，我的追兵數目出奇地多。

我眼中聲勢如此龐大的人群是打哪來的？難道那些古老又神祕的古屋中，擠滿了怪異又無人知曉的人口？還是某艘無人看見的船隻，將一批不明外來者運到那座礁石上？他們是誰？為何要來這裡？如果這麼大批的人群在搜索伊普斯威治道路，其他道路上的巡邏人馬也同樣變多了嗎？

我走進長滿灌木叢的坑道，並緩慢地前進，此時那股可憎的魚腥味再度變濃。是因為風向突然轉向東方，讓海風從海面吹入鎮上嗎？我猜肯定是這樣，因為我開始聽到從安靜那端傳來令人害怕的低沉喉音。還有另一種聲響：那是某種大規模的拍打聲或腳步聲，也讓我聯想到相當可怕的事物。這使我毫無邏輯地想起遙遠的伊普斯威治道路上出現的晃動群體。

接著腥味與聲響都變得更加強烈，於是我顫抖地停下腳步，並暗自慶幸坑道將我遮蔽。回想起來，羅利鎮道路在這裡最為接近鐵路，接著才彎向西邊。有某種東西從那方向走了過來，我也得保持低調，直到那東西在遠處消失。幸好這些生物沒有帶狗來追蹤。不過當地無所不在的臭味，可能也會讓狗失去效用。即使我知道搜索者得經過我面前一百碼以外的軌道，蹲在那處凹陷沙地中的灌木叢裡，依然讓我覺得相當安全。我看得見他們，而除非惡運當頭，否則他們看不到我。

當他們經過時，我立刻害怕會看到他們。我望向他們即將經過的月光下空地，也對那塊地帶上無可挽救的污染狀況感到憂心。他們也許就是印斯茅斯鎮民中最糟糕的族群；沒人想記得他們。

臭味強烈得令人難以忍受，噪音也轉為野獸般的沙啞低吼、嘶吼，與狂吠，完全不像人類交談聲。這些聲音真的是那些追兵發出來的嗎？他們其實有帶狗嗎？我完全沒在印斯茅斯看過狗。拍打般的踏步聲相當恐怖。我不敢注視發出這種聲響的噁心生物。直到聲音消失在西邊前，我的雙眼都緊閉著。現在人群相當靠近；空氣中瀰漫著他們的嘶啞吼叫，地面也因他們節奏怪異的腳步聲而顫動。我幾乎不敢呼吸，也全力逼迫自己閉上眼睛。

至今我還不確定，隨後目睹的東西究竟是醜陋的現實，抑或是惡夢般的幻覺。在我的驚慌請願後，政府日後的行動，大略證實了恐怖的真相；但那座疑雲密佈的古老城鎮，有沒有可能發出催眠般的效果，讓人產生幻覺呢？這種地區擁有怪異特質，而來自腥臭的死寂街道、腐朽屋頂，和塌陷尖塔的瘋狂傳說，也可能催生許多人的幻想。在籠罩印斯茅斯的暗影深處，有沒有可能蘊含著某種會帶來瘋狂的病菌呢？聽聞過老札多克・艾倫口中的故事後，有誰能確定現實的樣貌呢？政府從未尋獲可憐的札多克，也猜不出他發生了什麼事。瘋狂由何處結束，現實又從何處展開？我在近日感到的恐懼，是否也只是幻覺？

但我得嘗試講述自己在病態黃色月光下目睹的事物。當我蹲在荒廢鐵路上的灌木叢中，看見面前的羅利鎮道路上奔跑蹦跳的生物。我閉眼的計畫自然失敗了。這種計畫原本就行不通；當一大群嘶啞吠叫的不明生物，發出拍打巨響經過一百多碼外的位置時，有誰還能盲目地蹲在原處？

我以為自己已經準備好面對最糟糕的事了，但有鑑於先前的所見所聞，我應該早就料到這點。我其餘的追兵都有相當畸形的長相，所以我早該預期會碰上更不尋常的東西，也遲早會見到毫無尋常特徵的事物吧？直到喧嘩巨響從我面前某處直接傳來時，我才睜開雙眼。接著我明白，在坑道兩側較為平坦的位置，和道路跨越軌道的地點，肯定能清楚看到大部分的人潮；我也無法阻止自己窺探秋波般黃色月光下的事物。

對我在地球上僅存的壽命而言，這就是對人類心智與自然界中僅存一切平靜與信心的終結點。即使是一字一句地聽信了老札多克的瘋狂故事，也沒有任何我想像的事物，能與我目睹的不淨邪惡事物相比擬；不會有人相信我看到的東西。我試著暗示自己見到的事物並不存在，以便拖延讓自己大膽寫下當時恐怖光景的時間。這顆星球真的產生了這種生物嗎？人類的肉眼能客觀地看見只出現在高燒引發的幻覺裡，與虛無飄渺傳說中的事物嗎？

但我卻看到牠們大量出現：一面顫動蹦跳，一面發出嘶啞嗚叫；以非人方式穿過鬼魅般的月光，姿態宛如怪異惡夢中的醜惡舞蹈。有些生物戴著用無名白金色金屬打造的高聳頭冠……有些則穿著古怪的長袍……帶頭的生物穿著一件背後有駭人突起的黑色大衣和條紋長褲，應該是頭部的部分則戴著一只男用軟毛帽。

我想牠們的膚色主要是灰綠色，不過腹部是白色。牠們的身體大多光亮又濕滑，身後的背脊則長滿鱗片。體態稍微接近類人猿，頭部則與魚類無異，長有從不闔上的兩顆圓凸眼球。頸部兩側有著如心跳般顫動的腮，修長的獸掌上則長了蹼。牠們以怪誕的方式蹦跳，有時用兩條腿，有時則四肢著地。我有些慶幸牠們沒有四肢以上的手腳。牠們沙啞的吠叫聲明顯是某種語言，並流露出雙眼圓睜的臉龐所缺乏的各種陰森情緒。

儘管牠們擁有可怖外貌，我卻不對牠們感到陌生。我太清楚牠們的身分了。我對紐伯里波特那頂邪惡頭冠的記憶猶新。牠們就是頭冠上無名圖像描繪的那些邪門的半魚半蛙生物；它們活蹦亂跳，又驚世駭俗。一看見牠們，我就明白漆黑的教堂地下室裡，那名戴著頭冠的駝背祭司讓我想起什麼了。牠們的數量超越了我的想像。這些生物似乎無止無盡地出現，而我短暫的一瞥只不過讓我看到了一小部分。這一瞬間，暈眩感仁慈地蓋過一切；這是我首次昏倒。

第五章

白天溫和的雨水將我從長滿灌木叢的鐵路坑道中喚醒，當我掙扎著走上道路時，卻沒有在濕潤的泥巴上看到任何腳印。魚腥味也消散了，印斯茅斯的廢棄屋頂和崩塌尖塔則在東南方陰沉地矗立，而我周圍的荒涼鹽沼中卻看不到一絲生機。我的手錶還在運作，顯示時間已經過了中午。

我對自己剛經歷的一切感到相當困惑，但我覺得幕後還藏有某些醜惡祕密。我得離開被邪惡陰霾籠罩的印斯茅斯。我測試自己痠痛又疲勞的手腳是否還能移動。儘管歷經飢餓、驚懼，和困惑，休息一陣子之後還是能行走；於是我沿著泥濘不堪的道路緩緩往羅利鎮移動。天黑前我就抵達了村落，吃了晚餐並取得體面的衣物。我搭了夜班火車到阿卡漢，隔天則和當地的政府官員進行漫長且急迫的討論；之後我在波士頓也做了相同的事。大眾現在相當熟悉這些對談的後果。我也希望，為了正常世界好，不要再有更多怪事了。也許我逐漸被瘋狂所控制。或者某種更龐大的恐怖事物……驚人事物……正逐漸伸出魔爪。

可以想像的是，我放棄了原先大部分的旅遊計畫。那是我曾經十分重視的風景、建築，和古蹟名勝。我也不敢觀看據說被收藏在米斯卡托尼克大學博物館中的怪異首飾。不過，留在阿卡漢時，我也收集了一些早已想得到的族譜紀錄；那確實是非常粗略且模糊的資料，不過等我之後有時間整理並編撰紀錄時，就能派上用場了。當地的歷史學會館長B．拉普漢．皮博帝先生（B. Lapham Peabody），非常友善地幫助我，而當我告訴對方，自己是來自阿卡漢的伊萊莎．奧爾尼（Eliza Orne）的孫女時，他也展現了不尋常的興趣；伊萊莎．奧爾尼於一八六七年出生，十七歲時嫁給了俄亥俄州的詹姆斯．威廉森（James Williamson）。

看來在多年前，我一位母系家族的舅舅也曾踏上和我相同的尋根之旅；我外祖母的家族在當地也有些特殊名聲。皮博帝先生說，她父親班傑明．奧爾尼（Benjamin Orne）的婚姻曾引起不少討論，時間正好在南北戰爭後；因為新娘的家世令人格外困惑。據說那名新娘是來自新罕布夏州的馬許家孤兒，她是埃賽克斯郡馬許家族的表親；但她在法國受教育，也與家族不熟。有名監護人在某家波士頓銀行中存了一筆資金，供她和她的法國女家教使用；但阿卡漢的居民不清楚那名監護人的名字，之後他也消失無蹤，於是法院指派女家教作為新監護人。這位過世多年的法國女子相當沉默寡言，也有人聲稱她保守了許多祕密。

但最怪異的地方，則是沒人能在新罕布夏州為人所知的家庭中，找到這名年輕女子紀錄上的父母：以諾（Enoch）與莉迪亞（Lydia）（原姓米賽夫〔Meserve〕）．馬許。許多人認為，她可能是某位知名馬許家族成員的私生女；她肯定有真正的馬許家雙眼。大多謎團都在她英年早逝後消失，而她的死期和我外祖母的出生時期相同。我外祖母是她唯一的孩子。由於對馬許一族有著不良印象，得知它與我自己的家族有關，並不使我感到開心；我也不喜歡皮博帝先生說我有真正的馬許家族雙眼這點。不過，我很感激取得了這份資料，我知道它肯定很有價值；於是我抄下了記載和提及知名奧爾尼家族的各類書本參考資料。

我從波士頓直接回到位於托雷多（Toledo）的家，之後則在莫米（Maumee）休養了一個月。九月回到歐柏林學院（Oberlin College）完成大學最後一年的學業，從那時到隔年六月則忙於念書與其他正面活動；只在偶爾和跟我的請願與證據所引發的行動相關政府人員見面時，會回想起昔日的恐懼。大約七月中時（距離印思茅斯事件已過了一年），我和已故母親的家庭在克里夫蘭待了一週；我將新整理的族譜資料，和存放在當地的不同紀錄、傳統，與祖傳物品比對，想看看自己能整理出哪樣的複雜家譜。

我其實並不喜歡這項工作，因為威廉森家的氛圍總是讓我感到憂鬱。那裡總有種病態感，從小我母親就不鼓勵我拜訪她父母，不過當她父親來到托雷多時，她總是熱烈歡迎對方。出身阿卡漢的外祖母對我來說怪異得近乎嚇人，當她失蹤時，我也不覺得難過。當時我才八歲，據說她在自己的長子，也就是我的道格拉斯舅舅（Douglas）自殺時，便悲傷地失蹤。某次前往新英格蘭後，他便舉槍自盡了。肯定是那趟行程，讓阿卡漢歷史學會對他留下印象。

這名舅舅長得很像外祖母，我也從沒喜歡過他。他們兩人呆滯又不眨眼的神情，令我隱約感到某種難以解釋的不適。我母親與華特舅舅（Walter）沒有那種長相。他們長得像父親，不過可憐的表親勞倫斯（Lawrence，他是華特的兒子）看起來完全是外祖母的翻版，但之後他的病況使他被永久獨立監禁在坎頓（Canton）的一家精神療養院中。我有四年沒見過他了，但我舅舅曾說他的心理與生理狀況都很惡劣。他母親對這點的擔憂，可能成了她兩年前死亡的主因。

現在只有我的外祖父和他的鰥夫兒子華特住在克里夫蘭家中，但往昔的回憶依然籠罩著這間屋子。我還是不喜歡這裡，也試圖盡快完成研究。我外祖父提供了相當多威廉森家族的記錄與傳統；不過在奧爾尼家的資料上，我得仰賴華特舅舅，他將自己所有的檔案，包括筆記、信函、剪報、傳家物、照片，和微縮模型都提供給我。

審閱奧爾尼家的信件和照片時，我開始對自己的家族感到恐懼。就像我說的，我外祖母與道格拉斯舅舅總是讓我感到不安。多年之後的今日，當我望向他們在照片中的臉龐時，卻感到更加強烈的作嘔與疏離。剛開始我無法了解這股變化，但儘管我的主觀意識持續拒絕承認某件事，卻無意識地逐漸強行做出了某種可怕的比較。這兩張臉上的典型神情，現在反映出了某種以前我沒察覺的事。一旦思考這件事，我就會感到強烈的驚恐。

但當我舅舅讓我看存放在下城區保險庫中的奧爾尼家首飾時，才對我帶來最糟的打擊。有些物品精緻又特別，但我舅舅不太願意拿出一盒我神祕的曾祖母傳下來的怪異珠寶。他說，首飾們的造型怪誕又令人不安，就他所知，也從來沒人在公開場合佩戴過它們；不過我外祖母很喜歡看這些首飾。有一些關於它們會帶來厄運的隱晦傳說，我曾祖母的法國女老師也曾說不該在新英格蘭配戴這類配件，不過在歐洲就很安全。

當我舅舅開始緩慢又不情願地打開首飾的包裝時，他勸我不要被首飾那怪異醜陋的設計嚇到。見過它們的藝術家與考古學家們，都大力稱讚首飾的精美作工與獨特的異國風格，但似乎沒人能確切判斷出它們的製造原料，或將它們歸類到任何特定的藝術傳統中。盒裡有兩只臂環、一只頭飾，和某種胸飾；後者上頭的浮雕則描繪了極度誇張的圖像。

描述它們的過程中，我一直強烈控制著自身情緒，但我的臉肯定流露出逐漸高漲的恐懼。我舅舅非常擔心，也停止打開盒子，並觀察我的神情。我揮手示意他繼續，他則猶豫地繼續將東西拿出來。取出第一件物品時（也就是頭飾），他似乎以為我會有某種動作，但我不認為他猜中了我的實際反應。我也沒料到後果，因為我認為自己已經事先收到警告了，也準備好面對裡頭的珠寶。但我卻默默地昏了過去，就像一年前在那處長滿荊棘的鐵軌坑道裡一樣。

從那天開始，我的生活就成了充滿憂慮的惡夢，我也不清楚其中有多少是醜陋的真相，又有多少是出自瘋狂。我的曾祖母是個來路不明的馬許家成員，丈夫則住在阿卡漢；老札多克不也說過，歐貝德．馬許有個被怪物般的母親生下的女兒，還騙了個阿卡漢的男子娶她？那個老酒鬼不是提過我的眼睛像歐貝德船長？在阿卡漢，學會館長也曾說我有真正的馬許家眼睛。歐貝德．馬許是我的曾曾祖父嗎？我的曾曾祖母是誰……或什麼東西？但也許這一切都是瘋狂的幻想。無論我曾祖母的父親是誰，都可能輕易地從某個印斯茅斯水手手上買下那些白金色的首飾。我祖母與自殺的舅舅呆滯的眼神，可能也只是出自我的幻想；不只是幻想，還受到籠罩了我想像空間的印斯茅斯暗影所影響。但在新英格蘭進行尋根之旅後，我舅舅為何要自殺？

兩年來，我徒勞無功地想排除這些想法。我父親在一家保險公司為我安插了職位，我則盡可能地讓自己埋首於工作。不過，一九三〇年至三一年的冬季，開始出現夢境。剛開始夢境模糊又隱晦，但隨著每週過去，夢境發生的頻率與鮮明度也越趨增強。我面前出現龐大的水域，我似乎也在雄偉的水底門廊，和長滿水草的巨型牆壁間晃蕩，外型詭異的魚類則成了我的同伴。接著其他身影開始浮現，讓我在甦醒時感覺到無名的恐懼。但在夢中，我對牠們完全不感到懼怕。我是牠們的一員；穿戴著非人類的首飾，游過牠們的水下通道，並在邪惡的海底神廟中如同怪物般敬拜。

我還記得更多事物，但假若我敢寫下每天早上記得的夢境，都足以使我被貼上瘋子或天才的標籤。我覺得，有某種可怕的影響力正逐漸將我從理智世界裡的正常生活，拖入無可名狀的黑暗與異界深淵；過程也對我造成莫大影響。我的健康狀況與外表開始走下坡，直到我被迫辭職，並過著殘疾人士的獨居生活。我的神經出了些問題，有時也幾乎無法閉眼。

此時我開始警覺地觀察鏡中倒影。病魔造成的緩慢影響並不容易觀察，但在我的案例中，還有某種更微妙又令人不解的變化。我父親似乎也注意到了這點，因為他開始好奇又有些害怕地看著我。我身上發生了什麼事？難道我要變得像我外祖母和道格拉斯舅舅了嗎？

有天晚上我做了個可怕的夢，夢中我在海底碰見了外祖母。她住在一座有許多平台的螢光宮殿，裡頭有怪異又不淨的珊瑚，和醜惡的交叉侵蝕痕跡；她溫和地接待我，態度中可能也帶了點諷刺。她經歷了改變；搬入水底的人都會改變，並告訴我她從未死去。反之，她抵達了自己死去兒子聽聞過的地點，並躍入這國度。她兒子原本也註定來此，但他卻以冒煙的手槍拒絕了海中的神奇事物。這裡也會成為我的國度，我無法逃避。我永遠不會死，而是會與早在人類於世上行走前就存在的生物們一同永生。

我也見到了曾是她祖母的生物。八千年來，忒特雅莉（Pth'thya-l'yi）都居住在伊哈恩斯列（Y'ha-nthlei）；歐貝德・馬許死後，她就回到該處。當陸地人為海中帶來死亡時，伊哈恩斯列並沒有被摧毀。它受到損傷，但並沒有被毀。深潛者（Deep One）永遠無法被消滅，不過有時候被遺忘的舊日支配者所使用的太古魔法能阻止牠們。目前牠們打算暫時休息；但如果牠們還記得的話，某天牠們會為了偉大的克蘇魯渴求的祭品而再度崛起。下次的城市會比印斯茅斯更大。牠們計畫進行擴張，也帶來了能幫助牠們的東西，但現在牠們必須再次等待。由於使陸地人帶來了死亡，因此我得受到處分，但刑罰並不重。我在這場夢境中首度目睹了**修格斯**，那光景也讓我嚇得在瘋狂尖叫中驚醒。那天早上，鏡子明確地讓我知道，自己已經得到了**印斯茅斯長相**。

目前我還沒像道格拉斯舅舅一樣自殺。我買了把自動手槍，也差點下了手，但特定的夢境阻止了我。極度強烈的恐懼感逐漸消退，而我也莫名地受到未知的海底吸引，而不是害怕。我在睡夢中聽見並做出奇怪行為，醒來時則感到喜悅，而非恐懼。我不認為該等自己發生徹底變化。如果我等的話，我父親可能會把我關進療養院，就像我可憐的小表弟一樣。驚人的未知榮耀在海底下等待我，很快我也會去尋找牠們。**Iä-R'lyeh！Cthulhu fhtagn！Iä！Iä！**不，我不能舉槍自盡……我不能被迫自殺！

我得計畫幫助我堂弟從坎頓的療養院逃走，然後我們會一起前往被雄偉陰影籠罩的印斯茅斯。我們會游向海上那塊陰森礁石，並往下潛入漆黑的深淵，抵達龐大又充滿眾多石柱的伊哈恩斯列；住在深潛者巢穴中的我們，將永遠活在奇觀與榮耀之中。

七、門外怪客

第一章

我確實用六顆子彈射穿了自己最好的朋友的腦袋，但我希望能透過這段聲明，證實自己不是謀害他的兇手。剛開始我會被認為是瘋子，比我在位於阿卡漢療養院（Arkham Sanitarium）的病房中射殺的人還瘋。之後部分讀者得自行評估我的聲明，將內容和已知事件連結，並自問：當我見到門檻上那恐怖東西的證據後，怎麼可能會有別的念頭？

在那之前，我也認為這段誇張故事只不過是瘋話。即使到了現在，我仍自問是否遭到誤導，或是我根本沒有發瘋？我不曉得答案，但其他人會提起關於愛德華與雅西娜・德比（Asenath Derby）的奇怪故事，就連態度冷淡的警察也無法解釋那位恐怖訪客的事。他們無力地試圖捏造出一套理論，認為那是遭辭退的僕人所犯下的詭異惡作劇或警告，但他們打從心底明白，真相其實更為驚世駭人。

我說過，我並未謀殺愛德華．德比（Edward Derby）。我其實為他報了仇，還除掉了一個恐怖怪物；如果那東西活下來的話，可能會對全人類造成可怕的災難。世上有些漆黑的陰影地帶相當靠近我們的日常生活，偶爾也會有某種邪靈趁虛而入。當這種事發生時，清楚真相的人就必須先下手為強。

我認識愛德華．皮克曼．德比一輩子了。他小我八歲，也相當早熟，因此當他八歲、我十六歲時，我們倆就有了許多共通點。他是我見過最厲害的神童，七歲時就能寫出文筆肅穆、充滿想像、又近乎病態的字句，使他身邊的家庭教師都感到相當訝異。也許他受過的私人教育，以及因父母溺愛而渡過的隔離生活，造就了他的早熟心態。身為獨子的他體弱多病，嚇壞了過度寵愛他的父母，並使他們將他緊緊留在身邊。沒有保姆在身邊，他就無法外出，也很少有機會能毫無限制地跟其他孩童玩耍。這一切肯定在男孩心中造就了怪異的神祕感，想像力也成了他追求自由的管道。

無論如何，他小時候便學到了廣泛且怪異的知識，而儘管我比他年長，他流暢的文筆依然吸引了我。當時我開始偏好風格古怪的藝術風格，也發現這個孩子是位罕見的同好。我們對神祕又令人感到驚奇的事物展現出的熱愛，肯定源自於我們居住的這座古老腐朽、卻又隱約讓人感到畏懼的城鎮：受到女巫詛咒與傳說糾纏的阿卡漢。鎮上擁擠又塌陷的斜式屋頂，與崩塌的喬治亞式欄杆，數世紀以來都陰沉地矗立在發出低沉水流聲的漆黑米斯卡托尼克河旁。

隨著時間過去，我將興趣轉向建築學，並放棄為愛德華的恐怖詩篇製作繪本，但我們的友誼依然不減。小德比的怪異天分持續發展，而在他十八歲那年，他將自己的夢魘詩詞集結出版，書名叫做《阿撒托斯與其他恐怖事物》（*Azathoth and Other Horrors*）。他與惡名昭彰的波特萊爾派[1]詩人賈斯汀．喬佛瑞（Justin Geoffrey）經常有書信往來；喬佛瑞曾寫下《巨石碑之民》（*The People of the Monolith*），並在造訪匈牙利一處惡名昭彰的陰森村落後，於一九二六年在尖叫聲中死於瘋人院。

不過，由於德比受到過度溺愛，使他極度缺乏自力更生和處理日常事務的能力。他的健康狀況好轉了，但過度謹慎的父母培育了他孩提時代的依賴惡習，所以他從未獨自旅行，也不會自行做出決定，或肩負責任。很早就能看出，他無法在商場或專業領域存活，但由於他擁有鉅額家產，因此並未造成問題。成年後，他依然擁有容易讓人誤會的男孩氣質。金髮藍眼的他，有著孩童的年輕膚色；而當他企圖留起八字鬍時，卻也只能留起一小搓難以分辨的毛髮。他的嗓音相當輕柔，他備受保護的生活，也給了他孩子般的嬰兒肥，而非早衰的中年啤酒肚。他相當高大，要不是個性羞赧的他，習慣孤僻地躲入書中，肯定能因為俊俏的臉龐，成為引人注目的高雅男士。

1 譯注：Baudelairean，由法國詩人波特萊爾創立的現代派詩文風格。

德比的父母每年夏天都帶他出國，他也迅速學會了歐洲思想與行為舉止的些許皮毛。他宛如愛倫．坡般的寫作天賦逐漸轉為頹廢感，而另一種藝術家般的敏感與渴望則在他心中逐漸萌芽。當時我們有過多次討論。我畢業於哈佛，之後在波士頓一處建築師事務所實習，接著結了婚，最後回到阿卡漢執業。自從我父親為了身體健康而搬到佛羅里達後，我就住在位於沙頓史拓街（Saltonstall Street）的家族宅邸。愛德華以前每天晚上都會來拜訪，最後我甚至把他當成家裡的一員。他按門鈴或敲門環的方式十分特別，後來也演變為貨真價實的代號；於是在晚餐後，我總會仔細聽是否有那熟悉的三下短響，在停止一刻後，又會響起兩聲。我比較少去他家，也羨慕地注意到他圖書室中不斷增多的晦澀書籍。

德比就讀阿卡漢的米斯卡托尼克大學，因為他父母不願意讓他遠離他們。他十六歲入學，並在三年內畢業，主修英國與法國文學，且在除了數學與科學以外的科目中得到高分。他鮮少與其他學生打交道，不過他總是對「大膽」或「舉止不羈」的人投以羨慕眼光。他會模仿那些人口中膚淺的「機智」言論，與無意義的諷刺姿勢；他也希望能鼓起勇氣學會對方不檢點的行為。

但他卻成為地下魔法知識的狂熱擁戴者，而米斯卡托尼克大學的圖書館正是以此類藏書聞名於世。他以前對幻想與怪異事物淺嚐即止，現在則一頭栽入了過往輝煌時代留下的符文與謎題，卻不知道這些事物究竟是用於指引或搞混後人。他讀了恐怖的《伊波恩之書》（*Book of Eibon*）、馮．榮茲（von Junzt）所著的《無名教派》（*Unaussprechlichen Kulten*），與阿拉伯狂人阿布杜．

阿爾哈茲瑞德的禁忌著作《死靈之書》，不過他沒把自己讀過這些書的事告訴父母。我唯一的兒子出生時，愛德華年滿二十歲，當我用他的名字替新生兒命名，即愛德華・德比・阿普頓（Edward Derby Upton）時，他似乎很高興。

二十五歲時，愛德華・德比已變得學識淵博，同時身兼知名詩人與幻想家，不過由於他缺乏人脈與責任感，使他的文筆無法快速進步，也使他的作品顯得充滿抄襲感與書卷氣。我可能是他最親近的朋友，因為我發現他身懷幾乎用之不竭的重要理論性話題，他則仰賴我在他不想對父母提起的事情上提出建議。他一直都維持單身，但這並非他的本意，而是由於自己的羞赧、怠惰，與父母的過度保護。他進行社交活動時，也只停留在最皮毛與敷衍的層面。當戰爭爆發時，健康狀況與深植心中的內向性格使他待在家中。我則前往普拉茨堡（Plattsburg）從軍，但從未離開本土。

時間一年又一年地過去了。愛德華的母親在他三十四歲時過世，當時他被某種奇怪的心理疾病糾纏了好幾個月。不過，他父親帶他去了歐洲，他則迅速解決了自身的問題。之後他似乎產生了某種怪異的欣喜，彷彿暫時逃離了某種無形的束縛。儘管已邁入中年，他還是和更「前衛」的大學生們混在一起，也參與了某些相當狂放的活動。某次還支付了大筆勒索費用（還向我借錢），以免讓他父親得知自己參加了某個活動。有些關於米斯卡托尼克大學狂野學生的謠言相當特異。甚至還有傳言提到黑魔法與超越常人理解的事物。

第二章

愛德華在三十八歲時遇見了雅西娜・懷特。我猜，當時她應該二十三歲，在米斯卡托尼克大學修讀關於中世紀形上學的特別課程。我朋友的女兒曾在金斯波特的霍爾學校（Hall School）中見過她，也因為對方怪異的風評，而不太想接近她。她瘦小又黝黑，長相非常秀氣，但也長有過度突出的雙眼。她表情中的某種要素，使極度敏感的人急於避開她。不過，一般人躲開她的原因，大多是由於她的出身地與言行。她來自印斯茅斯的懷特家族，而數代以來，半荒廢的印斯茅斯與其居民催生了不少陰森的傳說。有些故事講述了一八五〇年發生的恐怖交易，以及那座破爛漁港的古老家族中某種「不太像人類」的元素。只有年老的北方佬會想出並敬畏地重複講述這種故事。

雅西娜的名聲不好，是因為她是伊菲拉姆・懷特（Ephraim Waite）的女兒。年歲已高的他和一名身分不明、又總是戴著面紗的妻子生下這孩子。伊菲拉姆住在印斯茅斯華盛頓街上一座半崩塌的豪宅中，而見過那棟房屋的人（阿卡漢居民會盡量避免去印斯茅斯），則宣稱閣樓的窗戶總是被木板封死，夜幕低垂時，屋內有時也會傳出奇怪的聲響。這名老人年輕時曾潛心鑽研過魔法，也有傳說聲稱他能恣意在海上掀起或平息風暴。我年輕時曾看過他一兩次，當時他來阿卡漢的大學圖書館研究禁忌典籍，我並不喜歡他豺狼般的陰森臉孔，以及雜亂的鐵灰色鬍鬚。他在相當奇怪的情況下發瘋而死，之後他女兒（他在遺囑中要求校長擔任女兒的名義監護人）則進入霍爾學校就讀，但她曾向父親熱切地學習一切，有時看起來也非常像他。

當愛德華認識她的消息傳開後，那名女兒與雅西娜同校的朋友便重複提及了許多怪事。雅西娜在學校似乎當起了某種魔法師，也似乎真的能造就某種令人困惑的驚奇事件。她自稱能掀起暴雷雨，不過大多人將她似是而非的成功歸功於某種不尋常的預測技巧。所有動物都特別不喜歡她，只要她用右手做出某種動作，就能使任何狗隻嚎叫。有時她會展現出對年輕女孩而言，相當獨特又令人吃驚的學識與用語。她也會用某種態度不明的斜視眼神和眨眼方式來嚇唬同學，還會對自己目前的處境，發表某些猥褻又激烈的諷刺言論。

不過最不尋常的，則是許多人聲稱她對其他人有影響力。她肯定是真正的催眠師。當她以古怪眼神盯著某個同學時，對方經常會覺得立場遭到互換；彷彿自己暫時被放入魔法師的身體之中，並盯著自己在房間另一頭原本的身體，但那對圓睜的雙眼卻放出了異樣的眼神。雅西娜經常提出誇張的說詞，提到意識的本質，與意識能獨立於身體之外存在，或至少不需仰賴肉體的生命力。不過，讓她最為光火的一點，便是自己不是男人；因為她相信男性大腦擁有獨特又廣泛的宇宙力量。她宣稱：如果自己有男人的大腦，她就不只在未知力量上能得到和父親同等的力量，甚至能凌駕於父親之上。

愛德華是在一個學生房間舉辦「知識份子」聚會的時候碰到雅西娜，隔天來見我時，也無法停止談論她。他覺得雅西娜非常有趣，也身懷使他著迷的學識，並且被她的外表強烈吸引。我從沒見過這名年輕女子，只聽過些許傳聞，但我知道她是誰。真可惜，德比居然對她如此動心。但我沒有阻止他，因為反對只會增強迷戀。他說，自己不會向父親提起她。

接下來的幾週，我從小德比口中聽到的盡是雅西娜的事。其他人注意到了愛德華中年後的求愛行動，不過他們都認為他看起來比實際年齡還年輕，也適合作為他怪異女神的男伴。儘管他生性怠惰又放縱，但卻只有一點點中年肥，臉上也毫無皺紋。但由於雅西娜經常強烈地聚精會神，有著早熟的魚尾紋。

大約在這個時期，愛德華帶了這名女孩來找我，我也立刻看出他的感情肯定不只出自單方面。她以近乎掠食動物的眼神盯著他，我也察覺出他們親密得難分難捨。不久後，老德比先生前來拜訪我；我總是相當景仰他。他聽說自己兒子交了新朋友，也從「那孩子」口中逼問出了一切。愛德華想娶雅西娜，甚至還物色起位於鄉間的房子。由於知道我對他兒子有強大的影響力，他父親便請我幫忙結束這段不明智的感情。但我遺憾地表達出自己的疑慮。這次的問題並非出自愛德華虛弱的意念，而是那女人強大的意志力。這名長不大的孩子將自己的依賴對象，從父母親轉移到更強勢的新對象身上，旁人也無法可施。

婚禮在一個月後舉行，新娘要求婚禮由一名治安法官主持。在我的建議下，德比先生並未反對，而他與我和我的妻兒都參加了簡短的結婚典禮；其他賓客則是大學裡狂放的年輕人。雅西娜買下了商業街末端的舊克勞寧希爾德家族（Crowninshield）住宅，他們打算前往印斯茅斯短暫旅行後，就在該處定居，也會帶三名僕人、一些書本與家具過去。讓雅西娜在阿卡漢定居，而非永久搬回老家的原因，主要是她想住在靠近大學、校內圖書館，與裡頭大批「知識份子」的地點，而並非考量到愛德華與他父親。

蜜月後愛德華來找我時，我覺得他看起來有些改變。雅西娜逼他剃掉了長不全的八字鬍，但差異不只如此。他看起來更嚴肅，也更深思熟慮了；他原本那幼稚叛逆性格的孩子氣嘟嘴動作，已被充滿悲傷的氣質所取代。我不知道該喜歡或討厭這種改變。當下他肯定變得比以往更加成熟。也許婚姻是件好事；依賴對象的改變，會不會中和了他的性格，並導向獨立自主呢？他獨自來訪，因為雅西娜非常忙碌。她從印斯茅斯（德比提到這地名時，就顫抖起來）帶了一大批書籍和設備回來，且快要完成舊克勞寧希爾德房屋和週邊的重整工程了。

她在那座鎮上的家，是個相當噁心的地方，但屋裡某些物品讓他得知了一些驚人祕密。自從有了雅西娜的引導後，他便不斷拓展神祕學知識。她提出的某些實驗相當大膽又激進，德比也不願對此多加闡述。但他對雅西娜的力量與企圖有信心。三名僕人都很奇怪：分別是一對年邁的老夫妻，他們從伊菲拉姆在世時就服侍著他，也經常以神祕的方式提及他與雅西娜死去的母親；還有一名外貌畸形的黝黑年輕人，身上似乎還飄散出一股魚腥味。

第三章

接下來兩年，我越來越少碰見德比。有時會超過兩週，前門都不會傳來熟悉的三下加兩下敲擊聲。當他來作客，或是換我去找他時（這種狀況越來越常發生），他也極不願意討論重要話題。他對自己曾鉅細靡遺地描述並討論的神祕學研究越來越守口如瓶，也盡量不提起他妻子。自從他們結婚後，她老化得相當快，這點非常奇怪；她似乎成了兩人間較為年長的人。她的臉流露出我所見過最專注篤定的神情，全身則隱約散發出一種難以解釋的作嘔感。我的妻子和兒子也注意到了這點，便逐漸停止拜訪她。愛德華某次像孩子般口無遮攔的時候，也無意間提到她對此感到慶幸。德比夫婦有時會進行長途旅行；表面上是去歐洲，不過愛德華有時會暗示其實他們前往了更偏僻的地點。

結婚一年後，人們開始談論愛德華．德比的改變。那只是尋常話題，因為他似乎只在心理上產生變化，但這卻反映出某些特殊的問題。三不五時會有人看到，愛德華似乎流露出與平常全然不同的表情，並做出不符合他慵懶個性的行為。舉例來說，儘管以前他不會開車，現在有時卻有人看到他開著雅西娜馬力強大的帕卡德汽車（Packard），急速進出克勞寧希爾德舊宅的車道，宛如專業車手般駕馭那台車，並以異於他以往性格的技巧與毅力面對交通狀況。在這種情況下，他似乎總是剛從某種旅途返回，或是剛準備出發。沒人猜得到他究竟去了哪，不過他大多偏好走通往印斯茅斯的路。

奇怪的是，這種變化並不討喜。人們說在那些情況下，他看起來太像他妻子，或是老伊菲拉姆·懷特了。可能因為這些情況鮮少發生，使它們染上了異常的色彩。有時候，在他以這種態度離開了好幾小時後，會萎靡不振地回來，癱倒在後座上，車子則由雇來的司機或技師駕駛。而且，當他在越來越少出席的社交活動上出現時（包括來找我的時候），態度卻又變回了先前猶豫不決的模樣。那種不負責任的幼稚心態甚至比過去還要明顯。當雅西娜的臉孔逐漸變老時，除了那些偶發狀況之外，愛德華卻流露出誇張的幼稚氣息，不過臉上偶爾會露出一絲悲傷或領悟的神色。這讓人感到非常困惑。同時，德比夫婦也遠離了狂熱的大學生團體。我們聽說原因並非他們對那些人感到作噁，而是因為他們目前的研究，居然讓那些浪蕩份子都感到震驚。

婚後第三年，愛德華首度公開向我表示自己感到畏懼與不滿。他會脫口說出事情「太過頭了」，也會陰沉地談到得「重拾自己的身分」。剛開始我忽視了這些影射，但我漸漸開始小心地質問他，因為我想起我朋友的女兒提過，雅西娜會用催眠影響學校其他女生：學生們以為自己處在她的身體中，望著房間另一頭自己的身體。這項問題似乎讓他立刻起了警覺，也覺得感激，有一次他也咕噥說之後得和我認真討論。德比先生約莫在此時過世，日後我對這點感到非常欣慰。愛德華的情緒相當低落，卻沒有變得雜亂無章。自從他結婚後，就很少去見他的父親，因為雅西娜已佔據了他對家庭觀的所有連結。有些人形容喪親的他冷酷無情，特別是他在車中活潑又滿懷自信的態度開始出現後。他想搬回家族宅邸，但雅西娜堅持要待在自己習慣的克勞寧希爾德宅中。

不久後，我妻子從某位朋友那聽說了一件怪事；那位朋友是少數沒有遺棄德比夫婦的人。她會去商業街盡頭拜訪那對夫妻，也曾看過一台車迅速開出車道，駕駛座上的愛德華露出怪異的自信表情，也彷彿有抹冷笑。當她按門鈴時，那名臭惡的老婦人告知她說雅西娜也出門了，但她在離開前趁機望進屋內。在愛德華家圖書室的其中一扇窗戶邊，她瞥見了一張迅速後退的臉；那張臉孔充滿難以描述的強烈痛苦、挫敗，與絕望。那是雅西娜的臉，不過由於她以往的強勢神色，使那光景更令人感到不敢置信。但那名訪客發誓說那一瞬間，那張臉上流露出可憐的愛德華悲傷又困惑的眼神。

愛德華現在來訪得稍微頻繁了點，口中的暗示也經常變得明確。即使在數世紀以來都充滿女巫傳說的阿卡漢，也沒人相信他說的話。但他說出的陰森故事充滿了真心的說服力，讓人們擔心他是否已失去理智。他提及了在偏遠地點舉行的恐怖集會，以及位於緬因州森林中心的巨型遺跡，底下有龐大的階梯，導向漆黑深淵中的祕密；人能透過複雜稜角穿過隱形牆壁，抵達其他時空中的領域；以及透過恐怖的人格交換，讓人探索位於其他遙遠世界的禁忌地帶，也能跨入不同的時空連續體。

他三不五時會用讓我相當不安的物體，來佐證某些瘋狂暗示。那些物品有著獨特的顏色，和令人困惑的質地，完全不像地球上該有的東西；上頭的怪異曲線和表面無法彰顯出任何明確用途，也不遵循合理的幾何法則。他說，這些物品來自「外域」，他妻子也知道如何取得這些東西。有時候他會用害怕又模糊不清的低語聲，提起老伊菲拉姆．懷特；以前他曾在大學圖書館中看過對方。這些徵兆從不明顯，但似乎圍繞著某個特別恐怖的問題：無論從靈性或物理角度來看，那名老巫師是否真的死了？

有時德比會忽然停止說話，我也想知道有沒有可能是雅西娜在遠處察覺到他的言論，並透過某種心電感應式的催眠技術打斷他；那是她在學校展現過的能力。她明顯懷疑愛德華告訴了我某些事，因為接下來幾週，她試圖用言語和一種流露出令人無法解釋的強烈氣息的眼神，阻止他來找我。他得費非常大的勁才能來找我，因為儘管他會假裝去別的地方，某種隱形的力量總是會拖累他的行動，或使他在當下忘了自己的目的地。通常在雅西娜出門時，他才會過來；他曾怪異地稱「她回到自己的身體裡了」。她之後總是會發現愛德華的行為，因為僕人監視著他的一舉一動，但她顯然覺得，做出太激烈的行動並不恰當。

第四章

當我在八月某天收到那封來自緬因州的電報時，德比已經結婚超過三年了。我有兩個月沒見到他，也聽說他出門「辦事」。雅西娜應該跟他在一起，不過謠言指出有人藏在樓上被厚重窗簾遮蔽的房間裡。人們看到僕人們買東西回家。而奇森庫克（Chesuncook）小鎮警長在電報中提到，有名衣衫襤褸的瘋子跌撞地走出森林，嘴裡嚷著瘋言瘋語，還要求我保護他。那人正是愛德華，而他也只記得自己的名字與地址。

奇森庫克靠近緬因州最偏僻深邃、也最少人涉足的森林地帶，得花上一整天開車駛過奇特又令人卻步的森林，才能抵達該地。我在小鎮農場的一間小房間見到德比，他正交替顯露出瘋狂與冷漠的態度。他立刻認出我來，並向我吐出一連串毫不連貫的無意義話語。

「丹（Dan），老天啊！塞滿修格斯的大坑！走下六千道階梯……異怪之中的異怪……我總是不讓她帶我去，然後就發現自己到了那裡……Iä！莎布．尼古拉絲！從祭壇上升起的形體，還有五百個嚎叫的……戴著兜帽的東西啼叫著：『卡莫格（Kamog）！卡莫格！』那是老伊菲拉姆在巫師集會中的祕密名字……我當時在場，她答應過不會帶我去的……前一分鐘我還被鎖在圖書館中，接著我就到了她帶我身體去的地方……在那個充滿褻瀆的地方，那處邪惡大坑就是漆黑領域的起點，監視者也守護著大門……我看到了一隻修格斯……牠變換型態……我受不了了……如果她再把我送到那去，我就要殺了她……我要殺了那東西……她，他，它……我會殺了它！我會親手殺了它！」

我花了一小時安撫他，他最後也冷靜了。隔天我從村裡幫他找來衣服，並和他前往阿卡漢。

他的歇斯底里情緒已經平復，卻總是一語不發，不過當車子開過奧古斯塔（Augusta）時，他開始陰鬱地自言自語，彷彿那座城市喚起他不好的回憶。他明顯不想回家，而考慮到他對妻子的幻想，我猜也許最好不要讓他回家；那種幻想肯定來自他經歷過的某種催眠式折磨。無論這會不會讓雅西娜和我產生不愉快，但我決定要照顧他一段期間。之後我會幫他申請離婚，因為肯定有某種心理因素使他的婚姻成了自殺般的地獄。當我們抵達空曠地帶時，德比的囈語聲就漸漸淡去，我開車時也讓他在身旁的座位上打盹。

當我們在黃昏中駛過波特蘭時，他又再度開始低語，聲音比之前更加明顯，我仔細傾聽時，聽到他吐露了一堆關於雅西娜的瘋話。她明顯對愛德華的心理造成了負面影響，因為他編織了一整套圍繞著她的幻想。他神祕兮兮地嘀咕說，自己目前的困境只是一系列事件中的一小部分而已。她正逐漸控制住他，他也清楚某天她將永遠不會放手。即使是現在，她可能也只在必要情況下才放他走，因為她無法長時間控制愛德華。她持續奪取他的身體，並前往不明地點參與無可名狀的儀式，將愛德華留在她的身體中，並把他鎖在樓上。但有時雅西娜無法維持控制，愛德華會忽然回到自己的身體裡，並發現自己身處某個遙遠的恐怖地點，可能還無人知曉該處的位置。有時雅西娜會再度控制他，有時則沒辦法。他經常被留置在某處，就像我找到他時的狀況。他得一再由駭人的遠處找路回家，並在尋獲自己的車子後，請別人幫忙開車。

最糟的是，她每次對愛德華的控制都變得越來越長。她想成為男人，以及完整的人類，才會控制愛德華。雅西娜感受到他擁有良好的大腦與軟弱的意志。有天她會將愛德華的精神趕出去，帶著他的身體消失無蹤，成為和她父親一樣偉大的魔法師，並讓愛德華困在那具甚至不屬於人類的女性軀體中。對，他現在清楚印斯茅斯血統的底細了。當地人與海裡的生物做過交易……太可怕了……至於老伊菲拉姆，他知道那個祕密，當他年老時，做出了一件駭人行為以便存活：他想要永生不死。雅西娜會成功，因為之前已經有一件成功案例了。

當德比低語時，我轉頭仔細端倪他，想確認先前觀察他時所注意到的改變。矛盾的是，他的體態似乎比平常更好：他更為結實，身材也發育得更好，也毫無他因怠惰習慣而長出的病態肥肉。彷彿他在養尊處優的人生中首次活躍運動了起來，我也認為雅西娜的力量肯定迫使他展現出異常的動力與警覺性。但目前他的心理處於相當可憐的狀態，因為他正咕噥著關於他妻子的誇張怪事、黑魔法、老伊菲拉姆，以及某種甚至能說服我的真相。他重複說出我過去曾在禁忌典籍中讀到的名號，有時他喋喋不休的話語與神話的一致性、或是令人信服的連貫性，讓我打起冷顫。他一再停頓，彷彿想鼓起勇氣，吐露某種恐怖的終極真相。

「丹、丹，你不記得他嗎？那個有瘋狂雙眼和從不變白的髒亂鬍鬚的人？他瞪過我一次，我也忘不掉那眼神。現在她會用同樣的眼神瞪著我看。**我也明白原因了！**他在《死靈之書》裡找到了方法。我還不敢告訴你確切頁數，但等我敢說後，你就能去查證了。你之後就會了解我的恐懼。不斷、不斷發生，軀體一個接著一個換，他打算永生不死。生命之光……他知道該如何打破連結……即使軀體死亡，生命也能繼續存活一陣子。我給你點暗示，也許你能猜出真相。聽好了，丹：你知道我妻子為何總是辛苦地用左手寫字嗎？你看過老伊菲拉姆的手稿嗎？你想知道我為何在看過雅西娜匆忙寫下的字條後，會發起抖來嗎？

雅西娜——**真的有這個人嗎**？為何別人認為老伊菲拉姆胃裡有毒藥？當雅西娜在他發瘋時將他關進裝有防撞襯墊的閣樓房間時，吉爾曼家族為何要低聲談論他尖叫的方式？他叫得像個害怕的孩子。之前雅西娜也曾待在那房裡。**老伊菲拉姆的靈魂被鎖起來了嗎**？**誰被封鎖在誰的身體裡**？他為何花了好幾個月的時間，找尋擁有良好心智與薄弱意志力的人？他為何咒罵說自己的女兒不是男人？告訴我呀？丹尼爾．阿普頓（Daniel Upton）：**那個褻瀆神明的怪物究竟在那棟恐怖房屋中，對他意志薄弱的半人類小孩進行了哪種邪惡的交換行為**？他有沒有造成永久的改變？就像她最後要對我做的事一樣？告訴我，為何那個自稱雅西娜的東西有時會不小心寫出不同的字跡，所以你無法判斷她的筆跡……」

接著事情發生了。當德比說著瘋話時，他的嗓音升高成刺耳的尖叫，並機械化地忽然停止。我想到當他有時在我家時，那充滿自信的態度也會突然中止；當時我想，也許雅西娜的心靈製造的某種神祕電波，正使他保持緘默。不過，現在的狀況完全不同，我也感到更加恐懼。我身旁的臉孔在一瞬間扭曲得無法辨識，整個身體也痙攣起來，彷彿全身的骨骼、器官、肌肉、神經與腺體，都被重新調整為完全不同的體態與受壓狀態，人格也完全改變。

我判斷不出那份恐怖究竟源自何處，但有股強烈的病態作嘔感掃過我全身；那是種令人動彈不得的詭異異常，使我握住方向盤的雙手變得軟弱又猶豫。我身旁的人看起來不像老友，而像是某種來自外太空的怪物，也是不明邪惡宇宙力量的恐怖聚焦點。

我只崩潰了一下下，但我的同伴立刻抓住方向盤，並強迫我和他換位子。暮色現在已變得深沉，波特蘭的燈火也落在後頭遠處，所以我看不太清楚他的面孔。不過，他雙眼中的光芒卻相當明顯；我也明白他現在肯定陷入了那種精神百倍的怪異狀態，許多人也察覺到這完全不像他平常的態度。奇怪的是，萎靡不振的愛德華．德比，那個沒主見、也從沒學會開車的男子，居然對我發號施令，並幫我駕駛汽車，但這確實發生了。有段時間他沒跟我說話，而驚駭不已的我也樂見此舉。

在比迪福德（Biddeford）與索科（Saco）的燈光之下，我看見他緊緊抿起的雙唇，並對他眼中的光芒感到恐懼。大家說得對：在這種狀態下，他看起來確實很像他妻子和老伊菲拉姆。這種態度肯定會引來他人的厭惡，因為他的舉止明顯有不尋常的跡象，我也因為對方先前的瘋言瘋語，而對此感到更加不安。儘管我認識愛德華．皮克曼．德比一輩子了，這名男子卻是個陌生人，也是某種來自黑暗深淵的入侵者。

一直到我們開上漆黑的路段後，他才說起話來；他一開口，嗓音卻顯得極度陌生。那聲音比我熟悉的嗓音更為低沉穩重，也更有決策性。腔調與發音方式也變了，不過變化得非常微妙，我也不安地回想起某種無法確切表達的東西。我想，那語調中有一絲深邃且切實的諷刺感。這並非德比經常裝模作樣擺出的「知識份子」傲慢語氣，而是種嚴肅又滲透人心的強大邪惡感。他居然在慌亂地胡言亂語後，立刻變回自持的態度，這使我感到相當訝異。

「我希望你能諒解我剛剛的症狀，阿普頓。」他說。「你知道我的精神狀態很虛弱，我猜你能體諒吧。我當然很感激你來接我。

你得忘掉我口中任何關於我妻子的瘋話，以及其他事情。這是我太過專注於研究的後果。我的研究充滿了怪異概念，而當大腦疲倦時，就會催生出各種具體幻想。我得休息一陣子，你可能有段時間不會看到我，也別為此責怪雅西娜。

這項旅程有點奇怪，但其實相當單純。北邊的森林中有些印地安遺跡，像石碑之類的東西。這代表該地有豐富的民俗知識，因此雅西娜和我才會過去。搜尋過程相當艱困，所以我似乎太累了。等我回到家後，得派人去把車開回來。放一個月的假，就能讓我復原了。」

我不記得自己回應了什麼，因為我旅伴的怪異舉止佔據了我所有思緒。我對那股來自太虛的恐怖感隨著每一刻增強，直到陷入迷亂狀態，只希望車程趕緊結束。德比沒有讓我繼續駕駛，我也很高興發現車子以高速駛過樸茨茅斯（Portsmouth）與紐伯里波特。

抵達主要幹道轉往內陸、避開印斯茅斯的路口時，我有些擔心司機會開上穿過那座可怕地點的荒涼沿岸道路。不過他沒這麼做，反而快速駛過羅利與伊普斯威治，前往我們的目的地。我們在午夜前抵達阿卡漢，並發現克勞寧希爾德舊宅中仍舊亮著燈火。德比迅速道謝後就離開車子，我則獨自開車回家，心中充滿了特異的放鬆感。這是場可怕的旅程，但最駭人的一點，則是我不清楚恐怖感的來源。至於德比自稱將在我生命中消失很長一段期間這件事，也使我感到放心。

接下來的兩個月充滿謠言。人們說越來越常看到德比以充滿精神的狀態出現，而雅西娜連訪客都很少接見。愛德華只造訪過我一次，當時他開著雅西娜的車短暫前來，想拿回一些他借我的書；之前他早已從緬因州某處把車開了回來。他處在嶄新的精神狀態中，停留我家時也只講出了一些態度閃躲的禮貌性話語。這種狀況下的他，明顯沒有事要跟我討論，我也注意到當他按門鈴時，甚至不會使用三下加兩下的暗號。和在車上那晚一樣，我感受到一股無可名狀的深邃恐懼；所以當他離開時，我也鬆了一大口氣。

德比在九月中旬離開了一週，有些墮落的大學生則似乎清楚他此行的目的，暗示他要見一位惡名昭彰的教團領袖，對方最近被趕出英格蘭，並在紐約設立了總部。我無法忘卻發生在緬因州的那場奇怪車程。發生在我眼前的轉變對我造成了深刻的影響，我也發現自己一再試圖解釋那光景，以及自己當時感受到的強烈畏懼。

但最奇怪的謠言，是關於克勞寧希爾德舊宅中傳出的啜泣聲。那聲音似乎來自女人，有些年輕人則認為那是雅西娜的哭聲。啜泣聲偶爾才會出現，有時也彷彿被強制中止。有人覺得該進行調查，但當雅西娜某天在街頭上出現，精力充沛地與許多熟人聊天時，這計劃就被打消了。她向眾人為近日缺席而道歉，並恰好提到有名來自波士頓的客人曾陷入精神崩潰和歇斯底里的狀態。沒人看過那名訪客，但雅西娜的現身使謠言不攻自破。接著又有人讓事情變得更複雜，因為他們悄悄聲稱有一兩次傳來的是男人的啜泣聲。

十月中旬某晚，我聽到前門傳來三下加兩下的鈴聲。我親自應了門，發現愛德華站在門前，也發現他處於昔日性格中：自從奇森庫克那趟恐怖路程後，就沒碰過他以這模樣出現了。他顫動的臉孔流露出複雜的情緒，恐懼與勝利感似乎並存；當我關上門時，他也神經兮兮地望向身後。

他笨拙地跟著我走到書房，並要求喝點威士忌來安定自己的精神。我忍下質問他的衝動，並等著看他何時願意開口。最後他嗚咽地說出了一些資訊。

「雅西娜走了，丹。昨晚當僕人們離開時，我們談了很久，我也要她答應不要再騷擾我。我當然有某……某種從未告訴過你的神祕防禦。她得放棄，但變得相當憤怒。她打包行囊並前往紐約，並出門搭八點二十分前往波士頓的火車。我猜人們會對此多加揣測，但我管不了那點。你不用提起我和她之間出現麻煩，只要說她出門做長途研究就好。

她可能會和其中一批可怕信徒同住。我希望她會前往西岸，並申請離婚。總之，我已經要她答應別來煩我了。情況很可怕，丹；她在竊取我的身體……把我推擠出去……讓我成為囚犯。我保持低調，假裝讓她繼續，但我得保持警戒。如果我夠小心的話，就能進行自己的計劃，因為她無法讀我的心，或是察覺任何細節。她只會認為我的計畫是某種常見的叛逆心境，也老覺得我很無助。從來沒想過我會打敗她……但我握有一兩個能生效的咒語。」

德比往身後看，並再喝了點威士忌。

「當那些該死的僕人今天早上回來時，我就解僱了他們。他們對此很火大，也問了許多問題，但還是走了。他們是她的族人，全是印斯茅斯人，也和她相當親近。我希望他們會遠離我；我不喜歡他們離開時發出的訕笑聲。我得盡可能找回爸爸以前的僕人。我現在就要搬回家。

我猜你認為我瘋了，丹。但阿卡漢的歷史應該能證明我告訴過你的事，還有我即將要講的東西。你也看過其中一次變化；那天從緬因州回家時，當我告訴你雅西娜的事後，就曾在你的車上發生。那時她控制了我，把我趕出了自己的身體。我記得的最後一件事，就是自己努力試圖告訴你，她究竟是**哪門子的惡魔**。接著她逮住我，而我一瞬間就回到了屋內的圖書館，而那些該死的僕人把我鎖在裡頭。我待在那甚至不屬於人類的可恨異種身體中……你一定知道和自己開車回家的是她，那匹佔用我身體的惡狼！你該看得出差異呀！」

當德比停下來時，我就發起抖來。我一**定**清楚那種差異，但我能接受這麼瘋狂的解釋嗎？我出神的訪客則變得更加激動。

「我得自救……我得這樣做啊，丹！她本來在萬聖節就會完全佔有我……他們在奇森庫克遠處舉行了女巫儀式，當時的犧牲品也可能會使計畫成功。她逮住了我……她會變成我，我則會變成她……永遠如此……太遲了……我的身體會永遠受她佔據。她會照自己的希望成為男人，同時也變成純種的人類。我猜她會殺了我……殺了被囚禁在她上一具身體中的我，該死的女人，**這和她之前做的事一樣**……和她或它之前做的事相同……」愛德華的臉孔變得極度扭曲，他令人不安地將臉湊近我，音量則變得輕聲細語。

「你一定明白我在車裡暗示了什麼：**她並不是雅西娜，而是老伊菲拉姆本人**。我一年半前就懷疑過了，現在也清楚這件事。她的筆跡會在不經意時顯露真相……有時她會一筆一畫地寫下和父親筆跡一模一樣的字跡，偶爾也會說出只有伊菲拉姆這種老人才會說的話語。當他感到死期將近時，就和她交換身體；雅西娜是他唯一知道擁有健全大腦與薄弱意志的人。他永遠佔有了她的身體，就像她差點奪走我的身體一樣，接著他則毒死了囚禁女兒的老邁身體。你沒看過老伊菲拉姆的靈魂從那個女魔鬼的雙眼中往外看過好幾次嗎？還有她控制我身體時，我臉上露出的眼神！」

愛德華喘起氣來，並停下來換氣。我一句話都沒說。而當他繼續說話時，嗓音就幾乎恢復正常了。我想他得進療養院了，但我不願意當送他進瘋人院的人。或許遠離雅西娜一段時間後，他就會康復了。我看得出他再也不願意和邪門咒術扯上關係了。

「之後我再告訴你其他事，現在我得好好休息。我會告訴你一些她讓我窺見的禁忌恐怖事物；即使在當下，有些古老的可怕事物也存在於世上的偏遠角落中，只有幾名駭人的祭司能幫助它們維持生命。有些人知曉不該被發現的宇宙奧祕，也能做出無人能辦到的行為。我之前攪和得太深了，但事情到此為止。如果我是米斯卡托尼克大學的圖書館員的話，今天就會把《死靈之書》和其他類似書籍燒掉。

但她現在無法控制我了。我得盡快離開那棟該死的房子，並搬回家裡。我知道如果自己需要幫助的話，你會幫我的。你知道，有那些該死的僕人……人們也可能打聽太多關於雅西娜的事。我沒把雅西娜的地址交給那些僕人……外頭還有一些搜尋者可能會對我們的分手產生誤解……那些人是特定教團的成員，你懂的。裡頭有些人擁有可怕的怪異想法與行徑。我知道如果有事發生的話，你會幫助我，即使我得把很多恐怖的事告訴你……」

那晚我讓愛德華留下，並要他睡在其中一間客房，隔天早上他似乎冷靜了點。我們討論了讓他搬回德比宅邸可能的安排，我也希望他會立刻行動。隔天晚上他沒有來訪，但我在接下來幾週經常看到他。我們盡可能少談怪誕事物，反而專注在重整德比舊宅上，以及愛德華答應帶我與我兒子在明年夏天出遊的事。

我們完全沒談起雅西娜，因為我覺得這是個特別令人不安的話題。外頭雖然謠言四起，但克勞寧希爾德舊宅中原本就有相關怪事，所以並不是什麼新奇的事。但德比的銀行代理人在米斯卡托尼克俱樂部無意間吐露了一件我不喜歡的事：愛德華固定寄支票給住在印斯茅斯的摩西（Moses）與艾比嘉兒・薩真特（Abigail Sargent），還有尤尼斯・巴布森（Eunice Babson）。那些長相兇惡的僕人似乎還在勒索他，不過他沒向我提起這件事。

我希望那年夏天能快點到來，我兒子也能盡快從哈佛放假，我們才能送愛德華去歐洲。我很快就發現，他恢復的狀況並不如我想得快；因為他有時依然會在興奮狀態中流露出一絲歇斯底里，也經常展現出害怕與陰鬱的情緒。德比舊宅在十二月前就已整修完成，但愛德華不斷延後搬家的時程。儘管他似乎痛恨與畏懼克勞寧希爾德舊宅，卻同時也受到它的宰制。他似乎無法開始拆除家具，也編出各種理由來拖延搬家。當我向他指出這點時，他似乎感到無可名狀的恐懼。他父親的老管家（他和其他重新被雇用的僕人一同住在那）某天告訴我，愛德華經常在屋內四處走動，特別是到地下室去，外表看起來古怪又陰森。我猜想雅西娜是否寫了內容可怕的信給他，但管家說她沒有寄任何信來。

接近聖誕節時，德比在某晚造訪我時崩潰了。當時我把話題轉到隔年暑期的旅行時，他就突然放聲尖叫，並從椅子上跳了起來，臉上露出驚訝又無法控制的恐懼。那是只有惡夢中的無垠深淵才會帶給理智人心的慌亂與厭惡感。

「我的腦子！我的腦子！天啊，丹——有東西在拖——從異界——敲打——摳抓——那個女魔鬼——即使是現在——伊菲拉姆——卡莫格！卡莫格！擠滿修格斯的坑洞——！Iä！莎布·尼古拉絲！孕育上千子嗣的黑山羊！

火焰——火焰——超越身體，超越生命——在大地中——噢，天呀！」

我把他拉回椅子上，往他嘴裡灌了一些葡萄酒，使他從狂亂轉為笨拙的無感狀態。他沒有抗拒，但雙唇不斷蠢動，彷彿正在自言自語。我發現他試圖和我交談，便把耳朵湊到他嘴邊，以便聽清楚他微弱的話語。

「一次，又一次——她在嘗試——我早該知道——沒有方法能阻止那股力量；距離、魔法，或死亡都沒有用——它不斷湧現，大多是在夜晚——我無法離開——太可怕了——噢，天啊，丹，**如果你和我一樣明白這有多恐怖的話……**」

當他陷入昏睡時，我就在他頭底下墊枕頭，讓他沉沉地睡著。我沒有找醫生來，因為我知道對方會如何形容他的心智狀態，也希望儘可能讓他自然痊癒。他在午夜時甦醒，我則帶他上樓去床上就寢，但他早上就離開了。他靜靜地離開了屋子。當我打電話給他的管家時，對方則說他在家中的圖書室中踱步。

之後愛德華迅速崩潰。他沒有再來找我，但我每天都去看他。他總是坐在圖書室中，呆滯地盯著前方，也露出異常的傾聽行為。有時他能做出理性交談，但總是談論小事。只要提起他的困境、未來計畫，或雅西娜，就會讓他陷入狂亂狀態。管家說，他晚上都會經歷可怕的癲癇，有時可能還會傷到自己。

我和他的醫生、銀行代理人，和律師討論了很久，最後終於找了醫生與兩名專家前來拜訪他。他在第一批問題結束後發生的痙攣狀況猛烈又令人同情，當晚一台轎車便將掙扎著的他送到阿卡漢療養院。我擔任了他的監護人，一週也前去拜訪他兩次。聽到他瘋狂的尖叫、低語，和不斷重複的可怕話語，令人感到潸然淚下。他說的話包括：「我得下手——我得下手——它會逮到我——它會逮到我——在底下——在底下的黑暗中——母親！母親！丹！救我——救我——」

沒人知道他康復的機會有多大，但我盡量保持樂觀。如果愛德華出院的話，一定得有個家，因此我派他的僕人去德比宅邸，那肯定是理智的居住選擇。我還沒想到該如何處置克勞寧希爾德舊宅與裡頭複雜的擺設和收藏品，所以目前將它置之不理。我要德比家的僕人們一週去打掃一次主房，並要求鍋爐工在打掃日時生火。

最後的惡夢出現在聖燭節前。諷刺的是，事前還出現了一絲虛假的希望。一月下旬某天早上，療養院打電話來通知，說愛德華突然恢復理智了。他們說，他的連續性記憶嚴重毀損，但他的神智確實清晰。他當然還得留下來接受一陣子的觀察，但沒人質疑結果。順利的話，他在一週內就能出院。

我開心地趕往療養院，但當護士帶我去愛德華的房間時，我卻大吃一驚。病人起身迎接我，並帶著彬彬有禮的微笑向我伸出手。但我立刻看出他流露出那股精力充沛的古怪性格，與他的本性完全不同。那是讓我隱約覺得恐怖的自信人格，愛德華也一度宣稱那是他妻子入侵的靈魂。炯炯有神的雙眼，非常類似雅西娜和老伊菲拉姆的眼神，以及和他們相同的堅毅嘴型。當他開口時，我能從他嗓音中感受到同樣的嚴肅諷刺感；那股深邃諷刺中瀰漫著潛在的邪惡。這就是五個月前那晚，駕駛我的車的人。自從他在短暫來訪時遺忘了門鈴暗號，並使我感到莫大恐懼後，我就沒見過這個人了。而現在他讓我心中充滿了和之前相同的不祥異樣感，與無可名狀的強烈醜陋感。

他溫和地提到出院安排，我也無計可施，只能同意對方的要求，儘管他最近的記憶中充滿大量空白。但我感到有無法解釋的異樣問題出現。這件事之中有我無法觸及的恐怖元素。這是個神智清晰的人；但他是我認識的愛德華．德比嗎？如果不是的話，那他究竟是誰或什麼東西？愛德華又在哪？它該被釋放或囚禁？或者從這世上完全根除？這生物口中說出的一切，都含有某種深沉的諷刺感。雅西娜般的雙眼，則讓某些關於以**特殊監禁方式**換取提早釋放的特定字眼，染上了一層令人費解的嘲弄氛圍！我的反應肯定相當尷尬，也樂於及早離開。

當天和隔天，我絞盡腦汁思考著這問題。發生了什麼事？是誰的靈魂從愛德華臉上的怪異雙眼中往外窺視？除了這件恐怖謎團外，我無法思考別的事，也放棄進行往常的工作。第二天早上，醫院打電話來說康復的病人狀態相同，到了晚上，我就瀕臨了崩潰邊緣。我承認自己曾陷入那種精神狀態，不過其他人會聲稱這影響了我後續的幻覺。我對此無話可說，不過我自身的瘋狂，卻無法用來解釋所有證據。

第五章

第二天深夜，深沉的恐懼感席捲了我全身，並以陰森的驚慌感壓迫著我的心，使我永遠無法脫身。事情始於午夜前的一通電話。我是唯一清醒的人，並睡眼惺忪地接起圖書室中的聽筒。另一頭似乎沒人，當我準備掛電話上床時，耳中傳來了一股非常微弱的聲響。對方是否有說話上的困難？當我仔細傾聽時，就聽到某種半液態的氣泡聲：「咕嚕……咕嚕……咕嚕……」那聲音像是語焉不詳的模糊字眼和音節。我說：「哪位？」但唯一的回應則是：「咕嚕……咕嚕……咕嚕……咕嚕……」我只能猜想那是機器發出的聲音。但我想對方的機器可能壞了，能夠接收聲音卻無法送出訊息。於是我補充道：「我聽不見。掛掉再試試撥給查號台吧。」我立刻聽到對方掛掉電話。

我說過，這件事約莫發生在午夜。後來追蹤這支電話時，發現這通電話是從克勞寧希爾德舊宅撥出的，不過離女僕去打掃的日子還有半週。我只能暗示是日後在那棟屋子中找到的東西：一片雜亂的偏僻地窖倉庫、足跡、泥土、被急忙摸索過的衣櫥，以及所有東西上沾黏的詭異惡臭。警方編出了自以為是的小理論，這些可憐的笨蛋們到現在還在搜尋那些被辭退的陰險僕人。他們在當前的混亂中消失得無影無蹤。他們說這裡發生的事是恐怖報復的下場，也說我被牽扯的原因，是由於我是愛德華最好的朋友與建議人。

白痴！他們認為那些粗鄙的丑角能偽造那種筆跡嗎？他們以為那些僕人會引起後來的事情？他們完全無視於那屬於愛德華的軀體中發生的變化嗎？至於我，**我現在完全相信愛德華・德比告訴我的一切**。在尋常生活的邊界，藏有我們從未察覺的恐怖物體，而有時人類的邪惡行為，會將它們拉入我們的世界中。伊菲拉姆——雅西娜——那個惡魔將它們喚入人世，並吞沒了愛德華，現在則準備把我當作下一頭獵物。

我能確保自己的安危嗎？那些力量能在缺乏肉體的狀況下存活。隔天下午，當我脫離了麻木狀態，並能有精神地走路與談話後，便前往瘋人院將他射死；這是為了愛德華，也是為了世界，但當他還沒被火化前，我怎麼能安心？他們將屍體保留下來，要給不同的醫生進行愚蠢的驗屍。但我說必須火化他。他一定得被火化；**當我射殺他時，那人並非愛德華・德比**。如果他沒有遭到火化的話，我就要發瘋了，因為我可能成為下一個犧牲者。但我的意志並不薄弱，我也不會讓自己被周圍蠢蠢欲動的力量削弱。一條性命——伊菲拉姆、雅西娜，與愛德華——接下來是誰？我不會從身體裡被趕出去。我**絕對不會**和瘋人院中那具被子彈打爛的屍體互換靈魂！

但讓我試著好好講述最終的恐怖事件。我不會提起警方持續忽視的事件：那個醜惡又發出惡臭的矮小形體，在兩點前至少在商業街上碰到了三名路人，某些地點則只出現單腳足跡。大約兩點左右，門鈴和門環的響聲驚醒了我；兩者不穩定地交替響起，顯露出虛弱的焦慮感，**並且試圖維持愛德華三下加兩下的敲門暗號**。

從睡夢中驚醒的我，腦中陷入一片混亂。德比來到我家門前，而且還記起了舊暗號！新人格不記得暗號……愛德華的心理忽然恢復正常了嗎？他為何如此緊張又急促地趕來？他被提前釋放，還是逃跑了？當我穿上睡袍並往樓下衝時，想到或許在他的神智恢復正常時，卻引發了狂亂的暴力反應，使他的出院決定遭到駁回，逼得他焦慮地逃出來。無論發生了什麼事，他都變回了原本的愛德華，我也得幫助他！

當我開門時，面對榆樹下的陰影時，一股令人無法忍受的惡臭強風便讓我差點昏厥。我暈眩地乾嘔，而在那一瞬間幾乎沒看見門檻上地矮小駝背身影。之前傳來的是愛德華的暗號，但這個又臭又矮的怪東西是誰？愛德華在這麼短的時間內去哪了？開門前一秒，他的敲門聲都還在響。

這名訪客穿了愛德華其中一件大衣。底部幾乎觸及地面，袖管也往後捲起，長度卻依然能蓋住對方的雙手。對方的頭上有頂拉得很低的軟帽，臉孔則被一條黑色絲巾裹住。當我步伐不穩地走向前時，那人就發出了某種類似液體的聲響，和我在電話中聽到的如出一轍：「咕嚕……咕嚕……」，並向我遞出一大張插在長鉛筆末端、寫滿筆跡的紙。我還因那股病態又不知從何而來的惡臭感到頭暈目眩，但依然抓住那張紙，試圖用門口的燈光閱讀上頭的內容。

這確實是愛德華的筆跡。但為何當他靠近到能敲門時，卻要寫留言呢？又為何字跡如此扭曲潦草？我在黯淡的燈光下什麼都看不見，於是我退回走廊，小矮子也機械式地跟上，但在內門的門檻上停下腳步。這名怪異信差的味道真的太嚇人了，我也希望（幸好成真了，感謝老天！）我妻子不會醒來看到這東西。

接著，當我閱讀紙上的文字時，就感到膝蓋一軟，眼前也逐漸發黑。當我恢復意識時，那張該死的紙還留在我僵硬的右手之中。紙上的內容如下：

丹——去療養院殺了它。消滅它。它再也不是愛德華・德比了。她逮到我了——那是雅西娜——**她已經死了三個半月**。當我說她離開時，我撒了謊。我殺了她。我得下手。當時很突然，但我們正好獨處，我也在正確的身體中。我看到一只燭台，並用燭台打爛了她的頭。她原本要在萬聖節對我下手。

我把她埋在地窖倉庫裡，用幾個老盒子蓋住地點，並清理了所有痕跡。僕人們隔天起了疑心，但他們也有不敢告訴警方的祕密。我把他們趕走，但天知道他們和教團其他成員會做出什麼事。

有陣子我以為自己安全了，接著我感到大腦受到拉扯。我清楚那種感覺，我早該記得這件事。像她那樣的靈魂（或是伊菲拉姆的魂魄）有一半脫離了身體，只要肉體還存在，就能在死後繼續存活。她正在控制我，逼我和她交換身體。**她奪走我的肉體，並將我塞入深埋地窖的那具屍首**。

我知道會發生什麼事，所以才崩潰，並得前往療養院。接著事情發生了：我發現自己在黑暗中嗆著氣，心智被封在地窖中的箱子、那具我親手掩埋的雅西娜腐爛屍體之中。我明白她一定待在我被關在療養院的肉體中，永遠也不會離開。因為萬聖節已經過了，即使她不在場，犧牲儀式也會生效。她保有理智頭腦，並準備出院，對世界繼續造成威脅。我很絕望，**而儘管受到箝制，我依然挖出了生路**。

我無法說話了。我不能打電話，但我還能寫字。我得阻止一切，並捎來遺言與警告。如果你珍惜世上的和平與安詳的話，就**殺了那妖怪，務必火化它**。如果你沒燒掉它，它就會繼續存活，不斷交換身體，我也無法告訴你它會做出什麼事。遠離黑魔法，丹，那是魔鬼的勾當。再會了，你一直是位好朋友。告訴警察任何能使他們相信的事，我也很抱歉把你牽扯進來。我不久後就會離世，這具軀體無法支撐太久。希望你能讀到這封信。**一定要殺了那東西——殺死它**。

愛德敬上

事後我才讀了另一半內文，因為我在第三段結尾就昏迷了。當我看見並嗅到堆在門檻上的東西時，一股暖風吹向它，我則再度昏厥。那名信差不再動彈，也沒有意識了。

比我更強悍的管家，當時並沒有因走廊上的東西而昏倒。反之，他報了警。警方過來時，我就被送到樓上的床上，但另一個東西還倒在前晚的位置上。人們用手帕摀住鼻子。

他們在愛德華雜亂的衣服中找到了液化的恐怖物體。裡頭也有骨骼，以及一只被打碎的頭骨。透過牙齒比對，證實了那是雅西娜的頭骨。

八、暗黑崇魔

致羅伯特・布洛克[1]：

我見過無垠的黑暗宇宙
漆黑行星毫無目標地旋轉
它們漫不經心地在恐懼中翻轉
毫無知識、光線，與名稱。

——《涅墨西斯》[2]

1 譯注：Robert Bloch，二十世紀美國小說家，著有《驚魂記》（*Psycho*）。本故事是洛夫克拉夫特對布洛克的克蘇魯神話作品《星際蔓生者》（*The Shambler from the Stars*）的回應，兩人在故事中置入了以彼此為藍本的主角，並讓他們被邪神殺死。

2 譯注：*Nemesis*，洛夫克拉夫特於一九一七年寫下的詩篇。

謹慎的調查人員不會立刻駁斥常見的說法：羅伯特．布雷克（Robert Blake）被閃電殺死，或是死於受到電擊引發的嚴重神經衝擊。當時他面對的窗戶確實沒有破裂，但自然界中確實出現過許多怪事。他臉上的表情也許是某種肌肉反應所造成，而不是因為他看到的東西；而他日記中的內容，也明顯是當地某種迷信與他發現的某些古老事物激發他鮮明的想像力後，所產生的結果。至於聯邦丘（Federal Hill）上廢棄教堂裡的異常狀況，敏銳的分析人員會立刻將它們歸類為某種有意無意的騙局，而且布雷克本人可能也與其中一些事件有祕密的關聯。

畢竟，受害者身兼作家和畫家，也全心專注於神話、夢境、恐懼，與迷信上，並著迷地追尋帶有陰森鬼氣的怪異光景。為了拜訪某位和他一樣沉迷於超自然與禁忌知識的古怪老人，他之前曾住在城市裡。但那段時期以死亡與火災畫下句點，而一定是某種病態的直覺，使他從位於密爾瓦基（Milwaukee）的老家返回本地。儘管他的日記中闡述了相反的狀況，但他一定聽說過那古老的故事，他的死也可能讓某種能造成重大文學迴響的驚天騙局，從此在世上消失。

不過，在檢查並串聯過所有證據的人之中，依然有好幾人堅信較為不理性、也不為多數人所信的理論。他們傾向以字面上的意義解讀布雷克的日記，並強烈指出某些證據，像是千真萬確的老教堂紀錄，與一八七七年前為眾人所厭惡、並確實存在的異端教團「繁星智慧」（Starry Wisdom），一八九三年一位名叫艾德溫．M．利利布里吉（Edwin M. Lillibridge）的好奇記者失蹤紀錄，以及最重要的元素：那名年輕作家死前臉上出現的驚恐神情。其中一名堅信這些理論的人做出了極端行徑，將在老教堂尖塔中找到的那只帶有奇特裝飾的金屬盒子，與稜角怪異的石頭，雙雙抛入海灣。物品來自那座無窗的黑色尖塔，而不是布萊克的日記中提到的原本保存地點。儘管遭到官方與大眾的譴責，這名男子卻聲稱他除掉了某種會危害世界的東西；他是位知名的博士，也對怪異的民俗知識相當有興趣。

讀者得自行決定要採信雙方何者的意見。報紙中描述了存疑角度中的各種明確細節，讓其他人自行想像羅伯特．布雷克看見的事物（或自以為看見的東西），或是他假裝看見的物體。當我們仔細又客觀地檢視這本日記時，讓我們從事件主角的觀點概述一連串的陰森事件。

年輕的布雷克在一九三四年至三五年冬季回到普羅維登斯，並住在學院街（College Street）上一棟擁有綠草庭院的古老建築樓上。房屋位於靠近布朗大學東側的高聳山丘頂端，以大理石打造的約翰．海圖書館（John Hay Library）則位在前方。那是個舒適宜人的地方，有著綠洲般的小花園，與村落般的古典感，友善的大貓們則在方便躺臥的屋舍頂端曬太陽。方正的喬治亞式建築有鐘樓式的屋頂、附有扇形雕刻的門口、小型窗口，和其他十九世紀初期的工藝傑作。屋裡有裝設了六片鑲板的房門、寬闊的地板、擁有殖民風格的彎曲階梯、亞當時期風格[3]的白色壁爐，與位於房屋後頭的一列房間，高度比一樓矮了三個階梯。

3 譯注：Adam-period，源自十八世紀的新古典主義建築風格。

布雷克的書房是座大型的西南方廳室，一側俯視前花園，西側的窗戶則面對山丘邊緣，也俯瞰了壯麗景色：下城區往外延伸的屋頂，與從後方照亮屋群的神祕夕陽。鄉間的紫色山坡則位於遙遠的地平線上。冒著陰森鬼氣的聯邦丘，則矗立在這些山坡的兩英哩外，上頭滿佈屋頂與尖塔；當城裡的煙霧裊裊飄向上空，並籠罩在屋頂上時，遙遠的建築輪廓便彷彿神祕地搖曳著。布萊克有種古怪的感覺，認為自己正在觀看某種未知的太虛世界。如果他試圖找尋該處或踏入其中的話，它可能會消失在夢境中。

布萊克寫信要求家人把自己大多數的書寄來，再買了些適合他房間的古董家具，並安頓下來寫作與繪畫。他過著獨居生活，並自行處理簡單的家事。他的工作室位於北邊的閣樓房間內，鐘樓式屋頂上的窗格提供了良好的光源。第一年冬天，他寫出了五本他最知名的短篇故事：《地底挖掘者》（*The Burrower Beneath*）、《古墓中的階梯》（*The Stairs in the Crypt*）、《夏嘉》（*Shaggai*）、《納斯之谷》（*In the Vale of Pnath*）、與《繁星饗宴者》（*The Feaster from the Stars*）。他還畫了七幅油畫，內容描繪了無名的非人怪物，與異於地球景象的外星風景。

夕陽西下時，他經常會坐在書桌前，迷茫地盯著開闊的西方：位於正下方紀念廳的漆黑高塔、喬治亞式的法院鐘樓、鬧區的高聳建築，以及遠方那座泛著微光又滿是尖塔的丘陵，上頭晦暗不明的街道與迷宮般的山形牆，讓他產生了強烈的興趣。從少數當地熟人口中，他得知那座遙遠的山坡是座龐大的義大利區，不過大多住家都源自較為古老的北方人與愛爾蘭人定居時代。他三不五時會將望遠鏡轉向裊裊煙霧後頭的那座幽冥世界，並端睨著各座房屋的屋頂、煙囪，與尖塔，並猜測屋裡可能藏有的祕密。即使在望遠鏡的輔助下，聯邦丘看起來依然有些古怪又奇妙，也與布雷克自己的故事與繪畫中描繪的虛幻奇景有某種相似感。即使當山丘消失在被路燈點亮的紫色微光中後，這種感覺依然不減，而法院的聚光燈和工業信託（Industrial Trust）的紅色燈塔則開始放出亮光，使夜晚顯得更加醜惡。

在聯邦丘上所有的遙遠物體中，有座龐大的黑色教堂特別吸引布雷克的注意。在白天的某些時刻裡，它顯得獨特又明顯，而在黃昏之後，漆黑的高塔與逐漸變細的尖頂則矗立在燃燒般的天空下。它似乎位於特別高聳的地帶，因為它骯髒的正面，與建有斜式屋頂的傾斜北面，和尖頂窗戶的頂端，都狂妄地聳立在周圍的屋樑與煙囪上頭。教堂本身看起來肅穆又嚴峻，似乎以石材建成，上頭沾滿了一世紀以來的煙霧與風暴留下的污漬與磨損。從望遠鏡中看來，那像是最早期的實驗性哥德式復興風格，比莊嚴的厄普強時期風格[4]更早，也擁有某些喬治亞時期的輪廓與比例。或許教堂建於一八一〇年或一八一五年。

幾個月過去後，布雷克帶著逐漸高漲的興趣，繼續望著遠方的禁忌建築。由於龐大的窗戶中從未透出燈光，他知道裡頭肯定沒人。他看得越久，想像力就越旺盛，直到他開始幻想出光怪陸

4 譯注：Upjohn，十九世紀美國建築師理查・厄普強所樹立的風格。

離的事物。他相信當地受到某種荒涼的獨特氣氛所籠罩，使得連鴿子和燕子都會避開煙霧瀰漫的屋簷。透過望遠鏡，他發現大量鳥群聚集在其他高塔與鐘樓邊，但牠們從未在那座教堂上停佇。至少他是這麼想的，也將這想法寫在日記中。他向許多朋友指出那個地方，但沒人去過聯邦丘，或對那座教堂的背景和歷史有一丁點的認識。

春天時，布雷克感到無比焦慮。他開始撰寫計畫已久的小說，故事改編自據稱還存在於緬因州的女巫教團，卻怪異地無法進展。他越來越常坐在面西的窗戶前，望向遙遠的山丘，與鳥群不願靠近的漆黑尖塔。當花園內的枝枒上長出嫩葉時，世上便充滿了嶄新的美感，但布雷克的焦慮依然高漲。這是他第一次想跨越市區，親自爬上那座驚人的山坡，走進煙霧飄緲的夢境世界。

四月下旬，時值陰森不祥的沃爾普吉斯之夜，布雷克首度踏入未知地帶。他跨過彷彿無止無盡的鬧區街道，與遠方死寂又荒廢的廣場後，他終於抵達上坡道，上頭充滿一世紀以來受盡磨損的階梯、多立克柱式[5]前廊，以及窗戶朦朧不清的圓頂建築。他覺得這條路肯定會通往迷霧後頭那為他所熟識、但卻無法踏進的世界。路上有許多他完全看不懂的藍白相間骯髒路牌，接著他注意到路上行人的怪異深色臉龐，以及歷經風雨的棕色建築中奇怪店鋪外的外國招牌。他完全看不到自己曾在遠處觀察到的物體；他再度覺得，自己在遠方看到的聯邦丘，是座人類永遠無涉足的夢幻世界。

他三不五時會注意到毀損的教堂門面，或是崩塌的尖塔，但卻從未發現他想前往的漆黑建築。當他問一位店家老闆，是否知道一座大型石砌教堂在哪時，男子露出微笑並搖頭，不過他的英文說得很好。隨著布雷克爬得越來越高，周圍也變得越來越古怪，陰沉的棕色巷弄組成的迷宮不斷往南方延伸。他穿過三條大街，還一度以為自己瞥見了熟悉的高塔。他再度詢問一位商人關於石砌大教堂的事，而這次他敢發誓，對方肯定是假裝不知情。那名黑人臉上有種試圖掩蓋事情的害怕神情，布雷克也看到對方用右手比了個手勢。

忽然間，一座黑色尖塔在他左邊積滿雲朵的天空中出現，從南方錯綜複雜的巷弄棕色屋頂上空升起。布雷克立刻明白那是什麼，並穿過從大道往上坡延伸那毫無磚瓦的骯髒小巷，往那座高塔衝去。他迷路了兩次，但他不知怎地不敢向坐在門檻上的老人、家庭主婦，或在陰影下的泥濘巷道中叫喊玩耍的孩童們問路。

最後，他在東南方清楚看見了高塔，以及坐落在一條巷弄盡頭的龐大岩石基台。隨後他站在一座颳著強風的開闊廣場上，上頭鋪滿了古雅的鵝卵石，遠方還有座高聳的圍牆。這就是他的旅程終點。在圍滿鐵欄又雜草叢生、還有圍牆包圍的寬闊高地上，有個比周圍街道高出六英呎的獨立小世界。上頭矗立著一座肅穆的巨型建築，儘管目前布雷克的觀察角度完全不同，卻依然認得出這座建物。

---

5 譯注：Doric，歐洲古典建築中的柱體結構。

空無一物的教堂破敗不堪。有些高聳的石砌拱壁已經掉了下來，也有好幾個精緻的尖頂裝飾物落在受人忽視的棕色雜草中。沾滿煤灰的哥德式窗戶大多沒有破損，不過許多石製窗框都不見了。布雷克想知道這些畫有晦澀圖案的窗戶是如何保存下來的，因為全世界的小男生都喜歡胡亂塗鴉。龐大的門板毫髮無傷，也緊緊地關閉。圍牆頂端，有座生鏽的鐵製圍欄圈住了廣場，而位於廣場上一連串階梯頂端的門則被上了鎖。從門連通建築本身的通道上雜草叢生。荒蕪與腐朽的氛圍，如同棺蓋般懸在上空，而在毫無鳥群的屋簷，與沒有藤蔓生長的黑色牆面上，布雷克隱約感到一股自己無法解釋的不祥感。

廣場上的人很少，但布雷克在北端看到一名警察，便過去詢問對方關於教堂的問題。員警是位高大且態度溫和的愛爾蘭人，奇怪的是，他居然劃出了十字手勢，並咕噥說人們不談論那棟建築的事。布雷克再追問，他便迅速說義大利神父警告大家要小心那座教堂，並發誓說某種恐怖邪物曾居住在那裡，還留下了記號。他曾從父親那聽過陰森的傳說，他父親在孩提時代也曾聽過怪異的聲響與謠言。

當地過去曾有一支邪教團體存在。這個非法團體從某種黑暗深淵中喚出可怕的東西。當時是靠一名優秀的神父才驅走了邪物，不過也有人說靠光就能驅邪。如果歐麥利神父（Father O'Malley）還活著的話，就能講述許多事件。但現在大家無計可施，只能遠離這棟教堂。現在它誰也傷不了，而擁有教堂的人要不已經過世，要不就住得很遠。在一八七七年的可怕謠言開始流傳後，他們就像鼠輩一樣逃竄，當時人們開始注意到有人三不五時在附近失蹤。遲早有一天，市政府會收回沒有管理人的不動產，但和這座教堂扯上關係一點好處都沒有。最好讓歲月使它崩壞，以免原本該永遠待在黑暗深淵中的東西再度甦醒。

員警離開後，布雷克便盯著那座陰森的尖塔建築。得知這棟建築對別人而言也一樣邪惡，就使他感到興奮，他也想知道警察剛說的老故事背後隱藏了哪種真相。那些故事也許是被這裡的邪惡氛圍所激發出的傳說，但即使如此，這類事件依然像是他筆下的故事之一。

午後的太陽從飄散的雲層後方探出頭來，但似乎無法照亮矗立在高地上的老教堂沾滿煤灰的骯髒牆面。奇怪的是，春天的綠意似乎並未觸及被鐵欄圍住的廣場中的棕色枯叢。布雷克走近地勢較高的地帶，檢查圍牆與生鏽的鐵欄，想找尋可行的入口。這棟漆黑的教堂散發出某種無法抗拒的誘惑。靠近階梯的鐵欄沒有開口，但北側有些鐵桿已經不見了。他可以走上台階，跨越圍欄外的狹窄空間，直達欄桿的開口。如果人們這麼害怕此地的話，他就不會受到打擾。

他踏上圍牆，並在有人注意到自己前，就鑽進護欄裡頭。往下看時，他注意到廣場中的幾個人慢慢走開，並用右手做出大道上店家老闆曾擺出的手勢。好幾扇窗口被用力關上，一個肥胖的婦人也衝到街上，把幾個孩子抓進一棟破爛又未上漆的房屋裡。穿過護欄上的缺口相當容易，不久後布雷克就走在荒廢庭院裡的腐爛草叢之中。散落四處的破爛墓碑，讓他發現那裡曾是墳場，但肯定也是很久以前的事了。當他靠近後，教堂龐大的體積現在顯得相當有壓迫感，但他控制住自己的情緒，並試圖打開教堂的三道大型正門。所有門都牢牢鎖著，於是他開始繞行這座雄偉的建築，企圖找到某些小又易於進入的入口。即使在當下，他也不確定自己想踏入這座廢棄又陰暗的鬼屋，不過教堂的怪異感卻使他不由自主地靠近。

教堂後方一處沒關上的地窖窗口，提供了他所需的入口。布雷克探頭進去，看到一處長滿蜘蛛網的地底深淵，以及被西邊太陽照進來的光線微微照亮的灰塵。碎片、舊木桶、毀損的箱子與各種家具映入他的眼簾，不過所有東西上頭都籠罩著一層塵埃，使銳利的輪廓變得圓潤。生鏽鍋爐的殘骸，顯示這棟建築至少在維多利亞時代中期還有人使用。

布雷克幾乎不加思索地爬入窗內，並落在沾滿灰塵和碎片的堅固地板上。擁有拱型天花板的地窖是個龐大的房間，裡頭的空間也沒有被隔開。他在右側遠方角落的深邃陰影中，看見了一道通往樓上的漆黑拱門。實際進入這座瀰漫陰森鬼氣的建築後，他便感到一股特殊的壓迫感，但他控制住情緒，並謹慎地探路。他在塵埃中發現了一只完好無缺的木桶，並將桶子滾到敞開的窗口邊，當作之後的出路。接著他鼓起勇氣，跨越長滿蜘蛛網的寬闊房間，並走向拱門。四處飄散的灰塵使他感到難以呼吸，身上也沾滿幽魂般的蜘蛛絲；他抵達了拱門，並開始爬上磨損的石階，階梯一路延伸到上頭的黑暗中。他沒有光源，只能小心地用雙手摸索。在一處急轉彎後，他感覺到前方有扇關閉的門，並花了一點時間找尋古老的門閂。門向內打開，他則在門後看見被微光照亮的走廊，兩旁裝有滿是蟲蛀的鑲板。

一抵達一樓，布雷克就迅速展開探索。所有室內房門都沒有上鎖，因此他能自由穿越各個房間。雄偉的教堂中殿是個詭異恐怖的地點，大量的灰塵如同波浪與山坡般堆積在箱型長凳、祭壇、沙漏狀的講道壇與共鳴板上，巨大的蜘蛛網則在迴廊上的尖頂拱門間延伸，並纏繞在哥德式群柱上。當逐漸轉弱的午後陽光穿過半圓形窗戶上的古怪半黑窗格時，便在這無聲的荒廢景象上灑落了一股醜陋的沉重光線。

那些窗戶上的繪畫被煤灰染得相當模糊，使布雷克幾乎無法判斷圖像的意義，但就他能看見的少部分圖案而言，他並不喜歡這些圖像。設計相當傳統，而他對晦澀符號學的知識，則使他看出了部分古老的樣式。上頭畫出的幾名聖人帶有令人不喜的表情，其中一扇窗戶上似乎只描繪了一個黑色空間，裡頭四散著放出奇怪光線的尖塔。布萊克將注意力從窗戶上移開，並注意到祭壇頂端沾滿蜘蛛網的十字架並非一般的十字架，反而類似來自神祕埃及的原始「安卡」符號[6]或說是「有柄的十字」[7]。

布雷克在後殿後頭的法衣室中，發現了一張腐朽的書桌，和與天花板同高的書架，架上擺滿了發霉解體的書本。他在此處首度感受到確確實實的恐懼，因為這些書的名稱讓他明白了許

6　譯注：ankh，埃及象形文字中象徵生命的符號。
7　譯注：crux ansata，安卡的拉丁文別稱。

多事。它們是大多神智清楚的人根本沒聽說過、或在躲躲藏藏的怯懦傳言中才會聽聞過的禁忌邪書。這些嚴禁發行並受人恐懼的知識典籍中，充滿模擬兩可的祕密與不朽的咒術；這一切都流傳自人類剛在世上出現時的遠古年代，以及人類出現前的神祕時光。他曾讀過其中不少本：拉丁版的恐怖《死靈之書》、不祥的《伊波恩之書》[8]、由德雷特伯爵[9]撰寫的《屍食教典儀》（*Cultes des Goules*）、馮・榮茲的《無名教派》、與路德維格・普林（Ludvig Prinn）的《蠕蟲的奧祕》（*De Vermis Mysteriis*）。但這裡還有他只聽說過的書，和完全沒見過的典籍：《納克特抄本》、《德基安之書》（*Book of Dzyan*），與一本幾乎解體的書本，上頭寫滿無法辨認的文字，但熟知神祕學的人，卻會顫抖地在書上發現特定的符號與圖畫。當地的傳言並沒有騙人。這個地方曾經是某種邪物的居所，那東西比人類更古老，也比已知的宇宙更廣闊。

在毀壞的書桌上，有本以皮革包裹的小筆記本，上頭寫滿了某種古怪的密碼。手稿本身充滿常見的傳統符號，現今的天文學與古代的煉金術、星相學，與其他晦澀不明的技術也都會使用：太陽、月球、行星、方位，與黃道十二宮的符號。寫滿大量文字的手稿中包含了間隔與分段，代表每個符號都會連結到其中一個字母。

為了日後方便解碼，布雷克把這本筆記本塞入大衣口袋。架上許多大部頭典籍都使他感到難以言喻地驚嘆，他也覺得之後得借走它們。他想知道，這些書怎麼會在這麼長的時間裡都乏人問津。難道他是六十年來首位打敗了讓這座荒廢教堂不受打擾的強烈恐懼感的人嗎？

探索完一樓，布雷克再度踏過幽暗中殿裡的塵埃，來到前廳。他曾在該處看到一扇門與階梯，應該能往上連通漆黑的高塔與尖頂，兩者都是他在離它距離還遠時就相當熟悉的物體。向上走的路程是個令人窒息的經驗，因為這裡的灰塵非常厚重，蜘蛛們也在這封閉空間中撒下天羅地網。螺旋樓梯擁有高聳又狹窄的木製台階，三不五時布雷克也會經過玻璃模糊的窗戶，並從高聳的窗口暈眩地往下看到市區。儘管他沒看到底下的繩索，卻認為在這座他經常用望遠鏡觀測、裝有百葉窗的尖塔裡，有著大鐘或一連串鐘聲。他肯定要大失所望了，因為當他抵達階梯頂端時，發現塔頂的廳房內根本沒有鐘，建造目的也明顯不同。

佔地大約十五平方英呎的房間，由四扇刀狀窗口微微照亮，每側牆面各有一扇窗戶，窗內則因腐朽的百葉窗遮蔽了光線而泛出光澤。房內曾裝有緊密的不透光屏幕，但大多都腐爛了。在積滿灰塵的地板中心，矗立著一座擁有古怪稜角的石柱，高度約四英呎，直徑則有兩英呎，每一側都有怪異的粗糙刻痕，和全然無法辨識的象形文字。柱子上擺了一只輪廓不對稱的金屬盒子。它連在絞鍊上的蓋子往後掀開，在內部積了十年灰塵的情況下，則藏有某種蛋型或呈不規則球形的物體，寬度約有四英吋。石柱周圍有七張大略圍成圓圈的哥德式高背椅，椅子大多完好如初。椅

8　譯注：《*Liber Ivonis*》，拉丁文版本。

9　譯注：Comte d'Erlette，洛夫克拉夫特用此名稱致敬同為克蘇魯神話作家的好友奧古斯特・德雷斯。

子後頭則有七座崩解的巨型雕像，上頭塗了染成黑色的灰泥，並沿著裝有黑色鑲板的牆面擺設，外型也非常類似神祕的復活節島石像。在滿佈蜘蛛網的房間一角，有一道裝設在牆面上的梯子，直接通往頂端無窗尖塔上關閉的活板門。

習慣了微弱的光線後，布雷克注意到那只以黃色金屬打造的敞開盒子上的奇怪浮雕。他走了過去，並試圖用雙手與手帕清掉上頭的灰塵，並發現浮雕上的形象恐佈又相當特異；上頭描繪的形體看似活靈活現，卻完全不像地球上的任何生物。四英吋大的粗略球體是個近乎全黑、又有紅色痕跡的多面體，上面則有許多不規則的平面。這要不是某種非常奇特的水晶，就是雕刻而成並精緻打磨的人工礦物製品。它並未接觸盒子底部，反而被中央的某種金屬環懸住，還有七條樣式怪異的支柱水平地延伸到盒子內部靠近頂端的稜角。這塊石頭一露出，布雷克便深受它吸引。他難以移開目光，而當他看著石塊閃爍的表面時，幾乎認為它是透明物體，裡頭則包含了半成形的奇幻世界。他的腦中浮現了佈滿龐大石塔的外星球，以及其他高山綿延卻毫無生命跡象的星球，還有更為遙遠的太空，只有黑暗中的微弱動靜，顯示出其中存在的意識。

當他將目光轉開時，便注意到靠近升上尖塔的梯子邊，有堆奇怪的塵埃。他說不上為何會注意到那堆灰塵，但那東西的輪廓向他的潛意識發送了某種訊息。他走向塵堆，一面撥開從上頭垂下來的蜘蛛網，同時從那東西上察覺到某種陰沉感。他用手和手帕抹掉塵埃後，很快就發現了真相，布雷克也倒抽了一口混和了不同情緒的冷氣。那是具人類骨骸，肯定也在這待了很久。衣服已完全崩解，但有些鈕扣與布料碎片顯露出對方穿的是男用灰色西裝。周圍還有其他證據：鞋子、金屬夾片、圓形袖口上的大鈕扣、風格古老的領帶夾、一片上頭寫了《普羅維登斯電訊報》（*Providence Telegram*）的舊記者徽章，和一個解體的小皮夾。布雷克謹慎地檢查皮夾，發現裡頭有好幾張老舊的鈔票、一張一八九三年的賽璐珞廣告月曆、幾張上頭寫了「艾德溫・M・利利布里吉」的名片，以及一張寫滿鉛筆筆跡的紙。

這張紙包含了令人困惑的謎團，布雷克則在光線黯淡的西側窗戶下閱讀上頭的內容。紙上不連貫的文字如以下所述：

「以諾・包溫教授（Enoch Bowen）於一八四四年從埃及返家，並在七月買下自由意志浸信會教堂（Free-Will Church）。眾所皆知他的考古工作與對神祕學的研究。」

「第四浸信會（4th Baptist）的德朗寧博士（Drowne）在一八四四年十二月二十九日的佈道上警告人們遠離繁星智慧教團。」

「一八四五年底有九十七名參與者。」

「一八四六年：三人失蹤。首度提及閃爍偏方面體（Shining Trapezohedron）。」

「一八四八年：七人失蹤。血祭傳言開始出現。」

「一八五三年的調查毫無成果。出現關於怪聲的傳言。」

「歐麥利神父提及在埃及大型遺跡中找到的盒子所引發的惡魔崇拜；他說信徒會召喚出某種無法生存在光芒下的邪物。它會躲避微光，強光則能完全驅離它。接著它得再度透過召喚才會出現。他可能是從法蘭西斯．X．費尼（Francis X. Feeney）的死前告解中得知此事，費尼曾於一八四九年加入繁星智慧教團。這些人說閃爍偏方面體能使他們目睹天堂與其他世界，而暗黑祟魔（Haunter of the Dark）則用某種方式把祕密告訴他們。」

「一八五七年，歐林．B．艾迪（Orrin B. Eddy）的故事。他們透過注視水晶召喚它，也擁有屬於他們的祕密語言。」

「一八六三年，聚會人數達到兩百人以上，成員只有男性。」

「在派翠克．瑞根（Patrick Regan）失蹤後，愛爾蘭人們在一八六九年攻擊了教堂。」

「一八七二年三月十四日J報刊登了內容隱晦的文章，但人們對此不予多談。」

「一八七六年：六人失蹤。祕密團體拜訪道爾市長（Doyle）。」

「一八七七年二月展開行動；教會於四月關閉。」

「由聯邦丘男子組成的暴民團體在五月威脅了博士與教區委員。」

「一八七七年年底前，有一百八十一人搬離城市。姓名不詳。」

「鬼故事於一八八〇年左右開始流傳。試圖確認自從一八七七年就沒人踏進教堂過的故事真相。」

「向藍尼根（Lanigan）索討一八五一年拍攝的照片……」

布雷克將紙張放回皮夾內，並將皮夾塞入大衣。接著他轉身往下看塵埃中的骷髏。紙片上的紀錄意義相當明確，這人也肯定在四十二年前來到這座廢棄建築，打算寫出沒人膽敢寫出的驚人報導。也許沒有別人清楚他的計畫……誰知道呢？但他從未回到報社。難道某種原本被勇氣壓下的恐懼，突然升起並使他心臟病發嗎？布雷克仔細觀察閃爍的骨頭，並注意到遺骸的特殊狀態。有些骨頭雜亂地散開，有幾根骨頭的末端卻怪異地融化了。其他骨頭則泛出奇特的黃色，彷彿曾受到灼燒。這種灼燒效果也延伸到部分衣物碎片上。頭骨本身的狀態也十分詭異：除了變黃，頭頂還有一個燒焦的小孔，彷彿某種強酸燒穿了堅硬的骨骼。布萊克完全無法想像，這具骨骸在沉默的四十年間究竟遇上了什麼事。

在他意識到前，自己就又轉頭望向那塊石頭，而石頭奇特的影響力則在他腦海中催生了一股朦朧美景。他看見數列穿著長袍與兜帽的形體，但輪廓卻並非人形；他也望向無邊無際的沙漠，沙漠中排列著高聳至雲端的雕刻巨石碑。他看見深藏漆黑海底的高塔與牆垛，以及太空中的漩渦，其中的絲絲黑霧在冰冷的紫色微光前飄散。最後他也瞥見了毫無止盡的黑暗深淵，只有當漂浮在裡頭的固體或半固態物體像被風吹動般顫動時，才能察覺它們的存在。而雲霧般的力量，似乎將秩序疊加在混亂之上，並伸出了一把能解開世上所有矛盾與奧祕的鑰匙。

忽然間，一種模糊又不斷侵襲內心的慌亂恐懼，打斷了這股吸引力。布雷克感到窒息，並轉身遠離那塊石頭；他清楚感受到某種無形的異域物體就在他附近，並極度專注地盯著他看。他感到某種東西纏上了自己，那東西不是來自石頭，卻透過石頭望向他。那東西會不斷尾隨他，並利用與物理視覺不同的感官能力追蹤自己。加上他的恐怖發現後，這個地方肯定開始讓他感到緊張了。光線也逐漸變弱，而由於身上沒有攜帶光源，他知道自己得盡快離開。

在當下逐漸變深的暮色中，他覺得自己在那顆擁有怪異稜角的石頭中看到了某種微光。他試圖把視線轉開，但某種模糊又難以抵擋的力量將他的目光拉了回來。那東西會散發出帶有放射性的微弱磷光嗎？跟死者筆記裡提到的閃爍偏方面體又有什麼關係？這座遭到遺棄的邪惡巢穴究竟有什麼來頭？這裡發生過什麼事，而鳥群不願靠近的陰影中又藏有什麼東西？彷彿有股虛無飄渺的惡臭在附近浮現，不過來源並不明確。布雷克抓住開啟已久的盒蓋，並將它關上。蓋子在怪異的絞鍊轉動下輕易關閉，並完全蓋住了明顯在發光的石頭。

隨著盒子關上時發出的尖銳聲響，一股輕柔的騷動聲似乎從尖塔頂端的永恆黑暗中冒了出來，聲音傳自活板門之後。那肯定是老鼠；自從他走進這座受詛咒的建築後，那是唯一現身的生物。但尖塔中的那股騷動聲依然使他感到相當害怕，因此他狂野地沿著螺旋梯往下衝，穿過陰森的中殿，跑進擁有拱形屋頂的地下室，踏過廢棄廣場上累積的塵埃，並奔入聯邦丘上充滿恐懼情緒的巷弄與道路，跑向學院區中正常的中央街道與家園般的磚砌人行道。

之後的日子裡，布雷克都沒有把自己這次冒險的事情告訴別人。他反而讀了大量特定書籍，並在鬧區中檢視多年來的報紙，還努力研究從那座長滿蜘蛛網的法衣室裡取得的皮革筆記本，裡頭的密碼。他很快就發現，解碼過程並不容易。經過漫長的嘗試後，他很確定這種語言並非英文、拉丁文、希臘文、法文、西班牙文、義大利文，或德文。他肯定得運用內心最深處所飽藏的神祕學知識。

他再度感受到每天晚上都想望向西邊的那股衝動，也像之前一樣，看到那遙遠的夢幻世界中擁擠屋頂上的黑色尖塔。但尖塔現在為他帶來了嶄新的恐怖感。他得知了高塔中隱藏的邪惡知識，想像力也隨著這股知識以怪異的新角度展開。春季的候鳥開始飛了回來，而當他注視著在夕陽下飛翔的鳥群時，覺得和之前不同之處在於，鳥群避開了那座冷峻的尖塔。他發現，當一群鳥靠近尖塔時，就會慌亂地轉圈並分散開來。他也能隱約感覺到鳥群其實無法傳到數英哩外的害怕鳴叫。

布雷克的日記記載，六月時他成功破譯了密碼。他發現，文字是邪門的阿克洛語，這是某些古代邪教使用的語言，他曾在之前的研究中艱辛地學習過。日記中出奇地沒有多談他破譯出的內容，但他對研究結果表達出明確的訝異與不安。裡頭提到能透過注視閃爍偏方面體，喚醒一位暗黑祟魔，布雷克也對喚出邪靈的混亂深淵做出了瘋狂的猜測。文中的邪靈擁有一切知識，也會要求恐怖的犧牲。布雷克有些日記章節流露出了恐懼，害怕那些已解放的邪物被吸引過來。不過他補充說，路燈形成了對方無法穿越的堡壘。

他經常提起閃爍偏方面體，並稱它為通往所有時空的窗口，也追溯它的歷史：它在漆黑的幽果斯行星上被創造出來，之後舊日支配者將它運到地球上。南極的海百合型生物將它收藏在那只奇特盒子中，之後瓦盧西亞的蛇人則從南極的廢墟中將它挖出。數世紀後，雷姆利亞在世上的第一批人類也看見了它。它跨越了奇特的大陸與海洋，並和亞特蘭提斯一同沉入海中，接著被米諾斯的漁夫用漁網撈上岸，再被賣給來自漆黑的肯姆[10]的黝黑商人們。法老王尼弗倫卡（Nephren-Ka）在盒子周圍興建了一座無窗墓穴，此舉也使他在所有文件與歷史記錄中遭到除名。由於墓穴遭到祭司們與新法老所摧毀，它便長眠在那座邪惡殿堂的廢墟中，直到挖掘工人的鏟子再度使它出土，並準備禍害人間。

七月初的報紙意外地佐證了布雷克的日記，不過相關文章內容非常簡短，如果沒讀過日記，根本無法察覺兩者之間的關聯。自從某位陌生人踏進受人畏懼的教堂後，聯邦丘上似乎就發生了全新的怪事。義大利人相傳在漆黑又無窗的尖塔中，傳出了沒人聽過的騷動、撞擊，與搔抓聲。於是他們找來神父驅除糾纏他們夢境的某種邪靈。他們說，有某種東西正不斷盯著門看，想知道外頭是否已經暗到能讓它出現。報紙提到了當地的迷信思想，但沒有提及過多怪事背景。當今的年輕記者明顯對古老事物缺乏研究。布萊克在日記中寫下這些事，並表達出某種奇特的悔意，也說自己有責任埋藏閃爍偏方面體，並驅除他讓日光照入醜惡尖塔時喚出的東西。不過，同時他也展現出自身執著的危險程度，也承認自己病態地渴望再度拜訪高塔，並望進那顆發光石頭中的宇宙奧祕；這念頭甚至在他的夢中出現。

接著，七月十七日早晨的《週報》（*Journal*）則讓日記作者陷入了明顯的恐懼。那只是另一篇關於聯邦丘不安氛圍的半幽默文章，但對布萊克而言卻非常可怕。晚間的一場大雷雨讓市區的照明系統故障了一小時，而在那伸手不見五指的期間，義大利人們幾乎嚇得快發瘋了。住在恐怖教堂附近的人發誓說，尖塔裡的東西趁路燈的光芒消失，跑進了教堂主體，並在裡頭用黏糊的方式四處碰撞拍打，狀況相當駭人。最後它衝回塔頂，塔上則傳來玻璃破碎的聲響。它能前往黑暗觸及的任何地點，但光明總是會逼得它逃跑。

供電恢復正常後，塔裡傳出了驚人的騷動聲，即使是從污垢染黑的百葉窗滲入的微弱光線，對那東西來說都太強勁了。它及時跌撞又濕黏地鑽回漆黑的尖塔中，因為長期暴露在光線下，會將它趕回深淵之中，那名瘋狂陌生人就是從裡頭把它召喚出來。在那漆黑的一小時中，在雨中祈禱著的群眾在教堂周邊聚集，帶著點亮的蠟燭與油燈，並以摺起來的報紙和雨傘護住光源，形成一圈光明屏障，保護城市不受潛伏在黑暗中的夢魘傷害。最靠近教堂的人聲稱，有時教堂的外門會發出醜惡的顫抖聲。

10　譯注：Khem，位於幻夢境中的城市。

但這還不是最糟糕的狀況。當晚布雷克在《公佈報》（*Bulletin*）上讀到記者發現的東西。有兩名記者終於察覺到這些怪事的新聞價值，於是他們不理睬心驚膽跳的義大利群眾，在無法從前門進屋後，就逕自從地窖窗口爬進教堂。他們發現前廳與幽暗中殿裡的灰塵都被以特異的方式撥開，地上還四散著腐爛的軟墊與緞布長凳的碎片。屋內到處都有股怪味，也有不少地方染上了黃色的污漬，和看似焦痕的痕跡。他們打開了通往高塔的門，並在覺得樓上傳來搔抓聲時停下腳步；此時他們發現狹窄的螺旋梯已被抹得一乾二淨。

塔裡也有類似的半抹淨跡象。他們提到了七邊形的石柱、翻倒的哥德式椅子，和怪異的灰泥塑像。奇怪的是，文中卻沒有提及金屬盒子與毀損的古老遺骸。除了黃漬、焦痕，與惡臭外，讓布雷克感到最不安的就是文內最後對破損玻璃的解釋。塔裡所有尖頂玻璃都被打破，其中兩扇窗戶還被以急促又粗魯的方式堵住，長凳的緞布內襯與軟墊中的馬毛被塞入外頭的百葉窗斜板之間。最近才被清掃過的地板上散落著更多緞布碎片與馬毛，彷彿有人在將尖塔恢復到昔日全然黑暗的時光時遭到打擾。

通往無窗尖塔的梯子上也有黃漬與焦痕，但一名記者往上爬，橫向推開活板門，並將手電筒光線打進泛著怪異惡臭的漆黑空間時，除了黑暗和靠近入口的一些形狀不明的垃圾外，他什麼也看不見。這件事自然被判定為騙局。有人耍了迷信的丘陵住民，或是有某種狂信者打算為了私人利益而加強大眾的恐懼。也有可能是某些年輕又聰明的居民故意對外面的世界演了一齣造假的鬧劇。當警方派出一位警官去確認當地報告時，也發生了有趣的後續事件。連續有三人找到方式逃避這件差事，第四人則猶豫地出發，並迅速回來，也沒有對記者的說詞添加任何解釋。

從這時起，布雷克的日記就流露出逐漸高漲的不祥恐懼與憂慮。他責備自己沒有做出補救，也狂亂地猜測另一場停電後會引發的後果。暴雷雨期間，有紀錄證實他曾打電話給電燈公司三次，慌張地要求對方做出防範停電的措施。他的日記中三不五時會透露自己的擔憂，因為記者沒有發現金屬盒子與石頭，而他們探索陰暗的高塔房間時，也沒發現那具有怪異傷痕的老骨骸。他認為這些東西被移走了；但他想不出究竟是誰或什麼東西會做出這種事。不過他最糟的恐懼與自身有關，以及他自認存在於自己與潛伏在尖塔中的那個恐怖邪物之間的不祥關聯。由於他的急躁，不小心從漆黑的虛空深處召喚出那隻屬於黑夜的怪物。他似乎持續感到某種吸引力，他當時的訪客也記得，布雷克會心不在焉地坐在書桌前，盯著西側窗戶外頭遠處，那座位於市區裊裊煙霧後滿佈尖塔的山丘。他的日記單調地描述某些可怕的夢境，以及在他睡眠時增強的那股不祥聯繫。日記中提到，有一晚他醒來時，發現自己穿戴整齊地站在戶外，並自動沿著學院丘走向西方。他一再提到，尖塔中的東西知道該去哪找他。

布雷克在七月三十日後的那週經歷了些微崩潰。他沒有穿衣服，並透過電話訂購食物。訪客說他在床邊放了繩索，他則聲稱夢遊症害他每晚都得用繩結將自己的腳踝綁起來，雖然繩結限制了他的行動，但他還是會因為企圖解開繩結而驚醒。他在日記中提到使他崩潰的醜惡經驗。

三十日晚上就寢後，他忽然發現自己在一處幾近黑暗的空間中摸索。他只能看見某種橫向的微弱藍光，但他還能聞到一股強烈惡臭，還聽見頭頂傳來某種柔和又鬼鬼祟祟的混亂聲響。當他移動時，就會踩到某種東西，而每次發出聲音，上頭就會傳來回應似的聲響：那是種模糊的騷動聲，還混合了木頭在木頭上謹慎滑動的聲音。

他摸索著的雙手一度碰觸到了頂端空無一物的石柱，之後他則發現自己抓著裝設在牆面上的梯子橫木，並不確定地往上攀爬進入充滿更濃烈的臭味的區域，而一股強烈高溫則從上籠罩住他。他的眼前浮現萬花筒般的夢幻景象，一切都間歇地融入某種龐大的夜空深淵中，恆星與無數更為黑暗的星球則在裡頭旋轉。他想到關於終極混沌的傳說，而身為萬物之主的盲目愚痴神明：阿撒托斯，則身處混沌的中心。缺乏心智與形體的舞者在祂周圍舞動，用無名魔爪中的邪惡長笛吹出單調的笛音，使祂陷入沉睡。

接著外界傳來的一股尖銳聲響打斷了他的恍惚狀態，並讓他察覺自身難以言喻的恐怖位置。他永遠也不知道那究竟是什麼聲音：也許是聯邦丘上的居民為了慶祝不同的當地聖人、或義大利老家村莊中的聖人，而在整個夏天施放煙火時遲來的聲響。無論如何，他都放聲尖叫起來，並慌張地從梯子上落下，接著盲目地在身處的無光房間中跌撞地跑著，衝過擺滿障礙物的地板。

他立刻知道自己在哪，也慌張地衝下狹窄的螺旋梯，四處絆倒並撞傷自己。那是場噩夢般的逃竄過程：他穿過滿佈蜘蛛網的中殿，殿內鬼氣森森的拱門聳立在彷彿正窺視他的暗影中。他什麼都看不見地鑽過滿地碎屑的地下室，並爬進外頭的空氣與街燈光芒中。接著他瘋狂地衝下山形牆綿延不斷的陰森山丘，穿過陰鬱沉默的黑塔之城，並往東爬上陡峭的山坡，衝向自己古老的家門。

早上恢復意識後，他發現自己衣冠整齊地躺在書房地板上。他身上沾滿泥土與蜘蛛網，全身除了極度痠痛，還滿是瘀青。當他面對鏡子時，發現頭髮嚴重燒焦，上半身的衣物似乎還散發出某種臭味。他當下就崩潰了。之後，他疲憊地穿著睡衣在家中閒晃，除了盯著西側窗戶、對雷聲打起冷顫，並在日記中寫下瘋狂的內容外，他什麼都沒做。

八月八日午夜前發生了大風暴。閃電反覆擊中城市各個區域，也有人看見兩顆碩大的火球。雨勢無比磅礡，持續落下的雷響則使上千人無法入眠。布雷克因擔心照明系統而感到無比慌亂，也試圖在凌晨一點打電話給電力公司，不過當時的服務系統已因安全因素而暫時切斷。他在日記中紀錄了一切：龐大，又經常模糊難辨的緊張字體，透露出下筆者在黑暗中寫下潦草字跡時，心中的驚恐與絕望正逐漸高漲。

他得讓屋內保持漆黑，才能看到窗外的景象。大多時間裡，他似乎都待在書桌前，緊張地透過雨水望向位於綿延數英哩的鬧區屋頂之外、上頭瀰漫點點燈火的聯邦丘。他經常會在日記上寫下像是「不能熄燈」「它知道我在哪」「我必須摧毀它」和「它在呼喚我，但或許這次沒有敵意」等語句，都在兩張頁面中出現。

接著城裡的燈光完全消失。根據發電廠的記錄，事情發生在凌晨兩點十二分，但布雷克的日記中沒有註明時間。日記上只寫著：「燈熄了……老天幫幫我。」聯邦丘上有許多人和他同樣緊張，大批被雨水打濕的人們走到邪惡教堂周邊的廣場與巷弄，用雨傘遮住蠟燭、手電筒、油燈、十字架，和義大利南部各種常見的護身符。他們向每道閃電進行祝禱，當暴風停歇，使得閃電變少至完全停止時，他們也用右手做出神祕的害怕手勢。一股強風吹熄了大多蠟燭，讓當地變得黑暗且充滿威脅感。有人叫醒了聖靈教堂（Spirito Santo Church）的梅路佐神父（Father Merluzzo），他則趕往一片混亂的廣場，向眾人提供言語上的幫助。漆黑的塔裡無疑地傳出了奇怪的聲響。

至於凌晨兩點三十五分發生的事，我們則有不同證人。首先是神父，他是個年輕聰明又受過良好教育的人；中央警局的巡邏員警威廉・J・莫諾漢（William J. Monohan），是相當值得信賴的警官，當時他停在此巡邏區檢視民眾；還有聚集在教堂高聳圍牆邊的七十八人，特別是在廣場上面對教堂東側的人群。他們的證詞中自然沒有任何與自然法則相左的內容。這種事件有許多可能的因素。沒人敢肯定地說，那座裡頭塞滿了各種東西、通風糟糕、又廢棄已久的龐大古老教堂中，會產生什麼怪異的化學反應。惡臭的蒸氣、自燃現象，和長期腐敗產生的氣體所帶來的壓力……任何因素都可能是原因。自然也不能忽視蓄意惡作劇的可能性。事情本身其實相當單純，過程也不滿三分鐘。性格嚴謹的梅路佐神父，曾看了他的錶好幾次。

事情發生時，黑塔內傳出的沉悶摸索聲變得越來越響。有陣子教堂不斷飄出某種怪異的臭味，現在那氣味則變得強烈又令人不適。最後，屋裡傳來木頭碎裂的聲響，接著一個巨大又沉重的物體摔在教堂東側的庭院中。由於無法點燃蠟燭，高塔本身幾乎從視線中消失，但當那東西掉在地上時，人們發現那是高塔東側窗戶上的骯髒百葉窗隔板。

一股令人完全無法忍受的惡臭隨即從視線以外的高處飄落，使顫抖的旁觀者感到窒息與噁心，也幾乎把廣場上的人群薰得幾乎昏厥。在此同時，空氣中傳來有如翅膀拍打時產生的振動，也忽然颳起了一陣往東方吹去的大風，比之前的風勢都還來得強勁，不只吹走了人群頭頂的帽子，也捲走了他們濕漉漉的雨傘。在毫無燭光的黑夜中，人們無法看見任何明確的事物，不過有些抬頭仰望高處的旁觀者，認為自己看到了某種龐大又模糊的漆黑物體，出現在如墨汁般黑暗的天空中；那東西像是無形的煙霧，並以隕石般的高速飛向東方。

一切的情況就是如此。嚇得半麻木的旁觀者們心中充滿敬畏與不安，也不知道下一步該怎麼做，或自己是否該做任何事。由於不知道究竟發生了什麼事，他們便沒有放鬆警戒。沒過多久，一道遲來的閃電放出刺眼光芒，接著傳來了震耳欲聾的巨響，光芒則彷彿劈開了雲層濃密的天空；人們隨即開始禱告。半小時後雨就停了，十五分鐘後，電燈也再度亮起，讓疲倦又濕透了的人們放鬆地回到家中。

隔天的報紙在敘述暴雨狀況時，只稍微提及了這些事。聯邦丘怪事後出現的猛烈閃電與轟然巨響似乎在東部的規模更大，也有人注意到特殊的臭味。這現象在學院丘最為明顯，巨響也驚醒了所有睡夢中的居民，引發了大眾熱烈的揣測。在早已甦醒的少數人當中，也只有幾個人目睹出現在丘陵頂端的奇異強光，或注意到往上席捲的無名強風，風勢幾乎颳落了樹上的葉片，並吹倒了花園中的植物。眾人認為那道突如其來的閃電肯定擊中了此地某處，不過事後沒人發現雷擊的痕跡。一名待在陶．奧米加兄弟會（Tau Omega）宿舍中的年輕人認為當亮光剛出現時，自己就看到一團醜惡的巨大煙霧在空中出現，但他的觀察沒有得到佐證。不過，所有目擊者都證實西邊吹來猛烈強風，而令人無法忍受的臭味則在那道遲來的閃電之前出現，眾人也都注意到了閃電落下後暫時飄來的燒焦味。

人們謹慎地討論這些疑點，因為這些事可能與羅伯特．布雷克的死有關。賽．戴爾塔兄弟會（Psi Delta）宿舍後方房間的上層窗戶面對布雷克的書房，裡頭的學生們則在九日早上注意到西側窗戶裡模糊又蒼白的臉孔，並對此感到疑惑。當他們同天晚上看到那張臉還待在同樣的位置時，他們便覺得憂慮，並注意起他屋內是否有點燈。之後他們按了漆黑寓所的門鈴，最後終於有名員警撞開了門。

僵硬的屍體挺直地坐在窗邊的書桌旁，而進屋者們則注意到他圓睜的水亮眼珠，以及扭曲神情中的強烈恐懼，使人們感到不適地將視線轉開。不久後，一名法醫前來驗屍，儘管玻璃並未破損，死因卻認定為遭到電擊，或是因電流而引發的神經緊張。他臉上的醜陋神情遭到忽視，因為法醫認為這名擁有異常想像力與不穩定情緒的人，有可能因為強烈電擊而出現這種反應。他從寓所中找到的書本、繪畫、手稿，和日記中潦草的字跡，推測出死者的性格。布雷克一直到死前都還在寫字，他因痙攣而收縮的右手中，還緊緊握著筆尖折斷的鉛筆。

燈光消失後的日記篇章缺乏連貫性，也只有部分筆跡較為清晰可辨。有些調查人員從上頭得出與官方判斷截然不同的結論，但保守派人士不太可能採信這些揣測。當迷信的德克斯特博士[11]將那只怪異的盒子與具有奇特稜角的石塊拋入納拉甘西特灣（Narragansett Bay）最深處時，便加深了這些充滿想像力的推論者們的想法；當那顆石頭在漆黑的無窗尖塔中被發現時，正明顯泛出微光。主流看法認為，布雷克原本就有過度強烈的想像力與不穩定的精神狀態，加上因發現邪惡教團的蹤跡而感到慌張，因此寫下了生前最後幾段潦草字句。以下便是他寫出的內容，或該說是裡頭能被辨識出的部分。

11　譯注：Doctor Dexter，該角色在布洛克為本故事撰寫的續集《尖塔的陰影》（*The Shadow From the Steeple*）中成為主角，並遭到奈亞拉索特普附身，進而研發出核子武器。

「電燈還沒亮……已經過了五分鐘。一切都取決於閃電了。願雅帝斯[12]讓燈光再度亮起！光裡似乎有某種影響力……雨水、雷電和強風讓人聽不見……那東西逐漸控制我的心智……

我的記憶出了問題。我看到自己從未見過的事物。其他世界與其他銀河系……黑暗……閃電顯得黑暗，而黑暗又宛如光明……

我在黑暗中看到的不可能是真的山丘與教堂。那一定是閃光後留下的視覺印象。如果閃電停歇的話，希望老天讓義大利人們都帶著蠟燭走出戶外吧！

我在畏懼什麼？那東西不就是奈亞拉索特普的分身嗎？祂在古代的陰森肯姆城還化為人形。我記得幽果斯，與更為遙遠的夏嘉，還有漆黑星球之間的終極虛空……

在虛空中以翅膀長途飛行……無法跨越有光線的宇宙……由閃爍偏方面體捕捉到的思緒再製而成……使它飛越恐怖的光明深淵……

我的名字是布雷克——羅伯特．哈里遜．布雷克，來自威斯康辛州密爾瓦基的東奈普街（East Knapp Street）六二〇號……我在這座星球上……

求阿撒托斯手下留情！閃電不再出現了……太可怕了……我能用並非物理視力的恐怖感官能力看到一切……光即黑暗，黑暗即光……山丘上的那些人……守衛……蠟燭與護符……他們的神父……

距離感消失了……遠即近，近即遠。沒有光……沒有玻璃……看到那座尖塔……那座塔……窗戶……能聽到……羅德里克．亞瑟[13]……我瘋了或快瘋了……那東西在塔裡蠢動摸索。

我是它，它是我……我想出去……得出去並匯集力量……它知道我在哪……

我是羅伯特．布雷克，但我在黑暗中看見了塔。有股可怕臭味……感知改變……撞上那座高塔上的窗戶，使它碎裂掉落……Iä……ngai……ygg……

我看到它了……來到這裡……地獄之風……巨大的藍色……黑色翅膀……猶格．索陀斯救救我……那三瓣燃燒的眼睛……」

12　譯注：Yaddith，出現在洛夫克拉夫特的《穿越銀鑰之門》（*Through the Gates of the Silver Key*）中的外星球。

13　譯注：Roderick Usher，愛倫．坡的短篇故事《亞瑟家的沒落》（*The Fall of the House of Usher*）中的主角之一。

New Black 003

克蘇魯的呼喚

H.P. Lovecraft恐怖小說傑作選

Call of Cthulhu and other stories.

作者　H.P. 洛夫克拉夫特（H.P. Lovecraft）
譯者　李函

堡壘文化有限公司
總編輯　簡欣彥
副總編輯　簡伯儒
責任編輯　簡欣彥
行銷企劃　許凱棣
封面設計　傅文豪
內頁構成　李秀菊

出版　堡壘文化有限公司
發行　遠足文化事業股份有限公司（讀書共和國出版集團）
地址　231新北市新店區民權路108-3號8樓
電話　02-22181417　傳真　02-22188057
Email　service@bookrep.com.tw
郵撥帳號　19504465遠足文化事業股份有限公司
客服專線　0800-221-029
網址　http://www.bookrep.com.tw
法律顧問　華洋法律事務所　蘇文生律師
印製　呈靖彩印有限公司
初版一刷　2021年1月
初版十三刷　2023年11月
定價　新臺幣520元
ISBN　978-986-99410-7-5

國家圖書館出版品預行編目（CIP）資料

克蘇魯的呼喚：H.P. Lovecraft恐怖小說傑作選／H.P. 洛夫克拉夫特（H.P. Lovecraft）著；李函譯. -- 初版. -- 新北市：遠足文化事業股份有限公司堡壘文化, 2021.1
面；　公分. -- (New Black ; 3)
譯自：Call of cthulhu and other stories.
ISBN 978-986-99410-7-5（平裝）

874.57　　109019428